文春文庫

現代語裏辞典

筒井康隆

文藝春秋

現代語裏辞典

目次

現代語裏辞典　目次

（522）

（534）

（544）

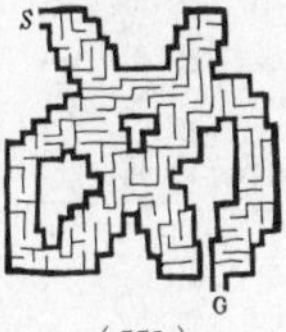

（551）

（558）

（564）

（570）

（577）

（585）

（592）

（602）

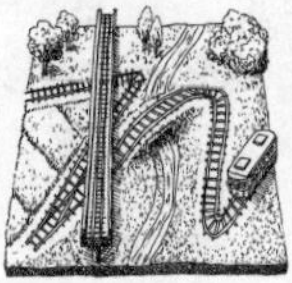
（603）

（609）

（613）

謝辞
（620）

あ

あい【愛】すべて自分に向ける感情。他へはお裾分け。

あいかぎ【合鍵】他人が持っている方が多い鍵。

あいがん【哀願】「殺さないでくれ」という歌をヨーデルで歌うこと。

あいけん【愛犬】いくら愛しても妊娠する心配のない相手。

あいごう【哀号】場違いにこれをやると怒号がとんでくる。

あいこく【愛国】愛しても種が違うので子供は生まれない。

あいことば【合言葉】忘れても間違いがないよう、「山」といえば「川」のように、相手の言葉で答えるべき言葉がわかるようになっている。

あいさい【愛妻】妻の方は何とも思っていない。その証拠に「愛夫」ということばはない。

あいさつ【挨拶】時には殴ることも「挨拶」である。

あいしょうか【愛唱歌】傍にいる者が嫌いになる歌。

アイスクリーム【ice cream】葡萄をトッピングすると売れない。眼球に見えるからである。

アイスピック【ice pick】バーテンダーの武器。

あいそう【愛想】「勘定」のこと。食い逃げすれば「不愛想」ではすまない。

あいそうづかし【愛想尽かし】世話物ではえん

えんとやるが、現代では相手が黙っていないので不可能である。

あいづち【相槌】ぶっ続けに十回以上やると殴られる。

アイディアマン【idea man】無形のものに対する報酬を口にする人。

あいてやく【相手役】口臭がひどければ地獄。

アイデンティティ【identity】ギャーティギャーティ。

アイドル【idol】本来は実体のない偶像の意味。今では実体のない幻像の意味。

あいびき【逢引】現代のデイトの約三十倍官能的な、古代の男女による密会。

アウトサイダー【outsider】密造の清涼飲料水。

あおにさい【青二才】まだ人を嚙んだことがない、二才になった青大将。

あかはた【赤旗】平家の落ち武者がこれをかかげて横断歩道を渡る途中、保守派の車に轢かれて死ぬこと。また、そのようなことを報じる新聞名。

アガペー【agapē】神様のあっかんべえ。

あき【秋】人生のたそがれ時、やけくそで馬食に走る季節。

あきす【空き巣】間違えて空き家に入った泥棒のこと。

あくうん【悪運】逮捕されるまでの、あるいは殺されるまでの、ほんの短い期間をいう。

あくさい【悪妻】哲学者・文学者向きの妻。

あくじ【悪事】一気に千里走るための行為。

あくしょ【悪書】どのような悪書でも、誰も読書しなくなった現代では良書。

アクション【action】言われた途端に「はくしょん!」。撮り直し。

あくとう【悪党】与党のこと。

あ

あくび【欠伸】重要な会議の席で出そうになる現象。ひとりの時には顎がはずれることもある。

あくひょう【悪評】言語の大便。

あくま【悪魔】この辞典の着想のもととなった書物の著者。

あくむ【悪夢】悪夢としか思えないようなこと。本当の夢か現実かは無関係。

アクメ【acmé】羽交い締め。白目。ぎょろ目。狂気との境い目。天下分け目。興ざめ。

あくやく【悪役】演技賞狙いの助演者が欲しがる役柄。

あくりょう【悪霊】オカルト映画全盛期の立役者。

アクロバット【acrobat】愛人を三人持ち、妻に気づかれないこと。

あさ【朝】自分が起きた時間なら夕方でも。

あさねぼう【朝寝坊】AB型。アイディアマン。寝小便をした子供。

あさひ【朝日】まだ出ていないうちにくる新聞。

あさり【浅蜊】朝、干潟の浅いところを漁って獲る貝。

あし【足】人体で最も骨折しやすく、関節を痛めやすく、弁慶の泣きどころやアキレス腱など急所がいくつもあり、水虫に犯されやすく、臭くなりやすい面倒な部分。

アジア【亜細亜】欧米から衝撃を受ける立場にあったが、大東亜戦争とトインビー以来、欧米に衝撃を与える立場となった。

あしか【海驢】その一夫多妻ぶりを人間の男から羨まれている海獣。

あしがる【足軽】集団の最下層の者。フリーターは組織されていないので、足軽ですらない。

あじさい【紫陽花】満艦飾の花。

アシスタント【assistant】この人の方が、たいていは知識や能力が上。

アジテーター【agitator】大衆以上の言語能力と、大衆以下の卑しい心根の持主。

あす【明日】夢見たり、これに向かって走ったりせよと言われているが、明日は我が身であったり、明日をも知れぬ身であったりもする。

アスレチック・クラブ【athletic club】金持ちのトレーニング施設。

アスレチック・フィールド【athletic field】貧乏人のトレーニング施設。

あせ【汗】運動や危機によって分泌される液体。発汗は動物だけの現象ではなく、割れそうなコップ、食われそうな食べ物も汗をかいていることがある。

アセアン【ASEAN】援助してほしい国ばかりの諸国連合。援助する国は加盟していない。

あぜん【唖然】大急ぎで外出し、電車に乗ってからズボンまたはスカートをはいていないことに気づいた時の様子。

あそこ【彼所】つまり誰でも知っているあの場所であり、あそこといっただけでどこのことかピンとくる、例の場所である。

あそび【遊び】本気の逆。逆に言えば、本気で遊んではいけない。

あそびにん【遊び人】家業としては一代限り。

あだうち【仇討ち】「リベンジ」などと英語でごまかすな。はっきり「仕返し」と言え。

あだな【渾名】立派であったり美しすぎたりする本名に対してのアンチテーゼ。

あたま【頭】ここに何かがやってくると暴力沙汰となる。

アダム【Adam】「いやーもう、エデンの園なんて、退屈で退屈で」

アダルト【adult】性欲のはけ口に不自由しなくなった年代用。
あっか【悪貨】現代のすべての貨幣のこと。
あっせん【斡旋】頭がよければ双方から礼金を取る。頭が悪ければ片方からのみ。
アップリケ【appliqué】ゴキブリけ?
あつりょく【圧力】人間社会の圧力は一方的である。上からかかる圧力に抵抗する力は圧力とは言わず、無気力という。
あてさき【宛先】宛先を書き間違えて戻ってきた手紙は、そもそも書きたくなかった手紙である。
アテレコ【ate-reco】もとの音声を消し、好き放題の出鱈目を喋って録音すること。
あとあじ【後味】精神の味覚。実際に食べたものの味とは無関係。
あとがき【後書き】自慢、言いわけ、開きなおり、建前、敵への厭味、嘘八百のいずれか、または全部。
アドバイス【advice】的確であればあるほど相手への批判となり、喧嘩となる。
アトランダム【at random】出たらめを格好よく思わせる言いかた。
アドリブ【ad lib】共演者の心臓を悪くさせる言動。
あな【穴】実在するものではなく、周囲の存在によって存在を許されるという珍しい存在。ドーナツやレンコンは食べると穴がなくなるし、人体が消滅すると人体五穴も消滅し、山を崩せばトンネルはなくなる。
アナーキスト【anarchist】穴のあいた人。主に女性のこと。
アナウンサー【announcer】女子学生用語では、悪口などを言い触らす人のこと。

アナルがくは【アナル学派】人間の精神は肛門に宿るとする学派。
アナログ【analog】物理量の大小が数字だけではのみこめない人のための表示方法。
あに【兄】日本語にはブラザーに相当することばがないので、年上の兄弟という変な説明になる。姉の夫、夫の兄、妻の兄などに相当する日本語も作るべし。
アニマ【anima】男に女装を促す傾向。夢では女に化けて出てくる。
アニメ【animation】驚くべき多人数のアニメーターの犠牲的労働によって作られるが、栄誉を受けるのは二、三人。
アパート【apartment house】一方の壁が崩れ落ちたとき、住人たちの生活水準が簡単に比較できる住居。
アパッチ【Apache】最後まで白人支配に抵抗した栄誉を称えられ、西部劇では悪役トップの座を射止めた。
アパルトヘイト【apartheid】喫煙用の小部屋。
あびきょうかん【阿鼻叫喚】複数の人間に対して同時に、①火をつける。②両足を切断する。③尻の穴から焼けた鉄棒を突っ込む。などによる騒音。
あひる【家鴨】鴨撃ちに来たそそっかしい人が間違えて撃ち、よく罰金を取られている鳥。
アフガニスタン【Afghanistan】ゾロアスターの再来が待たれている国。
アブノーマル【abnormal】簡略化され抽象化されたノーマルな状態。
あぶら【油】種類が多すぎる可燃性物質。石油、胡麻油、ガマの油、コブラ、手ぶら、アブラカダブラなど。
あぶらえ【油絵】「悪魔の辞典」によれば、「油絵具によってキャンバスを保護する芸術」だそうである。
アフリカ【Africa】人類発祥の地。アダムとイヴは黒人であった。
アフレコ【af-reco】コードレス・マイクがなかった時代の作業。
あべかわ【安倍川】静岡を流れる川。またはその川を流れてくる餅。
あへん【阿片】悪い習慣性を持つものを、この麻薬の名で呼ぶ。例＝餓鬼にとっての浮浪者襲撃。引き籠りにとってのチャット。役人にとってのノーパンしゃぶしゃぶ。
アポ【appointment】予定でぎっしり埋まっている手帳を自慢したい人物が要求するもの。
あほう【阿呆】関西人が怒らず、関東人が怒る罵言。その逆が「馬鹿」。
アポリア【aporia】たくさんあった方が文学性が高いとされるもの。わけのわからない小説ばかり書けばいいのだ。
アホロートル【axolotl】変態しないと言われていたのに、いつの間にか名前だけウーパールーパーに変った。
あまくだり【天下り】役人が退職後、真に世の中の役に立とうとして農水省の役人は百姓または漁民に、外務省の役人は外タレの斡旋業に、法務省の役人は夜回りに再就職すること。
アマチュア【amateur】下手くその言い訳語、またはプロになった人への侮蔑語。
あまつひこひこほのににぎのみこと【天津彦彦火瓊瓊杵尊】古事記におけるハナモゲラ的人物。
あまのがわ【天の川】星座になった銀河鉄道。
あまのじゃく【天の邪鬼】してほしいと言うならしてやらない。したくないと言うならおれは欲情する。

アミーゴ【amigo】ナイフを構えている敵に対して、脂汗を流しながら大声で連呼することば。

アミノさん【アミノ酸】網野さん一族。家族にグリ新さん、アスパラ銀さん、グルタ民さんなどがいる。

あめ【雨】花粉症の人が外出する天候。

アメダス【AMeDAS】嘘だす。

アメリカがっしゅうこく【アメリカ合衆国】ハリウッド映画によって全世界の人が、やや歪んだ形で知っている国。

あやふや 京都の綾小路麩屋町の略称。

あゆ【鮎】種なし西瓜や種なし葡萄が作られたのに、なぜ骨無し鮎が作られぬのかと訝しがられる魚。

アラー【Allāh】女性が驚いてイスラム教徒になる時のことば。

あらいぐま【洗熊・浣熊】「飼ってあげたら炊事手伝ってくれる？」

アラスカ【Alaska】古今最高規模で売買された国土。

あらすじ【粗筋】「どんな話ですか」と聞く者には、最初から朗読して聞かせる。

あらそい【争い】ゲームやスポーツで闘争心を培い、喧嘩で鍛えて戦争に到る。

アラビアン・ナイト【Arabian Nights】過去、伏せ字の魅力でよく読まれたが、今は誰も読まない。

あららぎ【アララギ】喧嘩や内ゲバが多かったことで有名な気が荒い短歌雑誌。

あらりょうじ【荒療治】サディストの医者による患者の苦痛を無視した治療。その他各分野のサディストによる処置、処分、改革もこう呼ばれる。

あられ【霰】最も巨大な雹《ひょう》との違いは、猫と虎との違いに等しい。

あり【蟻】アル中ご用達の昆虫。

アリア【aria】夜道で露出症の男に出会った女の歌声。

ありがとう【有難う】ひどい目にあわされた相手への厭味。大声で何度もくり返せばまた殴られる。

ありくい【蟻食】蟻の調達ができないので、動物園で飼えないとされる哺乳類の一。

ありじごく【蟻地獄】足抜けできない境遇の表現として使われ、そこから抜け出せば成虫となって薄馬鹿下郎と呼ばれる。

アリバイ【alibi】普段から複数の手下や女に言い含めておけば、いざという時に現場不在証明が複数立証され、有罪となる。

アリラン【arirang】通行困難な峠がこう呼ばれる。「一里も行かぬに足が腐る」という替え歌のせいである。

アルカリ【alkali】梅干しは酸性ではなく、アルカリ性である。間違えぬよう。

アルカロイド【alkaloid】人類に希望と安逸と幸福と明朗を齎《もたら》した化合物。

アルコール【alcohol】人類に蟻や微細な大名行列を齎《もたら》した飲料の略称。

アルゼンチン【Argentina】「地球の上に朝がくる。その裏側は夜だろう」という歌は、この国と日本のことである。

アルバイト【arbeit】収入がよいと思って転職すれば、たいていはもとの収入の方が上。

アルマジロ【armadillo】中南米版の穿山甲。

アルミニウム【aluminium】金箔のほとんどは金ではなくアルミである。要注意。

アレルギー【allergy】夫を見ただけで膣痙攣を起すなど、精神的な拒否反応も含めた過敏症状。

アロハ【aloha】「ようこそ」でもあり「さよなら」でもあるから、日本語ならさしずめ「どうも」。

あわび【鮑】海女のいる海岸近くでは泳がぬこと。この貝を盗まれることを恐れる彼女たちによって、溺死寸前の目にあわされる。

アンガージュマン【engagement】不満に基づく天真爛漫なロマン。

あんき【暗記】前頭葉を使わぬ学習。出だしやきっかけを失えば、あとが出てこない。

アングラ【underground】地下から芽生えて商業主義の花開く芸術活動。

あんぐり 出勤してみれば会社が倒産していた。

アンケート【enquête】統計学的欺瞞の一種。

アンコール【encore】観客や聴衆によるおのれの意地汚さの表現。

あんさつ【暗殺】政治的主張を最も手っ取り早く実現する方法。

あんじ【暗示】「あなた。もう寝ましょうよ」

あんしょうばんごう【暗証番号】生年月日、電話番号は使うべからず。逆に0並びや1並びがアナである。

あんしんりつめい【安心立命】安田生命。

アンダースロー【under throw】敵の睾丸を握り潰す際に役立つ投法。

アンチクライマックス【anticlimax】漸降法。男性はおおむね急。女性はゆるやかである。

あんてん【暗転】事態の悪化にも使われる舞台用語。役者が舞台転換の際に奈落へ落ちた場合は両方の意味を持つ。

アンドロイド【android】普通の役者が普通に

演技していてもロボットとして通用するタイプのロボット。

アンニュイ【ennui】退屈や倦怠を高度な知性・情緒によるものと見せかける言い方。

アンバランス【unbalance】河馬にキリンの首。キリンに象の足。象に豚の鼻。豚に蛇の胴体。

あんぷく【按腹】腸捻転の原因となる技術。

あんま【按摩】眼が見えぬふりで女客の股間を覗くやつ。

あんみん【安眠】①鈍感で無神経な人の睡眠。②仮死状態。③死んでいること。

い【胃】ビニール袋で密閉した麻薬類、宝石貴金属類、銃弾、超難解論文などは消化できない。

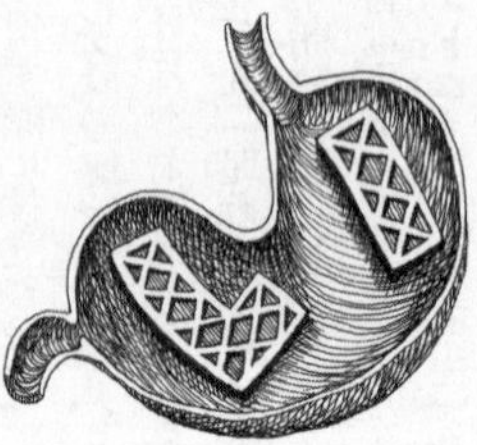

いあい【居合】抜刀の瞬間自分の首を斬り落したことに気づかぬまま、相手を倒せる技術。

いあんふ【慰安婦】近隣諸国への顧慮から辞典の編者が苦慮する項目。

イージーリスニング【easy listening】作曲者の苦労と芸術的野心が無視されて分類された音楽。

いいだこ【飯蛸】頭に飯粒のつまった蛸。美食家の殿様がこれを飯として食べたものの、喉につまったという。

いいなずけ【許婚】相手がいながら、下記の理由で結婚できないこと。またはその当事者。①未成年または性的未熟。②経済的無能力。③愛情の冷却。④海外赴任。⑤出征。⑥服役。その他。

イーメール【Eメール】品格と公徳心において通常の手紙に劣り、携帯電話にやや優る通信手段。

いいわけ【言い訳】他人のそれは拒否し、自分はそれが大好きという弁論。

いいん【医院】手に負えぬ患者の場合はすぐ大学病院に行かせる気楽な個人経営の病院。

いえ【家】社会への発射台。発射させまいとする家もある。

いえい【遺影】葬儀の際に掲げられる写真。よく撮れているかどうかで故人が家族に好かれていたかどうかが判断できる。

いえがら【家柄】貧困家庭の出身者の場合は「どこかの馬の骨」。

いえき【胃液】暴力団員に取り囲まれた時、喉までせりあがってくる分泌液。

いえじ【家路】外出先であったいやなことを忘れ、これから起こるいやなことに対して心の準備をする道。

いえで【家出】家族に行く先を言わない。行く先がないからである。

イエライシャン【夜来香】利口になる薬。別名・利口蘭。蘇州薬局で売っている。

いえん【胃炎】この病気の作家に差し迫った原稿依頼をすると、瞬時に胃潰瘍となる。

いおう【硫黄】マッチを使わなくなったために

い

この臭気を知らぬ者がふえたのは危険なことである。

いか【異化】夫婦が寝ているダブルベッドを、白昼の交差点のど真ん中に置くなどのこと。

いか【烏賊】干したものの異化がスルメ、揚げたものの異化がイカリング、細く切ったものの異化が烏賊素麵。

いがい【意外】えーっ。あのホームレスのおっさんがノーベル文学賞？

いかいよう【胃潰瘍】この病気の作家に差し迫った原稿依頼をすると、瞬時にして胃痙攣となる。

いかく【威嚇】頭上五メートルを狙ったのですが、額に命中しました。

いがく【医学】金持ちの子弟でなければ学べぬ学問。

いかくちょう【胃拡張】胃の白痴化。

いかしょうりゃく【以下省略】烏賊跳躍。

いかだ【筏】ダム建設で失われた移動・運搬手段と民謡の題材。

いかなご【玉筋魚】釘を煮た惣菜。

いカメラ【胃カメラ】絶対に飲み込めない人がいて、医者が怒り狂って怒鳴りまくることも事実である。

いかり【錨・碇】船舶が空中に浮遊するのを阻止する船具。

イカロス【Ikaros】最初の航空事故死者。

いかん【遺憾】立腹、謝罪を素直に言えぬ立場の用語。

いがん【胃癌】公園のブランコに乗って死ぬ病気。

いかんそくたい【衣冠束帯】遺憾即退場。

いぎ【異議】正論を標榜した利己主義または厭がらせ。

いきうめ【生埋め】被害者が猛烈な早口になる殺人方法。
いきがい【生き甲斐】幸福な者は自覚せず、不幸な者が自覚したいと願う感情。
いきぎれ【息切れ】大金を置き忘れて降りたタクシーを一キロ追いかけた時の呼吸の状態。
いきけんこう【意気軒高】医薬健康。
いきじびき【生き字引】教養人ではなく、単なる雑学者であることが多い。
いきとうごう【意気投合】正気に戻ってから恥かしくなる酔態。
イギリス【England】ダイエー帝国。
いくじなし【意気地なし】女が唇を突き出しているのに額にキスするやつ。
いくじのう【育児嚢】有袋類の雌が下腹部に持つ袋だが、最近は人間の雄も持つ。
いくどうおん【異口同音】「イッキ」「イッキ」「イッキ」
イクラ【ikra】スパゲッティに入っている卵粒の量によって、今価格がイクラかわかる。
いけいれん【胃痙攣】この症状の作家に差し迫った原稿依頼をすると、瞬時にして胃に穴があく。
いこう【遺稿】著作権継承者が喜ぶ原稿。
いごこち【居心地】周囲ばかりを気にする人間に特有の気持。
いこつ【遺骨】焼き魚の残骸。
いざかや【居酒屋】店主の名前はゾラ。
いさぎよい【潔い】悪事がばれると同時に辞職し、糾弾や非難を避けること。
いさみあし【勇み足】悪気のない失敗だが、三回以上やれば悪気があると判断される。
いざり【躄】突然立ちあがって逃げ出す時代劇のギャグが、最近は見られない。

い

いざりのきもの【躄の着物】尻が抜けている、つまり知り抜いているという洒落。

いざりのきんたま【躄の金玉】すれっからしという洒落。

いさん【胃酸】吐瀉物の香辛料。

いし【意志】下っ端なら強情。

いし【縊死】医師の死にかた。

いしき【意識】脳に存在することは、生きたまま脳味噌を食われて次第に意識が遠ざかっていく猿の立場になって見れば判明する筈である。

いじめ【苛め】自分がされたくないことは先に人にしてしまえという行為。

いしゃ【医者】警官と並び、幼児を脅すとき口にされる職業。または医学者であることをやめた人。

いしやきいも【石焼き芋】焼いた砂利の中に埋めて焼いた医師を医師焼き芋という。

いしゃりょう【慰謝料】請求先の資産の多さによって請求額が決まる損害補償。

いしゅく【萎縮】ものにしようとして声をかけた女が暴力団組長の娘であると知った時の状態。

いしゅこうはい【異種交配】合同コンパ。

いしょ【遺書】人生最後の復讐。

いしょう【衣装】夫が不満を洩らすと人非人の如く罵倒される、際限なき出費が可能な必需品。

いじょうせいよく【異常性欲】最終的には全世界が自己の性的対象となるような、リビドーの白痴化。

いしょくどうげん【医食同源】サプリメントだけで生きること。

いじん【偉人】曾てマスコミの存在しない時代

にいた人。

いす【椅子】腰をおろそうとする時、尻の下にある家具。ない場合は座骨骨折となる。

いすか【交喙】麻生太郎。

イスタンブール【Istanbul】ビザンチン→コンスタンチノープル→イスタンブールと、破壊されては大きくなり、そのたびに名前が変ったこの都市は、鰤《ぶり》が出世魚ならさしずめ出世都市。

いすとりゲーム【椅子取りゲーム】突如公共の乗り物内で行われる醜いゲーム。始発駅で発生することが多い。

イスラエル【Israel】さすらえる民族の国。

いせえび【伊勢海老】祝儀用に飾られたあと食べてはいけない。腐っていることが多いからである。

いせき【遺跡】古代の人間の遺物や、現代の製品が埋められている場所。

いせんこう【胃穿孔】この症状の作家に差し迫った原稿依頼をすると、瞬時にして吐血し、死亡する。

いそうろう【居候】けち臭い現代では役柄に応じて内弟子、用心棒、私設秘書などと呼ばれる。

イソップ【Æsop】作家は逃亡奴隷か、仮面紳士のどちらかであるが、本物の奴隷だった作家はこの人だけ。

いたずら【悪戯】教え子の身体を自由に触ることができる教師に嫉妬した新聞・警察の用語。

いたち【鼬】可愛がられるのはラッコのみ。

いたまえ【板前】包丁を手にして客と向かいあっている危険な男。

イタリア【Italia】〽イタ公のイタ郎ちょっと見なれば……。

い

いたん【異端】こんなやつ、いつから居たん？
いちご【苺】叩き潰された頭部の形容詞。
いちざ【一座】一つ星で構成されている星座の名前。
いちじく【無花果】ぱっくり割れた頭部の形容詞。
いちぞく【一族】老党。
いちひめにたろう【一姫二太郎】三なすび。
いちもうだじん【一網打尽】疑われることのないよう、裏切り者も網の中にいる。
いちもくさん【一目散】しのび込んだのが警察と知った泥棒の行動。
いっかだんらん【一家団欒】親子三人猫いらず。
いっしんふらん【一心不乱】一身腐乱。
いっぷたさい【一夫多妻】苦労の種を散布する制度。
いっぽうつうこう【一方通行】天国への階段。三途の川。
いつわ【逸話】多重人格の証明。
いでん【遺伝】自己の欠点を弁護するための用語。
いどばたかいぎ【井戸端会議】現在はカルチュアセンターで行われている。
いなご【蝗】パアル・バック原作、映画「大地」の主役。
いなびかり【稲光】これで女性が抱きついてこないなら見込みなし。
いぬ【犬】「食われるから」という理由で、子供と並び、共演者に嫌われる動物。
いねむり【居眠り】電車内で女性が無防備になること。
いのしし【猪】五段目で唯一の生き残り。
いのち【命】失う寸前になってその真価に気づく持ち物。

いのちがけ【命懸け】成功した場合のみ称賛される言動。

いのちごい【命乞い】スピード感に満ち、発音は明瞭、内容が簡潔でわかりやすく、真情あふれる発言。

いのちづな【命綱】ところどころに切り込みの入ったロープ。

いのちとり【命取り】上役の愛人。親分の情婦。教師にとっての女生徒。看守にとっての女囚。刑事にとっての被害者の妻。

いはい【位牌】廊下の端に十本並べて立て、木魚を投げて倒す、寺の小僧たちのボウリング用具。

いびき【鼾】離婚を望む夫または妻が、わざと夜間に立てる轟音。

イブ【eve】元祖悪妻を称える前夜祭。

いぶくろ【胃袋】ときどきひっくり返して洗いたくなる臓器。

イプセン【Ibsen】いません。

いへき【胃壁】ほんの一言で穴のあく脆弱な人体組織。

いぼ【疣】ロバート・デ・ニーロ、田中康夫の顔を見よ。

いほうじん【異邦人】他人のこと。

イマジン【imagine】暇人。

いまわのきわ【今際の際】無意味な呟きにも親族が意味を見出さねばならぬ瞬間。

イミテーション【imitation】無価値なものに意味づけすること。

いみん【移民】アメリカ人。

イメージ【image】現実を見て受けるダメージ。

いも【芋】引っ張ると手錠をかけた姿でずるずるとでてくる。

いもづるしき【芋蔓式】団結心があるのかない

のか。
いものこ【芋の子】通勤電車で洗われているサラリーマンのこと。
いもむし【芋虫】肥満した中年の指。
いもんぶくろ【慰問袋】見ず知らずの人に届けて喜ばれる贈り物。
イヤホーン【earphone】ヴォリュームのダイヤルに注意していないと鼓膜が破れる装置。
イヤリング【earring】「ヤ」の書き方で「イカリング」と読める。
イヨマンテ【iomante】あっ。プーさんがイヨマンテされてる。
イラク【Iraq】バグダッドの盗賊も、今や盗るものなし。
イラストレーション【illustration】挿絵画家の欲求不満。
イラン【Iran】欲しいくせに。

イリガライ【Irigaray】男嫌い。
いるか【海豚】ください。
いるす【居留守】「誰かいますか」「誰もいませんよ」
いれずみ【刺青】本人は皮膚を死後に残したいのだが、たいていは中身と一緒に焼かれてしまう。
いれば【義歯】よく列車の窓から反吐《へど》と一緒に落してしまう口内備品。
いろけ【色気】妻以外の女に感じるもの。
いろり【囲炉裏】栗の潜伏場所。
いわかん【違和感】本来の自己のありかたが突然自覚できた時の感情。
いわし【鰯】これを煮た鍋は二度と使えない。
いんかく【陰核】秘蔵されている核兵器。
インク【ink】昔は陰気だった。
いんけい【陰茎】武蔵坊。

いんこ【鸚哥】情報漏洩罪で、南米諸国ではしばしば銃殺刑に処せられる鳥。

インサート【insert】男性生殖器が女性生殖器に挿入される場面を大写しにし、大画面の映画の一部に挿入すること。

いんさつ【印刷】一番儲かるのは一万円札の印刷。

インシャラー【Inshallah】毛むくじゃらー。

いんしょうしゅぎ【印象主義】リアリズムの技術を持たぬ芸術家の手法。

いんしょうひひょう【印象批評】自分の偏った教養をひけらかせる上、文学理論を知らなくてもできる批評であり、だから現在でも批評の主流である。

いんしょくてん【飲食店】一般的でオーソドックスな味つけがどれほど不味いものかを知る場所。

いんしん【陰唇】腋の下や頭髪の下など、隠れた場所にある唇のこと。

インストール【install】コンピューターを壊す原因。

インストルメンタル【instrumental】歌手が逃げた時のナンバー。

インスピレーション【inspiration】雑念と雑念の突然の結合で生まれる、意味のある考え。

いんぜい【印税】唯一喜ばしき税。

インターナショナル【international】交通渋滞の時に聞こえてくる歌。

インターネット【Internet】人間をからめとる国際的な霞網。

インターホン【interphone】出てくれないとわかっていながらレポーターが押し続ける通話装置。

いんたい【引退】疑惑が追及されぬうちに表明

する、通常はいさぎよいとされる行為。

インタビュー【interview】取材相手のことを何ひとつ知らぬままでも成り立つ気楽な仕事。

インディアン【Indian】バッファローとともに、アメリカ人によって絶滅寸前となり、今は保護されている動物。

インテリゲンチャ【intelligentsiya】高橋源一郎。

インテルメッツオ【intermezzo】これが始まってもまだ婦人用トイレの前には行列が残っている。

インド【India】人工的不具者や義手義足専門店の多い国。

イントロ【introduction】世の中が複雑になるにつれ、際限なくどんどん長くなっていく部分。

いんねん【因縁】どう弁解しても無駄。

いんのう【陰嚢】これが体外にあるのは冷やすためだから、入浴後は水で冷やすべし。

いんばい【淫売】自分以外の男と性交渉を持った女に対する罵言。

いんび【淫靡・隠微】インビジブルなさま。

インビテーション【invitation】淫靡な招待。

いんぷう【淫風】開けられた連れ込み宿の窓から流れ出てくる生暖かい空気。

インプット【input】以後命令に従わせるための暗示を入力すること。

インフラ【infrastructure】まずはゼネコンのためのダム、道路、港湾、発電所などの建設。学校や病院はあとまわし。

インフレ【inflation】十万円札ができます。

インベーダー【invader】ダース・ベイダーの仮面の中身。

いんもう【陰毛】快快疎にして洩らさず。

いんもん【陰門】東大の赤門に対しての裏口。

いんゆ【隠喩】立てばビヤ樽、座れば盥《たらい》、歩く姿はガスタンク。

いんらん【淫乱】自分になびかぬ女。

いんりょく【引力】離れていてほしいやつがすり寄ってくる迷惑な力。

いんろう【印籠】助さんが間違えて「この陰嚢が目に入らぬか！」。

ウィークエンド【weekend】新幹線の中では家に帰る単身赴任者がいずれも妻恋しさに眼をぎらぎらさせている。

ウィーン【Vienna】ワルツを踊る街。会議の時まで踊っている。

ういじん【初陣】「この彦左十六歳の砌《みぎり》鳶ノ巣文殊山において初陣の大手柄……」などという文句を、もはや誰も知らない。

ウイスキー【whisky】スコッチ、バーボン、ライの順に下等とされるが、旨さはその逆。

ウィスコンシン【Wisconsin】上杉謙信。

ウイット【wit】欧米では尊敬され日本では未だに軽薄とされる才能。

ウイリアム・テル【William Tell】元祖「決して真似をしないで下さい」

ウィルヘルム・マイスター【Wilhelm Meister】演劇人から社会人への成長を描いた「修業時代」は、最近の役者、タレントが必読すべき書。

ウインク【wink】ウインクしてくる女性に気安く近づいていってはならない。もともとそういう顔である可能性もある。

ウインドゥ・ディスプレイ【window display】売春婦の顔見世。

ウエイター【waiter】客を苛立たせるために料理の説明をできるだけながながとするやつ。

ウエーバー【Weber】音楽家、生理学者、社会学者、経済学者、物理学者の肩書を持つが、なぜかすべての権利を放棄した。

うえきや【植木屋】樹木の上からの覗き屋。

うえさま【上様】人に譲るための領収書に書かせる語。

ウエットスーツ【wet suit】小便を洩らして濡れたスーツ。

ウエディング・ドレス【wedding dress】貸衣装ではなく自前で作った女性ほど何度も結婚して役立たせる。

うおうさおう【右往左往】土地勘のない場所での差し迫った便意。

うかい【鵜飼い】税務署に似た漁業。

うかつ【迂闊】好かれていると思い込み、自信満満で親分の情婦に手を出すこと。

うかとうせん【羽化登仙】馬鹿同然。

うかぶ【浮かぶ】浮かばれぬ死体となって水面

にあらわれること。

ウガンダ【Uganda】歪んだ時間だ。

うきあし【浮足】校庭の裏で喫煙中に突如教師の姿が目に入ること。

うきぶくろ【浮袋】背が立たぬ場所まで来ると空気洩れする救命具。

うきよえ【浮世絵】同時代の美人がみんな同じ顔なのは強《あなが》ち整形美容のせいではないという証明。

うぐいす【鶯】和風にて鶯餅飛ぶ菓子の国。

ウクレレ【ukulele】音痴には最も不向きな楽器。歌わないとなんの面白みもないからである。

うけつけ【受付】交換手と並び、その会社の評判を最も下落させやすい部署。

うごうのしゅう【烏合の衆】フーリガン。

うこさべん【右顧左眄】専務派と常務派に分れている会社の社員の様子。

うこっけい【烏骨鶏】天然記念物でありながら食うことができる鳥類。

うごのたけのこ【雨後の筍】原宿のヘアサロン。

うさぎ【兎】網タイツ姿がとても魅力的な動物。

うし【牛】今では食えなくなった脳漿の料理とTボーン・ステーキが絶品の動物。

うじむし【蛆虫】飯粒と間違えて、拾って食べたという話を昔はよく聞いたものだが。

うそ【嘘】「わたしは嘘は言わない」

うた【歌】歌は世につれ時代遅れ。

うちあげ【打上げ】必ず見知らぬやつが紛れ込んでいる。

うちゅう【宇宙】現在は車椅子に乗った物理学者に支配されている。

うちゅうじん【宇宙人】B型にとってのA型またはその逆。

う

うちゅうせん【宇宙船】ついに、大金を払って宇宙へ観光に行くやつが本当に現れた。

うちわもめ【内輪揉め】両派を蹴落して、のしあがる好機。

うつじょうたい【鬱状態】躁状態の現代社会において正常な状態。

ウッドペッカー【woodpecker】笑い声をマスターすればどんな席でも大受けだが、社長訓示の時にやると馘首《くび》になる。

うつぼ【鱓】水族館では何匹もがひとつの靫《うつぼ》に入って首を出している、洒落を心得た魚類。

うつりぎ【移り気】何かをしながら次にすることを考えているため、何も楽しめないやつ。

うでじまん【腕自慢】相対的観念の欠如。

うてん【雨天】体育各部が体育館の奪いあいをする天候。

うどのたいぼく【独活の大木】少くとも立っているだけで用心棒にはなる。

うどん【饂飩】笑うと鼻から出る麺類。

うなぎどんぶり【鰻丼】大阪では蝮《まむし》を使用している。

うなぎのねどこ【鰻の寝床】東京都心部では縦二畳の1DKで月額九万円。

うに【雲丹】時には人間の脳味噌となる。

うばぐるま【乳母車】単独で石段を降りて行くのが好きな四輪車。

うばざくら【姥桜】整形美容技術の発達で、こう呼ばれる年齢幅が増加中。

うばすてやま【姥捨山】行くも地獄行かぬも地獄。

うま【馬】烏帽子を被り、長い顎鬚の加藤清正が馬に乗っているのを見た人の曰く「乗った人より馬が丸顔」。

うみ【海】陸地の三倍に及ぶ水溜り。

うみびらき【海開き】モーゼが海を両側に開くこと。

うめぼし【梅干し】老婆の首を塩漬けにして干した食品。

うよく【右翼】日本愛国党ともなれば、もはや右翼のパロディである。

うらかた【裏方】仲良くしておかないと、戸が開かなかったり、小道具が出ていなかったり、金槌が落ちてきたり、奈落に落ちたり……。

うらごえ【裏声】「君が代は千代に八千代にさざれ石の」のヤとイとノが裏声になります。

ウラジオストク【Vladivostok】裏地を貯蔵すること。

うらしまたろう【浦島太郎】乙姫はなぜ玉手箱などを持たせたか。太郎に自分との浮気を言い触らされることを恐れ、彼を早く老衰死させようとしたのである。

うらない【占い】早とちりの男、辻占の机の上の見料を見て「この机が百円とは安い。買いましょう。ああ駄目だ。『うらない』と書いてある」。

うらにわ【裏庭】ペットの墓場。

うらばんぐみ【裏番組】たまにはカウンター・カルチュアと言えるようなものを作ったらどうだ。

うらびょうし【裏表紙】一面バーコードを印刷した装丁を試みると面白いのに。

うらまど【裏窓】ヒッチコックと寺山修司が好んだ窓。

ウラン【uranium】誰が買うもんか。

うり【瓜】瓜売りが瓜売りにきて売り切れず売り売り帰る瓜売りの声。

ウルグアイ【Uruguay】買う具合。

うるし【漆】樹液を顔面にべったり塗ると美し

くなれます。

ウルトラマン【Ultraman】テレビならともかく、劇場用映画は作らないでくれ。大人がつれて行かないと子供は入れないのだ。

ウロボロス【ouroboros】均衡のとれた消化と成長。作家の場合は均衡のとれたアイディアの消費と増殖。

うわき【浮気】無価値な浮気は、根拠のない嫉妬に腹を立てての浮気。もっと無価値なのは、嫉妬さえしてくれないのに腹を立てての浮気。

うわごと【譫言】最も言ってはならぬことを高熱の際に口走ること。

うわさ【噂】個人情報保護法の究極の敵。

うわばみ【蟒蛇】これよりうわ手の大酒飲みは八岐《やまた》の大蛇《おろち》と言う。

うわやく【上役】部下が恐れている以上に部下を恐れている人物。

うん【運】見放されたのではなく、失敗したのである。

うんが【運河】パナマは運河ではない。水の階段である。

うんきゅう【運休】旅行者が少ない時期を見はからって乗ろうとする列車は、鉄道会社の思惑と一致して、たいてい運休。

うんこ 消化器系の出産。

うんさんむしょう【雲散霧消】財産、計画、貯蔵品などを噴霧器にかけること。

うんそう【運送】宅配便が届いた時は感謝するが、トラック便が行く手を邪魔する時は腹立たしい。

うんちく【蘊蓄】たいていは一夜漬けの知識なので、突っ込みを入れると怒り出す。

うんてんしゅ【運転手】無口なやつは不気味だし、よく喋るやつは迷惑。

うんどう【運動】物体それ自身が動くこと。ハンガー・ストライキは抗議ではあるが運動ではない。

うんどうかい【運動会】餓鬼大将の父兄が安心して学校へ行ける日。

うんどうしんけい【運動神経】殴られると同時に足を蹴りあげること。

うんめい【運命】ベートーベンは交響曲第五番によって有名になる運命だった。

うんめいきょうどうたい【運命共同体】ハイジャックされた航空機の乗客。

え

エアコン【air conditioner】夏に聞けば「クーラー」同様涼しく聞こえ、冬聞けば「ヒーター」同様暖かく聞こえる不可思議な語。

エア・ドーム【air dome】内気圧の方が高いから、内部にいる人間の一斉放屁と煙草の火で大爆発する可能性がある。

エア・ポケット【air pocket】突然乗客が頭部裂傷、空中浮揚、飲料飛散、舌端嚙切、横転倒立、両脚突上などのあられもないことを行う場所。

え

エア・メール【air mail】マリリン・モンローは航空郵便にこう書くのさえ面倒で、「FLY（飛んで行け）」と書きなぐった。

えいい【鋭意】「ほどほどに」「なんとなく」「怠慢を責められぬ程度に」というほどの意味。

えいえい【営営】「ひと晩で蕩尽」「博打ですってんてん」「女に貢いでおケラ」という結末にむすびつく語。

えいえん【永遠】単に、死ぬまで。

えいが【栄華】長続きしないことを前提にした語。

えいが【映画】昔とったキネ旬。

えいがか【映画化】片目をこれに向け、片目を出版に向けて小説を書くため、作家眼顫症という病気になる作家が多い。

えいがかん【映画館】今や宣伝文句は「この映画こそは大画面で」しかない。

えいがかんとく【映画監督】昔は大女優を泣かし、今は新米女優に泣かされている人。

えいがさい【映画祭】国内で興行成績のあがりそうにない作品に箔をつける行事。

えいかん【栄冠】美人コンテストを除き、勝利者が誰も被ったことのない冠。

えいき【英気】これを養う筈なのに、暇をもてあましたり悪い遊びに走ったりする。

えいきゅう【永久】永久機関は不可能と判明。永久選挙人名簿など、あるわけがない。

えいぎょう【営業】商品知識がないことによって可能となる活動。

えいぎょうていし【営業停止】客が入院するほどの不潔なものを売らぬ限りは、まず大丈夫。

えいきょうりょく【影響力】例えば中小企業の倒産件数でその大きさがわかる力。

えいご【英語】帰国子女がいじめに遭う原因の第一。

えいこう【曳航】押せないため。

えいこう【栄光】人が見ている間だけ浴びさせて貰える一瞬のスポットライト。

えいごうかいき【永劫回帰】百回忌で終り。

えいこせいすい【栄枯盛衰】昨日は府知事、今日は無職の前科者。

えいさいきょういく【英才教育】自負と誇りと慢心で子供を社会的不適格者にする教育。

えいさくぶん【英作文】知っている限りのポピュラーソングの歌詞を切り張りしてでっちあげる文。

えいしゃき【映写機】16ミリよりも8ミリの方が操作は難しい。

エイズ【AIDS】その歯は無敵の武器。

えいせい【衛生】雑菌に弱くなること。

えいせい【衛星】月が地表一メートルの高さを猛烈な勢いで通過する衛星でなくてよかったですね。

えいせいちゅうけい【衛星中継】時間差があるのに、台本にない質問をするからアホなやりとりになる。

えいせいつうしん【衛星通信】月面から月食を実況中継すること。

えいぞう【映像】古代の映像は影のみ。

えいたん【詠嘆】声を長くのばして感嘆する芝居の演技。現実に人の言葉に対してこれをやると馬鹿にしていることになり、殴られる。

えいだん【英断】成功した決断をあとになってからこう言う。

えいだん【営団】地下鉄のみ。それ以外の営団が廃止されたから。

えいち【叡知】最高の認識能力。これを持つ人は誰からも無視される。
えいてん【栄転】地位のみ上がって地方へ飛ばされる人に向かい、こう言う。
エイドス【eidos】形どす。
エイトビート【eight beat】ロック、ブギウギの泳法。クロールのリズムのひとつ。
えいみん【永眠】生き返らなかった人。
えいゆう【英雄】色好みの自己弁護。
えいよう【栄養】蚊や蛭にとっての人の血。女衒《ぜげん》にとっての女の血。国家にとっての血税。
えいようしっちょう【栄養失調】貧困による場合と、美容による場合がある。
えいり【営利】利益を得ることをよくないことのように言う語。
エイリアン【alien】営利を追求する人。
えいりん【映倫】委員たちがなんとなく名を公表しにくい機関。

えいれい【英霊】戦死者、餓死者、死刑になった戦犯など。
エヴェレスト【Everest】エヴェルやエヴェラーよりも高い山。
エージェント【agent】罪を犯したタレントに代り、カメラの前で泣いてくれる人。
エーティーシー【ATC】事故があるたびに名指しされる装置。無事故の時は何も言われない。
エカフェ【ECAFE】アジア極東にある喫茶店。コーヒーをエスカップで飲ませる。
えきいん【駅員】鉄道沿線に住む動物。天敵は熟睡者、痴漢、酔っぱらいなど。
エキストラ【extra】セシル・B・デミルやディノ・デ・ラウレンティスなどに愛された役者。
エキストラバージン【extra virgin】アルデンテ

に仕上げられる処女。

エキゾチック【exotic】日本から見た諸外国。諸外国から見た日本。

えきたい【液体】猥雑な書物においてはバルトリン腺液のこと。

えきばしゃ【駅馬車】原作者は悲しい。アーネスト・ヘイコックスなんて、もう誰も覚えちゃいないよ。

エクスクラメーションマーク【exclamation mark】純文学者が嫌い、冒険小説家が好むマーク。

エクスタシー【ecstasy】錠剤の名前。服用すれば「恍惚の人」となる。

エクソシスト【exorcist】悪魔などいないと思っている者が就く職業。

えくぼ【靨】上機嫌性魅惑用顔面窪地。

エゴイスト【egoist】人間の本性は正直に露呈すべきと考え、嫌われることを恐れぬ人。

エコノミスト【economist】旅客機の、割安の座席に座る人。

エコロジー【ecology】人間嫌いの生態学。

えじき【餌食】小説家にとっての家族親戚。保険外交員にとっての同窓生。

エジプト【Egypt】吉村作治の収入源。

えしゃく【会釈】じっとこっちの顔を見つめてやってくるやつにひょいと会釈してやると、たいていあわてて会釈を返してくる。アホはそっぽを向く。

エスエフ【SF】ＳＦマンガ、ＳＦアニメが生まれる以前のＳＦ小説のこと。

エスエフエックス【SFX】ＳＦとは無関係。単なるトリック撮影。

エスエム【SM】ＳＦ初期、間違えてこのての雑誌に書かされてしまった。

え

エスオーエス【SOS】校庭で人文字を作っていれば大騒ぎになります。

エスカルゴ【escargot】イタ飯全盛になっても残るフランス料理。

エスカレーション【escalation】どんどん高くあがる小便。

エスカレーター【escalator】下りはデスカレーターではないのか。

エスケーディー【SKD】松竹歌劇団。宝塚のヤンキー版。

エスケープ【escape】怠惰な大学生の肩掛け。

エスコート【escort】女性に奢らせる場合も一応はこう言う。

エスパニョール【español】スペイン人のエスパー。

エスプリ【esprit】気取り過ぎて笑えぬ機知。

エタ【ETA】スペインの非合法組織「バスク祖国と独立（ETA）」

えだまめ【枝豆】枝豆という品種だと思っているやつがいる。

エチオピア【Ethiopia】ハイエナが町を歩いている国。

エチカ【Ethica】エチではないっ。

エチケット【etiquette】口うるさい婆さんが持つ切符。

えちご【越後】つついし親知らず。

えっちゅう【越中】ふんどし恥知らず。

エッフェルとう【エッフェル塔】なぜか白熊だの潜水夫だのが登っている塔。

えつらく【悦楽】寂滅為楽。

エディプスコンプレックス【Oedipus complex】教育ママに性欲の処理をしてもらった息子の心に残る傷。

エデン【Eden】さすがにこの名をつけた厚か

ましい町はない。エデンヴィルというのが南アフリカにあるが。

えてんらく【越天楽】なんだ「黒田節」か。

エトセトラ【et cetera】書くのが面倒だし、思い出すのが面倒だし、考えるのが面倒だし、思い出せないし、だいたいよく知らない。

えどっこ【江戸っ子】貯金で老後を安楽に暮しているのは江戸っ子ではない。

エトピリカ【etupirka】色っぽいので花魁《おいらん》鳥とも言う。花魁は絶滅したが、これも絶滅危惧種。

エトランゼ【étranger】違うかも知れんぜ。

えとろふ【択捉】ロシア人女性の売春宿を日露で共同経営すべし。儲かるぞ。

えにっき【絵日記】先生を美しく描いてゴマスリができる宿題。

エヌジー【NG】たいてい端役のせい。だからいつまでも端役なのだ。

エネルギー【energy】25％削減宣言だけでも人類は二十五年生き延びる。

エネルギッシュ【energisch】若え衆。

エノケン　喜劇王、ということだけは皆が知っている。

えはがき【絵葉書】字が下手か、文章が下手か、書くことがない者の窮余の一策。

えび【海老】鯛を釣るための餌だが、ケチると馬鹿にされる。

エピグラフ【epigraph】さすがに自分では書けないが、誰にも書いてもらえず、たまに自分で書くやつもいる。

エピゴーネン【Epigonen】軽蔑されることさえ覚悟すれば、開拓者に対するほど風当りは強くないので気楽。

えびす【戎・恵比須】本来は伊弉諾尊、伊弉冉尊が最初に生んだ、蛭子《ひるこ》という骨のない出来損ないである。

エピソード【episode】本筋で行き詰まったときの寄り道。

エピローグ【epilogue】説明不十分なままで小説を完結させてしまった作者の書くつけ足し。娯楽作品では作者の親切さとされ、喜ばれる。

エフビーアイ【FBI】主人公の警官を捜査からはずして窮地に追いつめる、ドラマの悪役。

エプロン【apron】ここに出たがる役者が多く、落ちる役者も多い張り出し舞台。

えぼし【烏帽子】風が吹くと乱れ飛んだのでこう言う。

エホバ【Jehovah】お齢だと思うが、まだ隠居しない。

えほん【絵本】画家と作家の印税配分で常にもめる本。

えま【絵馬】合格祈願の絵馬をよく頼まれるが、みな不合格らしく、礼状が来たためしがない。

エムシー【MC】馬鹿にしていると悪口を言われてしまうので出演者は注意せよ。

エムピー【MP】ギブミー・ジョー・チョコレート・ガム！

エラー【error】あらー。

エリーゼのために【Für Elise】中学校の昼休み時間、わざと下手糞に奏されるピアノ練習曲。

エリート【elite】上品な身装《みな》りに反して臭い人物。

えりくび【襟首】最下層レベルの悪党が摑まれる部分。

えりまきとかげ【襟巻蜥蜴】一時流行したものの、思いどおりの行動をしてくれないので廃れ、絶滅せずにすんだ爬虫類。

えりも【襟裳】春には何もないと歌われて抗議

した町。
エルエスデー【LSD】やったことあるで。
エルサレム【Jerusalem】聖地の三乗。
エルドラド【El Dorado】結局ないど。
エルピー【LP】流行歌手にとっての短篇集。
エレガンス【elegance】おれでがんす。
エレキ【electric】電気のない僻地では演奏できないギターの略称。
エレキテル【elektriciteit】猫の頭を擦るのとさほど変らぬ発電機。
エレクト【erect】感電によって勃起すること。
エレクトラ【Elektra】自分の下着と父親の下着を一緒の洗濯機で洗うことを拒否しなかった娘。
エレクトロニクス【electronics】勃起工学。
エレジー【elegy】泣かせて儲けるための歌曲。
エレベーター【elevator】労せずして高みに運んでくれる乗物。降りる時はゆっくりした下降と墜落の二種がある。
エロイカ【eroica】エロダコは横山ノックだが……。
えん【縁】の下のもぐらもち。
えんいん【遠因】妻と喧嘩した社長が、従業員を大量馘首《かくしゅ》するなどのこと。
えんえい【遠泳】太鼓の音がやむと全員沈没する。
えんえん【婉婉】同じ目的の人間たちによって作られる蛇の形容。
えんか【演歌】カラオケ出現以来プロの歌う場が減りつつあるジャンル。
えんかい【宴会】セクハラ、上役いびり、厭味、罵倒、反吐《へど》、取っ組みあい、殴りあいなどのある会。
えんかくそうさ【遠隔操作】不器用になった現

代人が、手よりも精密に行えるよう考え出した操作方法。

えんかん【鉛管】阪神大震災では地下のガス管、水道管がごちゃごちゃになり、ガスの栓をひねると水が出た。

えんがんけいびたい【沿岸警備隊】戦後初めて海上の銃撃戦を、不審船相手にやった組織。

えんき【延期】会の延期は次のような理由が多い。①雨天。②右翼の妨害。③出演者のドタキャン。④会計係の持ち逃げその他。

えんぎ【演技】悲しくないのに泣くという演技は、むしろ役者以外の一般人によって演じられる方が多い。

えんぎ【縁起】自信のない者が頼ったり、そのせいにしたりする吉凶の兆し。

えんきょく【婉曲】はっきり言っても差支えないことを遠回しに言って相手を苛立たせる語法。

エンクルマ【Nkrumah】円タクの運転手出身の、ガーナの元大統領。

えんげい【演芸】この名称ではギャルは集まらない。老人が集まる。

えんけいだつもうしょう【円形脱毛症】別名・台湾坊主。昔は栄養障害、今はストレスが原因。

エンゲージリング【engagement ring】結婚した途端に肥って、たいていは抜けなくなる。

えんげき【演劇】採算のとりにくさで首位にある芸能。

エンゲルけいすう【エンゲル係数】家を持つことを断念したかどうかがわかる係数。

えんこん【怨恨】まともに戦って勝てない敵に対する感情。誰にも勝てる立場の人は注意せよ。

えんさ【怨嗟】恨みや嘆きを主に嗄れた声、眼つきなどの表情、顔色、手つきなどの身振りで示すこと。ひとりにやられてもたまらんのだから、群衆がやれば効果抜群。

えんざい【冤罪】ラッシュ時の車内で両手をあげている男が増えた。

えんし【遠視】あんな遠くの字が見えて、わたしの顔がどうして見えないの。

エンジニアリング【engineering】技術者のはめている指輪。

えんしゅうりつ【円周率】児童の暗記力を競わせるものとして最適であったが、3ということにしてしまい、馬鹿が増えることになった。

えんじゅく【円熟】これ以上新しいことは受けつけなくなる、内容の飽和状態。

えんしゅつか【演出家】役者は褒められてもこの人のせいにする。また使って貰えるからである。

えんしょ【炎暑】えんしょ。こらしょ。どっこいしょ。どた(日射病で倒れた音)。

エンジョイ【enjoy】自分が今楽しんでいることを自分に言い聞かせるメタ言語。

えんしょう【延焼】放火していないことは確実なので、楽に保険のおりる火災。

えんじょう【炎上】大きな建築物が燃えること。犬小屋の火事は炎上とは言わない。

えんしょうきん【炎症菌】肩凝り、歯痛、関節痛などに、次つぎと飛び火する菌。

えんじょこうさい【援助交際】やめなさい。

えんじん【猿人】アウストラロピテクスなどの最古の化石人類だが、まったく同じ顔をした現代人が特に政治家の中に存在する。

エンジン【engine】無神経な行動を開始する前に自分を機械扱いして「エンジンがかかって

きた」などと使われる語。

えんぜつ【演説】聴衆の中に自分より賢い者がいるとは夢にも思わぬから可能な弁論。

えんそく【遠足】足が遠のくこと。

エンターテインメント【entertainment】演芸、娯楽にかかわる者が、自らの職業に高級感を与えようとして言う語。

えんとつ【煙突】サンタに化けた泥棒が落ちてくる穴。

えんぴつ【鉛筆】鉛筆柏槇《びゃくしん》（エンピツの木）の枝を折って筆記具にしたもの。

えんま【閻魔】人間のタンシチューを好む魔王で、現在は満腹状態。

えんりょ【遠慮】先で恩を着せられることを考え、好意をことわること。

オアシス【oasis】湧き水に毒が入っている場所。

オアフとう【オアフ島】相撲取りの産地。

おい【老い】老婆は一日にして成らず。

おいど【御居処】語尾のOIDは「……に似たもの」の意（例・アンドロイド＝人間に似たもの）。スカートをはかせるための尻だけのマネキンは「おいどいど」である。

おうしょくじんしゅ【黄色人種】蔑称イエローモンキー。常食は玉蜀黍《とうもろこし》と南瓜。

おうしん【往診】話し相手が欲しい孤独な老人が医者を呼ぶこと。

おうせいふっこ【王政復古】死んだ社長の息子が成人してきて社長になること。

おうせつしつ【応接室】家宝に類するものを並べ立てる部屋。

おうだんほどう【横断歩道】非人道的な道路。

おうてん【横転】どてん。

おうと【嘔吐】食べたものを反芻するためいったん吐き出すこと。

おうふくじょうしゃけん【往復乗車券】無事に戻れるだろうと高をくくって買う切符。

おうむ【鸚鵡】相手の言葉を繰り返すいやな癖を人間に教える鳥。

おうりょう【横領】たいてい被害者と顔見知りなので、うやむやのうちに許して貰えることが多い犯罪。

おうりんマッチ【黄燐燐寸】毒性のため禁止されたが、あの鼻を衝く硫黄の臭いが懐かしがられる燐寸。

おえつ【嗚咽】便所における泣き方。

おおあな【大穴】競馬・競輪から一生足を洗えなくする番狂わせ。

おおいりぶくろ【大入袋】なんと五円玉という大枚が入っていて役者が狂喜する袋。

オーエーきき【OA機器】人員整理機器。

おおかみ【狼】唯一の狼女はバージニア・ウルフである。

おおかみのきんたま【狼の睾丸】怖くて手が出せないこと。

おおさか【大阪】日和下駄のこと。

おおさんしょううお【大山椒魚】天然記念物なので「食べたら旨かった」とは誰も言わない。

オーストラリア【Australia】地理学者の間で大

陸か島かという議論があった。

オーストリア【Austria】エア・ライン（AL）を省いたオーストラリア。

おおぜき【大関】際限なく下位に転落可能な、もとは最高位であった地位。

おおそうじ【大掃除】余計な雑貨、家具、家族などを掃き出すこと。

オーソドックス【orthodox】斬新さが提出できない際、とりあえず提示しておくもの。

オーソリティ【authority】その死が待たれる存在。

オーディション【audition】予算不足の為、安いギャランティで使える役者を公募すること。

おおどうぐ【大道具】祝儀をはずまないと倒れてきたり、落ちてきたり、開かなかったりする装置、またはそれを作る人。

オートクチュール【haute couture】夫がいやがる。

おおどしま【大年増】森光子。

オートバイ【auto bicycle】未成年者の示威行為に使用される乗物。

オートマチック【automatic】破壊、事故、射殺などを自動的に行う装置や機械。

オートメーション【automation】働きたい人間を自動的に制御する装置。

おおなるときょう【大鳴門橋】建設中、本州側と四国側に縦数十センチのズレができ、地球が丸いことを考えていなかったことが判明した。

オーバーラップ【overlap】愛人の顔の上に妻の顔が重なること。

オープニング【opening】わあ始まった。もうやらなきゃしかたないなあ。

オーボエ【oboe】リードの調整に三時間かか

る楽器。

おおまじめ【大真面目】馬鹿なこと、気違いじみたことを言う時の顔つき。

おおみそか【大晦日】酒飲みが早くも飲み始める日。

おおや【大家】汝大家とならば、我店子となりて払わない。

オーライ【all right】往来には誰もいないから発車よろしいの意。

おかま【お釜】月夜に釜を掘られる。

おかん【悪寒】おかまの顔の青青とした剃り跡を見て背中に走る寒け。

おきて【掟】文壇ではなぜか、作家が自分の作品の批評に対して反論すること。

おきなわ【沖縄】アメリカの領土になり損ねた県。

オクターヴ【octave】言い訳や命乞いの時の、もとの音程より完全八度上がった音程。

おくのて【奥の手】二度使えば命取り。

おくびょう【臆病】勇気同様、一種の錯覚である。

おくら【お蔵】最近では単発二時間ドラマが数百本、日の目を見るのを待っている。

オクラホマ【Oklahoma】「!」がつく州。

おしうり【押売り】前科何犯と言って自慢するが、それだけ捕まったのだから頭が悪いことは確かである。

おしどり【鴛鴦】夫婦が一生連れ添う手本とされている鳥だが、家鴨を妾にした鴛鴦もいる。

おしのいもほり【啞の芋掘り】やたらに稼ぎまくる人のこと。

おしょく【汚職】誰かがやっているのを見て安心してやるので、汚職者がひとり出ればその周辺にもっといると思ってよい。

オゾン【ozone】イオンと混同し、無害と思っているやつがいる。

おだぶつ【お陀仏】恐怖を伴わずには「死」と言えないので、笑いながらこう言う。

おたまじゃくし【お玉杓子】これが発明される以前は蛙の子のことを何と言ったのだろう。

おちこぼれ【落ちこぼれ】天才になる者が必ずいたのだが、それは昔の話。

おっとせい【膃肭臍】この哺乳類を参考にしてハレム、後宮、大奥などが作られた。

オデッサ【Odessa】乳母車が階段から単独で降りてくる都市。

おてもり【お手盛り】文学賞の選考委員が、自分の作品にその賞を与えるため、いざ俎上にあげられた時、便所へ立つこと。

おとこ【男】両性のうち、弱さ、消極性、だらしなさ、未練がましさ、卑怯、女女しさなどの特徴を持つ方の性。

おととい【一昨日】明後日追い出された人が未来からやってくる日。

おとな【大人】成人式の振舞いでは、まだ餓鬼かどうかを試される。

おとめ【乙女】ピアノ曲「乙女の血糊」

おとり【囮】人気俳優にチョイ役で出演してもらい、主演者として宣伝すること。

おどりこ【踊り子】名作「愚図の踊り子」

オナニー【Onanie】おれがこんなに上手だってことを誰も知らない。

おはこ【十八番】出し物や返答に困窮した際に、常に対応できる出し物や返答。

おび【帯】わが国独自のストリップ・ショウのための小道具。

オブラート【oblaat】「これを傑作だと言って掲載してくれる雑誌もあるでしょうから」

オフリミット【off-limit】「この先に面白きものあり」
オフレコ【off the record】と、言っておいて面白い話をし、記者を悔しがらせること。
オペラ【opera】歌える環境、心情、状態にない登場人物が大声で歌う劇。
おもいつき【思いつき】優れた着想に対する悪口。「単なる思いつきだ」
おもてざた【表沙汰】表に出られなくなること。
おもてせんけ【表千家】表沙汰になる前の裏千家。
おやばか【親馬鹿】息子が女との別れ話に難渋しているので出て行き、その女に手を出すなどのこと。
オランダ【Holland】この帽子はドイツんだ。オランダ。
オリンピック【Olympic】ナショナリズムを背負わされた各国運動選手による代理戦争。
オルガスムス【Orgasmus】この状態をずっと続けている者をオルガナイザーと呼ぶ。
おれ【俺】「闘牛やりたい人は?」「オ・レ!」
おれいまいり【お礼参り】原告、密告者、刑事たちが恐れる訪問。
おろしうり【卸売】産地のラベル貼替えが行われる流通過程。
おわり【終】この辞典はまだまだ続く。
おん【恩】着たり売ったり返したり時には仇で返したり。
オンエア【on-air】自分のどの出演場面がカットされているかを確認する時間帯。
おんがくか【音楽家】上は国王から下は乞食まで、最も貴賤の幅の広い職業。
おんがくちょさくけん【音楽著作権】今に口笛吹いても徴収されるぞ。

おんせんやど【温泉宿】交情を見果てぬ宿の窓ガラス。

おんたい【温帯】温暖化現象が進めば熱帯。

おんち【音痴】楽譜を脱構築する人。

オンデマンド【on demand】本では読まんど。

おんどく【音読】昔はすべての人が音読した。はじめて黙読したのは聖アウグスティヌスの師匠のアムブロシウス。

おんな【女】モーパッサン、山本有三、森本薫の「女の一生」を見よ。

オンライン【online】通話料が上昇し続けていることを忘れている時間。

か【蚊】腕にとまった時は、その部分の筋肉をきゅっと引き締めてやろう。口吻が抜けなくなり、じたばたするから面白い。

ガーナ【Ghana】エンクルマという車に牽引されて独立を勝ち取った国。

カーナビ【car navi】そこに橋がかかる以前に作られたカーナビでは、時おり車が水上を走る。

カーニバル【carnival】相手不明妊娠婦人多発祭。

カーネーション【carnation】五月第二日曜日の立小便。

かいあく【改悪】超訳、抄訳。

がいあく【害悪】取り除こうとするやつも害悪。

かいいぬ【飼い犬】汝右の手を噛まれたならば左の手を……。

がいかくだんたい【外郭団体】隠し金をプールするところ。

かいぎ【会議】少数の自己主張者と大多数の追随者の集まり。

かいきゃく【開脚】乗ろうとしたボートが岸から離れ出した時の状態。

かいぐん【海軍】戦死者の死体を見つけにくい軍隊。

かいけい【会計】持ち逃げの誘惑に勝った者のみが長く続ける職業。

かいけつ【解決】全員が不満を残すこと。

かいご【介護】ストレス増進の一手段。

かいこう【改稿】昔同人雑誌に書いた若書きを、プロになってから書き直すこと。

がいこうかん【外交官】自国の恥を代表する体現者。

がいこうじれい【外交辞令】真実を話すほど重視していないことを相手に遠回しに教えること。

がいこく【外国】遠くの国より近くの国と揉め事が多いのは、「親の血をひく兄弟よりも……」と同じ理屈。

がいこつ【骸骨】生き物すべて本質的に不気味であると認識できる基礎部分。

かいこん【悔恨】悪事が失敗した時の心理。

かいさい【快哉】商売敵の破産。

かいさつ【改札】鉄道が機械に委任し、今後ますます人員が削減される部署。

か

かいじゅう【怪獣】ノーギャラなのでよく映画に使われる主演俳優。
かいせん【疥癬】丼のメニューにしてはいけない。
かいそう【回想】あくまで文学や映画の手法。現実にはそれほど長時間の集中は無理。
かいぞく【海賊】ソマリアの主要産業。
かいたいしんしょ【解体新書】日本人から人体の神秘性を最初に奪った書物。
かいだん【怪談】あの階段、もう壊された筈だが。
かいつぶり【鳰】軍事用語で無線誘導ロケットの一種。
かいていトンネル【海底トンネル】大事故が期待されている。
かいてんドア【回転ドア】自律神経失調症患者にとっては一生出られなくなる危険なドア。

かいとう【怪盗】逮捕されるまでの呼称。
がいとうえんぜつ【街頭演説】駅前が黒山の人だかりでちっとも前進できないときに聞こえている声のこと。
かいにん【解任】追及が上部に及ばぬよう取られる措置。
かいはつとじょうこく【開発途上国】⇩【後進国】を見よ。
かいひ【回避】対立する組のやくざを行く手に見て、横道に入ること。
かいぶん【回文】大作家に喝采だ。
がいぶん【外聞】派手に夫婦喧嘩をしたあとで突然気になりはじめること。
かいぶんしょ【怪文書】著作権を放棄した文書。著者はたいてい内部の者。
かいぼうがく【解剖学】何でもバラバラにしてしまう幼児期の行為を最も濃厚に残している

学問。

かいほうげん【開放弦】左手のない者が弾く弦。

かいみょう【戒名】あの世での出生届。

がいむしょう【外務省】外国語をひとつも話せずに入ろうってか？

がいめんびょうしゃ【外面描写】心理描写が不得手な作家の手法だが、実際は内面描写よりも難しい。

がいや【外野】次のバッターボックスのことを考えるに適したポジション。

がいゆう【外遊】マスコミ逃れの一手段。

かいらく【快楽】特に官能的な快楽を言う。日本人の多くは仕事が快楽である。だから一番の快楽は官能的な仕事。

かいり【乖離】巨額の遺産を相続した共産主義者の心理。

かいろうどうけつ【偕老同穴】同じ穴の夫婦。

かいわ【会話】原稿枚数を稼ぐ手段。

かいわれだいこん【貝割れ大根】河内産。「食わんかい、われ」が語源。

カウチポテト【couch potato】河内の人間に対する悪口。「河内のイモ」の意。

ガウディ【Gaudi】未完成の方が人気のある建築家。

カウパーせんえき【カウパー腺液】相手次第で分泌が多かったり少なかったりする液。

カウボーイ【cowboy】映画「真夜中のカーボーイ」を見て真のカウボーイ、ロイ・ロジャースが怒り狂った。

カウンセラー【counselor】繰り言を聞いてやる時間を売る人。

カウントダウン【countdown】０における大惨事を期待しながらの秒読み。

かえうた【替え歌】ＪＡＳＲＡＣによって発表

の自由を奪われた歌。
かえりざき【返り咲き】蟹工船。
かえるにょうぼう【蛙女房】年上の妻。
かえるのぎょうれつ【蛙の行列】向こう見ずのこと。蛙は直立すると前が見えない。
かお【顔】山藤章二の収入源。
かおなじみ【顔なじみ】有名な人はすべて。
かおみせ【顔見世】実際は総出演に非ず。
がか【画家】絵描きの上。画伯の下。
ガガーリン【Gagarin】宇宙飛行で犬に遅れをとった人。
かがいしゃ【加害者】被害者にならずにすんだ人。
かがく【化学】覚醒剤の配合は教えてくれない。
かがくしゃ【科学者】小説家を気ちがいと思っている人たち。小説家から見れば全員マッド・サイエンティスト。

かかくはかい【価格破壊】歓迎される経済撹乱。
かかし【案山子】ホームレスより上等の服を着ていることがある。
かかたいしょう【呵呵大笑】無理をしての豪傑笑い。あと、疲れる。
かかと【踵】踏んでいても痛くない唯一の部分。
かがみ【鏡】悪魔を捕獲する道具。
かき【牡蠣】牡蠣食えば腹が鳴るなり食あたり。
かき【柿】隣の客がよく食う果物。
かぎ【鍵】鍵の形をしたキイホルダーはキッチュの傑作。
がき【餓鬼】敗戦後の子供はすべてこの呼称にぴったりだった。
かぎあな【鍵穴】次第に稀になり、覗き見ができなくなりつつある。
かきおろし【書き下ろし】多忙でない作家の仕事。多忙な作家の書き下ろしは特別作品とされ、印税率も高い。

かぎかっこ【鍵括弧】「この部分は、地の文で書くべきところを、会話で逃げています」

かきくどく【掻き口説く】しつこいので効果なし。

がきだいしょう【餓鬼大将】末は活劇俳優。

かきたし【書足し】枚数に満たぬ時の作業で、ワープロが利便性を発揮する。

かきゅうてき【可及的】「ゆっくりと」の前置詞。

かきょう【佳境】談話の場合はまず茶を飲み、小説の場合はその前に「だれ場」を作る。

かきわり【書割】手抜きの舞台装置。

かくえきていしゃ【各駅停車】長時間乗っているのを好む人のための列車。

かくぎ【閣議】役人の暴走にお墨付きを与える儀式。

かくげん【格言】塵も積もれば邪魔となる。

かくさく【画策】友人に頼んで自分の好きな女性を襲わせ、彼女を救うこと。

かくしどり【隠し撮り】多くの男性が内心共感しながら糾弾する行為。

がくしゅう【学習】母親によって女性の本質を学ぶこと。

かくしんはん【確信犯】なんでしたらいかんねん。本能やないか。そこに女がおるんやないか。

かくせい【覚醒】今まで夢を見ていたのだと気づくこと。

がくせい【楽聖】耳が聞こえないことが条件。

かくせいざい【覚醒剤】覚醒しなくなる場合もある。

かくだんとう【核弾頭】取りつけ取りはずし可能なミサイルの亀頭。

かくていしんこく【確定申告】何年かに一度税務調査をされて、追徴課税されるための税制。

カクテル【cocktail】飲酒と過食とストレスによる反吐のこと。

がくとしゅつじん【学徒出陣】文科系の学生ばかりが入隊させられた。理工系でない学生は消耗品だったのである。

かくめい【革命】被支配階級が権力を奪い取り、前の支配階級と同じことをすること。

がくめい【学名】学校での呼び名。

がくやおち【楽屋落ち】観客差別の一形式。

かぐやひめ【かぐや姫】美しく成長したら、月のものが来たという当り前の話。

かくりつ【確率】自分の能力や運などを勘定に入れない者が追求する可能性。

かくれが【隠れ家】山の上ホテル。

がくれきさしょう【学歴詐称】学歴些少。

かげ【影】光との双生児。

がけ【崖】邪魔者に「下を見てご覧」と勧める場所。

かけあし【駆け足】不安、恐怖、強制による前進。

かけい【家計】記帳しても何の参考にもならない生活経済。

かけおち【駆落ち】心中するほどの度胸も愛もない男女の行為。

かげき【歌劇】ひそひそ話を大声で歌う芝居。

かげぐち【陰口】エレベーターのドアが閉まった途端乗り遅れた人の悪口を言うこと。

かけことば【懸詞】いつしか年も杉の戸を壊してわれは外に出る。

かけす【懸巣】鳥仲間の声帯模写芸人。

かげぜん【陰膳】間男が陰膳までも食って行き。

かこ【過去】その時が来たと思えばすでに過去。

かざあな【風穴】悪い空気を出すため、多く人間のどてっ腹に開ける通風孔。

カサノバ【Casanova】昔は男が恋の回想録を書いた。

カサブランカ【Casablanca】制作者も監督も出演者も、みんな二流映画のつもりだった。

かし【仮死】お花畑を見ている状態。

がし【餓死】血も流さず汚物も垂れ流さぬ、最も綺麗な死体となる死にかた。

ガジェット【gadget】二つ以上の用途を兼ね備えた文房具や台所用品など。たいていひとつ以上の役には立たず、何の役にも立たないこともある。

かしきり【貸切】閉鎖性の証明。

かしきんこ【貸金庫】家に金庫のない人は借りないで、ある人が借りる金庫。

かしつちし【過失致死】故意か過失か未必の故意か誰にも判断できぬなら過失に見せるが最善の策。

カジノ【casino】都知事からマフィアまで、皆が望んでいながらなかなかできない場所。

かじばどろぼう【火事場泥棒】その混乱を生み出した者がまず疑われるべきである。

カシミール【Kashmir】インド・パキスタン紛争発祥の地。

かじみまい【火事見舞い】火事場泥棒ではないかとまず疑うべき人物。

カジモド【Quasimodo】たとえマンガ映画であっても「ノートルダムの傴僂男」とはっきりうたって欲しいね。

かしゃく【呵責】あなたがたがわたしを責めなくても、わたしはすでに良心によって苦しんでいると表明するための語。

かしゅ【歌手】老齢で歌えなくなってもＮＨＫ

でなら歌っていられる。

カジュアル【casual】堅苦しくなく、ともすれば見苦しい方に傾くさま。

かしょうしんこく【過少申告】わしは常に過剰申告じゃ。

かしょうりょく【歌唱力】あり過ぎるとアイドルになれない素質。

かしわもち【柏餅】一枚の布団にくるまって寝ること。

カスタネット【castanet】腱鞘炎患者には不向きな打楽器。

カストロ【Castro】粕漬けのとろ。

ガスボンベ【gasbombe】家庭に置かれる爆発物。

かすみがせき【霞ヶ関】①万年霞がかかっている役所の所在地。②醜名。買収に応じるので評判が悪い。

かすりきず【かすり傷】重傷を負い、死に直面した意地っ張りが言うことば。

かせい【火星】オーソン・ウェルズを有名にした惑星。

かせき【化石】自給自足の墓石。

がせねた ケニー・ダンカン。

かせん【歌仙】よくわからないが、歌に優れているので何かに巻かれる人。

がぜん【俄然】忍耐の限度に達した者が反撃に出るさま。

かせんしき【河川敷】ホームレスの住宅地。

かそう【家相】南極点に家を建てればどう寝ても北枕。

かそうば【火葬場】まだ死んでいなかった人の絶叫が聞こえてくる場所。

かぞく【家族】親子三人猫いらず。

かそくど【加速度】エレベーターガールの飛び

降り自殺。「お次、九階でございます。八階でございます。七階でござ。あっ六階で。五階、四階、三階二階一階きゅっ！」

ガソリン【gasoline】最も入手しやすい脅迫用具であるが、取扱いを誤ると自らを燃やすことになる。

かた【肩】人体で最も凝る部分。尚、最も弛むのは腹である。

かたおち【片落ち】①日歩の利息の計算で、最初の日か最後の日に利息をつけないこと。②テレビでは「片手落ち」の意味にわざと誤用される。

かたおもい【片思い】ストーカー行為の初期症状。

かたがき【肩書】肩に彫った名前。

かたかな【片仮名】小説で頻出する場合は、①外来語の好きな作者によるペダントリイの誇示。②擬態語・擬声語の多い非文学的な作品。

かたきうち【敵討ち】江戸の仇を広島・長崎で。

かたきやく【敵役】せっかくの一度きりの人生でありながら好んで一生これをやる人がいるという不思議。

かたくしんにゅうざい【家宅侵入罪】透明人間が最初に犯す罪。

かたず【固唾】赤信号になり、横断歩道にとり残された老婆を見守る通行人がのむ唾。

カタストロフ【catastrophe】ビーフ・ストロガノフ。

かたつむり【蝸牛】なめくじを見て「おっ。凄いストリップだ」。

カタルシス【catharsis】精神の大小便。

カタログはんばい【カタログ販売】馬鹿な客と会話しなくてすむ商い。

かちはんだん【価値判断】主観による評価。

「この女は老婆だ」は事実判断で「この女は醜い」が価値判断。

かちめ【勝ち目】少なめに見込んだ方が安全な判断。

カチューシャ【katyusha】外斜視のこと。内斜視はロンパリ。

かちょう【課長】自殺率の高い中間管理職。

かちょうふうげつ【花鳥風月】自然の中に花札を思う風流。

かちんこ 演出助手たちが奪いあう拍子木。

かつあい【割愛】監督が涙をのんで捨てるフィルム。

かつおぶしむし【鰹節虫】鰹節が発明されていない時代は何を食べていたのだろう。

がっかい【学界】学者の社会。例外は「文学界」。

がっかせん【顎下腺】美女の大腿部を見た時に唾液が分泌される部分。

かっかそうよう【隔靴掻痒】料理ができているのに私語に夢中のウエイトレスを横目で見ている空腹の客の心理。

がっき【楽器】①癇癪を起した時に壊すもの。②麻薬の運搬道具。③稀には武器・凶器。

かっこ【括弧】フッサールが好んだ判断の貯蔵庫。

かっこう【郭公】卵を里子に出す鳥。

かっさい【喝采】褒める気のない者まで参加しなければならない行為。

カッサンドラ【Cassandra】凶事を予言しても誰も信じず、凶事が起れば当人のせいにされる不幸な者の呼称。

がっしゅく【合宿】各自の欠点が露呈する共同生活。

かっすい【渇水】汲取式便所が懐かしがられる

事態。

かっそうろ【滑走路】そのままどこまでも走り続けるのではないかと乗客が不安に襲われる航空機の道路。

かつだんそう【活断層】阪神大震災までは誰も知らず、日本には老婆の皺の如く走っていると知って皆が驚愕した断層。

ガッツポーズ【guts pose】敗者を逆上させる行為。

カッパドキア【Cappadocia】実在した河童天国。

かっぱらい【掻っ払い】酔っ払いの天敵。

がっぴょう【合評】作者本人を前にした悪口雑言が許される会。

がっぺい【合併】多くは両者の欠点が倍になる事態。

かつべん【活弁】映画がトーキーになるとは夢にも思わなかった先の読めぬ人が、日本にいかに多かったかの証明。

かっぽれ 欧米では悲しい曲と思われていたため、邦人の葬儀に演奏された。

かつやくきん【括約筋】笑うと緩み、パンツを汚す原因となる筋肉。

かつようけい【活用形】「書かない」「書きます」「書く」「書くときは貴誌に」「書けばベストセラーは確実なんだけど」「書けとは何だ書けとは」

かつら【鬘】天敵は風と乱闘と激しい愛撫。

かていさいばんしょ【家庭裁判所】各家庭に出張して開かれる裁判所。有罪なら座敷牢に入れられる。

かていないぼうりょく【家庭内暴力】主に金属バットの目的外使用。

がでんいんすい【我田引水】俄然淫水。

かどかわしょてん【角川書店】わが断筆のきっかけとなり、執筆再開の途も開いてくれた出版社。

かどざ【角座】一七五八年、世界初の回り舞台ができた大阪の劇場。

カナダ【Canada】なぜか差別されるために日本人が別荘を持ちたがる国。

かなづち【金槌】溺死した人間の生まれかわり。

カナリア【canary】ガス突出報知鳥。

かにこうせん【蟹工船】時おり人間の指が入った蟹の缶詰を作る船。

カニバリズム【cannibalism】カーニバルで酔った男女が食いあう慣習。

ガニメデ【Ganymede】ギリシアの神の男色趣味の証明。

かねづる【金蔓】女性にとっての有名人。金蔓でなくなると今度は告白や手記でマスコミから金を得る。

かば【河馬】学名ヒポポタマス・ポリティクス。よく似た政治家が多いためであろう。血の汗を流して見せるが、労働のせいではない。

かばんご【鞄語】イメチェン。セコハン。スキャンティ。セクハラ。ドタキャン。どうもろくな語がないな。

かび【黴】ストレプトマイシンの原料だからといって、これを抗生物質として服用してはならない。

カフェテラス【café terrasse】通行人の品定めができ、通行人からは鑑賞してもらえる喫茶店。

カフカ【Kafka】実存主義の鱶《ふか》。

かぶきちょう【歌舞伎町】何でもありの歓楽街だが、歌舞伎座はない。

カプセルホテル【capsule hotel】住宅をウサギ

小屋とすればこれは蚕棚。宿泊者全員を人工冬眠させることも可能。
かぶとがに【兜蟹】ダース・ベイダー。
かぶぬしそうかい【株主総会】多くの会社が同じ日に開くので、総会屋は分身の術を使う。
かふんしょう【花粉症】花粉情報がどうであれ、用があれば外へ出なければならないのは天気予報と同じ。
かべ【壁】その彼方には常に魅力あるものが存在する。
かほう【家宝】値打ちがないとうすうすわかっていながら鑑定団に出して気落ちすることになるがらくた。
かほご【過保護】保護対象を現実から遠ざけること。最も手っ取り早いのは麻薬を与えること。
かまきり【蟷螂】セックスのさなかに食われるのがどんな気分かを体験する動物。
かまくび【鎌首】美しい女子高生が前を通った時、ぶっ倒れて休息中のサッカー部員たちが頭を持ちあげるさま。
かまくら【鎌倉】古戦場だらけであり、どこを掘っても人骨が出てくることで有名。
かまくらぶんし【鎌倉文士】井上ひさし去って、現在は文士不在。
かまぼこ【蒲鉾】①芝居用語で板つき(幕開きから舞台に出ている)の役者のこと。②宝石なしの肉厚の指輪。
かまゆで【釜茹で】蓋をするので処刑されている者の苦しみを見ることができず、比較的残虐ではないとされる刑罰。
かみさま【神様】きっとおれのことが嫌いなんだ。
かみしばい【紙芝居】今のテレビよりも面白く、

教育的であった簡易演芸。

かみしも【裃】衣偏を手偏に変えると「せんずり」になります。

かみそり【剃刀】あっ。この床屋、子供の時にいじめたやつだ。

かみなりぞく【雷族】性的不能者の群。性欲昂進のため騒音と暴走に執着する。

カミュ【Camus】実存主義の髪結い。

カメラ【camera】カメラマンの武器。

カメレオン【chameleon】ソ連崩壊後も赤いままの日本共産党が羨む蜥蜴《とかげ》。

かも【鴨】鴨撃ちで助手に散弾を詰め替えさせ、銃を取っ替え引っ替え撃ちまくれば、落ちてくる鴨が雨あられ。そのため下にいる鴨が飛び立てない。（ジョージ川口談）

かもねぎ【鴨葱】大金を持って夜道を行く良家の美少女。

かものはし【鴨嘴】嘴《くちばし》を持った哺乳類としては他に黄色い嘴の若者がいる。

かもめ【鷗】魚群探知鳥。

かやくこ【火薬庫】在任させればトラブルとなり、辞職させれば腹いせに事実を暴露する恐れのある人物は誰でも。

かゆ【粥】「飯を炊かせりゃ粥にする。粥を炊かせりゃ強飯を作る」（並木正三「傾城廓源氏」）

からオケ【karaoke】ＪＡＳＲＡＣの餌食。

からす【鴉】ゴミ出しの日に早朝から「早くゴミ出せえ」と鳴き立てる鳥。

カラヤン【Karajan】空やおまへん。

カリカチュア【caricature】本人だけは「似ていない」と言う。

かりしゃくほう【仮釈放】気楽な刑務所から苛酷な現実に抛り出してやる刑罰。

カリスマ【charisma】悪口を言う者に対して周囲の者の方が腹を立て、報復してくれる資質。

かりずまい【仮住まい】代理母の中の胎児。

ガリレオ【Galileo】ダーウィンと並ぶキリスト教の敵。

かるいし【軽石】二枚目男優の頭の中味。

かるがも【軽鴨】子鴨引率車道通行止鴨類。

カルシウム【calcium】軽い金属。

カルチュア・センター【culture center】軽い文化施設。

カルメン【Carmen】軽い男たちを手玉にとる女。

かるわざ【軽業】体が軽い泥棒の仕業。

かれい【鰈】生まれつき煎餅になっている魚。

カレー【curry】辛え！

がれき【瓦礫】塵も積もれば邪魔となる。

かろうし【過労死】労働条件の悪い会社に対する報復的自殺。

かわうそ【川獺】日本では乱獲したのでほぼ絶滅。罪滅ぼしにラッコを可愛がっている。

かわせそうば【為替相場】愛国心だけではどうにもならない評価比率。

かんかくびょうしゃ【感覚描写】感覚病者の文学。

かんがん【宦官】出世のため、自らペニスをちょん切って志願した者もいる。

かんかんがくがく【侃侃諤諤】最も重大な発言を埋没させる論議のさま。

かんけい【関係】哲学的には無関係も関係のひとつ。

かんけつ【完結】虚構にしか存在せず、現実に存在する唯一の完結は自己完結。

かんげんがく【管弦楽】大は交響曲。小はギターとハモニカ。

かんこつだったい【換骨奪胎】文学作品をミュージカルやアイドル映画にすること。

かんごふ【看護婦】患者次第で天使にも魔女にもなる女性。

かんざんじっとく【寒山拾得】同棲していた二人の乞食坊主のロマン。

ガンジー【Gandhi】暴力と服従を嫌って拒食症になった人。

かんしゃく【癇癪】自分の思い通りにならぬものがこの世に存在することを認めたくない状態。

かんしょう【冠省】「面倒なので時候の挨拶などを省きますが、まあ『前略』よりは丁寧に見えるでしょ」

ガンス【Gance】無声映画「鉄路の白薔薇」「ナポレオン」「世界の終り」の監督アベル・ガンスでがんす。

かんぜんはんざい【完全犯罪】犯罪だという証拠を残さぬ犯罪で、実は犯罪の九十九パーセントがこれに相当することを誰も知らない。

がんそ【元祖】「本家」の敵。

がんたい【眼帯】七つの顔の男だぜ。

かんたん【邯鄲】ホームレスの見る夢。

かんちょう【浣腸】肛門を使用する自慰行為。

かんつう【姦通】昔は罪とされたが、現在は自由恋愛とされる。古風なメディアはこれを不倫と呼んで珍重する。

カンツォーネ【canzone】本格的歌唱法が通用する流行歌。

かんづめ【缶詰】今では珍しくなったため、たまたまこの状態となった作家が喜んで触れまわる。

かんていだん【鑑定団】テレビ東京を蘇生させた団体。

カンディンスキー【Kandinsky】絵よりも理論が肝心スキー。
かんてん【寒天】炎天に食べる。
かんでん【感電】小は静電気によるものから大は落雷によるものまで、衝撃の程度をさまざまに楽しめる現象。
カント【Kant】その美学によって文芸批評を印象批評一辺倒にした罪人。
かんどう【勘当】今は不良息子を除籍できないので親が一方的に苦しむのみ。
かんとうげん【巻頭言】これを頼まれればもはや老大家。
かんとうだいしんさい【関東大震災】阪神大震災といい、大震災は必ず大都市に起る。次は名古屋である。
かんなくず【鉋屑】削りカツオに似ているが食えない。
かんなん【艱難】汝を悪魔にする。
かんにんぶくろ【堪忍袋】キレた、と言うのはこの袋の緒のことらしい。
かんのう【官能】性感覚のかんかんのう。
かんのんぼさつ【観音菩薩】奈良の観音、駿河の観音、中で寝ている天神さん。
かんばんむすめ【看板娘】ベニヤ板に貼ったアイドルの等身大写真。
かんぼうちょうかん【官房長官】内閣の人事を閨房まで管理する機関の長。
かんぼつ【陥没】金槌で脳天を叩かれるとこの状態になり、そこに雨水が溜まると陥没湖となる。
がんめいころう【頑迷固陋】ビートルズを騒音として絶対に認めなかった、小汀利得《おばまとしえ》という人がいましたな。
かんようく【慣用句】筆を断つ。筆を折る。筆が滑る。筆が立つ。筆に任せる。筆を加える。筆の慣用句だけでもまだまだあります。

かんりょう【官僚】世界を見ず、直属上司だけを見る人。

キーワード【key word】誰でも持てる自分だけの秘密。

ぎいん【議員】人格の一部が支援者に乗っ取られた人。

ぎいんとっけん【議員特権】会期中は何をしてもいいそうだ。

キウイ【kiwi】全体に毛が生えて丸く、褐色の、鳥でもあり果物でもある奇異な代物。

きうそうだい【気宇壮大】細かいことは人まかせ。

きえつ【喜悦】この表情のできる女優は少ない。普段はしている癖に。

きおいざか【紀尾井坂】文藝春秋詣での新人が気負って登る坂。

きおく【記憶】A型は腹の立ったことだけ、B型はいやな目にあったことだけ、O型は面白かったことだけ、AB型は悲しかったことだけ記憶する。

きおくそうしつ【記憶喪失】自慢話の好きな人に望まれる症状。

キオスク【kiosk】大江健三郎の文庫本を置いていない駅構内の売店。

ぎおん【擬音】すべて録音が再生されるようになり、名人がいなくなった。

ぎおんまつり【祇園祭】期間といい山鉾巡行といい、世界一弛緩した祭礼。

きか【奇禍】航空機事故死を予言されて家にいた人が、墜落してきた航空機によって死ぬなどのこと。

きが【飢餓】餓鬼の常態。

きかい【機械】ミシン。

きかいきんとう【機会均等】望めば馬鹿でも大学へ入学できるなどのこと。

ぎかいせい【議会制】国民が独裁者を待ち望みはじめる制度。

きかがく【幾何学】図形が導入された数学。次は音か。

きかん【気管】通常は空気が通り、稀に餅などによって詰まる管。

きかん【季刊】試験的に刊行される月刊誌の初期形態。または廃刊寸前の末期形態。

ぎがん【義眼】なぜか左右とも義眼の人は見かけない。

ききかん【危機感】このままでは危ない、と思った時はたいてい手遅れ。

ききょう【帰郷】①盆暮れ。②出産。③錦を飾る。④無一文で帰る。⑤脱獄して帰る。⑥夢。

きぎょう【企業】同じ目的の多人数が手分けし、恥かしげもなく利益を追求する形態。

ぎきょく【戯曲】演出家が思い通りに解釈するため、作者の意図通りに上演されることは滅多にない、文学として書かれた脚本。

ききん【飢饉】でも常に飽食者はどこかに存在している。

ききんぞく【貴金属】いったん放射能を浴びれば恐ろしや放射性同位元素。

きく【菊】①観賞用植物。②食用植物。③幽霊の名前。

きぐ【危惧】傍にいる者が抱く感情で、本人は大体において何とも思っていない。

きくいむし【木食虫】ボートが浸水、転覆する原因のひとつ。

きぐう【奇遇】ラヴホテルで妻と出くわすなどのこと。

きくざ【菊座】不敬にも肛門の周囲に彫られた菊の御紋。

きけんぶつ【危険物】どんどん増え、今に危険物でないものはなくなる。

きごうろん【記号論】作家が学んではいけない学問のひとつ。文章がおかしくなる。

きさい【奇才】デビュー一年後。

きさい【鬼才】デビュー三年後。それ以後は飽きられる。

きさま【貴様】貴い人に呼びかけることば。

きじ【記事】わずかの事実に多くの誤りと推測を付加した自動的な報道文。

ぎじかがく【疑似科学】昔占星術、今血液型性格学。

きしゃ【汽車】〽汽車の窓から早撃ちすれば、牧場の乙女は皆殺し。

きしゃかいけん【記者会見】一挙に取材者と対面して時間の無駄を省く方法だが、それでもまだ単独インタヴューを望まれる。

きしゃだん【記者団】答えてもらえないことがわかっていながら質問しなければならない気の毒な集団。

きじゅ【喜寿】実力はないが僅かに影響力が残っていそうなので、祝いに行ったものかどうか人びとが迷う目出度い年齢。

ぎしゅ【義手】鉄丸、棍棒、チェーン、手鉤など、さまざまな武器に取り替え可能な補装具。

きしゅう【奇襲】トイレにいる女を襲うこと。

きじゅつ【奇術】今まで人間であったものを一瞬にして仏にする、などの術。

きしょ【奇書】中国には四大奇書が存在するが日本にはない。唯一「八犬伝」が奇書と言えるが、これは「水滸伝」の改作である。

ぎしょうざい【偽証罪】鑑定士や通訳は日常業務でも偽証罪が成立するから可哀想だ。作家であってよかった。

きしょうてんけつ【起承転結】起床してすぐにひっくり返って死ぬこと。

きしょうよほうし【気象予報士】下駄で晴雨を占う人。

ぎしんあんき【疑心暗鬼】最後には自分まで疑いはじめる、心の闇に住む鬼。

ぎじんか【擬人化】動物文学の欠点。

キス【kiss】ビリヤードで、一度当った玉がまた触れること。

きずぐち【傷口】自分のそれは舐め、他人のそれには塩を擦り込む箇所。

ぎせい【犠牲】大事業や大人物の周囲から阻害

き

され損をした人が社会に訴える語。

きせいちゅう【寄生虫】それなりの仕事はしているのだが……。

きせき【奇跡】亭主が死んで半年経った後家さんが妊娠するなどのこと。

ぎせき【議席】共産党の議席をテレビで見たことがない。映らぬ場所に置かれているからだろう。

きせつ【季節】四種に調味されたシーズン。

きぜつ【気絶】身の丈八メートルの日馬富士が深夜の路上に出現した時の通行人の反応。

きせる【煙管】改札が自動になっても車内検札が必要な理由。

ぎぜん【偽善】マスコミの振りかざす正義。

ぎぞうつうか【偽造通貨】作るのに額面より高くつき、元を取る前に逮捕される代物。

きそうてんがい【奇想天外】純文学で最も嫌われる発想。

きそうほんのう【帰巣本能】胎内にからだの一部だけでも戻りたいという男の願望の対象が、母親から他の女性に転移したもの。

きぞく【貴族】①社会的地位。②金持。③特権を持つ者。④精神のみ。⑤マイナスの要素が三つ以上あってフケた者。

きそくえんえん【気息奄奄】外科手術のさなかに停電になった時の患者。

きそけしょうひん【基礎化粧品】化粧水など原料の最も安価な化粧品。

きそこうじ【基礎工事】死体隠蔽の好機。

きそぶし【木曾節】仲乗りさんとは何か、御嶽山とは何かを問い、夏でも寒いと答えている唄。

きたい【期待】普通以上の結果を待ち望み、裏切られたと言って怒ることになる感情。

ぎたい【擬態】人妻や女子大生のふりをした売春婦。

ぎたいご【擬態語】擬声語と共に、文学では使用を許されない語。

きたきつね【北狐】青函トンネルを通り、本州へ伝染病と共にやってきた狐。

きたじまさぶろう【北島三郎】⇩【鼻孔】を見よ。

きたちょうせん【北朝鮮】拉致家族が存在する限り、和解はない国。

きだみのる ひとつの小説に、差別語とされるものがふたつも含まれる題名をつけた作家。

ぎだゆう【義太夫】姓は竹本、綽名《あだな》はチョボ。

きちがい【気違い】敵国で、基地外に出るやつ。

きちがいざた【気違い沙汰】バラエティ番組の日常。

きちがいみず【気違い水】酒を差別語によって差別した語。

きちゅう【忌中】未亡人が最も美しい期間。

きつえん【喫煙】差別される行為。泥酔者や排気ガスは喫煙より害がないとされる。

きつおん【吃音】言語の恐ろしさを知らぬためか、女性にはあまり見かけない。

きっこう【拮抗】第三者には面白い状態。

キッシンジャー【Kissinger】中国やベトナムとの外交に暗躍したアメリカのメッセンジャー。

きっすいせん【吃水線】これが甲板より上にある船は沈没している。

キッチュ【kitsch】発泡酒。

きつつき【啄木鳥】脳が強固に保護されている鳥。人間がこの鳥の真似をすると、たちどころに脳震盪を起す。

きって【切手】某国の糊には毒が含まれているので要注意。

きつねがり【狐狩り】労組がスト破りに暴力で制裁を加えること。

きつもん【詰問】相手が答えられないことを知りながら嵩にかかって発する問い。

きつりつ【屹立】屋外へ出にくい状態。

きどあいらく【喜怒哀楽】理性欠落。

きとう【亀頭】切断すると脅されたら、たいていの男が口を割る箇所。

ギネスブック【Guinness Book】愚者に、より以上の愚行を促す書。

きねんひん【記念品】室内に満ちあふれた末に廃棄される物品。

きのう【昨日】明日の一昨日。一昨日の明日。

きのう【機能】物体に備わっている働き。ガスボンベの機能は爆発である。

きのくにや【紀伊國屋】江戸時代に初代が暴風雨をおして和歌山から多くの本を運び、大儲けした書店。

きばくざい【起爆剤】破産寸前の企業が二代目を社長にすること。

きびき【忌引】祖父母や両親を百回殺すこと。

きびすをかえす【踵を返す】行く手に昔捨てた女がいる時の行為。

きびょうし【黄表紙】江戸時代の成人向読み物。代表作＝為永春水「士農工商心得草」

きふ【寄附】長者番付が発表されるたびに求められる善意。

ギブアップ【give up】あっぷあっぷと溺れた末、あきらめて両手を挙げ、沈んで行くこと。

きぼう【希望】「要求」ほど当然ではない望み。

きほんてきじんけん【基本的人権】拉致された日本人には適用されない。

ぎまい【義妹】たいていは妻より魅力的。

きまじめ【生真面目】社会的に固まっている状

態。

きまりもんく【決まり文句】決まり文句を言う相手に返す言葉もやっぱりこれ。

ぎまん【欺瞞】正義、慈善、人徳など、証明不可能な自己主張の大部分。

きみがよ【君が代】西欧的でない旋律を持つ世界唯一の国歌。

きみのなは【君の名は】本人たちの不注意によるすれ違いをロマンにしたドラマ。

ぎむ【義務】何もしていないのに罪ありとされる法的拘束。

キムジョンイル【金正日】北朝鮮で唯一福徳円満な人物。

きむすめ【生娘】泥棒用語で新築の土蔵。

キムチ【kimchi】食べたあと、熱い茶を飲むとキムチいい。

きも【肝】潰したり冷やしたり煎ったりして食べる内臓。

きゃく【客】豪勢な夕食を作った時に限ってあらわれるやつ。

ギャグ【gag】あっ。何ということだ。この項目に限って何もアイディアがない。

きゃくあし【客足】遠のかせるのは簡単だが取り戻す方法はひとつもない。

きゃくいんきょうじゅ【客員教授】仙台の大学から、一コマ一万円で講義してくれと言われ、仰天したことがある。

ぎゃくこうか【逆効果】「このことは絶対に書かないで下さい」とおれに言うこと。

ぎゃくさつ【虐殺】目的と化した手段。

ぎゃくしゅう【逆襲】怪奇映画、怪物映画の続篇。

ぎゃくじょう【逆上】ドーパミンの爆発。

きゃくしょく【脚色】原作を面白くなくす手法。

きゃくせき【客席】舞台と等価値であるべきだが、たいていは低い。

ぎゃくせつ【逆説】素人を驚かせるための論理。

きゃくせんび【脚線美】観賞して喜ばれる場合と見てセクハラになる場合があり、両者の境界は不明。

ぎゃくたい【虐待】他人の中に見出した自己の弱点を刺激し続ける快楽。

ぎゃくびき【逆引き】脚韻合わせに重宝したことを詩人たちが黙して語らぬ辞典。

ぎゃくりゅう【逆流】水、胃液、血液、小便などが逆に流れることで、原因、現象、結果、後始末のしかたはすべて異なる。

きゃっかんびょうしゃ【客観描写】ハドボイドゥドだど。

キャッチャー【catcher】最も睾丸が痛いポジション。

キャバレー【cabaret】ジョエル・グレイがアカデミー助演男優賞を取った映画。

キャビア【caviar】ロシア語ではイクラ。混乱せぬよう。

ギャランティ【guarantee】俗に「ギャラ」。文化人の多くはプロダクションに所属していないため直接交渉せざるを得ず、「金に汚い」と言われる結果となる。

キャリア【career】これほど自他の評価が分かれるものはない。

ギャル【gal】まだガールにもなれない娘。

キャンセル【cancel】相手より上位にあることを前提とした一方的契約破棄。

キャンペーン【campaign】多額の宣伝費による博奕。

ぎゅういんばしょく【牛飲馬食】精神的欲求不満を補塡する飲食法。

きゅうかく【嗅覚】旨い話に蝟集《いしゅう》する本能。

きゅうがく【休学】中退の前段階。

きゅうかん【急患】死にかけている人間を猛スピードで運ぶスポーツ。

きゅうきゅうしゃ【救急車】患者が乗っているという口実のもとに違反速度で道路を突進するレース。

きゅうけつき【吸血鬼】破産したあとの僅かな収入まで持って行く役人のこと。

きゅうさく【旧作】世に出る前の作品を利用する際の呼称。

きゅうし【急死】期待されていた人の死にかた。期待されていない人の場合は頓死。

きゅうしょ【急所】政治家における秘書。社長における息子。作家における妻。

きゅうじょまく【救助幕】飛び降りようとする者に目標を定めさせぬよう、あちこちへふらふら移動する幕。

きゅうすいタンク【給水タンク】水と、鼠やゴキブリの死骸を溜めた水槽。

きゅうせん【休戦】①クリスマス又は正月。②怪我人の手当。③死者の埋葬。④兵器の増産などの後方整備。

きゅうだん【糾弾】自分のやりたかったことを先にやった奴への非難。

きゅうち【窮地】①行き止まり。②妻までが敵になる事態。③完成寸前に資金を断たれること。

ぎゅうどん【牛丼】最安値で牛肉が食え、全国同じ味でなければならぬ料理。

ぎゅうにゅう【牛乳】早く腐敗すれば信頼され、なかなか腐らないと不安がられる飲みもの。

キューバ【Cuba】スカトロ革命が成功した国。

キューピッド【cupid】鉛の矢で射られた場合

は憎みあう、ということを誰も知らない。

きょう【今日】生きてこられた確認ができる最後の日。

きょういく【教育】政府や親が、子供を自己の思いどおりの人間に育てる企み。

きょうえんしゃ【共演者】二度と共演することはないと思うから我慢できるやつ。

きょうか【狂歌】今死ぬと言わんばかりが立ちあがり大声あげて走るサッカー。

きょうかい【教会】映画では①犯人が逃げ込むところ。②スパイの連絡場所。③結婚式で異変が起こるところ。④思わぬ懺悔で神父が窮地に立つ場所。

ぎょうかい【業界】カタカナで書いた場合は芸能界のこと。

きょうがく【驚愕】結婚した女の股間にペニスの存在を認めた男の様子。

きょうかしょ【教科書】なぜか成績の良い生徒のものほど汚れていないという不思議。

きょうかつ【恐喝】国民に対する恐喝＝住基ネット。

きょうかん【共感】強く求めれば求めるほど誰も寄ってこなくなります。

きょうき【凶器】密会している有名人男女にとってのテレビ・カメラ。

きょうき【狂気】正気のこと。

きょうき【狂喜】それまで不運のどん底にいた者にのみ訪れる感情。

ぎょうぎ【行儀】反抗的か否かを示すこと。

きょうぎゅうびょう【狂牛病】その旨さに慣れ切った人類への牛の復讐。

きょうげん【狂言】企みを仕組み、世間を騒がす人ほど本当の狂言師と言えよう。和泉元彌の事である。

きょうけんびょう【狂犬病】シェービング・フォームを犬の口のまわりに吹きつけて走らせれば、たちまち大騒ぎ。

きょうこう【恐慌】せいぜい懲役三年と思っていたら死刑を宣告されたやつの状態。

きょうさんとう【共産党】支援したがっている文士は多いのだが、まだ左翼小児病が残っているので見送り続けられている政党。

きょうし【狂死】教師の死にかた。

きょうじゅつ【供述】宣誓が何の役にも立たぬことを証明する言辞。神が不在で何に対して宣誓するのか不明の日本では尚さら。

きょうじん【狂人】その社会、その時代に於いてのみ正気でない人。

きょうせい【嬌声】満員電車の中で痴漢行為をされた色情狂の女があげる歓喜の声。

きょうせい【矯正】曲った骨を真っすぐにすること。より曲ってしまうことが多い。

ぎょうせいせいり【行政整理】乱れたブリーフ、アンダーシャツの裾、ズボン、ワイシャツの裾などの居所をきちんと正すこと。

きょうせいそうかん【強制送還】寝小便する妻を実家に帰すこと。

ぎょうせき【業績】たまたま何の不正もせずにできた仕事や、不正がばれなかった仕事。

きょうそ【教祖】教団というハーレムを作った人。

きょうそう【競争・競走】人間が平等でないことを確認する行為。

きょうぞうだんかい【鏡像段階】鏡の中に羅漢さんの像を見る段階。

きょうだい【兄弟】幼い時は仲が良くても、それぞれの妻の存在と遺産相続争いによって必ず仲が悪くなる関係。

ぎょうてん【仰天】ハイデガーによれば「見知らぬものが突如性を伴って出現した場合の驚き」。妻（見知っているもの）が突然現れた場合は仰天ではなく、驚愕である。

きょうてんどうち【驚天動地】蟻の巣の観察ケースをひっくり返した時の蟻の心境。

きょうと【京都】夏は夏以上に暑く、冬は冬以上に寒い都市。

きょうどうぼきん【共同募金】少額の募金なので集めた金の使い道をうるさく知りたがる者がいないのは幸いである。

きょうばい【競売】自分の財産にどれ程の値打ちがあるのか判明する場だが、いくらになろうがもはや無関係。

きょうはく【脅迫】相手の弱みにつけこむことが自分の弱みになることを自覚しない犯罪。

きょうはくかんねん【強迫観念】ガスの元栓や冷暖房のスイッチを確認するため十回家に戻る行為のもととなる観念。

きょうふ【恐怖】できれば感じないでいたいと誰もが思うが、不感症になれるのはこれがえんえんと続いた時のみ。

きょうぼう【狂暴】暴れても何にもならぬ局面で暴れること。自己破壊の一種だが、官能的ではある。

きょうみ【興味】知りたがることであり、当然ながら無知な者ほどこれを露骨に示す。

きょうよう【強要】相手が厭がっていないと思っていても、あとでこう言われることがあるので注意。

きょうようしょうせつ【教養小説】教養を得たいと思っている者が自分をその気にさせるために読む小説。

きょうらくしゅぎ【享楽主義】労働まで享楽の

手段にすること。

きょうらん【狂乱】何十年もかかって貯めた一億円を一夜にして失った者の振舞い。

きょうりゅう【恐竜】現代に生きていれば、人間の次に恐ろしいと言われた筈の生物。

きょえい【虚栄】美容や装いによる美しさに比して、頭の中と家の中がぐちゃぐちゃ、または空っぽであること。

きょくげい【曲芸】たまに死ぬ者がいればこそ見物がはらはらする技芸。

きょくげんじょうきょう【極限状況】虎に崖っぷちまで追い詰められ、その崖が崩れはじめ、下を見れば鮫が泳いでいる状況。

ぎょくさい【玉砕】「全滅」の遺族向けの言い方。

ぎょくせきこんこう【玉石混淆】応募資格にプロも加えたオーディション。

きょくせんび【曲線美】①女体。②曲線の多い建造物。③蛇の動き。④蛇にからみつかれた女がもがき苦しむ様子。

きょくたん【極端】「極端に言えば」と言うのが口癖の馬鹿がいるが、たいていは極端ではない。

きょくち【極地】北極と南極があって、なぜ東極と西極がないのか、これひとつの不思議。

きょくち【極致】「美の―」「官能の―」などと使われるが、何によらず二度目の体験から早くも物足りなさがやってくる。

きょくちせん【局地戦】やっている本人たちにとっては、どんな戦争だろうと生死を賭けた大戦争。

きょくていばきん【曲亭馬琴】「水滸伝」を換骨奪胎して「八犬伝」を書いた人。

きょくてん【極点】どちらを向いても南、またはどちらを向いても北という地点。

きょくとう【極東】日本を中心にした地図しか知らぬ者には何のことかわからない。

きょくどうなんりょう【旭堂南陵】「難波戦記」の、清正の髭汁を何度聞かされたかわからない。

きょくぶ【局部】陰部に対する冷淡で事務的な言い方。

ぎょくもん【玉門】陰部に対する尊敬の念を込めた気品ある言い方。

きょげんしょう【虚言症】その質を考慮しなければ、人が通常一日につく嘘の数を少し上回る人。

きょこう【虚構】想像と空想と夢と自己弁護を真実にまぶした作品。

きょこん【巨根】憧憬三、驚嘆三、嘲笑四の割合による表現。

きょじゅうけん【居住権】「立ち退きを聞かぬ陳金朴その他」という差別川柳がある。

きょしょう【巨匠】一定の水準に達する者が周囲に存在しなかった幸運な人。

きょしょくしょう【拒食症】食べられるのを拒否する症状。狂牛病は牛の拒食症である。

きょじん【巨人】野球解説者とタレントの養成所。

きょぜつはんのう【拒絶反応】論理的に拒絶できないときの症状。

きょっけい【極刑】現在では一回だけ死刑にすること。未来ではそれ以上の刑として二回、三回死刑にすることも考えられる。

きょとうたいせい【挙党態勢】全党一致でのお手挙げ。

きょねん【去年】常に「今年よりはましだった」と言われる年。

きよほうへん【毀誉褒貶】新しい芸術に対する通常の反応。

きょむ【虚無】何もないこと。金もなく仕事もなく愛する者もなく才能もない者が抱く感覚。

きょめい【虚名】昔は、実際の価値以上の名声や評判を得ている人のことだった。今では真の価値による名声でも虚名だと言われる。

きょようはんい【許容範囲】悪人が広く考え役人が狭く考える度あい。

ぎょらい【魚雷】嫌い。

ぎょらんかんのん【魚籃観音】「ぎょらん。あれが観音様だよ」

きょり【距離】金持ちが貧乏な親戚との間に置くもの。

きょれい【虚礼】誰もがやめるべきだと思いながら誰もやめず、やめると悪く言われるうわべだけの礼儀。

きらい【機雷】嫌い。

ぎり【義理】たいてい誰でもいやいや立てるものでありながら、立てないと悪く言われる。

ギリシア【Greece】紀元前に築いた文化遺産でまだ食いつないでいる国。

キリシタン【Christão】どちりな切支丹。伴《ば》天《て》連《れん》。ぎゃどべかどる。カトリック教がこれほどおどろおどろしく呼ばれた国は日本だけであろう。

キリスト【Christ】欧米では悪いことが起きた時にこの人の名「ジーザス」を言う。よほど悪い人であったようだ。

きりつ【起立】起立、礼、着席。今でもやってるのかな。立たない奴は昔からいたけど。

きりつぼ【桐壺】源氏物語第一巻。主人公の少年時代までをえんえんとやるのは「トリストラム・シャンディ」よりも早かった。

きりふだ【切り札】うまくいっているときは使う必要がなく、いざというとき使って初めて効果のないことが判明する。

キリマンジャロ【Kilimanjaro】高いじゃろ。

きりょう【器量】醜い男性に対しては人柄を言い、馬鹿な女に対しては容貌を言う便利な褒め言葉。

きりんじ【麒麟児】首の長い少年。

キルケゴール【Kierkegaard】生きていることを死に至る病だと喝破して多くの青年を死に至らしめた哲学者。

きれい【綺麗】他人に都合のよい金の使いかた、別れかた、退職のしかた、死にかたなどを言う。

きれじ【切れ痔】大声で唸って大便すること。

きれつ【亀裂】亀甲型の皹《ひび》で崩壊の前兆。尻や陰唇などの割れ目は亀裂とは言わない。

きろくえいが【記録映画】蟬の記録映画はセミ・ドキュメンタリーである。

ギロチン【guillotine】この死刑機械を提唱した医師ギヨチンは子孫に至るまで憎まれた。

ぎろん【議論】酒の一種。これに酔うと結論がどうでもよくなる。

きわもの【際物】その時期を過ぎても無価値にはならなかったぞ。わが作品を際物とほざいた奴は誰だ。

きんえん【禁煙】千代田区などが条例化した、禁酒法に負けず劣らずの愚行。

きんかぎょくじょう【金科玉条】略してキンタマ。

きんかくし【金隠し】昔の大便器の前にあった遮蔽物。今の便器は何も隠せず、男女とも開けっ広げ。

ぎんがけい【銀河系】わが太陽系がその末端で

小さく間借りしている大星団。
きんかん【金柑】珍しく皮を食べて実を捨てる果実。
きんがん【近眼】NHKでは「ちかめ」と読めば差別語。
きんかんよてい【近刊予定】通常は一カ月以内の刊行予告。著者が学者だった場合は一年以上先。
きんき【近畿】本来「皇居に近いところ」という意味だったことを近畿大学は知らんらしい。
きんき【禁忌】差し障りのある言動を禁じることで、ブラックユーモアのネタとして喜ばれる。
きんきじゃくやく【欣喜雀躍】神社仏閣。
きんきゅう【緊急】―処置、―事態、―逮捕、―避難のように用いられるが、たいていはうろたえていて大事や失敗に終る。

きんぎょのふん【金魚の糞】結末をうまく書けない作家の小説。
キング・コング【King Kong】巨根のため女を愛することができない男の悲劇を寓話にしたもの。
きんこ【金庫】財宝や機密書類を、盗まれやすいようにひとまとめにした箱。
ぎんこう【銀行】それが社会事業とは夢にも思っていない連中が、集めた金を利益のためのみに使い、経済を悪化させる機関。
きんこつりゅうりゅう【筋骨隆隆】特殊学級。
きんこんしき【金婚式】わっ。もうすぐだ。
ぎんざ【銀座】全国的駅前繁華商店街接尾語。
きんさく【金策】無駄と知りつつ走りまわらずにはいられぬこと。
きんしゅ【禁酒】乱暴狼藉をはたらいた後の僅かな期間。

きんしんそうかん【近親相姦】①隔離された生活空間。②妻より美しい娘。③夫より美しい息子。④配偶者がいない。などの場合に行われる自然発生的行為。

きんだんしょうじょう【禁断症状】半死半生。

きんちさんしゃ【禁治産者】億万長者。

きんちゃく【巾着】肛門の筋肉を引き締めれば女性なら誰でもこれができます。

きんゆう【金融】経済社会において、借りなくてもいい時には借りてくれと強要され、借りたい時には貸してくれぬこと。

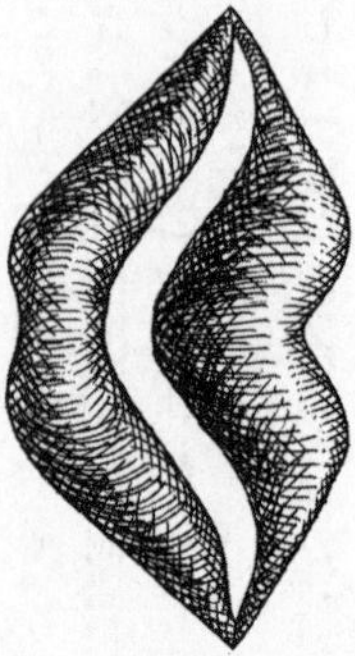

グアテマラ【Guatemala】マヤ文明の魔羅。

グアナコ【guanaco】公衆便所を持つ唯一の野獣。

グアムとう【グアム島】景品や賞品とされる旅行券の中では最も多い観光地。

くいあわせ【食い合わせ】鰻と梅干。田螺《たにし》と蕎麦。銀杏と大蒜《にんにく》。飴とガム。羊羹とマヨネーズ。蓴菜《じゅんさい》とバリウム。茗荷と覚醒剤。

クイーン【queen】フェミニズムの攻撃対象。

くいにげ【食い逃げ】精液だけは残す。

クウェート【Kuwait】人口（我が国の六十分の一）と面積（我が国の二十分の一）あたりの石油産出量が最も多い国だと思う。計算が違っていたら許されよ。

くうかい【空海】猿も筆のあやまり、弘法も木から落ちるという諺で有名な僧侶。

くうかん【空間】隙間よりは広いが拘束時間よりは小さい。

くうき【空気】絶対必要な気体だから「空気のような人」と言われても怒ってはいけない。

くうきょ【空虚】心の空しさや大きな物事の内容を言う。「胃袋が空虚」とは言わない。

クー・クラックス・クラン【Ku Klux Klan】身の安全のため、頭巾を被ってこれに加わった黒人もいる。

くうぐん【空軍】木星では存在できない軍隊。

くうこう【空港】垂直離陸できる航空機ばかりになればただの空き地。

くうしゅう【空襲】最近では自爆テロもこれに含まれるが、カミカゼの方が先行する。

ぐうすう【偶数】チュウチュウタコカイナ。

ぐうぜん【偶然】自然による必然。

くうぜんぜつご【空前絶後】大言壮語。

くうそう【空想】現実の脱構築。

ぐうぞう【偶像】異教徒から見ればキリスト像も偶像。

くうちゅうぶんかい【空中分解】飛行中の鳥が突然ばらばらになる超常現象。

クーデター【coup d'État】次の独裁者が登場する。

グーテンベルク【Gutenberg】グーテンモルゲン活字印刷。

くうふく【空腹】飽食の時代には快感を伴うが、食糧難の時代には飢餓の一歩手前。

く

くうや【空也】空也餅、空也豆腐などの食物を発明した僧侶。幼少期、クーヤ食わずだったからであろう。

クエーカーきょうと【クエーカー教徒】アイルランドでは大便をこう呼び、「クエーカー教徒を埋葬する」と称して排便する。

クエスチョン・マーク【question mark】ヒートンの用途がわからなかった人物が発明した記号。

クオ・ヴァディス【Quo Vadis】「汝いずこへ行くか?」「交番です」

くかい【句会】自分の句が多くの得票を得るよう遠回しに画策する高度なゲーム。

くがい【苦界】中には苦界と思わぬ色情狂の女もいた筈。

くがく【苦学】成功した人の若い頃の学問ぶり。またはその追憶。

くぎぬき【釘抜き】左甚五郎が使わなかった大工道具。

ぐきょ【愚挙】社長の肩書が欲しいというだけで会社を設立すること。

くぎょう【苦行】他人の子供を褒めること。

くげん【苦言】初期老化現象。

ぐこう【愚行】警察署へ泥棒に入ること。

ぐさい【愚妻】こんな言葉があるのは日本だけだろう。

ぐさく【愚作】謙遜して自作をこう言ってはならない。他人から言われた時に文句が言えないから。

ぐさく【愚策】たまたま成功すれば上策。

くさつぶし【草津節】お医者様でも草津の湯でも院内感染にゃこりゃ敵やせぬよチョイナチョイナ。

くさのね【草の根】トリカブト服用を広める運

動。

くさまくら【草枕】漱石による清少納言のパロディ。

くさや 発酵と腐敗を区別するのは人間の都合だけだということを思い知らされる食品。

くさりがま【鎖鎌】宍戸梅軒以来、たいした武器ではなくなった。

くじ【籤】運を確率に転化した詐欺。

くしざし【串刺し】女性の口から亀頭が出ること。

くしもとぶし【串本節】ここは日本向かいは北鮮、仲を取り持つ不審船。

くしやき【串焼き】ジャンジャン横丁では一本十円だった。材料は馬、犬、猫など。

くじゃく【孔雀】ピーコック革命はついに茶髪、金髪まで来た。次は尻尾か。

くしゃみ【嚔】これがちゃんとできないと一人前の役者ではない。

くじょうしょりきかん【苦情処理機関】苦情を持ち込んだ者を処理する機関。

くじら【鯨】昔、寝坊だったのでこの名がついた。「おい起きろ。もう、九時ら」

くすのきまさしげ【楠木正成】防備のプロ。元祖「わらの犬」

くずのは【葛の葉】陰陽師・安倍晴明の母。

くすりづけ【薬漬け】食品添加物たっぷりの漬物。

くせ【癖】スリラー映画では犯罪発覚のきっかけとなり、アクション映画ではわが身を救う。

くせもの【曲者】悪人の技量を認識しての呼称。

くせん【苦戦】支援を求める時の常套句。

くそ【糞】ソーセージの本来の内容物。

くそぶくろ【糞袋】人体のこと。ひどい便秘の人がわが身のことを言ったに違いない。

ぐち【愚痴】病院の待合室にいっぱいこぼれているもの。

くちぐせ【口癖】言ってはならぬ局面、反対の局面で必ず口走ってしまう言葉。

くちぐるま【口車】乗せた奴が一緒に乗ってしまうこともある。

くちげんか【口喧嘩】普段から心の中で悪態をついている方が勝つ。

くちなし【梔子】鼻から下はすぐに顎。

くちばし【嘴】最初は黄色く、歳をとるとどこにでも突っ込みたくなる口吻。

くちびる【唇】もの言えば唇寒く、唇なければ歯が寒い。

くちべに【口紅】⇩丹前の袖口を見よ。

くちよせ【口寄せ】難しいことを聞かれると興奮して「聞くなーっ。それを聞くなーっ」。

くつ【靴】持ち主の体臭が最もよく凝縮されている履物。

くつう【苦痛】生きていることが最も自覚できる現象。

クッキー【cookie】元祖「やめられない、とまらない」

くつした【靴下】持ち主の体臭が最もよく凝縮されている衣料。

くつじょく【屈辱】記憶の中で最も忘れたいのに最も忘れ難いもの。

クッション【cushion】悲鳴及び血液噴出の防止用具。

くっせつ【屈折】ひどい目に遭わされると知りながら会いに行くこと。

くったく【屈託】心配事といやな記憶が芋づる式に脳裏に去来する現象。

グッドバイ【good-bye】心中する直前に執筆する小説のタイトル。

くっぷく【屈服】反抗をひと休みすること。

くつべら【靴篦】飼犬を叩こうとする時、最も手近にある道具。

くつみがき【靴みがき】戦後、少年たちが就業し、イタリアと日本で花形となった職業。

くつや【靴屋】君の臭い足をいくつもの商品に突っ込んでも怒らない人。

くてん【句点】正確には点ではない。丸である。

くとうてん【句読点】昔は、も。もなかった。

くどく【口説く】口説くどと女性に言い寄ったり、説得、懇願をしたりすること。

くどく【功徳】「功徳を施す」は僧侶の隠語で「婦女を犯すこと」。

ぐどん【愚鈍】魯鈍の一段階低い知能。愚鈍者に魯鈍と言っても悪口にはならない。

くないちょう【宮内庁】もと宮内省で、本来は飯炊きと大工と衣料の仕立てが主な仕事。

くなしりとう【国後島】ロシア人女性の売春宿を日露で共同経営し、ナターシャやソーニャなどをロシア皇室の血をひく金髪美女として売り出せば観光客が押しかけて……。

くなん【苦難】スポ根もののプロットだが、他ジャンルの苦難よりはずっと楽。

くにがえ【国替え】八丈島の俗語で死ぬこと。

くびわ【首輪】男女を赤い糸で結ぶための拘具。

くま【熊】長屋などに棲息し、年に一度は引きこもりになる奴。

くまんばち【熊ん蜂】スズメバチの別称。本当の熊蜂とは区別せよ。

ぐみんせいさく【愚民政策】「拉致問題」だけを大大的に報道させること。

くめのせんにん【久米仙人】欲情したため失墜したのはこの人だけではない。

くもがくれ【雲隠れ】「源氏物語」の巻名。文字通り本文がない。

くもがたじょうぎ【雲形定規】出来損ないの定規をいくつかまとめた商品。

くものす【蜘蛛の巣】天つ風蜘蛛の通い路吹き抜けてスズメの姿しばしとどめん。

くもん【苦悶】弓削道鏡に犯されること。

ぐもん【愚問】おいしいものを食べている人にマイクを向けて「おいしいですか」。

くやくしょ【区役所】応対がよくなったのは国民総背番号制で仕事が楽になったから。

くよう【供養】色好みだった仏の墓前で性交すること。

クラーク【Clark】「青年よ妻子を抱け」

グライダー【glider】飛行機より危険な航空機。

クライマックス【climax】マックスの歓喜の叫び。

クラインのつぼ【クラインの壺】どんな形をしているか描けるか。

クラクション【klaxon】「こらこら小汚い人間ども。そこをどかんか。お車様のお通りだぞ」

くらげ【水母】一度刺されるとアナフィラキシー（免疫過敏性）となり、中華料理のクラゲが食えなくなる場合がある。

クラシック【classic】尊敬語、及び軽蔑語。

グラタン【gratin】これでパイ投げをしたら全員大火傷。

クラッカー【cracker】破裂するビスケット。

グラッドストーン【Gladstone】大石内蔵助。

グラビア【gravure】出版大陸のあちこちから突出している少し恥かしい部分で、時には独立して島にもなる。

グラフィックデザイン【graphic design】「図

案」では稼げないので横文字にしました。
クラブハウス・サンドイッチ【clubhouse sandwich】大口ブラウンが開発した食物。
くらまてんぐ【鞍馬天狗】「紅はこべ」の翻案です。
くらやみ【暗闇】妊娠の一因。
クラリネット【clarinet】ハイドンがバレルを挿入し、モーツァルトが朝顔を差し込んで完成した木管楽器。
クランクイン【crank in】さらば脚本家。
グランプリ【grand prix】世界的な賞なのに、なぜかアメリカ映画中心のアカデミー賞より格下。
くり【栗】刺があり、爆発もする果実類中一番の危険物。
グリーンしゃ【グリーン車】修学旅行の生徒が有名人を探しにくる車輛。
クリーンナップトリオ【cleanup trio】球団の三馬鹿大将。
グリーンランド【Greenland】元祖「交通便利・緑地有」
グリコ【Glico】おまけについてくる不要の飴。
クリスチャン【Christian】時には「汝の隣人を殺し」たりもする人。
クリスマスイヴ【Christmas Eve】サンタクロースの正体は、①サンタ本人。②父親。③泥棒。④間男。
グリセリン【glycerin】性行為のための潤滑油にもなるが、爆薬でもある。爆発したらどうするのだ。
クリップ【clip】危険物。取ろうとして指と爪の間に突っ込み（痛いよー）、怪我をする人が多い。
グリニッジてんもんだい【グリニッジ天文台】

ケンブリッジ天文台と名前を変えよ。

グリフィス【Griffith】名作「散り行く花」のアイディアは日本で「阿片戦争」に盗まれた。

グリムどうわ【グリム童話】白雪姫の処女膜には、七つの小さな穴があいていた。

くりょ【苦慮】対策が何もない時に政府が現在進行形で言う言葉。

グリル【grill】フルコースを出すだけの能力がないレストラン。

クリンチ【clinch】あっ。もう堪忍して。もう打たないで。おれあんたが好き。

グルーピー【groupie】より取り見取りと言いたいところだが、ろくな娘はいない。

グルーミング【grooming】人間ならさしずめ「耳掻いてあげましょうか」「背中掻いてくれ」

グルタミンさん【グルタミン酸】料理にこの調味料がたくさん入っていると、肝臓をやられて酒が苦くなるよ。

くるまいす【車椅子】猛スピードが出る電動車椅子は健常者の羨望の的。

くるまざき【車裂き】女体の方が、切れ込みがあるため真っぷたつにしやすい。

くるみわりにんぎょう【胡桃割り人形】この人形で遊んでいたチャイコフスキー四歳の砌《みぎり》の作品。

グルメ【gourmet】味を思い出すための反芻ができる人。

くるわ【廓】火事になった時には最も野次馬が集まったと言われている場所。

クレージイ【crazy】散弾銃を乱射する爺さん。

クレーしゃげき【クレー射撃】銃口を振りまわすので人身事故が多い。

グレートデーン【Great Dane】猛獣すれすれ

の犬。コナン・ドイル「バスカーヴィル家の犬」はこいつ。

クレープ【crêpe】お好み焼きすれすれのパンケーキ。

クレーム【claim】やめてクレーム。

クレーン【crane】キリンに最も近い機械類。

クレオパトラ【Cleopatra】固有名詞に非ず。歴代女王の名であり、中には醜女もいた筈。

グレコ【Greco】不良少女。

グレゴリオせいか【グレゴリオ聖歌】女人禁制の斉唱曲。

グレコ-ローマン・スタイル【Greco-Roman style】下半身はないものと見做《みな》して行う禁欲的レスリング。

クレジットカード【credit card】サインを知られている有名人は盗まれたら大変。

グレシャムのほうそく【グレシャムの法則】「悪貨は良貨を駆逐する」二千円札は良貨だったのか。

ぐれつ【愚劣】わが着想の元となること。

クレッシェンド【crescendo】指揮者が指揮台から落ちないかと聴衆が期待する部分。

くれない【紅】紅の外なる場所に追われては道通る人何もくれない。

クレバス【crevasse】映画「アラスカ珍道中」でボブ・ホープとビング・クロスビイの運命を分けた亀裂。

クレヨン【crayon】いやだよん。

ぐれんじごく【紅蓮地獄】炎の色に喩えているので熱い地獄と思われているが、実は酷寒地獄。「紅蓮」は血の色。

ぐれんたい【愚連隊】幼年期の暴力団。

くろあげは【黒揚羽】黒留袖のモデルとなった蝶。

クロイツフェルト・ヤコブびょう【クロイツフェルト・ヤコブ病】病名が長ながしいのは記載者がふたりいたからで、通常短縮してヤコブ病。名は短い方が得。

くろう【苦労】兄頼朝に嫌われて苦労判官。

ぐろう【愚弄】人をあなどり、からかうこと。「犬を愚弄する」とは言わない。

くろうと【玄人】素人が少し稽古しただけで呼ばれたがる呼称。

グローヴ【glove】綴りは同じでもボクシングの場合はグラヴ。

クローク【cloak】こそ泥の稼ぎ場。

クローズアップ【close-up】溺れている者を大写しにすること。

クローゼット【closet】間男が裸で隠れている場所。

グローバル【global】「視点」「観点」の枕詞であるが、そこに立てないのが政治家の弱点。

くろおび【黒帯】無段者が着けてもかまわないが、ひどい目にあうのは確実。

クローンばいよう【クローン培養】フィクションではヒトラーのＤＮＡが引っ張りだこの技術。

くろこ【黒衣】あっ。「黒子」と書いてはいけない。それは「ほくろ」だ。

クロコダイル【crocodile】体長十メートルに達するのがいる。よく河馬が襲われないものだ。

くろしお【黒潮】映画「黒潮鬼」は怖かったぞ。

くろじとうさん【黒字倒産】印税未払いによる作家の困窮は黒字破産。

くろしょうぞく【黒装束】見た者に「もう命はない」と覚悟させるための装束。

クロスワードパズル【crossword puzzle】学習意欲を高めるため、なぜ国語教育に応用しないのか不思議。
グロッキー【groggy】格闘で殺されそうになった時の擬態。
グロテスク【grotesque】美顔用パック。
くろねこ【黒猫】いちばん早い。次に早いのがペリカン。飛脚はいちばん遅い。
クロパトキン【Kuropatkin】すずめ。めじろ。ロシヤ。野蛮国。クロパトキン。金の鳶と続く。
くろぼし【黒星】力士は黒丸を嫌うあまり鏡も見ない。自分の目玉が見えるからだ。
くろまく【黒幕】この前で演技させられるのはたいてい端役。
クロマニヨン【Cro-Magnon】頬髭を生やせば誰でもなれる化石人類。
くわがた【鍬形】芸人用語で背の低い男（落語から）。
くわばら【桑原】雷を避けるための呪文。
くわばらたけお【桑原武夫】雷が嫌いだった評論家。
ぐんい【軍医】いかなる荒療治も許される医者。
ぐんか【軍歌】戦死願望、戦死賛美の歌。
ぐんがくたい【軍楽隊】セントルイス・ブルースを演奏することもある楽隊。
ぐんかんマーチ【軍艦マーチ】アメリカの軍艦マーチは「IN THE NAVY」。アボット&コステロ主演映画のタイトルでもある。
ぐんき【軍旗】映画「独立愚連隊」のタイトル・バックで軍旗を持って駈けていくのは岡本喜八監督自身である。
ぐんこくしゅぎ【軍国主義】武力によって国家を成立させようという主義。武力が強力か否かは無関係。
くんし【君子】危うきに近寄らず、三端（文士の筆端・剣士の峰端・弁士の舌端）を避け、時には豹変するという普通の人。

ぐんしゅう【群衆】社会主義リアリズムの映画・演劇における主役。

ぐんじゅさんぎょう【軍需産業】たとえ工場が爆撃されても、ひたすら戦争とその激化を乞い願う産業。

くんしゅろん【君主論】政治を道徳から分離させた本。政治家は法律からも分離させたいようだ。

くんしょう【勲章】種類と等級があるので、ひとつ貰うともっと貰いたい気にさせるのがいけない。

ぐんしょるいじゅう【群書類従】盲目の著者（塙保己一）としては最長（全千六百八十巻）の本。

ぐんそう【軍曹】下士官の中で最も恐れられるいやな奴。なぜか曹長になってしまうとおとなしい。

ぐんぞう【群像】なんと、筒井康隆が四十数年間一度も書かなかった文芸誌。

ぐんたい【軍隊】入隊は簡単。生きて出るのが困難。

ぐんだん【軍団】プロ集団もこう言われるようになれば大したもんだ。

ぐんて【軍手】家の前の犬の糞、捨てられた缶やゴミ、割れたガラスを拾い集めるのに必携。

ぐんとう【群盗】蛇頭。

ぐんぽうかいぎ【軍法会議】裁判にかけられている人間よりも軍隊を重んじる裁判。

けあな【毛穴】自分のそれを拡大鏡で見ればますますそそけ立つもの。

ゲイ【gay】身を助ける。軍隊や刑務所で。

げい【芸】素人が人前で脱げば猥褻。プロが脱げば芸。

げいいんばしょく【鯨飲馬食】精神的不満を肉体的充足で補おうとするものだが、不満の解消はない。

けいえいしゃ【経営者】企業のお詫び担当。

けいえん【敬遠】嫌いなやつを殺さぬようにすること。

けいえんげき【軽演劇】普通の役者が逆立ちしてもできない超絶演技による演劇。

けいかい【軽快】落ちつかないやつを褒めることば。

けいかい【警戒】これからここで何かが起るぞと野次馬に示唆すること。

けいがい【形骸】憲法第九条。

けいかく【計画】ひとりで行う時はただの企み。

けいき【景気】よい時期はごく短い。たまたま長ければ、続く不況はもっと長い。

けいきょもうどう【軽挙妄動】見る前に飛ぶこと。

けいけん【経験】最初は痛い。

けいこ【稽古】本番で失敗せぬよう前以《まえもっ》てさんざ失敗しておくことだが、逆になることが多い。

け

けいご【敬語】最も敬われているのは「おみおつけ（御御御付け）」

けいご【警護】暗殺者に庇護者の居場所を教えること。

げいごう【迎合】他人の意思を自分のものと思いこむよう懸命に努めること。

けいこうとう【蛍光灯】「スター・ウォーズ」でジェダイが振りまわす武器。

けいこく【警告】「警告に逆らった」という口実を作ってから相手をやっつけようとすること。

けいざいきょうりょく【経済協力】自国の不況は見て見ぬふりで行う他国への援助。

けいさいし【掲載紙】たいていは数日後に送ってくる。過ちは訂正できない。

けいさつかん【警察官】悪人をつかまえる職業。つかまることも多い。

けいさん【計算】義理人情に眼を閉ざし頭を機械にすること。

けいし【軽視】無自覚的優越感。

けいじ【刑事】たいてい私服だが、さすがに着流しはいない。

けいしき【形式】「内容」と対立する語とされるが、実は両方とも若者が軽んじ老人が重んじる。

けいしそうかん【警視総監】警視庁にこれ以上の役職はないので、あとは政治家になるだけ。

けいしちょう【警視庁】俗に「桜田門」だが、桜田門外の変は取り締まれなかった。

けいしつ【憩室】ウンコが休憩する部屋。

げいしゃ【芸者】現代の女優が誰ひとり演じられない役。

げいしゃ【迎車】タクシー、ハイヤーが地獄から迎えに来ること。

けいしゅう【閨秀】作家、画家など、寝所の技に秀でた女流を言う。

げいじゅついん【芸術院】ここに入った芸術家には「ご入院おめでとう」と言わねばならない。

けいじょうみゃく【頸静脈】ナイフで切ってご覧。今読んでいるこの本が鮮血で読めなくなるよ。

けいしょくどう【軽食堂】中に人がいないと宙に浮いてしまう食堂。

けいせい【形勢】及び腰で見守るもの。

けいせいとあんどん【傾城と行灯】昼間は見られたものじゃないという諺。

けいぞく【継続】「継続は力なり」は、他に何もできない者の強がり。

けいそつ【軽率】テレビの健康番組による知識をすぐ実行に移して病気になるやつ。

けいたい【携帯】携帯電話のことを略して言う。「携帯持ってるか?」何て日本語だ!

げいだん【芸談】他人には役立たない技巧論・体験談・発明発見物語。

けいだんれん【経団連】「会長になっていなくてよかった」と、倒産した企業の経営者。ほっとしているのは会員も同じ。

けいちょうふはく【軽佻浮薄】今の自分が参加できない風潮を憎悪してこう言う。

けいてき【警笛】怒声・罵声にかわる音響。

けいと【毛糸】主婦が編まなくなり、家庭から暖かみが失われた。

けいど【経度】林檎の切り方を参考にして地球を縦に切った架空の線。

けいとう【傾倒】ピサの斜塔の最期。

げいとう【芸当】自殺、逮捕という結果をなかば覚悟した行為。通常できることは芸当とは言わない。
げいどう【芸道】呑気と思われがちな芸能の修業をさも厳しいもののように言う語。
けいとうじゅ【系統樹】あらゆる生物が鈴なりになった樹木。
げいにん【芸人】テレビに出られない芸能人。
げいのうじん【芸能人】テレビに出る芸人。
けいば【競馬】「闘牛」ほど残酷でない競技。
けいはく【軽薄】おのれの思春期を憎悪して言うことば。
けいばつ【刑罰】判事の嗜虐性次第で軽重が大きく異なる公的制裁。
けいばつ【閨閥】一族相姦。親戚乱交。
けいはんざい【軽犯罪】第一条の各項目を見れば、たいていの者が一度は軽犯罪者。
けいはんしん【京阪神】古都奈良を差別した呼称。
けいひ【経費】必要な費用。だが削減されるからには必要経費ではなかったのだ。
けいびほしょう【警備保障】銃器の携行が許されない以上、警備は保障されまい。
けいひん【景品】強盗が減るから、まわりくどいことをやめてパチンコの玉を直接換金すべし。
けいほう【警報】威嚇と悲鳴を音響にしたもの。
けいまのたかあがり【桂馬の高上り】分不相応に飛び出していって自分が困ること。
けいみょう【軽妙】失敗すれば馬鹿。
けいむしょ【刑務所】食事が無料なので入所希望者があとを絶たない。
けいもう【啓蒙】この辞典の如く「もっと馬鹿になろう」というのも啓蒙のひとつ。
けいやくしょ【契約書】最初は安心するためだが、やがて束縛となる。

けいゆ【軽油】車に悪臭を放屁させる燃料。

けいようむじゅん【形容矛盾】「醜い美女」など、真実であることが多い。

けいりゃく【計略】「計画」と異なるのは、早く実行しないと内部の者によってバラされること。

けいりん【競輪】八百長自由自在。よくまあ賭けるやつがいるもんだ。

けいれき【経歴】唯一、本人が反省する材料。

けいろうのひ【敬老の日】すでにボケていることを本人にわからせようとする日。

ケーキ【cake】ノン・シュガーでコーヒーを飲むために食べることが多いが、糖分・脂肪分は数倍。

ゲーテ【Goethe】ギョエテとはわしのことか。

ケーブルカー【cable car】路面電車には転用できない。

ゲームセンター【game center】若者が学業以外の能力を開発するために行く場所。開発してもなんにもならない。

けが【怪我】強姦された女性を慰めるため精神的苦痛を無視して言うことば。

げかい【外科医】医学界の花形。幼児期の分解癖が抜け切らない者の就く職業。

げかい【下界】ゼウスがよい女や美男子を探して見下ろしている場所。

けがわ【毛皮】買う資力のない者が動物保護の立場から嫌悪するもの。

げきが【劇画】漫画からギャグやユーモアや絵画性を排除したもの。

げきこう【激昂】この状態を通り越すと脳卒中に到る。

げきじょう【劇場】都心部は「シアター」で満杯。地方は「会館」でガラガラ。

げきたい【撃退】押し売りから何も買わなかったことを自慢して言う語。

げきだん【劇団】プロダクションに入れて貰えない役者が所属し、マネージメントして貰う組織。

げきちん【撃沈】船に爆弾を投下して沈めること。泳いでいる人間の場合は撃沈と言わない。

げきつい【撃墜】航空機、ヘリコプター、飛行船、ハングライダー、気球などを撃ち落すこと。鳥の場合は撃墜と言わない。

げきつう【激痛】泣いたり叫んだりできる間はまだ激痛ではない。

げきど【激怒】罵声、怒声を張りあげている間はまだ激怒ではない。

げきとつ【激突】人間同士で、前歯が折れず眼球も飛び出さないようなものは激突とは言わない。ただの衝突である。

げきひょう【劇評】悪評は初日の次の日に掲載され、好評は公演終了後に掲載される。

げきめつ【撃滅】殲滅よりやや人間味の残る勝利。

げきやく【劇薬】劇的効果があると言うから劇作家や役者は飲むべし。

けぎらい【毛嫌い】なかなか相手に伝わらないのでますます募る確たる理由なき嫌悪。

げきりゅう【激流】文士たるもの、ゲーテを見習って一度は身を投じるべし。

げきりん【逆鱗】大きな疣《いぼ》のある人に疣の話をすること。

げきれい【激励】いざ正念場と張り切っている者の所へ行き、意気阻喪させるようなことを言うこと。

げこ【下戸】飲まずとも酔っているような人物に多い。

げこくじょう【下剋上】平等であると思いたいがため、誰もこのことばを言わなくなった。

げざい【下剤】これで効かなければ指掘、それで効かなければ浣腸、それで効かなければ切開ということになる。

げざおんがく【下座音楽】下手な役者が演奏家たちに土下座する音楽。

けし【芥子】阿片が採れるので栽培には許可が必要。種はパンや菓子にまぶして食べるが、残念ながら麻薬的効果はない。

げじげじ【蚰蜒】老人の顔を這っている虫。

けしゴム【消しゴム】薄く切込みを入れてノート状にすればカンニングができる。

けしずみ【消し炭】雪だるまの目。

けじめ　落第した時は断髪。裏切った場合は小指の切断。間男の場合はペニスの切断。

ゲシュタポ【Gestapo】ドイツの秘密警察なのにみんなが知っていて怖がっていた。

げしゅにん【下手人】下手に人を殺した奴。

けしょうひん【化粧品】化け物になる品。

けじらみ【毛虱】カニのミニチュア。

けしん【化身】人間みなお化け。

げすいどう【下水道】糞尿をあつめて早し下水道。

ゲスト【guest】客なのにレギュラーよりギャラは少ない。

けずね【毛脛】おかまが毎日のように闘っている敵。

げそくばん【下足番】履物と顔を二重に焼付けてインプットする人。

げた【下駄】ホームレスの俎《まないた》。

けだし【蹴出し】痴漢から逃げる時に裾の緋色がちらちら蹴り出されるのでこう言う。

けだもの【獣】男性の総称。

け

けち 勘定の時トイレに行く奴。

ケチャップ【ketchup】仕立ておろしに限って跳ねる調味料。

けつあつ【血圧】勃起に必要な圧力。

けつい【決意】守られたことのない、将来についての自分への約束。挫折の種。

けつえき【血液】後天性免疫不全症候群の原因ウイルスを媒介する物質。精液も同様。

けつえきがた【血液型】わが子が他の男の子供であったことに気づく理由。

けつえきバンク【血液バンク】エイズウイルスやC型肝炎ウイルスなどの保管場所。

けつえん【血縁】血塗られた縁。

けっか【結果】原因の発生理由。原因不明と同義。

けっかい【決壊】ダム、膀胱、腸、輸精管などが壊れ、内容物が溢れ出ること。

けっかく【結核】唯一ロマンチックな疾患。

けっかふざ【結跏趺坐】額を指で押しただけで引っくり返る座り方。

けっかん【欠陥】自分にあって他人にはないもののすべて。またはその逆。

けっかん【血管】プロメテウス号の通路。

げっかん【月刊】エッセイなら十枚、小説なら三十枚の連載に適した刊行。

けつぎ【決議】法的拘束力がないのですぐに無視される決定事項。

げっきゅう【月給】年給ではすぐに使い果してしまう低所得層のための賃金支払方式。

けっきん【欠勤】現在では、馘《くび》首を覚悟しての勇気ある行為。

げっけい【月経】「生理」という不適正なことばで暗示される現象。

げっこうあたいせんきん【月光値千金】ジャズ

ソングのタイトルとはとても思えぬ。
けっこんしき【結婚式】豪勢にやる者ほど離婚率の高い儀式。
けっさい【決裁】机上に未決裁書類を山積みにして誇示する権限。
けっさく【傑作】「ケッサクな作品」と言われた場合は傑作ではない。
けっさんほうこく【決算報告】株主や債権者に対し数字と言語の魔術を駆使すること。
けっし【決死】愛人が犯されそうになった時の行動。
けつじつ【結実】自分がいかに努力したかを誇示することば。
げっしゅう【月収】見えっ張りがボーナスを含めて言う金額。
けっしょう【決勝】運が良かった者同士の最後の運試し。
けっせいちゅうしゃ【血清注射】免疫抗体と称して肝炎のウイルスを注射すること。
げっせかい【月世界】ジョン・W・キャンベル・ジュニア「月は地獄だ！」が書かれるまでの古典SFにおける楽園。
けっせきさいばん【欠席裁判】その会合を本人に伝えないで下す判決。
けつぜん【決然】格好よく決意するさま。決然として逃げる、とは言わない。
けっせんとうひょう【決戦投票】いやでも嫌いな人物に投票しなくてはならぬ局面。
けっそう【血相】妻が家に放火して情夫と逃げ、子供が焼け死んだと聞いた時の表情の変化。
けっそく【結束】いざとなれば抜けるつもりで弱い者ばかりが身を寄せ合うこと。
けったく【結託】いざとなれば抜けるつもりで悪人ばかりが身を寄せ合うこと。

けったん【血痰】少し派手目の色をした痰。

けつだんりょく【決断力】判断に迷うほどの賢さはない人物が持つ力。

けっちょう【結腸】すでに消化されている食物から、さらに貪欲に水分を吸収する大便製造の最終工程。

ゲッツー【get two】二兎を得ること。

けっていばん【決定版】それ以上のものが出たらどうするか考えていない出版物。

けってん【欠点】長所に変える努力を怠ったままの短所。

けっとうざい【決闘罪】武芸の心得のない者が作った法律。

けっとうち【血糖値】甘いものを食べないというだけでは下がらない。酒も糖分なのである。

ゲットー【ghetto】昔、SF作家クラブがこう呼ばれた。

けつにょう【血尿】新聞連載をふたつやると出る小便。

けっぱく【潔白】証明不可能な主張。

げっぷ【月賦】会社を辞める気でいる者が好む支払い方法。

けっぺき【潔癖】不潔な政治家、不正を働く料理人がこう呼ばれることもある。その逆は許されない。

けつべん【血便】新聞連載を三つやると出る大便。

けつまく【結膜】長時間のパチンコで充血する粘膜。勝っている時は充血しない。

けつみゃく【血脈】「青い山脈」の続編は「赤い血脈」。

げつめん【月面】⇩坂本九の頬を見よ。

けつれつ【決裂】切れ痔のこと。ケツはもともと裂けているが。

けつろん【結論】ないが議論の総仕舞。

げてもの【下手物】なぜか美女に限って好むもの。

げどう【外道】妻に売春させ、手前の娘を犯し、手前の赤ん坊を食うやつ。いずれも実例あり。

げどくざい【解毒剤】もうひとつの毒。

けぬき【毛抜き】おかまの口用品。

げねつ【解熱】路上で交尾中の犬に水をぶっかけること。

ゲネプロ【gene-pro】ガチ袋を持っていけばただで観られるコンサートあるいは演劇。

ゲノム【genome】不死身になるために解読がすすむ暗号。

げばひょう【下馬評】専門家の批評を貰えなかった記者が書く評。

ゲバラ【Guevara】Tシャツ業者の救世主。

けびょう【仮病】特効薬のない病気のひとつ。

げひん【下品】小説の必要条件。

ゲマインシャフト【Gemeinschaft】梨園。

けむし【毛虫】青汁の原料。

けむり【煙】火災を教えてくれる気体だが、たいていは手遅れ。

げめんにょぼさつないしんにょやしゃ【外面女菩薩内心女夜叉】最近は外面も夜叉に似た女性タレントが増えてきた。

けやり【毛槍】奴さんが女性にモテる理由。

けら【螻蛄】無一文なのに敬称をつけて呼ばれる昆虫。

けらい【家来】つらい。

ゲラずり【ゲラ刷り】赤ペンの多さで作家が自己嫌悪と劣等感に襲われる印刷物。

げり【下痢】証言台に立つ直前の症状。

ゲリラ【guerrilla】襲われるよりも襲う方になりたいと兵士が切実に願う遊撃戦法。

ゲルニカ【Guernica】ジャズマン用語で「食い逃げしようか」

ゲルマン【German】学生用語で金持ちのこと。無一文はゲルピン。

げれつ【下劣】他家から出たゴミ袋を開けて中身を点検する行為。

ケレンスキー【Kerenskii】はったりや俗受けの好きだったロシアの政治家。

ゲレンデ【Geländе】転倒、骨折、転落、雪崩《なだれ》などを好んで求めに行く斜面。

げろう【下郎】下がりお郎。

ケロッグ【Kellogg】ノーベル賞をとった蛙。

けんあく【険悪】ベテラン女優とアイドル歌手が同室する楽屋。

けんあん【懸案】案がないこと。

けんい【権威】優れた後進を育てなかったやつ。

げんいん【原因】もとを辿れば人類発生にまで行き当たる。

けんいんしゃ【牽引車】全車両転落の原因となる車。

げんえい【幻影】ブッシュの眼前にフセインが出現すること。

げんえき【現役】本人のみの主張。

けんえつ【検閲】禁止されて以来、校閲と称している。

けんえん【犬猿】兄弟であることが多い。

けんえんけん【嫌煙権】相手を見てから主張する権利。

けんお【嫌悪】別れるのが面倒なまま、夫婦の八割が互いに対して抱いている感情。

けんか【喧嘩】本来はやかましいこと。罵声が先行する。「沈黙の死闘」の逆。

げんか【言下】相手の言葉を予測し、答を口に含めておくこと。

げんか【現価】小説なら一枚二万円。

けんかい【見解】偉い人の意見。同じことをフツーの人が言ってもただの意見。

けんかい【狷介】馬鹿の意見も一応は聞くふりをしないと、こう言われることになる。

げんかいじょうきょう【限界状況】大小便が今にも出そうな時にビールを一気飲みさせられる状況。

けんがく【見学】物見遊山。

げんかく【幻覚】自分の見たいものを時と所を構わずに見ること。

げんかく【厳格】自分の特殊な能力を他人に求めること。

げんがっき【弦楽器】弓は楽器か武器か？

けんがみね【剣が峰】ピアニストに「指を詰めるか、それともペニスを切断される方がいいか？」。

げんかん【玄関】玄関印鑑親近感。

げんかん【厳寒】いくら「からだ中全部顔」だと思っても裸ではおれない寒さ。

けんぎ【嫌疑】推理小説の読者がすべての登場人物に対して抱くもの。

げんき【元気】自分が死ぬ存在であることを忘れている状態。

けんきゅう【研究】単なるこだわりが金銭や業績に結びつく場合の行為。

げんきゅう【言及】言及すべきことが多すぎると退屈な羅列的言辞となる。

げんきゅう【減給】もとは懲戒処分であったが、最近は不況のため昇給のかわりに定期的に行われる。

けんきょ【謙虚】気の弱さを褒めたことば。

げんきょう【元凶】神。

けんきょうふかい【牽強付会】近況不快。

げんきょく【原曲】ポップスへの盗作がバれた時しぶしぶ認める古典。

げんきん【現金】銀行を信用できなくなった人が持ち歩いたり秘匿したりするもの。

げんきん【厳禁】会社の慰安旅行で社長の真似をすること。

げんけい【原形】たいていこれを「とどめぬ」存在となり果てる。

げんけい【減刑】少しでも早く釈放してまた悪事をさせようという企み。

けんげき【剣劇】多数の立ち回りでは誰かが一秒の十分の一遅れただけで全員の大怪我となる。

けんご【堅固】大昔の女性の貞操。

けんごう【剣豪】武術に優れた者から人間味を除去した呼称。

げんこう【元冠】〽二百四人の乞食　碗持って門に立つ　おっさん飯をくれ……。

げんこう【原稿】書籍の原料。編集者や校正係の手が入らぬかぎり商品化は不能。

げんごう【元号】慶応の次の年号は光文になりかけたが、結局明治となり、社名を光文社とした出版社は早とちりで大恥。

けんこうこつ【肩甲骨】「掻いてくれ」と人にせがむ部分。

けんこうしんだん【健康診断】お医者の判断。

げんこうはん【現行犯】強姦だけは現行犯逮捕ができない。和姦かも知れないからだ。

げんこうようし【原稿用紙】十九行十九字詰めの自家製を作った作家がいる。

げんこうりょう【原稿料】すべての作家の原稿料が公表されたらたちまち文壇は大騒ぎになる。編集者の口が固いのはそのため。

げんごかんかく【言語感覚】政治家が持ち合わ

せないもの。
げんこく【原告】「金よこせ」と法的に言っている人。
げんこつ【拳骨】妻、子供、後輩、鏡、窓ガラスなどを可愛がる部分または行為。
げんごろう【源五郎】源家の五男。
けんこんいってき【乾坤一擲】献血一滴。
けんさ【検査】癌が見つかるまでの不安な時間。
けんざい【健在】死ぬ時期にいる人のこと。
げんざい【現在】ちょっと前。
げんざい【原罪】原さんの罪。
けんさく【検索】自分の名が何件出ているかで有名度を測ること。または猥褻な画像を探すこと。
げんさく【原作】神話のこと。
げんさくしゃ【原作者】名前だけ貸した人。
けんさつ【検札】キセルをした時のスリルを思い出させてくれる乗務員。
けんさつ【検察】「噂の眞相」の宿敵。
けんさつかん【検察官】チェーホフが「ワーニャ伯父」でパロディにしたゴーゴリの戯曲。
げんさんち【原産地】原価で購入できる場所。
けんし【犬歯】美女の牙。狼の糸切り歯。
けんし【検屍】どの辺なら食えるか調べること。
けんじ【献辞】欧米では妻の良妻ぶりを宣伝し、日本では師や同僚や出版者にゴマをする辞。
げんし【原子】原さんの子供。
げんじ【源氏】昔の名前でしずかちゃん。
けんしき【見識】自分では何もしない政治家の認定力。
げんしじん【原始人】種から発芽した人類。
げんじつ【現実】夢でござる！
げんじゅうみん【原住民】あっ！　何という差別的なことを！　⇩アンブローズ・ビアス

「悪魔の辞典」(筒井康隆訳)の「ABORIGINES」の項を見よ。

げんしゅく【厳粛】猥雑さや醜悪さを隠すための装い。

けんじゅつ【剣術】銃器の所持が禁じられている国でのみ役立つ武術。

げんしょ【原書】学者や教授の書棚には欠かせぬ装飾品。

けんじょう【謙譲】向けられた拳銃の前へ横にいた妻を差し出す美徳。

げんしょう【現象】「珍」「奇」のつくもの以外は科学を発達させた。

けんしょうきん【懸賞金】多い方がいい。たとえ自分にかけられたものでも。

けんじょうしゃ【健常者】障害者を差別したり擁護したりする人。

げんしょく【現職】次期候補の肩書としてマイナスになることが多い。

げんしょく【原色】「黄」色人種の顔が「赤」くなったり「青」くなったり。これが三原色。

げんしりょく【原子力】バケツでウランを混ぜると簡単に発揮される力。

けんしん【献身】快楽的自己犠牲。

けんすい【懸垂】垂直の腕立て伏せ。

げんすい【元帥】究極の老兵。

げんすいきん【原水禁】月水金に行われる運動。

けんせい【牽制】「あんな美人に釣り合う男なんて、われわれの中にはいないよな。な。な。な」

げんぜい【減税】まずこれをやっておいて、さて次に……。

けんせつぎょうしゃ【建設業者】夢は大火事と大地震。

げんそう【幻想】自己の無能、醜貌、失恋、不適応などを忘れようとする想念。

げんそきごう【元素記号】ＳＯＳは硫黄、酸素、硫黄。なるほど火事になりますな。

げんそく【原則】ないと思わねば発展はない。

けんそん【謙遜】相手の厚かましさを反省させようとする言動。

げんそんざい【現存在】ダーサイ存在。

げんだい【現代】過去の不幸な歴史をすべて抱えこんでよろめいている時代のこと。

けんたいき【倦怠期】香《かぐわ》しき吐息であった相手の口臭が悪臭となった時。

ケンタウロス【Centaur】排便後、どうやって尻を拭くのだろう。

ケンタッキー【Kentucky】ワイルド・ターキー。

けんちくきじゅんほう【建築基準法】最も多い違反は木造三階建て。

げんちょう【幻聴】「ブス」「落ちこぼれ」「気ちがい」「マルビ」「馬鹿」

げんていばん【限定版】あまり売れそうにない本を高く売る出版形態。

げんてん【原点】必ずその前がある筈。

けんどちょうらい【捲土重来】ＫＥＮＴ頂戴。

げんなおし【験直し】一杯呑む口実の一。

げんなま【現生】存在感によって小切手を圧倒できる唯一のもの。

けんのん【剣呑】熊も来る露天風呂。

げんば【現場】犯人が二度と行くべきではない場所。

げんぱく【玄白】東京青果市場では茄子の不良品のこと。

けんばん【鍵盤】歯医者が黒鍵を抜きたくなるピアノなどの部分。

けんびきょう【顕微鏡】人体が偉大なる動物園

であることを知る観察機器。
げんぶつ【現物】在庫処理と未払い賃金を一挙に解決できるもの。
けんぶつにん【見物人】見られたくないものほど多く集まってくる連中。
けんぺい【憲兵】昔、警察では手に負えない民間人を逮捕した。復活させよう。
げんぺいせいすいき【源平盛衰記】「ここの蕎麦は敦盛だ。出し汁の加減も義経」「では拙者も九郎判官」（須磨「敦盛蕎麦」）
けんぽう【憲法】次はアニメでやってくれ。
けんぼうしょう【健忘症】どんな病気か忘れました。
げんまい【玄米】「よく嚙めば甘くておいしいよ」そんなことわかっちゃいるが……。
げんみつ【厳密】緻密さを誇示する語。
げんめつ【幻滅】整形する前の写真。
けんやく【倹約】吝嗇家《りんしょくか》の言いわけ。
けんり【権利】「義務」と言い換えれば主張しやすい。
げんり【原理】悪妻を持たねば発見できない。
けんりょく【権力】誇示はしたいし反感は買いたくないし……。
げんろく【元禄】平成元禄はいつ来るのだろう。
げんろん【言論】権力、財力、腕力のない者の武器。ただしマスコミの言論のみは暴力となり得る。

コアラ【koala】ダッコちゃんのモデル。

こい【恋】お医者様や草津の湯が思案の帆掛け船に乗ること。

こい【鯉】ずるがし鯉、悪がし鯉、せ鯉、しつ鯉、ねちっ鯉などは特に悪質な鯉。

ごい【語彙】「美味しい」だけでもグルメ番組のリポーターになれ、「構造改革」だけでも総理に……。

ごいし【碁石】幼児が飲み込むのにちょうどいい大きさの石。

こいにょうぼう【恋女房】正体を隠している妻のこと。

こいびと【恋人】いないと寂しく、いると鬱陶しい。

こいわずらい【恋煩い】恋人が鬱陶しくなること。

コインロッカー【coin locker】拳銃、麻薬、赤ん坊の廉価な置き場所。

こうあつせん【高圧線】凧の天敵。

こうい【好意】しばしば受け取りを拒否したくなるもの。

こういってん【紅一点】日の丸弁当。

こういん【荒淫】矢の如し。

こううん【幸運】不運の前ぶれ。

こうえい【光栄】禿頭の人物にスポットライトが当たること。

こうえん【公園】子連れの主婦の井戸端会議を

ホームレスが盗み聞きしているところ。

こ

こうえん【講演】元大統領の収入源。

ごうおん【轟音】グオ～オン。

こうか【硬貨】カネゴンとパックマンの主食。

こうかい【紅海】鮮血に染まった海。

こうかい【後悔】結婚したあと、妻よりも若くて可愛い新入社員を見た時にわきあがる念。

こうがい【公害】大多数が撒き散らすものは除く。

こうがい【郊外】自動車が欲しくなる地域の総称。

こうがい【梗概】たいてい結末がない。

ごうかい【豪快】粗野な行動をとる偉い人を褒めていう言葉。

こうがいすい【口蓋垂】理科の授業における「のどチンコ」の言い換え。

こうかいそうさ【公開捜査】迷宮入りになった時に警察が打つ手。

ごうかく【合格】地獄行きの権利を取得すること。

こうかつ【狡猾】商売人の絶対必要条件。

こうかん【好感】結婚詐欺師の第一印象。

こうがん【睾丸】二つ玉だが必ずしも二連発が可能ではない。

ごうかん【強姦】輪姦の単数形。

こうがんむち【厚顔無恥】絶食してパーティにやってきて貪り食うやつ。

こうき【後記】第二の人格による文。

こうぎ【抗議】相手に対するよりもマスコミに取材されるのが目当て。

こうきしん【好奇心】読書欲の原始形態。

ごうきゅう【号泣】情動にまかせて自分の喉を張り裂かんとする行為。

こうきょ【皇居】ホーホケキョ。

こうぎょう【興行】「飲む、打つ、買う」の「打つ」。

こうきょうがくだん【交響楽団】名演奏家ひとりの値段で百人がまとめ買いされる集団。

こうきょうじぎょう【公共事業】予算を使い切るため湯水の如く税金を使う事業。

こうきょうしせつ【公共施設】最も多くの人が利用するのは公衆便所である。

こうぎょうちたい【工業地帯】不思議に住民の鼻毛が伸びる。

こうぎょうはいすい【工業排水】機械文明の小便。

こうきょうほうそう【公共放送】ＣＭがないのでトイレへ行くタイミングが難しい放送。

こうくうき【航空機】時に墜落するからこそ面白い乗物。

こうくうぼかん【航空母艦】一機も還らずば轟沈も悔いなし。轟沈されれば帰還の場所なし。

こうげき【攻撃】沈黙、守備に次ぐ効果的対応。

ごうけつ【豪傑】ステーキ屋で「牛二頭」と注文するやつ。

こうけつあつ【高血圧】困難な局面から自分だけ逃れるための言い訳。

こうげんれいしょく【巧言令色】外見好色。

こうこう【孝行】親が死んでから夢想する行い。

こうこうや【好々爺】若い頃の悪行に罪償意識を持っている爺さん。

こうこがく【考古学】自分の埋めた土器を発掘する学問。

こうこく【広告】あると邪魔だがないと寂しい。

こうこつ【恍惚】天国行きの準備。

ごうコン【合コン】医学界と芸能界でこれをやれば成功間違いなし。

こうざ【講座】ある分野の雑文を掻き集め、似たものを一冊に編集し、何巻かにした出版形態。

こうさいひ【交際費】銀座繁栄の基盤。

こうさくいん【工作員】現代版人攫《ひとさら》い。

こうさつ【考察】他人の論考を見比べ並べ変えること。

こうさてん【交差点】「赤でも構わん。行け行け。横は青じゃ」（横山やすし）

こうさん【公算】「捕らぬ狸の皮算用」の意。

こうさん【降参】相手がうるさいのでとりあえず負けたことにし、隙をついて攻撃するための身振り。

こうしえん【甲子園】十数年に一度だけ暴れる虎を飼っているところ。

こうしつ【皇室】密室。

こうしゅう【口臭】女難を逃れる体質。

こうしゅうでんわ【公衆電話】スーパーマンの更衣室。

こうしゅうよくじょう【公衆浴場】公衆欲情。

こうしゅけい【絞首刑】自分の重みで首が絞まるので、その死は国家の責任ではない。

こうじゅつ【口述】通常、手間は倍になる。

こうしょう【哄笑】悪代官に始まり黄門様で終る。

ごうじょう【強情】携帯電話を持たないやつ。

こうじょうしん【向上心】宇宙パイロットの心情。

こうじょうのつき【荒城の月】大正琴の最初の練習曲。

こうしょきょうふしょう【高所恐怖症】幼少時に受けた過度の「高い、高い」が原因。

こうしょく【好色】男性の本質。女性の場合は淫乱と言われる。

こうしょくいちだいおとこ【好色一代男】渡辺

淳一。

こうしょくいちだいおんな【好色一代女】山田五十鈴。

こうしょくごにんおんな【好色五人女】五人の選択は難しい。五十人なら書けるが。

こうしょくせんきょほう【公職選挙法】時の政府に都合のいい選挙法。

こうじょりょうぞく【公序良俗】世の中を面白くなくすための語。

こうしんきょく【行進曲】唯一マーチの本質を衝いているのは「葬送行進曲」である。

こうしんこく【後進国】⇩【未開発国】を見よ。

こうしんじょ【興信所】現代隠密集団。

こうじんぶつ【好人物】喧嘩する度胸がないので取り繕う仮面。

こうしんりょう【香辛料】調味料と麻薬の間に存在する食材。

こうず【構図】カメラマンが崖から落ちる原因。

こうすい【香水】すぐに頭痛を起す繊細な男性を遠ざけるための女の武器。

こうずい【洪水】方舟《はこぶね》伝説をほんの少し思い出させてくれる現象。

こうせい【公正】正邪、貧富、老若、美醜、地位などを考慮すること。

こうせい【更生】人間改造。非外科的ロボトミー。

ごうせい【合成】大便に熱を加えてヤケクソにするのも合成である。

ごうせい【豪勢】金持ちを無一文にするために囃し立てる語。

こうせいしせつ【更生施設】単なる悪を悪賢くしてくれる施設。

ごうせいしゃしん【合成写真】かくあれかしと作成者または見る者が望む似非《えせ》の現実。

こうせいずり【校正刷り】作家が正しい字や文法や知識を学ぶ刷りもの。

こうせいぶっしつ【抗生物質】副作用の被害の方が大きい医薬原料。

こうせいろうどうだいじん【厚生労働大臣】前大臣の失策を詫び続けて任期を終える大臣。

こうせき【功績】死ぬ直前までたまたま嫌われることのなかった人物の過去の実績。

こうせつひしょ【公設秘書】議員に給与を巻きあげられる運命の職員。

こうぜんわいせつざい【公然猥褻罪】繁華街の路上でチワワを犯すなどの罪。

こうそ【控訴】次こそは勝訴という誤った思い込みによってなされる手続き。

こうそう【構想】怠けていたりぼんやりしていた期間の言い訳に使用する語。

こうぞうかいかく【構造改革】いったん国家を不況のどん底に叩き込むこと。

こうぞうしゅぎ【構造主義】⇩筒井康隆「文学部唯野教授」を見よ。

こうそうビル【高層ビル】国土の狭さを内外に誇る建造物。

こうぞうふきょう【構造不況】不況で本が売れるという常識が通用しなくなる不況。

こうそくどうろ【高速道路】渋滞で一般道路より遅くなっても金を取る道路。

こうそくどさつえい【高速度撮影】⇩サム・ペキンパーの映画を見よ。

こうた【小唄】「三味線ブギ」も小唄だよ。

こうたいしでんか【皇太子殿下】「交代してんか」

こうだん【講談】「見てきたような嘘」は週刊誌に及ばない。

こうちゃ【紅茶】受け皿にあけてずるずる啜る

のが労働者階級の作法である。
こうちょう【好調】不調の前兆が自覚できないまま、とりあえず失敗していない状態。実はたいてい下り坂。
こうちょう【校長】教職員免許を持たぬ企業管理職の新たな天下り先。
こうちょく【硬直】「お話し戴いたあとに申し訳ありませんが、実は講演料を持ち逃げされてお支払いできなくなりました」
ごうちん【轟沈】ちんぽこが轟音を発して爆発すること。
こうつうじこ【交通事故】身ひとつで金を稼ぐ手段。
こうでい【拘泥】「気分転換」ということを知らないやつがすること。
ごうてい【豪邸】①自分の家より大きな家はすべて。②永井豪の家。③オーストラリアの家。
こうていえき【口蹄疫】ユンケルが困った病気。
こうでん【香典】見たことのない親戚が号泣した後に無くなっているもの。
こうどう【黄道】バキュームカーが毎日通る道。
ごうとう【強盗】昔は「金を出せ」と脅したが今では「カネ。カネ」と片言で言った方がより効果的。
こうとうく【江東区】日本沈没一番乗り。
こうどうしゅぎ【行動主義】①考えに考えて行動しか残らなかった心理学。②行列を見つけたらまず最後尾に並んで、これは何の列ですかと訊ねる習慣。
こうとうどうぶつ【高等動物】進化のなれの果て。
こうとうべんろん【口頭弁論】気の済むまで喋らせてくれる裁判所のサービス。
こうとうむけい【荒唐無稽】うまくいけば教祖、

失敗すればワイドショーのネタ。

こうどせいちょう【高度成長】ジャイアント馬場。

こうねんき【更年期】安心して白いスカートがはけるようになること。

こうのうがき【効能書】「効かないのは君が悪い」と言っている文章。

こうのとり【鸛】馬鹿な赤ん坊だけはアホウドリが運んでくる。

こうはい【荒廃】元首の脳内の状態を国土が示して見せている状態。

こうばい【勾配】人間が滑り落ちる範囲の角度。九〇度はもはや勾配ではない。

こうび【交尾】動物の性行為を理科教科書向けに言い換えた造語。

こうひょう【好評】百人のうち一人以上が褒めること。

こうふく【幸福】もう悪いことは起るまいという誤った認識による感情。

こうふく【降伏】腹を伏せて地面から相手の隙を狙う行動。

こうふん【興奮】飲酒とは無関係に酔っぱらっている状態。

こうほ【候補】何かが足りない者ばかり。

こうぼう【弘法】弘法も筆おろし。

こうまん【高慢】他人から見下されまいとする姿勢。

ごうまん【傲慢】他人を見上げるまいとする姿勢。

こうみょう【功名】手柄を立てて当り前の人が手柄を立てても、こうは言わない。

こうみんかん【公民館】地域が争って建てる豪華で中味のない建造物。

こうむいん【公務員】木っ端公務員。

こうむてん【工務店】建設会社とするには棟梁が職人でありすぎる組織。

こうめいせいだい【公明正大】被害甚大。

こうめいとう【公明党】「政教分離」だけがスローガンの党。

こうもうへきがん【紅毛碧眼】白人を怪物に仕立てた表現。

こうもく【項目】やっと二千を突破。

こうもり【蝙蝠】与党になったり野党になったり飛んで蚊を食う鼠なりけり。

こうもん【肛門】体内に満ちた汚物の一挙流出を防止する器官。

ごうもん【拷問】他人の身体を用いて苦痛の極限を研究する行為。

こうや【荒野】姓は井上。

こうやく【公約】果たさずとも罪に問われない約束。

こうやく【膏薬】何か貰えそうなら誰にでもくっつく奴。

こうやのけっとう【荒野の決闘】殺人鬼の保安官と酔っぱらいの医者が牧場の一家を惨殺する話。

こうやひじり【高野聖】タガメのこと。

ごうゆう【剛勇】錯覚による無謀さだが「蛮勇」に比してやや理性的。

ごうゆう【豪遊】ホームレスにとってはスナック菓子をつまみに缶ビールを飲むこと。

こうよう【公用】私用との境界線が曖昧である時に使われることば。

ごうよく【強欲】金品に関する自己の権利のあくまで正当な主張も、相手からはこう言われる。

こうら【甲羅】中身の軟弱さを示す外見。

こうらく【行楽】へとへとになること。何が楽なものか。

ごうりか【合理化】多数の雇用という企業の社会的使命を忘れること。

こうりがし【高利貸し】利息で儲けることよりも、取り立ての快楽を目的とする職業。

ごうりき【強力】「どん底」の力持ち。

ごうりしゅぎ【合理主義】利益のみ追う者が自分を納得させるための思想。

こうりつ【公立】貧乏人の子弟でも行ける学校の略。

こうりつ【効率】やりたいが無駄は省きたい時の計算。

こうりゃく【後略】「あと、書かなくてもわかるでしょ。面倒だしさ」

こうりゅう【拘留】悪人に寝場所と食物を与えること。

ごうりゅう【合流】心細さからつい、大に身を寄せてしまうこと。

こうりょ【考慮】考えず、ただ時間を置くこと。

こうりょう【校了】編集者が寝ること。

こうれい【恒例】やる意味がなくなっても続けること。

こうれいかしゃかい【高齢化社会】若者が際限なく甘やかされる社会。

こうろん【口論】腕力に自信のない者同士の喧嘩。

こうわじょうやく【講和条約】勝った国が敗れた国に領土を寄越せ、賠償支払いをせよなどの無理難題を言うこと。

ごえい【護衛】要人の短軀、矮小、虚弱さを強調させる人物。

ごえいか【御詠歌】巡礼行進曲。

こえたご【肥担桶】コヤシのタンゴ、タンゴ、タンゴ……。

ごえつどうしゅう【呉越同舟】政府与党。

こえつぼ【肥壷】狐が経営する露天風呂。

ごえもんぶろ【五右衛門風呂】処刑道具の再利用。

ゴーイング・マイ・ウェイ【going my way】誰も後からついて来ないこと。

ゴー・カート【go-cart】無免許で運転できて殺傷力がある車。

ゴーギャン【Gauguin】ゴッホ曰く。「傲岸な奴だった」

ゴーグル【goggle】玉葱をみじん切りにするときの装備。

ゴーゴー【go-go】「行く行く」とは訳されなかった踊り。

ゴーゴリ【Gogol】「大変だ。検察官がお見えになる」というギャグは一時期ロシアで大流行。

ゴー・サイン【go sign】準備に飽きたという合図。

ゴージャス【gorgeous】あまりに悪趣味な物を、どうしても誉めなければならないときに使う言葉。

ゴースト・ライター【ghost writer】火をつけると作家の幽霊が出てくる現代反魂香《はんごんこう》。

コード・ネーム【code name】スパイ願望のある日本人は持たされることを拒否しなかった。

コーヒー【coffee】淹れ方がポット、ドリップ、パーコレーター、サイフォン、コーヒーメーカーなど、無数にある飲料。

コーラ【cola】憲法といっしょにアメリカから押しつけられた飲物。

コーラス【chorus】歌唱印税をもらえない団体。

コーラン【Qur'ān】ヤーレン、コーラン、コーラン、コーラン……。

ゴーリキー【Gorkii】どん底で力を発揮する強力。

コール・ガール【call girl】しばしば政治家を失脚させる存在。

ゴール・キーパー【goalkeeper】点を取られないで当り前、敗因にはなるが勝因にはならない損な役回りの人。

コーン・フレーク【cornflakes】ケロッグ医師大儲け。もとは病人食。

ごかく【互角】たいていはどっちも弱い。

ごがく【語学】「語学の天才」と言われる人に限ってなぜか日本語を喋るのが下手。

ごがたき【碁敵】荒木又右衛門「鍵屋の辻の仇討」の原因。

こかん【股間】陰金田虫、横根に疳疽その他の、最も悩み多き場所。

ごかん【五感】快感、性感、霊感、痛感、劣等感。

こかんせつ【股関節】はずれた場合は無茶な体位が原因である。

こき【古希】「作家は七十歳を過ぎてからだ」(丸谷才一)

ごき【語気】真実を述べるときは弱めるのが普通である。

こぎって【小切手】カードが普及してからは小切手帳を自慢できなくなった。

コギト・エルゴ・スム【cogito, ergo sum】コビト・オルガスム。

コキュ【cocu】君のことだ。知らなかっただろ。

こきゅうこんなん【呼吸困難】ひと思いに殺してやれ。

こきょう【故郷】けものと脱獄者の行く先。

こきんわかしゅう【古今和歌集】宣耀殿《せんようでん》の女御《にょうご》

は二十巻千百首を暗記した。百人一首を憶えるどころではない。

ごくあくひどう【極悪非道】夫の事故死や子供の戦死で泣いている女にマイクを向けて感想を聞くこと。

こくいっこく【刻一刻】何かが徐徐に近づいてくる時のスリリングな表現で、死に近づく人間の常態の表現でもある。

こくいん【刻印】テレビによく出る有名タレントであることを額に焼《や》き鏝《ごて》で記すこと。

こくう【虚空】斬られた時にのけぞって両手で摑むもの。

こくえい【国営】造幣局も民営にしたら面白いぞ。

こくぎ【国技】例＝モンゴルの国技は相撲である。

こくご【国語】英語教育に次いで熱心に教えられる自国語。

こくさいくうこう【国際空港】他国から麻薬や疫病保菌者が入国してくるところ。

こくさいけっこん【国際結婚】弱い純血種よりは強い雑種を作ろうという婚姻。

ごくさいしき【極彩色】昔のカラーのアニメをこう言った。今の淡彩アニメより面白かった。

こくさく【国策】昔は戦争に勝つこと。今は利益を得ること。

こくし【国史】最初にイザナギノミコト、イザナミノミコトが出てきた戦前・戦中の歴史教科書。

こくし【酷使】文句を言わない動物や、それに準じる人間をこき使うこと。

こくじ【酷似】いかりや長介と吉本隆明。

ごくし【獄死】拷問、飢餓、私刑による死はすべて病死とされる。

こ

こくしむそう【国士無双】手の内がこれで、捨てた牌で流し国士をやっていれば二十六面待ち。

こくしょ【酷暑】ビール瓶やコーラの瓶が爆発物となること。

こくじょく【国辱】英語を話せないのに外国へ行く政治家。

こくじん【黒人】マンガではすべてマイケル・ジャクソンのように描かなければならない。

こくぜいちょう【国税庁】憂さを晴らしたい貧乏人に酒を呑めなくする元凶。

こくせいちょうさ【国勢調査】国衰調査。

こくせき【国籍】外見から判断することができない世界となった。

こくそ【告訴】裁判の費用を持たぬ者にはよく効く脅し文句。

こくそう【国葬】税金で葬式をしてもらうこと。

こくぞく【国賊】税金で助けてもらう企業。

こくたん【黒檀】紫檀、黒檀、タガヤサンの高級家具材三位一体の第二位。

ごくつぶし【穀潰し】引きこもり。

ごくどう【極道】道を極めた人。小生は文学の極道。

こくどこうつうしょう【国土交通相】わたしでもなれます。

こくなん【国難】昔元寇、今テポドン。

こくはく【告白】偽悪、偽善に酔うこと。

こくばん【黒板】喘息の教師が嫌う設備。

ごくひ【極秘】内容を盗む気にさせる表記。

こくびゃく【黒白】灰色はよくないということ。

こくひょう【酷評】利害関係のない相手に対する評。

こくひん【国賓】都心部交通麻痺の元凶。

こくふく【克服】妻の顔をまともに見ることが

できるようになること。

こくぶんがく【国文学】英文科に行けなかったやつがする学問。

こくべつしき【告別式】本人は参加できない。

こくほう【国宝】売買できぬ無価値なものなのに高い税金をとられる品物。

こくぼうそうしょう【国防総省】中央部の庭で焚火をすると悪魔が出現する。

こくみんえいよしょう【国民栄誉賞】文化勲章はやれないけど、人気があったし……。

こくみんそうせいさん【国民総生産】全国民の大便の総量。

こくむちょうかん【国務長官】内憂外患。

ごくもん【獄門】やはりキリストは磔《はりつけ》が似合う。これではサマにならない。

こくようせき【黒曜石】少女小説の表紙の女の子の瞳のモデル。

ごくらく【極楽】アルツハイマー患者が行く場所。

こくれん【国連】決議に反対する国に本部を置いている組織。

こぐんふんとう【孤軍奮闘】ふり向けば誰もいなかったというだけ。

ごけ【後家】メリー・ウイドウという語感なら触手が動くのだが。

こけい【孤閨】別名孤閨燃料。燃えやすい。

こけつ【虎穴】虎児を得んと入っていった者が、こけつまろびつ駈け出てくる穴。

コケティッシュ【coquettish】可愛く見える愚かさ。

こけらおとし【柿落し】劇場の水揚げ。

こけん【沽券】偉そうにしているヒトのナルシスティックな感情。

ごげん【語源】危険なしに探索できる対象。

こ

ごご【午後】25。
ココア【cocoa】どこや。
ここう【虎口】甲子園球場の入口。
ここう【孤高】実は嫌われてるだけ。
こごじてん【古語辞典】改訂不要。
ココナッツ【coconut】あそこ、冬。
こころえ【心得】過去の人の失敗を手本にしたもの。
ここんとうざい【古今東西】鶴屋南北。
ござ【茣蓙】乞食の晴れ舞台。土左衛門の布団。
ごさい【後妻】死んだ先妻はみな良い先妻。
コサック【Cossack】小さなコンドーム。
こさめ【小雨】禿頭の人が最初に気づく雨。
ごさん【誤算】コンドームに穴を開けられていること。
ごさんけ【御三家】三すくみを狙って分割された権力。

こじいん【孤児院】子供の売買市場。
こしかけ【腰掛け】前の職場。
こしぎんちゃく【腰巾着】人間につくイソギンチャク。
こしたんたん【虎視眈眈】美女が常にさらされ、おちおちしていられない状況。
こしつ【固執】特に、たいしたことではないことにこだわって他のことが考えられない状態。
ゴシック【gothic】バラックとは荘厳さで区別される建築。
ゴシップ【gossip】「湿布」の丁寧語。
ごじっぽひゃっぽ【五十歩百歩】「なあんだ。君は国学院か。ぼくは学習院だぞ」
こしぬけ【腰抜け】危機に際して逃げられずに命を落し、他の者の命を救う役。
こしまき【腰巻】最後の一枚。その下にパンティはない。

こしもと【腰元】「お女中」と呼ばれ、「持病の癪が」が決り文句。

こじゅうとめ【小姑】いないことが結婚の条件。

ごじゅうのとう【五重塔】時代活劇ではたいてい立回りの舞台となり、炎上する。

こじゅけい【小綬鶏】唯一「外来種だから狩猟の対象にしてもよい」と動物学者のわが父が許可した鳥。鶏ではなく雉の仲間。

こしょう【胡椒】精密な手作業をしている者への凶器。

ごしょく【誤植】誤字脱字その多。

こしょくそうぜん【古色蒼然】大正以前。

ゴジラ【Godzilla】いい人だそうである。

こじらいれき【故事来歴】悪事の前歴。

こじん【故人】九十歳を過ぎると、しばしば生存を確認されぬまま「故人」となる。

ごしん【誤診】絶対になくならぬものとして医者は居直り続ける。

コスタリカ【Costa Rica】ラテン系のリカちゃん人形。

こせき【戸籍】夫婦別姓となれば「人籍」となり、「戸籍」は無視される。

こぜに【小銭】ホームレスにとっての一円玉。重役にとっての千円札。

こぜりあい【小競り合い】どちらも本格的に戦う度胸がない。

ごぜん【午前】歓楽街は就寝し眠り続ける。

ごせんし【五線紙】作家はどんな紙にでも書けるが、作曲家は曲想が浮かんでもこれがないと記録できない。

こせんじょう【古戦場】鎌倉。どこを掘っても人骨が出てくる。

こぞう【小僧】好物は屋台の鮪《まぐろ》。

ごそう【護送】本人を護るのではなく、世間の人を本人から護る。

ごそうせんだんほうしき【護送船団方式】戦時であれば全滅。

ごぞうろっぷ【五臓六腑】酒が浸み渡っていく場所だが、なぜか脳が除外されている。

こそく【姑息】語源は、嫁に殺されそうになった姑が「あんたのために遺言を書きなおすから」と延命をはかった故事による。

ゴダール【Godard】ゴダールでござーる。

こたい【個体】動物学者の父、出席したパーティで感想を求められて。「雌の個体が少ないようだ」

こだいこうこく【誇大広告】ナンセンスの域に達すれば許される。

こだいもうそう【誇大妄想】ナンセンスの域に達すれば入院させられる。

こだから【子宝】少子化の現代では大アナクロ言語。

ごたく【御託】皆に嫌われている者の弁舌。

こだくさん【子沢山】今ではほとんど排卵誘発剤による結果。

こたつ【炬燵】全員いっせいに屁をすれば中で寝ている猫の地獄。

こだね【子種】おのれの子種の永久冷凍保存が男の夢。

こだま【木霊・谺】こっちの言ったことが聞こえているのに鸚鵡《おうむ》返しにくり返すやつ。

こたん【枯淡】単なる気力の衰え。

こちょう【誇張】小さくやれば嫌われ、大きくやれば喜ばれる。

ごちょう【伍長】降格すれば一兵士になるしかない下士官。

こちょうらん【胡蝶蘭】病室にたくさん置いたためしばしば患者が酸欠で死ぬ花。

こっか【国家】無形の束縛。

こっかい【国会】剝き出しの権力争いが許される場所。

こっかく【骨骼】高等動物のばらばらの骨をなんとか組み合わせて作った全体像。

こっかん【酷寒】小便が凍り、金槌で叩き折ろうとすればペニスまで折れる寒さ。

こっき【国旗】後進国ほど複雑。

こっきょう【国境】電車の踏切りが国境という国もある。

こっけい【滑稽】主に崇高なものを貶めて言う下賤な言い方。

ごつごうしゅぎ【ご都合主義】本来は定見を持たぬことだが、定見を持っていても強きにつくのが日本人の特性。才能でもある。

こつずい【骨髄】美味だが、狂牛病以来食えなくなった部分。

こっせつ【骨折】同じ個所は二度と折れないが、ハンマーでなら叩き折れる。

こつぜん【忽然】具合の悪い時に現れ、必要な時には姿を消す様子。

こつそしょうしょう【骨粗鬆症】スナック菓子の食べ過ぎで骨がスナック菓子になること。

こつつぼ【骨壺】塩壺、砂糖壺などと並べて食器棚に置いてはいけない。

こつづみ【小鼓】いょーっ、ポンなどとふざけて真似られるが、音を出すのは並大抵ではない。

こっとう【骨董】「なんでも鑑定団」で再評価され、貴重と知らずに捨てられる心配はなくなった。

ゴッドファーザー【godfather】日本にこの制度はない。代父として子の経済的援助ができる富豪がいないからである。

こつにく【骨肉】肉親同士の争いに使われる語。骨肉をばらばらに分けるからである。

こつばん【骨盤】頭蓋骨と並び、人間の骨の中では比較的ばらばらにしにくい部分。

ゴッホ【Gogh】ゴリラの鳴き声。

こて【鏝】責め道具。売春婦同士の私刑に使われる。

こていかんねん【固定観念】マスコミは軽薄で、政治家はみんな悪くて、男はみんな色気違いで、女はみんな馬鹿で……。

こていしさんぜい【固定資産税】地価が高騰しても喜んでいられない理由。

こてさき【小手先】器用さや才知を持つ者への僻《ひが》みから、その行いを誹《そし》る語。

こてん【古典】「読まなければ」と死ぬまで思い続けるもの。

こと【糊塗】死体を埋めた場所をコンクリートで駐車場にすること。

ことう【孤島】地球温暖化でいずれは沈没するから、買うと損。

こどうぐ【小道具】舞台でしばしば見当らぬ品物。小道具係とは仲良くすべし。

ゴドー【Godot】百人来たらどうする。

こどく【孤独】かっこいいと思って嘆いてみせるが非は自分にある。

ごどく【誤読】素人でも批評できるようになったのは、現代文学理論でこれが許されるようになったため。

ことし【今年】「すぐに来年こそは」となる。

ことだま【言霊】言語の幽霊。言ったことは自分に跳ね返ってくる。

ことなかれしゅぎ【事勿れ主義】温厚、平和主義、従順とも言えるが、「主義」などと言えたものではない。

ことば【言葉】聾唖者への差別語。

ことばがり【言葉狩り】すべての言語が差別的になり得ることを知らぬ者の蛮行。

ことばじり【言葉尻】反論する知能のない者が優位に立とうとして捉えるもの。

こども【子供】本性が悪魔であることを隠そうとしない年代。

こどもだまし【子供騙し】一度騙されたら子供とて二度は騙されない。

ことわざ【諺】低度の議論に勝つ手近な知識。

こなみじん【粉微塵】凍らせておいて高所から突き落とす殺人方法。

ごにんばやし【五人囃子】よいしょしてくれる五人の取巻き。

コネ【connection】権力者の伝手《つて》で入社したことを自慢するのがそもそも馬鹿の証拠。

ごはい【誤配】町内に同姓同名が二人。迷惑するのは偉い方。

こばいや【故買屋】「どこかで読んだような小説だなあ」と思いながら掲載する編集者。

こはく【琥珀】珈琲の化石。

ごばく【誤爆】匿名で自分を攻撃したのはあいつだと思い込んで違う相手を攻撃すること。

ごはさん【御破算】遺産分割の相談をしていて喧嘩になること。

ごはっと【御法度】環境が変化すれば第一に心得るべきこと。

こばなし【小咄】誰でも知っているのに、話せば笑ってもらえる話。

こばなれ【子離れ】子供に嫌われてやっと可能になる心理。それでもできない奴がいる。

こばやしたきじ【小林多喜二】作家の官憲に対するトラウマの原因となった人。

こばやしひでお【小林秀雄】批評家が免許を得

るために一応批判する人物。

こばんいただき【小判戴】居候のこと。頭に茶碗を乗せているのは「ごはんいただき」。

コピー【copy】おすぎとピーコ。

こびと【小人】我思う故に我あり。

ごびゅう【誤謬】前提や推論の間違いなので人から指摘されるまで気づかない、比較的恥かしい誤り。

こぶ【瘤】カジモドのアイデンティティ。

ごふくや【呉服屋】妻の友、夫の敵。

ごぶさた【御無沙汰】利害のない関係。

ごぶつぜん【御仏前】たいていは仏前まで届かない。

コブラ【cobra】フードつき眼鏡をかけた爬虫類。

こふん【古墳】埴輪の宿。

こぶん【子分】子分イレブンいい気分。

ごへい【語弊】「あるかもしれないが」と言っておいて好き放題を言う免罪符。

ごへい【御幣】猫じゃらし。

ごほう【午砲】静かならざるドン。

ごほう【誤報】訂正記事は常に小さい。

ごぼう【牛蒡】戦時中捕虜に食べさせ、「木の根を食わせた」というので東京裁判で捕虜虐待と裁定された根菜。

こぼんのう【子煩悩】百八人子供を生むこと。

コマーシャル【commercial】「ここでちょっとお知らせです。今のうちにトイレに行ってください」と言ってクビになったアナウンサーがいた。

こまく【鼓膜】他人の耳もとで大声を出して破る膜。

ごますり【胡麻擂り】ほんとはお前より俺の方が上だと思っていなければとてもできない行

為。
こまちむすめ【小町娘】その町内でだけ美しい娘。
こまどり【駒鳥】誰がいてもうたんや？（小林信彦）
ごまのはい【護摩の灰】美女または好感を持たれる人物でなければ成り立たない犯罪。
コマンド【command】パソコン内に多数存在する突撃隊員。
コミッショナー【commissioner】文学賞の勧進元を兼ねている人もいる。
こむそう【虚無僧】恥かしがり屋のストリート・ミュージシャン。
こめそうどう【米騒動】アメリカではライス補佐官が担当した。
コメディアン【comedian】有名になるとシリアスな作品に出たくなる人。
コメント【comment】「ノー・コメント」もコメントのうちであることを取材者は知らない。
こもん【顧問】コモン・センスが必要。
こもんじょ【古文書】カッオブシムシの餌。
こやく【子役】末は名優、政治家、犯罪者のいずれか。
ごやく【誤訳】原文よりも面白くなる原因。
ごよう【御用】提灯の図柄。
コヨーテ【coyote】百回以上死んでいるのにまだロード・ランナーを追いかけている。
こより【紙縒】くしゃみ誘発装置。
コラージュ【collage】できのいいものほど訴えられる。
ごらく【娯楽】貧乏人はセックスだけ。
コラム【column】全体の質を低下させぬよう檻に入れてある記事。
コラムニスト【columnist】檻に入れられた作

家。

こりしょう【凝り性】柳瀬尚紀。

こりつ【孤立】相手なしで勃起すること。

ごりむちゅう【五里霧中】眼鏡を掛けたままラーメンを食べること。

ゴリラ【gorilla】血液型はみんなB型でおれと同じ。人間よりも思索的な表情をしている。

こるい【孤塁】自主規制と戦ってブラック・ユーモアを守っているのはわし一人。

コルク【cork】バットの芯に使うもの。

ゴルゴタ【Golgotha】この丘で磔にされた男の姿は現在でも世界中でさらし者になっている。

ゴルゴン【Gorgon】自分の顔を鏡で見られない女のこと。

コルサコフびょう【コルサコフ病】えーと、どんな病気だっけ。

コルセット【corset】拷問具であり医療器具でもあり下着でもある気ちがいじみた代物。

ゴルフ【golf】景気が良いときに皆がやるスポーツ。

コレステロール【cholesterol】善玉と悪玉がある。債権のようなものか。

コレラ【虎列剌】美女の価値をどん底にまで転落させる疫病。⇩筒井康隆の短篇「コレラ」を見よ。

ごろあわせ【語呂合せ】小説中で使い方を誤ると文学とは認められない。

ごろく【語録】無学な人物の発言を集めたものほど喜ばれる。

コロス【choros】主役をコロす大群衆。

ごろつき【破落戸】札つき縄つき運の尽き。

コロッケ【croquette】安あがりで栄養価が高く、限りなく主食に近い副食。これで飯を食うやつの気が知れぬ。

コロポックル【koropokkur】北海道出身の背が低い人物に対する蔑称。

コロラチュラ・ソプラノ【coloratura soprano】女の悲鳴と絶叫を芸術的にしたもの。

コロリ【虎狼痢】競馬にラリっているのは馬刺痢。

コロンビア【Columbia】女性としてのアメリカ。

コロンブス【Columbus】インディアン殺し第一号。

こわいろ【声色】別人格となる一手段。閨房での声もこの一種。

こわく【蠱惑】精液の最後の一滴まで吸い取られそうなおっかない誘惑。

こわだんぱん【強談判】される相手にすればその場遁《のが》れですむからあまり怖くない。

こわめし【強飯】腹痛で食えぬがうらめし。

こわもて【強持て】優遇されるのは好かれているからだと本人は思っている。

こんい【懇意】偉い人はすべて。

こんいん【婚姻】性行為の快楽を下落させる契約。

コンガ【conga】このリズムによる名曲は一曲もなし。

こんがん【懇願】誇りが望みに席を譲っているさま。

こんき【根気】熱中と惰性の真ん中。

こんき【婚期】醜女にのみ存在する期限。

こんきゅう【困窮】それ以上何かしてもさらに貧乏になるだけという状態。

こんきょ【根拠】先に出ている結論を権威づけるために探し出すもの。

ごんぎょう【勤行】朝のお勤め。ただし坊主が妻帯者であればのこと。

ゴング【gong】寝起きの悪いボクサーにはこの音を聞かせるべし。跳ね起きるから。

コンクール【concours】公開の場で恥をかくこと。だからこそそれを避けるために審査員への実弾が乱れ飛ぶのである。

ごんぐえど【欣求穢土】国境なき医師団。

こんくけつぼう【困苦欠乏】妻変貌。

コンクリート【concrete】海底に直立している死体の足を固めている物質。

ごんげ【権化】本来は神の化身のこと。相当執念深い神であろう。

こんけつ【混血】愛の子。

コンゴ【Congo】どうなる?

こんこうきょう【金光教】まさかの時の金頼み。

こんごうりき【金剛力】「釈迦力」「観音力」には及ばない。

こんごうワクチン【混合ワクチン】悪名高い「三種混合」のことで、これ以上痛い注射はこの世にはない。

ごんごどうだん【言語道断】歩行者横断。

コンコルド【Concorde】着陸時に小首を傾げる超音速旅客機。

コンサート【concert】舞踊も芝居もなく、ただ音を聞くだけの退屈な会。

コンサートマスター【concertmaster】オーケストラ団員全員の意を受けて、いざとなったら指揮者にもソリストにも歯向う役目を負う。その昔、某ジャズピアニストが乱入したときに、演奏後、がんとして握手を拒んだ女コンマスは偉かった!(この項、山下洋輔氏)

コンサルタント【consultant】自分の判断を押し通そうと思う時、相談したことにする人。

こんじきやしゃ【金色夜叉】俗語で高利貸しの

こと。
こんじゃくものがたり【今昔物語】「今は昔、今昔物語といふものありき」
こんじゅほうしょう【紺綬褒章】金持なら寄附さえすれば誰でも貰える勲章。
こんじょう【根性】「いい根性をしている」も「根性が悪い」も、「根性がない」よりはまし。
こんじょう【今生】もはや後生に託すしかない哀れな生。
こんすい【昏睡】殺されてもわからぬ、殺されたも同様の状態。
こんせいがっしょう【混声合唱】乱交パーティの会場から聞えてくる音響。
こんせき【痕跡】その成立を想像して興奮する事象。
こんせつていねい【懇切丁寧】最も本心を疑われやすい態度。

こんせん【混線】善良な人物がスパイになる状況。
こんぜんいったい【渾然一体】婚前合体。
コンセンサス【consensus】この外来語を「合意」と言い換えることでコンセンサスは得られた。
コンセント【concent】この数でその家の税金の額が決まる。
コンソメ【consommé】大阪の飲み水は京都の下水のコンソメ。
こんだく【混濁】幽明境に遊んでいる意識を言う。普段から遊んでいるやつもいる。
コンダクター【conductor】楽器を演奏できない者が与えられる役目。
コンタクト【contact】キツネに遭遇すること。
コンタクト・レンズ【contact lens】眼鏡で容貌をごまかさなくてもいい人がする器具。

こ

こんだて【献立】左掌を右肘に当てて右掌を右頬に当てるポーズのこと。

こんたん【魂胆】ばれている企み。

こんだんかい【懇談会】父母が教師を吊しあげる会。

コンチェルト【concerto】ピアノコンチェルトの自分のパートを書かずに初演したのはモーツァルトとおれくらいだと威張るジャズマンがいたが、モーツァルトはあとでちゃんと楽譜を残した。お前もやるならそこまでやれ。（この項、山下洋輔氏）

こんちくしょう【此畜生】内心負けたと思った時の罵声。

コンチネンタル・タンゴ【continental tango】アルゼンチン・タンゴのリカルド・サントスは、コンチネンタル・タンゴのウエルナー・ミューラーと同一人物。アルゼンチンに潜んだナチの残党の資金集めであることが後に判明した。（この項、山下洋輔氏）

こんちゅう【昆虫】珍重されるものは家に侵入してこない。

コンツェルン【Konzern】子沢山。

コンディション【condition】結果が出てから善し悪しがわかるもの。

コンテクスト【context】揚げ足を取るときは無視してよい。

コンテスト【contest】狐の化かしあい大会。

コンテナ【container】中国人の来日用乗り物。

コント【conte】狐の都。

こんとう【昏倒】痛みを感じるまでのつかの間の夢見心地。

コンドーム【condom】今度産む。

ゴンドラ【gondola】カンツォーネを歌えない漕ぎ手はかわりに舟を揺らせて観光客を怖が

らせるから注意。
コントラバス【Kontrabass】ケースは死体運搬用。
コンドル【condor】満員電車に乗っている鳥。
こんとん【混沌】長崎チャンポン。
こんなん【困難】こんなん、でけへん。
こんにゃく【蒟蒻】キンタマの砂おろし。
コンパ【compa】異性にもてない男女が集まる名目不要のパーティ。
コンバーティブル【convertible】カツラの人は乗らない方が無難な車。
こんぱく【魂魄】地獄へのパスポートを落としたやつ。
コンビ【combi】仲が悪くなっても一緒にいなければならない二人。
コンビニエンス・ストア【convenience store】現金まで置いてくれている店。
コンピューター【computer】して欲しいこと以外は大概のことができる機械。
コンペ【competition】競争入札を審査するためのゴルフ会。
コンボ【combo】ソロが長くなる理由。
こんぼう【棍棒】原始人が開発して今に残る、撲《なぐ》り殺すための道具。
こんぽう【梱包】芸術のひとつの形。
こんめい【昏迷】説明しにくい時レポーターが発する言葉。
こんやく【婚約】しつこい異性を諦めさせるための言葉。
こんよく【混浴】女性の平均年齢が極めて高い光景。
こんらん【混乱】これに乗じて悪事を働くやつがいるので尚も混乱する。
こんりんざい【金輪際】もう一回やるよと言っ

ている。

こんれい【婚礼】新郎が新婦の友人に心を奪われても、あとの祭。

こんわく【困惑】主賓の挨拶が一時間続いている場面の出席者。

さ

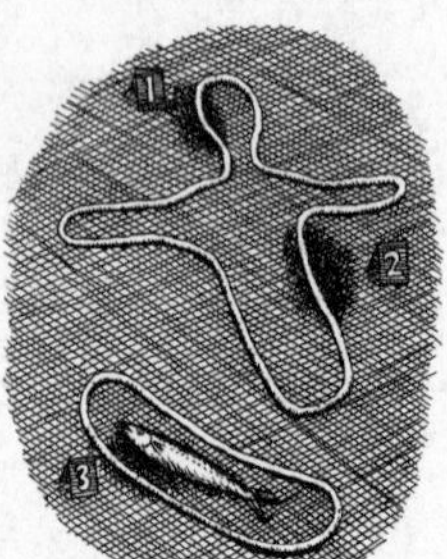

サーカス【circus】昔、泣く子を「売り飛ばす」と脅した先。

サーチライト【searchlight】停電中の猫の眼を見よ。

サービス【service】脅迫の一種。

サーファー【surfer】唯一、台風を喜ぶ人種。

サーベル【sabel】刺す斬る両用だが、どちらも専用の刀剣に及ばぬ。

ザーメン【Samen】搾菜入りのラーメン。

サーモンピンク【salmon pink】男に最も劣情

を起させる色彩なので多くスカートに用いる。

サーロイン【sirloin】脂っこいので老人が「ウエルダン」と言いたくなる部分。

さいあい【最愛】自分の次。

さいあく【最悪】すぐにこう言う奴には、すぐにもっと悪いことがやってくる。

ざいあく【罪悪】生きているだけで簡単に垂れ流せる行為。

さいえん【再演】初演時に下手だった役者を交代させて行う公演。

サイエンスフィクション【science fiction】科学によって人間はこれだけ馬鹿になったと言っている小説。

ざいか【財貨】山と築けば親戚が集まり友が増え……。

さいかい【再会】〽六つ出たわいのヨサホイのホイ。昔馴染とする時にゃ……。

さいがい【災害】自衛隊が悪く言われない理由。

ざいかい【財界】政界に影響を与えられなければ財界とは言えず、つまりは政府と癒着してこその財界なのである。

さいかいはつ【再開発】した後に不況がくる。

さいかく【才覚】他人を出し抜くことを常に考え続けられる能力。

さいき【才気】知識なしで認められる表層の働き。

さいき【再起】以前に戻れたためしはない。

さいぎしん【猜疑心】一度酷い目に遭ったショックから抜け出せないこと。

サイキック【psychic】扉を蹴飛ばせる超能力。

さいきん【細菌】生物兵器の原料。

さいく【細工】ちょいと手を加えただけで人を欺く最大の効果をあげること。

サイクリング【cycling】多数の男が前の者と

交接して輪を作ること。

サイクルヒット【cycle hit】場外ホームランも含めて五本にすべし。

さいくん【細君】どうせ手の届かぬ他人の花を軽んじた言い方。

さいけいれい【最敬礼】結婚祝に百万円くれた大叔父に。

さいげつ【歳月】宇宙旅行をすれば少し待ってくれる。

サイケデリック【psychedelic】浄水場にLSDを流し込めば百花繚乱。

さいけんしゃ【債権者】債務の返済を厳しく奨励してくれる親切な人たち。

さいこ【最古】常に最新の発見。

さいご【最期】お花畑の上を飛ぶこと。

さいこう【再考】自信がないこと。

さいこうさい【最高裁】天皇が認可しなければ判事にはなれない。したがって天皇が裁かれることはない。

さいこうほう【最高峰】あくまでその地域での最高。エベレストより高い山は宇宙にいくらでもある。

さいごっぺ【最後っ屁】「殺す」と言って拳銃を向けられたら誰でも一瞬にして下腹部を冷やし、爆発的、連続的に放屁する。

サイコドラマ【psychodrama】プロの役者にとっては児戯に等しい集団心理療法。

さいごのばんさん【最後の晩餐】どう考えても人肉食になる。

さいころ【賽子】サイコロジーの教材。

さいこん【再婚】なぜか必ず以前の伴侶そっくりで、以前の伴侶より悪い。

さいさん【採算】よい仕事をするよりも採算を優先させれば、結果として採算はとれない。

ざいさん【財産】子供に見捨てられぬため顕示する金品。

さいさんさいし【再三再四】改悟の甚六。

さいし【才子】才が口から溢れ出ている状態の者を言う。

さいしゅうべんろん【最終弁論】敗訴が明白であっても、なぜかやらねばならない。

さいしゅっぱつ【再出発】するなり昔の悪い仲間が集まってくる。

さいじょ【才女】美人のみ。

さいしょく【菜食】⇩オードリイ・ヘプバーンの晩年の容色を見よ。

さいしょくけんび【才色兼備】妻妾兼備。

さいしょりこうじょう【再処理工場】開戦後最初の攻撃目標。

さいせいき【最盛期】完璧を極めるまでのあたふたしている一時期。

さいせん【賽銭】無一文の時は、賑わう神社の賽銭箱の前に立ち、後方より投じられた銭を拾うべし。

さいぜんせん【最前線】上官に嫌われたやつばかり。

さいぜんれつ【最前列】美男美女が選ばれる。

さいそく【催促】相手を怒らせずに脅迫する高等技術。

ざいたくきんむ【在宅勤務】交通費は不要だがパソコンや周辺機器に金がかかる。

さいてい【最低】最低の者が異性に対して言う表現。

さいてん【採点】おのれを神に擬した行為。

さいどく【再読】書評を頼まれ、なため読みした作品をあわてて読み返すこと。

サイトシーイング【sightseeing】実際は仕事で来ていても、税関ではこう言わないと手続きに八倍時間がかかる。

サイドテーブル【side table】目覚し時計、電話、リモコン、眼鏡、チョコレート、灰皿、煙草、ライターなどで常にいっぱいの小机。

サイドビジネス【side business】いずれ上司を殴って会社をやめるつもり。

さいなん【災難】備えがあっても必ず別の思いがけないやつが降りかかる。

さいにんしき【再認識】実は知らなかったのだが、こう言う。

さいのう【才能】もとがなければ伸ばせず、別の才能があることにはなかなか気づかない。

サイバーパンク【cyberpunk】自分を電脳に同一化したいダメ作家の発想。

ざいばつ【財閥】昔の資本家一族。今では貧乏な親戚がいても金持をこう言う。

さいばんざた【裁判沙汰】これが仕事に役立つのはミステリー作家。

さいふ【財布】高価なブランド品を買うと、中に入れる金がなくなる。

さいぼう【細胞】いちばん長い細胞は腰の脊髄から足の先にまで達する神経細胞。いちばんでかい細胞は卵である。

サイボーグ【cyborg】義歯をはめた人。

さいみんじゅつ【催眠術】人を支配する能力のないやつに限ってこの術を学びたがる。

さいむしゃ【債務者】債権者が次第に脅しをかけにくい社会となり、いずれは強い立場となる。

ざいもく【材木】爪楊枝。

さいやく【災厄】厄のがれとして百万円の壺を買わされること。

さいゆうき【西遊記】「桃太郎」の原型では？

ざいりょく【財力】暴力でもある。

さいるいガス【催涙ガス】暴徒や群衆には笑気ガスの方が有効では？

さかうらみ【逆恨み】お礼参りをされて当然という場合もある。

さかぐちあんご【坂口安吾】「薬物が傑作を書かせた」と言うのなら誰でも傑作を書けることになるぞ。

さかご【逆子】足から出てくる用心深いやつだが、臍《へそ》の緒が首に巻きつく危険には思い及ばない。

さかば【酒場】「煙草場」も作るべし。

さかみち【坂道】勾配が二十度以上でなければならない。転げ落ちることができないからだ。

さかもり【酒盛り】酔い潰れて寝ているやつがいれば絵として完璧。

さかりば【盛り場】店員などを除き、今に外国人と未成年ばかりになる。

さかん【左官】壁塗り上戸。

さがん【左岸】フランソワーズ左岸。あっ古い洒落。

サキ【Saki】超短篇十篇で名を残した。

さぎ【鷺】水中に一本足で直立し、ひと晩でも寝ていられるやつ。

さぎ【詐欺】自分の嘘を自分で信じ込むから罪悪感はまったくなく、だから成功する。

さきおくり【先送り】楽観的に、時間が経てばもっといい案が出るか、状況が変ると思っているが、どちらもない。

さきものがい【先物買】現物が届いてから、ぎゃっと叫ぶことが多い。

ざきょう【座興】得意技を持たぬ者が自分のいちばんやりたいことをやると失敗する。何が受けるかを考えよ。

ざぎょう【座業】肥る。脳にも栄養が必要だからね。

さきん【砂金】たいていの川にあるが、一日採っても平均五十六円。

さくい【作為】衆人環視のガラス張りの中で凝らした工夫。

さくいん【索引】全部読む気のないやつのための参考。

さくし【策士】策が見破られてばかりだからこそこう呼ばれる。

さくしか【作詞家】九十九パーセントは副業。ＪＡＳＲＡＣにはタクシーの運転手も会員として所属している。

さくしゅ【搾取】最後の一滴まで搾り取ることだから、「中間搾取」はあり得ない。

さくじょ【削除】最も面白い部分。

さくせん【作戦】味方の戦死者の数は考慮せずに立てる。

さくそう【錯綜】ホモとレズとバイセクシュアルとおかまとニューハーフの乱交。

さくばく【索漠】味も素っ気もない情事のあとの気分を思い出せ。

さくふう【作風】素人はプロの悪いところを真似る。

さくぶん【作文】読者投稿欄。

さくらのその【桜の園】「貧すりゃ鈍す」は本来金持だった者にのみ当てはまる、という芝居。

さくらん【錯乱】多くの危難に対応できなくなった時の正常な反応。

さけい【左傾】富豪は罹らない病気。

さけぐせ【酒癖】本性。

ざこう【座高】高くても自慢してはいけない。短足なのだから。

さこうべん【左顧右眄】自分の主張を通そうと

し、ひどい目に遭って以後の行為。

さこく【鎖国】国家の自閉症。

さこつ【鎖骨】人体で最も折れやすく、肩をどんと突いただけで簡単に折れる便利な骨。

ざこつしんけい【座骨神経】ここを強く刺戟するだけで全身に痛みが走る便利な神経。

さざえ【栄螺】田螺《たにし》の親玉。

ささめゆき【細雪】谷崎が自分好みの女性四タイプを描き分けた作品。

さしいれ【差入れ】楽屋への通行料。

さしえ【挿絵】読者の想像力に制限を加えるための絵。

さしおさえ【差押え】無料で粗大ごみを処分してもらえ、税金を免除してもらえる方法。

さじき【桟敷】見られるための観覧席。

ざしきろう【座敷牢】現代では自分の部屋を座敷牢にして引きこもる。

さしみ【刺身】まだ生きている魚介類や死後硬直前の魚介類がよい。

さしょう【詐称】劣等感の対象を表明すること。

ざしょう【座礁】外国の費用でボロ船を処理する方法。

サスペンス【suspense】台所に殺人鬼がいるのに馬鹿な娘がコーヒーを作りに行くこと。

サスペンダー【suspender】ピエロの必需品。

ざせつ【挫折】いずれは自慢話にして自分を慰める。

ざぜん【座禅】座っているだけで周囲が食わせてくれた古人の真似。

さそり【蠍】砂漠に棲むエビ。

サタン【Satan】地獄のサタンも金次第。

ざだんかい【座談会】欠席者の悪口に始まり料理の不満に終る、活字にならない部分が面白い会合。

ざちょう【座長】アイドルでもなれます。

さつい【殺意】自分の考えたギャグを先にやって大受けした奴に抱く感情。

さつえい【撮影】カメラマンの腕が上がるにつれて時間がかかる。

ざつおん【雑音】反対意見のこと。

さっか【作家】頭に何かつくのは偽もの。小説作家とは言うまい。

サッカー【soccer】駝鳥のためのスポーツ。腕がなくて脚力があるから。

さつがい【殺害】有害な人物を無害なものに変える行為。

さっかく【錯覚】事実と願望をごっちゃにすること。

ざつがく【雑学】馬鹿な辞典を作る以外は役に立たない。

ざっかん【雑感】文字数だけを考えて書かれたコラム。

さっき【殺気】剣豪でもない限り、感じたころには死んでいる。

ざっき【雑記】筆跡だけは確かに自分のものなのだが。

ざつきさくしゃ【座付作者】座長が死ねば潰しがきかず失業。

さっきょく【作曲】鼻歌を音符にする作業。

ざっきょビル【雑居ビル】そこで焼死すると家族が恥かしい思いをする建物。

さっきん【殺菌】最も確実で安価なのは焼却であるが、消毒すべき物品まで焼けてしまう。

ざっし【雑誌】いずれは本になる有名な筆者数人の連載のために、多くの無名の筆者が手を貸す定期刊行物。

ざっしゅ【雑種】純粋種より強い理由は、保護されず、憎まれているからである。

さっしょうのうりょく【殺傷能力】使い方次第で森羅万象すべてが持つ潜在能力。

ざっしょく【雑食】生き残れる習性。

さつじんざい【殺人罪】すべての戦争に適用されるのは一万年後である。

さっそう【颯爽】裏切られる以前、期待する人物の行動から受ける印象。

ざっそう【雑草】そんな名前の草はなく、単にがむしゃらな生き方のこと。

さっそく【早速】他にすることがない時の返事。

さつたば【札束】貸金庫や各家庭の金庫に眠っている現金。

ざつだん【雑談】相手が本音を洩らすよう、話題を本筋からそらして油断させること。

さっち【察知】上司の顔を見ただけで倒産は近いと知ること。

さっちゅうざい【殺虫剤】害虫と一緒に益虫も殺戮する薬。

さっとう【殺到】シャネル90%OFF。

ざっとう【雑踏】買い立ての靴の先を踏まれて革がぺろりと剝ける場所。

ざつねん【雑念】パチンコをしながら頭に浮かべる思い。

さつばつ【殺伐】学生食堂、社員食堂の雰囲気。

さっぷうけい【殺風景】美女がひとりもいない合コン。

ざつぶん【雑文】良心的な随筆の筆者の自嘲。

さつまいも【薩摩藷】甘藷先生青木昆陽、胸焼けすることを知らず、これを全国に救荒作物として普及させ、大騒ぎとなった。

さつまわり【察回り】記者の通過儀礼。

さつりく【殺戮】砂糖水を垂らしておき、黒く群がった蟻に熱湯をぶっかけること。

サディズム【sadism】他人に対し、今までにない苦痛を感じさせるためいろいろと研究してあげること。

さてつ【蹉跌】単なる挫折を気高いことのように思わせようとする語。

サテライトスタジオ【satellite studio】水の入っていない水槽で、水族館と異り中にはパーソナリティという酔族が入っている。

さとう【砂糖】敗戦直後、ガラスの粉の混入事件があった。今ではそんな手間の方が高くつく。

ざとういち【座頭市】テレビの口パクが諸外国で馬鹿にされるようになった元凶。

さとご【里子】実の親に返す頃には完全に田舎者。

さとごころ【里心】悩みがなければ無縁。

サドンデス【sudden death】頓死です。

さなぎ【蛹】本当の悪人にするためいったん少年院に入れられた非行少年のこと。

さば【鯖】そんな古いの食べて、サ・ヴァ?

サバイバル【survival】男の夢。いちばん先に死ぬやつも含めて。

さばく【沙漠】拡がり続けているので、ここへ置去りにする殺人方法は今でも有効。

サファイア【sapphire】筆者の誕生石だが、比較的安価なのが気に食わない。

サファリ【safari】ハタリ!

サブタイトル【subtitle】タイトルだけなら、あるいは見る気になったかもしれないが。

ざぶとん【座布団】「お客様だ。布団をお出し。おいおい。寝る布団を出しちゃいけない」

サブリミナル【subliminal】商品とまったく関係のないCFには、たいていこの方法が用いられている。

さべつ【差別】千代田区の路上において堂堂と

行われている行為。

サポーター【supporter】自分ではサッカーをやる技術も知能もない連中。

サボタージュ【sabotage】労働力の機械化を推進させる行為。

サボテン【仙人掌】見かけはいかついが、伐《き》られそうになると泣き叫ぶ情けない植物。

サマータイム【summer time】白夜の国には無縁の時間制。

さまつしゅぎ【瑣末主義】神は細部に宿ると本気で思うこと。

さみだれ【五月雨】自然界の点滴。

サミット【summit】世界を動かすのは自分たちであると思いたい数カ国の会議。

さむえ【作務衣】冬もこれでは「寒え」。

さむけ【寒気】釘でガラス板をこする音。

サムソン【Samson】女に騙《だま》され、髪を切られ、両眼をえぐられた。どこが英雄だ。

さむらい【侍】こう呼ばれる人物は自分でもその気になり、次第に偏狭になるから始末が悪い。

さめ【鮫】ほんとは気が弱い。むろん、サメザメと泣くのである。

ざやく【座薬】肛門を性感帯に変える薬。

さよく【左翼】右に傾いたものすべてに小児的反感を示す思想。

サラウンド【surround】テレビで遠くからやってくる汽車を見ていて、突如耳もとのスピーカーからの轟音で人をのけぞらせる装置。

サラサーテ【Sarasate】気が違いネルワイゼン。

サラダ【salad】嘘だ。

サラブレッド【thoroughbred】足の骨折だけで寿命が断たれる、よい血統の人。

サラリーマンきんゆう【サラリーマン金融】脅

迫電話の面白さに、億という金を持ちながら借り、返さないやつがいる。

ざりがに【蝲蛄】ロブスターと同種だからといって食べてはいけない。肺臓ジストマの巣窟である。

サリドマイド【thalidomide】天使製造薬。

サリン【sarin】風と共にサリン。

サリンジャー【Salinger】ライ麦畑で起こるデリンジャー現象。

さる【猿】朝立ちや猿も腰蓑ほしげなり。

さるぐつわ【猿轡】「叫ぶなよ」と念を押されて取ってもらい、またキャーと叫んではめられてしまう馬鹿女。

ざるそば【笊蕎麦】死ぬ前に。「ああ、一度でいいから、つゆにたっぷり浸して食いたかった」

さるぢえ【猿知恵】デパートへ盗みに入って見つかりそうになり、マネキンの真似をすること。「猿真似」とも言う。

サルトル【Sartre】昔「サルトル佐助」という漫画があり、その恋人の名が「髪油」であった。

さるまた【猿股】「イノマタ」という苗字はあるが、「サルマタ」という苗字はない。

さるまわし【猿回し】「反省なら猿でもできる」と教えてくれた人。

さんいつ【散逸】長篇の原稿が風で車道に全部吹き飛ばされてしまう事態。

さんいっち【三一致】現代演劇が破るべき古典的法則だが、ただ映画やテレビドラマのようにすればいいというものではない。

さんいん【産院】カソリックの産院でおれの最初の子が死んだのは、自然分娩以外は神が許さなかったからである。

さんいんちほう【山陰地方】「裏日本」と並び、暗いイメージなので差別的な表現とされる。贅淫地方とすればよい。

さんえん【三猿】「盗まざる」「犯さざる」「殺さざる」を餓鬼に教えたい。

さんか【讃歌】裏に必ず哀歌あり。「雪山讃歌」⇩「山男の歌」

さんか【惨禍】淑女が路上で滑り、犬の糞の上に尻餅をつくようなこと。

ざんがい【残骸】処理できず公害。

さんかくじょうぎ【三角定規】さまざまな使用法があるが、鋭角60度の方の先端に輪ゴムを通し紙鉄砲にするのもそのひとつである。

さんがくちたい【山岳地帯】地球温暖化現象で水没した世界における人類最後の棲息地域。

さんかんおう【三冠王】谷崎賞、野間賞、読売文学賞の三賞受賞者。

さんぎいん【参議院】もと貴族院。衆議院の上位自我、なんて誰も思っちゃいない。

ざんぎゃく【残虐】大人が、小説やドラマなら喜ぶ癖に子供がすると驚愕し恐れ悲しみ嘆く行為のこと。

ざんぎょう【残業】人員整理の対象にならぬための無料奉仕。

さんぎょうかくめい【産業革命】ルネサンスが人間性復活であったため、均衡をとるため産業は非人間性に向かった。

さんぎょうスパイ【産業スパイ】パソコンを持つ者すべてこうなる可能性あり。

さんきんこうたい【参勤交代】外様譜代守さまお成りぃ！

サングラス【sunglasses】有名人であることを隠すふりをして実は誇示するための眼鏡。

ざんげ【懺悔】悪徳神父が出る素地。

さんケー【三K】仕事に不向きな三Kは虚弱と虚栄と軽薄。仕事に使えない三Kは気まぐれ、口ごたえ、欠勤。

さんげき【惨劇】舞台装置が倒れて役者全員が即死すること。

さんけつ【酸欠】病室を見舞いの花で埋め尽された患者の明け方の状態。

ざんげん【讒言】ダイエー中内切は告げ口してきた者もクビにした。

さんげんしょく【三原色】混り合えば黒くなる。女三人が寄るに同じ。

ざんごう【塹壕】そのまま兵士の墓穴。

さんごうじごう【山号寺号】お嬢さん四十路。

さんこうにん【参考人】刑事の気分次第で容疑者にされる人。

さんこうぶんけん【参考文献】盗作の非難を免れるため文末に記す書名。

ざんこく【残酷】実行して刑に服する人は一%だが、百%の人はその程度のことなどとっくに想像済み。

さんごくし【三国志】大食いの息子を殺すので「泣いて馬食を斬る」のだと思っていた。

さんごしょう【珊瑚礁】原爆実験をしたあとビキニ姿のお嬢さんが生えてくる場所。

さんざい【散財】使ってはならない大事な金ほどバラ撒きたくなる不可思議。

さんさしんけい【三叉神経】顔面神経痛を起す神経。「さんさ時雨《しぐれ》」を歌えば治る。

ざんさつ【惨殺】死までを長引かせる殺しかたはすべて。死んでからいくら切り刻んでも惨殺にはならない。

さんじせいげん【産児制限】たちまち少子化。

さんしたやっこ【三下奴】いちばん下っ端の豆腐。

ざんしゅ【斬首】鏡無しで自分の尻の穴が見える刑罰。

さんじゅうく【三重苦】テーマ、枚数、締切。

さんじゅうし【三銃士】「盗作であることは認める。しかしわしの方が面白い」(大デュマ)

さんじゅつ【算術】忍術と手術の間。

さんしょう【山椒】養殖を天然に変えるふりかけ。

さんしょう【参照】反論を警戒して頼みとする後ろ盾。

さんじょう【惨状】子供の多い親戚が帰ったあと。

さんしょく【三食】刑務所で完全保証されている食事。

さんしろう【三四郎】「あなたはよっぽど度胸がない方ね」と言われて発奮、柔道で名を成した男。

さんしん【三振】一度も振らずして三振とはこれいかに。

ざんしん【斬新】新しいものを斬って捨てること。例=芥川賞の選考。

さんすう【算数】うしろに「博士」とつけても威厳のない学問。

さんせい【賛成】どうでもよい。

さんせい【酸性】「酸性食品」は誤用。また、梅干しはアルカリ性である。

さんそ【酸素】空中にたくさんあるのに売り物になる気体。

さんぞうほうし【三蔵法師】玄奘参上。

さんぞく【山賊】海賊との合コンで山海の珍味。

ざんだか【残高】ゼロになりたがる数字。

サンタ・クロース【Santa Claus】正体は①父親。②泥棒。③間男。

サンダル【sandal】爪先があればミュール。踵がなければスリッパ。お洒落でなければツッカケ。便所にあれば便所下駄。

さんたん【惨憺】引火爆発したバキュームカーの内容物が散乱した状態。

さんだんじゅう【散弾銃】河馬の脱糞。

さんち【産地】分娩台の上。

さんちょう【山頂】近くにもっと高い所が無いこと。

さんちょく【産直】中国孤児を海外に売ること。

サンチョ・パンサ【Sancho Panza】徘徊するぼけ老人を最初に介護した人物。

サンド【Sand】砂の女。

さんどう【産道】赤ん坊が出たり入ったりして母親が喜悦する道。

ざんとう【残党】逃げた奴。

さんとうじゅうやく【三等重役】不祥事が発覚したときのスケープゴート要員。

さんどがさ【三度笠】「河童からゲーテ」まで被ったと歌われる笠。

ざんにん【残忍】「堪忍な」と詫びながらいたぶること。

さんにんしょう【三人称】神の視点に立ちたい小説家の書き方。

ざんねん【残念】負けることが最初からはっきりしていた場合でも一応はこう言う。

さんば【産婆】手を引かれて田舎道を駈けていくお婆さん。着いた頃にはたいてい生まれている。

サンバ【samba】葬式では演奏しない。

ざんぱい【惨敗】全員が、試合の責任は自分にはないと思っていた結果。

さんばし【桟橋】相撲取りが船に乗ろうとすると崩落する橋。

さんぱつ【散髪】頭髪が抜けて周囲に散らばる

こと。

ざんぱん【残飯】パンの耳。

さんび【酸鼻】讃美歌に歌われるほどの美しい光景。

さんびか【讃美歌】酸鼻な状態を讃美して歌う歌。

ざんぶ【残部】たいてい「僅少」と書く。

さんふじんかい【産婦人科医】女性性器を剝き出しにさせて罪に問われない医者。

サン・フランシスコ【San Francisco】万国博が行われた時の同題のテーマソングが初めてスタンダード・ナンバーとなった。

サンプル【sample】たまたま出来がよかった製品。

さんぽ【散歩】犬に導かれて近所を彷徨すること。

さんぼう【参謀】兵の犠牲の上に成立する職務。

さんま【秋刀魚】泳ぐ刺身包丁。

さんみいったい【三位一体】運転役と見張り役と実行役。

さんみゃく【山脈】日本列島。さらに言えば活火山脈でもある。

さんめんきじ【三面記事】電車内で最初に読むのがためらわれるページ。

さんめんきょう【三面鏡】鼻の低い女が使わない鏡。

さんもんぶんし【三文文士】どうしても文士と呼ばれたい作家がわざと謙遜して自称する語。

さんらん【散乱】片づける気のない奴ばかりがいること。

さんらん【産卵】射精と同時に行うひたすら生殖のみの味気ない行為。

さんりんぼう【三隣亡】自分の家だけ焼け残ること。

ざんるい【残塁】 ランナーがバッターに殺意を抱く事態。

サン・ルーム【sunroom】 人間を焼く部屋。

さんれつしゃ【参列者】 わしの葬式に、今なら数千人、十年後なら十人足らず。

さんろく【山麓】 転落してきた者がやっと落ちつく場所。

し

し【死】 生きた結果。長短にはかかわらない。

し【詩】 日常言語に喧嘩を売る文学。

じ【痔】 男色行為の障害となる疾病。

しあい【試合】 恥を免れるため弱者がとても勝てそうにない強者に挑む場合もある。

じあげ【地上げ】 立ち退かされる者の恨みを快感とする不動産ブローカーの仕事。

しあつ【指圧】 資本金も道具もいらない職業。

じあまり【字余り】 定型破りの快と不快を同時に味わえる歌や句。

しあわせ【幸せ】肥る原因のひとつ。

しあん【思案】行動しながら考える能力のない者がすること。

じい【示威】威力がないことを示す行動。

じい【自慰】不特定多数を相手の性行為。

シーアイエー【CIA】好戦的な大統領を好む機関。

しいかかんげん【詩歌管弦】お手並拝見。

しいく【飼育】幼女の監禁と独占。

ジークフリート【Siegfried】ドイツ民族の英雄だが頭はよくない。

じいしき【自意識】自分だけは大多数大衆の一員にはならないぞという決意。

シーソー【seesaw】人生、自分より軽い相手とでも平衡をとれと教える遊戯。

しいたけ【椎茸】ミイラにした方が味の濃い食物。


シーディー【CD】LPの追放者。

シート・ベルト【seat belt】死亡率の統計による気休め。

シーラカンス【coelacanth】どんな味の魚だか誰も知らない。

しいん【死因】「老衰」もか?

しうんてん【試運転】滅多に事故は起らず、必ず営業中に起る。

じえいぎょう【自営業】ストライキやサボタージュができない職業。

じえいたい【自衛隊】災害以外は仮想敵。

シェークスピア【Shakespeare】映画「禁断の惑星」の原作者(原作は「テムペスト」である)。

ジェスチャー【gesture】交代で啞になる遊び。

ジェット・コースター【jet coaster】最も大惨事が期待されている乗り物。

し

シェルター【shelter】世を捨てるための建造物。
しえん【私怨】文章を書かせる原動力のひとつ。
しおかげん【塩加減】言葉の中に批判を混えても相手が怒らぬ程度の混え具合。
しおき【仕置】憎悪や嗜虐によるものではないと自他を納得させることば。
しおさい【潮騒】山口百恵と三浦友和が結婚した原因のひとつ。
しおどき【潮時】悪事を重ねた者が怖くなってきてやめようとする時の言い訳。
しおひがり【潮干狩】男気の絶えた女を口説くこと。
しおり【栞】面白くないのに読まねばならぬ書物のための紙切れと紐。
しか【鹿】いいや。馬だ。
じか【時価】いちばん食べたい品の下に書かれている文字。
じが【自我】孤島では不必要な意識。
しかい【司会】出演者を遠回しに、時にはあからさまに愚弄すること。
しかい【歯科医】患者に口をきかせない医者。
しがい【死骸】肉食者の食べ物。人間のそれだけは食べてはいけない。
じがい【自害】生きるのが苦手であると示すこと。
しがいせん【紫外線】照射すれば皮膚に障害を起す一方で皮膚病の治療にもなる。
しかく【視覚】ナンパの相手が美人かどうかを判断できる機能。
じかく【自覚】自分がどの程度の馬鹿かを知っていること。
しかくしめん【四角四面】きっかり30分計って食後の薬を飲むやつ。
シカゴ【Chicago】6か7。

じがじさん【自画自賛】相手に同意させ、褒められたことにすること。

じかせん【耳下腺】時に人間をお多福にする唾液腺。

じがぞう【自画像】その絵を描いたのがどんな馬鹿面かを教える絵。

じかだんぱん【直談判】天皇に生活の困窮を訴えること。

じかちゅうどく【自家中毒】鏡を見ていて起す症状。

じかつ【自活】頼れる身寄りがなくなること。

しがつばか【四月馬鹿】マスコミ各社のユーモアセンスがわかる日。

しかつもんだい【死活問題】ハムレットの名科白《ぜりふ》。

じがね【地金】生活に窮すると出てくる生地。

じかはつでん【自家発電】原子力によるものが認められていない発電。

しかばね【屍】自分のは見られない。

しかばん【私家版】出版社に断られ、身銭を切って出す本。

しかん【弛緩】おばさんスカートのゴム。

しかん【屍姦】モルグ管理者の特権。

しがん【志願】周囲に影響された見栄っ張り行為のひとつ。しばしば命を失う。

じかん【時間】時計の副産物。

しかんがっこう【士官学校】帽子を上手に放り投げる訓練をする学校。

しき【四季】日本で唯一儲かっている劇団。

じき【磁気】ピップエレキバン。

しきい【敷居】無沙汰を続けたり借金をしているとどんどん高くなるもの。

しぎかい【市議会】地元の中学校を卒業した政治家が舞い戻ってくる場所。

し

しきかん【指揮官】効率よく味方を殺す人。
しききん【敷金】安全性の著しく低い預金。
しきさいかんかく【色彩感覚】①公園の遊具を見よ。②秋葉原を見よ。③志茂田景樹を見よ。
しきし【色紙】ラーメン屋にあると小物に見え古本屋のショウウィンドウにあると大物に見える。
しきしだい【式次第】退屈目録。
しきしゃ【指揮者】何百何千という聴衆に背を向ける勇気ある人。
しきじょうきょう【色情狂】性衝動を日常的に言動で示して何が恥かしいものかと思っている人。
じきしょうそう【時期尚早】月面の不動産売買。
じきそ【直訴】直属上司の悪口をその上役に言うこと。
しきそくぜくう【色即是空】天空に向けて射精すること。
しきち【敷地】測量する機会があるたびに面積が少なくなっていく土地。
じきひつ【直筆】ワープロソフトを使えない作家の原稿。
しきま【色魔】こう呼ばれるのは男性のみ。女性なら喜ばれる。
しきもう【色盲】①青い苺ばかり摘む人。②色事に疎い人。③黒白の決着をつけられない判事。
しきもの【敷物】他家で、熊の毛皮の敷物を撫でながら。「あっ。妻がよろしく申しておりました」
しぎゃく【嗜虐】いつ悪口を書かれるかと喧嘩相手を脅えさせておき、なかなか書かないこと。
しきゅう【子宮】胎児と筋腫を育てる内臓。

しきゅう【至急】上に「大」がつかない時は急がない。

じきゅうじそく【自給自足】自慰で事足りること。

じきゅうせん【持久戦】相手の短気が頼りの戦法。

しきょ【死去】焼かれるのを嫌って死体が逃げ去ること。

じきょう【自供】取調べの刑事の顔に吐瀉《としゃ》物をぶちまけること。

じぎょう【事業】老父が、小遣いをくれない息子に「やるぞ、やるぞ」と脅す言葉。

しきょうひん【試供品】医者の儲けの一。

しきょく【支局】左遷された者が地元採用者にいじめられるところ。

しきよく【色欲】伴侶以外の異性に向けられる欲望を卑しいものとして牽制しようとする表現。

しきる【仕切る】いつもは人に指図できない地位にいる宴会係が張り切って行う行為。

ジキルはかせとハイドし【ジキル博士とハイド氏】痔切る博士がハイド氏のおいどを切る話。

しきんきょり【至近距離】顔を前に突き出しただけでキスできる距離。

しきんぐり【資金繰り】金を持たずに始めた事業で苦しむさま。

しぐさ【仕草】主に自覚しない身振り。自覚している身振りは「そぶり」

じくじ【忸怩】恥じ入っていることを、とても恥じ入っているようには思えぬほど偉そうに言う時の言葉。

じぐち【地口】全然無知無知かたつむり。

しくはっく【四苦八苦】苦労が倍、倍に増えていくこと。

し

シクラメン【cyclamen】桜草の一種で作ったラーメン。

しぐれ【時雨】人間のうしろ姿に降る雨。

しけ【時化】後家を大量に生産する風雨波濤。

しけい【死刑】公開しないのは廃止運動が盛りあがるのを恐れるからである。

しけい【私刑】死刑が見られないので私的に執行しようとする行為。

じけいだん【自警団】「警察を信じない」という、比較的まともな頭をした連中。

しげき【刺激・刺戟】生きている実感がほしくて求めるもの。

じけつ【自決】弁解が死ぬよりも嫌いな者の行為。

しけん【試験】人間その他の物質の能力の一部を試すこと。

しげん【資源】子孫の困窮を考えずに蕩尽されている自然物。

じげん【次元】直線が一次元。平面が二次元。高さが加わって三次元。低さが加わって四次元。

じけんきしゃ【事件記者】事件を起す記者。

じげんばくだん【時限爆弾】爆発前になると映画の時間をおそろしく間延びさせる爆発物。

しご【私語】授業中に学生が大声で交わすもの。注意した教員は殺される。

しご【死後】人間の場合、大半は焼かれる。稀には地中、海中に遺棄され、さらに稀には食われる。

じご【自己】うしろ姿が見えないやつ。

じこ【事故】強姦された女性を慰める言葉。

じこあい【自己愛】殺される寸前にあらわになる感情。

じこあんじ【自己暗示】おれの妻は美しい。

じこう【時効】よせばいいのに安心して出頭して、一日間違えていて逮捕されて……。
しこうさくご【試行錯誤】施行錯誤。
じごうじとく【自業自得】寒山拾得。
じごえ【地声】本来の声。オーガズムの際などに発せられる。
じごく【地獄】現実に勝る地獄なし。
じこくひょう【時刻表】推理小説がすぐ古典になる原因の一。
じこけんお【自己嫌悪】権利のみ主張したあとの気分。
じこけんじ【自己顕示】政治家の能力としての絶対必要条件。
しごこうちょく【死後硬直】通夜の晩に呼んだ按摩が間違えて故人のからだを揉んでしまって。「おたく、えらい凝ってはりますなあ」
じこしょうかい【自己紹介】「手前生国と発しますするところは……」
じごしょうだく【事後承諾】「父さん。あの土地売ったよ」
しごせん【子午線】南と中をポンした時の線だが、眼には見えない。
ジコチュー【自己中】出席するとすでに会議が始まっていたと言って怒るやつ。
しごとば【仕事場】他人の家。
じこひはん【自己批判】組織の方針に適合させられる儀式。
じこべんご【自己弁護】他人のそれは聞く耳持たないが自分がやるのは大好き。
じこまんぞく【自己満足】こう指摘されるとせっかく幸福だったのが一転して怒り心頭に発する。
ジゴロ【gigolo】二枚目の蔑称だが、なぜかこう言われて喜ぶやつもいる。

しさ【示唆】やりたいことを他人にやらせようとすること。

しさく【思索】形而上的な思考。「どうやって女と別れるか」は思索とは言わない。

じざけ【地酒】地面から湧き出る酒。

じさしゅっきん【時差出勤】編集者の出勤。

しさつ【刺殺】肛門から焼けた針金を突っ込まれて死んだイギリス王がいた。

じさつほうじょざい【自殺幇助罪】「自分でじわじわ首を絞めていくと気持よく安楽に死ねるよ」

じさぼけ【時差惚け】白夜の国への旅にはさほど関係がない。

しさん【資産】相続人に命を狙われる原因。

じさんきん【持参金】結婚詐欺師の狙い。

しじしゃ【支持者】まだおこぼれに与《あずか》っていないやつ。

ししそんそん【子子孫孫】もはや赤の他人。

ししつ【資質】あると思い込んで周囲に迷惑をかけるもの。

じじつ【事実】①まだばれてない嘘。②あまり面白くない真実。

ししふんじん【獅子奮迅】ライオンの髪をした総理が頑張ること。

しじみ【蜆】味噌汁の底からこっちを睨んでいるやつ。

ししゃかい【試写会】無料試写会がいつも満員なので、これは大当りすると喜んでいたら公開後は客が入らずコケた。つまらないという評判が立ったからである。

じしゃく【磁石】①昔は水筒の蓋についていた。②くず鉄拾いの道具。

ししゃごにゅう【四捨五入】切り捨てられた端数をすべて自分の口座に振込ませて大儲けし

た銀行員がいる。逮捕されたが。
ししゃも【柳葉魚】昆布に抱っこ。
じしゅ【自首】刑を軽くしてくれという陳情。
ししゅう【詩集】空白の多い本。
じしゅう【自習】先生の二日酔い。
じしゅきせい【自主規制】自慰の回数を決めること。
じしゅく【自粛】何もしないほうが得な場合にもったいをつけてこう言うが、「本音は違う」と言っているのと一緒。
ししゅつ【支出】常に収入より多い金。
しじゅほうしょう【紫綬褒章】同時受章者の顔ぶれを見て有難くなくなる勲章。
ししゅんき【思春期】白桃を見て勃起する時期。
じしょ【辞書】古い情報の塊。大麻を巻くしか使い道がない。
ししょう【師匠】「私を超えろ」と言いつつ邪魔をする人。
しじょう【私情】利害の犠牲になる感情。
じじょうじばく【自縄自縛】ひとりＳＭ。
ししょうせつ【私小説】自分を美化し他人を悪く書いて「創作だ」と逃げられる小説。
ししょく【試食】婚前性交。
じじょでん【自叙伝】悪事などの面白いことは書かれていない。
ししるいるい【死屍累累】日照りが続いたときの池の様子。
しじん【詩人】飲み屋で爺さんが自称するとモテる職業。
じしん【地震】起きたあとで必ず予想していた人物が現れる現象。
じすい【自炊】コンビニ弁当をレンジで温めること。
しずかごぜん【静御前】夜は激しい。

し

シスター【sister】ナンパしにくい女性の一。

しせい【姿勢】責められた時に示すポーズ。

じせい【辞世】「わしは死ぬ」ということを文学的にした歌や句。

しせいかつ【私生活】本性をあらわにして生きる勤務外時間。

しせいじ【私生児】官製児ではないこと。

じせつとうらい【時節到来】虎視眈眈の次にくる四字熟語。たいていはすでに遅い。

しせん【視線】悪事のさなか、背中に感じるもの。

じぜん【慈善】施しをしたくても金のない者が事業として他人に強制する行為。

しぜんしゅぎ【自然主義】技法をお稽古事のように学べる芸術の基礎教養。身につけていない芸術家もいる。

しそう【死相】末期癌を宣告されてたちまち顔に浮かぶもの。

しそう【思想】思考や言動を快く左右するもの。不快なら容易に転向できる。

じぞう【地蔵】交通事故によってここで子供が死んだという目印。

じそく【時速】競わせて交通事故死へと誘うもの。

しそちょう【始祖鳥】「火の鳥」のモデル。

した【舌】珍しく五つもの用途を持つ人体の部分。①味わう。②喋る。③唇の周囲を拭う。④意思表示＝ベロを出す。⑤自殺＝噛み切る。

したい【死体】見る者がおのれの末路を知って顫《ふる》えあがる物体。

じたい【辞退】丁寧に逃げること。

じだいしょうせつ【時代小説】封建的ロマンと殺戮欲を満たしてくれる読物。

したがき【下書き】画壇の大家のものは高い値

がつくので、家人が持ち去らぬうち本人によってただちに破棄される。

したきりすずめ【舌切雀】着たきり雀のお宿はカプセルホテル。

したごころ【下心】本心のこと。見え透いていても、殴られないだけ正直に言うよりまし。

したさきさんずん【舌先三寸】嘘がばれたら一尺三寸。逆に舌足らずが信用される理由でもある。

したつづみ【舌鼓】下品な癖をこう言って胡麻化す。

したどり【下取り】「何っ。無料で引き取ってやるだけでも有難く思え」

したまち【下町】皇居（千代田区）も下町とは……。

したよみ【下読み】文学新人賞などの第一次選考で、選考委員でない下読み委員が粗選りをすること。まったく新しい文学的素質はたいていこの段階でふるい落される。

じだらく【自堕落】賢明にも自分の将来を悟った者がとる生活態度。

じだん【示談】裁判になるとどちらも具合が悪い。

じだんだ【地団駄】悔しい時に踊るタップダンス。

しちごさん【七五三】一度しか着ない着物を親の見栄から子供に作ってやる行事。

しちてんばっとう【七転八倒】七転八起のあと、もう一回転ぶこと。

しちふくじん【七福神】弁天除いてみな片輪。

しちめんちょう【七面鳥】美空ひばり「びっこの七面鳥」は抗議を受けて発売停止となった。

しちや【質屋】わが母方の祖父の職業。昔は儲かった。

し

シチュエーション【situation】自分がドラマチックな状況の中にいると思い込みたい者の発する外来語。

しちょう【市長】概ね知事と対立する人。東京市長というのはないので、その点都知事は楽である。

じちょう【自重】我慢を強いられた悔しさをこう言い換えて自ら慰めること。

じちょう【自嘲】失敗を誰も慰めてくれない時に自分でやって見せること。

しちょうりつ【視聴率】調査対象世帯の文化的低レベルを示す数字。

シチリア【Sicilia】マフィアの産地。

しつい【失意】誰も慰めてくれないのは、本人の失敗によるものだからである。

じついん【実印】簡単に偽造されて大金を失うもととなる危険物。

じつえん【実演】ナマで見たいという欲求に応えるものだが、内容はフィルムやヴィデオに劣る。

しつおん【室温】調節次第で翌朝は凍死していたり干からびていたりする。

じっか【実家】配偶者や借金取りからの避難場所。

じっかい【十戒】八戒の親豚。

しっかく【失格】頭頂にドーピングの注射器を突き立てたまま走れば言い渡される。

じっかん【実感】話にのみ聞いた破瓜《はか》の苦痛を初夜にして知ること。

しつぎおうとう【質疑応答】用意していたメモだけでは講演時間が満たせなかった場合の策。

しっきゃく【失脚】足場にしていた脚立が一瞬にして消えること。

しつぎょう【失業】そう思っていないのは、

「おれは詩人だ」と思っている本人だけという場合もある。

じつぎょうか【実業家】大物芸能人が憧れ、莫大な借金を背負うことになる職業。

じっきょうちゅうけい【実況中継】高視聴率を取れるが実現不能のものに「殺害現場」「死刑」などがある。

しっきん【失禁】この世への名残りのマーキング。

じっけい【実刑】猶予期間中、悪事を働かねばとても生きていけるとは思えぬ者に言い渡す刑。

しつげん【失言】絶対に言ってはならぬことほど口から出てしまう強迫行為症の一種。

じっけんしょうせつ【実験小説】①登場人物を化学物質に、社会を試験管やフラスコに見立てた小説。②誰も書いていないと思って書く小説。たいていは必ず誰かが書いている。

しつごしょう【失語症】言うべきことが複数浮かんだり、次に言うべきことが先に浮かんだりする、頭脳優秀な者特有の症状。

じっこん【昵懇】偉い人、有名な人とはすべて。

じつざい【実在】ただ眼に見えるのは実在ではなく、背後のイデアこそが実在。実在しない人間がたくさんおりますな。

しっさく【失策】無為無策ゆえにやり損なった場合でもこう言う。

しつじつごうけん【質実剛健】フォルクスワーゲン。

じっしゅう【実習】化学実験室が大爆発する原因。

しっしょう【失笑】あまりの馬鹿らしさに声を出して笑う気も起らず、ただ顔を歪めて頬を引き攣《つ》らせるだけ。

じっしょうしゅぎ【実証主義】スキャンダル記事専門の記者が学ぶべき社会学的方法。

しっしん【失神】女性が「あんたは凄い」と表現するために演じる技。

しっせき【叱責】自分の過去のしくじりを思い出すことのない幸福な者が、同じしくじりをした目下の者をまるで犬や猫のように叱ること。

じっせき【実績】過去の偶然の好成績を未来の成績として楽観的に示したもの。

じっせん【実践】婚前性交を奨励する女子大の名前。

しっそ【質素】本当に貧乏ではない人の生活態度（例＝皇室）。

しっそう【失踪】「こんな大金、持たせた奴が悪い」と言いながら消えること。

しっそく【失速】機長が急に信心深くなる状態。

じつぞんしゅぎ【実存主義】猿取佐助や髪油さんが相乗りしたが過負荷で失速した。

したい【失態】本人がそう思うだけで、周囲はいつものことと思っている。

じつだん【実弾】主に選挙戦で飛び交うが、誰も「当った」とは言わない。

しっつい【失墜】実態がやっと評判に追いついた、権威の最後の姿。

じつづき【地続き】夜這いが可能な範囲。

じって【十手】警棒の先祖。

しっと【嫉妬】本来英語で、焼餅の対象に投げつける「SHIT（シット）」が語源。

しっとう【執刀】さあ今から切りますよー。けけけけけ。血が飛び散りますよー。

しつないがく【室内楽】寝室で演奏される睡眠のための音楽。

しつねん【失念】①そもそも覚えるつもりがな

かった。②都合の悪いこと。③忘れたことを偉そうに表現した言葉。④物事を「あれ、これ、それ」などに言い換えること。

ジッパー【zipper】ひとからげ。

しっぱい【失敗】皆が許してくれる。許してくれないものは犯罪。

じっぴ【実費】使った金額の一割増し。

しっぴつ【執筆】字に書くことで自分の考えを最も浅薄で面白くなくする行為。

しっぷ【湿布】虚弱体質であることを周囲にアピールする方法。

しっぷうどとう【疾風怒濤】シュトルム氏がウント飲んで手がつけられなくなること。

しっぺいがえし【竹篦返し】右の頰を打たれたら左の頰を打ち返すこと。

じっぺんしゃいっく【十返舎一九】案外真面目で几帳面だった。ユーモア作家はたいていそうである。

しっぽ【尻尾】政策秘書。

しつぼう【失望】相手が思い通りになってくれなかった時の勝手な感情。

しつめい【失明】こう宣告された途端、目の前が真っ暗になる。

しつもん【質問】自分がアホだと告白すること。

しつよう【執拗】熱心で粘り強い行動を敵が評した言葉。

じつようてき【実用的】野暮なこと。美しくはないこと。味も素っ気もないさま。

しつらくえん【失楽園】後楽園の前にあった球場。

しつりょう【質量】妻の臀部だけは確実に増加している。

じつりょくしゃ【実力者】マスコミに悪口を書かれているうちは真の実力者ではない。

しつれい【失礼】わざと無礼を働くこと。自分から詫びるときは単なる過ち。

しつれん【失恋】自分の魅力のなさを思い知らされること。

じつわ【実話】小説のネタで、まだ文学にはなっていない。

してい【師弟】師の名声を利用し、弟子の働きを利用する関係。

していせき【指定席】隣に嫌なやつが座っても席を移れない不便な座席。

してつ【私鉄】デパートや球団を持てば勝ち組。行楽地がひとつもなければ負け組。

してん【視点】小説では神＝作者の視点、語り手の視点、登場人物の視点など。映像はたいてい誰のものかわからぬカメラの視点だが、ポルノだけは確実に痴漢の視点である。

じてん【辞典】唾棄すべき常識の巣窟。本辞典のみはさにあらず。

じてんしゃ【自転車】自分で転倒する車。

しどう【指導】自らの信じる時代遅れの心構えや技術を教えて導くこと。

しどう【私道】通行料を取ったり通行を禁止したりできる道路。この道の奥に家を持つ者は災難である。

じどうしゃ【自動車】排気ガス発生装置、交通・輸送手段、会議室、宿泊施設、殺人用具、自殺用具。時には家屋でもある。

じどうしょうじゅう【自動小銃】君のどてっ腹へ十分の一秒で二十五発の弾をめり込ませることのできる銃。

じどうはんばいき【自動販売機】機嫌を損ねると釣銭が出てこない。さらに怒らせると商品は出ず、金も戻らない。

じどうピアノ【自動ピアノ】自分で勝手に浮か

れている再生装置つき鍵盤楽器。

じどうふくしほう【児童福祉法】子供に家業を手伝わせたい親が敵視する法律。子役が夜の舞台に出られなくなった原因。

じどうぶんがく【児童文学】小児がえりした頭脳による文学。

しながわ【品川】昔、東海道最初の宿場（日本橋からの所要時間一日）。今、東海道新幹線最初の駅（東京駅からの所要時間七分）。

しなぎれ【品切れ】仕入担当者の無能を示す現象。

しなさだめ【品定め】店員に嫌われる行為の一。

しなぞろえ【品揃え】ほとんど誰も買わないような商品まで置いてはじめて品揃えを誇るべし。

シナトラ【Sinatra】マフィアの協力でアカデミー賞を獲得した歌手。

シナモン【cinnamon】肉桂。子供のころニッキと称して肉桂の細根を齧っておりましたな。

シナリオライター【scenario writer】原作から視聴覚的でない部分をとっぱらう人。

じなん【次男】兄への憎悪が成長を促す。

しにがみ【死神】戦争で大喜びする人間。

しにげしょう【死化粧】死者に化け物のメイクを施すこと。

しにしょうぞく【死装束】いいものは着せてもらえない。

しにせ【老舗】創業百年。商品も製造後百年。

しにはじ【死に恥】腹上死、断末魔の脱糞など。

しにみず【死に水】少量を布に含ませて与える。ガブガブ飲ませると生き返るおそれがあるから。

しにん【死人】新鮮な死者のこと。古い死者は「故人」である。

し

じにん【辞任】あとは野となれ。
じぬし【地主】金よりも不動産を信じている人物。
シネマスコープ【CinemaScope】テレビ放映が頭になかった時代の産物。
しのうこうしょう【士農工商】中国からの名のみの輸入品で、そもそも日本にそんな制度はなかった。
しはいかいきゅう【支配階級】古代＝王様。近代＝政府高官。現代＝マスコミ関係者。
しばいげ【芝居気】面白がられるが信頼はされない気質。
じはく【自白】入れ替り立ち代りの説得、強要、懐柔、脅迫、拷問などに根負けすること。
じばく【自爆】日本の御家芸であったが、今やアラブ系にとって代わられた。
しはつ【始発】飲み明かした放蕩者と早起きの働き者が乗る車両。乗る方角は違うが。
じはつせい【自発性】誰もやろうとしない労働や勉学をはしゃいでやる性向。
じばら【自腹】余計な出費を惜しむ組織に反逆して切るもの。
しはらい【支払い】いざ勘定という時、岡本太郎は「おしっこ。おしっこ」と言いながら便所へ消えた。
しばらく【暫】歌舞伎十八番。悪人を「しばらく。しばらく」と呼びとめて懲らしめるだけの芝居。
じばん【地盤】多くは自分の出身地だが、まったく無関係の場所をあてがわれることもある。
しひ【私費】誰も金を出してくれない時の資金。
じひ【慈悲】言うまでもなく医者が瀕死の患者に毒を注射してやることである。
じびか【耳鼻科】高血圧の治療には内科よりこ

っちへ行った方がいい。

じびきあみ【地引き網】死体があがってきたら、その網の魚は食えない。

じひしゅっぱん【自費出版】「あなたの原稿を出版します」にも引っかからなかった駄作を自分で出版すること。

じひつ【自筆】遺言状はこれ。ワープロは無効。

しびょう【死病】生きていること。

じひょう【辞表】常に懐中におさめ、ぼろぼろになるまで、つまり定年まで身につけておくのがサラリーマンの心得である。

じびょう【持病】生きているのを実感できる不幸の一。

しびれ【痺れ】フグの肝、おいしかった?

しびん【溲瓶】ビールの容器。

しふく【私服】制服を着ていない刑事のことだが、さすがに着流しはいけない。

しふく【雌伏】たいていの人の生涯。

ジプシー【gypsy】まだ大移動をやめていない民族。

しぶつ【私物】会社を辞めるときに持っていっていいものの総称。

ジフテリア【diphtheria】イヌの一種で、子供が襲われることが多い。

しぶや【渋谷】若者で混雑している。コム・デ・ギャルソンの語源となった町。

ジブラルタル【Gibraltar】ヨーロッパの盲腸。地中海のノドちんこ。

しふん【私憤】すべての公憤はこれである。

じぶん【自分】自分には見えない人間。

しへい【紙幣】最も高価な紙のひとつ。ロウソクの代わりにもなる。

しべつ【死別】①最も後腐れのない別れ方。②北海道の町につける語尾。

シベリア【Siberia】マンモス墓地。

しべん【思弁】思考に現実が流れ込むのを排除する弁。

しぼう【死亡】崩御、逝去、他界、物故などの最後にくる、グレードの低い「死」。

しぼう【脂肪】肥満したやつの腹部を切り裂いてやるとぶちゅらぶちゅらと出てくる黄色い玉蜀黍《とうもろこし》状の物質。

しぼう【志望】絶望のもと。

じぼうじき【自暴自棄】女が化粧をしなくなること。

しほうしょし【司法書士】無筆の者が多かった時代の遺物だが、役所とグルになって生き残った。

しほうはっぽう【四方八方】めくら滅法。

しまい【姉妹】サザエさんの印税で食っている会社。

じまく【字幕】会話を十数文字以内に縮める技術。

しまぐに【島国】国境警備隊のない国。

しまながし【島流し】島民にとって迷惑な制度。

じまん【自慢】「自慢じゃないが」と言ってもやっぱり自慢。

シミュレーション【simulation】失敗は必ず忘れ、見落した重要な要素が何かは事後にわかるしくみ。

しみんけん【市民権】⇩映画「市民ケーン」を見よ。

じむじかん【事務次官】無能な大臣の時は教育係、有能な大臣の時は省との板挟み。

しめいかん【使命感】「お前にしかできないことだ」と無責任なやつを洗脳すること。

しめいてはい【指名手配】逃亡者に鬼ごっこの楽しみや氏名詐称、変装などの快楽を味わわせてやること。

しめきり【締切】怠け者の遅筆作家には早めに言う一方で、これを守る作家はなんとなく軽蔑される。

しめだし【締め出し】特定の個人や集団に孤独感、孤立感という珍味を食わせること。

しめつ【死滅】二、三生き残っていてもこう言う。どうせ繁栄には至らぬからである。

じめつ【自滅】性格破綻者が商いなどの仕事をした結果。

じめん【地面】われわれが土足で踏んづけている大地の顔のこと。

しもたや【仕舞屋】商売に失敗して普通の住居に転じた家。「しまった!」は、関西では「しもた!」である。

じもと【地元】戻りさえすれば中央での汚名を洗濯してくれるところ。

しものせき【下関】肛門のこと。

しもばしら【霜柱】冷え込みのさなかに立つ柱。不況のさなかに建った丸ビルなどの高層ビルも霜柱である。

しもふり【霜降】コレステロールが描く紋様。

しもべ【僕】僕はあなたの僕です。

しもやけ【霜焼け】「お梅」や「お静」の指を思い出す。

しもん【指紋】無実の者が容疑者にされる原因。

じもんじとう【自問自答】声に出しはじめたら老人性痴呆の前兆。

しや【視野】見たいものだけ見える範囲。

じゃあく【邪悪】悪の世界における悪。つまり正しいこと。

ジャーナリスト【journalist】事実を非文学的に追求する人。

しゃいん【社員】失敗してもいつもと同じ額の

給料を貰える人。

じゃいん【邪淫】ことあろうに毎晩妻に淫することと。

しゃうん【社運】社の事業を賭博と見做した考え方によることば。

しゃか【釈迦】〽わたし釈迦よね。お釈迦さんよね。

しゃかいあく【社会悪】法的に悪ではない公共の悪。例＝喫煙。排気ガス。

しゃかいうんどう【社会運動】〽そんな運動しなくても、燃焼系、燃焼系、アミノ式。

しゃかいか【社会科】共産主義者の教師がやりたがる授業。

しゃかいがく【社会学】新聞記者志望の者が学ぶが、役には立たない。

しゃかいしゅぎリアリズム【社会主義リアリズム】資本家は必ず悪者、労働者はみな善人など、図式的デフォルメの許されるリアリズム。

しゃかいじん【社会人】「自覚がない」「資格がない」などと他人に言いつのるためのことば。

しゃがいひ【社外秘】社員に産業スパイへと誘う表記。

しゃかいふっき【社会復帰】帰ってくるぞというので、みんな大騒ぎ。

しゃかいめん【社会面】子供の頃はマンガを読み、青年時代は三面記事を読み、老年になると死亡欄を読む。

じゃきょう【邪教】自らが信じる以外の宗教はすべて。

しゃく【癪】お女中が街道の松並木で起す持病。

しゃくい【爵位】貴族の伝統のない国で、成りあがった連中が自分たちにつけたがる称号。

しゃくしじょうぎ【杓子定規】なかばパブロフの犬と化した人間のこと。

じゃくしゃ【弱者】いたぶってやりたくなる者すべて。マスコミにとっては政治家も弱者。

しゃくしょ【市役所】偉そうに「市庁」「市庁舎」などと言いはじめる前の呼称。

しゃくち【借地】いずれ借地権を主張して我が物とするために土地を借りること。

じゃぐち【蛇口】ペニスを象徴する語。共通点は「しまりのなさ」である。

じゃくてん【弱点】公表すべし。敵がそこを攻めてくれれば卑怯と誹《そし》られる。

しゃくとりむし【尺取虫】点取虫の語源だが本人はあのようにしか歩けないのであり、別段勤勉なのではない。

じゃくにくきょうしょく【弱肉強食】巨大スーパーがなんの特徴もない個人商店の客を奪うこと。

しゃくねつ【灼熱】加熱圧延機で煎餅にされること。

じゃくねんそう【弱年層・若年層】いずれすべてが刑の対象となるであろう年齢層。

しゃくはち【尺八】この楽器を馬鹿にするかどうかで本人の教養が判明する。

しゃくほう【釈放】さあ。お礼参りに行ってこい。

しゃくめい【釈明】通常、すればするほど疑われ、最後にボロが出る。

じゃくめついらく【寂滅為楽】われわれの幸福とは死ぬこと以外にない。

しゃくやく【芍薬】痙攣を鎮《しず》めることもできる直立美人。

しゃくやほう【借家法】今や大家の保護をはかるための法律が必要。

しゃくようしょうしょ【借用証書】自分からこれを「書きましょう、書きましょう」と申し出るやつに限って返さない。
しゃけい【斜頸】こういう人を見かけたらその頭を両手で抱え、力まかせに真っすぐにしてあげよう。
しゃげき【射撃】クレーは飛び立つ鳥を撃ち落す練習、トラップは逃げて行く獣を撃ち殺す練習、ライフルは佇んでいる人間を射殺する練習。
しゃけん【車検】そろそろ車買い換えの時期であることを教える、日本の自動車業界を支えている制度。
じゃけん【邪険】意地悪な広島県人。広島の方言じゃけんのう。
しゃこ【車庫】一酸化炭素中毒自殺の現場。
じゃこう【麝香】鹿、牛、猫、鼠などの動物がつけている香水。
しゃこうせい【社交性】他人と自分の境界を曖昧にする性質。
しゃざい【謝罪】社長の出番。
しゃじつしゅぎ【写実主義】カメラの普及とともに廃れた芸術。
しゃしょう【車掌】揺れる車内を歩くのがうまい人。
しゃしょく【写植】活版印字を滅ぼしたが今やこれも風前の灯火。
しゃしん【写真】強請《ゆす》りのネタ。
ジャズ【jazz】ロック世代にとってはクラシック。
ジャスラック【JASRAC】鼻歌からも著作権料を徴収しようと企んでいる隠密集団。
しゃせい【射精】女性にできないことのひとつ。
しゃせつ【社説】これが社員全員の意見であると嘘をついている記事。
しゃぜつ【謝絶】患者の家族に嫌われている。

しゃせん【車線】行きたい方向にのみいつも混んでいる線。

しゃそう【社葬】遺族が株式を売却しないように、または訴訟を起こさせないために会社が行う儀式。

しゃたく【社宅】噂や嫉妬や確執の渦巻く集合住宅。

しゃだんき【遮断機】歩行者や乗用車よりも電車の方が偉いことを教える棹。

しゃちほこ【鯱】和製ガーゴイル。

しゃちょう【社長】キャバレーの太った客。

シャツ【shirt】下着を連想する者は老人。

しゃっきん【借金】「借りた金」であり、「返す金」ではない。

じゃっく【惹句】「いくら食べても痩せられます」

シャッター【shutter】不心得者のキャンバス。

酔っ払い用のシンバル。

しゃてい【舎弟】死んでも悲しくない兄弟。

しゃてき【射的】景品は欲しくない物ばかり。

しゃどう【車道】夜中に酔って寝ていると、かなりの確率で死ぬ場所であるとともに、人がうろちょろしていると「轢き殺したろか」と思う道。

じゃどう【邪道】認知される以前の革新のこと。

しゃないこうこく【車内広告】電鉄や交通会社の副収入。聴覚に訴えるものは評判が悪い。

しゃないほう【社内報】スキャンダルが載っていない、つまらぬゴシップ雑誌。

シャネル【Chanel】会社または車内に泊まること。

じゃねん【邪念】男性のすべてが自分に対して抱いていると女性が思っているもの。

しゃば【娑婆】自分の「死」に責任を持てる場

所。

しゃひ【社費】自費との境界が限りなく曖昧な金。

しゃふ【車夫】曾ては馬丁よりも階級が一ランク上だったが現在では運転手への蔑称。

ジャブ【jab】小刻みの殺意。

しゃぶしゃぶノーパンで食べる料理。

シャフツベリー【Shaftesbury】煮沸した苺。

シャフト【shaft】すぐに折れ、すぐに曲る金属棒。

しゃへい【遮蔽】人間の本性を隠すこと。例＝美辞麗句。衣服の着用。

シャベル【shovel】殺人後の必需品。

シャボンだま【シャボン玉】儚《はかな》く消える夢や命の隠喩。

じゃま【邪魔】仲の良い美男美女が襲われるもの。

しゃみせん【三味線】猫製品。

ジャム・セッション【jam session】演奏時間を際限なく長引かせることのできる形式。

しゃめい【社命】うしろめたさを隠す言葉。

しゃめん【斜面】骨盤や尾てい骨を損傷する原因。

しゃも【軍鶏】食われる前に戦わされる鶏。

しゃよう【社用】遊興のこと。

しゃよう【斜陽】本来の身分に戻ること。

しゃらく【写楽】アッと驚くほどの意外な人物という仮説はまだない。

しゃり【舎利】欧米ではキリストの肉と血をパンと葡萄酒に譬え、東洋では釈迦の骨を米の飯に譬える。

じゃり【砂利】少子化の現在、一粒ひと粒が金ジャリである。

しゃりん【車輪】ヘルマン・ヘッセが下敷きに

なって押し潰された学校生活のこと。

しゃれ【洒落】「この灰皿で何か洒落を言ってください」「はい。さらっと言いましょう」「……」「……」「早く言ってください」「もう言ったじゃないか」

しゃれい【謝礼】税金を取られてから単なる報酬だったとわかる金。

シャワー【shower】頭髪も含め、全身に石鹸を塗った者にとって断水は致命的である。

ジャングル【jungle】猛獣、ターザン、ゲリラ、コマンドなどで大混雑の場所。

じゃんけん 思いっきり大声で「じゃんけん」と言えば相手は思わず力が入ってグーを出すから、こちらはパーを出すのが必勝法。

シャンゼリゼ【Champs-Élysées】原宿表参道が真似ようとしている観光客用大通り。

シャンデリア【chandelier】通常、真下にはテーブルを置く。落下の際、死者が出ないためである。

ジャンヌ・ダルク【Jeanne d'Arc】元祖カリスマ・アイドル。

ジャンパー【jumper】麻雀馬鹿。

シャンパン【champagne】シャンシャンと手打ちしてパンと抜く祝賀用飲料。

ジャンプ【jump】いかに新記録を出そうと着地の失敗や死亡は記録に残らない。

ジャンル【genre】偉大なる者は確立と越境を一人でやる。

しゅ【朱】朱に交われば共産党員となる。

しゅ【種】チワワとセントバーナードが同一種とはとても思えぬが、交配可能だそうである。

しゅい【首位】立った途端に寄ってたかって引きずりおろされる位置。

しゅいん【手淫】自慰のことだが、手を使ってやるとは限らない。

しゆう【雌雄】「雌雄を決する」というのは昔の表現。今は女の方が強いからである。

じゆう【自由】誰も守ってくれない状態。

しゅうあく【醜悪】悪しき心でもって醜いものを女性の前に出すこと。女性が喜べば醜悪ではなくなる。

じゅうい【獣医】けものの医者。医者が猛獣だった場合は患者が食われる。

しゅうえき【収益】利益のことではない。収益一億、赤字二億ということもある。

しゅうえん【終焉】偉大なるものの生命が終ること。豚の終焉とは言わない。

じゅうおうむじん【縦横無盡】からまわりのこと。

しゅうかい【集会】会議よりも低次元の会合で、その場に居ない者の悪口に終始する。

しゅうかい【醜怪】単に醜いというだけでなく、その形が異常であったり、ふたつ並んでいたりした場合。あるべきところになくても醜怪と言う。

しゅうかく【収穫】勤労の結果。そうでない収益は搾取横領の結果。

しゅうがくりょこう【修学旅行】随行する男女の教職員が結ばれる行事。

しゅうかん【習慣】老化と共に増加する自由な行動の軛《くびき》。

じゅうかん【獣姦】異種交配の試み。地球上生命は未だ発展途上。

しゅうかんし【週刊誌】この程度の国民にはこの程度の週刊誌、と編集者も思っているのであろう。

しゅうき【臭気】わが国より消えつつあるもの。汲取式便所と臭気芬芬たる人物が少くなったからである。

しゅうぎ【祝儀】渡せばケチと言われるからには、渡さぬに越したことはない。

しゅうきゅう【週給】日雇いと月給取りの中間に位置する階級の労働者が受取る給金。

じゅうきょ【住居】衣食住のうち、貧富の差が最も際立つもの。

しゅうきょう【宗教】学歴と同程度に、信仰心で人物評価される国に生まれなくてよかった。

しゅうきん【集金】持ち逃げする誘惑も起らぬほどの小銭を集めてまわること。

しゅうぐ【衆愚】自分以外の連中のこと。

ジュークボックス【jukebox】でかい割に音楽の容量の少い機械。

シュークリーム【choux à la crème】靴墨。

じゅうぐんきしゃ【従軍記者】①ピュリッツァー賞への第一歩。②死んでも良いと社に思われている記者。

しゅうげき【襲撃】掃除をしていない時の姑の訪問。

じゅうげき【銃撃】上体を反らせば助かる。

じゅうけつ【充血】①キスマーク。②勃起。③殺意のシグナル。

じゅうこう【銃口】至近距離で向けられたら指を突っ込むとよい。

しゅうごうてきむいしき【集合的無意識】すべてを歴史と民族のせいにした考え方。

じゅうこん【重婚】わざわざ倍の苦労を背負いこむこと。

しゅうさい【秀才】天才から見ればアホ。

しゅうざいさん【私有財産】マルクスも持っていた。

しゅうさく【習作】通常、これだけで終る。

じゅうさつ【銃殺】みんなで撃てば怖くない。

じゅうさんかいだん【十三階段】天国への階段。

しゅうじ【習字】とりあえず人が読める字を書けるようにすること。

じゅうじか【十字架】キリストの標本台。またはその複製。

じゅうじぐん【十字軍】貞操帯を流行《はや》らせた連中。

じゆうじざい【自由自在】周りに誰もいない状態。

じゅうじつ【充実】人生の空しさを忘れている瞬間。

しゅうしふ【終止符】。

しゅうしゅう【蒐集】死ぬとすぐ売り払われるゴミ。

じゆうしゅぎ【自由主義】資本主義、民主主義、共産主義、社会主義などの総称。

じゅうじゅん【柔順】寝首をかく前の態度。

じゅうしょ【住所】浮浪者でないことの証明。

じゅうしょう【重症】あばたがえくぼに見える状態。

しゅうしょうろうばい【周章狼狽】電車に飛び乗ってからスカートをはいていないことに気づいたレディのあわてふためき。

しゅうしょく【就職】自分の身体と時間を金で売ること。

じゅうしょく【住職】坊主の駐在。

しゅうしん【就寝】今日の悪あがきをやめ、明日にそなえること。

しゅうじん【囚人】食う寝るところを税金で提供してもらっている連中。

じゅうしん【重心】便秘の人は下にある。

じゅうしん【銃身】暴発させるために詰めものをする部分。

じゅうしんかいぎ【重臣会議】議題は主に馬鹿

殿の行状とお世継。
しゅうじんかんし【衆人環視】銀座四丁目の路上における犬の交尾。
しゅうしんけい【終身刑】結婚。
しゅうしんこよう【終身雇用】飼い殺し。
ジュース【juice】中には化学合成飲料もあれば、吸血鬼用の血のジュースなどもある。
しゅうせい【修整】それ以前にレンズをシルクで被う技法あり。
しゅうせい【習性】異性を見かけると尻を嗅ぎに行くこと。
じゅうせい【銃声】聞こえた時はすでにどてっ腹に穴があいている。
しゅうせん【周旋】「この原稿を出版社に紹介して本にしてもらってください」わしゃ無料の周旋屋か！
しゅうぜん【修繕】新品を買う金がないこと。

じゅうそく【充足】器が小さいこと。
じゅうぞく【従属】従属国は多くの場合戦争行為において従属犯となる。
じゅうそつ【従卒】虎の威を借る狐。将校には尻を貸したりもする。
しゅうたい【醜態】学歴詐称がばれた時の言動。
じゅうたい【渋滞】「もう車はよそう」と思うのはこの時だけ。
じゅうたい【重態】どんな死にざまを見せるかという好奇心に駆られて人が集ってくること。
じゅうだい【十代】生理的には実はいちばん不潔な年頃。
しゅうたいせい【集大成】過去の中途半端な仕事を何とか見られるものにするため寄せ集めたもの。
じゅうたく【住宅】邸宅の幼年期。
じゅうたん【絨毯】通常、飛ばない。

じゅうだん【銃弾】 通常、発射されてしまうと見えない。

じゅうだん【縦断】 地中深く潜って地球の反対側に出ること。

しゅうだんてきじえいけん【集団的自衛権】 国連によるヤキ入れ。

しゅうたんば【愁嘆場】 本来演劇用語であるだけに、実際の悲劇的局面では演じる連中が泣くのを楽しんでいたりする。

しゅうちしん【羞恥心】 すべてなくすと同時に妻ではなくなる妻としての最後の条件。

しゅうちゃく【執着】 事物や人や行為を自分の一部と思いこむこと。

しゅうちゃくえき【終着駅】 集中治療室。養老院。ガス室。絞首台。地雷の上。

しゅうちゅう【集中】 それ以外は無防備となること。

しゅうちょう【酋長】 差別的な語とされ、名曲「アラビアの酋長」は消えた。

じゅうちん【重鎮】 二度と浮かびあがれない人。

しゅうてん【終点】 泥酔者の下車駅。車庫まで行くやつもいる。

しゅうでん【終電】 いかに禁じられていようと「駈け込む」しかない電車。

じゅうでん【充電】 臍《へそ》からのばしたコードをコンセントに差し込むこと。

しゅうと【舅】 ぼけた振りして嫁に抱きつくやつ。

じゅうどう【柔道】 金メダルを取らないと日本の恥になる種目。

しゅうどういん【修道院】 革命家、脱走した捕虜、ジャン・ヴァルジャンなどの隠れ家。

しゅうとめ【姑】 若夫婦の寝室の覗き見や嫁の顔踏みなどを日常業務とする女。

じゅうなんせい【柔軟性】こちらの思い通りになってくれる信念のない人の態度を褒めてこう言う。

じゅうにし【十二支】食えない動物は何匹？牛と鶏はとりあえず食えるとして。

じゅうにしちょう【十二指腸】胃袋の後始末役。

じゅうにひとえ【十二単】その時代には十二単用の便器があった。現在そんなものはないから平安朝ドラマの女優は死ぬ苦しみ。

しゅうにゅう【収入】常に支出を下回りながらも不思議に何とか食っていけるもの。

しゅうにん【就任】もはや自由はない。

じゅうにん【住人】ホームレスだって公園の住人。

しゅうねん【執念】望みが果たせなければ化けて出るほどの執着。

しゅうは【秋波】つけ睫毛によって起る風。

じゅうばこ【重箱】隅を突ついているうちに皆から嫌われている。

じゅうはちばん【十八番】こう銘打ちさえすれば客はなぜか飽きないで観ている。

しゅうはつ【終発】これさえやり過ごせばホテルに連れ込める。

しゅうぶん【醜聞】上が新聞、下（広告欄）が醜聞。

シューベルト【Schubert】貧乏だったので蜜柑ばかり食べて名曲「蜜柑成功響楽」を生み、成功した。

シューマイ【焼売】餃子にその座を譲った曾ての中華料理の王。

しゅうまつ【終末】さんざ論じられて、もう過ぎてしまった。

じゅうまん【充満】満員のエレベーター内で全員が放屁した状態。

じゅうみん【住民】個人なら恥かしくて言えないようなエゴも平気な集団。

しゅうめい【襲名】実力のない役者をいい役者のように見せかける制度。

じゅうめん【渋面】目下の者にだけ向ける、不満・不機嫌の表明。

しゅうもく【衆目】俗情と結託しようとする者が使うことば。

じゅうやく【重役】「社長を出せ」の声でしぶしぶ出てくる、たいていは定年を過ぎた社員。

しゅうゆう【周遊】あちこちめぐってあとに何の記憶も残らぬ馬鹿な観光。

しゅうようじょ【収容所】主に自国にとって具合が悪い連中を、犯罪者でもないのに隔離拘束しておくところ。

じゅうようむけいぶんかざい【重要無形文化財】荒唐無稽文化財。

じゅうよく【獣欲】通常の欲望と差はないのに、遂行した時のみこう呼ばれる。

しゅうりょう【修了】各大学がいっせいに修了者名を公表すれば大騒ぎとなる。落第者が判明するからである。

じゅうりょく【重力】胃下垂の原因。

じゅうりん【蹂躪】主に「人権」など眼に見えないものを、実際には踏みにじらずに踏みにじること。

シュールレアリスム【surréalisme】キリンを燃やしたのはダリだ?

しゅうれん【修練】心を鍛えれば軟弱となり身体を鍛えればアホとなる。

しゅうろう【就労】クラブの酔っぱらいホステスなど、どう見ても就労とは思えない職業もあるが。

しゅうろく【収録】ナマ放送の迫力が失せる理

由。それでも「本番」の声でトチるやつがいるからなさけない。
しゅうわい【収賄】キャバクラなどで接待されるのは収猥。
しゅえい【守衛】転がる懐中電灯によって死が暗示される人物。
じゅえき【樹液】政治家が吸わない甘い汁。
しゅえん【酒宴】下戸の地獄。セクハラ天国。
しゅえんはいゆう【主演俳優】むしろ助演賞が取りたいなどとほざくが、取れるもんか。
じゅかい【樹海】溺れて死ぬのがいやな奴の自殺する場所。
しゅかん【主観】たいてい他人の考え。
しゅき【酒気】美女からは滅多に吐きかけられないもの。
しゅき【手記】「あの有名人に抱かれた」が主なテーマ。
しゅきゃく【主客】店頭。
じゅきょう【儒教】建前論であり処世術でもあるが、本来は年寄の僻《ひが》みから発している。
じゅぎょうさんかん【授業参観】母親展覧会。
しゅぎょく【珠玉】スケールの小さい作品の枕詞。
しゅくえん【祝宴】宴も高輪プリンスホテルではありますが……。
しゅくえん【宿縁】女房運の悪さを前世の責任とすること。
じゅくご【熟語】熟語中の熟語。
しゅくさいじつ【祝祭日】パート、アルバイトの時給が上って経営者が困る日。
しゅくじ【祝辞】乾杯までの長いながい厭がらせ。
じゅくし【熟柿】宴会帰りのパパの息。
しゅくじょ【淑女】絶滅危惧種。

じゅくじょ【熟女】腐る寸前の女。

しゅくしょう【縮小】萎《しぼ》んだ夢。萎《な》えた構想。

しゅくず【縮図】矮小化されたパロディ。

じゅくすい【熟睡】心配事がない。

しゅくせい【粛清】続けると最後にはひとりになる。

しゅくだい【宿題】父親の威厳を失墜させるもの。

じゅくち【熟知】腐る寸前の知識。

しゅくちょく【宿直】酒を飲んで熟睡し泥棒を見逃すやつ。

しゅくてき【宿敵】校正係。

しゅくでん【祝電】豪華な蒔絵（五千円）や刺繡（二千五百円）の台紙に金がかかる代物。

じゅくどくがんみ【熟読玩味】河豚毒珍味。

じゅくねん【熟年】成熟していながらホームレスになる年齢。


しゅくば【宿場】護摩の灰の稼ぎ場。

しゅくはい【祝杯】ちょっとの差で苦杯。

しゅくはく【宿泊】留置場なら無料。

しゅくふく【祝福】他人の幸福をだしに飲み食いすること。

しゅくべん【宿便】便器に盛りあがり尻を押しあげるほどの大便。

しゅくめい【宿命】運命を切り開けなかった無能の言い訳。

じゅくりょ【熟慮】委員会に丸投げして考えさせること。

じゅくれん【熟練】結末を考えずに書きはじめられる技。

しゅくん【殊勲】自分の手柄を大声で言い触らさぬ者は貰えない。

しゅくん【主君】お手討ちが大好きで、そのくせ自分の仇は家来に取ってもらう人。

しゅげい【手芸】刑務所の中で役立つ技。

じゅけいしゃ【受刑者】執行猶予も受刑であり、受刑者はその辺に満ち溢れている。

じゅげむ【寿限無】五劫は擦り切れるのか擦り切れないのか。

じゅけん【受験】夢に見て魘《うな》される主題のトップ。

しゅけんざいみん【主権在民】主権細君。

しゅご【主語】あとで言い逃れるためにしばしば省かれる語。

しゅこう【酒肴】女に次ぐもてなし。

しゅこう【趣向】凝り過ぎてならぬは葬式。

しゅごう【酒豪】他に能がなければただの飲んだくれ。

しゅこうぎょう【手工業】機械化や大量生産ができない工業。例＝墓石。

ジュゴン【儒艮】人魚と言われた動物。なるほど面構えは怪僧。

しゅさい【主催】金を出しているのに出演者の人気には及ばない。

しゅざい【取材】救いの神と歓迎されたり、情報乞食と罵倒されたりする仕事。

しゅし【種子】成長の暁の凶事が予見され、いかに多くの優良な種子が断種されたことか。

じゅし【樹脂】古代昆虫の柩。

しゅじゅつ【手術】見学者が多いほど執刀医の腕は冴え、鮮血が飛び散る。

じゅじゅつ【呪術】全然効かないことは、何十万人もから呪われている筈の人物が平然としていることによって証明される。

しゅしょう【首相】隠すことが多く、語彙が乏しくなり、同じことしか言えなくなる役職。

しゅしょう【殊勝】うしろ暗い者の態度。

じゅじょう【樹上】トイレつきの家屋が建てば

その下は通れない。

じゅしょうしき【受賞式】妻が着物を誂《あつら》える口実。

しゅしょく【主食】禿鷹は死骸。蛆虫は大便。

しゅしょく【酒色】男が望む溺死法。

しゅしん【主審】殴られ役総代。

しゅじん【主人】フェミニズムの立場からは古語とされるが、奥様がたはまだ使っている。

じゅしん【受信】空気中に飛び交う電波に襲われたと大騒ぎすること。

じゅず【数珠】「ナンマイダブ」の回数を数えるための算盤。

しゅせい【守勢】全滅寸前。

じゅせい【受精】性教育用語。園芸用語。実際には「受精卵」以外使わない。

しゅせき【首席】その学部の卒業生は一人。

しゅせんど【守銭奴】金がなければ何の取り柄もない奴。

じゅそ【呪詛】相手に直接呪いの言葉を呟いたり吐いたりすること。たいていはその直後に殺される。

しゅだい【主題】未だに「この作品の主題は？」と聞くやつがいる。主題は読者が見つけるもの。作者にとっては作品の全部が主題である。

じゅたい【受胎】告知するのは医者。天使がしたのは一回だけ。

しゅだん【手段】目的によって選ぶ。殺す場合は選ばないという手段を選ぶ。

しゅちにくりん【酒池肉林】飽きる前に死ぬという快楽はこれのみ。

しゅちょう【主張】逡巡も反省もない、ひたすら本人の単純さを示すもの。

しゅつえんりょう【出演料】プロダクションに

所属してはじめて、それまでの文化人ランクというものの低さに仰天する。
じゅっかい【述懐】音声化された牛の涎《よだれ》。
しゅっかん【出棺】階段に注意。落せばほとけが転がり出る。
しゅっきん【出勤】退職者の夢。
しゅっけ【出家】僧侶の世界＝仏壇に入ること。
しゅっけつ【出欠】誘拐されて生死不明の児童の名を教師は呼び続けた。
しゅっけつ【出血】大サービスは処女とパチンコ屋。
じゅつご【術語】これを連発して取材記者を煙に巻けるのに、それすら出来ぬ医者ばかり。
しゅっこう【出航】そのまま沈んでいく船もある。潜水艦である。
しゅつごく【出獄】復讐の権化。
しゅっさん【出産】男なら苦痛で死ぬと言われている。当然だ。どこから産むのか。
しゅつじ【出自】もとは犬でございます。
しゅっしゃ【出社】在宅勤務できるのに出てくるやつは、妻にうるさがられるためである。
しゅつじんしき【出陣式】勝ち栗と昆布で祝う。昔は戦争に行くのが目出度いことであったのだ。
しゅっせ【出世】妨げはおのれの下半身。
しゅっせい【出征】見送る妻にマイクを向けて反戦的なことを言わせようというのは無理である。
しゅっせき【出席】自分の悪口や欠席裁判を恐れる行為。
しゅっそう【出走】いつも直前ぎりぎりまで考え、いつもぎりぎりで馬券を買えない馬鹿。
しゅっちょう【出張】会社から自宅へ出張してニューヨークまでの出張費を請求すること。

しゅっぱつ【出発】遠くへ出かけること。便所へ出発とは言わない。

しゅっぱん【出版】一極集中の極み。東京の地場産業。

しゅっぴ【出費】切り詰めると不思議に収入もなくなる。

しゅつぼつ【出没】熊。怪盗。もぐらたたき。

しゅてんどうじ【酒呑童子】本名シュタイン・ドッジ。日本に漂着し山賊の首領になった容貌魁偉なドイツ人である。ⓒ村上元三。

しゅと【首都】沖縄に移転せよ。

しゅとう【種痘】BSEを息子に感染させること。

じゅどうてき【受動的】世間に「生かせてもらっている」者の態度。

シュトルム【Storm】「みずうみ」の水をうんと飲んだ人。

じゅなん【受難】一般市民の場合は単に「事件に巻き込まれた」と報道される。

シュニッツラー【Schnitzler】「羅漢さんが揃ったら回そうじゃないか」から「輪舞」を思いついた人。

じゅにゅう【授乳】最近また車内でも見かけるようになったが、おっぱいの見えない授乳服であるのが残念。

ジュネ【Genet】「泥棒!」「あっ。わたしは作家です。小説を書くために泥棒しております。ご勘弁を」

じゅばく【呪縛】自己暗示を責任転嫁した表現。

しゅはん【主犯】仲間からまつりあげられての貧乏くじ。

しゅびいっかん【首尾一貫】長い棒を飲み込んだ蛇。

しゅひぎむ【守秘義務】ぶちのめせば喋る。

しゅひつ【朱筆】大文豪の原稿を新米編集者が補筆訂正すること。

しゅひん【主賓】一番長い挨拶が許される人物。

しゅふ【主婦】主に家にいる、プロ意識の希薄な娼婦。

しゅへき【酒癖】そいつの内面を垣間見せてくれる言動。

しゅほう【手法】本来一回性。技法となればマンネリ。

しゅぼうしゃ【首謀者】謀略好きだが、自分の手下には裏切られる。

しゅみ【趣味】履歴書に書いてプラスかマイナスかよく考えること。

じゅみょう【寿命】蛍光灯の点滅。

しゅもく【撞木】サメの頭をモデルにした仏具。

じゅもく【樹木】希林。

じゅもん【呪文】「番組の中で不適切な表現がありました。謹んでお詫び申しあげます」

しゅやく【主役】脇役に助演賞を取らせる役。

しゅよう【腫瘍】焼き肉にすれば珍味。

じゅよう【需要】供給の母。デフレの祖母。

しゅらば【修羅場】妻と愛人たちのバトル・ロワイヤル。

しゅらん【酒乱】アル中・乱暴。

シュリーマン【Schliemann】全考古学者、特に吉村作治教授羨望の学者。

しゅりゅう【主流】いちばん面白みのないライン。

しゅりゅうだん【手榴弾】「私はこれで毎日新聞を辞めました」

しゅりょう【狩猟】都会では親父狩りとホームレス狩り。

しゅりょう【首領】最後に死ぬ悪役。

し

シュレッダー【shredder】秘密を裁断するだけでなく、キャベツを千切りにしたり、ネクタイを巻き込んでサラリーマンを絞殺することもできる機械。

じゅろうじん【寿老人】福禄寿と出会っても鉢合わせを恐れて互いに挨拶は見合わせる。

しゅわ【手話】暗闇では不可能な会話。

しゅん【旬】筍。

じゅんあい【純愛】男が我慢している状態。

しゅんが【春画】皇室で使われる絵本。

しゅんかん【俊寛】湯沸かし器。

じゅんきょう【殉教】自分の撒いたサリンで死ぬこと。

じゅんぎょう【巡業】持ち逃げする座員が出るまでの至福。

じゅんきん【純金】鉛にメッキしたもの。

じゅんきんちさんしゃ【準禁治産者】蕩尽のしかたが露骨だったやつ。

じゅんけつ【純潔】二十歳を過ぎれば不潔。

じゅんけっしょう【準決勝】ここまで来たらもはや、余力を残そうとして少しでも手抜きした方の負け。

じゅんさ【巡査】たとえ顔見知りでも並んで歩いてはいけない。連行に見えるから。

じゅんさい【蓴菜】何か頼もうとしたらそこにいない奴。

じゅんし【殉死】庇護者亡きあとの辛酸を思えば死んだ方が楽。

しゅんじょう【春情】ズボンの前が膨らんで往来が歩きにくくなること。

じゅんじょう【純情】不能者同士。

じゅんしょく【殉職】死後の昇進を望んでの自殺行為。

じゅんすい【純粋】抵抗力がないこと。

しゅんそく【駿足】急に停止できず命を落す奴。
じゅんちょう【順調】周囲ははらはらしている。
しゅんとう【春闘】倒産寸前の会社のためたまには賃下げを要求してもいいのでは。
しゅんとくまる【俊徳丸】ラシーヌ「フェエドル」とのシンクロニシティ。
じゅんのう【順応】自己主張が面倒なため。
しゅんぱつりょく【瞬発力】夜道で「おい」と声をかけられた時の反応。
じゅんばん【順番】フォーク並びは、隣の列が早く進む不快さを避けるためである。
じゅんび【準備】コンドーム。
じゅんふどう【順不同】嘘をつけ。
しゅんぶん【春分】太陽が月経になる時。
じゅんぶんがく【純文学】「大衆」は不純か。
じゅんろ【順路】自由なる不経済性を阻もうとする余計なお世話。

ジョイス【Joyce】柳瀬尚紀が喜ぶスパイス。
しよう【私用】捜査活動中に公衆便所に立ち寄ること。捜査活動そのものは公用であり、犯人の逮捕は御用である。
じよう【滋養】かさぶた。鼻糞。痰。精液。
じょうあい【情愛】巣立ち、単身赴任、その他の別離を妨げようとするもの。
しょういだん【焼夷弾】直撃した人間をそのまま焼却する便利な落下物。
しょうエネ【省エネ】資源の枯渇を恐怖すること。
しょうえんはんのう【硝煙反応】着替えたやつからは出ない。
しょうか【消化】食べ物を大小便に変えること。
しょうか【唱歌】黄色い声が似合う音楽。
しょうかい【紹介】知り合えば確実に喧嘩になるふたりを引きあわせること。

しょうがい【生涯】人間の一生のこと。豚の生涯とは言わない。

しょうがいほけん【傷害保険】危険な仕事に従事する者の他、喧嘩好き、冒険家、やくざ、警官などが好んで加入する。

しょうかき【消火器】火災の時に置いた場所を思い出せない器具。

しょうがつ【正月】老人たちが餅を咽喉に詰めて死ぬ日。

しょうがっこう【小学校】社会的常識という基礎的狂気を教えるところ。

じょうかん【上官】「部下に愛されないのは当然」と開きなおっているやつ。

しょうき【正気】常識から脱け出せない状態。

じょうき【蒸気】動力だった時代もあるが、現在は元通りただの湯気。

じょうぎ【定規】杓子とセットになって言動を硬直させる器具。

しようきかん【試用期間】本性は見せない。

しょうきゃく【焼却】証拠湮滅《いんめつ》法の一。埋めたり食べたりするよりも完璧。

じょうきゃく【上客】「遅い」「不味い」「高い」などと言わない客。

しょうきゅう【昇給】妻の買い物が増えること。

しょうきゅう【昇級】敵が増えること。

じょうきゅうせい【上級生】悪いやつに限って留年し、卒業してくれない。

しょうぎょう【商業】良心に背かねば繁栄不可能な営為。

じょうきょう【上京】単身赴任者の金曜日の夜。

じょうきょう【状況】主義主張、行動、善悪の判断を変えさせるもの。

しょうぎょうえんげき【商業演劇】客よりも役者が楽しみ、高額のギャラが貰える芝居。

しょうきょくてき【消極的】やりたくないのに周囲がすべて積極的である場合の態度。

しょうきょほう【消去法】対象が人間であった時に迫力を増す判断の方法。

しょうきん【賞金】喜んで全部使ってから税金がどかんと来るので注意。

じょうく【冗句】ジョークのことではない。

しょうぐん【将軍】あとは剝奪されぬことのみ心がけていればよい軍人の位階。

じょうけい【情景】人の心を動かす眺めのことで、先天的盲者以外の見るすべての眺めは情景であり得る。

しょうげき【衝撃】盗みに入った建物が警察と知ったときに受ける。

しょうげきじょう【小劇場】本来は反商業演劇運動だが、大当りすれば嬉嬉としてブロードウェイにも進出する。

しょうげん【証言】「喋ると殺されます。と、そう言っただけでも殺されます」

じょうけんはんしゃ【条件反射】「パブロフの」と聞いただけで「犬」と答えること。

しょうこ【証拠】鑑識課員が犯人、というミステリーはまだない。湮滅、捏造、どうにでもできるぞ。

しょうご【正午】「南」と「中」をポンした時。

じょうご【漏斗】ビール瓶の中へ小便する必要に迫られた時、紙を丸めて作る道具。

しょうこう【焼香】「続いて取引関係のご焼香をお願いします。高利金融様。無担保金融様。破綻金融様。サラ金融様。……」

しょうごう【称号】大臣。博士。画伯。マイスター。先生。社長。総長。組長。若頭。住所不定。前科三犯。

じょうこう【情交】情交を見果てぬ宿の窓ガラ

ス。
しょうこうぐん【症候群】すべての症状がひとめぐりして「ああしんど」ローム。
しょうこうねつ【猩紅熱】舌が苺になる伝染病。
じょうごほう【冗語法】必ずしも必要でない語を並べ立てて原稿枚数を稼ぐ方法。
しょうこん【商魂】ミもフタもなく言えば、厚かましく儲けようという根性。
じょうざい【錠剤】関白といえば秀吉、判官といえば義経、ピルといえば避妊薬。
しょうさつ【笑殺】笑って無視された発言を命あるものとして惜しむ表現。
しょうさん【勝算】おのれの利点を数えあげるばかりで敵の利点を数えないこと。
しょうさん【称賛】自分に似た資質を褒めあげること。
しょうし【焼死】焼けてから死ぬか、死んでから焼くか。
しょうじ【障子】そこに映じるエロスや怪奇は欧米にないものである。
じょうし【上司】言葉によるセクハラが問題になる立場。同僚や部下からだと喜んだりするのに。
じょうし【情死】情けない死に方に見えて実は制度への反逆。
じょうじ【情事】「性交」に精神性を持たせた語。
しょうしか【少子化】老人が一日に一万人死んでいけば十年で解決する問題。
しょうじき【正直】頭に神が宿り口に災いがくる性癖。
じょうしき【常識】束縛されていることを恥じて「ジョーシキ」などとカタカナで書く知識。
しょうしせんばん【笑止千万】晩めしチャーハ

ン。
しょうしつ【消失】消えたのではない。盗ったやつが持っている。
しょうしつ【焼失】身辺が整理できてさっぱりした上、保険金まで貰える幸運。
じょうじつ【情実】たいてい報いることができない。
しょうしみん【小市民】シチズンの時計をしている。
じょうしゃけん【乗車券】やっと眠った時に検札に来る。
しょうじゃひっすい【盛者必衰】負け犬の遠吠え。
しょうじゃひつめつ【生者必滅】死者仏滅。
しょうしゅう【消臭】鼻をつまむこと。
しょうじゅう【小銃】大量殺戮しにくい兵器。
しょうしゅうれいじょう【召集令状】これから初夜というときにくる赤紙。
しょうじゅん【照準】ドイツで男性小便器にハエの絵を印刷したら、はみ出しが激減した。
しょうじょ【少女】処女と紛らわしい女性。
しょうじょう【症状】医者が診てもおかしいとわかる状態。
じょうじょうしゃくりょう【情状酌量】情にほだされ晩酌の量を増やしてやること。
しょうしょく【小食】間食が多いこと。
しょうしん【小心】鼓動が早いこと。
しょうじんりょうり【精進料理】精力絶倫の僧侶を枯れさせる菜っ葉、雑草などの料理。
じょうすい【上水】下水をリサイクルしたもの。
じょうすい【浄水】上流域の下水を下流域の住人に飲ませるための肥汲み。
しょうすうは【少数派】なぜ数が少ないのかを考えない人たち。

し

しょうせい【笑声】テレビ局が挿入する呼び水。

じょうせい【情勢】悪化九割、好転一割。

じょうせき【定石】手抜き。

しょうせつ【小説】文字による饒舌。

じょうぜつ【饒舌】ボロを出す前の段階。

しょうせつか【小説家】大説家と中説家は絶滅し、今やこんな人しか残っていない。

しょうぜん【悄然】特落ち直後の新聞社。

じょうせん【乗船】一蓮托生。

しょうせんきょく【小選挙区】小物を選ぶための選挙区。

じょうそ【上訴】「支配人を呼べ」「社長を出せ」「総理に会わせろ」

しょうそう【焦燥】公衆電話の上に忘れた財布を取りに戻るとき。

しょうぞう【肖像】たいてい本物より美しく描かれた、売れない画家の食い扶持。

じょうぞう【醸造】微生物の上前をはねること。

しょうそういん【正倉院】ちょっと古くて立派な納屋。

じょうそうきょういく【情操教育】猥褻教師の担当。

しょうそく【消息】息絶えている。

しょうたい【正体】すべての正体は邪体である。

しょうたいじょう【招待状】同伴者が認められていないのは、君が重要な招待客ではないからだ。

しょうたく【妾宅】本妻そっくりの女が住んでいる家。

じょうたつ【上達】技術の自動化。

しょうだん【商談】不成立を望んだ側が有利に立つ。

じょうだん【冗談】悪態やセクハラとの境界が限りなく曖昧な言辞。

しょうち【招致】招いた側と招かれた側、赤字になった方が負け。

じょうち【情痴】愛しあう両者が共に白痴化すること。

しょうちくばい【松竹梅】その上が橘。最上位は菊である。

しょうちゅう【焼酎】動物を蒸溜したものはまだない。

じょうちょ【情緒】じょうちょ、じょうちょ、なさけにまみれ。

じょうちょう【冗長】人生は永遠に続くと思っている精神の産物。

しょうちょうしゅぎ【象徴主義】蛇をペニスと判断すること。

じょうでき【上出来】偶然のまともな成果。

しょうてん【昇天】垂直離陸したジェット機がそのまま操縦不能になること。

しょうてんがい【商店街】値切らなければ買物をした気がしない人の行く場所。

しょうどう【衝動】一瞬のためらいもなく、ろくでもないことをさせてしまう力。

じょうとうへい【上等兵】一等兵、二等兵は下等兵か。

しょうどくやく【消毒薬】飲んではいけない。毒である。

しょうどしま【小豆島】二十四歳のヒトミちゃんがいる島。

しょうとつ【衝突】同種のものがぶつかること。車と人間では「衝突」とは言わず「轢《ひ》く」とか「はねる」とか言う。

しょうにか【小児科】子供の泣き叫ぶ声にえもいわれぬ快感を覚える医者。

しょうにん【証人】誰も保護してくれぬ立場に身を置いた人。たいてい消される。

じょうにんりじこく【常任理事国】金をたくさん拠出したからといって必ずしもなれるわけではないことを日本が身にしみて知った地位。

じょうねつ【情熱】可燃物。たいてい灰となるが、稀に燠火《おきび》がチロチロ燃えたりする。

しょうねつじごく【焦熱地獄】溶鉱炉に落ちること。

じょうねん【情念】初恋の相手を今度こそものにするために同窓会へと向かわせる念。

しょうねんかんべつしょ【少年鑑別所】ワルをランクづけして将来の仕事を示唆してやるところ。

しょうねんば【正念場】大失敗のチャンス。

じょうば【乗馬】古代人がケンタウロスを真似たのが始まり。

しょうばつ【賞罰】履歴書に書くほどの大きな賞や罰を得た者は、履歴書など書く必要がない。

じょうはつ【蒸発】トム・ゴドウィン「冷たい方程式」のヒロインの運命。

しょうひしゃ【消費者】すべての人間。死んでもまだ葬式代を消費する。

しょうひぜい【消費税】一円玉に存在価値をあたえた税金。

しょうひょう【商標】ハーケンクロイツを登録したやつはいない。

しょうひんけん【商品券】贈収賄すれすれの場合に利用される有価証券。

しょうふ【娼婦】性同一性障害者を除くすべての女性。

じょうふ【情夫】帰宅して衣装戸棚を開けると裸でうずくまっているやつ。または窓から裸でぶら下がっているやつ。

しょうぶし【勝負師】おのれの破滅に直面する

スリルで恍惚とする者。

じょうぶつ【成仏】念仏を唱えて人を斬っても、斬られた方はとても成仏できるものではない。

しょうへん【掌篇】掌に書ける短篇。

しょうべん【小便】膀胱炎の患者をくすぐってやると笑って垂れ流す液体。

じょうほ【譲歩】互いにはったりをやめて本来に戻ること。

しょうほう【商法】学ばなくても商売でき罪にも問われない学問。

しょうぼうしょ【消防署】いちばんの恥は火事で丸焼けになること。灯台もと暗しで案外多い。

じょうほうりょう【情報量】記憶力と反比例する。

じょうまん【冗漫】次に何を書いたらいいかわからないので、現在書いていることを引き伸ばして時間を稼ぎ、ついでに原稿の枚数稼ぎをすること。

しょうみきげん【賞味期限】保存状態によって差が出る筈なのにそれには触れていないいい加減な日付。

じょうみゃく【静脈】手料理を貶《けな》すと妻の顳《こめかみ》に浮き出るもの。

しょうめい【照明】暗くして皺を見えなくしたり、強く当てて皺をとばしたりするもの。

しょうめつ【消滅】「なお、このテープは自動的に消滅する」と最後に言うのはよくない。最初に言っといてくれなきゃ。

しょうめんしょうとつ【正面衝突】相手が美人なら大歓迎。

しょうもう【消耗】疲労との違いは、そんなにやらなくてもいいことをこれでもかとばかりにやったことによる。

じょうもん【縄文】縄があったのなら絞首刑もあった筈。

しょうや【庄屋】刺し身にすれば庄屋造りになる。

しょうやく【抄訳】これに意訳や誤訳が加われば超訳となる。

じょうやく【条約】なんの拘束力もないのに改正だけを重ねる約束。

じょうやど【定宿】この程度の旅人にはこの程度の宿。

しょうゆ【醬油】コップ一杯飲めば熱が出て仮病が可能。一升瓶一本空ければ死ぬ。

しょうよ【賞与】給与の安さを補うものだがたいてい補えない。

じょうよく【情欲】行動に移せば獣欲。

しょうらいせい【将来性】不安材料を考慮しない予測。

しょうり【勝利】敗北者の悲哀を見て快を叫ぶために目指すもの。

じょうりく【上陸】鰓《えら》呼吸をやめること。

しょうりゃく【省略】

じょうりゅうかいきゅう【上流階級】攪拌を恐れている上澄み。

じょうりゅうしゅ【蒸溜酒】もっと強い酒が飲みたいという欲望の産物。

じょうるり【浄瑠璃】人形芝居の音曲入りアテレコ。

しょうれい【奨励】飴と鞭の飴の方。

じょうれい【条例】敗戦でご破算。以後、平和になるにつれて加速度的に増加する束縛。

じょうれん【常連】飛び込み客の居心地を悪くする連中。

しょうわ【昭和】明治、大正の尻拭いをさせられた世代。

じょうわ【情話】極度に美化された庶民の色恋沙汰。

しょえん【初演】戯曲、役、その他に関する珍解釈が続出する公演。

じょえん【助演】主演賞受賞を助ける役。

ショー【show】スーパーマンの作者。

じょおう【女王】制度としては蟻や蜂にかなわない。

ジョーカー【joker】トランプの道化は四つの王室を巡回している。

ジョーク【joke】欧米では知性の証。日本では不謹慎。

ショート・ショート【short short】思い出すのも腹が立つほど便利屋扱いされ、こき使われた一時期の産物。

ショーペンハウエル【Schopenhauer】小便は冷える。

ショーロホフ【Sholokhov】少女趣味文学の巨匠。代表作は「開かれた処女地」。

しょか【書家】文筆家のことではない。字がうまいだけの人。

しょがこっとう【書画骨董】評価で卒倒。

しょかんたい【書簡体】懺悔《ざんげ》、自己弁護、悪事の美化にはもってこいの形式。

じょかんとく【助監督】俳優への恨みつらみを蓄積させる時期。

しょきか【初期化】フロッピーを白痴化すること。

じょきゅう【女給】身分をわきまえていた時代のホステス。

じょきょうじゅ【助教授】能力を使い果たす時期。

しょぎょうむじょう【諸行無常】何をやっても無駄という思想。

し

じょきょく【序曲】いいところを全部やるので、これだけ聴けばいいという作品が多い。
ジョギング【jogging】老境に入ったのでなるべく早く死のうというスポーツ。
しょくぎょう【職業】収入を得るための仕事のうち、公表可能なもの。
しょくざい【贖罪】金ができてやっと若い頃の悪事を悔みはじめる。
しょくざい【食材】料理のできない主婦には無縁のもの。
しょくじ【食事】これが唯一の関心事となれば人生の最後は近い。
しょくしゅ【触手】欲望から伸びている眼に見えないよだれ。
しょくしょう【食傷】料理なら食わねばよいが、配偶者なら悲劇となる。
しょくしん【触診】婦女をさわりまくって罪に問われぬ医事。
しょくたく【嘱託】定年間近になってからこの職種につこうとして才能や人脈の開発に励んでも遅い。
しょくちゅうしょくぶつ【食虫植物】多種多様な捕食方法はＳＦ作家に着想を与え、多くの食人植物を生み出した。
しょくちゅうどく【食中毒】どうせ食べるのは他人という料理人の意識から発生する不潔が原因。
しょくどう【食道】気管とトラブルを起す魔の三叉路あり。
しょくどうしゃ【食堂車】同席者は必ず食欲を減退させる人物である。
しょくにん【職人】出世してもせいぜい親方。管理職には不向き。
しょくばい【触媒】男ばかりの職場の紅一点。

自らは変化せず周囲を激変させる。
しょくはつ【触発】鳳仙花。
しょくひ【食費】家計費の九割以上を占めれば貧民。
しょくひんてんかぶつ【食品添加物】合成調味料、防腐剤、着色料、合成香料、酸化防止剤、漂白剤、もはや食品ではない。
しょくぶつ【植物】毒を持ち、苛立たせ、からみつき、刺し、くっつき、居候をする。人間とさほど変わらない。
しょくみんち【植民地】本国で食うに困った連中を厄介払いするところ。
しょくよう【食用】有名人で食用になるのはライス、ベーコン、フライ、ドーナット、ティー、ラム、そしてサンドイッチ伯爵。
しょくよく【食欲】働く理由の第一位。
しょくりょう【食糧】持たぬ国はミサイルを持って他国を脅す。
しょくん【諸君】「静粛に」「座りたまえ」「落ちつけ」「騒ぐな」などと騒ぐことば。
しょけい【書痙】これ以上駄作を量産するなというペンからの警告。
じょけつ【女傑】この素質を美人が持てば女帝。
じょげん【助言】自らを助ける言。
しょこ【書庫】探す本はまず見当たらない部屋。
しょこう【初校】どうにか読める内容にするための第一段階。
じょこう【徐行】航空機にはできない。墜落するからである。
しょこん【初婚】強調するほどのことか。
しょさい【書斎】間取りの計画では最も優先順位の低い、亭主のシェルター。
じょさんぷ【助産婦】現代で腕を揮《ふる》えるのは離れ小島、車内、船内、機内。

しょし【初志】政治家が忘れねばならぬもの。

じょじし【叙事詩】翻訳が面白くないのは、訳者に韻を踏む能力がないからである。

じょしだい【女子大】男性教師だけに気をつければよい分、とりあえず親が安心する大学。

じょしゅ【助手】成果を横取りされる徒弟。

じょしゅう【女囚】実際はおばさんばかりで、梶芽衣子を探しても無駄。

しょじょ【処女】偽装しやすいだけにあまり値打ちのないもの。

じょじょう【抒情】文学的でないとされる第一のもの。

しょじょさく【処女作】最高傑作になってしまうことが多い作品。

しょじょち【処女地】まだ足跡やタイヤの跡がついていない雪の道路。

しょじょまく【処女膜】人間とモグラが近縁であることを示す膜。

しょしん【初心】忘れたわけではないが、ただ初心《うぶ》なだけ。

じょせい【女性】殺されると「美女」と書かれる人種。

しょせいじゅつ【処世術】自分の好みの生き方を方法論にすること。

じょそう【助走】たいていはこれだけで人生が終る。

じょそう【女装】髭と戦うこと。

じょちゅう【女中】本当のおっかさん。

しょちゅうみまい【暑中見舞】①熱射病で倒れた人の様子を見に行くこと。②お中元の催促。

しょちょう【初潮】妊娠に気をつけろというサイン。

ショック【shock】肉体的に吸収すると頑健と褒められるが精神的に吸収すると鈍感とか冷

血とか言われる。

ショッピング【shopping】買うべきものが決まっていないままに出かける買物。

しょてん【書店】万引き少年の主戦場。

しょどう【書道】読めないように書くこと。

しょとくぜい【所得税】死なない程度に持って行かれる金。

じょなん【女難】通勤電車で痴漢と間違えられること。

しょにち【初日】多少のとちりは許してもらえる日。

しょにんきゅう【初任給】スーツの支払いに消える金。

じょのくち【序の口】宵の口のどんちゃん騒ぎ。

じょはきゅう【序破急】起承転結の承を抜かしたせっかちな展開。

しょはん【初犯】アダムとイヴ。

ショパン【Chopin】チョピンとはおれのことか。

しょひょう【書評】読んだ時間の謝礼はなく原稿料のみ。

しょぶん【処分】火災保険に入って自宅に放火すること。

しょほ【初歩】作家になるために字を憶えること。

しょほう【処方】製薬会社と結託した医師の所業。

じょまく【序幕】遅れて来る客のための、どうでもよい幕。

じょまくしき【除幕式】参列者全員に失望の嘆声をあげさせる行事。

しょみん【庶民】なんの権力もない主権者。

しょむか【庶務課】主流からはずれた連中の溜り場。

しょめい【署名】キルロイはここに来た。

じょめい【助命】自分には、また、世の中には生きる価値があると信じて疑わない者が嘆願するもの。

じょめい【除名】抜きん出た才能を皆が忌避すること。

しょもつ【書物】読者に「知識を得た」と錯覚させる代物。

しょや【初夜】婚前に終えている。

じょや【除夜】漫然と生きた一年であったことを心底から悔やむ夜。

じょやく【助役】市町村長になれる寸前までいって、たいていは横取りされてしまう人。

じょゆう【女優】現実のさまざまな女性像を不完全に演じる女。

しょゆうけん【所有権】泥棒が犯罪であるとされる理由。

しょようじかん【所要時間】常に短縮が求められ、人生もあたふたと終る。

しょり【処理】残った料理を平らげること。

じょりゅう【女流】蔑称かどうかで問題になっても未だに使われている呼称。やはり蔑称なのだ。

じょりょく【助力】お返しを期待できそうな相手に恩を売ること。

しょるい【書類】蘚苔《せんたい》類の一種で、日陰の湿ったオフィスに増殖する。

じょれつ【序列】決めたのは誰だといつも問題になる順位。

しょろう【初老】自分より年上のやつ。

じょろう【女郎】女性の上司を蔭で罵ることば。

シラー【Schiller】疾風怒濤のあとの気分。

じらい【地雷】上に乗ったものを天国に送る女性的な武器。

じらいや【自雷也】論理的な忍法以前の、蝦蟇《がま》を使った荒唐無稽な真の忍術使い。

しらうお【白魚】美女の手に生えている魚。

しらが【白髪】脱色する手間がかからず、茶髪や金髪に染めると美しいが、あいにくたいていの老人には似合わない。

しらかば【白樺】特権的な学習院出身者たちが高原の避暑地に植えた樹木。

しらくも【白癬】頭にきた水虫。

しらこ【白子】フグにはいささか毒があるので知られる魚のキンタマ。

しらさぎ【白鷺】一本足で水中に立ち、三味線を弾いている鳥。

しらたき【白滝】腸閉塞の一因。

しらなみもの【白浪物】泥棒の手口や心得などを教える芝居。

シラノ・ド・ベルジュラック【Cyrano de Bergerac】鼻のでかい役者のための芝居。

しらふ【素面】テレビに出演していながら、はしゃぎもせず冷静な人。嫌われる。

しらほ【白帆】わははは。すべての船が降参しておる。

しらみ【虱】ドレミファソシラミ、ドシラミタカレド。

しり【尻】シリメツレツというが、尻はもともと裂けているのである。

シリアス【serious】明日の尻を真面目に論じること。

シリーズ【series】マンネリに嫌気がさし、パロディが出れば潮どき。

しりうま【尻馬】乗れば一緒に大火傷。

しりがる【尻軽】不安でいたたまれぬやつ。

しりこだま【尻子玉】抜かれると「玉ん無い」という泣きごとが癖になる。

じりつ【自立】二代目社長というのは勝ち組でもなけりゃ自立したわけでもないのよ。

じりつしんけいしっちょうしょう【自律神経失調症】列車のドアが閉まってからベンチを立ち、列車が動き出してから歩きはじめ、列車が出たあとのプラットホームから線路に転落する病気。

しりつたんてい【私立探偵】不倫調査で調査費と口止め料を双方から取るやつ。

しりとり【尻取り】スズメ、メジロ、ロシヤに始まる差別的な尻取り歌がありましたな。

しりぬぐい【尻拭い】社長の浮気相手と結婚させられること。

じりひん【じり貧】安売りで大繁盛。生活費や税金のことを忘れている。

しりもち【尻餅】引力の凄さを尾骶骨で痛感すること。

しりゅう【支流】どちらが本流であったかは合併後の役員の顔ぶれで一目瞭然。

じりゅう【時流】乗ればたちまち古くなる。

しりょ【思慮】反応が遅い理由。

しりょう【資料】盗作の一因。

しりょく【視力】心乱れ、見なくてもよいものばかりが見えてしまう力。

じりょく【磁力】スカートの下。

シルクロード【silk road】玉門（ユイメン）を突破し、敦煌（トンホワン）、楼蘭（クロライナ）を貫き、中央アジアを串刺しにした道。

ジルバ【jitterbug】ツイスト（腸捻転）に次ぐ危険（骨折）な社交ダンス。

しれい【死霊】何度も装いを変えてはあらわれ、幸せにもそのたびに話題になった。

しれいかん【司令官】優秀な軍隊を身辺に配置し、毛嫌いする部下を前線に送り、敵の損害ばかり考えて味方の損害は考えない地位。
しれん【試練】つらい状況を粋がっていう言葉。身から出た錆とは絶対に思わない。
ジレンマ【dilemma】第三の手段を考える余裕がないこと。
しろあり【白蟻】詐欺に利用される昆虫。
じろう【痔瘻】⇩下村湖人「痔瘻物語」を読め。
しろうと【素人】特に、玄人を自称する下手糞を言う。
しろおび【白帯】最下位の五級、四級。赤帯（最上段の九段、十段）と試合すればたちまち血に染まり、自らも赤帯となる。
しろくま【白熊】「白熊が水中を泳いでいるのを、上から見たことがあるか」十二畳の座敷の端から端までを指して。「これくらいあるぞ」（ジョージ川口談）
しろしょうぞく【白装束】最後は死者と共に火葬にされる粗末な着物。
ジロドゥー【Giraudoux】兄はタロドゥー、弟はサブロドゥー。
しろめ【白目】腹部に銃弾を撃ち込まれると同時に睾丸を握り潰された時の眼球。
じろん【持論】昔からの受け売り。
しわ【皺】疲弊度の目盛り。
しわざ【仕業】他人の行為。自分のは業績。
しわす【師走】やり残した事ばかり思い起す時期。
じわれ【地割れ】厚化粧のおばさんを笑わせてやると顔に出るもの。
ジン【gin】イギリスの焼酎。
しんあんとっきょ【新案特許】妄想で金を得るための制度。
じんいさいがい【人為災害】災害のすべて。
しんいり【新入り】便所の前に寝かされる囚人。

しんうち【真打ち】一応聴けるレベルに達した人。

しんえい【新鋭】まだ角が取れていない時期。

しんえいたい【親衛隊】元祖は十二使徒。

しんおん【心音】しんおんは　たえてひさしくなりぬれど　ちこそながれて　てあしひくひく（裏小倉）

しんか【進化】猿山を眺めながら抱く感慨。

シンガーソングライター【singer-songwriter】俺が全部やる、丸儲けじゃ。

しんがい【侵害】何。俺が？　心外だ。

じんかい【塵芥】少額預金者。

しんかいぎょ【深海魚】人の目に触れないとこんな風態になる。

じんかいせんじゅつ【人海戦術】アメリカとの戦争に有効。

しんがくこう【進学校】人生の目標が立たず、とりあえず行く学校。

じんかくしゃ【人格者】無料で講演に来てくれる人はすべて。

じんがさ【陣笠】初期の粗悪な国産ヘルメット。

しんがっき【新学期】自分より気の弱そうな奴をさがす時期。

シンガポール【Singapore】鞭打ちの刑がある国。

しんかろん【進化論】人間を生物の頂点に置くための理論。

しんかん【新館】古くなっても新しいままでいられる名称。

しんがん【真贋】美女の顔を見たときに考えること。

しんかんかくは【新感覚派】物故者だらけの世代にとっては新しかった文学の一派。

しんかんせん【新幹線】アルカイダの目標。

じんぎ【仁義】なんの恨みもありませんがお命戴きますという渡世の滅茶苦茶。

しんきいってん【心機一転】都合の悪いことを忘れること。

ジンギスカン【成吉思汗】仁義は好かん。

しんきゅう【鍼灸】針や糸。

じんきょ【腎虚】これでおしまいといって、赤い玉がポンと出ること。

しんきょう【心境】嘘八百述べても罰せられることはない。

しんきょう【進境】退境かも。

しんきょく【神曲】元祖・地獄めぐり。

しんきろう【蜃気楼】首都の移転。

しんきろく【新記録】練習中にはいくらでも出たのだが。

しんぎん【呻吟】唸ったからいい作品ができるわけのものではなく、大使が出るだけ。

しんきんかん【親近感】なめてかかって甘えること。

しんきんこうそく【心筋梗塞】ぴーぽーぴーぽー。

しんく【辛苦】死後までは続かない。

しんぐ【寝具】新聞紙は案外暖かいよ。

シング【Synge】プレイボーイの概念を文芸として確立した劇作家。

じんく【甚句】相撲甚句に米山甚句、やかましいとてバッシング。

しんくう【真空】野間宏が旧陸軍内務班の中に発見した地帯。

ジンクス【jinx】作家・高齋《こうさい》正《ただし》は十三日の金曜日、しかも仏滅で三隣亡の日に結婚した。

シングル【single】閉所恐怖症が悪化する部屋。

シンクロ【synchronize】回転鋸の音と、長く尾を引く悲鳴。

シンクロナイズド・スイミング【synchronized swimming】鼻をつまむとみな同じ顔になるのはなぜだ。

しんけい【神経】累ケ淵《かさねがふち》。

しんげき【新劇】雑誌「新劇」の廃刊と同時に死語。

しんげん【箴言】他人の欠点を戒める寸言。

じんけん【人権】人間にまだ良識というものが残っていることを思い出させ、強調することば。

しんけんしょうぶ【真剣勝負】強弱を決すると同時に弱い方が葬られるという経済的な試合。

しんげんち【震源地】マスコミ・ジャーナリストの一時的な聖地。

しんこう【信仰】信仰心のない者や、自分と異なる信仰を持つ者を差別すること。

しんごう【信号】横断歩道で視覚障害者のために鳴る曲は、信号か？　音楽か？

じんこう【人口】推移が文明度を示す数字。減少し続けている方が高い。

じんこうこきゅう【人工呼吸】美人かそうでないかで生死が分れる。

しんこうしゅうきょう【新興宗教】すべての宗教は新興宗教であった。なが続きしないのは教祖がキリストや日蓮ではないからだ。無理な注文か。

しんこくげき【新国劇】島田正吾と共に歴史は終った。

シンコペーション【syncopation】十小節続くとバンドマン全員勘が狂ってメタメタになる。

しんこん【新婚】祝い金が底をつくまでの期間。

しんごんしゅう【真言宗】教えを誤解されやすいので密教となった。案の定、髑髏《どくろ》の前でセックスをする真言立川流などというものも出現。

しんさい【震災】保険金で家を建て替えるチャンス。

じんざい【人材】やがて廃材。

しんさいばしすじ【心斎橋筋】今や天神橋筋商店街の方が風格は上。

しんさいん【審査員】袖の下などで意見は変えないことをわからせるために金を受取る人。

しんさく【新作】古典的名作と並んで上演され、恥をかく作品。

しんさつ【診察】ほっといても治る病気か、大学病院へ行かせる病気かを判断すること。

シンジケート【syndicate】ベティ・ブープの著作権取扱いはキング・フィーチャーズ・シンジケートである。

しんしつ【寝室】三人用寝室での妻妾同衾は男の夢。

しんじつ【真実】「これは真実ではない」「事実」の間違いでしょ？　事実と真実は違います。

じんじふせい【人事不省】指で瞼をこじあければ眼球に「人事不省」と書いてある。

しんじゃ【信者】女はハーレムの住民。男はその警備員。

じんじゃ【神社】午前二時に藁人形を持った女がやってくるところ。

しんじゅ【真珠】ネックレスの糸が切れて周囲に大迷惑を及ぼす宝石。

じんしゅ【人種】犬ほどは大小の差異がない同一種。

しんじゅう【心中】三度心中して三度とも女だけ死んで自分は生き残った中村太郎という歌舞伎役者がいる。

しんじゅく【新宿】副都心に非ずして下半身。

都庁は並立二亀頭。
しんしゅつきぼつ【神出鬼没】どのチャンネルに変えても出ている顔。
しんじゅわん【真珠湾】宣戦布告なしのテロ攻撃を受けた港。
しんじょう【真情】溢れさせると喧嘩、揉めごと、騒動が起る。
しんしょうふうけい【心象風景】最後に見るのはお花畑である。
しんしょうぼうだい【針小棒大】爪楊枝も材木である。
しんしろく【紳士録】載っている人はこれを必要としない。
しんじん【新人】いちばん評価されたのはこの時だけ。
しんすい【浸水】眼を醒ませば水の底。
じんせい【人生】身の程を知り、夢をあきらめた時からが本当の人生。
しんせいじ【新生児】真っ赤な子の方が色白になります。
しんせかい【新世界】ドボルザークが交響曲にした通天閣のある街。
しんせき【親戚】葬式の時だけ会う連中。
じんせきみとう【人跡未踏】ミルチス・マジョル市。
しんせつ【親切】身の危険を顧みて累が及ばぬ限りの心遣い。
しんせんぐみ【新撰組】最初は芹沢鴨という人が筆頭局長であった。
しんぜんび【真善美】偽、悪、醜からの連想で導き出された概念。
しんそう【真相】藪の中で光っているもの。
しんぞう【心臓】残りの寿命を秒読みしている器官。

じんぞう【腎臓】ホルモン料理のマメ。空豆そっくりだが小便工場。

じんぞうにんげん【人造人間】結局、本物と見分けのつかないクローン人間の実現がいちばん早そうである。

しんぞく【親族】こちらが出世するたびに数を増やして家にやってくる連中。

じんそく【迅速】しばしば「丁寧」という反対語と並んで宣伝に使われる。

しんたい【進退】これをわきまえぬ平社員が重役連の談笑にまじり、一緒に笑っていたりする。

しんたいしょうがいしゃ【身体障害者】小指がない、という程度では、パラリンピックへの出場資格はない。

しんだんしょ【診断書】「実際より重傷気味に書いてください」

しんちく【新築】放火魔を刺戟する家。

じんちくむがい【人畜無害】問題外。

しんちょう【身長】のっぽの差別語は「半鐘泥棒」、ちびの差別語は「地雷」。

しんちんたいしゃ【新陳代謝】ちんちん電車。

じんつう【陣痛】女が口を揃えて「男には説明できない痛さ」と言っている。実はまったく痛くないのでは？

じんつうりき【神通力】求められるようになった頃にはすでに失せている。

シンデレラ【Cinderella】少女なら誰でもガラスの靴をはけた筈だが？

しんてん【親展】盗み読みを唆《そそのか》す表書き。

しんでんず【心電図】ピッ――ピッ――ピッ――ピッ――――――――――。

しんど【震度】震度8、というのがいずれ定められる。

しんどう【神童】将来天才になるのはむしろ落第坊主。

じんどうしゅぎ【人道主義】人間でさえあれば誰でも愛するという、はた迷惑な主義。

じんとく【人徳】安心できる退屈な人。

シンドバッド【Sindbad】大勢の部下を死なせて自分だけは七回も生き延びた男。

シンドローム【syndrome】ひとつの病気から千変万化の症状を呈する華麗なる病状。例=コルサコフ症候群。

シンナー【thinner】ペンキ屋がふらふらしている原因。

しんにんとうひょう【信任投票】不信任投票。

しんねん【信念】最初は立派に見え、やがて滑稽の域に達する態度。

しんぱ【新派】一部のシンパによって存続している芝居。

しんぱいしょう【心配性】心配し過ぎてその通りになる性格。

しんばつ【神罰】雷に打たれるなど偶然の出来事を神のせいにして痛快がることば。

シンバル【cymbals】寝ている聴衆を驚愕させて起こすための楽器。

しんぱん【審判】神を信じていないからこそできる神の真似ごと。

しんぴ【神秘】見て幻滅するまでの秘所。

しんぴん【新品】新しいだけが値打ちの品。

しんぷ【神父】最も堕落しやすい職業。

しんぶん【新聞】週刊誌の広告、テレビ欄、マンガ、死亡記事の順によく読まれる。

しんぽ【進歩】誰も褒めてくれなくなるまで。

しんぼう【辛抱】その大きさは限界に達した時

の瞬発力、暴発性、排便量に比例する。
シンポジウム【symposium】本来は饗宴のこと。今では茶も出ない。
じんましん【蕁麻疹】「今あんたが飲んだのはカボチャのスープだ」と騙《だま》されて発疹したことがあるから、なかば精神的なものだ。
しんみつ【親密】見ていて気持の悪い濃密度。
じんみゃく【人脈】誰かと喧嘩すると、その先にあった人脈は断たれる。
じんみん【人民】税金が払えない国民。
じんめい【人命】おのれのものが最も重く、対極にあるのが死んでほしいやつ。
じんめんぎょ【人面魚】上陸して人間に進化するための準備。
じんもん【訊問】ことばのセクハラは刑事の役得。
しんや【深夜】事件が多いのは、ど田舎に二十四時間営業のコンビニがあるからだ。
しんゆう【親友】収入が違えば親分子分。
しんよう【信用】裏切られるまでの善良さ。
しんらい【信頼】相手に重荷を負わすことば。
しんらばんしょう【森羅万象】有象無象。
しんらん【親鸞】老齢の作家が書きたがる人物。
しんりがく【心理学】サイコロジイ。つまり博徒の学問。
しんりん【森林】残り僅かな酸素供給源。
じんるい【人類】唯一、殺しあう哺乳類。
しんわ【神話】神神の愚かさは世界共通。

す【酢】ワンダフル。

すあし【素足】自前の革靴。

ずあん【図案】文盲のための案内。

すいあつ【水圧】大便を流す力。

すいい【水位】頭を押さえつけられて溺死するには十数センチで事足りる。

スイート・ルーム【suite room】料金はビター・ルーム。

すいうん【衰運】君の本来の状態に近づきつつあるだけ。

すいえい【水泳】入水自殺者には邪魔な能力。

すいか【西瓜】片っ端からバットで叩き割れば大量虐殺の気分。

すいがい【水害】下水の逆襲。

すいがら【吸殻】煙草が切れたときの予備。

すいかん【酔漢】ネクタイで鉢巻きをしている男。

すいがん【酔眼】電柱が裸の女に見えること。

ずいき【芋茎】随喜。

すいきゃく【酔客】水増し、ぼったくりＯＫの上客。

すいぎゅう【水牛】モッツァレラ製造機。

すいきょう【酔狂】伊達さんの友人。

すいぎん【水銀】寝耳に水銀。

すいけい【推計】人類の三大欺瞞のひとつが統計である（マーク・トウェイン）。まして推計においてをや。

すいこう【推敲】しばらく放置すること。
すいこでん【水滸伝】滝沢馬琴「南総里見八犬伝」のネタ本。
すいさいが【水彩画】学童と定年退職後の老人が描く絵。
すいじ【炊事】ボタンを押すこと。
すいしつけんさ【水質検査】まず水といえるかどうかを確認する。
すいじゃく【衰弱】(悲しい音楽)「お父さん、おかゆができたわよ」「すまねーなー。お前たちに苦労をかけて」
すいじゅん【水準】自分より少し下が基準。
すいしょう【水晶】ペテン師の商売道具。
すいじょうき【水蒸気】産業革命の鼻息。
スイス【Switzerland】ブレネリの家。
すいせい【水星】水のない星。
すいせい【彗星】はれーっ。人魂の親分。
すいせいむし【酔生夢死】水棲昆虫の死に方。
すいせん【推薦】害になりそうな人や物を雇用したり所有したりするよう他人にすすめること。
すいぜん【垂涎】ひとが食べている料理の上にだらーっと涎《よだれ》を垂らす如き行為。
すいせんべんじょ【水洗便所】汲取式とシャワートイレの中間形態。
すいそう【水葬】最も手間と金のかからぬ弔いかた。時には生きているうちに行う。
ずいそう【随想】心境や身辺から原稿料になりそうな事象を探すこと。
すいぞくかん【水族館】生前オリンピックで金メダルをとった水泳選手の剥製も泳いでいるよ。
すいたい【酔態】翌朝目醒めても自己嫌悪に陥ることのない精神の持ち主による醜態。

す

スイッチ【switch】夕方五時、自動的にONとなる。

すいとう【水筒】ペットボトル以前の容器。キャップに磁石がついていましたな。

すいどう【水道】一挙に数万人の毒殺が可能な水路。

すいとうぼ【出納簿】衰亡の記録。

すいばく【水爆】大量殺戮における原爆とコバルト爆弾の中間形態。

すいはんき【炊飯器】「竈《かまど》を分ける」という慣用句がなくなった原因。

ずいひつ【随筆】論文にも小説にもなり得ぬ雑感を文にしたもの。

すいふ【水夫】船のボイラーマンは水火夫である。

すいへいしこう【水平思考】深く考えぬ、周囲を見まわしながらの思考。なぜ垂直思考よりもよいとされるのかわからない。

すいへいせん【水平線】水平ではない。地球は丸いのだ。

すいほう【水泡】のらくろの大活躍も敗戦でこれに帰した。

すいぼつ【水没】屋根上浸水。

すいま【睡魔】眠りたい時は襲ってこず、重要な会議の席上襲って来るやつ。

すいみつとう【水蜜桃】ロリコンの男性に妄想を促す肌と産毛を持つ果実。

すいみんやく【睡眠薬】服用直後にデートのお誘い。

すいりしょうせつ【推理小説】トリック品切れ。盗作OKの時代に突入。

スイング【swing】ギャングと共に去りぬ。

スウィフト【Swift】巨人となり、小人となり、かもめのジョナサンになった。

スウェーデン【Sweden】体操で霊界と交通する国。

すうがく【数学】天才少年＝のちに廃人を生む分野の学問。

すうこう【崇高】パロディにして引きずりおろされる存在。

すうじ【数字】10を3で割れば蟻の行列。

すうせい【趨勢】少子化→老人社会→親殺し大流行。

ずうたい【図体】自分より偉大な肉体を貶めることば。

スーパー【super】昔は字幕。今はマーケット。

すうはい【崇拝】男は女陰。女は男根。

スープ【soup】ポタージュはどぶ泥。コンソメは小便。

ズーム【zoom】美人だ。ズームイン。婆さんだった。ズームアウト。

すうれつ【数列】特に行列式はアル中を悪化させる。

すえぜん【据え膳】間男は陰膳までも食って行き。

すえっこ【末っ子】末吉、末蔵などという名をつけて下の子が生まれたらどうする。

すえつむはな【末摘花】女シラノ。

ずが【図画】成績のよかった学童が有名画家にならない不思議。

スカート【skirt】睾丸を冷やすために男がはくべき衣類。

ずがいこつ【頭蓋骨】古代人がロボトミーを好んだことを証明している。

スカイ・ダイビング【skydiving】飛び降りるなり気絶すれば一巻の終り。

スカウト【scout】路上で有名女優を勧誘したやつの大恥。

す

すがお【素顔】ヌードは撮られても平気だがスッピンは嫌う心理構造。

すがた【姿】姿形は見えねども歯の根の合わぬ音ぞ聞こゆる。

スカトロジイ【scatology】美学を心得ぬ者に嫌悪する資格なし。

スカラムーシュ【Scaramouche】大佛次郎「照る日曇る日」のネタ本。

すがわらのみちざね【菅原道真】帰りが怖い天神さん。

ずかん【図鑑】本来手描き。写真はいけません写真は。

スカンク【skunk】飼い馴らせば護身用。誰も近づかない。

ずかんそくねつ【頭寒足熱】股間灼熱。

すぎ【杉】花粉王。

スキー【ski】白銀は招くよ。骨折に、転落に、大雪崩に。

スキップ【skip】癌ではないと診断されて病院を出る時の足どり。

すきま【隙間】「きちんと閉めていけ」と怒鳴る癖に、自分が襖を閉める時はいい加減。

すきや【数寄屋】昔はちょっとした遊び心。今では億万長者の仕業。

スキャット【scat】シャバドビ屋さんの歌。

スキャンダル【scandal】落ち目→スキャンダル→人気回復→落ち目の繰返し。

スキューバ【scuba】ムツゴロウ（畑正憲）氏はこれをつけたまま海底でひと眠りした。

ずきん【頭巾】同類でないものを選べ。①白頭巾。②黒頭巾。③紫頭巾。④赤頭巾。

スキンシップ【skinship】コンドーム越しの触れあい。

スクイズ【squeeze】十点の差があってこれを

やる馬鹿はいない。

スクーター【scooter】突然開いた乗用車のドアに激突。たいてい即死。

スクープ【scoop】他社の編集長をクビにする報道。

スクラップ【scrap】人間だけは再利用不可能。

スクラム【scrum】人間土塁。もはや物体としての自覚が必要。

スクランブル【scramble】交差点で歩行者を掻き混ぜ、手早く炒り卵にすること。

スクリーン【screen】若者たちの精液が飛び散っている幕。

スクリプター【scripter】この人がいないと、突然次のカットで何もなかったテーブルにコップが出現したりする。

スクリュー【screw】甲板からの入水自殺者をコマ切れにする刃物。

スケート【skate】転倒するたびに指さきをちょん切られ、上達した時には一本も残っていない。

スケープゴート【scapegoat】ストレイシープ(迷える羊)の運命。

スケール【scale】小人物や小さな仕事を褒める際のことば。

スケジュール【schedule】いやな仕事を断る時に使う単語。

すけだち【助太刀】何もしなくとも勝てる方へ買って出ること。

スケッチ【sketch】七分の常識と三分のひねくれた視点による描写。

すけべえ【助兵衛】すべての事象を色情に結びつける人物(註・江戸時代、この名の人が多かった。歌舞伎などの登場人物の場合、現在では役名を変えている)。

スコア【score】①ゲームでは人生の如き突然の大量得点がないからつまらぬ。②演奏直前、譜面台から落して舞台にバラ撒けば開演は五分遅れる。

スコール【squall】南方洋上における天然シャワーだが、全身に石鹸を塗って甲板で待っていても来るとは限らぬ。

スコッチ【Scotch】ツイードの背広で嗜《たしな》むべき酒。

すごろく【双六】人生ゲームの先祖。「勝ち組」だの「負け犬」だの、実際の人生にまで影響を及ぼしている。

ずさん【杜撰】本来文芸用語。現在、杜撰な作品というものはない。杜撰でない作品がないからだ。

すし【寿司・鮨・鮓】昔は首桶に入れて出前をした。そもそも首の腐食を防ぐため酢漬けにしたものが語源だからである。

すじがき【筋書き】その通りに事が運ばないのは誰も君を信用していないからだ。

すじがね【筋金】拷問を長びかせる素質。

すじこ【筋子】離散するとイクラか高くなる。

すしづめ【鮨詰め】①ヴェテラン駅員自慢の技。②放屁厳禁。

すじむかい【筋向い】苦手な人と話すときの位置。

すしや【寿司屋】寿司を回転させ客との会話を断つことで絶滅をまぬがれた業種。

すす【煤】東北地方の寿司。

すず【鈴】猫のクラクション。

すずか【鈴鹿】レースがうるさい。鈴鹿にしろ。

すずがもり【鈴ヶ森】強盗の聖地。

すすき【薄】年中枯れている植物。

すずむし【鈴虫】昆虫楽団の第一バイオリン。

すずめ【雀】鶯より一年長生きすると言われる小鳥（雀百まで鶯や九十九まで）。

すずり【硯】書家が殺される時の凶器。

スタア【star】浮気をすればマスコミを潤すことのできる人。

スターリン【Stalin】岡田真澄のそっくりさん。

スタイル【style】腹が出た段階で体型と言い改められるもの。

すだこ【酢蛸】酒飲みのチューインガム。

スタジアム【stadium】幽霊が出ると一流にランクされる。

スタジオ【studio】夜でも「おはようございます」というところ。

スタッカート【staccato】吃音者のロングトーン。

スタッフ【staff】そろいのTシャツやジャンパーを着たがる連中。

ずだぶくろ【頭陀袋】使い方はハーポ・マルクスのコートと同じ。

スタミナ【stamina】単なる遅漏。

すだれ【簾】頭髪一九分け。

スタンス【stance】私のスタンスは変わりません。向きは変わったけど。

スタンダードナンバー【standard number】曲名ではわからないが実際に聴くとわかる曲。

スタンドプレー【stand play】立って行なう寝技。

スタントマン【stunt man】保険に入りにくい職業のひとつ。

スタンドマン【stand man】仕事中に油を売っている人。

スタンバイ【standby】一生そのままだったりする。

スチュワーデス【stewardess】ペログリの対象。

ずつう【頭痛】同じ鼻歌を歌い続ける上司の隣席。
すで【素手】武器を買えぬ貧乏人の武器。
すていし【捨て石】集団の延命をはかるためだけであればただの尻尾切り。
ステーキ【steak】まあ素敵。
ステージママ【stage mama】子供はイケメン母はブス。
ステータス【status】プラチナカードを持つまでの浪費。
すてき【素敵】ビフテキ。
ステゴサウルス【Stegosaurus】恐竜の捨て子。
すてぜりふ【捨て台詞】短時間で衝撃をあたえる言葉を思いつく才能。
ステッカー【sticker】風水によれば冷蔵庫に貼ると運が落ちる。
ステッキ【stick】昔は紳士の、今は盲人の持ち道具。
ステップ【step】人類の退化はこれを知らなくても踊れるダンスばかりになったことで証明される。
すててこ 親爺の夕涼み用トランクス。
すてね【捨て値】腐敗寸前の弁当。
すてばち【捨て鉢】焼け糞の容器。
すてみ【捨て身】瀬に身を捨てたら浮かぶのは当然だろうに。
ステレオ【stereo】一卵性双生児。
ステロタイプ【stereotype】馬鹿にするがこれを演じられたら一流の役者。
ステンドグラス【stained glass】色ガラスの破片によるジグソーパズル。
ストイシズム【stoicism】自虐的おたく。
ストーカー【stalker】嫌われる歓び。
ストーブ【stove】靴下乾燥機。

ストーリイテラー【storyteller】古典的技法でうぶな読者の心理を弄び思考力を奪う作家。

ストッキング【stocking】パンティと合体する以前の靴下。

ストック【stock】災害直後にあわてて買い込み、結局捨てることになる備品。

ストップモーション【stop motion】斬られた瞬間。

ストライキ【strike】馘首《かくしゅ》されない欠勤。

ストライク【strike】大声で告げられるたび少しずつ打者の心に審判への殺意が堆積されていく。

ストリーキング【streaking】走るしか芸のない者の猥褻物陳列。

ストリップ【strip】蝸牛《かたつむり》、蛞蝓《なめくじ》を見て。「おっ。すごいストリップだ」

ストレス【stress】現代の伝染病。抱え込んでいる奴には近寄るな。

ストレプトマイシン【streptomycin】難聴の原因。

ストロー【straw】蛙の尻に突っ込み、息を吹き込んで破裂させる道具。

ストロボ【strobo】夜道をやってきた有名人カップルへの眼つぶし。

すなお【素直】遠まわしに言っても通じない性格。

すなかぶり【砂被り】関取に押し潰されるチャンスを待つ場所。

スナップ【snap】心霊写真ができやすい撮り方。

すなはま【砂浜】錆びたナイフや拳銃が埋まっているところ。

スニーカー【sneaker】殉職。

すねかじり【臑噛り】過保護。親は喜んでいたりする。

すねもの【拗ね者】常識に飽き飽きしたやつ。

ずのう【頭脳】知能の容器。硬化しやすい。

すのこ【簀の子】川へ投げ込むために生きた人間をぐるぐる巻きにするもの。

スノッブ【snob】ただ「俗物」と訳したのでは、欧米の連中の知識の凄さはわからない。

スパイ【spy】現実では最も醜く卑しい、虚構では最もロマンチックな職業。

スパイス【spice】料理や言語に混入させる、調味料と毒の中間的存在。

スパゲッティ【spaghetti】「フェデリーニ」を買おうとして「フェリーニください」と言ってしまい、次には「ヴィスコンティください」と言ってしまった。

すばる【昴】「プレアデス」「そうですか」

スピーカー【speaker】人を集合させたり、たむろしている者を散会させたりする器具。

スピーチ【speech】「そのー」「えー」「このー」「まあー」「あのー」などを省けば半分以下に短縮できる言説。

スピード【speed】光速を超え、時間の逆行に到るまで人類が追求するもの。

スプーン【spoon】復員軍人の義手。

すぶた【酢豚】汗くさい肥満者への渾名。

スプリンクラー【sprinkler】ライターの火で作動し、火事の時は作動しない。

スプレー【spray】アヴェンヌ・ウオーターと殺虫剤を間違えぬよう。眼が潰れます。

スペースオペラ【space opera】ホースオペラ(西部劇)とヒロイック・ファンタジーの中間形態。

スペクタクル【spectacle】無内容を巨費で補う形式。

スペシャリスト【specialist】公に認知されたお

たく。

すべりだい【滑り台】瞬時にして成功への階段と滑降を子供に教える遊具。

スポークスマン【spokesman】身内ではないような顔をして自画自賛する役。

スポーツマン【sportsman】少年期からずっと遊び続けている連中。

ずぼし【図星】指摘されると腹が立つので誰もそうだとは言わない。

スポット【spot】雑誌で紹介されているので一度だけ行く場所。

スポンサー【sponsor】用もないのにCF撮影現場でずらり居並ぶ連中。

スマート【smart】修羅場を避け、損をせず、身綺麗にしていられる狡猾な才能。

すみだわら【炭俵】現代では装飾品。

すみつき【墨付き】札付きと変らぬ。

すみれ【菫】昔は野菜だったが出世し、観賞用にまでなった。

すみわけ【棲分け】近年越境者がもてはやされるが、やはり少数派だからである。

スムーズ【smooth】流れに乗ってすいすい進むこと。先に巨大な滝がある。

スメタナ【Smetana】スナメリの親戚。

すもう【相撲】ハワイの国技だったが、今ではモンゴルの国技。

スモッグ【smog】いずれ煙草のせいだということになる。

すもも【李】すもももももももものうち。

スライス【slice】MRI。

スライディング【sliding】いざという時に腰が抜けること。

スラックス【slacks】足より細かったりする。

スラップスティック【slapstick】人生をドタバ

タで示す表現形式。

スラム【slum】キャデラックに乗り、最高級のスーツを着、大金を持って行く場所。

スランプ【slump】自分のしていることの馬鹿ばかしさに眼醒めること。

すり【掏摸】唯一、被害者を感服させ得る盗賊行為。

スリーサイズ【three size】何と言ってもいちばん不細工なのがB90・W90・H100。

スリーディー【3D】だめだ、どうしよう、どうでもいいや。

すりこみ【刷り込み】耄碌した父親に頭があがらないこと。

スリッパ【slipper】気味悪いが履かなくてはならないのは病院のスリッパ。

すりばち【擂鉢】あっても擂り粉木がなく、擂り粉木があれは擂鉢がない。

スリル【thrill】ジェットコースターは脳に影響し、日常の絶叫という後遺症を残す。

するめ【鯣】結納に使うだけの干物。

スローガン【slogan】実行できなくても誰も文句を言わない高い目標。

ズロース【drawers】神社への参道の露店商が売っている、婆さんが立ったままで排尿できる肌着。

スロットマシン【slot machine】運の自動販売機。

スワッピング【swapping】庶子の交換もできます。

すんし【寸志】大入袋の五円玉。

すんぴょう【寸評】鑑賞に時間をとられ原稿料は安いので引きあわない。

せいあくせつ【性悪説】警察が存在する根拠。
せいい【誠意】見せろとすごむ奴は持ちあわせていない。
せいいき【聖域】「キルロイはここに来た」と書きたくなる場所。
せいうち【海象】ポール・マッカートニー。
せいうん【星雲】宇宙のシラクモ。
せいか【声価】歌手と声優のギャラ。
せいかい【政界】料亭で仕事する業界。
せいかく【性格】他人の存在によって他人と区別され、他人によって本人以上によく把握されている。
せいがくか【声楽家】ＰＡ不要の歌手。
せいかつひ【生活費】給料から飲み代を引いた残り。
せいかつほご【生活保護】エアコンがあると受けられない。
せいかん【生還】「あっ。人肉を食ってきたな」
ぜいかん【税関】麻薬漬けの犬が仕事をするところ。
せいかんたい【性感帯】市民ふれあい広場ではふれあいが禁止されている。
せいき【性器】最初のおもちゃ。
せいぎ【正義】結果的に勝った方。
せいきまつ【世紀末】リセットという集団幻想。
せいきゅうしょ【請求書】女の顔。男の顔は履歴書。

せ

せいぎょう【生業】おもて向きの顔。

せいきょういく【性教育】教師が異性の生徒に行う体験学習。

ぜいきん【税金】「払った」ではなく「取られた」と表現される。

せいけいげか【整形外科】親と子の顔が似てない理由。

せいけつ【清潔】食器を舐めて綺麗にすること。

せいこう【成功】失敗のもと。

せいこうい【性行為】異性または同性であることを確認する行為。

せいこううどく【晴耕雨読】農業はそんなに甘かねえよ。

せいごひょう【正誤表】誤りを批評家にアポリアとして残すため、小説には不要。

せいこん【精根】「尽き果て」っぱなしの人がいる。死んでいる筈だが。

せいざ【正座】帰国子女には不可能な業。無理にさせると痺れということを知らぬため立ちあがるなり派手に転倒する。

せいさい【制裁】軟派への嫉妬に根ざす硬派の行為。

せいさく【政策】やがて空気の抜けるアド・バルーン。

せいさつよだつ【生殺与奪】身の毛がよだつ。

せいさん【清算】貸している方が多い筈なのに、常に借りている方が多いという不思議。

せいし【生死】生死不明のままで百年。ついに墓が立たない。

せいじ【政治】寡頭と衆愚の間を揺蕩する権力。

せいじか【政治家】談論風発は下っ端で、政権の座に近いほど寡黙な連中。

せいしつ【性質】逆手にとって利用すべきもの。

せいじつ【誠実】悪人同士のつきあい。仲間を裏切ればわが身に害が及ぶからである。

せいじゃ【聖者】崇めないと怖いひと。真の聖者はこうは呼ばれぬ。

せいじゃく【静寂】舞台の主役が科白《せりふ》を忘れた時の客席。

ぜいじゃく【脆弱】骨粗鬆症の患者が筋弛緩剤を服んだ状態。

せいしゅく【静粛】放屁の際立つ場。

せいじゅく【成熟】どうせ自分の相手ではないと悟り、美人に話しかけられてもおどおどしなくなること。

せいしゅん【青春】アホなことをする時期。一生アホなままのやつもいる。

せいじゅん【清純】汚したいという欲望を抑えきれなくなる対象。

せいしょ【聖書】最も多くパロディにされた書物。

せいじょ【聖女】事実は全員ブス。

せいじょう【正常】狂った社会の中では狂ったままでいること。

せいじょうき【星条旗】いちばんよく燃やされた旗。

せいしょうねん【青少年】死と紙一重のことをしている自覚がない連中。

せいしょく【生殖】自己本位になり種の保存本能を失った人間には、セックスのさなかにも生殖という意識はない。

せいしょく【聖職】汚職しやすい職業。っていうか、汚職するまではすべての職業が聖職。

せいじんしき【成人式】子供のままでいたい連中が暴れる日。

せいしんぶんせき【精神分析】女性クライアントが男性医師に恋してしまうラポールという現象が最も起りやすい治療法。

せ

せいせいかつ【性生活】一生セックスしたままのフタゴムシという生物がいるが、こうなるともはや性生活とは言わない。

せいせいどうどう【正正堂堂】はいどうどう。

せいせき【成績】実力プラスマイナス査定者の心証。

せいせん【聖戦】戦争行為を神のせいにすること。

せいせんしょくりょうひん【生鮮食料品】冷蔵庫を持たぬ者に賞味期限は無関係。夏ならその日に腐る。

せいぜんせつ【性善説】素人衆には親切なやくざの存在がその根拠。

せいそ【清楚】女性の「売り」の一。貧乏な男性向き。

せいそう【盛装】暑苦しさを競いあうもの。

せいぞんきょうそう【生存競争】政治家たちが「バトル・ロワイアル」を批難したのは、それが自分たちのことであるからだ。

せいたい【声帯】殺される時の命乞いでは裏返る。

ぜいたく【贅沢】無収入の者には茶漬けも贅沢。

せいち【聖地】たいてい戦場となる。

せいちょう【成長】倒壊の危険に近づくこと。

せいてんかん【性転換】アイデンティティと局部が裏返ること。

せいでんき【静電気】エレベーターのボタンを他人に押させる理由。

せいてんのへきれき【青天の霹靂】仰天の学歴。

せいてんはくじつ【青天白日】青顔白目。

せいと【生徒】いずれは酒徒、暴徒、博徒、逆徒、賊徒、口舌の徒、市井の徒。

せいど【制度】釈迦の掌。「反制度」も制度のうちなのである。

せいとう【政党】議員が大まかに色わけされた末に個性をなくしていく組織。

せいとうか【正当化】同じ間違いを何度も繰り返す心理。

せいどく【精読】こきおろすべき書物の欠点を見つけようとする行為。

せいとん【整頓】重要書類を見失う行い。

ぜいにく【贅肉】美味な部分。

せいねん【青年】青年よ妻子を抱け。

せいのう【性能】欠陥車が見つかるまではすべての車が性能抜群。

せいばい【成敗】昔は重ねて四つ。なさけなや今は手切れ金。

せいばつ【征伐】砂糖に群がる蟻に熱湯をぶっかける行為。

せいばん【生蠻】人肉食が悪だという良識に毒されなかった連中。でも子孫はやっぱり、出自をひた隠しにしているのだろうな。

せいはんざい【性犯罪】最も貧富教養の差なく起し得る犯罪。

せいはんたい【正反対】ナチスとお寺の鉤十字。

せいびょう【性病】鼻落ちペニス溶けて痛恨に満つ。

せいひれい【正比例】犯罪件数＝比例定数k×密入国者数。

せいひん【清貧】赤貧すれすれの水準を保つのは結構至難の業であり、案外高くつく。

せいふ【政府】無政府主義者ばかりの政府があった。フランス革命直後のこと。

せいふく【制服】格好よくない学校には志望者が少ない。

せいぶげき【西部劇】①時代劇との違いは開拓精神と封建的ロマン。②兄弟の確執は西武劇。

せいぶつがく【生物学】人間は対象とされない。

優生学、自然淘汰などの理論のせい。

せいへき【性癖】偉い人、有名な人を見かけると突っかかって行き、あとで「誰それをやりこめてやった」と自慢すること。

せいべつ【性別】名前からなくなりつつあるのがチャット混乱の原因。

せいぼ【歳暮】毎年大量に送られてくる同じ品に限ってありがたくない代物。

せいぼ【聖母】聖書のふたりのヒロインの片方。もう一方は娼婦。

せいほうけい【正方形】四畳半。

せいめいはんだん【姓名判断】名前を変えたい人の根拠。

せいめいほけん【生命保険】あとは死ぬのを待つだけ。

せいやくしょ【誓約書】その場のがれ。

せいゆう【声優】テレビ以前、放送局専属だったのはこの人たちだけ。

せいよう【西洋】西洋人たちは西洋と思っていず、中央だと思っていて、日本を極東呼ばわりする。

せいよく【性欲】あなたが今生きている原因。

せいり【整理】「捨てる」「売り払う」「クビにする」などの偽紳士方言。

せいりび【生理日】「妊娠可能」と血が教える日。

せいりょう【声量】感情の昂ぶりで抑制できなくなるもの。

せいりょういんりょうすい【清涼飲料水】げっぷの素。

せいりょく【精力】無闇に発散すると制裁を受ける悪しき力。

せいれつ【整列】つい無茶な号令をかけたくなるような人間の列。

せいろん【正論】聞く者により邪説。

ゼウス【Zeus】神・妖精・人畜の見さかいなく犯した愚神。

セーヌがわ【セーヌ川】フランス映画の大道具。

セーラーふく【セーラー服】朝の満員電車内で勃起したペニスが差し示すもの。

セールス【sales】必要なものを持ってきたためしがない。

ぜえろく【贅六】明治までは天皇も代代贅六。

せおいなげ【背負い投げ】相手の甘えを利用した裏切り行為。

せかいかん【世界観】中心に自分がいる。

せがれ【伜】「いい息子です」という照れながらの表現。

セカンド・ハウス【second house】年に一度、掃除に行く家。

せきがいせん【赤外線】みんな赤いと思っている。

せきじゅうじ【赤十字】このマークがあっても爆撃されたりするが、隠れ蓑にしているやつもいるからしかたがない。

せきずい【脊髄】脳の尻尾。

せきたん【石炭】ダイヤモンドのなり損ない。

せきつい【脊椎】畸形の老人性彎曲に鯖折りの技をかける快感。

せきてい【石庭】いくつもある石の周囲の熊手の筋に足跡をつけぬのは天狗の業か。

せきどう【赤道】姓は青田。

せきにん【責任】「責任をとれ」とわめくやつの責任は何処に。

せきばく【寂寞】自慰連続三回のあと。

せきはん【赤飯】親の死で莫大な遺産を相続したり、敵が死んだりした時に食うもの。

せきひん【赤貧】水道を止められているので洗

うことすらできぬ暮らし。
せきめん【赤面】黒人には見られぬ現象。
せきゆ【石油】キリスト教世界とアラブ世界をつなぐ唯一のパイプ。
せきらら【赤裸裸】事実はすべて醜く見えるということ。
せきり【赤痢】ルビーの大便。
セクシャル・ハラスメント【sexual harassment】好きな異性がしてくれないので怒っているだけ。
ぜげん【女衒】売春婦調達・配達・販売人。
せけんてい【世間体】親は気にし、子供は気にせず、諍《いさか》いのもとになることば。
セコイヤ【sequoia】せこくない。
セコハン【secondhand】少子化の現在、「セコハン娘」は祝福されるべきである。
セコンド【second】秒刻みで示される命の残り。

セザンヌ【Cézanne】中学美術部、静物画のお手本。
せしゅう【世襲】天皇。
ぜぜひひ【是是非非】判断の基準は自分。
せそう【世相】明るい面は能天気な政治家に聞け。暗い面は子供を見よ。
せぞく【世俗】自らの存在基盤を卑しむ言い方。
せだいこうたい【世代交替】姥捨山が必要な理由。
せたがや【世田谷】痩せたがや。
せたけ【背丈】短軀タンクロー。
ぜつえん【絶縁】出会った時のスパーク。
ぜっか【舌禍】聾啞者には無縁の災い。
せっかい【切開】風通しをよくすること。
せっかん【折檻】より快感を感じる弱い者いじめの技術を研究する行為。
ぜつがん【舌癌】切除すれば顎がなくなり、鼻から下がすぐ首となる。
せっきじだい【石器時代】この時代に石焼きビビンバが生まれた。
せっきゃく【接客】客にウラを返させる技術。
せっきょう【説教】睡魔への抵抗力を鍛える場。
ぜっきょう【絶叫】明日が投票日。
せっきょくせい【積極性】会社をクビにならないためのけんめいの演技。
せっきん【接近】近所の奥さんと仲良くなること。
せっく【節句】タンゴを踊る日。
ぜっく【絶句】餅が喉に詰まって助けを呼ぼうにも声が出ない状態。
セックス【sex】小学生が自発的に辞書を引く言葉。
ぜっけい【絶景】スカイダイビングで落下傘を忘れてきた時に見る風景。

せっけいず【設計図】作成者のロマン。そのまま実現することはない。
せっけっきゅう【赤血球】血の色のもと。
せっけん【石鹸】風呂場で踏むと脳震盪を起したり死んだりする危険物。
ゼッケン【decken】選手を囚人扱いするもの。
せっこう【石膏】画家になる第一関門。
ぜっこう【絶交】セックスレス夫婦のこと。
せっこつ【接骨】好きな骨を好きなところに勝手に接いではいけない。
せっさたくま【切磋琢磨】ライバル同士を消耗させる方法。
ぜっさん【絶賛】中身を把握していない時の褒め言葉。
せっしゃ【接写】女性に毛穴の手入れを迫るカメラの機能。
せっしやくわん【切歯扼腕】たくわんが嚙み切

れずにいらいらすること。
せっしゅう【雪舟】何。贋作？ そんな雪舟な。
せつじょ【切除】吐かない人間からペニスを独立させること。
せっしょう【殺生】関白太政大臣。
せっしょく【接触】わっ。しまった。もう早射精した。
ぜっしょく【絶食】即身仏になる方法。
せっすい【節水】風呂の残り湯で歯を磨くこと。
せっせい【節制】長生きして楽しいか？
せつぜい【節税】法律がまだ追いついていない脱税。
せっせん【接戦】交接を戦いと見做す言葉。
ぜっせん【舌戦】低次元のものは声量戦となる。
せっそう【節操】視聴率を上げる妨げとなるもの。
せっそく【拙速】納期が迫った高速道路の工事。
ぜっそく【絶息】ながいこと呼吸していないことが明らかな状態。例＝白骨死体。
せつぞくし【接続詞】饒舌に欠かせぬもの。
せった【雪駄】けものの草履。
せったい【接待】役人をもてなすこと。
ぜったいぜつめい【絶体絶命】最後のひとあがきによって破滅が完了する。
ぜったいたすう【絶対多数】共産党の敵。
せつだん【切断】たいてい場所を間違えて騒動となる。
ぜったん【舌端】ふたつに分れている部分。
せっちゃくざい【接着剤】強力ボンド危機一発。
せっちゅう【折衷】悪い部分同士をくっつけること。
ぜっちょう【絶頂】あとは転落するのみ。
せっちん【雪隠】音入れ。
せつでん【節電】眼を悪くして足腰を痛め風邪

せ

をひき不潔を強いられること。

せつど【節度】臆病さを弁護する表現。

せっとう【窃盗】見つかれば強盗に居直るつもりでのぞまぬ限り成功しない。

せっとく【説得】「あんたのため」は嘘。自分のためである。

セットバック【setback】小きざみに個人の土地を召しあげること。

せつな【刹那】死ぬと思った時にはもう死んでいること。

せっぱく【切迫】どの便所も掃除中。

せっぱん【折半】両者が内心「得をした」と思わぬ限り成立しない。

ぜっぱん【絶版】著者の凋落。

ぜっぴつ【絶筆】たいていは死にかけている時の文章なのでつまらぬものが多い。

せつびとうし【設備投資】人員削減。

ぜっぴん【絶品】褒めるべき言葉もないと言っているわけで、何も言っていないと同じ。

せっぷく【切腹】大便を直接腸から出す術。

せつぶん【節分】「鬼は外」「嫁は里」「姑は墓」

せっぷん【接吻】熱帯魚を真似た行為。

ぜっぺき【絶壁】絶叫とともに落ちていく崖。

せっぽう【説法】ギターを持った若者が辻や広場でやっていること。

ぜつぼう【絶望】自分の思い通りにならなかったことを嘆き、同情を求めている表現。

せつめい【説明】「あのー」「まあ」「えーと」「……じゃないですか」が混れば嘘。

ぜつめい【絶命】小説では「……」、マンガでは空白の吹き出しで示される。

ぜつめつ【絶滅】してほしいやつに限って繁殖する。人類も。

せつやく【節約】突然やろうとしても、本来貧乏性でなければ難しい。

せつりつ【設立】①誰も雇ってくれないから仕方なく。②社長の肩書が欲しい。

ぜつりん【絶倫】吹聴するのは決って醜男。

せつれつ【拙劣】自作以下のものはすべて。

せとぎわ【瀬戸際】逆転しようとしていったん力を抜けばそれっきり。

せなか【背中】憎しみの視線を感じる部位。

ぜにがたへいじ【銭形平次】映画では市川崑「青春銭形平次」がピカ一。

ゼネコン【gene-con】下請けに手抜きを禁じながら、せざるを得ぬように仕向ける元凶。

せばんごう【背番号】嫌われている選手には「4」「13」「69」がつく。

せひょう【世評】無知のよりどころ。

せびょうし【背表紙】眼を剝いているデザインの本はたいてい無内容。

せびろ【背広】実業家とサラリーマンとやくざの制服。

せぼね【背骨】ぎゃっと叫んでのけぞった時のみ後屈する骨。

せまきもん【狭き門】肛門のこと。

せみ【蟬】青春を謳歌する期間が人間より僅かに少ない昆虫。

ゼミ【seminar】教授への賄賂を最も多額に必要とする授業。

セミドキュメンタリー【semidocumentary】蟬の一生を記録した作品。

セミプロ【semi pro】蟬の声しかできない声帯模写。

せむし【傴僂】聖地はノートルダム寺院。

セメント【cement】人間を海底に直立させるための材料。

せり【迫】時に役者が奈落へ「すっぽん」と転

落する穴。
せりふ【台詞・科白】一にもこれ、二にもこれで動きはあとからついてくるのが現実と違うところ。
セルフサービス【self-service】客になんとなく刑務所の食堂にいる気にさせる制度。
セルロイド【celluloid】しばしば火事の原因となって廃れた。
セレナーデ【serenade】団地の恋人に捧げるのは無理。
セロテープ【Cellotape】癇癪のタネ。
せわ【世話】感謝の強要。
ぜんあく【善悪】どちらか一方は小人物。同居させているのが大人物。
せんい【戦意】昂揚、喪失、共に便意を催す。
ぜんい【善意】下心ありと知りながらも断るのは難しい。

ぜんえい【前衛】もっと先まで行ったやつが必ずいる。
せんか【戦禍】兵役中の妻の浮気。
ぜんか【前科】六犯？　じゃあ六回捕まったんだ。頭悪いんでねえの？
ぜんかい【全快】息を吹き返して皆をがっかりさせること。
ぜんかい【全壊】壊す手間が省けた上、保険金も貰える。
せんかくしょとう【尖閣諸島】出かけて行きさえすればいつでも戦争ができる島。
ぜんがくれん【全学連】みんな、どうしてるーっ！（泣）
せんかし【仙花紙】藁をとったら活字もはがれた。
せんかん【戦艦】今の子供にとっては「宇宙戦艦ヤマト」のみ。

せ

せんき【戦記】読者を司令官の気分にさせる書物。兵隊の気分になる読者はいない。

せんきゃくばんらい【千客万来】みな酔っぱらい。

せんきょ【選挙】行かねばの娘。

せんきょうし【宣教師】人喰人種が待ちかねている人物。

せんぎょうしゅふ【専業主婦】ことさら馬鹿にしようとする人がいるのは、いちばん楽しくて楽な仕事だからである。

せんきょく【選挙区】全国に顔の売れていない地域奉仕型の議員立候補地。

せんげん【宣言】おのれをのっぴきならぬ立場に追い込む行為。

せんご【戦後】「もはや戦後ではない」などと言っているうちは、いつまで経っても戦後。

せんこういいん【選考委員】談合、お手盛り、商売敵の店晒し。

せんこうはなび【線香花火】庭も縁側もなくなり、やがて廃れる娯楽。

せんこく【宣告】癌、死刑などと言われた者が泣きわめくのを見て楽しむこと。

せんごくじだい【戦国時代】現代では、別段群雄が割拠していなくても、単に厳しい業界のことを言う。

ぜんこくてき【全国的】と、言ったところでどうせ狭い日本。

ぜんこん【善根】男根を施すこと。

ぜんざ【前座】こういうことばがあるために講演の順番で揉める。

センサー【sensor】中に入る気がなくても前に立っただけでドアが開く理由。

せんさい【先妻】君を捨てた女。今では有名デザイナー。

せんざい【洗剤】種類を間違えて使うと服の原型をとどめない。

ぜんざい【善哉】野性的汁粉。

せんざいいしき【潜在意識】誰もが飼っていて意のままにならぬ怪物。

せんさいこじ【戦災孤児】故郷は焼跡、闇市。

せんさく【詮索】自分同様相手にもアラがあると信じて探ること。

せんし【戦死】現代では過労死。

せんしゃ【戦車】乗員にとって夏は地獄。

ぜんしゅう【全集】印税は概ね遺族の生活費。

せんじゅかんのん【千手観音】一度に一千六人の男を射精させ得る菩薩。

せんしゅせんせい【選手宣誓】乱暴にガ鳴り立てること。詩の朗読のようにやってはならない。

せんじゅつ【戦術】単純なものはやらない方がよく、複雑なものは馬鹿に通用しない。

ぜんしょ【善処】丸投げ。

せんじょう【洗滌】産婦人科の診察で最初にすること。

せんじょう【戦場】家庭内暴力の息子にとってはわが家。

ぜんしょう【全焼】焼け肥り。

せんしんこく【先進国】「後進国」の反対語ではないのが不思議。

ぜんしんざ【前進座】梅之助はとうとう長一郎を迎えてやらなかったね。

ぜんじんみとう【前人未踏】虎の亀頭。

せんす【扇子】いい扇子だ。

せんすいかん【潜水艦】一斉放屁厳禁。

せんずり【拵】妻への侮辱又は面当て。

ぜんせ【前世】「わしの前世は豊臣秀吉だった」という人は実はただの猿だったのであり、

「家康だ」という人はただの狸である。

せんせい【先生】〽わたしを奪った人の名は、せんせい、せんせい、それはせんせ〜い。（この歌をクラブでホステスに合唱され、閉口した作家は多い筈である）

せんせいくんしゅ【専制君主】デモーニッシュ。

せんせいじゅつ【占星術】古代や中世ではまだ天文学であり得た。

センセーション【sensation】先生のマスターベーション。

せんぜん【戦前】自衛隊出動以前。

せんせんきょうきょう【戦戦兢兢】ついには発狂。

せんせんふこく【宣戦布告】「今日からもう口きかないから」

せんぞ【先祖】系図ではたいてい皇族。

せんそう【戦争】人口調節法。

ぜんそう【前奏】「せぇ〜の」の次。

せんぞく【専属】くだらぬ仕事を断って憎まれず「金に汚い」という悪評を会社に肩代わりさせる方法。

ぜんそく【喘息】税金を気にする病気。

ぜんそくりょく【全速力】マンガでは五、六本の足で表現される。

せんだい【先代】当主の評価基準。

ぜんたいしゅぎ【全体主義】国民を一匹の動物とし、他民族をそれ以下とすること。

ぜんだいみもん【前代未聞】直列二亀頭。

せんたく【選択】できる立場じゃなかろ。

せんたくき【洗濯機】主婦不要。

ぜんだま【善玉】虚構だけの人物。

ぜんちぜんのう【全知全能】全知電脳。想像力はない。

センチメンタリズム【sentimentalism】体内の

ヴァイオリン。
せんちょう【船長】船と一緒に沈む人。
ぜんちょう【前兆】あれがそうであったかと気づくのはたいてい事が起ってから。
せんでん【宣伝】子供を使った口コミなら安あがりだが、全国的効果はない。
せんとう【戦闘】殺せば英雄。死んだら英霊。
せんとう【銭湯】金を払っておのれの裸をひと眼にさらす場所。
せんどう【船頭】〽今年六十のお爺さん。それがなんで「可愛い」のだ。
ぜんとうよう【前頭葉】前途洋洋。
セントバーナード【Saint Bernard】人間と相撲がとれる犬。弱いけど。
ぜんとりょうえん【前途遼遠】まだ何も手をつけていないこと。
ぜんなんぜんにょ【善男善女】主に老齢で、多額の寄付やお布施が見込める金持の信者。
せんにちて【千日手】人間なら無勝負となるがコンピューター同士だと機械の浅ましさで無限に続くことになる。
せんにゅうかん【先入観】「誤った先入観」のこと。「正しい先入観」というものはない。ただの知識である。
せんにん【仙人】ひとり殺しても仙人斬りとはこれ如何に。
せんのう【洗脳】解けない催眠術。
せんぱい【先輩】奉られ、奢らされるひと。
せんぱく【浅薄】バラエティ番組を見よ。
せんぱん【戦犯】戦争中は英雄。
ぜんぴ【前非】悔いているのはこっぴどく罰せられたから。
せんぴょう【選評】選考会で吐いた悪口雑言は書かない。

せ

せんぷうき【扇風機】髪を巻き込み幼児の指を切断する凶器。

せんぷく【船腹】丸見えの時は転覆している。

せんべい【煎餅】出っ歯のひとは真ん中から齧れる。

せんぺんいちりつ【千篇一律】夫婦の性交。

せんぼう【羨望】嫉妬の前段階で、憎悪の前前段階。

せんぼうきょう【潜望鏡】最大の「覗き」。

ぜんまい【発条・撥条】バスケット・シューズの裏にとりつけてはならない。

ぜんめつ【全滅】全員が保険金詐欺で毒殺魔の一族。

せんめんじょ【洗面所】社長がトイレに蹲《うずくま》って社員の噂話を盗み聞きするところ。

せんゆう【戦友】君がいかに臆病かを知り尽しているやつ。

ぜんら【全裸】温水プールを大浴場と勘違いしている近眼の女。

せんりがん【千里眼】伴侶にしたくない異性。

せんりつ【戦慄】一瞬後には絶叫または心臓麻痺。

ぜんりつせん【前立腺】いろんな症状で男性に老化を教えてくれる器官。幸せにも女性にはない。

せんりゃく【戦略】戦術よりも大規模な謀略。

スパイが大手柄を立てるネタ。

ぜんりゃく【前略】時候の挨拶をきちんと書くような相手じゃないんだよ、あんたなんか。

せんりゅう【川柳】和歌・俳句を純文学とすればこれは大衆文学。

せんりょう【占領】混血の原因。

せんりょうやくしゃ【千両役者】一時期の人気や演技賞などとは無縁のレベルに存在するひ

と。

せんれい【洗礼】先輩が新入生にたいして行う手荒い通過儀礼。殺してしまうこともある。

せんれん【洗練】「最高水準」から「泥臭さ」を省き、「何気なさ」や「軽み」をまぶしたもの。

せんろ【線路】汽車が突然住宅の庭に入ってきたりしないようにするもの。

そあく【粗悪】お尻にやさしくないトイレットペーパー。肛門括約筋が千切れたりする。

そいそしょく【粗衣粗食】金持ちが甘んじることであり、本当の貧乏ならこうは言わない。

ぞう【象】バキュームカーのヒントになった動物。

そううつびょう【躁鬱病】葬式で爆笑し、結婚式で泣く人。

ぞうお【憎悪】人間の語彙を豊富にした感情。

そうおん【騒音】「われわれはまもなくつんぼ

になるでしょう」(アルチュール・オネゲル)

そ

ぞうか【造花】花のマネキン。

そうかいや【総会屋】そうなのさ。

そうかがっかい【創価学会】そうか。がっかり。

そうかつ【総括】こう言われて顫《ふる》えあがるのは全共闘世代。

ぞうがめ【象亀】中年のおばはんと同じ手足を持った動物。

そうがんきょう【双眼鏡】目がふたつある人の道具。

そうかんごう【創刊号】執筆陣壮観号。

ぞうきいしょく【臓器移植】レバーやミノやハツをナマで体内に取り込むこと。

そうぎょう【創業】世襲の始まり。

ぞうきん【雑巾】布の世界におけるカーストの最下層。

そうくつ【巣窟】誰とでも業界の隠語で話せる居心地のいい場所。

ぞうげ【象牙】担いだ土人があまりの重さに足をすべらせ「あー」などと言いながら絶壁から転落していく貴重品。

そうげん【草原】昔輝いていたところ。

そうこ【倉庫】銃撃戦、私刑、麻薬取引などが行われるところ。

そうこうげき【総攻撃】やけっぱち。

そうこん【早婚】早晩離婚。

そうざいや【惣菜屋】自分ちのおかずを売る店。

そうさく【創作】最初に親につく嘘が始まり。

そうさせん【走査線】TVタレントがファインストライプを着ない理由。

そうさほんぶ【捜査本部】警察署には書道自慢が必ず一人はいるらしい。

そうじ【掃除】試験や締切りが近くなるとしたくなるもの。

そうじ【相似】ヤクザと刑事。

そうしき【葬式】死者が生き返らぬことを祈る儀式。

そうじしょく【総辞職】大臣を続けさせたい人も必ず一人はいるのだが。

そうしそうあい【相思相愛】お互い顔を押さえつけあって周囲を見られないようにしている状態。

そうじゅう【操縦】なだめたり、すかしたり、脅したりすること。

ぞうしゅうわい【贈収賄】貰わなかった奴が告発する。

そうじゅく【早熟】生まれてきた新生児がうしろを振り返って昂奮すること。

そうしゅん【早春】芽や精液が吹き出る季節。

そうしょ【草書】草の葉で書いた字。

そうしょく【装飾】デコレーション。イルミネーション。イミテーション。

そうしょく【草食】自分を食べてもらうために食べること。

ぞうしょく【増殖】殖やしたいものは殖えず、悪しきもののみが蔓延《はびこ》ること。

ぞうすい【雑炊】本来、めしの水増しなので「増水」と書いたが（ここまでは本当）、河川の氾濫が増えてからは字を改めた。

ぞうぜい【増税】三年で忘れる国民に対して使われる政策。

そうせいき【創世記】西洋古事記。

そうせいじ【双生児】兄はウインナー、弟はボローニャ。

そうぞう【創造】偉業ではあるが、どう見ても失敗。

そうぞうにんしん【想像妊娠】女性が子宮でものを考えている証拠。

そうぞく【相続】親族殺人の動機。
そうたい【早退】在宅勤務では不可能。
そうたいせいりろん【相対性理論】あなたから見ると、私ってこうよね。
そうだつせん【争奪戦】美女は牽制から一挙にこうなる。
そうだんやく【相談役】このことは彼の耳には入れるな。
そうちゃく【装着】このための数秒でシラケる愛もある。
ぞうちょう【増長】藤原氏が広辞苑で二ページを占めるようなこと。
そうてい【装丁】出版文化賞狙い。
ぞうてい【贈呈】宛名が書かれた署名入りなので古本屋に売りにくい。
そうとう【総統】精神科に一人はいる。
そうどう【騒動】駈けつけたマスコミによって増幅された騒ぎのこと。
ぞうとう【贈答】やるから、そっちも何かくれと言っている。
そうなん【遭難】「兄が山で雪崩に遭いまして」「そうなんだ」
ぞうに【雑煮】食べる姥捨山。
そうねん【壮年】まだまだ青年と呼ばれたい年齢。
そうは【掻爬】浣腸の一種。
そうば【相場】より人工的な時価。
そうはく【蒼白】血を売ったやつ。
そうはつせいちほう【早発性痴呆】分裂病のこと。早発性天才とも言える。
ぞうはんゆうり【造反有理】これには理由があるのだと叫びながら反逆して暴れること。たいてい理由はない。
ぞうひびょう【象皮病】厚化粧の女を笑わせた

時の顔の状態。
そうびょう【躁病】死んだあとで鬱病の周期がやってくる。
ぞうひょう【雑兵】戦死後は野犬の餌。
ぞうぶつしゅ【造物主】最後に人間を造って失敗した。
ぞうへいきょく【造幣局】仲間うちの余分の製品は絶対に作らないところ。
そうへき【双璧】一時的に並び立っている両雄。
そうべつかい【送別会】二度と帰ってくるなと念を押す集まり。
そうまとう【走馬灯】死の直前に短時間で見られる貧弱な人生の隠喩。
そうめん【素麵】食道が細い人の食べもの。
ぞうもつ【臓物】生きたままの憎いやつからえぐり出したいもの。
ぞうよぜい【贈与税】税金がかかるので、その分もください。
そうらん【騒乱】あっ。ソーラン節を歌いながら暴れております。
ぞうりとり【草履取り】秀吉が信長の草履を懐中で温めたという話は嘘である。草履の裏を肌に当てて、なんで温まるものか。
ぞうりむし【草履虫】ムカデの履物。
そうりょう【送料】送るものより高価な場合がある。ほとんどの手紙はそうである。
そうりょう【惣領】甚六さんの苗字。
ソウルジャズ【soul jazz】昔、京城で発生したジャズ。
そうろう【早漏】体力と時間の節約だ。何が悪い。
そえん【疎遠】借金を断って以来、音沙汰がないなあ。
ソース【source】ニュースの調味料。

ソーセージ【sausage】ズボンの穴から突き出して女性を驚愕させるための食べもの。

ソーダすい【ソーダ水】痺れたとき足の血管中を走る液体。

そかい【疎開】一塁から二塁、二塁から三塁、三塁から親類へ疎開。

そがい【疎外】孤独を愛する者は何も感じない。

ぞくあく【俗悪】百年経てば芸術。

そくいんのじょう【惻隠の情】これを抱いてくれと先方が頼む時の隠語。

ぞくえん【続演】次の公演予定が詰っているので日本の劇場では不可能。

ぞくぎいん【族議員】こう呼ばれるのを連中はいやがる。賊議員に通じるからである。

ぞくご【俗語】いずれは格調高き古語。

そくざ【即座】だまされた。

そくさい【息災】一分後に死んでいることも多い。

そくし【即死】溶鉱炉への墜落。

そくしつ【側室】正室より美人で子沢山。殿の死後に虐待される。

そくしゃ【速写・速射】カメラは武器である。盗撮される者にとっては。

ぞくしゅう【俗臭】真夏の満員の地下鉄。

ぞくしゅつ【続出】爆破予告があった日の早退者。

ぞくしょう【俗称】最近人気があるのは正式の名称だか俗称だかわからぬ代物。

そくしん【促進】老人を虐待したり甘やかしたりして死期を早めること。

ぞくしん【俗信】実害のない迷信。

そくしんぶつ【即身仏】自ら寺を潤すための見世物になったミイラ。

ぞくせい【俗世】文学に対する文壇。

そくせき【即席】えっ。美女三名。はいはいすぐに作ります。なあに材料はここにいくらでも。不細工なおばはんがずらり。

そくせき【足跡】鑑識が来る以前に野次馬が踏み荒すもの。

ぞくせつ【俗説】これを信じた小説家がしばしば大恥をかく。

そくたつ【速達】電話もファックスもメール・アドレスも持たない人に届く急ぎの手紙。

そくてんきょし【則天去私】うろたえて「今死ぬのは困る」などと言うこと。

そくど【速度】事故の増加率とともに際限なしに上る数字。

ぞくとう【続投】打たれるだけ打たれろ。二軍へ行かせるチャンスだ。

そくどく【速読】つまらぬ内容を頭に残すまいとする読みかた。

そくばい【即売】客に考える暇を与えまいとする売りかた。

そくばく【束縛】いやだいやだと言いながら実は安心している。

そくはつ【束髪】散髪代をケチること。

ぞくはつ【続発】事故の下痢。

そくひつ【速筆】頭の中の原稿用紙にはすでに字が書かれている状態。

ぞくぶつ【俗物】欧米のスノッブの凄さとはレベルが違う。

そくぶつてき【即物的】動物学者の父にとっては原節子も「雌の個体」であった。

そくぶん【仄聞】自分の想像。

そくへき【側壁】主人公をぺしゃんこにしようと両側から迫ってくる壁。

ぞくへん【続篇】主役が交代したものはたいてい駄作。

そくほう【速報】誤報が多い。

ぞくほう【続報】速報の誤報をさりげなく訂正する報道。

ぞくみょう【俗名】飲み食いし、セックスしていた頃の名前。

そくめんず【側面図】断面図に皮をつけたもの。

ソクラテス【Socrates】妻は佐藤愛子。

そくりょう【測量】人や車の通行を邪魔する仕事。

そけいぶ【鼠蹊部】腎虚の痛みで男がのたうちまわる部分。

そげき【狙撃】ライフルは一発。狙いをはずせば自分の命がない。

ソケット【socket】指を突っ込んだ幼児を感電死させる穴。

そご【齟齬】日本語には多いよね。その単語にしか使えない字が。

そこいじ【底意地】心の底にひそむ意地。いいものであるわけがない。

そこう【素行】山鹿素行は素行が悪く、明石へ流罪となった。

そこく【祖国】海外へ逃亡してはじめて意識するもの。

そこぢから【底力】脱腸やぎっくり腰を招く力。

そこつ【粗忽】見えているものより自分の思い込みを信じる人の行状。ギャグの宝庫。

そこなし【底無し】死体を沈めるに最適の沼。

そこびえ【底冷え】寝小便してしまう冷気。一瞬温かくなるが、そのあと下半身が凍りつく。

そざい【素材】整形しなければふた目と見られぬモノのこと。

そざつ【粗雑】低水準の製品とそれを作った人間。

そし【阻止】強行突破の意欲を起させる行為。

そしき【組織】構成因子のひとつが腐ると全体が腐る同種結合体。

そしつ【素質】おだてて道を誤らせようとすることば。

そしな【粗品】鯛が釣れたら儲けもの、という程度のエビ。

そしゃく【咀嚼】時間があり余っている人の行為。

ソシュール【Saussure】「さよならパロール」というシャンソンを作ったスイス人。

そしょう【訴訟】不眠症を経て破産や自殺に到る体験。

そじょう【俎上】自ら好んで俎《まないた》に上れば手を出す人なし。

そしょく【粗食】ファッションモデルの食事。

そせい【蘇生】溺死者蘇りのツボは蟻の戸渡り。

そせいらんぞう【粗製乱造】一時の好況に乗って未来を棒に振る行い。

そそう【粗相】「わたしの心は今動揺しました」と物語る行為。

そだいごみ【粗大ごみ】まだ使えるうち誰かに貰っていただくが得策。人間も含めて。

そつう【疎通】無視しあうのもその一つ。

ぞっか【俗化】高級料亭のデパート進出。

ぞっき 出版社を選ばなかった作家の不見識の露呈。

そっきしゃ【速記者】対談や座談会で一緒に食事ができない人。

そつぎょう【卒業】女を卒業、酒を卒業、そして人生を卒業。

そっきょうげき【即興劇】ことばを失った役者が眼を白黒させる醜態を客が笑う劇。

そっきん【側近】映画では忠臣か悪党、中間がいない。

ソックス【socks】最も臭くなる衣料品。
そっけつ【即決】全員単細胞。
そっこうせい【即効性】あるのは毒のみ。
そっこく【即刻】退場またはクビまたは入院。ろくな決定は下されない。
そっせん【率先】リーダーでない限り遠慮すべし。嫌われる。
そっちゅう【卒中】周囲に人がいる時に起すべし。
そっちょく【率直】「率直に申しあげますと」などという前置きをしない人。
そっとう【卒倒】危機を目前にしていちいちぶっ倒れる癖のある人はいずれ命を落す。
そっぱ【反っ歯】煎餅を真ん中から食える人。
そつろん【卒論】参考書名の中になぜか真のネタ本だけはない。
そでのした【袖の下】領収書不要で無税。

そとば【卒塔婆】昇天する人魂のジャンピングボード。
ソドム【Sodom】今なら「同性愛を退廃的と決めつけた罰で崩壊した町」と書き換えられるべきであろう。
ソナタ【sonata】目下の者に語りかける形式の音楽。
そばづえ【側杖】おのれの好奇心の犠牲。
そばや【蕎麦屋】昔は二階に四十七人も上がれる店があった。
そふ【祖父】孫の金蔓《かねづる》。
ソファ【sofa】尻をめり込ませて立てなくさせる椅子。
ソフィスト【sophist】理論と現実の違いを証明した哲学者。
ソフトウェア【software】虫の棲家。マリオのいる世界。

ソフトクリーム【soft cream】大便に似せて盛りつける食べもの。
ソフトドリンク【soft drink】ハードな席での飲みもの。
ソフトフォーカス【soft focus】七十歳の女優に「綺麗に撮ってね」と言われた写真家が施す技術。
ソフトボール【softball】硬球から女体を守るために考案されたゲーム。
そふぼ【祖父母】孫に「ジジ」と言われてたていの男は眼を細めるが、「ババ」と言われると女はむっとする。
ソプラノ【soprano】日常で聞いたら事件。
そぼ【祖母】振り込め詐欺のカモ。
そぼう【粗暴】悪意の少ない素朴な暴力。
そぼく【素朴】洗練された朴訥さ。
そまつ【粗末】上品な安物。

ソムリエ【sommelier】ワインを飲ませて飯を食っている人。
そや【粗野】犯罪すれすれの野蛮さ。
そよう【素養】プロとしては今ひとつ。
そよかぜ【微風】主題歌が「リンゴの唄」だった映画。
そらとぶえんばん【空飛ぶ円盤】夫婦喧嘩。
そらに【空似】実は兄弟。
そらみみ【空耳】①自分の悪口。②遠くにいて、今死んだ人が呼ぶ声。
そらもよう【空模様】鱗。鰯。市松。唐草。花柄。その他。
ソリトン【soliton】型くずれしない波。代表例は津波で、水平線の彼方からイルカと共にやってくる。
そりゃく【粗略】簡単な中国史が「十八粗略」。
そりゅうし【素粒子】光子（フォトン）、陽子

（プロトン）、孝子（クォーク）などの女系一族。

ゾリンゲン【Solingen】夜店のたたき売りでは万年筆まである。

ゾルゲ【Sorge】北方領土がとられたのも、この男の情報が遠因。

ソルジェニーツィン【Solzhenitsyn】大陸で島流しになった作家。

ソロ【solo】いつ失敗するかと共演者が期待して見守る技。

ゾロアスター【Zoroaster】珍しく入れ替え可能な善悪の二神教。

そろばん【算盤】昔のスケートボード。

ぞろめ【ぞろ目】新札の価格を額面以上につり上げる数字。

そんかい【損壊】どうせなら全壊の方がたくさん金を貰えた。

そんけい【尊敬】真似たくないが褒めるべき人への念。

そんげん【尊厳】惚《ぼ》けて地に落ちるもの。

そんごくう【孫悟空】呉承恩がエノケンのために作ったキャラクター。

そんざい【存在】年賀状で思い出す人びと。

そんしつ【損失】美女が殺されたときの男の感情。

そんちょう【村長】合併で町長になりたい人。

そんとく【損得】二宮尊徳も勘定した。

そんのうじょうい【尊王攘夷】本能尿意。

ゾンビ【zombie】一度落選してまた当選した代議士。

ソンブレロ【sombrero】女房に見つからずに愛人にキスするための帽子。

ダーウィン【Darwin】猿の神様。

ターザン【Tarzan】ジャングルの中心であーああーと叫ぶ。

ダーツ【darts】憎いやつの顔を的に貼りつけるのが上達の秘訣。

タートルネック【turtleneck】禿頭なら仮性包茎の形態模写ができる衣類。

ターバン【turban】頭に巻いた褌《ふんどし》。

ダービー【Derby】ＯＬが出世しそうな男子社員に賭けること。

たい【鯛】チョコレートを贈ったお返しのルイ・ヴィトンのバッグ。

たいあたり【体当り】相手役が苦労するある種の女優の演技。

たいい【体位】「国民の体位向上」と言う場合を除き、性交の姿勢を意味する。

たいいく【体育】立派な兵隊さんになりましょう。

だいいちいんしょう【第一印象】詐欺師は必ず良い。

たいいん【退院】正面玄関からしたいものである。

たいえき【退役】軍歴を熱く語りはじめる日。

ダイエット【diet】食肉としての自らの値を下げる行為。

だいおうじょう【大往生】遺族がほっとして漏らす一言。

た

ダイオキシン【dioxin】シャム双生児誘発剤。
たいおん【体温】直腸内の温度。
たいか【退化】親より出来の悪い子供。
たいかい【退会】「やめてせいせいした」は本人の強がり。実は周囲がせいせいしている。
たいがいじゅせい【体外受精】魚類のセックス。
たいかく【体格】人格を褒めにくいときに褒めるもの。
たいがく【退学】「した」と言い、「させられた」とは言わない言葉。
だいがく【大学】人生の息抜き。
たいがしょうせつ【大河小説】終わらせ方がわからなくなった小説。
たいがため【体固め】新婚初夜にやってはいけない。
たいがドラマ【大河ドラマ】役者は出たがるが、チョイ役で出てもあと二年は出してもらえない。
だいかん【代官】山形勲。
たいきおせん【大気汚染】エレベーター内での放屁。
だいぎし【代議士】支持者の利権を主張し、代表して享受する人。
たいきばんせい【大器晩成】出来の悪いわが子を見て親が自分に言い聞かせる言葉。
たいぎめいぶん【大義名分】悪事に必要なもの。
たいきゃく【退却】うしろへ突撃。
たいきょ【退去】強制であれ自発的であれ、座り込みをしたという報道さえなされれば目的は達成。
たいきょう【胎教】うるさいなあ。娑婆へ出たらぐれてやる。
だいきょう【大凶】おみくじの万馬券。当れば幸運。

たいきん【退勤】一日で眼が最も光り輝くとき。

だいく【大工】屋根屋はアップダイク。

たいぐう【待遇】善し悪しの基準は他人との比較。自分の値打ちは考えない。

たいくつ【退屈】だから勉強しようとは絶対に思わない。

たいぐん【大軍】敵は常に。

たいけい【体刑】マゾヒスト大喜びの刑。

たいけつ【対決】尻の押しあい。

たいけん【体験】してない男はしたと言い、した女は黙っている。

たいげんそうご【大言壮語】しらふに戻って頭をかかえる。

たいげんどめ【体言止め】余韻が残ると思っているが気障《きざ》なだけ。小説でやってはいけない。

たいこういしき【対抗意識】自分では手が届くと思い込んでいる上位者に燃やすもの。

たいこうしゃせん【対向車線】確実に正面衝突で死ねる道。

だいこくばしら【大黒柱】大黒天のペニス。

たいこばら【太鼓腹】余興のネタに困らない。

たいこばん【太鼓判】やたら捺《お》すやつに限って信用されていない。

だいごみ【醍醐味】プロの達成感。仕事の善悪は無関係である。

たいこもち【太鼓持ち】味のあるおべっかと芸のある胡麻《ごま》擂《す》り。

だいこん【大根】足の太い女優。

だいざい【題材】変えなければマンネリ。のべつ変えていると軽視される。

だいさく【代作】江戸川乱歩の、特に「少年探偵団」シリーズに多い。

たいさん【退散】訪問先で夫婦喧嘩になった時の客の行動。

た

だいさんげん【大三元】歯に入れ墨をしたやつがいる。にやりと笑えば大三元。

たいし【大使】自国の欠点を代表する人物。

たいじ【胎児】マトリョーシュカ。

たいじ【退治】鬼、山賊といった被差別集団を皆殺しにする残虐行為。

たいしかん【大使館】簡易亡命所。

だいしきょう【大司教】住居支給。定年なし。

だいじけん【大事件】国家にとっての戦争。彼女にとっての愛猫の死。

たいしつ【体質】言い訳の一。「何しろ親から受け継いだもんで」

だいじゃ【大蛇】死ねば亡蛇。

だいしゃりん【大車輪】フル稼働で奮闘していると車軸からはずれることもある。

たいしゅう【大衆】わたしは大衆を愛する。されど胃は何ともない。

たいしゅう【体臭】日本で香水が開発されなかったのは、ヨーロッパ人ほど臭くなかったからだ。

たいじゅう【体重】一般に興味があるのは相撲取りのセックスが正常位かどうかである。

たいしゅうぶんがく【大衆文学】俗情との結託。

たいしょう【大将】ほんとの大将がこう呼ばれる時は、やはり馬鹿にされていると思うのだろうか。

たいじょう【退場】せっかく本人のために花道を作って退場させてやっても、味を占めてまた花道を歩きたがる。

だいしょう【代償】イタリアでは、せっかく美人秘書を雇っていながら手を出さなかった場合、セクハラで訴えられる。

だいじょうだん【大上段】振りかぶるのは簡単。おろしかたが困難。

だいじょうぶ【大丈夫】車に撥ねられた人に「大丈夫ですか」と聞く馬鹿。

だいしょうべん【大小便】これ以外に下半身から出すのは、男は精液、女は赤ん坊。

たいしょく【退職】したあとも、いつも通りの時間に目覚める悔しさ。

たいしょくきん【退職金】子供たちが狙っている。

だいじり【台尻】銃弾を撃ち尽してからの武器。

たいじん【退陣】ひとりで辞めるのは恥だが、総辞職なら怖くない。

たいじんきょうふ【対人恐怖】外交官が罹《かか》れない病気。

だいしんさい【大震災】予測されていない場所で起きる。

たいせい【体制】反体制を標榜できるのは、体制に組み込まれているからだ。

たいせいよう【大西洋】欧米の地図では世界の中心。日本の地図では世界の両端にふたつある変な海。

たいせき【体積】図体《ずうたい》ばかりでかくて頭が空っぽでも体積は体積。

たいせつ【大切】奪われると知って号泣するもの。

たいぜんじじゃく【泰然自若】精神薄弱。

たいそう【体操】ラジオの音楽にあわせた機械的な踊り。

だいそう【代走】バッターの鈍足を知らしむる役。

たいだ【怠惰】先での苦労が想像できないこと。

だいだ【代打】スタメンのバッターに殺意を抱かれる役。

だいたいぶ【大腿部】骨つきモモ肉。つけ根は性器。

た

だいたすう【大多数】共産党議員がいつも無力感を覚えるもの。
タイタニック【Titanic】映画の真似をして船首像の格好をし、海に落ちた馬鹿が実在する。
たいだん【対談】対談当日は何も喋らず、ゲラに山ほど書き込むやつが多い。
だいだんえん【大団円】次に書く小説のことを考えながら書く部分。
だいたんふてき【大胆不敵】鈍感なための軽率さが成功した時、こう言われる。
だいち【大地】と思ってしっかり足を踏みしめていても、下には地下鉄が通っている。
たいちょう【体調】充分でない方が身は安全。
だいちょう【大腸】下痢や便秘によって存在を主張する器官。
タイツ【tights】昔、ヨーロッパではペニスを誇示するための男性の衣服だった。
たいでん【帯電】加湿器が普及していない頃、ホテルのあちこちにひそんでいたやつ。
たいど【態度】言動による自己評価だが、たいてい間違っている。
たいとう【対等】扱われる者にとっては常に悪平等。
たいどう【胎動】何が出てくるやら正確にはわからぬ不気味。
だいとうあきょうえいけん【大東亜共栄圏】東アジアに君臨しようとした日本の大義名分。
だいどうしょうい【大同小異】性行為。
だいとうりょう【大統領】ライス元国務長官が就任すれば本当の米大統領。
だいとかい【大都会】集えネズミ、歌えカラス。
だいどころ【台所】集えネズミ、歌えゴキブリ。
タイトル【title】内容の面白さを一行で表現しようとしたもの。たいてい成功していない。

タイトルバック【title back】タイトルの邪魔になるから面白すぎてはいけない。

たいない【胎内】「あっ。母さんまたエッチしてる」

たいのう【滞納】「水道を止められるのは最後の最後だから、とりあえず電話代払っとけ」

だいのう【大脳】動物性豆腐。

ダイバー【diver】陸に上るとペンギン歩き。

たいはい【頽廃】豊かなる荒廃。

だいはちぐるま【大八車】戦後、ダイハツに進化した。

たいばつ【体罰】校内SM。

タイピスト【typist】昔の秘書の資格。キーを叩きながらボスから身を守らなければならなかった。

だいひょう【代表】くじ引きで負けた人。

ダイビング【diving】背負っているのは酸素ボンベではなく空気タンクだが、たいていの作家が間違えている。

たいふう【颱風】左巻きの天気。

だいふく【大福】老人が自ら喉に詰まらせてくれる自殺道具。

だいぶつ【大仏】巨人症の仏。

タイプライター【typewriter】唯一この曲のためだけに使われた楽器。

たいへいよう【太平洋】表日本海。

だいへん【代返】してやった友人が教師に当てられたらたちまち発覚。

だいべん【大便】もとは食べもの。

たいほ【逮捕】されてから四十八時間が勝負。

たいほ【退歩】一歩進んで二歩下がる。

たいほう【大砲】腎虚の場合は空砲。

たいぼう【耐乏】カルティエをあきらめてダンヒルにすること。

たいほく【台北】中国からのミサイル攻撃を受ける可能性の最も高い都市。
だいぼさつとうげ【大菩薩峠】作者中里介山が死んでようやく終った小説。
だいほん【台本】端役が主演者のサインを貰って古本屋へ売りに行く本。
だいほんえいはっぴょう【大本営発表】「景気は回復している」
たいま【大麻】お笑い草。
タイマー【timer】電気椅子にもある。「チン」と鳴って生きていれば釈放。
たいまつ【松明】これがないと魔女狩りやKKK団に参加できない。
たいまん【怠慢】怠惰を自慢しあう勝負をタイマン勝負と言う。
だいみょう【大名】ビッグネーム。
タイミング【timing】最高値の時に買い、底値で売ること。
タイム・マシン【time machine】時計。
たいめん【体面】満員電車で大音響の放屁に及んだ奥様が、罪をわが子になすりつけること。
タイヤ【tire】ゴム製の凶器。
だいやく【代役】背後からの視線で俳優にプレッシャーをかける役。
ダイヤモンド【diamond】最も硬い炭。
たいよう【太陽】天然の核融合炉。
だいり【代理】主として聞くだけの、結論を出してはいけない人。
たいりく【大陸】マントルの湯葉。
たいりつ【対立】ドラマに不可欠。
たいりょう【大漁】明治神宮の元日の賽銭箱。
たいりょうせいさん【大量生産】どの時代やどの場所にも共通なのは糞尿である。
ダイレクトメール【direct mail】ゴミ箱に直行

するメール。
たいれつ【隊列】エスケープ阻止管理術。
たいろ【退路】味方に断たれる道。
だいろっかん【第六感】考えないやつの行動原理。
たいわ【対話】したいわ。
たいわん【台湾】本来は日本列島の南端の島。中国のものではない。
たうえ【田植え】天皇の仕事。
だえき【唾液】切手を貼るとき美人秘書に舌を出させて拝借するもの。
だえんけい【楕円形】どてっ腹の断面。
タオル【towel】それ以上陥らないでやってくれ。
たかい【他界】高いところにいくこと。
たかいびき【高鼾】脳卒中警報。
たかげた【高下駄】足首骨粉砕具。
だがし【駄菓子】だがしかし安い。
だがっき【打楽器】「音楽家の皆さんはこちらへ。打楽器の皆さんはこちらへ」（実話・この項、山下洋輔氏）
たかまがはら【高天が原】神様の競技場。出雲は神様のキャバレー。
たからくじ【宝籤】空籤で破産。一番違いで発狂。大当りで人生の破滅。
たからじま【宝島】鹿児島県十島《としま》村に属する島。
たからづか【宝塚】トップしか芸能界に残れない劇団。
たからもの【宝物】手に入れてしまえば、たいていは宝物でなくなる。
タキシード【tuxedo】持ち合わせがなければ、裸に墨を塗ればよい。
たきつぼ【滝壺】心中死体が水圧で浮きあがれず、底に白骨が積み重なっている場所。

た

だきょう【妥協】あとに不満を残し、新たな火種を生むこと。

たくあん【沢庵】漬物を発明し宮本武蔵を発見した名僧知識。

だくおん【濁音】いだいいだいいだい。だじげでぐれ。

タクシー【taxi】東京駅の場所くらいは憶えた上で営業してくれよな。

たくじしょ【託児所】自分に代ってわが子を虐待してもらうところ。

たくちぞうせい【宅地造成】それっ。死体を埋めるチャンスだ。

たくはいびん【宅配便】仲が悪いかもしれない隣家に、特に腐りやすい食べ物などを安易に預けて帰るな。

たくはつ【托鉢】乞食と区別するため、明治時代には免許証が交付された。

だくりゅう【濁流】清流と共に飲むがよい。

たげいたさい【多芸多才】一芸に秀でていれば、下手な余技ひとつでこう言われる。

たけうま【竹馬】足跡を残さぬために使われた、昔の探偵小説の小道具。

だげき【打撃】腹にあたえられた場合、強ければ内臓破裂、弱ければ屁が出るだけ。

たけしま【竹島】第二次朝鮮戦争の原因。

だけつ【妥結】歪んだ笑顔で握手すること。

たけとりものがたり【竹取物語】かぐや姫が成人し、月のものが来たというだけの話。

たけのこ【筍】皮を剝《は》ぎながらストリップを連想して昂奮する食品。

たけみつ【竹光】抜くぞと見せかけて、抜けば笑われるからいつまでもそのまま。演技力を要する。

たけやぶ【竹藪】タケヤブシブシブヤケカケヤ

ブシブシブヤケタ。
たけやり【竹槍】本土玉砕の武器。
たげんうちゅう【多元宇宙】ＳＦに於ては、単に誰かの内宇宙であることが多い。
だこう【蛇行】銃で狙い撃ちされているやつの逃げかた。
たこくせきぐん【多国籍軍】敵の孤立感を深めて自暴自棄にさせる軍隊。
たごさく【田吾作】すべての話題をお国自慢に結びつけるやつ。
たこつぼ【蛸壺】カプセルホテル。
たこやき【蛸焼き】ホステスにもてようとして高級クラブへ持ってくる馬鹿。
たごんむよう【他言無用】「このことはぜったい人に言ってはいけない」「どうして」「笑われる」
ださく【駄作】自分より人気のある作家の作品。
たさつ【他殺】病院での死。
たさん【多産】ひとりくらいはまともに育つだろう。
ださん【打算】編集者が原稿を貰おうとして人気作家と寝ること。
だしじゃこ【出し雑魚】これを油で炒って食うようになればもはや貧困の極。
たじたなん【多事多難】会社は倒産、妻は逃げ、子供は非行、家には列車が突っ込んでくる。
だしゃ【打者】味方は走者一掃され、敵は打者一巡。
だじゃれ【駄洒落】やめてくだじゃれ。
たじゅうじんかく【多重人格】百人以上だと誰が出ているかわからず、名簿が必要。
だじゅん【打順】ひと試合に三回しかまわってこなければ敗戦は確実。
たじょうたこん【多情多恨】残すは禍根。

た

だしん【打診】西瓜を叩くのもそうです。

たすうけつ【多数決】アマチュアによる決定。

ダストシュート【dust chute】「あー」と絶叫しながら落ちていくゴミもある。

だせい【惰性】恍惚の人となってからも丹羽文雄は原稿用紙に自分の名前を書きなぐっていた。

たそがれ【黄昏】誰ぞ彼。「あんた誰」「やつがれです」

だそく【蛇足】カーテンコール。

だだ【駄駄】自分の意見が通らぬくらいなら、この世界には何の意味もない。

だたい【堕胎】よかった。犬の仔だった。

ダダイズム【dadaism】「子供より親が大事」これはダザイズム。

だだっこ【駄駄っ子】末はニート。そしてホームレス。

ただのり【只乗り】可愛い女子高生を騙《だま》せば只だが、ブスの売春婦には金を払わねばならぬ。不合理ではないか。

たたみ【畳】地価は畳の面積にも影響する。田舎の四畳半は東京の六畳間より広い。

たたみいわし【畳鰯】一個師団が整列したままで干物になっている。これが人間なら壮観である。

たたら【蹈鞴】好きな同級生を見て走り寄ろうとしたら、彼女が話している相手が番長。おっとっとっとっとっとっとっと。

たたり【祟り】祟《たかし》という名前をずっと「タタル」と間違え、こんな名前、親がよくつけたなあと思っていた。

たちあいにん【立会人】暇なひと。

たちいふるまい【立居振舞】最も他人の気にさわらぬ動きかた。

たちいりきんし【立入禁止】思春期の息子や娘の部屋のドアに貼られている張り紙。
たちうお【太刀魚】魚類のダックスフント。凍らせるとチャンバラができる。
たちおうじょう【立往生】褒められたのは弁慶だけ。
たちぎき【立聞き】コップの底を壁に密着させ、反対側に耳を押し当てること。
たちしょうべん【立小便】向かい風を避けるべき行為。
たちのき【立退き】想い出の閉じかたのひとつ。
たちみ【立ち見】消防法違反。
だちょう【駝鳥】好物は時計、宝石、貴金属。胃袋を裂けばひと儲け。
たちよみ【立読み】情報の万引。
だちん【駄賃】「百円ショップで何か買っといで」
だついじょう【脱衣場】命以外のすべてを脱ぎ捨てる場所。
だっかい【脱会】催眠術が解けること。
たっきゅう【卓球】温泉宿の思い出。
ダックスフント【dachshund】①犬類の太刀魚。②女性用の抱きつき枕。
タックル【tackle】時と場所と相手を考えないと犯罪。
だっこう【脱稿】脱け殻となること。
だつごく【脱獄】天国へ行くこと。
だつサラ【脱サラ】集団の死より個人の死を選ぶこと。
だつじ【脱字】チンコ屋。
だっしめん【脱脂綿】ゴッドファーザーを演じる時の道具。
たっしゃ【達者】他に褒めようが無い年寄り。
ダッシュ【dash】使い走りの背中にかける言葉。

だっしゅう【脱臭】鼻をつまむこと。

だっしゅつ【脱出】いやな過去の自分から逃れること。

だっしょく【脱色】マイケル・ジャクソンになること。

たつじん【達人】名人と呼ぶにはいささか憚《はばか》られるひと。

だっすいしょうじょう【脱水症状】ビールを旨く飲むための状態。

だつぜい【脱税】自分がやるのは節税。

だっせん【脱線】決められたレールの上を走ることに疑念を抱いた列車の行動。褒めてやるべきかもしれない。

だっそ【脱疽】エノケンは片足で舞台に立ったが、澤村田之助は両手両足なしで舞台に立った。

だっそう【脱走】軍を逃れて敵に身を投じる。安全な逃げ場所だが、敵味方和睦した時が怖い。

だったい【脱退】した方は「困るだろう」と笑い、された方は「ちっとも困らない」と笑う。

タッチ【touch】女性の着たミンクのコートから聞こえてくる声。「ねえ。さわって。さわって」

だっちょう【脱腸】蛙の腹を踏んづけた時の状態。

ダッチワイフ【Dutch wife】愛妻家は妻そっくりのやつを抱いて寝る。

だっと【脱兎】目の前に落ちた手榴弾を見て兵士がとんで逃げるさま。

だっとう【脱党】もはや政権はおぼつかぬ。

たづな【手綱】見えぬ手綱にさばかれて走る亭主の歓喜のいななき。

たつのおとしご【竜の落し子】生きたままミイ

ラになっている魚。本物のミイラは安産のお守り。

タッパーウェア【Tupperware】汗も洩らさぬ上着。

だっぱん【脱藩】昔の脱サラだが、現在のような生半可な覚悟ではない。

だっぴ【脱皮】ＳＦ作家が純文学を書きはじめること。

たっぴつ【達筆】名文でない場合の褒めかた。

タップ【tap】いくら隠れていても全身で顫《ふる》えているから靴音で居場所が知れる。

だっぷん【脱糞】あまりの恐ろしさによる急激で大量の排便。

だつぼう【脱帽】間違えて鬘《かつら》をとったりして。

たつまき【竜巻】遠くの町に蛙の雨を降らせる元凶。

だつもう【脱毛】癌より怖い抗癌剤。

だつらく【脱落】落語家になるしかないか。

だつりょくかん【脱力感】木から落ちたナマケモノの気分。

たて【殺陣】斬られる方はみな達者。たいてい主役がいちばん下手。

だて【伊達】名は酔狂。

たてうり【建売り】モデルハウスのような高級家具がついているわけではない。

たてがき【縦書き】横書きよりも視覚的に不合理で読みにくく、手や字が汚れて書きにくいが、内容はより心に残り、いいものが書ける。

たてがみ【鬣】ライオンをつかまえて振りまわし、投げ飛ばすのに具合のいい髪。

たてぐ【建具】乱闘や剣戟のシーンで派手に破壊されるドア、ガラス窓、襖、障子などの総称。

たてごと【竪琴】演奏者が賃貸料や運搬費を請

求できる最も大型の高級な楽器。

たてつけ【建付け】手抜き工事や家屋全体の歪みの有無を暗示する語。

たてつぼ【建坪】建蔽率と戦った末の面積。

たてひざ【立て膝】男の視線を何かからそらせようとして女がとる姿勢。

たてまえ【建前】嘘をつく方もつかれる方も嘘とわかっている嘘。

たてまし【建増し】大温泉旅館が迷路となる原因。

だてめがね【伊達眼鏡】眼尻の皺、眼の下のたるみ、奥眼、どんぐり眼などをごまかす用具。

たてやくしゃ【立役者】他に売りのない興行に引っぱり出される人気役者。

だてん【打点】高率は満塁本塁打と結婚一年目の五つ子。

だでん【打電】SOS……SOS……SOブクブクブクブク。

だとう【打倒】強者に対する弱者の遠吠えに用いられる語。

たどん【炭団】「炭団に目鼻」も黒人差別か？

たなおろし【棚卸し】主に落選者に対する選後評。

たなざらし【店晒し】芥川賞候補十三回。

たなばた【七夕】「星に願いを」は映画音楽ベスト・ワンになった。

だに【壁蝨】見るだにおぞましき虫なり。

たにざきじゅんいちろう【谷崎潤一郎】原稿料一枚が当時の大学出の初任給と一緒だった文豪。

たにし【田螺】味噌汁に映るおのれの目玉を田螺と間違え、突っつきまわして。「うーむ。取れねえ」

たにまち【谷町】相撲取りが噂する救世主伝説。

ダニューブ【Danube】ドナウのいやらしい言いかた。

たにん【他人】われわれを臆病にさせる存在。

たぬき【狸】さいころに化けるとピンは肛門。

たぬきねいり【狸寝入り】電車内で老人が目の前に立ったときの行為。

たねいも【種芋】(「めんこい子馬」の節で)〽ゆうべ父ちゃんと寝てみたら、変なところに芋がある。父ちゃんこの芋なんの芋。オラ。坊やよく聞けこの芋は、坊やを作った種芋さ。

たねうま【種馬】婿養子のこと。

たのもしこう【頼母子講】貸倒れ引当金を準備していない保険。

だば【駄馬】だばだば走る馬。

たばこ【煙草】禁煙大国アメリカの重要輸出品。

タバスコ【Tabasco】アントニオ猪木がリングに持ち込んだ危険物。


たび【足袋】足の先が少なくともふたつに割れている人の履物。

たびがらす【旅烏】逃げまわりながら「おれはかっこいい」と思っているやつ。

たびびと【旅人】行路病者候補。

たびまわり【旅回り】港港に女あり。

ダビング【dubbing】茶毘に付している最中。

タブー【taboo】やったやつがいるということ。

タフガイ【tough guy】筋肉隆隆の貝。

ダブルキャスト【double cast】ひとりの主役では集客できないこと。

ダブルブッキング【double-booking】同じ本を二冊買ってしまうこと。

だほ【拿捕】昔は電気製品で逃れたが、今は裏DVD。

たぼう【多忙】暇になってから懐かしく思う状態。

だぼく【打撲】撲殺されそこなった状態。
たまご【卵】①数十年にわたって価格の変動がない優秀な食材。②最も細胞の数が少ない食べ物。
たましい【魂】カメラに抜かれるもの。
たまてばこ【玉手箱】どういうつもりで渡したのか、乙姫の意図は未だに不明。
たまのこし【玉の輿】逆玉の逆。
たまひろい【球拾い】パチンコで負けて無一文になったやつの行為。
たまりば【溜り場】若者は「2ちゃんねる」、おじさんは「アダルトサイト」、おばさんは「ショッピングサイト」、公務員は「出会い系サイト」、貧乏人は「懸賞サイト」、おたくは「コスプレ喫茶」。
ダミー【dummy】ダミだこりゃ。
だみん【惰眠】眼球が溶けるまで眠ること。

ダムダムだん【ダムダム弾】内臓を飛び散らせる弾。甚だ心地よい。
ためいき【溜息】たいてい臭い。神経が参って胃をやられているからである。
ためいけ【溜池】それまではその附近に不足していた溺死可能な場所。
ダメージ【damage】イメージダウンのことではない。もっと深く大きな痛手。
だめおし【駄目押し】殴られたいため、執念深く注意を与え続けること。
ためがき【為書き】自分の名前だけしか書けない作家が、求められるのを嫌う行為。
だめだし【駄目出し】「あそこが悪かった」「ここが悪かった」と徹底的に指摘し、結果、役者を痴呆状態に陥らせる言辞。
たもと【袂】同志と訣別する時は縫いつけていたこの部分を切り離す。

たら【鱈】眼球が突出すると鱈になる、というのは出タラ目。
たらい【盥】捨て子の舟。
だらく【堕落】虚飾を捨てること。
たらこ【鱈子】明太子から唐辛子を抜いて焼いた食べ物。
たらちね【垂乳根】「母」にかかる枕詞。祖母にかかる枕詞は「だらちね」。放浪者にかかる枕詞は「でらしね」。
タラップ【trap】自分に対する歓呼かと思い、立ち止まって手を振る馬鹿。うしろが迷惑する。
ダリ【Dali】キリンを燃やしたのはだりだ。
たりきほんがん【他力本願】自力哀願。
たりゅうじあい【他流試合】異性にひと勝負望むのはすべて他流試合。
だるま【達磨】起上り小法師、片目達磨、達磨落し、ダルマサンガコロンダなど、差別的遊戯にされることが多い。
タレント【talent】最近ではドラマに出る「俳優」と区別して、バラエティ番組だけの出演者を「タレント」と言っている。もちろん何のタレント（才能）もない。
タロット【tarot】同じ占いを二度繰り返さないのが原則。おのれの運命を変えようとするところに悪魔が現れる。
たわし【束子】亀の子たわしよりも凄い発明は、以後、皆無である。
たわら【俵】大黒さまの履きもの。あれでよく歩けるもんだ。
たん【痰】読者の食事が不可能となるため、この項目の記述を省略する。
だんあつ【弾圧】反体制派のエネルギー源。
たんいせいしょく【単為生殖】聖母マリア。

た

だんいほうしょく【暖衣飽食】現代では貧乏人の行為。

たんか【担架】負傷者がこれに乗って去って行くのを羨むのは戦場の兵士たちくらいのものである。

たんか【啖呵】逃げながら吐いた場合は捨てぜりふ。

たんか【短歌】五七五七七で詠み季語を入れ枕詞を知らねば大恥。

だんか【檀家】寺のタニマチ。

タンカー【tanker】操縦士がつい爆撃したくなる船。

だんがい【断崖】ふざけて落しあいをしているうち、つい本気になる場所。

だんがい【弾劾】面と向かってやる勇気がないので遠くから文書や弁舌で非難すること。

だんかいのせだい【団塊の世代】老害の中核となる連中。

だんがん【弾丸】飛んでくるのがはっきり見えたら死は確実。

だんかんれいぼく【断簡零墨】石川啄木。

たんき【短気】医者が来るのを待ち切れずに死ぬやつ。

たんく【短軀】加えて肥満体ならタンク。

たんげさぜん【丹下左膳】眼が三つ、腕が一本、足が六本、なあんだ? 答＝馬に乗った丹下左膳。

だんけつ【団結】多数の闘争心が臆病さによって結合した塊。

たんけん【探検】ひと目に触れない死に場所を探すこと。

だんげん【断言】訂正を恥じないやつの言辞。

タンゴ【tango】「ダンゴ三兄弟」もタンゴである。

だんご【団子】たいてい四兄弟である。

たんこう【炭坑】ガス突出検知器は生きたカナリヤ。

だんごう【談合】各出版社の編集者が集まって作家の稿料を決めるのは談合ではないのか。

たんこうぼん【単行本】自立していて、立てることのできる本。

だんこん【男根】⇩【ペニス】を見よ。

だんこん【弾痕】鑑識が喜ぶ穴。

ダンサー【dancer】ダンスホールの女性を連想するのは七十歳以上。

たんさいぼう【単細胞】椰子の実。

たんさん【炭酸】げっぷの素。炭酸煎餅は除く。

だんじき【断食】拒食との違いは、人に訴えたいことが自分でわかっているかいないかである。

だんしゅ【断酒】酒はやめた。今日からウイスキーにする。

だんしゅ【断種】種なし葡萄が珍重されるように、人間もカストラートとして重宝される。

たんしょ【短所】隠し続ければ人生はドラマチック。

だんじょ【男女】七歳にして美意識を同じうせず。

たんしょう【短小】小便小僧を見よ。

たんじょう【誕生】今は子宮を脱けるぞと思う間もなく産道の闇を通って広野原。

だんしょう【男娼】「ワセリンあるわよ」

だんしょう【談笑】一に他人の悪口、二に猥談。

だんじょう【壇上】倒れる講師が多いのは長時間の緊張と照明の熱気のせいである。

だんしょく【男色】男が「女色に溺れる」なら、女は「男色に溺れ」なければならぬ筈。

だんじり【楽車】何、死者が三人？　今年の祭りは少ないなあ。

たんしんふにん【単身赴任】自由放任。

たんす【簞笥】隠し抽斗《ひきだし》には張形。

ダンス【dance】運動と芸術と性的満足の混合形態。

だんすい【断水】風呂の残り湯を飲む事態。

たんすいぎょ【淡水魚】雑菌がうようよ。

たんせい【丹精】古典的おたくが籠めるもの。

たんせい【嘆声】一時間待たされた料理が床にぶちまけられた時の音声。

だんぜつ【断絶】些細な理解不能を理由に、以後認めぬことを大声で叫ぶこと。

たんぜん【丹前】袖口は、毒毒しく塗られたルージュの口紅を思わせる。

たんそ【炭素】炭素生物？　なんだわしらのことか。

たんそく【嘆息】ギャグが不発に終り、一瞬絶句したのちにそっと出るもの。

だんそんじょひ【男尊女卑】史上最高の差別。「最低の男といえど最高の女に勝る」（ショーペンハウエル）

だんたいきょうぎ【団体競技】うまくできてあたり前、一人のミスで失敗。割にあわぬ。

だんだんばたけ【段段畑】山頂への階段の一段一段を畠にしたもの。

だんち【団地】未来のスラム。すでにそうなっているのもある。

だんちゃく【弾着】業界用語で、撃たれる役者の服に火薬を仕込むこと。失明した役者もいて、保険に入っておかねばならない。

たんちょう【丹頂】絵に描くときの注意。羽根の先は黒くない。黒いのは尾羽だけ。

たんちょう【短調】マイナーの曲。演歌の世界ではメジャーの曲。

だんちょう【断腸】悲痛な思いで切腹すること。

たんつぼ【痰壺】読者の食事が不可能となるため、この項目の記述を省略する。

ダンテ【Dante】彼を振ったためにベアトリーチェの名は文学史に残った。

たんてい【探偵】調査費と口止め料を双方から取るやつ。

だんてい【断定】すぐに訂正できる、と思っているやつにのみ可能なこと。

ダンディズム【dandyism】気障《きざ》と陳腐の中間形態を行く離れ業。

たんでき【耽溺】狂気に到る道のひとつ。他に楽しみのなかった者が発見する。

だんとうだい【断頭台】ギロ、と光る刃が人間の首をチン、と落す台。

たんとうちょくにゅう【単刀直入】「金ください」「性交しましょう」「命もらいます」

たんどく【耽読】著作者以上にその作品世界へ没入すること。

たんどくこうどう【単独行動】「あいつと一緒はヤバい」という評判のため。

だんどり【段取り】下着を脱ぎ、便器のふたを取り、腰掛けてから排便すること。

たんにん【担任】小学生とその保護者の面倒を見る人。

だんねつざい【断熱材】「明日ＢＥＳＴ」といわれたのに……。

だんねん【断念】これ以上やっても無理だんねん。

たんのう【堪能】過ぎたるは及ばざるが如しの一歩手前。

だんのうら【壇ノ浦】弁慶の出番がなかった戦場。

たんぱく【淡泊】早漏の負け惜しみ。

たんぱくしつ【蛋白質】精液。

たんぱつ【単発】穴埋め。

だんぱつ【断髪】力士がただのデブになること。

だんぱん【談判】指詰めではなく、膝詰めをする。痛いのである。

たんびしゅぎ【耽美主義】異常性欲の開きなおり。

ダンピング【dumping】定価で買った者への最も効果的ないやがらせ。

ダンプ【dump】おならを断つこと（断プー）。

ダンベル【dumbbell】アレーもう持てないわ。

たんぺん【短篇】長篇を推敲した結果。

だんぺんてき【断片的】都合の悪いことを忘れた残りの記憶。

たんぼ【田圃】ベートーベンが日本にいたら「田圃交響楽」を書いただろう。

たんぽ【担保】たいていの人の持ち家。

タンホイザー【Tannhäuser】歌い出しは「イヨマンテの夜」。

たんぼう【探訪】住人に迷惑を掛けに行くこと。

だんぼう【暖房】地球全体。

ダンボール【段ボール】ホームレス用建材。

たんぽぽ【蒲公英】尻に咲く花。

タンポン【Tampon】室内でピンポン。鼻血を止める役にも立つ。膣内はタンポン。

だんまつま【断末魔】自分は今死ぬという荒っぽい表現。

たんめい【短命】女房が美人。

たんめん【湯麺】拉麺《ラーメン》のいちばん不味そうな表記。

だんめん【断面】⇩金太郎飴を見よ。

だんやく【弾薬】座薬のこと。

たんらく【短絡】にぎりめしを便所に落すこと。

だんらん【団欒】家族ひとりひとりにテレビが

あること。
たんりょ【短慮】電話があればすぐ振込む人のこと。
だんりょく【弾力】ベッドに寝ようとする人を天井にまで跳ね上げて破壊させる力。
だんわ【談話】立川一門にまだいない噺家。

ち

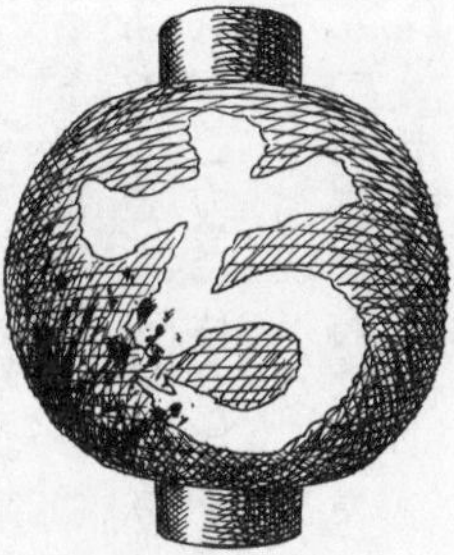

ち【血】〽血ぃ血ぃパッパ、血ぃパッパ。雀の学校の先生は、鞭を振り振り血ぃパッパ。
チアガール【cheer girl】カメラマンの標的。泣き出す子もいる。
ちあん【治安】まだ何もしていない者や集団を取り締まること。
ちい【地位】いつでも消滅する架空の階段。
ちいき【地域】「えっ。『一部の地域』ってここのことか」
チークダンス【cheek dance】ステップを踏め

ない者のわざ。

チーズ【cheese】乳を革袋に入れておいたら凝固したので発見された。革袋は羊の胃袋だったので、初期には乳に羊の胃液を混ぜて作った。

チーター【cheetah】「三歩進んで二歩さがる」とは、チーターらしからぬ歌である。

チームワーク【teamwork】犯罪集団に欠かせぬもの。

ちえ【知恵】人類滅亡の素因。

チェーホフ【Chekhov】最初のペンネームはアントーシャ・チェホンテ。文豪とは思えぬ。

チェーンソー【chainsaw】少し重いが義手として人気上昇中。

ちえこしょう【智恵子抄】今なら彼女は「東京には空がない。地面もない。空気もない」と言うだろう。

チェス【chess】もはやコンピューター同士が優劣を競うだけのゲーム。

チェルノブイリ【Chernobyl】何でもないなんでもない。騒いでいるのは日本人だけだ。(註・事故の直後、日本のインタヴューに対して多くのロシア人が吐いたことば)

チェロ【cello】昔の楽器は女性が両足の間に挟むことができず、女性の演奏家はいなかった。

ちがいほうけん【治外法権】軍艦もそうだよ。

ちかがい【地下街】大洪水の受け皿。

ちかてつ【地下鉄】郊外まで来ると地上に出たがる変な電車。

ちかみち【近道】袋小路に踏み迷う原因。

ちからわざ【力業】技のなさを馬鹿力で押し切ること。

ちかん【痴漢】この人格を飼っていない男は自慰ができない。

ちき【稚気】大統領、教授、社長重役たちならセクハラまがいもこれで通る。

ちきゅう【地球】人類滅亡後も存在する癪な存在。

ちきゅうおんだんか【地球温暖化】全世界海面となり山頂が点在する事態となる。

ちきゅうがいちてきせいめいたい【地球外知的生命体】こいつを孕ませたら地球外妊娠。

ちきゅうぎ【地球儀】「傾いているから不良品だ」と苦情を言う人がいる。

チキン【chicken】臆病者はチキンと聞くとドキンとする。

ちくおんき【蓄音機】プレイヤー、アンプ、スピーカーすべてを併合した優秀な機械。

ちくざい【蓄財】オレオレと名乗る人に振り込むための預金。

ちくしょう【畜生】獣医の口癖。

ちくでん【逐電】あらン。ドロン。

ちくのうしょう【蓄膿症】ナ行、マ行の発音に不自由な人。

ちくばのとも【竹馬の友】今ならスケボーの友か。危険度では比較にならないが。

ちくび【乳首】ピアスの穴をあけるのも痛そうだが、それをむしり取られる時はもっと痛そう。

チケットショップ【ticket shop】金券屋。割引で買えないのは現金だけ。

ちけむり【血煙】血液さらさらの人たちの斬りあい。

ちご【稚児】チゴー寄れ、チゴー寄れ。愛《う》い奴じゃ。

チゴイネルワイゼン【Zigeunerweisen】下手なヴァイオリンで聞かされたら気が違いねるわいぜん。

ちこう【恥垢】アカ恥。

ちこく【遅刻】大物ぶりをアピールする技。

ちこつ【恥骨】出産時には靭帯が緩んで左右に分離する。

ちしき【知識】唯一、卑しく思われない欲。

ちじき【地磁気】肩凝りには効かない。

ちしきかいきゅう【知識階級】常識に欠ける連中。

ちしつがく【地質学】ひと山当てようとする者の学問。

ちじょう【痴情】事件さえ起きなければただの恋愛。

ちしりょう【致死量】個人差があるため死んで初めてわかる。

ちじん【痴人】長生きすれば誰でもなれる。

ちず【地図】次の侵略先を決めるダーツの的。

ちすじ【血筋】セックスの歴史をたどること。


ちせい【知性】不思議に、顔に出ないやつがいる。

ちせつ【稚拙】素朴とか純粋とか言っておけば波風は立たない。

ちそう【地層】地面のバウムクーヘン。

ちたい【痴態】通常の性行為。

ちたいくうミサイル【地対空ミサイル】防衛よりも予算の消化に役立つもの。

ちだるま【血達磨】僧侶のプロレス。

ちち【乳】母乳が牛乳ほど旨ければ売れるのだが。

ちちおや【父親】母親だけが知っている。

ちつ【膣】分娩後、縫合している医師に夫が。「少し余分に縫ってください」

ちっきょ【蟄居】このコンピューター時代、家から出さないだけで悪事を働かないとは限らぬ。

チック【tic】いっそのこと、ずっと顔を歪めときゃ目立たないのに。
ちつけいれん【膣痙攣】男女が一時的にダブル・モンスターとなること。
ちつじょ【秩序】乱れろ乱れろ、と若者は思っている。
ちっそ【窒素】最高級有機質肥料の成分。
ちっそく【窒息】風邪で鼻が詰まっている時強盗に襲われ、口にガムテープを貼られて……。
チップ【tip】「いつまで立ってるんだ」
ちてい【地底】誰も探検に行こうとしないのは、地獄の存在を信じているからだ。
ちどうせつ【地動説】人類がやっと謙虚になった理論。
ちどり【千鳥】酔っぱらいを真似て歩く鳥。
ちのう【知能】馬鹿の存在によって発見された。
ちのり【血糊】粘着質の相手から浴びた返り血。

ち

ちはい【遅配】「予定を立てる」ということがいかに贅沢かを身にしみて味わう事態。
ちひつ【遅筆】全体の構想に時間がかかり、「とにかく書き出してみる」ということができない作家。例＝井上ひさし。
ちひょう【地表】とにかく一番安全だと思って人類がしがみついている場所。
ちぶ【恥部】自分たちがそうだとは誰も思っていないので、国家や社会に恥部はない筈だが、時には国家元首や社会的指導者が恥部であったりする。
ちぶさ【乳房】スペアがあり、本来双子用。
チフス【窒扶斯】コレラ（虎列剌）と並び、中国からやってくる二大悪人。
ちへいせん【地平線】現実の生活から逃げ出したい時、憧れをこめて眺めるもの。
ちへど【血反吐】①血を吐くこと。②血の混った嘔吐。③激辛のラーメンを食べ過ぎて吐くこと。

ちほう【痴呆】トホーもない阿呆。

ちほうぜい【地方税】なんで都税が地方税なんだ？

チボーけのひとびと【チボー家の人びと】家族全員が痴呆という話。

ちまつり【血祭り】初夜。

ちまなこ【血眼】一億円の当り籤《くじ》を落したやつの眼。

ちみもうりょう【魑魅魍魎】ずばり、文壇。

ちめいど【知名度】インターネットで検索した件数。

チャーチル【Churchill】チルチルとミチルの父親。

チャールストン【Charleston】チャールトン・ヘストンのダンス。

ち

チャイコフスキー【Tchaikovsky】演奏に大砲を使った作曲家。

チャウチャウ【chow chow】あーっ。今はもう食用犬とちゃう、ちゃう。

ちゃくしょく【着色】本来無着色の食品に「無着色」の表示はおかしい。逆にすべきである。

ちゃくせき【着席】ミソド、レソシ、ミソドの各和音のあと。

ちゃくそう【着想】風呂から裸で駈け出ること。

ちゃくち【着地】転倒して減点されないスポーツはスカイ・ダイビングである。

ちゃくなん【嫡男】豪邸が消え、マンションばかりになっていく現象の犯人。

ちゃくふく【着服】大は銀行の金。小はＰＴＡの会費。

チャタレーさいばん【チャタレー裁判】有罪にした最高裁判事の名を恥の文学史に記録して

おくべきである。

チャップリン【Chaplin】ヒトラーと区別できない世代があらわれている。

ちゃつぼ【茶壺】トッピンシャンとドンドコショを追いかけたやつ。

ちゃのま【茶の間】食堂であり、居間であり、四畳半だった場合は情事の部屋である。

ちゃばしら【茶柱】立つまで何杯も飲む馬鹿。

ちゃばん【茶番】次の会談日を決めるだけの会談。

ちゃぶだい【卓袱台】激昂した亭主が引っくり返しやすい軽くて小さな食卓。

チャペック【Čapek】左翼演劇人にとっては「R・U・R」。一方は他方の傑作を知らない。「虫の生活」、SFファンにとっては「R・U・R」。一方は他方の傑作を知らない。

チャペル【chapel】偽りの愛を誓うと同時に神の許しを願える便利な場所。

ちゃぼうず【茶坊主】たけし軍団。

ちやり【血槍】処女を犯したペニス。

チャリティ・ショー【charity show】暇な芸能人がやってもあまり褒められない。

チャルメラ【charamela】夜鳴き蕎麦以外の演奏には滅多に使われない楽器。

ちゃわん【茶碗】夫婦喧嘩の飛び道具。

チャンネル【channel】家庭内の殺人を惹き起す数字。

ちゅう【註】「遅延」という小説技法の一。ストーリイ展開を中断される快楽がある。

ちゆう【知勇】狡猾な喧嘩好き。

ちゅうい【注意】「注意しろ。上から鉄骨が落ちてくるぞ」と聞き終えた時は死んでいる時だ。

チューインガム【chewing gum】路上でハイヒールの踵《かかと》を待ち受けているやつ。

ちゅうおうこうろん【中央公論】「文藝春秋」に負けて、スッテンコロコロカラカラカラ。

ちゅうかい【仲介】紹介。媒介。お節介。

ちゅうかりょうり【中華料理】「中国料理」よりは旨そうだが「支那料理」には及ばぬ。

ちゅうかんし【中間子】崩壊すると妻（光子）が出てくる。

ちゅうかんしょうせつ【中間小説】純文学、エンターテインメント、両方の面白さを犠牲にした小説。

ちゅうぎ【忠義】社長。わたしの妻と娘です。ご自由になさってください。

ちゅうけい【中継】アナウンサーが吹き飛ばされていないんだから、たいした台風ではないな。

ちゅうけん【忠犬】ハチ公はただ、駅周辺の屋台へ食べ物を貰いに行っていただけ。

ちゅうげん【中元】何。あいつが寄越したか。何か悪いことをしたに違いないぞ。

ちゅうげん【忠言】上司へのいちゃもん。

ちゅうこ【中古】持主の死亡、破産、貧困による放出品。

ちゅうこう【忠孝】してほしい側からの強要。

ちゅうこうねん【中高年】ケータイでメールができない連中。

ちゅうごく【中国】広い領土を持ちながら何故に欲しがる尖閣諸島。

ちゅうごし【中腰】いつでも逃げられるような体勢をとりながら悪いことをし、どちらも失敗する。

ちゅうさい【仲裁】「やめろやめろ」と言いながら気に食わぬ方を殴るいい機会。

ちゅうざい【駐在】たいてい不在。

ちゅうさんかいきゅう【中産階級】中程度にし

かお産しない階級。少子化の原因。

ちゅうし【中止】①これまでかけた費用と、これからの費用を天秤にかけての決断。②膣痙攣。

ちゅうし【注視】発表会で自分の親だけがしてくれること。

ちゅうしゃ【注射】子供を脅す時に使うことば。

ちゅうしょうてき【抽象的】具体的に言うとまずいこと。

ちゅうしょく【昼食】夫は立食い蕎麦、妻はフレンチ懐石。

ちゅうしん【注進】侍の告げ口。

ちゅうしんぐら【忠臣蔵】美談に仕立てられた集団テロ。

ちゅうしんじんぶつ【中心人物】人生においては自分。

ちゅうすいえん【虫垂炎】手術よりも看護婦による剃毛《ていもう》が気になる。

ちゅうせい【中性】両性からもてる。

ちゅうぜつ【中絶】中に入れた状態で気絶すること。

ちゅうせん【抽選】発送をもって抽選に代えます。

ちゅうそつ【中卒】卒中から生還すること。

ちゅうたい【中退】早稲田大学文学部だけはなぜか偉そうにしている。

ちゅうだん【中断】男がしづらいこと。

ちゅうちょ【躊躇】手首にたくさんの浅い切り傷が残る。

ちゅうどく【中毒】慢性は嫌われ急性は馬鹿にされる。

ちゅうのり【宙乗り】裏方と仲が悪い演技者が蒼くなって拒否する演技。

ちゅうぶう【中風】①ステッキを振りまわし、

味噌汁が半分しか飲めない老人。②風が吹けば医者が儲かる病気。

ちゅうぼう【厨房】殺人や自殺や放火の道具が揃っている場所。

ちゅうもく【注目】他に見るものがない。

ちゅうゆ【注油】①ヤク中用語。アル中は「給油」。②怒り狂っている相手に抗弁すること。

ちゅうりつ【中立】①母と妻の間のおれ。②中途半端に勃起した状態。③決して人助けをしないやつ。

チューリップ【tulip】スロットの登場によって主役を追われた。

ちゅうりゃく【中略】①例＝寿限無（中略）長介。②引用文の途中に入れて自分の論旨と合わぬところを読ませぬ技法。

ちゅうりゅう【中流】下流であることに気がつかぬ階級。

ちゅうりゅうぐん【駐留軍】混血児の父親の軍隊。

チューレンパオトウ【九連宝灯】振り込んだやつ卒倒。

ちょう【腸】ホルモン料理の食材を最も大量に供給する部分。

ちょうあい【寵愛】目下の者を可愛がることであり、社長や妻を「寵愛している」と言ってはならない。

ちょうえき【懲役】一定期間、住まいと食事の心配をしなくてよい刑罰。

ちょうおんぱ【超音波】もし聞こえたら聾《つんぼ》になる。

ちょうかいめんしょく【懲戒免職】自ら辞表を出さぬなら、他社への転職も不可能にしてやろう。

ちょうかきんむ【超過勤務】秘書にとっては、

夜ごとの社長との情事。
ちょうかく【聴覚】睡眠中邪魔になる感覚。
ちょうかん【朝刊】これを読んでから寝る人もいる。
ちょうきょう【調教】まずは口答えせぬよう張り倒すことから始める。
ちょうけし【帳消し】盗み食いをするウエイトレスへのボーナス。
ちょうこく【彫刻】むろん死体の隠し場所である。
ちょうざめ【蝶鮫】キャビアの生鮮貯蔵庫。
ちょうさん【逃散】自分も罰せられるため、代官も一緒に逃げたりして。
ちょうじ【弔辞】なんといっても泣いて一言も読めないのが最高の弔辞である。
ちょうじゃばんづけ【長者番付】載りたい気もするが税務署も怖い。
ちょうしゅう【徴収】これ以上不払いが増えてはもはや公共放送ではない。
ちょうじゅう【鳥獣】どちらに分類するか。カモノハシ発見者のとまどい。
ちょうじゅしゃかい【長寿社会】「長寿」を祝ってくれる者がいない社会。
ちょうしょう【嘲笑】哀れみや同情の念を強調する人間の腹の底。
ちょうじょうげんしょう【超常現象】見知らぬ女が突如君の子供を身ごもること。
ちょうしょく【朝食】まだ活動していない胃にぶち込まれる食べもの。
ちょうじり【帳尻】計算だけは合っている。だからこそ怪しい。
ちょうじん【超人】誰もが空想する自分の姿。
ちょうしんき【聴診器】美女におっぱいをまろび出させる歓び。

ちょうしんせい【超新星】スーパーの二階にあるノヴァのこと。

ちょうずばち【手水鉢】ボーフラ用水。

ちょうぜい【徴税】血も涙もない正義。

ちょうせん【挑戦】される側の言。「する側は負けてもともと。こっちは勝ってもともと。不公平だ」

ちょうせんにんじん【朝鮮人参】服《の》むのは老人。

ちょうせんみんしゅしゅぎじんみんきょうわこく【朝鮮民主主義人民共和国】と、言わねばならない。

ちょうそう【鳥葬】この辺の鳥は人間の味を知っているから物騒だぞ。

ちょうだい【頂戴】ＫＥＮＴ頂戴。あれっ。これ前にもやったなあ。

ちょうたつ【調達】合コンの幹事がいつも悩むのはセレブの男性の調達。

ちょうだのれつ【長蛇の列】「さっきからちっとも進まないけど、これ何の行列なの。へえ。サイン会。作者がまだ来ないんだって。しまった。作者はおれだった」

ちょうチフス【腸チフス】法定伝染病。症状は村八分。

ちょうちゃく【打擲】マゾヒストが望むこと。

ちょうちょうなんなん【喋喋喃喃】録音、再生。聞くに耐えぬ。

ちょうちょうはっし【丁丁発止】双方必死。

ちょうちょうふじん【蝶蝶夫人】子供は渡米し、ピンカートン探偵社を設立した。

ちょうちん【提灯】フグの最期。

ちょうちんきじ【提灯記事】記者が自らファンであるタレントのことを書いた記事。

ちょうつがい【蝶番】⇩ハコガメの甲羅を見よ。

ちょうづめ【腸詰】大便が詰まっていたりして。

ちょうてい【調停】双方に不満がないよう話をつけ、両方から謝礼を取ろうという企み。

ちょうでん【弔電】葬式に参列できぬほど身分違いであり多忙であることを教えること。

ちょうとうは【超党派】それぞれの党にとってさし障りのないことのみを議論すること。

ちょうないかい【町内会】地域エゴで結束する人びと。

ちょうなん【長男】「甚六と申します」「へえ。ちょうなんだ」

ちょうねんてん【腸捻転】わが読者が一人でも笑い過ぎてこうなれば本望。

ちょうのうりょく【超能力】妻にはこれがあります。わたしがイくと妻もイきます。

ちょうはつ【挑発】自分が損をするとわかっていてもやらずにおれぬ愚行。

ちょうばついいんかい【懲罰委員会】常任委員と仲の悪い議員は安心して眠れない。

ちょうへい【徴兵】わが国でも芸能人に課したいと皆が思っている制度。

ちょうへいそく【腸閉塞】唯一、口から大便を吐く病気(吐糞症)。

ちょうへん【長篇・長編】篠田一士はわが五百枚の作品も長篇とは認めなかった。

ちょうぼ【帳簿】数字だけで書かれた非現実的フィクション。

ちょうほう【弔砲】音は祝砲と同じ。

ちょうぼう【眺望】特等席は番台。

ちょうほんにん【張本人】あなたが張さん?

ちょうまんいん【超満員】足の裏が床につかない状態。

ちょうみりょう【調味料】古い食品の味を胡魔化す材料。

ちょうもん【弔問】ほんとに死んだかどうか確

かめに行き、ついでに後家の品定めをし、形見分けを狙うこと。

ちょうやく【跳躍】ビルの屋上から着地を考えずに飛ぶこと。

ちょうよう【徴用】強制ボランティア。褒美に単位が貰える。

ちょうらく【凋落】30年後の六本木ヒルズ。

ちょうりつ【調律】音痴の声帯にもこれが施せたら……。

ちょうるい【鳥類】飛ぶために脳を犠牲にした生物。

ちょうれいぼかい【朝令暮改】大臣と副大臣の権力闘争。

ちょうろう【長老】尊敬するといい気になり貶《けな》すとボケる厄介な人。

ちょうわ【調和】この国民にこの政府。

ちょきん【貯金】貧乏人が貯め、金持が借りるもの。

ちょくげき【直撃】キャッチャーが泣き、ベンチとスタンドが笑うもの。

ちょくご【勅語】御名御璽《ぎょめいぎょじ》という人が書いた文語文。

ちょくしん【直進】これしかできないのは欠陥車である。

ちょくせつわほう【直接話法】「やらせてください」

ちょくせんきょり【直線距離】地図上のみで可能な概念。

ちょくせんわかしゅう【勅撰和歌集】日本最初のアンソロジイ。

ちょくちょう【直腸】膣の代用にされる場所。

ちょくつう【直通】「ねえ、核ボタン押した？」

ちょくやく【直訳】①あるか、ありません……つまり問題（Ｙａｈｏｏ翻訳による「ハムレット」）。②アルチュール・ランボー＝酒精中毒乱暴。

ちょくゆにゅう【直輸入】直腸に隠して輸入すること。

ちょくりつふどう【直立不動】温泉の風呂場で、ばったり天皇陛下にお会いした時。

ちょこざい【猪口才】猪口邦子批判。

チョコレート【chocolate】戦争に負けるかゴルフに勝つかすれば貰える。

ちょさくけん【著作権】その人、何する人アルか？

ちょさくぶつ【著作物】六本木ヒルズも著作物である。

ちょしゃ【著者】時には「人格的に作品とは別」と主張したがる人びと。

ちょじゅつ【著述】認めたくはないが、口述も著述である。

ちょじゅつぎょう【著述業】筆は一本、箸は二本。だがワープロを打つ指なら十本だ。

ちょしょ【著書】古書店でいくら高値がついても作者は潤わない。

ちょすいち【貯水池】擂鉢状の設計は児童のための蟻地獄。

ちょぞう【貯蔵】値打ちが出た頃には腐っている。

ちょちく【貯蓄】それ自体が目的と化し、守銭奴となる危険性を秘めた行為。

ちょっかがたじしん【直下型地震】「ぐらぐら」ではなく「どーん。ぐらぐら」であるため、住民は爆撃または怪獣の襲来と思い込む。

ちょっかく【直角】人間が最もよく頭をぶつける角度。例＝豆腐のかど。

ちょっかっこう【直滑降】雪崩から逃げる時の滑りかた。

ち

ちょっかん【直感】「あっ。わたし今、妊娠したわ」

チョッキ【jaqueta】懐中時計の金鎖を見せびらかすための衣類。

ちょっきゅう【直球】急所に命中すれば最も衝撃の大きい球（ワンバウンドの方が痛いという声あり）。

ちょっけい【直径】地球上で最大の直径を持つのは地球である。

チョップ【chop】手刀で叩き折られた骨つき肉。

ちょとつもうしん【猪突猛進】衝突失神。

ちょはっかい【猪八戒】「西遊記」中、最もリアルに性格を造形された化けもの。

チョムスキー【Chomsky】人間は生まれる前から文法を知っていると論じた人。

ちょめいじん【著名人】うしろ指さされて喜ぶひと。

チョモランマ【Chomolungma】登山客「エベレストへ行きたい」。シェルパ「チョモランマなら行きますが」。

ちょりつ【佇立】待ちぼうけ。

チョンガー【総角】独身男の蔑称。女の場合はモモンガー。

ちょんぼ 失敗や悪事がばれた時のみの隠語。ばれなければ失敗ではない。

ちょんまげ【丁髷】整髪料不要の合理的結髪。なぜ廃れたのかわからない。

ちらしずし【散らし寿司】握り寿司との違いは固形便と下痢便の違いに相似である。

ちり【地理】教育はどうなっているのだ。広島を島だと思い、沖縄を北海道の左や九州の右（地図ではそうなっているが）に描く女子大生がいる。

ちりあくた【塵芥】ひと株株主。

ちりがみ【塵紙】ティッシュペーパーの祖母。

チリソース【chili sauce】激怒しているトマト・ソース。

ちりなべ【ちり鍋】腹一杯食べれば胃袋はちり箱。

ちりめんじわ【縮緬皺】厚化粧の女を笑わせると顔一面にできるもの。

ちりょう【治療】治療費が取れる期間を長引かせる行為。

ちりょく【知力】能力、体力、経済力と反比例する力。

ちわげんか【痴話喧嘩】終えたあとの激しいセックスが楽しみな喧嘩。

チワワ【chihuahua】動物学的にはセントバーナードとの交尾も可能（な筈）。

ちん【狆】飼い主の容貌を引き立てるための愛玩犬。

ちん【朕】昔の中国では「わたし」の意味で誰でも使えた。

ちんあげ【賃上げ】会社が赤字であろうと雇用者が要求してもいいことになっているもの。

ちんあつ【鎮圧】弁舌だけでは不可能。

ちんか【鎮火】熱いキスを交わす男女にバケツの水をぶっかけること。

ちんぎょらくがん【沈魚落雁】美女の毒気の形容。

ちんぎん【賃金】つらい仕事は時間給で、楽な仕事は手間賃での支払いを望まれる報酬。

ちんこんか【鎮魂歌】激怒して死んだ人におびえる歌。

ちんじ【椿事】突如、全男性がちんぽを丸出しにして歩きはじめること。

ちんしごと【賃仕事】とりあえず今夜飯を食う

ための労働。
ちんしゃ【陳謝】パターン化して演じやすくなった記者会見。
ちんしゅ【珍種】サラリーマンなのに自分の意見を持っているやつ。
ちんじゅう【珍獣】「お前はブスだ」と言ってやるとヒステリーを起す動物。
ちんじゅつ【陳述】詐欺罪の被告人が最も喜ぶ局面。
ちんじゅのもり【鎮守の森】どんどんひゃららと歌う化けもののいる場所。
ちんじょう【陳情】「聞いてくれないと次は当選させないぞ」という脅迫。
ちんせいざい【鎮静剤】薬は不要。「それ以上昂奮すると心筋梗塞だ」と言ってやればよい。
ちんせつ【珍説】宇宙はプラネタリウムである。
ちんたい【賃貸】あくまで自分のものとはならぬ物件に金を払い続けること。
ちんちゃく【沈着】事に動じていないように見えるが、頭は真っ白で腰が抜けている。
ちんちょう【珍重】仕事は駄目だが自分を笑わせてくれる部下を重用すること。
チンチラ【chinchilla】中身は無価値として捨てられる動物。
ちんちろりん　ガラスのコップでやっているやつがいた。
ちんちんかもかも　当事者には甘い囁《ささや》きだが客観的にはこう見える。
ちんちんでんしゃ【ちんちん電車】廃止と同時に花電車も消えた。
ちんつうざい【鎮痛剤】薬は不要。もっと痛い別の場所を作ってやればよい。
ちんでん【沈殿】同窓会のたびに浮かびあがる感情。

ちんどんや【チンドン屋】下手なクラリネット吹きはこれに譬えられる。
ちんにゅう【闖入】亭主のだと思っていたら別の男のものが入っていること。
ちんば【跛】右足に下駄、左足にサンダル。
チンパンジー【chimpanzee】駄目な人間に「こいつよりはまし」と安心させてくれる生きもの。
ちんぴん【珍品】象の卵。義経公八歳の時のしゃれこうべ。
ちんぷ【陳腐】芸能人の政見。
ちんぼつ【沈没】潜水艦以外の船舶、及び日本が海面下となること。
ちんみ【珍味】顔面神経痛の女。
ちんみょう【珍妙】色盲の女性が自らに施した化粧。
ちんもく【沈黙】電車内でやくざがわめきはじめた時の乗客の反応。
ちんれつ【陳列】値打ち物や猥褻《わいせつ》物をいっせいに開チンすること。

ツアー【tour】皇帝の史跡巡りをする旅。

ツァラトゥストラ【Zarathustra】山からおりてきて暴れる怪獣。

ついおく【追憶】後の祭り。

ついか【追加】招かれざる客の分。

ついかんばん【椎間板】痛くならないと存在を思い出せない板。

ついき【追記】金魚の糞。

ついきゅう【追求・追及・追究】利益を追求した人がその方法を追及されている事件を社会学的に追究する。

ついげき【追撃】そんなことしなければ勝っていた。

ついし【墜死】ペタジーニ。

ついしけん【追試験】本当の馬鹿を決める試験。

ついじゅう【追従】日本の首相の主な仕事。

ツイスト【twist】中身をしぼり出すのに適した踊り。

ついせき【追跡】退勤後の夫を尾《つ》けること。

ついぜん【追善】死んだ人はみないい人。

ついたいけん【追体験】赤ん坊の時おむつを替えてもらった母親のおむつを替えること。

ついたて【衝立】あちら側への妄想を掻き立てる家具。

ついちょう【追徴】税務署の追剝ぎ行為。

ツイッター【twitter】つい言った。

ついとう【追悼】巨根だった故人を悼むのは追

棹。
ついとつ【追突】追い抜けないくせに追いつくこと。
ついほう【追放】無能な上司が有能な部下にすること。
ついらく【墜落】飛んでないような気がしている時。
ツイン【twin】地下牢にもう一人がいる。
つういん【痛飲】繰り返せば通院。
つうか【通貨】懐中をただ通過していくだけの金。
つうかい【痛快】切れ痔の痛みと排便の快感。
つうがく【通学】子供が危険な場所へ放たれること。
つうこう【通行】エキストラの役。案外難しい。
つうこん【痛恨】大根が包丁で切られる時。
つうしょう【通称】誰も本名を知らない。
つうしん【通信】最初は太鼓。
つうせつ【通説】最新の説を無視するために寄りかかる観点。
つうせつ【痛切】切実さを痛みに譬《たと》えて訴える表現だが、わかってはもらえない。
つうだ【痛打】相手の弱点に浴びせて、周囲に拍手喝采させるパンチ。
つうちひょう【通知表】騒ぎの中身が親のみならず親戚から先祖にまで及ぶ書類。
つうてい【通底】嫌なやつとツーカーでわかりあえたりすること。
つうてん【痛点】全身に散りばめられた弱点。
つうば【痛罵】いちいち本当。
つうはん【通販】不要品を買わせてしまう販売方法。
つうふう【痛風】風が吹けば医者が儲かる病気。

つうほう【通報】「三丁目の交差点南角で喫煙しているやつがおります」

つうやく【通訳】二国間を戦争に突入させることが可能な職業。

つうれつ【痛烈】浴びせたはよいが仕返しが怖い批判。

つうろ【通路】常に変えるべし。待ち伏せされる。

つうわ【通話】会話だけで破産する人もいる。

つえ【杖】たいていは何度も転んだ末。

つかいこみ【使い込み】経理担当者が必ず見る悪夢。

つかいすて【使い捨て】フリーター。

つがるかいきょう【津軽海峡】鷗《かもめ》が凍えているところ。

つきかげ【月影】短身を長身にしてくれる。

ツキディデス【Thukydides】そうですか。

つきなみ【月並】真面目で堅実な作品を愚弄するためのことば。

つきびと【付き人】役者が大物ぶりを誇示するため、マネージャーとは別に、無理をして自費で雇う雑用係。

つきみ【月見】最も安あがりな風流。

つきゆび【突き指】空手初心者。

つきよ【月夜】月夜にカマをホる。

つくえ【机】最後に使うのは遺言状を書くとき。

つくし【土筆】つくし誰の子すぎなの子。この子誰の子あなたの子。

つくだに【佃煮】賞味期限の判断に困る食物。

つぐみ【鶫】腹部に多量の旨い詰め物をしている鳥。

つけうま【付け馬】逃げ馬のあとを追い、家までついてくる馬。

つげぐち【告げ口】二歳からの悪徳。

つけぶみ【付け文】靴箱のラヴレター。

つけぼくろ【付け黒子】移動性。額の中央と三個以上は控えるべし。

つけまつげ【付け睫毛】ウィンクすればシャッター音がする。

つけもの【漬物】塩漬けされた首桶の中の首もこの一種である。

つけやきば【付け焼き刃】付け焼きにした剃刀《かみそり》の刃。食べても身につかない。

つごう【都合】本来どうにでもつくもの。総理大臣だってそうである。

つじうら【辻占】「死相が浮かんでいる」と通行人に声をかけるやつ。

つじぎり【辻斬り】ずらりんばら。

つじせっぽう【辻説法】「この世は地獄じゃ。早う極楽に行きたいやつは、わしが引導を渡してやる」

つじつま【辻褄】リアリティさえあればどうでもよい。

ツタンカーメン【Tutankhamen】痛嘆仮面。

つちけいろ【土気色】花の色は移りにけりな土気色。

つちけむり【土煙】ショベルカーとブルドーザーの戦い。

つちのこ【槌の子】実は、蛙を呑み込んだばかりの蛇。

つついづつ【筒井筒】井筒にかけし魔羅が裂け。

つつうらうら【津津浦浦】ケ・セラ・セラ。

つつもたせ【美人局】芸能人や政治家が釣れたら大儲けだが、妻にしろ情婦にしろ上玉ではないので雑魚《ざこ》しかかからない。

つづりかた【綴方】出版され、ベストセラーになったりする。

つなひき【綱引き】いっせいにぱっと手をはな

すという技もあるぞ。

つなみ【津波】警報が出ていない時に限って襲ってくる災害。

つなわたり【綱渡り】犯罪すれすれの行為を楽しむこと。

つのかくし【角隠し】角があるのは自明のこととした装束。

つば【唾】天に向かって吐けば横のやつの顔に落ちる。

つばきひめ【椿姫】死にかけている女がなぜあんな大声で歌えるのか。

つばめ【燕】わしらの巣を珍味として食うとは。

つぼさかれいげんき【壺坂霊験記】壺阪寺の宣伝用説話。

つぼね【局】大奥局長。

つぼみ【蕾】年齢は低下しつつある。

つま【妻】夫に家庭の存在を思い出させる役。

つまさき【爪先】ハイヒールと忍び足によって痛めつけられる部分。

つまようじ【爪楊枝】最も小さな材木。

つみ【罪】神と他人の許可を必要としない行為。

つみき【積木】崩したり投げつけたりすることを教える教育玩具。

つみたてきん【積立金】人間の意志の薄弱さを示す貯蓄法。

つみれ【摘入】魚肉の不要な部分を集めて丸めたもの。

つむじ【旋毛】曲がっていない人はいない。

つむじかぜ【旋風】竜巻の子供。たいてい夭折する。

つめ【爪】瓜に爪あり。爪に爪なし。

つめえり【詰襟】やがては学ランとマオカラーに面影を残すのみとなる。

つや【通夜】酒めあてに親類縁者が集まってくる夜。

つゆ【梅雨】黴《かび》と水虫の繁殖期。

つよき【強気】怒鳴られたらたちまち泣き出す精神状態。

つらら【氷柱】湮滅《いんめつ》する必要のない凶器。

つりいと【釣糸】水鳥の敵。

つりがき【釣書】三日行っただけの料理教室、生花教室、茶道教室などをすべて書き込んだ書類。

つりがね【釣鐘】しばしば提灯と比較される重量物。

つりかわ【吊革】電車が揺れるとカチャカチャとうるさいので廃れた。

つりざお【釣竿】十万円の高級品で三匹百円くらいの小魚を釣って喜んでいるやつもいる。

つりせん【釣銭】片言で喋る外国人を見たら詐欺師と思え。

つりばし【吊橋】落ちるかどうかの判断に、まず子供たちを渡らせる。

つりばり【釣針】よく釣れているので気に食わぬ隣のやつの鼻の穴に引っかけて釣りあげる。

つりぼり【釣堀】満身創痍《まんしんそうい》の魚ばかりで、釣っても食えない。

つる【鶴】松の木に「つー」と来て「る」ととまる。

つるかめ【鶴亀】「鶴や亀のように長生きしたい」の義で、命の危険を前にして口にすることば。

つるはし【鶴嘴】重いので、脳天に振りおろすには目標を定めにくい凶器。

つるべ【釣瓶】井の中の蛙のためのエレベーター。

つわもの【兵】夏草にアオカンの痕跡を残す連

中。

つんぼさじき【聾桟敷】次の重役会議で社長解任の動議が出されることを本人だけが知らない。

てあか【手垢】握り寿司はこれにまみれている。

てあし【手足】ジョニーが戦場から持ち帰らなかったパーツ。

であし【出足】結果には影響しないことが多い。

てあら【手荒】蹴り上げても手荒。

ていあん【提案】「いっそのことやめましょう」と言うのもそのひとつ。

ディーエヌエー【DNA】都合の悪いことはみな、これのせい。

ティーシャツ【T-shirt】紅茶の葉で煮染めたシ

ャツ。

ティーバッグ【tea bag】何回使うかでその家の経済状態がわかるもの。

ディープスロート【deep throat】鵜《う》の得意技。

ていいん【定員】エレベーターで同乗者の数をこっそり数える理由。

ティーンエージャー【teenager】子供のローン・レンジャー。

ていえん【庭園】日本では箱庭のこと。

ていおう【帝王】ゴルフやテニスがちょっとうまい奴。

ていおうせっかい【帝王切開】さあーお腹切るよー。王様が出るよー。

ていか【定価】大阪ではただの目安。

ていがくねん【低学年】コギャルの頭の中。

ていかん【諦観】人生で最も大事なこと。

ていきあつ【低気圧】「おれ、いつか台風になりたい」

ていきけん【定期券】日ごとに価値が目減りしていく有価証券。

ディキシーランド【Dixieland】聖者がやってくる街。

ていきゅう【定休】大手コンビニには無いもの。

ていきょう【提供】少額だと「ご覧の各社」と呼ばれてしまう。

ていきよきん【定期預金】無料の貸し金庫。

ていくうひこう【低空飛行】ビル、車、歩行者その他すべてを両翼でなぎ倒しながら飛ぶこと。

ていけいがいゆうびんぶつ【定形外郵便物】馬の首に切手を貼って送りつけること。

ていげき【帝劇】帝国ホテルで食事して帝劇で観劇。有閑マダムの定石。

ていけつあつ【低血圧】なかなか起きてこない

が、死んでいるのではない。

ディケンズ【Dickens】イギリスの作家。悲しいかな英語圏の作家だったため、アメリカで大量の海賊版が出て大損をした。著作権確立以前の話である。

ていこう【抵抗】殺された理由。

ていこうがいしゃ【低公害車】すでに無公害車まで開発されているが、自動車産業の保護のため、完成は伏せられている。

ていこく【定刻】インドには存在しない。

ていさい【体裁】非常の際にかなぐり捨てるためのもの。

ていさつ【偵察】視察や観察と違うのは、見つかれば殺されること。

ていしせい【低姿勢】高飛車な姿勢をマスコミに叩かれたあとの態度。

ていしゃ【停車】駅では通常、発車より前である。

ていしゅうにゅう【低収入】実直さの証し、と、本人は言う。

ていしゅかんぱく【亭主関白】定年後に離婚。

ていしゅく【貞淑】安心した夫が浮気をする性格。

でいすい【泥酔】泥となって他人の履物を汚すこと。

ディスカウントセール【discount sale】これで売れ残れば新装開店セールにまわされる。

ディスクジョッキー【disk jockey】レコードを目茶苦茶にするやつ。

ディスコ【disco】猿のダンスホール。

ディズニーランド【Disneyland】遠く見せたり高く見せたり大きく見せたり、目の錯覚を利用して大儲け。

ディスポーザー【disposer】逆に下水管が詰ま

る原因となって禁止。

ていせい【訂正】ほんの些細な間違いだから大威張りで訂正してやる。

ていせつ【定説】生き永らえた新説。

ていせん【停戦】武器の増産期間。

ていそう【貞操】「貞操女学校」というのが昔、実際にあった。

ていそうたい【貞操帯】帝王切開後の主婦には必要。無茶をする夫が多い。

ていぞく【低俗】庶民文化を貶《おとし》めることば。庶民によって発せられることが多い。

ていだん【鼎談】見ざる言わざる聞かざるの三猿による座談。

ていちょう【鄭重】作戦の一。相手をへとへとに疲れさせる扱い。

ティッシュペーパー【tissue paper】真っ赤な製品を作ったが、まったく売れなかったという。その辺に散らばっていれば誰かが大怪我をしたと思うからである。

ていてつ【蹄鉄】人が蹴られた場合のことをまったく考えていない馬の履物。

ていでん【停電】しめた、悪事のチャンスと思うものの、自分だって何も見えない。

ていとう【抵当】家はあれどもホームレス。

ディナーショウ【dinner show】舞い散る埃が肉眼で見えたら食欲は失われる。

ていねいご【丁寧語】自己の優位を誇示する際にも用いられる。

ていねん【定年】重役になれなかった悲哀を感じるとき。

ていのう【低能】身の不遇を得意先で訴えるやつ。

ていはく【停泊】港、港に妻と子供がいる理由。

ていはつ【剃髪】時にはつるつる頭にして雲脂《ふけ》

症を根治すべし。

ていひょう【定評】「あいつにはぜったい、妻を紹介するな」

ティファニー【Tiffany】みんなレストランだと思っている。

ていへん【底辺】ひゃあ。底辺だ底辺だ。

ていぼう【堤防】英雄になりたいなら、水漏れしている穴を捜して指を入れよ。

ていほん【定本】作者の書き直しにつきあわされるのはかなわん。前の本買い取れ。

ていめい【低迷】いっそのこと何もしなければ「雌伏」ですむものを。

ティラノサウルス【Tyrannosaurus】映画では常に主演クラスのトカゲ。

ティラミス【tiramisu】一時期のイタメシの定番デザートで、現在は凋落。

ていりゅう【底流】沈んだ人間が浮いてこない理由の一。

ていりゅうじょ【停留所】ときどき場所が変わる。酔っぱらいの仕業である。

ていれ【手入れ】売春婦と客が数珠繋《つな》ぎになって出てくる事態。

ディレクター【director】プロデューサーと出演者の間に立って痩せる人。

ていれつ【低劣】他人の人格・言動を羨《うらや》みながら批判することば。

ディレッタント【dilettante】流行に背を向け、自分の趣味が流行しはじめると怒るやつ。

ディレンマ【dilemma】成長のチャンス。「自錬磨」とも書く。

ティンパニ【timpani】驚愕（楽）器。

てうす【手薄】実は地雷原。

てうち【手討ち】誰もとめる者がいなかったからだ。

テークアウト【take out】残飯持ち帰り。

デートスポット【date spot】金のない若い男女が無料または安あがりで行ける場所。

テープカット【tape cut】エラい人たちが鋏を使えないことを笑う行事。

テーブル・マナー【table manner】食卓の上で大便をしてはならない。

テーマソング【thema song】天皇は気の毒だ。「君が代」しかない。

ておい【手負い】「あいつに近づくな。減棒を言い渡されたばかりだ」

ておくれ【手遅れ】医者の言いわけ。

ておち【手落ち】両手落ちのこと。

てかがみ【手鏡】背後の様子を窺う道具。

てがかり【手掛かり】捜査を混乱させるため犯人が山ほど残すもの。

てかぎ【手鉤】義手にすれば無敵。誰も寄りつかない。

てがき【手書き】「えーっ。あいつ、字が書けたんだ」

てかげん【手加減】もっとやっつけるために反撃の余裕をあたえること。

てかせ【手枷】手のない者には嵌められぬ道具。

てがた【手形】中小下請企業をもっと困窮させるための証券。

てがたな【手刀】空手チョップが咽喉へ入った時以外、死ぬことはない。

デカダンス【décadence】刑事の退廃的な踊り。

てがみ【手紙】わざわざ人間が届けてくれるメール。

デカメロン【Decameron】「覗き」を論じた本＝「出(歯)亀論」

てがら【手柄】憎まれる理由。

てがる【手軽】足軽よりも下っ端で、武器を何も持っていないやつ。

てき【敵】相手が素手なら素敵。

できあい【溺愛】相手を愛するあまり溺死させてしまうこと。

てきい【敵意】女が女に抱くもの。

テキーラ【tequila】刺のある酒（原料は龍舌《りゅうぜつ》蘭《らん》）。お前らみんな敵ら。

てきおう【適応】自分のノリをあきらめること。

てきおん【適温】心臓麻痺なら摂氏二度。大火傷《やけど》なら摂氏八〇度。熱死なら摂氏一〇〇度。

てきかく【適格】不適格者を生もうとする考え方。

てきぐん【敵軍】常にこっちよりも強大に見える集団。

できごころ【出来心】丹念に計画した悪事でも、捕まった時はこう言う。

てきざいてきしょ【適材適所】気に食わない奴が左遷された時の憎まれ口。

テキサス【Texas】法螺《ほら》話とブッシュの産地。

てきし【敵視】されていると思っている者がしていること。

できし【溺死】魚にはできない死に方。

てきしゃせいぞん【適者生存】人類を肯定するための仮説。

てきしゅう【敵襲】寝入り端の蚊の襲来。

てきしゅつ【摘出】生きたままでホルモン焼きの原料を取り出すのが業者の夢。

てきじん【敵陣】さっきまで味方の陣地だった場所。

テキスト【text】教授の副収入。そして教授の著書が絶版にならない理由。

てきせい【適性】ニートの、職に就かない言い訳。

てきせいかかく【適正価格】当然のことをこと

さらに主張するのが怪しい。
てきせつ【適切】大統領夫婦間の性交。
てきぜん【敵前】戦死するか銃殺になるかを選べる場所。
できだか【出来高】本日の破産者の数。
てきだん【敵弾】味方の弾かもしれない。
てきち【敵地】歩がト金になる領域。
てきちゅう【的中】撃った弾の数は言わない。
てきとう【適当】大勢が居酒屋で注文する時のことば。
てきやく【適役】①誰もやりたくない役を押しつけるときの言葉。②演技力を必要としない役。
てきよう【摘要】貧弱な内容も要約によって素晴らしく見える。
てきれいき【適齢期】妊娠した時。
てぎれきん【手切れ金】退職金。
てぎわ【手際】ここで三十分間煮るのですが予めつくってあります。
てぐす【天蚕糸】スパイダーマンの命綱。
てぐすね【手薬煉】定期入れの中のコンドーム。
てくせ【手癖】人差し指を一本たてるとどうしても折れ曲がってしまうこと。
てくだ【手管】ジェームスン教授。
てぐち【手口】皆がよく知っていて、皆が必ず騙《だま》される技術。
テクニック【technique】歩くだけのピクニック。
でくのぼう【木偶の坊】独活《うど》の大木から作った棒。
テクノロジー【technology】歩行学。
てくび【手首】装飾品はブレスレット、腕時計、手錠……。
てこ【梃子】これで動かぬ尻には火をつける。

てごころ【手心】「毒を注射する前に、針だけは消毒しといてやる」

でこぼこ【凸凹】凸凹コンビのルー・コステロが死ぬと、バッド・アボットは映画から消えた。凸がなくなると凹もなくなるのである。

てごめ【手籠】セクハラになるので、ふざけて妻を手籠にすることもできなくなった。

デコレーション【decoration】額飾り。

デザート【dessert】砂で作った菓子。

デザイナー【designer】うるさいなあ。

てさき【手先】指先、という役のやつもいる。

でし【弟子】箒に水を運ばせるやつ。

てした【手下】目下、三下、縁の下。

デジタル【digital】デジタらない。

てじな【手品】人を騙す快感をプラスに昇華した術。マイナスなら詐欺。

てじゃく【手酌】誰も酌をしてくれない者の独言。「さしつさされつは不潔だよなあ」

てじょう【手錠】刑事に連行される紳士然とした悪党に通行人が。「そいつ、何やったの」

でじり【出尻】幼児の雨宿り用。

デスク【desk】鵜匠。時には魚（署名原稿）を（書かせて）やる。

デス・マスク【death mask】「凄い顔してるだろ。型をとる時に窒息した顔だ」

デス・マッチ【death match】牝豹との性交。

てすり【手摺】誰かのなすりつけたチューインガムに注意。

てせい【手製】誰でも作れる紙爆弾。

てそう【手相】猫の手相を見て。「出世もせず金もなく、短命じゃ」

でたらめ【出鱈目】タラの芽を食べるとかかる中毒症状。

てちょう【手帳】みながまだ字を書けた頃のメ

モ用具。

てつあれい【鉄亜鈴】足に落して「アレー」と絶叫する器具。

てっか【鉄火】寝間着のまま簀《す》巻きにされて鉄火巻となり、川にほうり込まれた姐御。

てつがく【哲学】無神論者と知識階級の宗教。

てつかぶと【鉄兜】吹っ飛んできて転がることにより、持主である兵士の爆死を表現する小道具。

てっかめん【鉄仮面】デュマよりボアゴベの方が怖くて面白いぞ。乱歩が翻訳している。

てっき【敵機】ボーイングやロッキード、今でも名を聞けば敵機と思う。

てっきょ【撤去】みな黙っているが、しばしばお宝が発見されている作業。

てっきょう【鉄橋】歩いて渡っていたら汽車が来た思い出。

てっけん【鉄拳】制裁用義手。

デッサン【dessin】絶賛。

てったい【撤退】あまり喜ばぬやつは現地に女ができている。

でっち【丁稚】憧れはお嬢様だが、女中頭に弄《もてあそ》ばれる。

てつどうしょうか【鉄道唱歌】余興で歌うやつがいる。一時間四十分かかる。

デッド・ヒート【dead heat】火あぶりの刑。

てっぱい【撤廃】自己の利益の遠まわしな主張。

てっぱん【鉄板】猫を踊らせる板。

てつびん【鉄瓶】鉄分という栄養までサービスしてくれる湯沸かし道具。

てっぺん【天辺】禿げたか。

てっぽう【鉄砲】数撃てばますます当たらない。敵が逃げるからだ。

てつめんぴ【鉄面皮】イベントの売上を持逃げ

するマネージャー。しばらくすると業界に復帰している。

てつや【徹夜】男性は性欲が昂進する。

てづる【手蔓】親類縁者みな貧乏。縋《すが》られた蔓が切れる。

てつろ【鉄路】耳を当てて列車の接近を待つうち居眠りした思い出。

てつわん【鉄腕】乱闘用義手。

てならい【手習い】テキスト「自慰の楽しみかた」

テニス【tennis】女子テニスの人気はパンチラにあり。男子テニスは人気がない。

てぬき【手抜き】「そんなことしたら、すっぱ抜きますよ」

てぬぐい【手拭】海水パンツを忘れた時はこれとベルトで褌《ふんどし》を作る。

テノール【tenor】歌唱力の絶頂期に最高音が出なくなり、引退を余儀なくされる。

てのひら【掌】砂漠地帯で止まれと合図している刺の生えたやつ。

デパート【department store】ギャグのデパートがあれば行きたい。

てはい【手配】「熟女と金髪各二名。女子大生、女子高生各三名、黒人女とおカマ各一名。はい承知しました」

でばかめ【出歯亀】寺山修司。

てばたしんごう【手旗信号】「今溺れている。助けてくれ」は、手バタ信号。

てばな【手鼻】ティッシュ不要だが、失敗すると着衣の洗濯が必要。

でばぼうちょう【出刃包丁】刃物店の主人は血相変えて買いにくる客には売るな。

でばやし【出囃し】出勤してくる上司の足取りに合わせ、心の中で奏でる安来節。

でばん【出番】楽屋のモニターをぼんやり見ていて、自分が出ていないことに気づいた時はもう遅い。

てびき【手引】すぐに古くなる案内書。

デビュー【début】もう足抜けできない。

てびょうし【手拍子】無芸の者に対する芸の強制。

でぶ　昔、金持ち。今、おたく。

デフォルメ【déformer】良い部分が誇張されることは滅多にない。

てぶくろ【手袋】指紋隠蔽用具。

デフレ【deflation】原稿料の値下げはないから作家は得をするようだが、新人が溢れて仕事の奪いあいになる。

でべそ【出臍】嚙みやすいほぞ。

てほん【手本】あまりにもそっくりだと「単なるコピー」と言われます。


デマ【Demagogie】笑いながらの話が、一巡して戻ってくれば驚愕の大事件になっている。

でまえ【出前】拉麺ののびる距離、氷の溶ける距離、回転ドア、エレベーターはお断り。

てまえみそ【手前味噌】すべてのＣＭ。

てまちん【手間賃】へま賃もやらずばなるまいな。

でまど【出窓】「ねえ。ちょいと寄ってらっしゃいな」

てまり【手鞠】いずれでかい蜜柑に化けるぞ。

てみじか【手短】そう言われてみれば、特に話すことは何もない。

でみせ【出店】本店の評判が落ちる理由。出店が多いほど味は落ちる。

デミル【De Mille】スペクタクルを驚嘆の眼デ見ル。

でめきん【出目金】バセドー氏病の魚。

デモ【demonstration】たとえ十万人のデモでも政府は「なあに。国民の千分の一だ」。

デュエット【duet】課長が美人社員に無理やり相手させるカラオケの定番。

デュマ【Dumas】裁判で。「盗作したことは認める。しかし私の方が面白い」

てら【寺】仏式の結婚式もできるのだが。

デラシネ【déraciné】「住所不定無職」の格好良い言いかた。

テレパシー【telepathy】ラヴホテル、動物園、精神病院などで、ただちに発狂。

テレビ【television】映像ジャーナリズムの狂気で歪曲された社会の窓。

テレポート【teleportation】本来、移動先では丸裸になっている筈。

テロ【terrorism】権力を使わぬ正義の行使。

てん【貂】テン（十四）で一着。

てんあんもん【天安門】恐ろしや失禁城の門なり。

てんいむほう【天衣無縫】女神のストリップ。

でんえん【田園】佐藤春夫「ここの憂鬱よりは都会の憂鬱の方がまし」

てんか【点火】短気な奴の欠点を指摘すること。

てんか【転嫁】つまみ食いをした姑が罪を嫁になすりつけること。

でんか【殿下】金持のぼんぼんに媚びを売る呼称。

てんがいこどく【天涯孤独】熟年離婚の翌日。

てんかいっぴん【天下一品】といいながらチェーン店を展開し、大量生産している。

でんがく【田楽】円楽の最後の弟子。

てんかふん【天花粉】梅雨どきの麻雀の必需品。

てんかん【転換】ひっくりかえること。

てんき【天気】下駄があれば誰でも予報できる。

でんき【伝記】実在の人物に関する伝説を集めた書物。自分で書いたりもする。

でんきいす【電気椅子】電気炬燵、電気毛布などと同じ暖房器具。

でんきゅう【電球】三遊亭歌笑「球の切れたのは、停電用にお使いください」

てんぎょう【転業】①警官が泥棒になること。②牛丼屋が豚丼屋になること。③冬はおでん屋、夏はアイスクリーム屋になること。

てんきん【転勤】マイホームを買うと言い渡される。

てんぐ【天狗】顔にペニスをつけた仙人で、絶倫のシンボル。

でんげん【電源】掃除機のコードがいつも少し足りない距離にある壁の穴。

てんこ【点呼】①普通は出てきたことを確認する。刑務所では出てこないことを確認する。②小説では行数稼ぎに使われる。

てんこう【転向】左から右へ行くこと。その逆はない。

てんごく【天国】そのあと地獄。

でんごん【伝言】「ここだけの話」がいちばんよく伝わる。

てんさい【天才】親が我が子に抱く妄想。

てんさい【天災】①天婦羅による火災。②地震でも天災とはこれ如何に。

てんさく【添削】ラヴレターを出したら真っ赤になって返ってきた。

てんし【天使】赤ん坊によく似た鳥。

てんじ【点字】にきびで愛を語る。

でんし【電子】ミクロ・ガールズのひとり。他に、素子、陽子、光子などがいる。

てんじく【天竺】パンチパーマ発祥の地。

でんしゃ【電車】比較的安全と思われていたが、

今では客に「遅れても死ぬよりまし」と思わせることに成功した乗り物。

てんじゅ【天寿】本人は、あと三十年生きられたと思っている。

でんじゅ【伝授】子供は嫌い、弟子は逃げ、途方に暮れる技の行方。

てんじょう【天井】たいていは子孫の身長を考えずに造られている。

でんしょう【伝承】歌舞伎を見て、家にある古い道具の使い方を知ること。

てんじょういん【添乗員】ことばの通じない国で客が奪いあう人物。

てんじょうさじき【天井桟敷】劇場が火事になれば絶対に助からぬ席。

てんしょく【天職】何もできぬやつが、たまたま自分にもできる仕事を見つけること。

でんしょばと【伝書鳩】軍事的目標として敵兵士の標的にされる唯一の鳥。

テンション【tension】百倍でセンセーション。

てんじん【天神】祀らないと祟られるからというので祀られている神様。

てんしんらんまん【天真爛漫】三歳未満。

でんせつ【伝説】民俗学者がでっちあげても罰せられることはない。

てんせん【点線】実線の点滴。

でんせん【伝染】人間の集団性を利用して病気が侵攻すること。

でんせん【電線】凧の天敵。

てんそく【纏足】高貴なるヨチヨチ歩きを作ること。

てんたい【天体】ほとんど見えないことがプラネタリウムの存在理由である。

でんたく【電卓】算数の学力が低下した原因。

てんち【天地】「無用」とは大きく出たな。どこで生きていくつもりだ。

でんち【電池】ママ。赤ちゃんを二階から落したら電池切れちゃった。

てんちゅう【天誅】人殺しの罪を天になすりつけることば。

でんちゅう【殿中】「殿。電柱でござる」

てんちょう【転調】このままでは単調な駄作になる、と悟った作曲家がやる。

てんてき【天敵】生き甲斐の味つけ。

てんてき【点滴】これをしたままでオリンピックに出るとドーピングになります。

てんてつき【転轍機】暴走列車を自爆させる機械。

てんてんはんそく【輾転反側】コマ落しで撮ればのたうちまわっている。

てんと【天幕】これを使用しているホームレスは比較的裕福である。

てんとう【顚倒】驀進してくる列車の前なら一巻の終り。

でんとう【伝統】革命のたびに壊され、不思議に生き返る。

でんとう【電灯】子は点けてまわり、親は消してまわる。

でんどう【電動】筋力の衰えと事故の原因。

でんどうし【伝道師】人喰人種のご馳走。

てんどうせつ【天動説】原理はプラネタリウムと同一。

てんとうむし【天道虫】俗説でおてんとさまの子。そう言や黒点もある。

てんどん【天丼】一杯でもテン丼。

てんにょ【天女】漁夫に羽衣をとられた天女は、丸裸で泣きわめきました。

てんにん【転任】行った先できっとまた女生徒にいたずらするのよ。

て

てんねん【天然】「天然の美」＝白痴美。

てんのう【天皇】精神病院に必ず一人はいる。

でんのう【電脳】おれが持っているのは五代目電脳陛下。

てんば【天馬】トライスター。製作打切りになった旅客機ではなく、映画会社の方。

でんぱ【伝播】敗戦直後のセイタカアワダチソウ。

でんぱ【電波】幻聴。「あっ、ラジオの電波が聞こえる」

てんばつ【天罰】偉いひとや資産家がひどい目にあったとき、庶民の言うこと。

でんぴょう【伝票】A型同士が奪い合うもの。

てんびん【天秤】善悪の平衡はとれない。いかに功績があっても小さな悪事でマスコミに潰される。正義の女神が目隠しをしているのは、その醜い現実を見たくないからだ。

でんぶ【臀部】人間なら食欲をそそる部分（イチボ）だがあまり旨くない。

てんぷく【転覆】仰臥して腹を見せた船のあられもない姿。

てんぷら【天麩羅】揚げている者と喧嘩するべからず。油を浴びせられる恐れあり。

でんぶん【伝聞】優秀な検事はこれだけを証拠として被告を有罪にする。

でんぷん【澱粉】三段腹の原因。

テンペスト【Tempest】ＳＦ映画「禁断の惑星」の原作。タイトルロールにもシェークスピアの名がある。

てんぺんちい【天変地異】人間が自分たちを蟻だと思う状況。

テンポ【tempo】ダンスミュージックの場合、これが乱れると転倒者が続出する。

てんぼう【点棒】負けても、点棒と思えば腹が

立つが、金と思えばなんでもない。（星新一）

でんぽう【電報】現在では祝電、弔電、闇金融の取立てに使われるのみ。

てんぼうだい【展望台】景色が上下逆になれば誰かに突き落されたのである。

デンマーク【Denmark】グリーンランドは本国の五十倍の大きさ。

てんまつ【顛末】何度も語るうち次第に長くなる。

てんまど【天窓】瓦職人が覗く窓。

てんめい【天命】悪事を尽して天罰を待つ。

てんめつ【点滅】そろそろ寿命がきた電球のまだらぼけ。

てんもうかいかい【天網恢恢】陰毛痒い痒い。

てんもんがく【天文学】人工衛星のため観測の対象が増加した。

でんらい【伝来】父祖からはただ水虫のみ。

てんらく【転落】そして「あの人は今」

てんらん【天覧】これは陛下があきれ果ててご覧になった絵です。

てんらんかい【展覧会】全部盗作と判明したため、お見せできません。

てんりきょう【天理教】屋敷を払うて引っ越したまえ色情狂のおっさん。

でんりそう【電離層】ケネリー・ヘビサイドという幽霊が出る。

でんりゅう【電流】人体を流れる時はサンバを踊らせる。

てんりゅうがわ【天竜川】ダムのため筏《いかだ》流しがなくなって「天竜下れば」と歌えなくなった。

でんりょく【電力】実は水力、原子力、火力、風力などで、純粋の電力は雷さまだけである。

でんれい【伝令】「メリーさんメリーさん大変だよ大変だ」

でんわ【電話】詐欺と脅迫の道具。

でんわちょう【電話帳】壮大な無駄。各家庭にあり、年に一度も見ないことがある。

でんわボックス【電話ボックス】携帯電話はこの中に入ってかけるべし。

と

ドア【door】時には殺人も犯す。

とい【樋】バドミントンの羽根の集積所。

といき【吐息】吸気を忘れると死ぬ。

といし【砥石】山姥の必需品。

といた【戸板】表は小仏、裏はお岩。

ドイツ【Deutschland】こいつ。

といや【問屋】質屋の仲間。

トイレット【toilet】誰もが哲学者になる場所。

どうあげ【胴上げ】最後に落すため、できるだけ高くあげる。

とうあん【答案】教師が自分の無能を思い知らされるもの。

とういそくみょう【当意即妙】その場しのぎ。じっくり考えられては困る。

とういん【党員】①雨降りでも投票に行く人。②党名がなければ共産党。

どういん【動員】枯木も山の賑い。

どうが【動画】教科書の隅にあるもの。

とうかい【倒壊】耐震強度判定の目安。

とうかいどう【東海道】弥次さん喜多さんが五十三回寝た道。

とうかく【頭角】当確を得た新人候補。

どうかせん【導火線】消えたと思って見に行ったら復活しているもの。

どうかつ【恫喝】おだやかな口調と笑顔が効果的。

とうがらし【唐辛子】うどんきたりなば早や唐辛子。

とうかん【投函】した瞬間、書き損じに気づく。

どうがん【童顔】苦労していない顔。

どうき【動悸】心臓がドーキドーキすること。

どうき【動機】あとで警察やマスコミが考えてくれるもの。

とうぎゅう【闘牛】木戸銭を取って行う屠畜。

どうきょ【同居】独居老人の夢。

とうきょう【東京】秋葉原の隣。

どうぎり【胴切り】①MRI。②人間イカ飯。

どうきん【同衾】互いのからだを湯たんぽにすること。

とうくつ【盗掘】考古学発祥の源。

どうくつ【洞窟】ひとりで入って行く勇気を試される場所。

どうぐや【道具屋】掘り出し物という幻想に依拠した商い。

とうげ【峠】出奔してきた故郷の家を涙で振り返るところ。

どうけ【道化】貴重な才能を貶《おとし》める呼称。

とうけい【統計】詐術の一。

とうけい【闘鶏】どちらを食うか決めるための競技。

とうげい【陶芸】最初は泥んこ遊び。

どうけい【憧憬】幻滅の前段階。

とうけつ【凍結】解かれるのは資産価値が下落してから。

とうけん【闘犬】狼をつれてきてはいけない。

とうげんきょう【桃源郷】中国では理想郷。日本では高い金をふんだくられるところ。

とうこう【投稿】「稿料はいらねえよ」と原稿を投げつけること。

とうこう【投降】「捕虜にしてください」であり、「死刑にしてください」ではない。

どうこう【瞳孔】⇩停電中の猫の眼を見よ。

どうこういきょく【同工異曲】最近ではもはや同工同曲ばかり。

とうこうきょひ【登校拒否】「行くのいやだ。生徒にいじめられるもん」

とうごく【投獄】古典的獄舎に抛り込まれることで、もはや娑婆には戻れぬ。

どうごはんぷく【同語反復】「貴様を殺害することによって殺す」「やめろ。人を殺したら殺人だぞ」

とうこん【闘魂】醜い闘争本能を、勝負の世界ではこう言う。

とうさく【盗作】文を盗まず意を盗め。今やすべての小説は盗作である。

とうさく【倒錯】本来の対象からズれたものにより執着することで、ズれが大きいほど文化的である。

どうさつ【洞察】知能の低い者が案外この力を持つ。インテリにはほとんどない。
とうざよきん【当座預金】利率0の時は普通預金と変らない。
とうさん【倒産】あっ。父さんの会社だ。
どうさん【動産】なぜか船舶は不動産。
とうし【投資】確実に損をするのは息子への投資である。
とうし【凍死】よせよせ。解凍したってどうせ腐っている。
とうし【透視】君、亀頭にティッシュペーパーがくっついてるよ。
どうし【同志】粛清の対象。
どうし【動詞】動かない、動きます、動く、動くとき……。
どうじつうやく【同時通訳】外国語がまったくわからない者にまで「へただ」と言われる損な職業。
とうしゃ【投射】対人関係を極端へと導く精神作用。
とうしゅ【投手】登場する時の歓声。退場する時の罵声。
とうしゅう【踏襲】新たに工夫するのも面倒だし、無難に今まで通りやっとこ。
とうじょ【倒叙】江戸川乱歩「心理試験」はドストエフスキー「罪と罰」からの着想である。
とうしょう【凍傷】雪山悲歌。
とうじょう【登場】あっ。トイレへ行っとくの忘れた。
どうじょう【同情】内心の歓喜。
どうじょう【道場】サディストの師範が若いやつを苛める場所。
どうしょういむ【同床異夢】夫は定年後の旧婚旅行を考え、妻は別れることを考えている。

と

とうしん【投身】飛び降り、飛び込みなど、死体の後始末のことをあまり考えない自殺。

どうしん【童心】偉いひとの子供っぽい無邪気さをこう言う。ただの大人の場合は単なるアホ。

どうじんざっし【同人雑誌】互いを無能呼ばわりして全員が書く気を失う集団。

とうすい【陶酔】ドーパミンの失禁。

とうせい【統制】国民の限りなき欲望に歯止めをかけてやること。

どうせい【同棲】結婚不適応者同士の生活。

とうせき【投石】「パチンコ」は本来このための器具。

とうせん【当選】すでに公約など頭にない。

とうぜん【陶然】邪魔が入って憮然。

とうそう【逃走】逃げ切れる道は死のみ。

とうそう【闘争】どう戦おうが蚊に刺されたほどにも思わぬ相手に挑むこと。

どうぞう【銅像】いずれは引き倒される運命。

どうそうかい【同窓会】いじめられた方はそのことを憶えているが、いじめた方はまったく憶えていない。

とうぞく【盗賊】バグダッドにはもういない。テロリストがいるだけだ。

とうた【淘汰】現代人の場合は正義漢、正直者などが淘汰される。

とうだい【灯台】遠隔管制によって、もはや「おいら岬の灯台守」は不要。

どうたい【胴体】首と手足を切り離した部分で、男性の場合は生殖器も含まれる。

とうちょう【盗聴】今、悪人どもが開発を急いでいるのは携帯電話用の器具だ。

とうちょう【登頂】やっと頂に着いたら、ヘリで来た連中がパーティをやっていた。

とうちょく【当直】怖いから、寂しいからといってパーティを開いてはいけない。
とうつう【疼痛】腎虚。
どうてい【童貞】経験していると主張する時期。
とうてん【読点】音読のための記号で、読解力のある者には不要。
とうでん【盗電】捕まれば電気椅子。
どうてん【動顚】意外性を伴った驚愕。例＝「あなたの子供、生んじゃったわ」
どうとく【道徳】皆が青少年に説くのをいやがった結果がこの有様。
とうとつ【唐突】馬鹿と思われてもいいから、この話題だけは急いで避けたい。
どうとんぼり【道頓堀】阪神優勝の夜、安井道頓が飛び込んだ川。
とうにょう【糖尿】健康人であっても、恐怖のあまり失禁した時の尿は必ず糖尿である。
とうは【党派】自由な言動を束縛されるために所属するもの。
とうはつ【頭髪】ストレスで白くなるか禿げるかは自分で決められない。
とうばつ【討伐】錦の御旗を奪ってしまえば、する者とされる者が逆転する。
とうばん【当番】好きな子とふたりだけでやった思い出。
どうはん【同伴】一緒に行く子がいないなら、ママが行ったげるわ。
とうひ【逃避】うつし世は夢、夜の夢こそまこと。
とうひょう【投票】一票しか入らなかった候補者は、妻を離縁した。
とうびょう【闘病】「無駄な抵抗はやめろ」と、遺産相続人たちの声。
どうびょう【同病】きっとあいつも苦しんでい

るんだ。ざまあ見ろ。けけけけけけ。

とうひょうりつ【投票率】百％を越えたらすべて無効。

とうひん【盗品】故買屋が買ってくれないもの。三種の神器。奈良の大仏。

とうふ【豆腐】凍った豆腐のかどになら頭をぶつけて死ねるよ。

どうふう【同封】不倫の証拠写真。離婚届の用紙。剃刀の刃。

どうぶつえん【動物園】知人の誰それを鳥獣に当てはめて笑うところ。

どうぶつがく【動物学】進化論や優生学など、動物全般のことに置き換えて差別をする学問。

とうぶん【糖分】「甘いものは食べないから」などと自慢たらしく言うな。酒の糖分を忘れているぞ。

とうへき【盗癖】人間に魅力的な陰影を与える性癖。

とうべん【答弁】マスコミ受け狙いや個性的、文学的なことを言うと命取りになる。

とうへんぼく【唐変木】頓珍漢、朴念仁に並ぶ中国三大奇人のひとつ。

とうぼう【逃亡】整形手術もこれに含まれる。

どうほう【同胞】国家眷属《けんぞく》。

とうほうけんぶんろく【東方見聞録】マルコポーロが大便の山を黄金と勘違いした書物。

とうほくちほう【東北地方】料理の基本は「さすせそ」。

とうほんせいそう【東奔西走】吉本興業の芸人。金があればミナミやキタに行く。

どうみゃく【動脈】下りの新幹線。上りは静脈。

とうみん【冬眠】春が来なければ永眠。

とうめい【透明】いま食べた物を胃のあたりに浮かばせている人。

どうもう【獰猛】すみません。
どうもと【胴元】日本銀行。
とうもろこし【玉蜀黍】出っ歯が有利。
とうゆ【灯油】世間を明るくするため自分自身を燃やす燃料。
とうよう【盗用】①西洋の真似をすること。②四小節までなら大丈夫。③原典よりも面白くすること。
どうよう【童謡】幼児の心に恐怖を植えつける歌。
どうよく【胴欲】胴欲豪を制す。
どうらく【道楽】かにを食べるのに金をつぎ込むこと。
どうり【道理】「理屈を言うな」であっさり片づけられてしまうもの。
とうりとうりゃく【党利党略】私利私欲の複数形。
とうりゅうもん【登竜門】登った先では新人。登れなかった者はタツノオトシゴとなる。
とうりょう【棟梁】二枚目のヴィジュアル系優《やさ》男《おとこ》だと信用されない職位。
どうりょう【同僚】上司の椅子を奪いあう存在。
どうりょく【動力】ヒトの場合は「動欲」。
とうるい【盗塁】盗んで褒められるもの。
どうるい【同類】相哀れむ。
とうろうながし【灯籠流し】下流で拾って来年また売る。
どうろこうつうほう【道路交通法】警察が直接収入を得るための法律。
とうろん【討論】朝までナマでやって絶対に結論を出さない番組。
どうわ【童話】子供がいちばん喜ぶところは省略される。
とうわく【当惑】あんたはもう不惑と言われた

時の気持。

とえはたえ【十重二十重】そのまま何もしなくても敵は餓死。

とおあさ【遠浅】満潮になれば溺死。

とおえん【遠縁】就職を頼みにくる名も知らぬやつ。

トーキー【talkie】だんまりを決めこんでいた容疑者が突然自白しはじめること。

ドーキンス【Dawkins】利己的な遺伝学者。

トースター【toaster】加熱した食品を吐き出す乱暴な調理器。

トーチカ【tochka】警備万全のセレブの邸宅。

ドードー【dodo】堂堂とし過ぎていたために絶滅した鳥。

ドーナツ【doughnut】食べてしまえば穴はどうなる。

ドーパミン【dopamine】女性はお喋りによって大量に出す。テレビで喋りまくっている女性はもはや垂れ流し。

ドーピング【doping】パラリンピックでは点滴を打ちながらの競技も許される。

ドーベルマン【Doberman】最初の飼い主の名前。

とおぼえ【遠吠え】新聞の社説における金正恩批判。

とかい【都会】ほんとかい？

どがいし【度外視】することはあっても、自分がされていることには気づかない。

とがき【ト書】役者の自由奔放な演技を阻害するもの。

とかげ【蜥蜴】浅田彰。

どかた【土方】土方歳三の実家の職業。

どかん【土管】ときどき赤ん坊を生むことがある。

とき【朱鷺】国産がいなくなっても学名はニッポニア・ニッポン。

とぎ【伽】夜、可愛いお姐ちゃんが布団に入ってきて、お伽噺をしてくれること。

どき【土器】かわらけ。別称パイパン。

どぎも【度肝】ホルモン料理の食材として抜かれる。

ドキュメンタリー【documentary】いかなる記録も虚構を排することはできないと証明している作品。

どきょう【度胸】一種の錯覚で、賢明でない者が自分にはあると信じる。

ときん【と金】前身を見抜かれて、どきん。

どく【毒】必ず美味であるのは不思議だ。

とくいさき【得意先】接待や賄賂を受ける側。

どぐう【土偶】古代にサングラスが存在したことを証明した。

どくえん【独演】自分の声と才能に酔い、マイクを離さない。

どくが【毒牙】やくざと病気持ちの女子高生。どちらが毒牙だかわからぬ。

どくがく【独学】誰も教えてくれないからしかたなく。例＝自慰。

どくガス【毒ガス】エレベーター内を瞬時にガス室に変える放屁。

とくぎ【特技】中に大便の詰まった卵を生む。

どくけ【毒気】文学賞の選考会場。

どくごかん【読後感】「爽やか」などというものはろくなものではない。

どくさい【独裁】多数決による失敗から皆が求めるもの。

とくさつ【特撮】海外の凄い映像を見せられても「あれならできるよ」とうそぶく日本の技術陣（できたためしがない）。

どくさつ【毒殺】注射する時は針を消毒すること。

とくさん【特産】大阪の使い捨てお笑い芸人。

とくしゃ【特赦】警官たちのために、ここいらで少し悪人を野ばなしにしましょう。

どくしゃ【読者】自分の知性より少し劣った作品を好む連中。

どくじゃ【毒蛇】嚙むのじゃ。

とくしゅう【特集】いざブーム、少ない書き手が駆り出され、いずれの雑誌も似たり寄ったり。

どくしゅう【独習】教わるのが嫌いなため、通常の数倍の時間をかけていびつに習得すること。

どくしょ【読書】「へぇえ。本なんか読むの」と言われる時代がくる。

とくしょう【特賞】僥倖。必ず悪いことがある。

どくしょう【独唱】えんえんと牛のよだれの嘆き節。

とくしょく【特色】わが社にはありません。すべて下請けへの丸投げなので。

どくしん【独身】まだ墓場へは行きたくない連中。

どくしんじゅつ【読心術】「そんなものはないと思っているだろう」「当った!」

どくぜつ【毒舌】第三者を陶酔させる弁舌。

どくせん【独占】国民的アイドルとの結婚。

どくぜん【独善】正義のこと。

どくそ【毒素】甘い瘴気《しょうき》。

どくそう【独走】他を引き離すつもりで、実はたったひとりで崖っぷちへ向かっている。

とくそく【督促】生命保険をかけて自殺に追い込むための取立て。

ドクター【doctor】博士号を取らずにドクター

と呼ばせるには、ドクターになればよい。

どくたけ【毒茸】美しい花（女性）には刺があり、綺麗な茸（男性）にも毒がある。

とくだね【特種】野心で眼をギラギラさせている記者には絶対に転がり込まない。

どくだんじょう【独壇場】そう思い込んでいるいちばん下手なやつがやるのを見て、皆で笑うこと。

とくちゅう【特注】ジャイアント馬場の棺桶。

とくちょう【特徴】差別可能な欠点。

とくてん【得点】相手の点数は聞くな。

とくとう【禿頭】富を得る体質。ホームレスや乞食には存在しない。

どくとく【独特】独特の一般性。

ドクトル・ジバゴ【Doktor Zhivago】ノーベル賞とアカデミー賞を両方とった医者。

どくは【読破】爆薬が仕掛けられた本を開くこと。

とくばい【特売】ちらしに出ていた商品がひとつもない。

とくはいいん【特派員】帰ってこなくていいぞ。

どくはく【独白】人を寄せつけぬ手段。

とくひつ【特筆】「すべきは……」と続く。今まで書いたことはどうでもよいと言っている。

とくひょう【得票】得票率こそ低いが、この全国区の得票数が地方区ならなんとかなるのに。

どくふ【毒婦】けちな貢ぎ物をして振られた男が浴びせる毒舌。

どくぶつ【毒物】週刊誌で報道されるたび、毒とされる食品がどんどん増える。しまいに食うものがなくなるぞ。

とくべつこうげきたい【特別攻撃隊】若者の自己破壊の衝動を昇華させた巧妙な戦略。

どくぼう【独房】やれやれ。やっとオナニーができる。

どくみ【毒見】耐性ができてしまい、役に立たない。

とくめい【匿名】非建設的、破壊的意見の発言者。

どくや【毒矢】男性性器の象徴。ただしコンドームによって毒液からは免れる。

どくやく【毒薬】医薬品の大半は毒として用いることができる。

とくよう【徳用】小金持ちの余禄。

とくり【徳利】酒が入っていて水に入れば、人間とてブクブクブクブク。

どくりつ【独立】でかいことを言うなら援助は絶対に受けるな。

どくりょく【独力】誰も手伝ってくれなかっただけ。

とくれい【督励】金も出さず手も貸さずに口だけ出す協力のこと。

とぐろ【塒】塒《ねぐら》から出ないヒキコモリのこと。

どくろ【髑髏】ひと皮剝けた状態だが、不細工な人のものはやっぱり不細工。

とげ【刺・棘】綺麗じゃないバラにもある。

とけい【時計】遅刻の原因。

どげざ【土下座】舌を出していても相手にはわからず、斬られにくい姿勢。

とけつ【吐血】口から下血すること。

とこう【渡航】刑務所に入るときの言い訳。

どごう【怒号】ハングルで、哀号とコンビ。

ド・ゴール【de Gaulle】ドで終わる楽曲。

とこずれ【床擦れ】象がもっとも恐れるもの。

とこなつ【常夏】トコナッツが実る。

とこのま【床の間】時には本番の舞台になる。

とこばしら【床柱】節だらけで通常の柱にはできない木材。

とこや【床屋】どこや。
ところてん【心太】便秘が治りそうな食物。
どざえもん【土左衛門】溺死したドラえもん。
とさか【鶏冠】コリトサウルスからパンクロッカーまで引き継がれた由緒ある突起。
とざま【外様】奥様の反対語。
とざん【登山】下山するための行為。
どさんこ【道産子】道端で産まれた子供。
とし【都市】冗談が通じるところ。
としがい【年甲斐】甲州地方に住む年寄り。
としご【年子】ちょっとずれて生まれた双生児。
としごろ【年頃】妊娠がばれそうなのでそろそろ結婚、という時期。
とじまり【戸締り】盗みに出るとき忘れぬよう。
どじょう【泥鰌】どんぐりの友達。残酷なのは生きたまま豆腐一丁と煮る鍋。
としょかん【図書館】作家の食い扶持を減らすための無料の貸し本屋。
としより【年寄り】自分より年上ならすべて。
としん【都心】テロの標的。
トスカ【Tosca】とさない。
ドストエフスキー【Dostoevskii】昔の文学部には必ず「ドストちゃん」がいたものだが、今は……。
とせい【渡世】粋がって自分の職業のあとにこのことばをくっつけるが、みじめったらしいだけ。
どせい【怒声】発声器官をアドレナリンに委ねた状態。
どせい【土星】土人のいる星。
どせきりゅう【土石流】これが迫ってくるのを背後にして実況中継できるか。
とぜつ【途絶】「私は無事ではない」という信号。

とそ【屠蘇】元旦の芝居を見るべからず。役者みな屠蘇機嫌。

とそう【塗装】不吉なひび割れやしみを胡魔化す作業で、女の化粧と同じ。

どそう【土葬】地中の生物を喜ばせる弔いかた。

どぞう【土蔵】悪餓鬼用の懲罰房。

どそく【土足】犬や猫はなぜ許されるのか。

どだい【土台】基礎工事なしの三階建ては、どだい無理。

ドタバタ 自分たちの姿だと認識できる人は、これを喜ばない。

トタン【tutanaga】焼けた波型トタンの上の正座は、トタンの苦しみ。

どたんば【土壇場】切り抜けた者のみがこう言う。さもなくばただの死に場である。

とちかん【土地勘】この抜け道を知っているのなら、犯人はご近所の人です。

どちゃく【土着】その土地に根づき、もはや他の土地には移植不能。

とちょう【都庁】並列二亀頭。

どちょう【怒張】腹上死の屍体はこの状態のまというのは嘘。縮みます。

とっかん【突貫】不眠不休で何かを貫くこと。

とっき【突起】一して八してトッキッキ。

とっきゅう【特急】「ひかり」の方が「こだま」より早い筈だが。

とっきょ【特許】独禁法違反のすすめ。

どっきょ【独居】死居していてもわからぬ。

ドッキング【docking】微調整が必要な筈だが、不思議に失敗例を聞かない。

とっくん【特訓】一夜漬け。

とつげき【突撃】アポなしのレポーターをこう言うが、マスコミに守られている。

とっけん【特権】誰にでも役得はあり、犬でさえ道で小便して罪にならない。
とっこうたい【特攻隊】自爆テロ集団。
とっこうやく【特効薬】副作用の強烈な薬のこと。
ドッジボール【dodge ball】皆に嫌われているやつが避けるスポーツ。
とっしゅつ【突出】たいていは他より僅かに抜きん出ているだけ。
とっしん【突進】そこの川に美女の全裸死体が浮いたぞ。
とつぜんへんい【突然変異】一姫二太郎三ナスビ。
とって【把手】癇癪持ちが引きちぎるもの。
とってい【突堤】大勢を津波が洗い流すところ。
とつにゅう【突入】人質の生命を考慮せぬ行為。
とっぱ【突破】フェンス。ガードレール。取材陣。女群。処女膜。
とっぴ【突飛】〽ご覧あれが突飛岬、北のはずれと……。
とっぴょうし【突拍子】難解な議論から取り残された馬鹿が焦って発することば。
トッピング【topping】乳首。
とっぷう【突風】自然によるセクハラ。
トップレス【topless】社長が服役中。
ドッペルゲンガー【Doppelgänger】選挙戦まっただ中の候補者が空想する現象。
とつべん【訥弁】他人から信頼される貴重な能力。
どて【土手】情事には不向きな斜面。
とていせいど【徒弟制度】親方の娘が争われる制度。
どてら【縕袍】夏に襲われると暑い怪獣。
とでん【都電】歩行者の横断を止まって待ってくれた路面電車。

どどいつ【都都逸】こ、こいつ。
ととう【徒党】ファンがついたのは新撰組だけ。
どとう【怒濤】不機嫌な波。
とどうふけん【都道府県】知事に乱れる。
トトカルチョ【totocálcio】魚のカルパッチョ。
ドドンパ　渡辺マリ「東京ドドンパ娘」一曲だけのリズム。
ドナー【donor】〽ドナドナドーナードーナー、売られていくよ。
とない【都内】03。
ドナウ【Donau】ダニューブの下品な言いかた。
となかい【馴鹿】一年を一夜で暮らすいい動物。
どなべ【土鍋】土器の生き残り。
となり【隣】芝生が青くて奥さんが美人。
ドナルド・ダック【Donald Duck】世界一著作権料の高いアヒル。

との【殿】馬鹿は省略されている。
どのう【土嚢】これがない時には陰嚢で代用する……ことはできない。
とのがた【殿方】男性用トイレのこと。
ドノソ【Donoso】夜のみだらな作家。
とば【賭場】石原都知事の夢。
とばく【賭博】結婚。
どはつ【怒髪】ある種の人々には絶対に不可能な怒りの表現方法。
どばと【土鳩】なんと外来種。追いやられている雉鳩のために、もっと差別しよう。
とび【鳶】稲荷の天敵。
とびうお【飛魚】飛ぶのも速いが足も早いと言われている魚。
とびぐち【鳶口】消防士が大っぴらに市民の家財を打ち壊すための道具。
とびげり【飛蹴り】相手の位置を目測し損なっ

て宙を蹴ると、こちらのダメージの方が大きくなる技。

とびこみ【飛込み】「すまん、プールの水を抜いたこと言うのを忘れてた」

とびどうぐ【飛道具】小便と精液を飛ばす、男の小道具。

とびばこ【跳箱】処女膜が破れる原因。

とびひ【飛火】直腸癌が喉頭癌に転移すること。

ドビュッシー【Debussy】印象派の絵画を音楽で真似した人。

どひょう【土俵】モンゴル人の稼ぎ場。

とびら【扉】叩けよ。さらば壊れん。

どびんむし【土瓶蒸し】松茸が値あがりすると薄いのが二枚しか入っていない。

どぶ【溝】素足を突っ込んでしまい、ヘドロの快感にしばし身をゆだねてうっとりするところ。

どぶねずみ【溝鼠】鼠のサラリーマン族。

どぶろく【濁酒】代表的な密造酒だが、規制緩和で有難みがなくなった。

とふんしょう【吐糞症】自分の腸を上へねじりあげた時の症状。

とべい【渡米】今は「飛米」と言うべきでは。

とほ【徒歩】とほほ。電車賃がない。

トポス【topos】誰もが憧れるが、どこにもない場所。

ドボルザーク【Dvořák】「通天閣」の作曲者。

トポロジー【topology】自分の後頭部を見ようという学問。

どま【土間】詫びにきた者を土下座させる場所。

トマト【tomato】下手な芸人に投げつけるための野菜。

どまんじゅう【土饅頭】あんこは屍体。

とみ【富】価値には関係なし。ゴミばかり溜めていても本人にとっては富。

ドミノ【domino】欠けコマになって世界を救いたい。

とみん【都民】京都の人のことではない。

どみん【土民】よそ者を嫌っていると、こう言われる。京都の人のことではない。

ともぐい【共食い】「共稼ぎ」「共働き」は夫婦で働いて稼ぐこと。「共倒れ」は夫婦が共に倒れること。「共食い」は夫婦が食い合うこと。

ともびき【友引】この日に葬式をすれば、友に引かれて死者が蘇る。

どもり【吃り】実直に見え、案外重用される。

どよう【土用】鰻百万匹の大量虐殺日。

どようび【土曜日】「半ドン」はまだ存在する。

とよとみひでよし【豊臣秀吉】チビで不細工で貧乏な男たちの偶像。

と

とら【虎】猟師に負け、お婆さんに勝つ。

どら【銅鑼】法螺《ほら》貝、鉦《かね》と並ぶ戦場の伴奏楽器。

トライ【try】初心者を病みつきにさせようという掛け声。

ドライアイス【dry ice】やけどする氷。

トライアングル【triangle】魔の打楽器。

ドライヴ【drive】目的地を言わなくていい誘い方。

トライスター【Tri-Star】生産中止になった天馬。

ドライバー【driver】宇宙空間では使えぬ道具。ネジは回らずに自分が回る。

ドライフラワー【dried flower】湯をかけるともとに戻る。

ドライヤー【dryer】入浴中の人物を感電死させる道具。

トラウマ【trauma】自分は本当は虎ではない

かと悩んでいるシマウマのこと。

とらがり【虎刈り】阪神ファンのヘアスタイル。巨人ファンのそれは虎狩りという。

ドラキュラ【Dracula】人間に似た大型の蚊。

トラクター【tractor】できすぎた野菜を踏みつぶす道具。

どらごえ【銅鑼声】セレナーデに向かぬ声。

ドラゴン【dragon】自分の背中を掻けないため常に凶暴である。

トラック【truck】「バックします」が「ファックします」に聞こえてしまう。

ドラッグ【drag】パソコン初心者がクリックの次に覚えなければならない動作。

ドラッグストア【drugstore】アメリカ映画では、主役ではない若者がポルノ雑誌を買いにくるところ。

トラバーユ【travail】虎の転職。

ドラフト【draft】プロスポーツ候補者が好む発泡酒。

トラブル【trouble】虎の喧嘩。

トラベラーズチェック【traveler's check】合計金額に仰天するのは帰宅してから。

トラホーム【Trachom】虎の家。

ドラム【drum】ドラムスコが叩く楽器。

どらやき【銅鑼焼】関西人「あれは三笠です」

トランク【trunk】大きさにかかわらず、出発前には必ず格闘する相手。

トランシルバニア【Transylvania】にんにく必携の土地。

トランプ【trump】かつては魔術師、悪魔、隠者、女教皇など大勢いたが整理され、残るは愚者（ジョーカー）のみ。

トランペット【trumpet】肛門と同じ原理で鳴る楽器。

トランポリン【trampoline】天井破壊用具。

ドリアン【durian】大便の臭気漂う退廃的美青年。

とりい【鳥居】公衆便所以外でみなが小便をしている場所と知らしめるマーク。

トリオ【trio】仲間割れしにくい態勢。

トリケラトプス【Triceratops】エリマキが固かった頃のエリマキトカゲの先祖。

トリコモナス【trichomonias】寄性虫。

とりしま【鳥島】島だか鳥だか岩だかコンクリートだか未だにわからない。

とりしまりやく【取締役】並んで頭を下げる役。

トリック【trick】合法なら魔術、違法なら詐欺。

トリップ【trip】身体を移動しない旅行。

とりて【捕り手】主役より強いやつはいない。

とりで【砦】騎兵隊が来なければ全滅。

とりてき【取的】横綱との力の差など、われわれ素人にとってはないも同然。「褌《ふんどし》担ぎ」などと言って怒らせたら命はない。

とりなわ【捕縄】投げ縄と手錠を兼ねた道具。

とりはだ【鳥肌】ガラスの表面を釘でこすられたら、たちまちこの状態。

トリビアリズム【trivialism】神は宿るが総理大臣にはなれない。

とりひき【取引】損をする側が自分の側ではないように交渉すること。

とりまき【取巻き】心酔していると見せかけて、全員が後釜を狙っている。

トリミング【trimming】カメラマンのセンスを信じない行為。

とりめ【鳥目】蜆《しじみ》の味噌汁の、汁だけ飲んで蜆を残すやつがなる症状。

とりもち【鳥黐】天然の接着剤。子供の頃、なぜあんなに蜻蛉《とんぼ》や蟬を捕りまくったのか、誰にもわからない。ただ殺すだけなのに。

とりものちょう【捕物帳】トリック皆無の探偵小説。

トリュフ【truffe】豚の食べ残し。

とりょう【塗料】塗装屋が常に酔っぱらっているのはこれのせいである。

どりょう【度量】度量衡で計れる程度のもの。

どりょく【努力】「やらなきゃしかたがないからやってはみるけど、できないことは最初からわかっている」という意味。

とりよせ【鳥寄せ】いかなる名人とて駝鳥は呼べまい。

ドリル【drill】やり過ぎて胃に穴をあけた子もいる。

ドリンクざい【ドリンク剤】昔は酒だった。現代では昼間から酒は飲めないため、その代用品。

ドル【dollar】ドル高にあわせて円高に、ドル安にあわせて円安にしてしまえばどうか。

トルーマン【Truman】北朝鮮に原爆を落そうとした人。あの時落していれば……。

トルコぶろ【トルコ風呂】トルコへ行ってもない風呂。

トルストイ【Tolstoi】映画だけ見て原作は読まれない作家の代表的存在。

ドルばこ【ドル箱】プロダクションの搾取を示す呼称。

ドルフィンキック【dolphin kick】尾鰭《おひれ》をつければ人魚泳ぎ。

トレアドルパンツ【toreador pants】ふたりのヘプバーンだけに似合ったパンツ。

どれい【奴隷】アッシー君、メッシー君、ネッシー君、その他。

トレード【trade】妻を出したいと思っている夫は多い筈である。

トレーニング【training】小生にとってはこの「裏辞典」。

トレーラー【trailer】道路の大事故にからむやつ。時には主役。

トレーラーハウス【trailer house】不動産ではない住宅。

ドレス【dress】値段は中身の価値と反比例。

ドレスアップ【dress up】ドレスを上へ脱ぐこと。

ドレッシング【dressing】「ドレッシングなしで」と注文すると、ウエイトレスは裸で出てくる。

トレモロ【tremolo】恐怖または寒さの音楽的表現。

トレンディ【trendy】長持ちはしない、という意味。

とろ 値段は高いがたいていの寿司屋にとってはサービス料金なので、あまりむさぼり食ってやると気の毒である。

とろ【吐露】心情のげろ。

どろ【泥】映画における泥まみれの乱闘シーンには、チョコレートが用いられる。

トロイカ【troika】トロくない。

とろう【徒労】受賞作以外の、新人賞応募作品はすべて。

どろえ【泥絵】紙芝居はこれでなければ。水彩画の上品な紙芝居など、想像できるか。

どろじあい【泥仕合】当事者も裁判官もへとへとに疲れ果てる争い。

トロッコ【truck】子供が乗って遊べば命取りとなる。ブレーキがなく、加速がつくと怖い四輪車。

ドロップアウト【dropout】呑み込んだドロップを吐き出すこと。

どろなわ【泥縄】①家が火事になったので消火器を買いに行くこと。②溺れている息子を助けるため泳ぎを習うこと。

どろぬま【泥沼】いちばん苦しい死に方はこれへ身を投げること。

トロフィー【trophy】ゴルフの下手なやつは自分で買ってきて応接室に並べる。

どろぼう【泥棒】妻、息子、マネージャーなど、たいてい身内の仕業。

どろみず【泥水】下痢をするのに適した飲料。

とろろ【薯蕷】おろすのに力と時間が必要。ずるずるとすり込むのは数秒。

トロンボーン【trombone】バンマスには向かぬ楽器。演奏しながら指揮ができない（トミー・ドーシィなどがいるが）。

どわすれ【度忘れ】〽待てど暮らせど来ぬ人を、度忘れ草のやる瀬なさ。

どんか【鈍化】少額の賄賂をもらい続けているうちに罪悪感が麻痺してきて、くれないやつを憎みはじめる。

どんかく【鈍角】雪おろしをしなければならない屋根の角度。

とんカツ【豚カツ】ファッションモデルが絶対口にしない食品。

どんかん【鈍感】殺されたことに気づかず歩きまわること。

どんき【鈍器】凶器が特定できない時の表現。

ドン・キホーテ【Don Quijote】初めて馬鹿を主人公にした近代小説の祖。

とんきょう【頓狂】新妻が男だと知ってあげる声。

どんぐり【団栗】新人賞応募作品。

と

どんこう【鈍行】その地方の住民を観察できる列車。

とんこつ【豚骨】ラーメンのスープにしか使えぬだし。

ドンゴロス【dungarees】シャネルやディオールが使わぬ生地。

とんざ【頓挫】人間的面白味を伴う中断。

どんさい【鈍才】湯川秀樹も大工をやればこう言われる。

とんし【頓死】豚の死にかた。

とんじ【豚児】チチローはこうは言わぬ。

とんしゅさいはい【頓首再拝】豚首崇拝。

とんそうきょく【遁走曲】風雅な曲。

どんそく【鈍足】こいつのお蔭であとの全員が逃げ果せる。

どんぞこ【どん底】いったんここまで落ちなければなかなか這いあがれない。

どんちょう【緞帳】芝居の途中で下りはじめたら、裏方のストライキである。

どんつう【鈍痛】激痛の予告。

トンネル【tunnel】豚小屋。犬小屋はケンネル。

ドンファン【Don Juan】えっ。ドン・ジョヴァンニって、おれのこと?

どんぶり【丼】家計簿をつけていない家庭。

どんよく【貪欲】みのもんた。細木数子。他。

どんらん【貪婪】貪欲プラス残虐性。

な【名】たいていは、こうなってほしいという願望のもと、他人によってつけられる。

ナースコール【nurse call】コールガールとしての看護婦をセックス目的で呼ぶ設備。

ナーバス【nervous】すべてを自分への敵意と見る心理状態。

ナイアガラ【Niagara】エレベーターのある滝。

ないあつ【内圧】あなた、早く昇進してよ。

ないえん【内縁】簡単に逃げ出せると常に思っていられる状態。

ないかい【内科医】まったく知識がなくても精神病の診断ができる医者。

ないかく【内閣】総理が使い勝手のよさで決める適材適所。

ないかん【内患】使用人みな泥棒。

ないこうせい【内向性】ユングの定義に従えば、引きこもりよりは外向的。

ないさい【内妻】妻として人前に出すには気がひける醜い妻。

ないしゅっけつ【内出血】内気な怪我。

ないしょ【内緒】大勢に向かってこう言えば、皆が聞き耳を立てる。

ないじょ【内助】それとなく夫に恩を売ること。

ないしょく【内職】泥棒にとっては表向きの正業。

ないしんしょ【内申書】学校から上級学校に向けてのチクリ。

ないせい【内省】自身の失敗による心の傷をぺろぺろ舐《な》めること。
ないせいかんしょう【内政干渉】他国からの忠告に腹を立てて言うことば。
ないぞう【内臓】人工ではないぞう。
ナイター【nighter】客が入らず、球場が電気代に泣いたー。
ナイチンゲール【Nightingale】夜の歌姫。ひと晩中鳴いているなんてろくな女じゃないな。
ないつう【内通】「内通者は誰だ。出て行け」と言ったら全員が出て行った。
ないてい【内定】これを取り消されるなら、内定しない方がまし。
ナイト【knight】夜の騎士道。
ナイトキャップ【nightcap】コンドームのこと。
ナイトクラブ【nightclub】夜の蟹が集る場所。
ナイトショー【night show】酔っていなければ見ていられないショー。
ナイフ【knife】食器。凶器。開口促進器。悲鳴始動器。絶叫増幅器。
ないぶこくはつ【内部告発】退職してから、またはクビになってから書く文書。
ないぶん【内聞】「バラしやがったらぶっ殺すぞ」を丁寧に言う時の語。
ないみつ【内密】「内密のご相談なんですが」と言えば、偉い人でも会ってくれる。
ないめん【内面】外面如夜叉、内面如菩薩という女もいるよ。
ないゆうがいかん【内憂外患】恥丘快感。
ないようしょうめい【内容証明】通常の郵便物を脅迫に使える制度。
ないらん【内乱】内臓の腐乱。
ナイロン【nylon】戦後、ストッキングは絞殺に使われるほど強くなった。

なえどこ【苗床】幼稚園。

なおきしょう【直木賞】直木三十五なんて、誰か読んだ?

なおざり【等閑】拉致問題。

ながあめ【長雨】淫雨とも言う。いつまでもだらだらと濡れておるからである。

なかい【仲居】客と軽口が叩ける程度に齢をくった女中。

ながいす【長椅子】突如女性を押し倒せる椅子。

ながいも【長薯】馬のペニス。

ながぐつ【長靴】水虫増殖用の靴。

ながさき【長崎】この地名のつく歌謡曲は約三百曲。

ながじゅばん【長襦袢】真紅のものはストリップショーの定番としてしか使われない。

ながちょうば【長丁場】教授会。主力教授が順に、へとへとになるまで喋る。

なかづり【中吊り】満員電車では乗客みなこれを読むしかすることがない。

ながとうりゅう【長逗留】宿賃が払えぬからではないかと、帳場では大騒ぎ。

なかのしまこうえん【中之島公園】中州にあるのに公共施設しかない公園。

ながばなし【長話】退屈な話のこと。面白ければ長くは感じない。

ながひばち【長火鉢】これがないと親父は倅に説教できない。

なかま【仲間】君を出世させまいとする連中。

ながもち【長持】トランクがなかった時代の死体の隠し場所。

ながや【長屋】汝大家とならばわれ店子となりて払わない。

ながゆ【長湯】混浴の温泉では湯あたりして目をまわす男が続出。

なかゆび【中指】いちばん奥まで届く指。

なきおんな【泣き女】この連中だけは日本へ来ても仕事がない。

なきがら【亡骸】蟬の抜け殻みたいな言いかたをするな。中身は詰まっている。

なぎさ【渚】源氏名の定番。チーママに多い。

なきじょうご【泣き上戸】これが商売の助けとなるのは僧侶である。

なきっつら【泣きっ面】もっと泣かせてやろうという衝動を触発する顔。

なきどころ【泣き所】女子高生に「ケータイを没収するぞ」と言えば何でも言うことをきく。

なぎなた【薙刀】武家娘の嗜《たしな》みであり、これを振りかざして夫を追いかけまわしたという話も多い。

なきぼくろ【泣き黒子】女の場合は男の好き心をそそる。よく泣くと言われているからである。

なきむし【泣き虫】クラスにひとりはいて、泣き虫が損であることを皆に教えた。

なげうり【投売り】仕入れの才がなかったことを自ら認める行為。

なげし【長押】首をくくりやすい和風建築。

なげなわ【投げ縄】女を捉えてはいけない。牛馬並みに扱ったというので憤激を買う。

なこうど【仲人】ご大家同士の縁を取り持ったりすると別の仲人を立てられて無駄働きとなります。

なごや【名古屋】さほどなごやかな都市とも思えぬが。

なごり【名残】「来ようと思えばいつでも来れるから」などと言いながら二度と来るつもりはない。

ナサ【NASA】若者の宇宙熱を利用し、その生命を粗末に扱う機関。

なし【梨】この果物の名はなし。

なじみ【馴染】上客ばかりが理想だが、そうはならない。

ナジャ【Nadja】最初に超現実主義を体現した女。

ナショナリスト【nationalist】松下電器産業の愛社精神。

なすび【茄子】一姫二太郎三なすび。

なぞ【謎】単に無口なだけの人物がこう言われる。

なた【鉈】ナタでココを殴れ。

なだい【名題】十年以上話題になり続けてやっとこう呼ばれる。

なたね【菜種】幼児期、炒り卵を菜種と称して食べさせられた。今でもアブラナの花を見ると旨そうである。

ナチス【Nazis】残党は那智寺にいる。地図で見るとマークもあやしいしな。

なついん【捺印】これ一回ポンとやっただけで全貯金土地家屋敷金銀財宝全部失い次の日から丸裸のホームレス。

なつがれ【夏枯れ】海の家以外、冷房のない店はすべて。

なっとう【納豆】戦国時代の偶然の産物。最初に食べたやつは偉い。

なっとく【納得】「あなた様には何の恨みもございませんが、これも渡世の義理でござんす。死んでもらいます」「はい」

なつばおり【夏羽織】蟬の羽根から思いついた衣服。

なつぶとん【夏布団】たいていは抱きつくだけの布団。

なつみかん【夏蜜柑】蜜柑の親玉。ザボンの子分。

なつめそうせき【夏目漱石】死ぬときに「今死ぬのは困る」と言った人。死んでしまえば困ることはないのに。

なつやすみ【夏休み】よくできる子はますます勉強し、できない子はますます遊んで学力の差が開く。

なでがた【撫で肩】襟巻や羽織ったものを落しやすい体型。

なでぎり【撫で斬り】やさしくそっと斬ること。

ナナ【Nana】「居酒屋」の娘。

ななくさ【七草】兎の餌、大根の葉、牛の牧草など。人間の食うものではない。

ななころびやおき【七転八起】最後に一度起きるだけだから、七転八倒とたいして変らない。

ななつどうぐ【七つ道具】素人が持つもの。プロはそれ以上持つ。

ななひかり【七光】もし馬鹿ならマスコミの餌食。

ななふしぎ【七不思議】種も蒔《ま》かぬに毛が生えて、ゴムでもないのに伸び縮み、風邪もひかぬに洟《はな》垂れて、竹でもないのに節がある云々。

ななまがり【七曲】皆が気をつけるため、車の正面衝突事故は滅多にない。

なにがし【某】それがし。

なにごと【何事】ただごと。

なにさま【何様】上様にしといて。

なにとぞ【何卒】「命だけは」と続く。

なにもの【何者】ばけもの。

なにわ【浪花・浪速・難波】なくても江戸むらさき。

なにわぶし【浪花節】これが人生の人は、ジャズが人生の人と相いれない。

なぬし【名主】農地改革で泣いた人。

なのり【名乗】「やあやあ。遠からん者は音にも」ズドン。「やられた」

ナパームだん【ナパーム弾】火葬の手間を省いた殺戮《さつりく》兵器。

ナビゲーター【navigator】水先案内ワニ。

ナプキン【napkin】きれい好きのロシア人「ナプーキン」による愛用が語源。

ナフタリン【naphthalene】虫もつかない醜女のこと。

なべ【鍋】料理下手が考案した料理。

なべしま【鍋島】ブランド猫。

なべぞこ【鍋底】空腹で帰宅し、鍋の蓋を取って見るもの。

なべぶぎょう【鍋奉行】そういう名前のパソコンソフトは当店にはございません。

なべぶた【鍋蓋】囲炉裏端で刀を避《よ》けるために使う道具。

ナボコフ【Nabokov】親が娘にロリータという名前をつけにくくさせた作家。

ナポリ【Napoli】死ぬ前に見に行く都市。

ナポレオン【Napoléon】不完全な辞書を持っていたことで有名。

なまいき【生意気】目下の者の正論。

なまえ【名前】name の語源。

なまえんそう【生演奏】賞味期限を過ぎるとすぐに腐ってしまう演奏。

なまかわ【生皮】刺青をした死体の皮膚は芸術作品として剝がれ、東大解剖学教室に残される。

なまぐさぼうず【生臭坊主】歴代ローマ法王。

なまくび【生首】煮炊きしていない首。

なまくら【鈍】何度も斬りつけられてやっと死ねる刃物。

なまこ【海鼠】このわたの容器。

なまごろし【生殺し】途中でやめること。

なまざかな【生魚】生意気な魚。

なます【膾】吹いて食べてるやつ、見たことない。

なまず【鯰】環境汚染で激減したが地震は減らない。

なまたまご【生卵】温めて孵化させようと一度は試みるもの。

なまちゅうけい【生中継】国民の願いは「死刑の現場」から。

なまつば【生唾】常に周囲から聞こえてくるのが美女の悦楽。

なまづめ【生爪】缶ビールを飲むたびに剝がすもの。

なまにえ【生煮え】みなで争って食うホルモン鍋。おーこわ。

なまはげ【生剝】泣き叫ぶ子供を見て楽しむ行事。

なまはんか【生半可】なめてかかって思い知ること。でも、懲りない。

なまビール【生ビール】生臭さを楽しむビール。冷やして飲む馬鹿もいる。

なまびょうほう【生兵法】この連中の「大怪我」を見るのが時代劇の醍醐味。

なまフィルム【生フィルム】感光させたらまさに一巻の終り。

なまへんじ【生返事】同棲三日めあたりから。

なまほうそう【生放送】必ず「不適切な発言」のお詫びが出る。

なまみ【生身】サイボーグではないこと。

なまむぎ【生麦】有名な事件であるが、生麦そのものは登場しない。

なまもの【生物】死んだばかりの生物。

なまやけ【生焼け】レアのこと。

なまり【訛】名優には必ずある。大根が真似ても味は出ない。

なみ【波】歴史に残るでかいのもある。

なみうちぎわ【波打ち際】壜に入った手紙が届くところ。

なみがしら【波頭】サーファーなら立てるが、一瞬である。

なみかぜ【波風】平和な家庭に、家政婦が好んで立てようとするもの。

なみき【並木】画家が遠近法を学ぶ景色。日本画家は学べなかった。

なみだ【涙】女子社員の禁じ手。反抗的と受け取られるからである。

なみだあめ【涙雨】結婚式に降れば、どこかで誰かが泣いているのだ。

なみだきん【涙金】「けち」と軽蔑されたり、「人を軽く見やがって」と憎まれたりするために渡す金。

なみだごえ【涙声】これを聞きたいがためのイジメもある。

なみま【波間】流された君の家が、まだ見え隠れ。

なむあみだぶつ【南無阿弥陀仏】礼儀正しい殺人者の科白《せりふ》。最近は誰も言わないようだ。

なむさん【南無三】昔気質の悪人が悪事に失策《しくじ》った時に言う。

ナムル【namul】韓国焼肉店に来た菜食主義者の食料。

なめくじ【蛞蝓】塩と一緒に食べれば消化によい。

なめし【菜飯】なめしとなもしは違うぞなもし。

なや【納屋】若旦那が女中を連れ込む場所。

ならく【奈落】花道へ出ようとする役者が時折迷うところ。

ならこうえん【奈良公園】鹿の糞で知られる。
ならのだいぶつ【奈良の大仏】まだ盗まれたことは一度もない。金銭的価値が不明だからである。
ならやまぶしこう【楢山節考】昔は老人ホームがなかったので山へ捨てたというだけの話。
なりきん【成金】邸宅の下品さですぐにわかる。
なりたさん【成田山】お札の力によって交通事故は百万分の一に押さえられているそうだ。
なりひら【業平】持てない男は羨《うらや》み、色男は同情する。
なりもの【鳴り物】賑やかな葬式は悪人が死んで皆が喜んでいるのだ。
なりわい【生業】あるわい。
なるかみ【鳴神】他に「久米仙人」「一角仙人」と併せて色に迷った三大老人。
ナルコレプシー【narcolepsy】気楽な居眠りに見えるが、本人は苦しんでいる。
ナルシシズム【narcissism】鏡を見ながらセックスするやつは、実は自分を見ている。
なると【鳴門】冷し中華の定番だが、飾りに使うだけの実に不味《まず》い食品。
ナレーション【narration】読み手は個性を出そうとし、演出家は出させまいとする。
なわ【縄】寝室の常備品。緊縛用。
なわとび【縄跳び】昔は路上で美少女のパンチラが拝めた。
なわばしご【縄梯子】避難用に設置しておくと泥棒に悪用される。
なわばり【縄張り】自分でそう思っているだけであり、主張して馬鹿にされる。
なんか【軟化】脳の軟化と同時に態度も軟化し、ペニスも軟化する。
なんかい【難解】ナンカイやっても解けないよ。

なんかん【難関】ナンカン汝をヤケにす。

なんぎ【難儀】嫌疑。詮議。一本気。

なんきつ【難詰】感情的になればなるほどまともな答えは得られない。

なんぎょうくぎょう【難行苦行】自転車操業。

なんきょく【南極】酷寒の地であり、ペンギンだけは動物園にいる方がしあわせ。

なんきょく【難局】乗り越えてからの自慢が楽しい。

なんきょく【難曲】老齢になると、若さの技術にまかせて作曲した自分の曲が弾けなくなる。

なんきん【軟禁】マインド・コントロール、又は両足切断。

なんきんむし【南京虫】害虫にしては美しいので、戦後、女性に可愛がられた。

なんくせ【難癖】ほんの軽い気持ちでも殺されることさえある危険な言説。

なんこう【軟膏】ああ水銀大軟膏。

なんこうふらく【難攻不落】夜這いで籠絡。

なんこつ【軟骨】折れやすい。好んで鼻が殴られるのはそのためだ。

なんざん【難産】胎児が出生を嫌っている。

なんじ【汝】社長に言ってはいけない。

なんじゃく【軟弱】案外女性に愛される性向。

なんじゅう【難渋】山道で行き暮れたことを訴えることば。そのあと、もっと怖い目に遇う。

なんしょ【難所】密入国者にとっての検問所。

なんしょく【難色】「いやだ」「ことわる」「できない」を色で示すこと。

ナンセンス【nonsense】学生にこう野次られて、思わず「サンキュー」と言ってしまうおれ。

なんせんほくば【南船北馬】まだ東と西がなかった頃の話である。

なんだい【難題】へえ。それはいったい、なんだい。
なんたいどうぶつ【軟体動物】時どき硬直するやつが股間に一匹。
なんちゃくりく【軟着陸】軟便で滑ってその上に尻餅をつくこと。
なんちょう【難聴】夫婦円満。
なんてん【南天】天敵はヒヨドリ。
なんてん【難点】ひとつもなければ「それが難点」と言われる。
なんど【納戸】宿屋の亭主が女中を連れ込むところ。
なんぱ【軟派】動詞として用いられはじめてから、名詞は廃れた。
なんぱ【難破】船の溺死。
ナンバリング【numbering】われら国民の背に番号をつけるのは十二桁の機械である。
なんばん【南蛮】差別語だが、「南蛮漬」「南蛮渡来」と聞くと触手が動く。
なんびょう【難病】男の妊娠。
なんべん【軟便】下痢の際に放屁すると薬味として小量排泄される。
なんみん【難民】すべての難民は政治難民である。経済難民というものはない。
なんよう【南洋】一郎さんの姓。
なんろ【難路】よその私道を通らないと自宅に戻れず、その道を見張られている。

ニアミス【near miss】心臓が停まるのは、配偶者と愛人のすれ違い。

にいがた【新潟】高級旅館に泊り、雪で足止めをくらえば破産。

ニーチェ【Nietzsche】脳が梅毒に冒されたら「ツァラトゥストラ」が書けるというものではない。

にいづま【新妻】「君。毎日昼食の時間に家まで帰るのは何故かね」

ニート【NEET】労働の価値に根源的疑問を投げかける新人類。

にえゆ【煮え湯】妻や使用人に騙《だま》されて飲むもの。はらわたまで煮えくり返る。

におう【仁王】右が運慶、左が快慶。どちらも左甚五郎の作。

にかい【二階】目薬には高く、自殺には低い。

にがお【似顔】画家は、よく会う人の顔は悪く描かない。

にがて【苦手】過去を知る人物。

にがむし【苦虫】突撃レポーターからマイクを突きつけられた時に噛みつぶす虫。

にがり【苦汁】文学になくてはならぬもの。

にかわ【膠】艶出しを塗った床をすぐ歩いた猫が立ち往生。

にきび【面皰】潰しては痕が残る。盛大に自慰をせよ。

にぎりずし【握り寿司】皮膚常在菌がうようよ。

にぎりめし【握り飯】コンビニなどで売られているものは機械が作っているので手垢がついていず、不味い。

にくがん【肉眼】空気中の雑菌が見えないからこそわれわれは平静でいられる。

にくじゃが【肉ジャガ】ミック・ジャガー。

にくしゅ【肉腫】切除後、酢もみにして食えば美味なり。

にくしょく【肉食】ライオンに野菜サラダの旨さを説く菜食主義者、食われる。

にくしん【肉親】ステーキに親しむこと。

にくせい【肉声】肉を斬られてあげる悲鳴。

ニクソン【Nixon】憎まれて損をした大統領。

にくたい【肉体】骨や内臓をとったあと。

にくだん【肉弾】肉団子の投げつけあい。

にくはく【肉迫】肉体を要求して迫ること。

にくひつ【肉筆】ペニスでかいた書画。

にくや【肉屋】差別的だと非難された戯曲のタイトルだが、「精肉店」ではサマにならない。

にくよく【肉欲】ステーキが食いたい。

にぐるま【荷車】古典的夜逃げの必需品。

にげあし【逃げ足】習い性であり、妻子まで抛《ほ》ったらかして逃げる。

にげうま【逃げ馬】追いかけていた泥棒を追い越してしまい、そのまま泥棒に追いかけられる性癖。

にげぐち【逃げ口】いつもきょろきょろしているやつは、常にこれを探している。

にげこうじょう【逃げ口上】これが完璧だと相手の怒りに火を注ぐ。

にげごし【逃げ腰】でぶが落ちついて見えるのは、逃げ腰になれないからだ。

にげば【逃げ場】秘書がやったこと。

にげみず【逃げ水】「次の映画こそヒットさせ

ますので出資してください」なったためしがない。

にげみち【逃げ道】部下を難詰する時に作っておいてやるもの。

にごう【二号】後妻候補者。

にこごり【煮凝り】吸血鬼「鮮血でも作れるよ」

ニコチン【nicotine】ペニスは微笑む。

にじ【虹】小便でも作れる自然現象。

にじかい【二次会】家庭が幸福な者は行かない。

にしきごい【錦鯉】裕福な家庭の非常食。

にしきへび【錦蛇】襤褸《ぼろ》は着てても心は錦蛇。

にしじんおり【西陣織】実用をやめ土産やネクタイで細ぼそと作られている織物。

にしび【西日】窓際族の肩越しに見える太陽。

にしめ【煮染め】一年間穿き続けた下着の状態。

にじゅうじんかく【二重人格】気がついたらなぜか血だらけになっている人格。

にじゅうちょうぼ【二重帳簿】税務署の便宜のため脱税者が自分で作っておく証拠書類。

にしん【鰊】〽ニシン来たかとカモメに聞けば、カモメは言葉が喋れない。

ニジンスキー【Nizhinskii】人参好きが高じて競走馬に生まれ変わったバレエダンサー。

にしんほう【二進法】バルタン星人の計算法。

にせい【二世】相続争いに勝った人。

にせさつ【贋札】印刷技術の発展に貢献している。

にせもの【偽者】おれおれ。

にそう【尼僧】神父が愛人。

にそくさんもん【二束三文】「お宝」と信じていたものを売った値段。

にたき【煮炊き】腐りかけたものを食べるための知恵。

にちじ【日時】時間旅行者が最初に会った人に最初に尋ねること。

にちじょう【日常】後から思い出せない日日。

にちぼつ【日没】反対側では朝。

にちよう【日曜】教会のかき入れ日。

にちようひん【日用品】もちろん非常用品でもある。

にちれん【日蓮】辻説法を聞いた者も日蓮托生。当るもホッケ、当らぬもホッケ。

にっかんてき【肉感的】でぶを無理に褒める時のことば。

にっき【日記】多くの人に知ってほしい秘密。

にっきゅう【日給】毎日が給料日。

にっさん【日参】毎日来るおっさん。

にっしゃびょう【日射病】精神論を振りかざす体育教師が原因。

にっしょうけん【日照権】太陽が集金に来た。

にっしょく【日食】時間旅行者が古代人を翻弄するために利用する自然現象。

にっしんげっぽ【日進月歩】太陽や月の如く、見え隠れしながら歩くこと。

にっぽう【日報】その日自分がどれだけ多く働いたかを誇張して書く書類。

にとうりゅう【二刀流】後継者がいなかった革新。

ニトログリセリン【nitroglycerin】爆発で死ぬ者もいれば、これを心臓で爆発させないと生きていけない者もいる。

ににんさんきゃく【二人三脚】誰も転ばなければつまらないゲーム。

ににんしょう【二人称】成功した小説はない。

ににんばおり【二人羽織】小児麻痺を笑いもの

にした芸。

にぬき【煮抜き】ハードボイルドだど。

にのあし【二の足】片足の人の前でこの表現は不可。

にのく【二の句】これが出ないのは「あんた口が臭いよ」と言われた時。

にのまい【二の舞】過去から学ばぬ振舞いの結果。

にばんせんじ【二番煎じ】同じことを二度やっても大人は笑ってくれないと、子供の時に学んだ筈なのに。

ニヒリズム【nihilism】自分が死ぬ時でもニヒヒと笑う主義。

にふだ【荷札】正月は「初荷」。倒産時の最後の出荷は「終荷」。

にぶつ【二物】並列二亀頭。

にぼし【煮干し】最も猫に狙われる加工食品。

にほんが【日本画】遠近法のない絵画。

にほんご【日本語】一人称だけで十以上ある国語。

にほんしゅ【日本酒】電気ブランもそうだ。

にほんしょき【日本書紀】時の権力者（藤原氏）が自分たちの滅ぼした蘇我氏を悪く書いた歴史書。

にほんじん【日本人】なんとなく自国が愛せない国民。

にほんのうえん【日本脳炎】ウイルスは豚で増殖する。豚の精神発達遅滞はそのせいである。

にほんばし【日本橋】川（日本橋川）よりも先にできた橋。

にほんぶよう【日本舞踊】泥鰌《どじょう》すくいもそうだよ。

にまいめ【二枚目】演技に開眼するところは老け

役。

にもつ【荷物】股間に一物、手に荷物。

ニュアンス【nuance】これがわからぬやつは馬鹿ざんす。

にゅういん【入院】芸術院会員になること。

にゅうがん【乳癌】情事のさなかに発見される病気。

にゅうぎゅう【乳牛】なんとなく肉牛より長生きできそう。

にゅうぎょう【乳業】賞味期限に最も配慮する食品加工業。

にゅうごく【入獄】出入獄管理は閻魔の仕事。

にゅうこん【入魂】絵の虎が抜け出るなど、人騒がせの技。

にゅうさつ【入札】談合がなければ限りなくゼロ円に近づく。

にゅうさんきん【乳酸菌】特に胃癌患者の胃に多く存在するが病原性はないからご安心を。

にゅうし【入試】受験料や入学金で荒稼ぎする制度。

にゅうし【乳歯】星新一は死ぬまで乳歯が生えていた。

にゅうしゃ【入社】とりあえずフリーターやニートになるのを避けること。

にゅうじゃく【柔弱】平和主義者への悪口。

にゅうしゅ【入手】苦労して得たことを強調する言いかた。

ニュースキャスター【newscaster】アナウンサーとの違いは、アホな感想を口にすること。

にゅうせいひん【乳製品】豆乳を除く。

にゅうどう【入道】仏門に入った蛸。

ニュートン【Newton】物が落ちるのを見るのは林檎が初めて？

にゅうもん【入門】肛門に入れること。

にゅうよく【入浴】感電死させるチャンス。

にょうい【尿意】舞台へ出る前に起り、出たら忘れる現象。

にょうどう【尿道】小便と精液が共用する管。

にょうぼう【女房】女性用独房。

にょたい【女体】こう言うときはたいてい裸体。

にょにんきんせい【女人禁制】外人ならよくて、なぜ女の相撲取りが駄目なのか。

にょらい【如来】阿弥陀籤の発明者。

にら【韮】ニンニク不要の中華食材。

にりゅう【二流】一流と自称する人びとの九十九パーセント。

にわかあめ【俄雨】昔は里芋の葉。今はビニール傘。

にわし【庭師】松の木の枝から二階の情事を覗くやつ。

にわとり【鶏】以前は庭にいたからニワトリ。今はブロイ鳥。

にんいしゅっとう【任意出頭】もう帰ってこられない。

にんいどうこう【任意同行】もう帰ってこられない。

にんき【人気】出はじめている時は気づかず、落ち目になっている時にも気づかない。

にんぎょ【人魚】各地秘宝館に存在するミイラ。

にんきょう【任侠】ドラマの中にしか存在しない精神で、これを標榜しているのはただのアホ。

にんぎょうげき【人形劇】死体の役だけが巧い役者たちの芝居。

にんげん【人間】ヒト科ヒト。ヒト科には他に、ごく少数の真人間がいる。

にんげんこくほう【人間国宝】殺そうものなら、

公共物損壊で罰せられる。
にんしき【認識】これが不足していればシュールレアリスト、怖いもの知らずの勇者、天才科学者などになれる。
にんじゃ【忍者】見えないふりをしてやれば喜ぶひと。
にんじゅう【忍従】被虐の快感を隠すこと。
にんじゅつ【忍術】算術のひとつ下。
にんじょう【人情】自分よりなさけない者に感情移入すること。
にんじょうざた【刃傷沙汰】すぐキレるやつが切れるものを持って起す事件。
にんしん【妊娠】カンガルーの気分になること。
にんじん【人参】雪達磨の鼻。
にんしんちゅうぜつ【妊娠中絶】DNA鑑定で「あなたの子だ」と主張できなくなったからしかたなく。
にんずう【人数】相撲取りからは会費二人分徴収しないと不公平だ。
にんそう【人相】「悪い」という表現にしか結びつかぬ語。
にんたい【忍耐】復讐心を養うこと。
にんち【認知】自分が父親であるためのわが子の将来の不幸を想像して拒否するもの。
にんちしょう【認知症】①重大な犯罪を犯したためマスコミに取り囲まれた時に装う病。②誰でも自分の子供だと認めたがる病。
にんにく【大蒜】別れたい男とのデートの前に食べていく食品。
にんぴにん【人非人】一応「人」であることは認めている罵倒語。
ニンフ【nymph】ギリシアの神神に犯されるだけの存在。
にんぷ【妊婦】皆からこんなに大切に扱っても

らえるなんて、生まれて初めて。

ニンフォマニア【nymphomania】男の色情狂と遭遇すればえらいことになる。

にんむ【任務】自分にしかできないという思い込みのこと。

ぬ

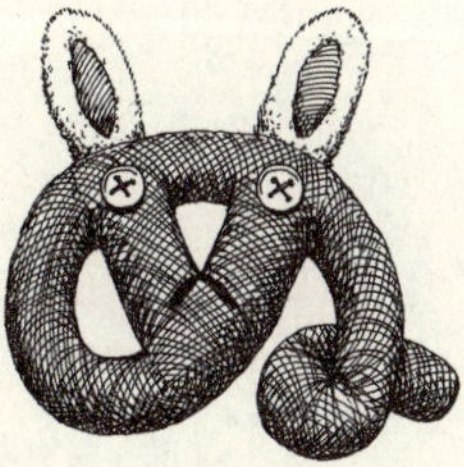

ぬいぐるみ【縫包み】空港における麻薬運搬用品。

ヌーディスト【nudist】結婚式の正装はネクタイとケープだけ。

ヌード【nude】蟬の脱皮はセミヌード。

ヌーベルバーグ【nouvelle vague】ゴダールでござーる。あれっ。これ前にもやったなあ。

ヌーボーロマン【nouveau roman】与太郎が主人公の、つかみどころのない小説。

ぬえ【鵺】「日本夜鳥の会」会長。

ぬかみそ【糠味噌】良妻の香り。
ぬかるみ【泥濘】額田留美子の愛称。
ぬきみ【抜き身】ちらつかされて怖いものと笑えるものがある。
ぬけがら【抜け殻】連続十回射精したあと。
ぬけみち【抜け道】掛け軸の裏。
ぬけめ【抜け目】洗って干してある義眼。
ぬすっと【盗っ人】竹のような性格らしい。
ぬすみぐい【盗み食い】なぜかまずいものでも美味に感じられる食べかた。
ぬた【饅】「ええっと、ほら、何て言ったっけ、あの、ぬたっ、としたやつ」
ぬの【布】ヌーディストの敵。
ぬのめ【布目】豆腐についている模様。
ぬま【沼】底にいっぱい死体が沈んでいる池。
ぬりえ【塗り絵】アニメの下請け仕事。
ぬるまゆ【微温湯】パンツの中への失禁。

ぬ

ぬれぎぬ【濡れ衣】失禁した和服。
ぬれて【濡れ手】トイレットペーパーを摑んではいけない。
ぬれねずみ【濡れ鼠】火災探知器の下でタバコを喫ったあと。
ぬんちゃく【双節棍】攻撃が自分にも向かう武器。

ねあがり【値上り】三下がり。

ねあげ【値上げ】原料の高騰に音をあげて。

ねあせ【寝汗】寝小便の一種。

ねいす【寝椅子】裸婦に淫夢を見せる家具。

ねいろ【音色】女を泣かせてうっとりと聞き惚れるもの。

ネーブル【navel】臍《へそ》があるので哺乳類とされている蜜柑。

ねおし【寝押し】証明はズボンの二本の線。

ネオン【neon】夜の繁華街で発作を起してぶっ倒れる原因。激しい点滅がいけない。

ねがえり【寝返り】ひと山越えた夢を見たら、妻のからだを乗り越えていた。

ねがお【寝顔】じっと見つめていると魘《うな》されるやつがいる。

ねぎ【葱】博打好きの退職金。

ねぐせ【寝癖】側頭部の穴。逆トサカ。

ネクタイ【necktie】いつでも絞殺してもらえるように常に締めている細長い布。

ねくび【寝首】俯せに寝ていれば掻かれない。

ねくら【根暗】語源はロシアの詩人ネクラーソフ。ほんとに暗かった。

ネグリジェ【négligé】大汗を掻くと裸に見える寝衣。

ネクロフィリア【necrophilia】生きている女性は怖いんだもの。

ねこ【猫】原産地はネコロンビア。

ねこじた【猫舌】寄せ鍋で損するやつ。

ねこぜ【猫背】これを直すには腹が突き出るくらい肥満すればよい。

ねごと【寝言】意図せずして口走る願望で、家庭不和の一因。「ハルミって誰よ」

ねこなでごえ【猫撫で声】目的を遂げるまでの優しさだと自分に言い聞かせている声。

ねさがり【値下り】倒産寸前の噂が倒産に拍車をかける。

ねさげ【値下げ】腐る寸前。

ねざけ【寝酒】最初はグラスに一杯。やがてボトル一本。

ねざめ【寝覚め】「悪い」へと続く語。原因は悪夢、寝小便、強盗に叩き起された時。

ねじ【螺子】「ねじの空転」H・ジェームスが書いた頭のネジの狂った小説。

ねしょうべん【寝小便】便所へ行った夢を見ること。


ねずみ【鼠】学名ミキマウス・オルトデズニ。

ねずみこう【鼠講】三代目は加害者か被害者か。四代目は？

ねずみこぞう【鼠小僧】鼠に引かれて行った「四谷怪談」のお岩さんの赤ん坊。のち大泥棒となる。

ねぞう【寝相】二十歳代では欲情を催し、三十歳代では幻滅を齎《もたら》すさま。

ネタ　自分や他人のレパートリイをやや軽視し、やや秘密めかした業界用語。

ねだ【根太】白蟻にやられてはじめて重要性を意識する建材。

ねだん【値段】これが安定している社会は旨みもなければ面白味もない。

ねつあい【熱愛】小説やドラマが理解できるようになるための病気。

ねつい【熱意】ほだされると狂気に巻きこまれる。

ねつえん【熱演】冷静さを欠けばオーバー・アクト。笑われる。

ネッカチーフ【neckerchief】どうぞわたしの首を締めてください。

ねつき【寝付き】「悪い」へと続く語。原因は妻の鼾《いびき》、心配ごと、隣家の夜宴。

ねっきょう【熱狂】群衆が陥る状態であり、ひとりならただの発狂。

ネックレス【necklace】胸に顔がある人。

ねつけ【根付】ケータイストラップの先祖。

ねっけつかん【熱血漢】虚構の主人公なら好感が持てるが、現実の存在としては熱くて近寄れない。

ネッシー【Nessie】寝小便する男友達。

ねっしゃびょう【熱射病】体育教師の可能性殺人法。

ねつぞう【捏造】本人の知らぬ間に警察によって殺人の動機や証拠が揃えられていること。

ねったい【熱帯】地球温暖化の次にやってくるもの。

ねっちゅう【熱中】死の接近を忘れるのに最適の状態。

ネット【net】からめとられると脱け出せない。

ねっとう【熱湯】煮え湯に同じで、身内によって浴びせられたり飲まされたりするもの。

ねつびょう【熱病】この患者を抱いて寝れば冬でも暖房不要。

ねつれつ【熱烈】女優はファンからこう言われても演技力のせいではないと心得るべし。

ねどこ【寝床】布団を敷いただけでいっぱいになる住まいの呼称。

ねなしぐさ【根無し草】ダラシネー。

ねはん【涅槃】快感を感じながら死ぬこと。
ねびえ【寝冷え】冷血の異性と腹をくっつけて寝たのが原因。
ねびき【値引】商品の瑕《きず》を発見されてしかたなく。
ねぶくろ【寝袋】そのまま死体として運搬しやすい寝具。
ねぶそく【寝不足】一日中うっとりといい気分でいられる状態。
ねふだ【値札】店員のつけ替え（差額の着服）があったのでバーコードに改善された。
ねぶた　青森市のかき入れどき。
ねぼう【寝坊】夢への未練。
ねぼけ【寝惚け】軽度の夢遊病。電車に乗ったやつもいる。
ねまき【寝間着】この姿でホテルの廊下を徘徊する馬鹿。

ねまわし【根回し】木までぐるぐる回る。
ねみみ【寝耳】寝耳に水銀。
ねむけ【眠気】重要な会議や上司の訓示の際に訪れる感覚。
ねむのき【合歓木】ヤマハの木。
ねものがたり【寝物語】千一夜やらないと殺される。
ねりま【練馬】馬のカマボコのこと。
ネロ【Nero】すぐに「オキロ」と言う。
ねわざ【寝技】勝負の途中で射精してしまうおそれのある技。
ねんえきしつ【粘液質】汗が糸をひく人。
ねんが【年賀】わたし、まだ生きています。
ねんがん【念願】配偶者の獲得と配偶者の死。
ねんき【年季】長生きも芸のうち。
ねんきん【年金】官製のネズミ講。
ねんきん【粘菌】えっ。納豆菌のことじゃないの？

ねんぐ【年貢】百姓は毎年、悪党は最期に一回納める。

ねんげつ【年月】百代の過客はよく柿食う客だ。

ねんごう【年号】天皇のニックネーム。

ねんこうじょれつ【年功序列】死ぬ順番。

ねんし【年始】只酒を飲みに行くこと。

ねんしゅう【年収】申告書には少なく書き借金の申込書には多く書く。

ねんしょ【念書】いやがる相手に書かせる覚書。

ねんしょう【燃焼】派手な酸化現象。

ねんだいき【年代記】戦争や大災害がないと飽きてしまう本。

ねんちゃく【粘着】蠅取り紙を庭に仕掛けると野良猫を捕まえることができる。残酷なのでしてはならない。

ねんど【粘土】芸術品となりうる可能性を持った土。

ねんどうりょく【念動力】スカートをまくりあげる力。

ねんねこ　小道具はかざぐるま。

ねんぶつ【念仏】利口な馬なら理解している。

ねんりょう【燃料】焼身自殺の際にかぶるもの。

ねんりん【年輪】バウムクーヘンの原型。

ねんれい【年齢】タレントの詐称を、同級生はみんな知っている。

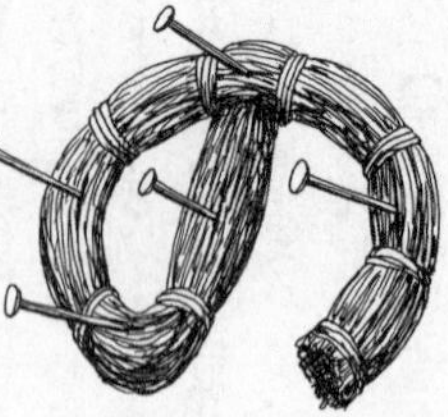

ノア【Noah】駅前方舟。

ノイズ【noise】純愛に水を差そうとする音声。

のう【脳】情報を歪めて受け、間違えた指令を発するところ。

のういっけつ【脳溢血】血圧の高い老人を殺すには怒らせればよい。

のうか【農家】猫の手をした花嫁、募集中。

のうがく【能楽】「羽衣」では天女がヌードで出てくるよ。

のうかすいたい【脳下垂体】ここを刺激すれば誰でもジャイアント馬場になれます。

のうきょう【農協】海外ツアーで国辱を撒き散らした団体。

のうげか【脳外科】周囲の人たちの都合がいいように本人の脳をいじりまわす医学。

のうけっせん【脳血栓】中風を子供に冷やかされ、「こら」と叫んだはずみで血栓がとれ、全快した人がいる。

のうさつ【悩殺】女の撒き餌。ろくな男はひっかかってこない。

のうし【脳死】臓器が奪いあいになる死にかた。

のうは【脳波】何を考えているかまではわからない電流。

のうみそ【脳味噌】猿によって、人間のものも美味であることはほぼ証明されている。

のうみん【農民】「最後に勝つのは常に農民」とフィクションでのみ持ちあげられる存在。

のうむ【濃霧】氷山には霧笛は聞こえない。

のうやく【農薬】食物に撒布して罰せられない毒薬。

ノー・コメント【no comment】最もよく使われるコメント。

ノー・スモーキング【no smoking】「禁酒法」的愚行であり、一部の狂気の煽動による運動。

ノートル・ダム・ド・パリ【Notre-Dame de Paris】「ノートル・ダムのせむし男」と訳しておいて、勝手に差別的だと騒いで、またこのタイトルに戻した。

ノーベルしょう【ノーベル賞】ノーベルのど飴の景品。

のきさき【軒先】雨やどりの女子高生。誘いたいがこっちも傘を持っていない。

のきなみ【軒並】倒産、倒壊など、倒れる時の前置詞。

のぐそ【野糞】人間のものである証拠は、上におかれたティッシュペーパー。

ノクターン【nocturne】夜躁曲。

のこぎり【鋸】電動式になって事故が増加した道具。

のざらし【野晒し】女のしゃれこうべとわかれば供養してやるのだが。

のしぶくろ【熨斗袋】正月、子供は大人に祝儀を求める。大人が貧乏だろうと破産していようとかまうことではない。

のじゅく【野宿】原っぱで寝た場合は原宿。

ノストラダムス【Nostradamus】「恐怖の大王が降ってくる」というのは、自分の予言力の失墜のこと。

のぞき【覗き】夫婦の最後の収入源は自分たちの性行為を見せることである。

のだて【野点】お茶だけのピクニック。

のたれじに【野垂れ死に】立ち小便または野糞を垂れているさなかに死ぬこと。

ノック【knock】ドアを破壊して捕まった強盗。「ノックしただけです」

ノックアウト【knockout】大阪府知事の免職。

のっとり【乗っ取り】会社合併の記者会見でにこにこ笑っている社長が乗っ取った方。

のつぼ【野壺】落し穴の一種。表面は地面と変らない。

のっぽ　棺桶に費用のかかる体型。

のてんぶろ【野天風呂】猿と混浴ができる。

のど【喉】背後から羽交い締めにされ、掻き切られて血を噴出させる部位。

のどか【長閑】余命三カ月を宣告され、明日に倒産を控えた社長の心境。

のどじまん【喉自慢】マイクを独占して皆に憎まれるやつ。

のどちんこ【喉ちんこ】美味・珍味で射精する。

のどぶえ【喉笛】恐怖のあまり、鳴らなくてもいい時にひゅーひゅー鳴って掻き切られる部位。

のどぼとけ【喉仏】生前に砕かれていない限り、死後取り出してもらえる座仏形の骨。

のどもと【喉元】熱さを忘れるというが、灼熱の鉄棒を差し込まれたら忘れるどころではない。

のどわ【喉輪】象や河馬にこの技はかけられない。

のはら【野原】昔は町中にもあった、格好のゴミ捨て場。

のび【野火】大岡昇平が見たのは戦死者から出た燐光、つまり人魂。

のぶし【野武士】風格を褒めて実は融通の利かぬ者を馬鹿にしている言葉。

ノベライゼーション【novelization】映画にも表現できぬものがあると知らしめる手段。

のほうず【野放図】コルホーズ。

のぼり【幟】売れ行きが下がると立てる。

のみ【蚤】心臓麻痺を起しやすい生物。

ノミネート【nominate】されただけでも有難く思え。落されても恨むな。

のみのいち【蚤の市】蚤の座頭。

のやき【野焼き】野焼き山焼き海辺焼き。

ノラ【Nora】決然と内田家を出た猫。

のらいぬ【野良犬】行く先ざきで違う名で呼ばれている犬。

のらしごと【野良仕事】銀行員、セールスマン、勧誘員、不動産屋などに手伝わせる仕事。

のらねこ【野良猫】農作業を手伝う猫。

のり【海苔】紙漉きをして作る食品。

のり【糊】貧乏人が空腹時に口にするもの。

のりき【乗り気】セールスマンに見せてはならない表情。

のりくみいん【乗組員】最初に脱出する連中。

のりまき【海苔巻】金太郎飴に酷似した形状と性質を持つ食べ物。

ノルマ【norma】クリスマスにコンビニ店員の食事が三日連続でケーキになる理由。

のれん【暖簾】分けると増える布。

のろい【呪い】いちどに穴をふたつ掘る方法。

のろし【狼煙】火事ダ。助ケテクレ。

のろま【鈍間】せっかちを怒らせる才能。

のんき【呑気】不都合な真実に気づかぬ人。

ノンキャリア【non career】まだエイズに罹っていない国家公務員。

ノンストップ【nonstop】回遊魚。

ノンセクト【non sect】無精子症。

ノンバンク【nonbank】バンクでノンと言われ

て行くところ。

ノンフィクション【nonfiction】 想像力を加えると訴えられる文芸。

ノンポリ【nonpolitical】 交番へ駈け込んでも警察官がいないこと。

は

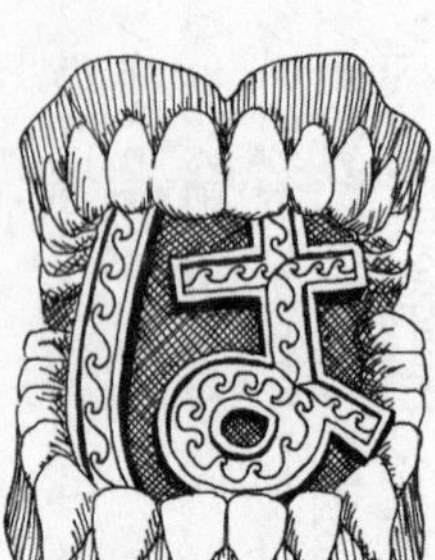

は【歯】 恐怖のあまり、鳴らなくてもいい時にカスタネットのように鳴って居場所を悟られる人体の部分。

バー【bar】 酔っぱらい伝習所。

パーカッション【percussion】 上腕二頭筋に痙攣と激痛を起させる楽器の総称。

パーキング・メーター【parking meter】 どうせ違法駐車されるのだから、少しでも金を取ろう。

バーゲンセール【bargain sale】 主婦の主戦場。

迷い子発生局面。

バーコード【bar code】店員がいちばん困るのは、包装紙や表紙をこの模様で埋め尽すこと。

パーソナリティ【personality】テレビ向けの人格。

パーティ【party】誰も知らないやつが必ずひとりは潜り込んでいる。

バーテンダー【bartender】閉店だー。

ハードボイルド【hard-boiled】心理描写を手抜きした小説。

ハープ【harp】演奏者はハーポ。

バーベキュー【barbecue】オバQを野外で丸焼きにすること。

バーベル【barbell】中足骨の破砕による絶叫マシーン。

バーボン【bourbon】玉蜀黍《とうもろこし》が原料の、環境にやさしい酒。

ハーモニカ【harmonica】スリラー映画のBGM用の楽器。

パール・バック【Pearl Buck】ペーパー・バック（文庫）で読めます。

ハーレム【harem】女子大を受験する男子学生が夢見ているもの。

はい【灰】われわれの未来の姿。

はい【肺】喫煙者が気にする自らの臓器。

パイ【pie】喜劇映画で大量に消費される飛び道具。

はいあん【廃案】何度否決されてもまたぞろ出てきそうなのが禁煙法案。

はいいろ【灰色】無罪を主張している間の色。

はいいん【敗因】たいていは女。または男。

はいえい【背泳】行く手が見えない危険な泳法。

ハイエナ【hyena】死肉をあさるアフリカの野良犬。清掃しているのに、なぜか、より獰猛な猛獣以上に嫌われている。

はいえん【肺炎】肺魚を除き、魚がかからない病気。

ばいえん【煤煙】尼崎市（工場地帯）の住民の鼻毛がのびる原因。

はいおく【廃屋】ドラマは終りました。

バイオテクノロジー【biotechnology】食べ物のDNAを組み替えて食えなくする技術。

パイオニア【pioneer】音響機器製造の開拓者。

バイオリン【violin】稽古する者の周囲を発狂させる楽器。

ハイカー【hiker】俳句を作るひと。

はいかい【徘徊】ゆっくりとした右往左往。

ばいかい【媒介】自分は病気にならずに病原菌を次へ伝達すること。

はいかきょう【拝火教】死体を鳥に食わせる宗教。

はいかぐら【灰神楽】「お神楽をお見せします」と言って火鉢の中へ熱湯をぶちまける。

はいかつりょう【肺活量】ながながと続く悲鳴。

はいかん【配管】ガスの栓をひねると水が噴出する工事。

はいかん【廃刊】編集者の志が高かったため。

はいがん【肺癌】「早く良くなってください」「はいがんばります」

はいきガス【排気ガス】嫌煙権運動家が無視するもの。

はいきしゅ【肺気腫】美しいヴェネチアン・グラスの裏にあるガラス吹きの職業病。

はいきぶつ【廃棄物】発展途上国のお宝。

ばいきゃく【売却】売りたいものは売れず、売りたくないものに高値がつく。

はいきゅう【配給】不良品でもありがたいと思わせる制度。

はいきょ【廃墟】正義の味方が怪獣と戦ったあと。

はいきょう【背教】神父と尼僧の淫行。

はいぎょう【廃業】本当の死の前にくる、天職の死。

ばいきん【黴菌】細菌すべて悪玉と思われていた頃の俗称。

ハイキング【hiking】長身の王の趣味。

バイキング【Viking】海賊を焼いて食うこと。

はいく【俳句】外国から見れば単なる言葉遊び。

バイク【bike】五七五、五七五の句。

はいぐうしゃ【配偶者】夫婦の一方から他方を、お役所的な冷たい眼で見た呼称。

バイクびん【バイク便】漫画家「今、こっちを出ました」

はいけい【拝啓】手紙に書かれ、メールには書かれないもの。「どうもどうも」の文語体。

はいけっかく【肺結核】ハムレット「テーベー？　オア・ナット・テーベー？」

はいけん【拝見】デジカメ禁止。

はいご【背後】人間を除く哺乳類の正常交尾体位。

はいこう【廃校】少子化を象徴する廃墟。

はいごう【俳号】徘徊老人にふった番号。

ばいこくど【売国奴】大政。

はいざら【灰皿】蜷川幸雄の飛び道具。

はいざんへい【敗残兵】ある意味ラッキーな人。

ハイジ【Heidi】あるブスの少女。

はいしゃく【拝借】運動会のゲームに「パンティ」という紙を混ぜておくと……。

ばいしゃく【媒酌】捨てた女を若者に取り持つこと。

ハイジャック【hijack】ベティが機内でジャックに気安く呼びかけて大騒ぎになること。

はいしゃふっかつせん【敗者復活戦】恥の二度塗り。
ばいしゅう【買収】金持の買物のしかた。
ばいしゅん【売春】心清き人が愛する売り物。
ばいしょう【賠償】形而下的な誠意。
ばいしょうふ【売笑婦】ショー番組で笑い声を採るために駆り集められた主婦。
はいしょく【敗色】甲子園から阪神ファンが帰りはじめること。
はいしん【背信】背中にこっそり「バカ」と書いた紙を貼りつけること。
はいじん【廃人】松尾芭蕉。
ばいしん【陪審】法廷物の端役。稀に主役。
はいすいのじん【背水の陣】河川敷に並ぶホームレスのテント。
はいせき【排斥】北京五輪までは大丈夫と思っていたが。

は

はいせつ【排泄】過去の堆積を水に流すこと。
はいせつぶつ【排泄物】ヤプーの主食。
はいせん【配線】パソコンのうしろに電気コードの滝を作ること。
はいそ【敗訴】「不当判決」という巻紙を開きながら外に走り出る事態。
はいそう【配送】「はい、そうです」
ハイ・ソサエティ【high society】サッチモから見たグレース・ケリー。
バイソン【bison】一度絶滅を宣告されながら、また増え続けている。
パイソン【python】財布に出世した錦蛇がこう呼ばれる。
はいた【歯痛】はいたたたたたたたたたた。
ばいた【売女】バイタリティのある女。
はいたい【敗退】背中を撃たれやすい状況。
ばいたい【媒体】情報という幽体を媒介する。

はいたつ【配達】俵屋宗達の弟子。
はいたてきけいざいすいいき【排他的経済水域】波がしらが「あっちへ行け、あっちへ行け」と手を振っているところ。
バイタリティ【vitality】倍の活力。
はいだん【俳壇】俳人の仏壇。
はいち【配置】まわりに人員を置いてわが身を危険から守ること。
はいちゃく【廃嫡】人権問題なので、今では馬鹿でも相続できる。
はいちょう【拝聴】自分には無関係な話だと悟るまでの態度。
ハイデガー【Heidegger】大著「本妻と痴漢」
はいでん【拝殿】前に立っているだけで小銭が拾えるところ。
ばいてん【売店】バイニンがいる店。
はいとう【配当】不労所得。祖父母にとっての孫。
はいとうれい【廃刀令】弱い侍はほっとしただろうな。
はいとく【背徳】徳川に背くこと。
はいどく【拝読】実はななめ読み。
ばいどく【梅毒】鼻落チ家族泣イテ呪詛天ニ満ツ。
ハイドン【Haydn】「時計」の音に「驚愕」した作曲家。
はいにょう【排尿】雪の上にすれば氷レモンができる。
はいにん【背任】悪事の見張り役が、パトカーが来たので逃げること。
ばいにん【売人】自分はヤクに手を出す勇気のないやつ。
ハイネ【Heine】ドイツのビヤホール「ハイネ軒」の主人。

は

ばいばい【売買】成立しなければバイバイ。

バイパス【bypass】急がばまわれ。

はいはんちけん【廃藩置県】造反事件。

はいび【拝眉】眉のない人には「拝鼻の栄」と言う。

ハイヒール【high heels】痴漢撃退用凶器。

ハイビジョン【High Vision】「あっ。この人、鳥肌が立ってる」

ハイビスカス【hibiscus】フラダンス用髪飾り。

はいひん【廃品】回収業者の夢はお宝。

はいふ【肺腑】言葉だけでえぐれる内臓。

パイプ【pipe】未来人には用途がわからない。

はいふく【拝復】さあ言い返してやる。覚悟しろ。

パイプライン【pipeline】輸精管。

ハイブリッド【hybrid】職業を問われて答えを迷うひと。

バイブル【Bible】わたしは仏教なので、法華経で宣誓させてください。

バイブレーター【vibrator】使用後しばらくはブレ続けていて、からだの輪郭が定かではない。

はいべん【排便】首を絞める前には必ずさせておくこと。

はいほう【肺胞】中で七人の小人が歌っている。

ハイボール【highball】キンタマを浮かべた酒。

はいぼく【敗北】北へ逃げること。

ばいぼく【売卜】「売らない」と言って売る。

はいほん【配本】途中で腐るナマの本もある。

ハイミス【high miss】ハイミセスという語はないから差別語である。

ハイミナール【Hyminal】本来は睡眠薬なのだが、これをのむと夢見心地となり、もったいないからと言って起きているやつが多い。

ばいめい【売名】執筆活動のすべて。

ハイヤー【hire】距離で雇うタクシーに、時間で雇って差をつける車。

はいやく【配役】老人は脇役しか知らない。

ばいやくずみ【売約済】大書して売れ残りを売る。

はいゆう【俳優】「役者」をインテリと思わせる呼称。

ばいよう【培養】シャーレの中の突然変異を待ち望むこと。

ハイライト【highlight】今週は大阪府知事のセクハラ。

はいらん【排卵】無駄にせぬようすべて冷凍保存しておこう。

ばいりつ【倍率】高過ぎてはうんざり、低過ぎてもやる気が起らぬ。

はいりょ【配慮】浮気を妻には教えないでおくこと。

バイリンガル【bilingual】必ずしも優秀な翻訳者ではない。

ハイレグ【high-leg】女性の褌《ふんどし》。

パイロット【pilot】機内で喫煙し携帯電話をかけるテロリストが天敵。

ハインライン【Heinlein】若い頃は社会主義者だったなんて信じられない。

ハウスキーパー【housekeeper】家事を知的に思わせる呼称。

ハウツーもの【ハウツー物】専門書を書く知識のない者による本。

バウムクーヘン【Baumkuchen】木の幹や地層を食べている気にさせるケーキ。

はえ【蠅】衛生的には害毒、遺伝学には貢献。

はおり【羽織】夏には夏の羽織あり、蟬の羽根みたいな。

はか【墓】もし土葬が続いていたら、日本中墓だらけ。

ばか【馬鹿・莫迦】今や褒め言葉にも使われ、逆に「利口」が悪口になった。

はかい【破壊】たとえ犯罪でも、長期的に見れば進歩への貢献。

はかいし【墓石】古いものを集めて石造りの家屋を作ったやつがいる。

はがいじめ【羽交い締め】ハリネズミにはかけられぬ技。

はがき【葉書】天敵は電子メール。

はかく【破格】「これは破格の謝礼です」と言われても、他の人への謝礼がわからないんじゃあ。

はがくれ【葉隠】コロポックル。

ばかず【場数】風呂場や手水場《ちょうず》をいくら踏んでも場数には入らない。

はかせ【博士】最初からこういう名にしておけば、博士号を取る必要はない。

はがた【歯型】この林檎を齧ったのは井上ひさしに違いない。

はかたこじょろうなみまくら【博多小女郎波枕】善は滅び悪が栄えるという不条理劇。

ばかぢから【馬鹿力】出してぎっくり腰。

はかない【儚い】ウスバカゲロウの一生。

はかば【墓場】土葬でなくなってから、人魂は飛ばず、肝試しの場所ではなくなった。

バガボンド【vagabond】放浪の007。

はかま【袴】前に穴がなくて小便ができない。

はかまいり【墓参り】〽五月や　後家さんたまには　するがよい　するがよい　夫の命日　墓参り　墓参り

はかり【秤】はかり知れぬは馬鹿の底。

はかりごと【謀】マイクのスイッチが入ってる

よ。

はがん【破顔】①口中に手榴弾を突っ込まれての死に方。②化粧にヒビが入るほどの笑顔。

バカンス【vacances】行ったわい。馬鹿ンするな。

はき【破棄】競馬場の紙吹雪。

はきけ【吐き気】サルトルが催した実存主義の代償。

はきもの【履物】癲癇《てんかん》の応急処置に使う品物。

ばきゃく【馬脚】鈴々舎馬《れいれいしゃば》風《ふう》の弟子。

バキューム【vacuum】拳銃の音。

はきょく【破局】お局さまの破水。

ばく【貘】悪夢を喰えば当然偉大な作家になれる。

はくあい【博愛】淫乱。

はくいんぼうしょう【博引旁証】コピー&ペースト。

ばくおん【爆音】聞こえた時にはもう手遅れ。

はくがい【迫害】殉教者を作る行為。

はくがく【博学】常識に乏しく、クイズ番組がないと糊口をしのげぬ才能。

はぐき【歯茎】強くハグするとぎゅっと出てくる。

はくげい【白鯨】偏執狂の動物虐待物語。

ばくげき【爆撃】民間人を巻き添えにしてもよいという判断の結果。

はくさい【白菜】トラクターで潰されることの多い野菜。

ばくさい【博才】①人格と引き換えに神から授かるもの（阿佐田哲也談）。②放浪の数学者に不可欠。

ばくさい【爆砕】ダイナマイトを数十本からだに巻きつける死に方。

はくし【白紙】小切手はこれに限る。

ばくし【爆死】①肉を拾い集めなければならない死に方。②地面に人型を描きにくいので鑑識が困る。

はくしゃ【薄謝】たいがい謙遜ではない。

はくじゃ【白蛇】伝記が日本初の長編アニメとなった。

はくしゃく【伯爵】吸血鬼の位階。

はくしゅ【拍手】手のない者は足で行う。

はくじゅ【白寿】同窓会名簿で一人だけ「死亡」になっていない。

はくしょ【白書】なにも書いてないのと一緒の、役人の作る白痴の報告書。

はくじょう【白状】昔はカツ丼と交換できた。

はくじょう【薄情】騙り、騙り。

ばくしょう【爆笑】堪えていた笑いの爆発で、洟《はな》、義歯、義眼、屁などが飛び出す恐れあり。

はくしょくじんしゅ【白色人種】マイケル・ジャクソン。

はくしん【迫真】狂人をつれてきて狂人の役をやらせても、迫真の演技とはならない。

はくじん【白刃】まだ人を斬っていない刀の刃。

ばくしん【驀進】ブレーキの故障。

はくせい【剝製】最後の喫煙者。口から煙を出している。

はくせんきん【白癬菌】頭にシラクモ、陰部にインキンとタムシ、手足にミズムシ、痒みの極致でうっとり。

はくぜん【白髯】長く伸ばせばマフラーになります。

ばくぜん【漠然】殺されることがはっきりするまでの、なんとなしの予感。

ばくだい【莫大】小さければメリヤス。

はくだく【白濁】眼球が痰のようになる、老人の白内障。

はくだつ【剝奪】最たる蛮行は絶滅危惧種の毛皮のコート。

バグダッド【Baghdad】テロによる千一夜物語。

ばくだん【爆弾】爆撃機の大便。

はくち【白痴】ロシアでは公爵になれた。

ばくち【博打】全財産スったら白痴。

ばくちく【爆竹】長崎のものは耳栓がないと鼓膜が破れる。

はくちゅうむ【白昼夢】もし吹き出しがあれば、たいていはH画像。

はくちょう【白鳥】男にはオデットよりオディール（黒鳥）の方が魅力的。

ばくと【博徒】上に「緋牡丹」とつくだけでイメージががらりと変わる。

はくねつ【白熱】血圧のあがる議論。

はくば【白馬】現代ならロールス・ロイス、またはヨット。

ばくは【爆破】文化財的価値のない建物の末路。

はくはつ【白髪】三千丈も伸びたら、鬘《かつら》用に売って大儲けすれば。

ばくはつ【爆発】岡本太郎は広島での講演で「爆発だあ」と言えなかった。

はくび【白眉】「篇中の白眉だ」「読んだけど、あくびだ」

はくひょう【白票】「投票所にだけは来ました」でも、誰の票だかわからない。

ばくふ【幕府】武家政治は何と言っても役人がサムライだった。今の役人たちよりずっとよかったのではないだろうか。

ばくふう【爆風】グランドスラム（十トン爆弾）では、ドワーと、象が飛んで行く。

はくぶつかん【博物館】陳列さえ工夫すれば、家にある古いもので誰でも作れる。

はくぼく【白墨】ヒステリックな教師の飛び道

具。

はくまい【白米】脚気の原因。

ばくまつ【幕末】徳川慶喜、最後の将軍やるの、いやだったろうなあ。

ばくやく【爆薬】フランス映画「恐怖の報酬」は、ノーベルが、ニトログリセリンは作ったものの、ダイナマイトの作り方に悩んでいた時の話。

はくらい【舶来】普通じたでたらめ。洋装品はみんなそうだった。

ばくらい【爆雷】好敵手は魚雷。たいてい負けた。

はくらく【伯楽】作家にとっての編集者。今はもう名伯楽はいない。

はくらんかい【博覧会】迷い子の。

はくらんきょうき【博覧強記】思いあがって錯乱狂気。

はくりたばい【薄利多売】文庫本。

はくりょく【迫力】美女にとって、すべての男はこう認識されている。

はぐるま【歯車】チェスター・コンクリンが巻き込まれた機械。

ばくろう【博労】「馬喰」とも書くが、馬は食わない。

はげ【禿】差別的な語とされているが、言い換える語はない。

はげたか【禿鷹】こいつが目の前に降りてきたら、わが身の死期は近いと知るべし。

バケツ【bucket】これに水を入れてリレーしていたら、近くが火事である。

バゲット【baguette】一メートルもあるフランスパン。堅いので夫婦喧嘩の武器になる。

ばけもの【化け物】年経れば誰でも。特にタレントが凄いことに。

はげやま【禿山】禿のヅラ専門の床山。

はけん【派遣】来てもらわないと。わが社にはろくな人材がおらんので。

ばけん【馬券】ほとんどが紙吹雪。

はごいた【羽子板】「時をかける少女」も押絵になってるよ。

はこいりむすめ【箱入り娘】箱書きは「処女」。

はこだて【函館】今や北海道の玄関ではなくなった。

はこにわ【箱庭】自分の家や土地を持てない欲求不満を解消する療法。

はこねはちり【箱根八里】これほど意味不明の歌詞も珍しい。

はこぶね【方舟】計算によれば、一匹の動物の居住面積は七センチ角であった。

はごろも【羽衣】能の天女は、なぜ裸で登場しないのだろう。

バザー【bazaar】酒類は法律で売れない。ビールを紙コップで売るのはよい。

はさみ【鋏】シザーハンズはどうやってトイレットペーパーを使うのだろう。

はさみうち【挟み撃ち】前門の男根、肛門にも男根。

ばさら【婆娑羅】小林幸子。美川憲一。

はさん【破産】帝王切開。

はし【箸】食事中の襲撃者を盲目にする武器。

はじ【恥】日本文化の根源。

はしか【麻疹】初恋。稀に死ぬ者もいる。

はしけ【艀】ポパイやチャンドラーが乗っている船。

はしげた【橋桁】ダイナマイトを仕掛ける場所。

はしご【梯子】邪魔者を二階へ追い上げてからはずすための道具。

はしござけ【梯子酒】一時間で最初の店に舞い

は

戻ってくるやつがいる。歩いている時間の方が長いのでは。

はじしらず【恥知らず】越中ふんどし恥不知。

はしたがね【端金】銀行で端数切捨てされた十円未満の金を自動的に自分の口座に振り込ませて数十億儲けたやつがいる。

ばじとうふう【馬耳東風】火事強風。

ばしゃ【馬車】排気ガスと馬糞。地球環境にやさしいのは？

パジャマ【pajamas】家庭用囚人服。

はしゅつじょ【派出所】交番の交番（つまり交番の出張所）。

ばしょ【場所】自分の死に場所は自分では決められない。自殺以外は。

ばしょう【芭蕉】熱帯原産の俳人。

はしょうふう【破傷風】腹を突き出し、からだ全体を引き絞った弓のようにして死ぬ病気。

はしら【柱】材料は木、石、鉄筋コンクリート、火、氷、鼻、茶、蚊、貝、大黒さん、そして人。

バジリコ【basilico】イベリコ豚にふりかけて焼く調味料。

はしりたかとび【走り高跳び】警官に追われてフェンスを飛び越えようとするなどのこと。たいていは足を引っかけて頭を地べたに叩きつける。

はしりはばとび【走り幅跳び】警官に追われてビルの屋上から屋上へ飛び移ろうとするなどのこと。たいていは足が届かず、まっさかさまに落下する。

はしれメロス【走れメロス】教科書に載せるために太宰治が書いたライトノベル。

はしわたし【橋渡し】自分が人柱になること。

バス【bus】乗り合い浴槽。

はすい【破水】小便と間違えぬよう。

はすう【端数】払うときには切り捨て、貰うときには切り上げ、どちらでもないときには四捨五入するもの。

バズーカほう【バズーカ砲】撃ってしまえばただの鉄パイプ。

ばすえ【場末】チェーン店がない場所。

バスガール【bus girl】銭湯の番台に座っている婆さん。

パスカル【Pascal】ヘクトパスカルの孫。

バスケット【basket】サンドイッチと犬を一緒に入れてはいけない。

バスストップ【bus stop】毎日少しずつ動かせば、そのうち自宅の前にバスを止めることができる。

バスタオル【bath towel】凍らせて凶器にすれば証拠が残らない。

バスチーユ【Bastille】フランスの小伝馬町。昔は誰も行きたがらず、現在は皆行きたがる。

パスツール【Pasteur】衛生管理ツール。

パスティーシュ【pastiche】毒気のないパロディ。

パステルナーク【Pasternak】「ジゴ魔」の作者。

ばせい【罵声】ベッドでボソリ「矮小」とひとこと。

バセドーしびょう【バセドー氏病】金魚やメガネザルなら珍重される。

パセリ【parsley】観葉食物。

ばぞく【馬賊】グレたケンタウロス。

パソコン【personal computer】買うとすぐ新型が出る機械。

はそん【破損】破って損した当り籤《くじ》。

はだ【肌】防禦には役立たない薄い皮。

バター【butter】①虎を高速回転させて作る食

品。②マーガリンがあるから、偉そうな顔ができる食品。

はたあげ【旗揚げ】①「源氏が白旗を揚げたぞ」「いきなり降参か」②赤揚げて、白揚げないで、赤下げない……。

パターン【pattern】繰り返されなければ存在しないもの。

バタイユ【Bataille】何も見ていない眼球のことを書いた作家。

はたいろ【旗色】①「平家が赤旗を揚げたぞ」「あいつら共産主義か」②指揮官の顔色。

はだいろ【肌色】ファンデーションの色。

はだか【裸】隠したといってエデンを追われ、隠さなかったといって警官に追われる風体。

はだかいっかん【裸一貫】すっからかん。

はたがしら【旗頭】振り向けば誰もいない。

はだかでんきゅう【裸電球】針金で盗難だけは免れている。

はだぎ【肌着】一応は美人の着用を連想させる下着の呼称。

はたけ【畑・畠】「お前を拾ってきた」ところ。

はたご【旅籠】他国の雨をひとりで聞く場所。

はたざお【旗竿】国旗が揚げられなくなり、物干竿となった。

はたさしもの【旗指物】ＢＧＭはウ〜ジャンジャン。

はだし【裸足】窓から逃げた間男。

はたしあい【果し合い】たいていは自分の命を果てさせられる。

はたじるし【旗印】菊の御紋、髑髏《どくろ》マークなど。

はたび【旗日】白いネグリジェに月経の血で描かれた日の丸を掲げる日。

バタフライ【butterfly】蠅の炒めもの。

はだみ【肌身】離さぬのが預金通帳と印鑑。海外ではパスポート。かえって危ない。

はたもと【旗本】退屈な身分。

はたらきざかり【働き盛り】男女とも、異性にもてることをあきらめた時期。

はたん【破綻】わが身に降りかかってはじめて、面白がることではないと悟る。

はだん【破談】酒乱の発覚。

はち【蜂】ひと刺ししただけで自分が死ぬという効率の悪い自爆テロ昆虫版。

ばち【罰】普段から嫌っているやつの災難を喜んではやし立てることば。相手が何も悪いことをしていなくてもやっぱりはやし立て、逆上するのを見て楽しむ。

はちあわせ【鉢合わせ】互いに避けている者同士が出会うこと。たいてい誰かの画策。

バチカン【Vatican】黙示録的陰謀のある国。

はちく【破竹】勢いよくかぐや姫が飛び出してくるさま。

はちじょうじま【八丈島】宇喜多一族にとって二百六十三年、赦免花は咲かなかった。

はちどり【蜂鳥】宝石と昆虫と鳥のあいのこ。羽根でハミングする生物。

はちのす【蜂の巣】突っつくのは内部告発者。

はちまき【鉢巻き】非ファッショナブルなバンダナ。

はちみつ【蜂蜜】唯一、昆虫から搾取する食品。

ハチャトリアン【Khachaturyan】ドタバタのBGMを作曲したひと。

はちゅうるい【爬虫類】浅田彰。タモリ。

はちょう【波長】喧嘩から喧嘩までの、またはスランプからスランプまでの長さ。

パチンコ　勝負に時間がかかり、時に幼児を熱中症で死なせる賭博。

ハツ【hearts】食べたからといって、心筋梗塞を免れるというものではない。

ばつ【罰】巻き添えやとばっちりも罰の一種である。

はついく【発育】脳は身体に追いつかない。

はつおん【発音】呼吸困難を除き、不明瞭であった方が難を免れる。

はっか【発火】息子にお宝を売り飛ばされた親父。

ハッカー【hacker】ハッカ飴やミントティーを好むひと。

はつかおあわせ【初顔合せ】今まで共演しなかった理由は①同じ顔で同じキャラ。②片方は時代劇で片方は現代劇。③バーで喧嘩をしたことがある。

はっかく【発覚】もう隠す必要がなくなって楽になること。

バッカス【Bacchus】この神の酒宴の踊りをバッカナールと言う。全員バカになるからである。

はっかん【発汗】合格者が読みあげられていく中、まだ名を呼ばれない者にあらわれてくる生理現象。

はつがんせいぶっしつ【発癌性物質】コーヒーにはタールが混入し、ブタマンにはアスベストが混ぜられている。

はっきゅう【薄給】鼻血代。

はっきょう【発狂】三億円の当籤番号と一番違い。

はっきん【発禁】時代が変れば「発禁全集」が出る。

ばっきん【罰金】取り戻そうとして、もっと悪いことをする。

ハッキング【hacking】電脳出歯亀。

ハックスリイ【Huxley】現代なら、内部告発社会を描いているだろう。

はっくつ【発掘】掘り当てると、考古学者も山師と呼ばれる。

バックナンバー【back number】これに値打ちが出始めた頃、雑誌社は倒産。

ばつぐん【抜群】歌唱力抜群？　ではアイドルとしては不適格だ。

はっけ【八卦】八卦良い、のこった、のこった、残るも八卦、残らぬも八卦。

パッケージ【package】刑事の詰め合わせ＝「七人の刑事」

はっけっきゅう【白血球】ミクロの決死隊を襲った悪い細胞。

はっけん【発見】見つけられた方は「露見」。

はつげんりょく【発言力】政局における渡邉恒雄。

ばっこ【跋扈】銀座のバーやクラブに出没する東野圭吾。

はつこい【初恋】あとから考えれば実につまらぬ相手であったとわかる筈なのに、死ぬまで美化し続けている。

はっこう【発光】勃起したペニスに夜光塗料を塗って、夜道を全裸で走る。光陰矢の如し。

はっこつ【白骨】宮武外骨の息子。孫は恥骨。

ばっさい【伐採】洪水、土砂崩れ、砂漠化、温暖化、そして人類の滅亡にまでつながる行為。

はっさん【発散】たいていは鬱憤ばらし。もぐら叩きの他に、犠牲者は妻、子供、犬、猫など。

ばっし【抜歯】頑丈な歯を無理に抜くと、頭蓋骨まで抜け出てくる。

バッジ【badge】中小企業にもあるが、誰もつけない。

ハッシッシ【hashish】うっしっし。

はっしゃ【発車】停車するより前にしてはならない。
はっしゃ【発射】空腹時にはからだもうしろへ飛ぶ。
はっしょう【発祥】神戸の主張は映画の輸入、ジャズ、ラムネ、カラオケ。
はつじょう【発情】困るのはパンティをはかせた尻だけのマネキン＝俗称オイドドイド。
はっしん【発疹】顔一面に赤マジックで点を描けば、痴漢は避けられる。
バッシング【bashing】「この人の自殺は新聞のバッシングによるものだ」に対する新聞の反論。「短絡だ」
ハッスル【hustle】損する。
はっせい【発声】脳の血管が切れるほどの高音で歌うのをテノール馬鹿と言う。
はっそう【発想】「どこからの発想ですか」「頭の中から」
ばっそく【罰則】いじめの罰は胴締め。睾丸締めも面白いな。
ばった【飛蝗】大安売りの昆虫。
バッター【batter】満塁でも敬遠されるくらいになれば楽なのだが。
はったつ【発達】十で名子役、十五でアイドル、二十過ぎれば大年増。
はっちゃく【発着】着陸の前に離陸してはならない。
バッティング【batting】連れ込みホテルでの夫婦の出会い。
バッテリー【battery】充電された投手と捕手。
はってん【発展】目上の者の淫行。
はつでん【発電】鳴門の渦巻きで水力発電は可能か？
はっと【法度】犯してからハッとする。

バット【bat】フルスイングで親の頭を叩き割るための道具。

はつどうき【発動機】動機（殺意）の発生。

はっとうしん【八頭身】八岐大蛇《やまたのおろち》。

はっとりりょういち【服部良一】先祖は忍者。武技の達人。

ばつなぎ【場繋ぎ】MCの仕事。

はつに【初荷】たいてい年末の品物の偽装。

はつねつ【発熱】パート主婦の子供の特技。

はっぱ【発破】六十四。

バッハ【Bach】クラシックの父。母と呼ばれたヘンデルの亭主。

はっぴょう【発表】週刊誌や新聞に出ると知って、やむを得ず公にすること。

バッファロー【buffalo】鼻を殺《そ》ぎ落されたやつが怒っている。

はつぶたい【初舞台】①「百姓Bでした」②近所の公園。

はっぽう【発砲】両目が繋がったお巡りに気をつけろ。

はっぽうさい【八宝菜】五目炒めより三品多い。

はっぽうスチロール【発泡スチロール】スチロールで造った発泡酒。

はっぽうびじん【八方美人】失敗すれば八方塞がりとなる。

ばっぽんてき【抜本的】虫歯もそうでない歯も全部抜いて、総入歯にする治療。

はつみみ【初耳】最初に生えてくる耳。

はつめい【発明】頭に裸電球が点くこと。

はつもうで【初詣で】元日の夜の賽銭泥棒。

はつもの【初物】うひひひ。おじちゃんはねえ、君のような可愛い子が……。

はつゆき【初雪】①黒澤明なら降るまで待つ。②極地にはない表現。

はつゆめ【初夢】一火事、二墓、三生首。

はつらつ【潑剌】悪辣な健康。

はで【派手】千手観音。

ばてい【馬蹄】馬のスパイク。

はてな ①マジックインキの登録商標。②高く売れる茶碗のブランド。

ばてれん【伴天連】「お前、切支丹やったんか」「ああ。ばれてん」

はてんこう【破天荒】ペガサスが暴れている。

はと【鳩】糞害がひどいから食材にすべし。

ばとう【罵倒】した者は馬頭観音によって罰せられる。

パトカー【patrol car】ついて走れば道交法違反。

はとどけい【鳩時計】猫に跳びつかれて壊れる。

はとは【鳩派】先住民（キジバト）を追いはらう外来種（ドバト）の群れ。

は

はとば【波止場】エリア火山の爆発作品。

バドミントン【badminton】テニスの選手がやってはならない。苛立ちから、血圧上昇、筋肉硬化などを惹起す。

はとむね【鳩胸】たいてい出っ尻。

はどめ【歯止め】出っ歯にならぬよう歯の成長をとめること。

パトロール【patrol】ダンプカーの車輪に巻き込まれたお巡り。

パトロン【patron】あの女のパトロンは自分だけ、と思っている。

バトンガール【baton girl】盗撮とは言わせないぞ。

はな【鼻】これがないと眼鏡が落ちます。

はないき【鼻息】バーゲンセール出走時は、主婦たちが馬の鼻息。

はなうた【鼻歌】イタリア人ほどの歌唱力がな

いため、日本人が控えめに示す歓び。
はなおかせいしゅう【華岡青洲】妻と母親に麻酔をかけまくり、母親を死なせ妻を盲目にした医者。
はながしら【鼻頭】目から火を出すために拳骨をめり込ませる部分。
はながた【花形】宝塚花組のトップ。星組のトップは星形。月組のトップは月形。
はながみ【鼻紙】ティッシュ以前、欧米では紙が高価で、すべてハンカチだった。
はなくそ【鼻糞】憎い客に出すキャビアの上に丸めて乗せるウエイター。
はなげ【鼻毛】埃除けなのに、なぜ毛抜きで抜かれるの?
はなごえ【鼻声】蓄膿の寝言。
はなことば【花言葉】クチナシ＝寡黙。カラタチ＝腎虚。ボケ＝愚鈍。クズ＝無能。オジギソウ＝恐縮。まんまやんけ。
はなさかじじい【花咲爺】映画化すれば意地悪爺さん＝ロバート・デ・ニーロが主役。
はなざかり【花盛り】ならば落花狼藉。
はなさき【鼻先】人参。札束。暗闇。銃口。
はなし【話】「いい話がある」と呼び出された時はたいてい殺される時。
はなじる【鼻汁・洟】コーヒーに落してそのまま客に出すウエイトレス。
はなすじ【鼻筋】曲っていた方が憎まれず、鼻を殴られることもない。
はなぞの【花園】女子学園などの別称。あばればかりでもこう言う。
はなたれこぞう【洟垂れ小僧】現代なら洟垂れ王子。
はなぢ【鼻血】今すごい物を見てしまいました。
はなっぱしら【鼻っ柱】①プロテーゼで出来て

いる。②鼻水のつらら。
はなでんしゃ【花電車】ちんちん電車の反対語。
はなのした【鼻の下】口の上。
はなばたけ【花畑】首を絞められている時に見る光景。
はなび【花火】隣国の戦争。
はなふだ【花札】猪野氏、課長。
はなふぶき【花吹雪】宝塚花組トップだった越路吹雪のこと。
パナマ【Panama】アメリカのS字結腸。
はなまつり【花祭り】釈迦を茶漬けにする日。
はなみ【花見】場所取りが新入社員の初仕事。
はなみち【花道】引退させるつもりのパーティだったが、本人味をしめ、毎年やろうと言い出す。
はなむこ【花婿】その夜のことしか考えていない男。
はなめがね【鼻眼鏡】お多福には無理。
はなや【花屋】浮気帰りの夫が妻への土産を買うところ。
はなよめ【花嫁】極道の花嫁「あなたのシマへお嫁に行くの」
はならび【歯並び】人に噛みつくと証拠になります。
ばなれ【場慣れ】楽屋で原稿を書いたりすること。
はなわ【花環】パチンコ店の花環を結婚式に使いまわしてはいけない。「新装開店」「打止めなし」「出血大サービス」
はなわ【鼻輪】つかんで引っ張ってやると鼻が千切れます。
ばにく【馬肉】どこの馬の肉じゃ！
パニック【panic】ヒステリーの恐慌はヒスパニック。

はにゅうのやど【埴生の宿】蛇はあるじ、虫は友。

バニラ【vanilla】高貴の美女の大便の香り。

はにわ【埴輪】殉死がいやなので、野見宿禰《のみのすくね》が考案した。

バネ【発条】圧搾空気に負けました。

はねぶとん【羽根蒲団】アホウドリの遺恨が籠っている。

はねぼうき【羽箒】机上の埃を舞いあげる道具。

ハネムーン【honeymoon】離婚してペーパームーン。

パネラー【paneler】声を出すパネル。

ハノイ【Hanoi】雨粒の数以上の爆弾が降った市。

パノラマ【panorama】ビルの屋上から転落していきながら見られる現象。

はは【母】母は強し。それにそもそも、女が強し。

ばば【婆】母の成れの果て。

パパ【papa】マンションを買ってもらってからはダディ。

はばたき【羽搏き】「こんな家、出てってやる！」と若者が自立のためにじたばたする様子。

はばつ【派閥】共倒れになる仲間を作ること。

はばとび【幅跳び】跳んだはいいが、屋上の端へしがみつくことになる行為。

ハバナ【Havana】たしか有名なサンチャゴの銅像がある市。

ばばぬき【婆抜き】家なし、カーなし、婆四人。

ハバネラ【habanera】ビゼー「カルメン」の中で歌われる曲は盗作。原作者はあの「ラ・パロマ」のイラディエルで、原曲名は「エル・アレグリート」。

ババロア【bavarois】落したものは絶対に拾って食えない食品の一。

パピルス【papyrus】棺桶に入れる巻物「死者の書」にしか使えなかった紙。

はぶ【波布】毒蛇がうようよの港。

パフ【puff】くしゃみ発生具。

パブ【pub】イギリスではコミュニティ・センターとして発達。日本の居酒屋は喧嘩口論の場として発達。

パフォーマンス【performance】無芸の者の派手なマスコミ向け言動。

はぶたえもち【羽二重餅】処女のきめこまかな白い肌を称して言うが、食べれば餡ではなく血が出る。

バフチン【Bakhtin】チンポコは持ち主から独立して動くと主張した人。

ハプニング【happening】オープニングでのトチリ。

はブラシ【歯刷子】娘の歯ブラシを使ったため家出されてしまった父親がいる。

パブリシティ【publicity】ノーギャラで出演させようとする時のことば。

パブリック【public】ついに有料喫煙所ができる。ああ。

バブル【bubble】崩壊を恐れながら大きくするのを皆で競うこと。

バベル【Babel】バブル経済によって建てられる高層ビル。

はへん【破片】わしの陰茎には砲丸の破片が詰まっておるぞ。

はぼうほう【破防法】破瓜防止法案（処女を守る会）。

はまき【葉巻】千代田区の路上で喫ってもいいもの。

はまぐり【蛤】処女の鮮血にまみれたる蛤御門の変。

はまちどり【浜千鳥】親を探して鳴いているなどと勝手に決めてはいけない。わしは雌と鳴き交わしているのだ。

はまなこ【浜名湖】落ちたら鰻に襲われ、たちまち白骨となる。

はまや【破魔矢】こんなとこ置いたら邪魔や。

はまゆう【浜木綿】海岸に散らばっている白い糸屑。

はみがき【歯磨】ライオンとペンギンが争う業界。

ハミング【humming】口が塞がれていても歌えます。

ハム【ham】グルメの夢は美女の臀部のハム。

ハムエッグ【ham egg】アセチレン・ランプとの悪党コンビの片割れ。

ハムサラダ【ham salad】聖書に出てくる夫婦はアブラハムとサラだ。

ハムサンド【ham sandwich】ジョルジュ・サンドの夫。

ハムスター【hamster】ネズミ界のマイスター。

ハムレット【Hamlet】弟はオムレット。

はめ【破目】はずし過ぎるとその場からはずされる羽目に。

はめつ【破滅】一から出直すこともできないほどのこと。つまり死ぬこと。

ばめん【場面】コトが行われているその場の様子。つまり覗き見している第三者がいるわけである。

はも【鱧】大群が歌うのをハモると言う。

はもの【刃物】気ちがいに持たせて政治家のパーティに赴《おもむ》かせるもの。

はもん【波紋】群衆の中央部の一人が突如全裸

になった時、周囲に拡がっていく現象。

はもん【破門】弟子が師匠以上の腕と人気を誇った時の処置。

ハモンド・オルガン【Hammond organ】軽音楽業界で、楽団を呼ぶ金がない時に使われる楽器。

はやうち【早撃ち】三擦《こす》り半。

はやうまれ【早生まれ】学級編成では遅生まれ。そのくせ大江健三郎は筒井康隆より頭がいい。

はやおき【早起き】サラリーマンの夫はゴミ出しをして出勤。妻は昼過ぎまで熟睡。

はやがてん【早合点】自分に都合よく解釈すること。

はやく【端役】「七人の侍」の仲代達矢。

はやくちことば【早口言葉】隣の竹屋焼けよく柿食う客焼け爛《ただ》れた。

はやじに【早死】この世が気に食わず、急いで死ぬこと。

ハヤシライス【hashed beef with rice】林芙美子考案の米料理。

はやて【疾風】逃げる時だけ月光仮面と同じ去り方だ。

はやね【早寝】夜の歓楽を犠牲にした人生。

はやぶさ【隼】ワシ・タカ類の短距離選手。

はやめし【早飯】消化不良となって肥らない食べかた。

はやり【流行】貧しい者にまで及ぶのは病《やま》いのみ。

はやわざ【早業】蝙蝠《こうもり》の交尾。すれ違いざま雌を妊娠させる。

はら【腹】切ったり割ったりする部位。

ばら【薔薇】刺のある乙女。

バラード【Ballard】「沈んだ世界」「ヴァーミリオン・サンズ」「コカイン・ナイト」など

の作曲家。
ハライソ【paraiso】腹を切っていそいそと天国へ行くこと。
はらいた【腹痛】中国産のものを食べたな。
はらいもの【払い物】大きくなり過ぎた鰐。おねだり妻。
バラエティ【variety】テレビ白痴化推進番組。
はらぐあい【腹具合】パラグアイへ行くと悪くなります。
はらくだし【腹下し】ヨロ川のミル飲んで腹ラくラリ。
はらぐろ【腹黒】証明不能なので誰でも誹謗できる便利な悪口。
はらげい【腹芸】腹の上に男を乗せていい気持にさせる芸。
はらごしらえ【腹拵え】切腹する前はやめた方がいい。

パラシュート【parachute】開かなければ落下惨死。
はらじゅく【原宿】原君の家に泊ること。
ハラショー【khorosho】「ええじゃないか」に相当するロシアの踊り。
バラスト【ballast】空腹だと水に浮いてしまう理屈。
パラソル【parasol】特に営業用大形の天敵は台風。
パラダイス【paradise】死者のリゾート地、亡者のヘルスセンター。
はらだち【腹立ち】いちばん腹が立つのは、自分がなぜ怒っているか誰にもわかってもらえない時。
はらちがい【腹違い】近親相姦に最も近いところにいる関係。
バラック【barrack】文化住宅と段ボール小屋

の中間形態。

はらつづみ【腹鼓】満腹の証明。中が詰まっているので、あまりいい音はしない。

はらっぱ【原っぱ】昔、子供たちが車にはねられずに遊べた場所。

はらどけい【腹時計】吾輩の腹時計は常に夕食前の午後六時である。

パラドックス【paradox】金貸しは悪徳、貯蓄は美徳、そう思って皆が極端に走れば国の経済は破綻する。

パラノイア【Paranoia】電車の吊り革の把手、異性の性器などをいちいち脱脂綿で消毒するやつ。

はらはちぶ【腹八分】仕事も八分。

パラボラ・アンテナ【parabola antenna】悪役とヒーローが格闘する場所。

はらまき【腹巻】旅券収納用肌着。

バラライカ【balalaika】機関銃を仕込んだロシアの弦楽器。

パラリンピック【Paralympics】全員がドーピングしたら凄いことに。

パラレル・ワールド【parallel world】隣接する世界のおれは、もう少しいい男に違いない。

はらん【波瀾】盤上。

バランス【balance】子分のひとりを殴ってしまって反省し、他の子分を満遍なく一発ずつ殴るというようなこと。

はり【針】注射する時は消毒せよ。毒薬の場合はその必要なし。

バリ【Bali】雑言島。

パリ【巴里】屋根のある都市。

バリア・フリー【barrier free】健常者が顛倒して骨折する場所。

はりいしゃ【鍼医者】針サド。客は針マゾ。

ハリウッド【Hollywood】栄華の森。

バリウム【barium】大便の原形保存用造影剤。

バリエーション【variation】一から考えるのは面倒だから、アリモノにちょっと手を加える。

はりかた【張形】切断したペニスを膨張させた淫具。

はりがね【針金】人形の骨。

はりがみ【貼紙】「私たち一家、夜逃げしました。逃げた先の住所は……」

バリカン【Barriquand】虎刈りのための理容器具。

ばりき【馬力】一馬力は馬一頭分の知能。

はりくよう【針供養】屍体の全身に針を突き刺す供養。

バリケード【barricade】ダブルベッドの中央に丸めて置かれた蒲団。

ハリケーン【hurricane】フロリダの被害はもう外国から同情されなくなった。

はりこ【張子】中味からっぽで、首だけ動く二代目社長。

はりこみ【張込み】公権力で許されるストーカー行為。

パリさい【巴里祭】バスチーユ監獄襲撃記念日。

パリジァン【parisien】へえ。黒人でもパリジアンじゃん。

パリジェンヌ【parisienne】昔お針子娘。今モデル。

ハリス【Harris】日本にチューインガムを齎《もたら》した外交官。

はりせんぼん【針千本】虚言の罰としてこのフグ提灯の丸呑みが強制される。

はりつけ【磔】西のキリスト。東の国定忠治。

はりて【張手】素人がやると喧嘩に発展する手。

バリトン【baritone】オペラのいい役はたいて

いテノールで、主役のいい役はドン・ジョヴァンニくらいか。

はりねずみ【針鼠】弁慶立ち往生のさま。

はりのあな【針の穴】小野小町「膣閉塞症じゃないのよ。小さいけど、あるのよ」

はりのむしろ【針の筵】自殺した生徒の葬式に出席する担任教師。

はりのやま【針の山】地雷原よりはまし。

はりばこ【針箱】昔の針箱には隠し抽出しがある。中には金貨、ラヴレター、張形など。

はる【春】女性だけの売物。

はるかぜ【春風】淫風。

バルコニー【balcony】ジュリエットに投げる愛のことばを、シラノがうしろからロミオに教えてやる場。

バルザック【Balzac】フランスの偉大なるナップザック。

はるさめ【春雨】「春雨じゃ。食っていこう」

パルチザン【partisan】アルチザンの武装組織。

バルチックかんたい【バルチック艦隊】病院船にだけ明りがついていたので発見され、全滅した。情無用の日本艦隊。

バルトリン【Bartholin】子孫にまで恥をかかせた生理学者。

バルビゾンは【バルビゾン派】「コローせ。コローせ」「ざまミレー」「警察がクールベ」

はるまき【春巻】簀巻きにされたお春さん。

パルメザン【Parmesan】ウエイターのフケ。

はるやすみ【春休み】買春に行くので休みます。

はれ【晴れ】続けば旱魃。

ばれい【馬齢】①三遊亭圓楽、アントニオ猪木などの年齢。②泣いて馬齢を重ねる。

ばれいしょ【馬鈴薯】ハムレットの腹心の友。

バレエ【ballet】ロマンティック、クラシック、モダン、シリコンがある。
ハレーション【halation】①禿頭に付随する現象。②晴れた空の下でする立ち小便。③醜女をごまかす撮影技法。
パレード【parade】道路の掃除が大変な行事。
バレーボール【volleyball】垣根越しに厄介事を押しつけあう様を模したスポーツ。
はれぎ【晴着】①不細工な顔から視線をそらせるための衣装。②硫酸を呼ぶ着物。
パレス【palace】ちょっと古めのマンションの名前。
はれすがた【晴姿】三人娘。
パレスチナ【Palestina】第三次世界大戦のきっかけと予想される地方。
はれつ【破裂】蛙の死因。
パレット【pallet】カンバスに描かれた絵よりも芸術的。

はれま【晴れ間】「雨があがったよ」「はれまあ」
はれもの【腫物】腫瘍を使った料理。
バレリーナ【ballerina】安藤トワさんの職業。
ハレルヤ【hallelujah】クリスマスの天気。
バレンタイン・デー【Valentine's Day】歯医者がにやにやしている日。
はれんち【破廉恥】カンカン。
はろう【波浪】京風の注意報。
ハロウィン【Halloween】かぼちゃ嫌いの悪夢の日。
ハローこうか【ハロー効果】外国人の「ハロー」という呼びかけが、英語の苦手な日本人をどぎまぎさせる効果。
バロック【baroque】若尾文子をモデルにした黒川紀章の建築形式。
パロディ【parody】その芸術ジャンルから最初

の作品を除いたもの。
バロメーター【barometer】チョコレートの数。
パワー【power】名は、タイロン。
ハワイ【Hawaii】正月に仕事のない芸能人が行く島。
ハワイアン【Hawaiian】パイナップルがのっかったピザ。
はわたり【刃渡り】カタツムリやアリの得意技。おっと。アリは戸渡りでした。
パワフル【powerful】タミフル飲んで絶好調。
はん【判】めくら判で裁判。
ばん【晩】今晩わ。李承晩です。
パン【pāo】食べ残しは残パン。
はんい【犯意】犯人「あった証拠はない」。裁判官「なかった証拠はない」。
はんいんよう【半陰陽】からだの前面が男、裏面が女。

はんえい【繁栄】衰退の必要条件。
はんえいきゅう【半永久】少くともあなたが死ぬまでは。
はんえん【半円】壁を背にした君を取り囲む警官隊。
はんおん【半音】音痴には無縁の概念。
はんか【頒価】儲けてはいないという弁解。
はんが【版画】高いやないか。ハンコの絵やろ。
ばんか【挽歌】原田康子を悼む歌。
ハンガー【hanger】首吊りの木。
ハンガー・ストライキ【hunger strike】痩せられたら一石二鳥。
はんかい【半壊】立ったまま腰を抜かした状態の建物。
ばんかい【挽回】しようとして、さらに深みにはまる。
ばんがい【番外】本篇は完結しているので、傍役で別の話を一本。

はんかがい【繁華街】独房の囚人が見る夢。

はんがく【半額】閉店まぎわのコンビニがいっぱいになる理由。

ばんがく【晩学】死ぬ前にキャバクラとやらを見学したい。

ばんがさ【番傘】お化けの定番。

ハンカチ【handkerchief】和姦の根拠。

はんかちょう【犯科帳】古臭い「捕物帖」にしなかったのが鬼平の勝因。

はんかつう【半可通】知らぬことにさえ一家言持つ人。滅茶苦茶ゆえに文学的なので作家に多い。

ばんカラ【蛮カラ】女性にもてないのを弊衣破帽のせいにしようという風体。

ハンガリー【Hungary】頭を半分だけ丸刈りにすること。

はんかん【反感】金のかからぬ買いもの。

はんがん【半眼】石破元防衛大臣。

ばんかん【万感】胸にこみあげ、ついにゲロゲロゲロ。

はんかんはんみん【半官半民】遠山の金さん。

はんき【叛旗】やっと社長になったその日のうちにあがるもの。

はんぎゃく【反逆】親の愛人と寝ること。

はんきゅう【半休】寝過ごした朝に会社へ電話して頼むことば。

はんきょう【反響】その大きさに喜ぶものの、実は周囲が増幅している。

パンク【punk】ロッカーの破裂。

ハンググライダー【hang glider】感電死（高圧線への接触）もできるスポーツ。

ばんぐみ【番組】同時刻に類似の番組をずらりと並べて視聴率争奪戦。アホか。

ハングル【hangeul】朝逃げん昼逃げん夜逃げん住処《すみか》。

ばんくるわせ【番狂わせ】ドタキャンしても何の影響もないタレントが多い。

パンケーキ【pancake】メイクアップ用品だが、腹が減ったら食べることもできる。

はんげき【反撃】いじめられっ子が夢にも思い浮かべることのない行動。

はんけつ【判決】終身刑よりも懲役二百年の方がずっと面白いのに。

はんけん【版権】金にうるさかった福沢諭吉の造語。

はんげん【半減】「興味半減」は、期待した者のいやしさを示す表現。

ばんけん【番犬】グレートデーンよりもガードマンの方が安あがり。

はんご【反語】大暴風のさなかに。「よいお湿りでございます」

はんこう【反抗】自分の方が悪いことはわかっている。だから腹が立つ。

はんごう【飯盒】炊きたての飯が食いたければ自分で作れ。

ばんごう【番号】戦死した部下の数を知るための号令。

ばんこくはくらんかい【万国博覧会】どの国が貧乏かよくわかる博覧会。

はんこつ【反骨】権力を激怒させぬ程度の反抗。

ばんこつ【万骨】夫や息子は戦死。将校は昇進。遺族はたまらぬ。

はんごろし【半殺し】四分の一殺しの倍。

ばんこん【晩婚】しまった遅すぎた。もう子ダネがない。

はんごんこう【反魂香】死んだ有名タレントを呼び出すと、ギャラを要求される。

はんざい【犯罪】警官の飯のタネ。

ばんざい【万歳】降参。降参。降参。

はんざき【半裂】半分に裂いてもまだ生きているので踊り食いができるが、天然記念物なので罰せられる。

はんざつ【煩雑・繁雑】年金記録調査業務。

ハンサム【handsome】キム・ヨンサム。

ばんさん【晩餐】料理八品以上。それ以下はただの夕飯。

はんじ【判事】疑わしきは死刑にする人。

ばんし【万死】九死に一生。万死に何生？

バンジー・ジャンプ【bungee jump】「あいつが飛ぶ時だけ紐を少し長くしておけ」

はんしゃうんどう【反射運動】僅かに残る野性のフル活用。

ばんしゃく【晩酌】朝まで飲むとっかかり。

ばんじゃく【磐石】実は腰が抜けている。

ばんしゅう【晩秋】老残期のちょっと前。

はんじゅく【半熟】ハードボイルド修業中。

ばんしゅん【晩春】さらば青春バイバイ教養。

はんしょう【半鐘】背の高い男。「ほんとの半鐘泥棒が出るとはな。ひどい世の中だ」

はんじょう【繁昌・繁盛】閉店前の投売り。

ばんしょう【晩鐘】これ以上の貧困には陥らぬよう祈っている。

ばんしょう【万障】相手がいかに重要な用件をかかえていようが、招く方にとってはただの障碍。

バンジョー【banjo】ウエスタン・カーニバルの時だけ引っぱりだこの楽器。

はんしょく【繁殖】その次は飢饉。

ばんじん【蕃人】息子の代からは人食いをやめさせます。

はんしんはんぎ【半信半疑】「あのアホだった

は

餓鬼が、ほんとに作家の筒井康隆と同一人物か」

はんしんふずい【半身不随】半身不随院長兵衛。

はんすう【反芻】愛人との情事を思い返しながらの自慰。

はんせい【反省】片手を前に置き、頭を少し垂れること。

ばんせつ【晩節】悪事がばれる時節。

はんせん【反戦】ジョディ・フォスター「売れていない俳優は反戦運動をやらないで。私たちまで売名と誤解されるから」

ばんぜん【万全】警備は万全だった。警備員も全員逮捕された。

はんそう【搬送】乱暴に扱うな。中味は核弾頭だ。

ばんそう【伴奏】伴唱の場合もある。

はんそく【反則】キャッチャーが前に立ったバッターを下ネタで笑わせてはならない。

ばんぞく【蛮族】宣教師や民族学者が来るのを、よだれを垂らして待っている連中。

パンダ【panda】剝製は四千八百万円。

はんたい【反対】直木賞選考会の、某選考委員に対する某選考委員の態度。何を言っても反対。

ばんだい【番台】ひと晩いくらで売る席。今夜は魚屋のおっさんが座っている。

ばんだいさん【磐梯山】成層火山であり、宝は何も出ない。

はんたいせい【反体制】これも含めてこその体制。

パンタグラフ【pantograph】ベンガル花火を見て懐かしく思い出すもの。

はんだん【判断】哲学するにはこれを停止するそうだ。

ばんたん【万端】用意を整えた時に限って誰も来ない。

ばんち【番地】住所のいちばん下の数字ではなくなった。

パンチ【punch】時には切符を持った手に穴をあけてしまう鋏。

ばんちゃ【番茶】蕃人《ばんじん》の飲む茶（夏目漱石）。

ばんちょう【番長】イケメンの級長と隣のクラスの女番長《スケバン》にだけは手を出さない。

パンツ【pants】シニフィエが拡大し続けることば。今では女性のパンティまでパンツと言う。

ばんづけ【番付】品格は考慮しない。

はんてい【判定】手心は加えない。百万円以下では。

パンティ【panty】逮捕覚悟の被写体。

ハンディキャップ【handicap】片腕のバッターのヒットはホームランとする。

はんてん【反転】夫婦が同時に性転換すること。

バンド【band】アレクサンダーズ・ラグタイムベルト。

はんドア【半ドア】せっかく後続の車が警笛で教えてくれているのに、「うるさい」と怒鳴り返して喧嘩になる原因。

はんとう【半島】韓国とイタリアはニンニク半島。

はんどう【反動】流行を追えるセレブ以外、現代ではみな反動。

ばんとう【番頭】芸者遊びのさなかに主人と会い、暖簾分けをふいにするやつ。

はんとうめい【半透明】中味を透明よりも魅力的に見せる材質。

はんどく【判読】石原慎太郎の原稿は不能。

バンドネオン【bandoneon】アルゼンチンへ里

子に出されたアコーディオンの息子。

ハンドバッグ【handbag】手がある人の鞄。

パントマイム【pantomime】全身を使った手話。

パンドラのはこ【パンドラの函】ギリシアの玉手箱。

ハンドル【handle】パソコン会議室に居並ぶ面面。

はんドン【半ドン】みな朝から浮足立って仕事にならないので廃止された。

ばんなん【万難】汝を駄目にす。

はんにゃ【般若】「死霊」を書いた人。

はんにん【犯人】「手口は」「残忍だ」「殺されたのは何人だ」「三人だ」「捕まえたぞ。本人だ」「勘弁だ」

ばんにん【番人】夫婦みな伴侶の番人。

ばんねん【晩年】処女作で「晩年」を書いた太宰治に晩年はなかった。

はんのう【反応】火葬前の生死確認。

ばんのう【万能】ずば抜けた能力はない。

はんば【飯場】蛸の宿泊施設。制裁もある。

バンパー【bumper】緩衝器。歩行者には加衝器。

ハンバーグ【Hamburg steak】半分ヌーベルバーグの映画。

はんばい【販売】只今、拙著「販売の方法」を販売しております。

バンパイア【vampire】吸血蝙蝠。これに血を吸われると脳卒中の予防になる。唾液が血液を凝固させないからだ。

はんばく【反駁】言語による追い討ち。

はんぱつ【反撥】普段おとなしくしている方が効果あり。

はんぴれい【反比例】作品の質と原稿料。

はんぷく【反復】次第によくなるものもある。

ばんぶつ【万物】流転の末にどてん、と横転。

パンフレット【pamphlet】可燃ゴミ増加の一因。

はんぶん【半分】「一人前は食えない。半分でいい」と言い出したら、先は短い。

ばんぺい【番兵】首を短刀で掻き切られるだけの端役。

はんべえ【半兵衛】やくざが因縁をつけはじめたら、車内の全員がこれを決めこむ。

はんべつ【判別】男女の判別は、稀に裸にしてもつかぬ時がある。

ハンマー【hammer】ワークソングで使われる楽器。

はんみょう【斑猫】別名ミチオシエ。「社長。もう一軒行きましょう。次のクラブはこちらです。こっち、こっち」

はんめい【判明】真相は闇の中と判明した。

ばんめし【晩飯】過食症患者が夕飯と夜食の間に食べるもの。

はんめんきょうし【反面教師】あーっ。あんな悪いことしてる。よーし、おれもやってやれ。

はんもく【反目】ハンモックの奪いあい。

はんもん【反問】相手の唇の端を紳士的に抓《つね》りあげること。

はんもん【煩悶】成長のための脱皮の苦痛。

ばんゆう【蛮勇】やけくそとの境界はない。

ばんゆういんりょく【万有引力】「へええ。それで、落ちた林檎はそのあと、誰が食べたの?」

ばんらい【万雷】主役と演出家、どちらも自分への拍手だと思っている。

ばんらい【万来】船客万来。船沈没。

はんらん【氾濫】寝小便しながらの夢。

は

はんらん【叛乱】「大統領。叛乱軍の中に奥様やご子息たちが」
ばんり【万里】相方は海原怒濤。
はんりょ【伴侶】障碍の伴侶です。来世はまた別。
はんれい【凡例】この辞典にはない。
はんれい【判例】江戸時代の判例に従い、不倫は双方市中引回しのあと、鋸《のこぎり》引きの刑。
はんろ【販路】熱帯にも暖房を。極地にも冷房を。
はんろん【反論】何か言ったら承知しないぞと言わんばかりに相手に要求すること。

ひ

ひ【火】「あれが火事だということは火を見るよりも明らかだ」
び【美】見る者がいないと存在しないもの。
ひあい【悲哀】次に来るのは自責、あるいは復讐心。
ピアス【pierce】純金であれば肉ごと毟《むし》り取られる恐れあり。
ひあそび【火遊び】火事にはならないのに、男女とも大火傷。
ひあたり【日当り】暑気あたり。

ピアニスト【pianist】本番で使う楽器ではなかなか練習できない人。

ピアノ【piano】本来は弱い音しか出してはいけない楽器。

ピアフ【Piaf】「バラ色の人生」ではなかった。

ひあぶり【火炙り】まず陰毛が焼ける。

ピーアール【PR】「気をつけ」「休め」の象形文字。

ひいき【贔屓】タニマチ。引き倒しが得意技。

ピーケーオー【PKO】ポパイをノック・アウト。

ビージーエム【BGM】殺される寸前に頭の中で鳴り響く「マタイ受難曲」。

びいしき【美意識】没落の過程で生じる感覚。

ビーだま【ビー玉】ラムネのビンを破壊して入手する玩具。

ピータン【皮蛋】いったん埋葬された卵。

ピーティーエー【PTA】生徒不在。

ビートルズ【Beatles】ドリフターズのコンサートの後座をつとめたグループ。

ピーナッツ【peanuts】モスラー屋。

ビーバー【beaver】出っ歯の渾名《あだな》。

ピーマン【piment】放送禁止用語人間。

ビール【beer】シャンパンが買えない連中はこれをかけあって騒ぎ、「とりあえず」と言って乾杯する。

ヒーロー【hero】裏では疲労困憊。

ひうん【非運】他の全員の幸運。

ひえしょう【冷え性】ベッドにおける伴侶の悲劇。

ピエロ【pierrot】オペラや映画が寄ってたかって悲哀の象徴に仕立てあげたお笑い芸人。

びか【美化】発情期を青春と呼ぶなどのこと。

ひがいしゃ【被害者】殺人事件で、もっとも落ちついている人物。

ひがいもうそう【被害妄想】お前なんか誰が襲うもんか!

ひがえり【日帰り】女性をドライブに誘うときのことば。

ひかく【比較】カスを摑むための行為。

びがく【美学】貰いもののカレンダーで間にあわせるのはいやだ。

ひかげ【日陰】有名人の愛人がたくさん泣いている場所。

ひかしぼう【皮下脂肪】カネを使って貯め、カネを使って減らすもの。

ピカソ【Picasso】わが子の絵に期待を抱かせる存在。

ひがみ【僻み】清貧の腹の中。

ひかるげんじ【光源氏】蛍の別名。

ピカレスク【picaresque】ピカチュウ列伝。

ひかれもの【引かれ者】やけくそ小唄の名手。

ひかん【悲観】「すべてを楽観」にあと一歩。

ひがん【彼岸】先に死んだ連中がおいでおいでをしているところ。

ひがん【悲願】絶対に成就しないことがわかっている願望。

ひぎ【秘戯】神父と尼僧の乱交パーティ。

ひきがえる【蟇】児雷也《じらいや》の乗りもの。

ひきげき【悲喜劇】レポーターが笑いを堪えながら「なんとも気の毒なことです」と伝える事態。

ひきざん【引算】老後の貯金。

ひきだし【抽出し】各ジャンルの知識ごとに雑然と抛りこんである脳内の器官。また、それを模した家具。

ビキニ【bikini】ニキビ娘の水着スタイル。

ひきにく【挽肉】輓馬《ばんば》の肉。

ひきゃく【飛脚】クロネコやペリカンよりも遅い。
ひきょう【卑怯】正直に自分がやったのではないと言い張る者への第三者からの罵言。
ひきょう【秘境】お前の秘境はもう見飽きた。
ひくいどり【火食鳥】内臓は焼き鳥になっている。
びくしょう【微苦笑】ハラワタが煮えくり返っている時の表情。
ビクター【Victor】社長は犬。
ひぐちいちよう【樋口一葉】五千円だそうです。
ひくつ【卑屈】反抗的でない社員はすべて。
ピクニック【picnic】文字通りの野合大会。
ひぐま【羆】子供は喜んで「やあ。森の中で熊さんに出会ったぞ」と駈け寄っていく。
ピグミー【Pygmy】ファッション・モデルから見た一般の女たち。
ひげき【悲劇】不幸な者を好んで襲う。
ひけぎわ【退け際】わしがいないと困るってことを思い知らせてやる。けけけけけ。
ひけし【火消し】火付けが混っている。
ひけつ【否決】一妻多夫制度案。
ひけつ【秘訣】トップになる秘訣は、それを誰にも教えぬことだ。
ひげづら【鬚面】顎がないのを隠すため。
ひけんしゃ【被験者】ほーら。貴女はだんだん眠くなる。眠くなる。そして裸になりたくなる。
ひご【庇護】昔は王や貴族が芸術家たちのパトロンになった。今はひとりの芸術家のために大勢で後援会を作る。
ひこう【非行】成人してからの大犯罪のための予行演習。
ひごう【非業】いちばん香典が多い死にかた。

びこう【尾行】こら。首筋に鼻息を吹きかけるな。

びこう【備考】本文に入れるには恥かしいペダントリイ。

びこう【鼻孔】安来節を踊るために割箸を突っ込むところ。

ひこうかい【非公開】公開すれば何の魅力もない。

ひこうしき【非公式】別人に変装し、裏口から参拝します。

ひごうほう【非合法】組織の結束を固める要素。

ひこく【被告】イケメンの被告「しめた。裁判長は女だ」

ひこくみん【非国民】「売国奴」への出世まであと一歩。

びこつ【鼻骨】砕けたり折れたりしていてこそ本もののボクサー。

ひ

ひざ【膝】骨が笑う唯一の箇所。

ピザ【pizza】マフィアが開発したお好み焼。

ひさく【秘策】他言無用だぞ。言うと笑われるからな。

ひさし【庇】あれっ。あの人は額が出てるのかな。それともあれは帽子のひさしなのかな。

ピサのしゃとう【ピサの斜塔】五重塔も少し傾けたら観光客が増えるだろう。

ひざまくら【膝枕】耳掻きで鼓膜を突き破られる体勢。

ひさん【悲惨】飛散した硫酸を浴びた顔面。

ひじでっぽう【肘鉄砲】食らってからが勝負。

ビジネス【business】こう言われて怒るのは芸術家。喜ぶのは泥棒。

ひじまくら【肘枕】血行不良で手首切断。

ひしもち【菱餅】イタリアン・カラーの和菓子。

ひしゃ【飛車】この駒を奪われるとひしゃげる。

ひしゃく【柄杓】肥やしを撒き、樽酒を酌む道具。両方をひとつで間に合わせてはならない。
ひしゃたい【被写体】時には被害者。またはその一部。
ビジュアル【visual】字が読めない人のための情報伝達手段。
ひじゅう【比重】地球より重かったり鴻毛《こうもう》よりも軽かったりするのは人間の命である。
ひじゅつ【秘術】四十八手以外の体位。脱臼、骨折、窒息死などの恐れあり。
びじゅつ【美術】今や落書き、冗談との境界はない。なのになぜ建築だけ除外されるのか。
ひしょ【秘書】社長の弁当。
びじょ【美女】同じ顔をした美女は整形医が同じ。
ひじょう【非情】ビジネスの基本。
びしょう【微笑】安楽死の表情。
ひじょうぐち【非常口】たいていここで息絶える。
ひじょうしき【非常識】中国では常識。
びしょうじょ【美少女】ロリコンや狼に取り囲まれていることを気づかぬ存在。
びしょうねん【美少年】他の少年たちよりも早く、男の同性愛者の存在を知る。
びしょく【美食】痛風への最短距離。
びじれいく【美辞麗句】これで喜んでいては知性がないと判断される。
びじんが【美人画】ひやー。今こんな女がいたら見世物だ。
ひすい【翡翠】中国で安く売られているのはネフライトであり、翡翠とは別物。
ビスケット【biscuit】蟻の行列ができる食品。
ヒステリー【Hysterie】ラジカル・ヒステリー・ツアーの参加者。

ピストル【pistol】撃たれてしばらく考え込む。すぐ死ぬので、何を考えていたかは本人以外不明。

ビストロ【bistrot】どうせミシュランに載るわけはないと不貞腐れている店。

ピストン【piston】工場見学の女がなぜか興奮する。

びせいぶつ【微生物】いかなる美女もこれにまみれている。

ビゼー【Bizet】ＮＨＫ「みんなのうた」の「小さな木の実」の作曲者。

ひそ【砒素】長時間かけてひそと殺すのを楽しむ毒薬。

ひそう【悲壮】もうすぐ死ぬやつのやけくその勇壮さ。

ひぞう【秘蔵】盗んできたゴッホ。

ひぞく【卑俗】樋口一葉から見た現代の文壇パーティ。

ひだ【襞】虱《しらみ》の巣窟。

ひたい【額】手を振っているさなかに突然赤い穴があく部分。

ひだい【肥大】美食する人の肝臓は脂肪肝（仏名フォアグラ）となる。

びたい【媚態】悪女の擬態。ビタ一文出さんぞ。

ひたかくし【直隠し】シチュエーション・コメディの常套的ギャグ。

ピタゴラス【Pythagoras】その定理で三角関係は解けない。

ひだね【火種】浮気相手にやった子種。

ビタミン【vitamin】ビタ銭で暮らす民。

ひだりきき【左利き】右手が無い人。

ひだるま【火達磨】足がないからといって座り続けてはいられない状態。

ひたん【悲嘆】遺言状に我が名がない。

びだん【美談】悲惨な記事がない時の埋め草。
びだんし【美男子】せめて馬鹿であってほしいと他の男たちは思っている。
ひつう【悲痛】敵対する者にはその叫びが耳に心地よい。
ひっか【筆禍】ひっかかっちゃった。
ひつぎ【棺】そのまま薪にもなる。
ひっきしけん【筆記試験】不美人はこれに合格し面接で落される。
ビッグ・バン【Big Bang】相撲取りの移動車。
びっくり【吃驚】しゃっくりの薬。
ひづけへんこうせん【日付変更線】逆回りすると若返ることができる。
ピッケル【Pickel】先に登っているやつの尻にカチ込む道具。
びっこ【跛】足音だけで来たことがわかる人物。
ひっこし【引越し】不要品の多さを思い知る機会。
ピッコロ【piccolo】強姦される少女の悲鳴を表現する楽器。
ひっさつわざ【必殺技】藪医者の外科手術。
ひっし【必死】債務者ばかりの相続争い。
ひつじかい【羊飼い】ちがいます。あれは山羊です。
ひっしゃ【筆者】この辞典は拙者。
ひっすかもく【必須科目】人間を理系と文系に手っ取り早く分ける仕組み。
ひっせき【筆跡】いじめのメールは文法の誤りで鑑定できる。
ひつぜん【必然】神様には偶然も必然。
ひつだん【筆談】「何も言うな。盗聴されている」
ヒッチコック【Hitchcock】自作に出たがる人の代名詞。

ひ

ヒッチハイク【hitchhike】俳句を作りながらの旅。

ピッチャー【pitcher】一塁へは必ずストライクを投げる人。

ひっちゃく【必着】時限爆弾も入れといたからね。

ひっちゅう【筆誅】大勢でやれば単なるいじめ。

ヒット【hit】三十代以上は無関心な曲。

ひっとう【筆頭】最初に根回しに行くべき、いちばんうるさい奴。

ひつどく【必読】すべての書物の主張。

ひっぱく【逼迫】ホームレスには無縁の経済状態。

ヒッピー【hippie】頭からっぽでも髪型や服装だけで反制度運動家の仲間入りができたしあわせな連中。

ひづめ【蹄】これは馬またはケンタウロスの足跡。これは牛またはミノタウロスの足跡。

ひつようあく【必要悪】談合、と皆が思っている。

ひつようけいひ【必要経費】秘書にした愛人へのお手当は認められている。

ひつりょく【筆力】学生を何人自殺に追いやったかが哲学者の競争。

ひてい【否定】ペニスを出したままで。「いいえ。わたしはやってません。立小便なんかやってません」

びていこつ【尾骶骨】強く蹴りあげられると脊椎を伝わって脳震盪まで起す部位。

ビデオ【video】見られなくなる前にDVD化だなんて、何百万円もかかっちまうよ。

ピテカントロプス【Pithecanthropus】エレクトするやつ。

びてき【美的】死刑囚の眼に映るすべて。

ひでり【旱】ナミダヲナガす天候。
ひでん【秘伝】このタレはコロシタ一レと言うてな、味を盗もうとしても無駄じゃ。
ひといきれ【人いきれ】密室の輪姦。
ひどう【非道】路上以外での悪事。
ひとがき【人垣】女乞食の出産。
ひとかげ【人影】橋上での「叫び」の理由。
ひとがら【人柄】ろくな作家ではないな。いい人だから。
ひとぎき【人聞き】低所得者層の世間体。
びとく【美徳】あの奥さんはすばらしい。すぐによろめいてくれる。
ひどけい【日時計】腹時計の次にできた時計。
ひとごこち【人心地】ほんの一時の安逸。
ひとごろし【人殺し】戦争なら英雄。
ひとさしゆび【人差し指】「お前はクビだ」と言う時に使う指。

ひとじち【人質】あんな奴、誰が救出に行くのか、見ものだぜ。
ひとすじみち【一筋道】一筋縄で行ける道。
ひとだすけ【人助け】ためらっている人の背中をどんと押してやること。
ひとだま【人魂】鍵やぁー、魂《たま》やぁー。
ひとちがい【人違い】交際のきっかけを得る手口の一。
ひとづま【人妻】誘惑の対象。むろん自分の妻は除く。
ひとで【人出】テロリストも混っている。
ひとで【海星】棘皮《きょくひ》動物のくせに女学院がある。
ひとどおり【人通り】絶えて久しくなりにけり、シャッター街に秋風ぞ吹く。
ひとなみ【人並み】3の平方根。奢りかたのこと。
ひとばしら【人柱】高層マンションの建築に人

柱が立てられたことは秘密にされている。
ひとはだ【人肌】ぬる燗の目安。四十度以上は熱病患者の人肌。
ひとばらい【人払い】払われた側の人に立ち聞きさせる行為。
ひとふでがき【一筆書】みみずの這った跡から思いつかれた筆法。
ひとまね【人真似】何歳になっても成長に必要な学習。
ひとみ【瞳】眼を白黒させた時の黒い方。
ひとみごくう【人身御供】くそ。一番のブスを寄越しやがった。
ひとみしり【人見知り】夫にとっては安心な性格。
ひとめ【人目】実は自分の目。
ひとめぼれ【一目惚れ】話をして幻滅。
ひともじ【人文字】「よそへツイラクせよ」

ヒトラー【Hitler】飛行する独裁虎。
ひとりごと【独り言】「くそ。バカ社長め。死ね」「ん？ 何か言った？」「いえ。やっぱり社長は頭がいい、と」
ひなたぼっこ【日向埃】紫外線を恐れぬ老齢になってからの行為。
ひなだん【雛壇】射的の的にしてはいけない。
ひなにんぎょう【雛人形】顔色をもっと健康的にすべきである。
ひなわじゅう【火縄銃】発射に時間がかかり、宮本武蔵に敗れた。
ひなん【避難】そこが死に場所になったりもする。
ひなん【非難】シャワーの如く浴びる快感を、浴びせる方は知らない。
びなん【美男】美女とめぐりあわぬうち、ブスと結ばれてしまう。

ビニール【vinyl】海亀の自殺用品。

ひにく【皮肉】「まあお美しい。わたしなんか貧乏だから、とてもそんなことできませんわ」

ひにょうきか【泌尿器科】患者が「コイトス」という単語を知るところ。

ひにん【否認】「わしは非人ではない」

ひにんぐ【避妊具】コンドームを持ち歩いているやつに限って童貞。

ひにんやく【避妊薬】「今、避妊薬持ってるんだけど、これ服《の》んでぼくとつきあいませんか」

びねつ【微熱】冷え性の中年女は微熱少年を抱いて寝ればよい。

ひねもす【終日】「まるで春の海のような人」と言えば聞こえはいいが。

ひのうみ【火の海】タンカーの爆発炎上。

ピノキオ【Pinocchio】人間の子供はもういやだ。もとの人形に戻りたい。

ひのきぶたい【檜舞台】たいていの人は学芸会の舞台に終る。

ひのくるま【火の車】廃止寸前の電鉄。

ひのこ【火の粉】降りかかるのを払うだけで、火事の本体は消そうとしない。

ひのたま【火の玉】「選手全員火の玉となって北京へ乗り込みます」「北京が火事になりますよ」

ひので【火の手】ライターを持った放火魔の手。

ひので【日の出】現代人の大部分が拝まないもの。

ひのとり【火の鳥】火食鳥。

ひのまる【日の丸】いいえ。あそこに干してあるのは旗ではなく、娘の初潮です。

ひのみやぐら【火の見櫓】アベックの夕涼みに

ひ

最適。
ひのようじん【火の用心】夜回りがいなくなって、最近では消防車のサイレン。
ひばいひん【非売品】売春しない女性。
ひばく【被爆】鉄橋の下は大便を被爆するので要注意。
びはく【美白】恐ろしや夜道に浮かぶ顔。
ひばし【火箸】敵の両眼を狙う灼熱の武器だが、持主も火傷する。
ひばしら【火柱】赤毛のヘア・スタイル。
びはだ【美肌】臀部の皮膚。
ひばち【火鉢】ぐうたら息子に説教する時の置道具。
ひばな【火花】帯電した猫を撫でて、双方が「ギャー」と叫ぶ現象。
ひばり【雲雀】丘で鳴くのはヒバリー・ヒルズ。
ひはん【批判】自分のことを棚にあげないでできることではない。
ひひ【狒狒】生活力があって女性にもてる中年男性を妬んでこう言う。
ひび【皹】厚化粧の女を笑わせると顔一面にできるもの。
ひびやこうえん【日比谷公園】夜は丸の内エリート・サラリーマン男女の逢引場所。
ひひょう【批評】無能の者を自殺に追いやる高潔な活動。
ビビンバ【bibimbab】「ちびくろサンボ」騒ぎのとばっちりを受け、売り出したサンリオによって抹殺された可愛い黒ん坊キャラ。
ひふ【皮膚】老女が貼替技術の開発を乞い願うもの。
ひぶ【秘部】醜怪だから。
ひふか【皮膚科】「掻いてはならぬ」が口癖。
ひぶた【火蓋】兵士の一人が銃を暴発させたの

がきっかけ。

ビブラート【vibrato】一人だけ出来ると皆に憎まれる発声技法。

ひふん【悲憤】公害。

ひへい【疲弊】兵士疲弊して弊士となり斃死する。

ひほう【秘宝】温泉地にあり、女は顔をそむけ、男はにやにやするもの。

ひほう【悲報】全員合格して、あなたのお子さんだけ落第です。

ひぼう【誹謗】された方は悪口と言い、した方は批判と言う。

びぼう【美貌】不美人にはさまざまな顔があるが、美貌はみな似たような顔。

ひぼし【干乾し】「仕事を干された」と考えるか、「人生の転機」と考えるか。

ひぼん【非凡】たいていは徹底した平凡。

ひま【暇】遊ぶ金がないと悪事に走る。

ひまご【曾孫】もはや遊んでやる気力はない。

ひまつ【飛沫】白いズボンに点点と黄色い小便。

ひまつり【火祭】日照り続きにやってはならない。

ヒマラヤ【Himalaya】三ツ星レストランができたら行ってもよいが。

ひまわり【向日葵】太陽のような女にずっと顔を向けている男がいるかと思えば、月のように、その男にずっと顔を向けている女もいる。

ひまん【肥満】貧困時の反動と貧困のための備蓄。

びみ【美味】珍味も含め、いずれすべては大便。

ひみこ【卑弥呼】ヤマトトトヒモモソヒメノミコトトトトトトト。

ひみつ【秘密】脅迫されるタネ。

びみょう【微妙】好かれてるのかな？　遊ばれ

てるのかな?

ひめ【姫】あっ、姫。まだ姫始めなどしてはなりません。

ひめい【悲鳴】すぐ途切れた時は死んでいる。ながながと続いていればまだ生きている。

ひめごと【秘め事】通常、電車の中ではやらないようなこと。

ひも【紐】おれと女たちとは宿命の赤い紐でつながってるんだよ。

ひもかわうどん【紐革饂飩】サナダムシを真似て作られた食品。

びもくしゅうれい【眉目秀麗】転勤命令。

ひもと【火元】消防署なら大恥。

ひやあせ【冷汗】敗けて不機嫌なプロレスラーへの取材。

ひやく【飛躍】調子に乗っていて足元が見えぬ状態。

びやく【媚薬】服《の》ませても自分に惚れてくれるとは限らぬ。

ひゃくしょう【百姓】日本の食糧自給率を上げるため、嫁に来てください。

ひゃくせんれんま【百戦錬磨】戦前のろま。

ひゃくとおばん【一一〇番】乗客全員が携帯電話で。「助けてくれ。この電車、停まらない」

ひゃくにんいっしゅ【百人一首】死刑囚の百人一首なぜやらぬ　傑作揃ひとなるであらうに

ひゃくものがたり【百物語】語り終るとシャー(王)があらわれて「あと九百一やれ」と言う。

びゃくや【白夜】夜回り不要。

ひやけ【日焼け】脱皮した恋人の抜け殻を戴けます。

ひやけさろん【日焼けサロン】「一皮剝けてこい」と怒られた若者が勘違いして行く所。

ひやざけ【冷酒】常温酒のこと。
ひやそうめん【冷素麺】流し素麺は下流になるほど不潔である。
ビヤだる【ビヤ樽】中には内臓脂肪（メタボ）が詰まっている。
ひゃっきやこう【百鬼夜行】TV局の廊下。
びゃっこたい【白虎隊】白人のよっぱらい集団。
ひゃっぱつひゃくちゅう【百発百中】子沢山。
ひやとい【日雇い】一日税務署長。
ビヤホール【beer hall】日比谷音楽堂。
ひやみず【冷水】熱けりゃお湯だろ。
ひやめし【冷飯】窓際で食う飯。
ひややっこ【冷奴】冷感症の芸者。
ひゆ【比喩】聞き手を莫迦と想定した話術。
ヒューズ【fuse】ブレーカーの父。
ヒューストン【Houston】ヒュー、ストーンと、今落ちてきました。
ヒューマニズム【humanism】星飛雄馬イズム。
ビュッフェ【buffet】高価な食べものからなくなってゆく形式。
ひょう【雹】「降ってきたぞ」「ひょー」
ひょう【豹】おばはんの戦闘服。
ひよう【費用】目標は原価0円。
びよう【美容】美人には不要、醜女には無用。
ひょうい【憑依】あまり似ていなくても許される物真似。
びょういん【病院】盥《たらい》が廻ってくる所。
ひょうが【氷河】橋のない河。
ひょうかがく【評価額】本人のものは、本物と決めてかかっている金額。
びょうき【病気】韓国人の重症患者は、チョー・ヤンデル。
ひょうぎいん【評議員】子供の意見を真顔で言う大人。

ひょうきん【剽軽】宴会には呼ばれ、告別式には呼ばれないやつ。
ひょうぐし【表具師】子供が襖《ふすま》を破くと喜ぶ連中。
ひょうけつ【評決】裁判員たちが意外性を狙う最後のネタ。
びょうけつ【病欠】梅毒で鼻が欠けること。
ひょうげん【表現】自由であると皆が言い、自由でないことは皆が知っている。
びょうげんきん【病原菌】異性にモテない者が合コンの席で撒き散らすもの。
ひょうげんしゅぎ【表現主義】カリガリズム。
ひょうご【標語】飲んだら乗るな、乗るなら飲むな、心臓麻痺で腹上死。
びょうこん【病根】痴漢の男根。
ひょうさつ【表札】裏には「落第」と書いてある。

ひょうざん【氷山】「大変だ。あっちからタイタニックが来る」
ひょうし【表紙】「この本を読まないとあなたは死ぬ」
びょうし【病死】猫の死にかた。
ひょうしき【標識】「スリップ注意」は「酔っぱらい運転可」にも見える。
びょうしつ【病室】突如、号泣が聞こえてくるところ。
ひょうしぬけ【拍子抜け】合コンにやってきた男女の比率が九対一。
びょうしゃ【描写】うしろに寝るところがある。
びょうじゃく【病弱】男女。
ひょうじゅん【標準】低下し続けるレベル。
ひょうじゅんご【標準語】方言を嘲笑するための言語。
ひょうしょう【表彰】銀メダルが泣いているの

は嬉しいのか悔しいのか。
ひょうじょう【表情】一変するのも怖いが、変らないのはもっと怖い。
びょうじょう【病状】一進一退は死への弾みである。
びょうしん【病身】労働回避体質。
びようせいけい【美容整形】いずれは前より凄い顔になる。
びょうせきがく【病跡学】作家はみな異常であることを前提にした学問。
ひょうせつ【剽窃】いい文章だから共有財産にしようという試み。
びょうそう【病巣】摘出したものを患者に見せて失神させる。
びょうそく【秒速】秒針がまわる速度。
ひょうだい【表題】「成績表」「統計表」など、表のタイトル。
びょうたい【病態】一変して死の相貌があらわになるもの。
びようたいそう【美容体操】あとには床に、腰や尻の贅肉が落ちている。
ひょうたん【瓢箪】中には「金角」「銀角」などの駒が入っている。
ひょうちゃく【漂着】梯子《はしご》酒の末の自宅。
ひょうてき【標的】動くものより走るもの、いちばん面白いのが逃げるもの。
びょうてき【病的】この辞典への良識的評言。
ひょうでん【評伝】自己の生きかたを顧みず、他人の一生をあげつらうこと。
びょうどう【平等】宇治・平等院に祀られている仮想のもの。
びょうにん【病人】屈強な男から殴られそうになった時、出ることば。
ひょうばん【評判】大げさな言説を争うこと。

びょうぶ【屏風】寝顔や寝相の醜さを隠すスクリーン。

ひょうへん【豹変】人格者が本来の性格に戻ること。

ひょうほん【標本】破片と死骸。

びょうま【病魔】病気の閻魔《えんま》。

びょうめい【病名】ヤマイダレが間に合わず、最近みな横文字。

ひょうめんか【表面化】水面下に沈めた死体が浮き上がってくること。

ひょうめんちょうりょく【表面張力】水のお団子（水滴）ができる理由。

びょうよみ【秒読み】早く小便を出せと急かされて横でこれをやられても、老人にとってはすぐ出るものではない。

ひょうりいったい【表裏一体】背交位。

びょうりかいぼう【病理解剖】死体ばらばら。

ひょうりゅう【漂流】問題を起しては地方の支局を転転とする記者。

びょうれき【病歴】現在の心の歪み具合がわかる。

ひょうろうぜめ【兵糧攻め】食料品の値上り。

ひょうろんか【評論家】テレビに出た時の政治家。

ひよこ【雛】悪事に加担しない新入社員。

ひょっとこ　法外な勘定書を見た時の顔。

ひよどりごえ【鵯越】えっ。そんな団地に住んで大丈夫か。

ひよりみ【日和見】順慶の方だよ。康隆じゃないよ。

ひら【平】役付になれない名字。

ひらいしん【避雷針】実際は雷を呼び寄せる。

ひらおよぎ【平泳ぎ】潜って銃弾を避けるのに適した泳法。

ひらがな【平仮名】一千年以上かかって成立・整備されたものが弘法一人の手柄に。

ひらぐも【平蜘蛛】油断させ、飛びかかるための姿勢。

ひらてうち【平手打ち】派手な音と、掌の焼けるような痛みが特徴。

ピラニア【piranha】昼食時には回遊槽に生きた馬一頭を落す。

ピラフ【pilaf】冷え固まった残飯を処理した料理。

ピラミッド【pyramid】頂点に立つ者は崩れた時に大怪我。

ひらめ【鮃】うわ眼遣いの罰で魚にされた女の姿。平女。

びらん【糜爛】爛《ただ》れた皮膚がびらーんと垂れさがったさま。

びり 同じことだ。のんびり歩いてやれ。

ピリオド【period】やれやれ。飲みに行こう。

ひりき【非力】頼まれたことを断る時のことば。

ビリケン【Billiken】尖った頭をあまり撫でているとお賓頭盧《びんずる》さまになっちまうよ。

ビリヤード【billiard】心はハスラー、技はアル中。

ひりょう【肥料】芸人のこやしは色恋沙汰。政治家には命取り。

びりょく【微力】他人に力添えして恩を売る時のことば。

ひる【蛭】悪い血だって吸ってやっているんだ。感謝しろ。

ビル【Bill】シェークスピアもこう呼ばれていたのかな?

ピル【pill】コンドマニアの敵。

ひるあんどん【昼行灯】大石内蔵助以来、褒め言葉になって使われなくなった。

ひるがお【昼顔】日中に稼ぐ娼婦。

ビルかぜ【ビル風】時おりカラスが地面に叩きつけられている。

ひるさがり【昼下がり】昼休みに首を吊ること。

ヒルティ【Hilty】もちろん、自分が眠れなかったのだ。

ひるね【昼寝】眼が醒めたら夜になっていた。

ひるめし【昼飯】大量に食うべし。午後の授業で爆睡できる。

ひるやすみ【昼休み】あいつは新婚だ。いつも家に帰る。

ひれ【鰭】「鱶鰭《ふかひれ》」を漢字で書くには「養老の日」と憶えるがいい。

ひれい【非礼】代表制。

ひれいだいひょうせい【比例代表制】当選する筈のない最後尾に、ずらりとアイドルの名を並べるとよい。

ひれつ【卑劣】うまく立ち回れなかった者が周囲に向ける罵言。

ひれん【悲恋】めでたく結ばれていたらもっと悲惨なことに。

ヒロイズム【heroism】酔うと身の破滅。

ヒロイン【heroine】なりたい願望をあきらめた時からおばはん。

びろう【尾籠】シモネタであることを前以て上品に告知することば。

ひろうえん【披露宴】新郎新婦の過去の悪行を笑いにまぎらせてあばく儀式。

ひろうこんぱい【疲労困憊】出張販売。

ビロード【天鵞絨】子供が最初に味わう官能的触覚。

びろく【微禄】自らの実直さを誇ることば。

ピロシキ【pirozhki】さまざまな具材を包んだ小麦粉のフロシキ。

ピロティ【pilotis】ル・コルビュジエ「車置き場にする気はなかった」
ひろば【広場】まあ。ここが有名なコンドーム広場なのね。
ヒロポン【Philopon】戦後の一時期、この薬の力で多くの名作が生まれた。
ひろま【広間】通夜に最も役立つ座敷。
ピロリきん【ピロリ菌】朝食前に歯を磨く理由。
ひわ【秘話】時効になるまでは怖くてとても書けなかった臆病者の著作。
びわ【琵琶】耳を引き千切られる楽器。
ひわい【卑猥】人間どこまで下品になれるかが試される言動。
びわこ【琵琶湖】移動して淡路島になった跡の水溜まり。
びん【瓶】海上郵便の容器。
ピン【pin】尖端を上にして椅子に植えつけておくもの。
ひんかく【品格】品格に関する書物など品格のない者が読む筈はないのに。
びんかん【敏感】あっ。今、他の女のこと考えたわねっ。
ひんきゃく【賓客】破産に至る「賓客万来」。
ひんく【貧苦】こういう人たちの頭脳集団を貧苦タンクという。
ピンク【pink】吸血鬼の顔料。
ひんけつ【貧血】献血のせい。
ビンゴ【bingo】卵に突入できた精子の歓びの声。
ひんこうほうせい【品行方正】淫行旺盛。
ひんこん【貧困】正しい貧困は貧困方正。
ひんし【瀕死】死にかけの馬。
ひんしつかんり【品質管理】腐る直前までに売り切る技術。

ひんしつほしょう【品質保証】偽装してはいるが、食べても死なないことは保証する。
ひんじゃ【貧者】許してやれ。貧者の一盗だ。
ひんじゃく【貧弱】旅館の歯ブラシ。
ひんしゅかいりょう【品種改良】魚の骨をなくして食べやすくする技術。
ひんしゅく【顰蹙】こんな字も書けないのでは顰蹙を買いますよ。
ひんしゅつ【頻出】へたな演説の「まあー」「あのー」「えーと」。
びんしょう【敏捷】割り勘と知るなりその辺からいなくなる奴。
びんしょう【憫笑】相手が自分と五十歩百歩なればこその笑い。
びんじょう【便乗】郵便車に乗せてもらうこと。
ヒンズーきょう【ヒンズー教】ヒンズーればドンズー。

ひんせい【品性】通常は「下劣」につながり、「高潔」につながることはない語。
ピンセット【pincet】顔一面に突き刺さったガラスの破片をひとつずつ引っこ抜く器具。
びんせん【便箋】なぜかコクヨさんという女性のネーム入り便箋が多く売られている。
ひんそう【貧相】老年の一休さん。
ひんだ【貧打】投手の技量を無視した言い方。
びんた できなくなってから教師のやる気と生徒の質は低下。
ピンチ【pinch】芝居出演中の便意。
ピンチヒッター【pinch hitter】ピンチになれと祈っているのはベンチでこいつだけ。
びんづめ【瓶詰め】いったん詰めてしまえばピーナッツバターと大便は区別できない。
ヒント【hint】何度もせがまれて、ついに正解に近いヒントを出してもまだわからない奴がいる。
ピント【pint】意中の人にあわせ、周囲はピンぼけ。
ピンナップ【pinup】部屋へつれてきたガールフレンドに屈辱感を抱かせる美人女優の写真。
ひんにょう【頻尿】ずっと便所にいた方がまし。
ひんのう【貧農】かいかい疎にして漏らさず。
ひんぷ【貧富】日本ではほんの五桁の違い。
びんぼう【貧乏】子供を作る暇だけはたっぷりある。
びんぼうくじ【貧乏籤】厚生労働大臣。
びんぼうしょう【貧乏性】金は落すもの。女は逃げるもの。子供は盗むもの。人は騙《だま》すもの。仕事はしくじるもの。
びんぼうにん【貧乏人】セレブ「わたしたち以外は全部貧乏人よ」
ピンポン【ping-pong】漢字は乒乓。
ひんみん【貧民】暁を覚えず。
ひんみんくつ【貧民窟】外部の者が立ち入ると、出てきた時は貧民になっている。
びんわん【敏腕】犬のおまわりさん。

ふ【麩】食用スポンジ。

ファーブル【Fabre】セミは耳が聞こえるかどうか調べるために、そばで大砲をぶっ放した。セミは平気で鳴き続けた。

ぶあいそう【無愛想】①「あっちへ行け」という意思表示。②「別に」と答えてバッシングされる女優のこと。

ファイト【fight】和訳は「ハッケヨイ」。

ファインマン【Feynman】皆から冗談を言っていると思われた物理学者。

ふ

ファウスト【Faust】水木しげる「悪魔くん」の原作。

ファシズム【fascism】嫌煙権運動に愛煙家が投げつけることば。

ファッション【fashion】ナチ親衛隊の制服を着ること。

ファン【fan】有名人に話しかけるとき一時的になるもの。

ふあん【不安】流行語大賞を取ってしまったお笑い芸人。

ファンタジイ【fantasy】ファンタが好きな爺さん。

ふあんてい【不安定】三本足の椅子。

ふあんない【不案内】青木ヶ原樹海。

ファンファーレ【fanfare】「パンパカパーン」と言って横山ノックは知事をやめた。

フィーバー【fever】土曜の夜のパチンコ。

ふいうち【不意打】防具は鍋の蓋。
フィギュア【figure】浅田真央の人形。
フィクション【fiction】ハクション大魔王。
ふいちょう【吹聴】寂聴さんの隠し子。
フィナーレ【finale】「お前ら帰れ」と歌い踊ること。
フィルター【filter】これが自分の愛人であったらという眼で美人コンテストの選考をすること。
フィルム【film】ナマは冷蔵庫で眠り、映画になってからは倉庫で眠る。
ふうあつ【風圧】椅子に掛けて放屁するとからだが浮く理由。
ふういん【封印】これを解くことで「西遊記」と「水滸伝」が成立した。
ブーイング【booing】最も習得しやすい国際的意思表示。
ふうう【風雨】屋外でシャワーとブローができる。
ふううんじ【風雲児】問題児のこと。
ふうか【風化】①千の風になること。②又三郎になること。
ふうかく【風格】①風化した人格。②欲が満たされている様子。③メタボの別称。
ふうき【風紀】路上の露出、排泄、性交を抑圧すること。
ふうきょう【風狂】風流な狂気。
ふうぎり【封切】山ほどのおクラを一本だけ救出すること。
ふうけい【風景】死に際の眼に入るものが最も美しい。
ふうげつ【風月】課長が愛するもの。
ふうこう【風光】淫靡。
フーコー【Foucault】狂気の振り子を発明した

哲学者。
ふうさ【封鎖】タンパックスを入れた上からアンネ・ナプキン。
ふうさい【風采】偉い人をこきおろす時に使うことば。
プーサン 漫画にされた画家。
ふうし【諷刺】弾圧が怖くて韜晦《とうかい》すればするほど文学的には名作となる。
プーシキン【Pushkin】この文豪の美しい妻に言い寄って、文豪を決闘で殺した放蕩者のフランス人ダンテスは、その後フランスに戻って元老院議員に出世した。
ふうしゃ【風車】正体は巨人。
ふうしゅう【風習】民俗学者を喜ばせるための奇怪な行為。
ふうしょ【封書】剃刀《かみそり》の刃に注意。
ふうじん【風神】わて、風邪ひいてまんねんワ。

ふうすいがい【風水害】ドクター・コパ。
ふうせつ【風雪】老いぼれの顔に刻み込まれているもの。
ふうせん【風船】輪精管を締めつけるため、コンドームの代用にしてはならない。
ふうそう【風葬】長時間かけて屍体の様変りを楽しむ弔いかた。
ふうそく【風速】風に吹き飛ばされる速度。
ふうぞく【風俗】客を酒やセックスに溺れさせる業種名。
プータロー【風太郎】矢作俊彦の子息が「家業である」と思い込んでいる職業。
ブーツ【boots】足を蒸らせて腐らせる道具。
ふうてい【風体】犬に吠えられる格好。
フーテン【瘋癲】七〇年代で最も臭かった連中。
ふうど【風土】風土病の原因。
ふうとう【封筒】普通郵便に金を入れてはいけ

ないと知りながら、みんな入れている。

ふうび【風靡】ある種の臭気が風に乗って世の中全体に行き渡ること。

ふうひょう【風評】当人を当人以上に当人らしく見せる噂。

ふうふ【夫婦】あっ。近親相姦じゃないの?

ふうぼう【風貌】風を受けやすい、真ん中が凹んだ容貌。

ふうみ【風味】山田詠美にとっては「男の味」。

ブーム【boom】そんな名前のグループ作って、ブームが過ぎたらどうするつもりだ(そもそもブームが来なかったりして)。

ブーメラン【boomerang】敵を倒し、戻ってきて自分も倒される武器。

ふうらいぼう【風来坊】風と共に去りぬ。妊婦をいっぱい残して。

ふうりゅう【風流】主に貧乏人がやせ我慢を自称して言う。

ふうりょくはつでん【風力発電】最大の敵は強風。

ふうりん【風鈴】颱風《たいふう》接近報知器。

プール【pool】レジオネラ菌、大腸菌がうようよ。

ふうん【不運】いつも作るのに苦労するのは、他人の不運に対する悲しげな顔。

ぶうん【武運】「武運つたなく……」なあに、弱かっただけだ。

ふえ【笛】掻き切られた咽喉から出る音を出す楽器。

ふえて【不得手】「できない」というのを重おもしく述べることば。

フェティシズム【fetishism】本体への気おくれから、欲望の対象を変えること。

フェミニズム【feminism】女性蔑視を裏返し

にしたやつ。

フェロモン【pheromone】年ごろの娘が父親を嫌う原因。

ぶえんりょ【無遠慮】余計な遠慮をしないこと。つまり普通の態度。

フォアグラ【foie gras】卵に入れて産んでくれたら便利なのだが。

フォーカス【focus】好きな人にだけピントが合い、他はすべてピンぼけになるレンズです。

フォード【Ford】自分の会社から追い出され、その会社はキャデラックと名前を変えた。

フォスター【Foster】奴隷オールド・ブラック・ジョーの主人。

ぶおとこ【醜男】不思議にも妻は美人。

ふおん【不穏】空気を読めない奴がいると周囲ははらはらする。

ふか【鱶】ヒレばかり食われて肉を食ってもらえない魚。

ぶか【部下】いつか辞表の提出とともに上司を殴り倒してやろうと考えているやつ。

ふかい【不快】自分のギャグでは笑わぬ妻が、他人のつまらぬ冗談で笑うとき。

ふかおい【深追い】深田恭子の追いかけ。

ふかかい【不可解】あっ。なぜこんなものを読んでいるんだ。ここはどこだ。おれは何をしている。おれは誰だ。

ふかく【不覚】膣外射精。

ふかこうりょく【不可抗力】屈服しただけ。

ふかざけ【深酒】退社後すぐ飲みはじめて朝まで。

ふかしぎ【不可思議】一生かかっても数えきれない数。

ぶかつ【部活】ハッカー部、盗撮部などはない。

ぶかっこう【不格好】飛ぶのがへたな郭公《かっこう》。

ふかで【深手】素手で内臓をつかみ出されること。

ふかのう【不可能】この辞典にはある。

ふかひ【不可避】死ぬという運命。

ふかよみ【深読み】眼光紙背に徹すると言うが、次のページが見えるだけじゃないの。

ふかん【俯瞰】一瞬、神の視線を得たように錯覚する視点。

ふかんしょう【不感症】馬鹿にしているが、羨ましくもある。

ふかんぜんねんしょう【不完全燃焼】せっかく憶えた科白《せりふ》を半分にカットされた役者。

ふき【付記】些細なことをあとから思い出しての枚数稼ぎ。

ぶき【武器】昔は筆、それからペン、今はキーボード。まだ鉛筆という人もいるなあ。

ブギウギ【boogie-woogie】エイトビート。日本では阿波踊り。

ふきかえ【吹き替え】声優たちの芝居は眼を閉じて聞いていると、外国の名優たちの芝居を見ているような気分になる。

ふきげん【不機嫌】こんな時代に上機嫌でいられるのはおかしいと思っている人たち。

ふきそ【不起訴】自白さえしなければこうなるかも。

ふきそく【不規則】階段の踏込み板の高さがこうであってはならない。落ちます。

ふきだし【吹き出し】科白を変えてまったく別の話を作ることもできる。

ふきつ【不吉】①大吉さんの凶兆。②作家名・車谷不吉。

ふきでもの【吹き出物】青春の引き出物。

ふきぬけ【吹き抜け】首を吊りやすい空間。

ふきのとう【蕗の薹】蕗の姑。

ぶきみ【無気味】浮気はバれている筈なのに夫（妻）は黙っている。

ふぎもの【不義者】重ねて四つに。だが下半身はまだつながっている。

ふきや【吹矢】尖端に毒液を塗り、間違えて自分が吸い込む。

ふきゅう【不朽】今は普及の名作ばかり。

ふきょう【不況】不況不況不況不恐怖恐怖恐怖恐怖恐怖恐怖。

ふきょう【布教】人生と財産を捲きあげられた人たちが仲間を増やそうとすること。

ぶきよう【不器用】一種類とて揃った食器がない。

ぶぎょう【奉行】現代でも、鍋をすると突如現れる役人。

ふきょうわおん【不協和音】アイドルグループのユニゾン。

ぶきりょう【不器量】悪い虫につかれにくい人。

ふきん【付近】飲み物をこぼして布巾で拭ける範囲。

ふきんしん【不謹慎】検死官の欲情。

ふぐ【河豚】自分の毒では死なない魚。

ふくいん【復員】ゴムの仮面を被って家に戻ること。

ふくえき【服役】同じ服を着ること。

ふくえん【復縁】別人との再会。

ふくがん【複眼】片目以外は全員。

ふくぎょう【副業】本当はこちらを名刺に刷りたい。

ふくげん【復元】ネアンデルタール人の頭蓋骨に肉付けしたらガッツ石松。

ふくざつこっせつ【複雑骨折】人間マリオネット。

ふくさよう【副作用】狭心症治療→勃起→性交

→狭心症。

ふくざわゆきち【福沢諭吉】ホームレスが滅多にお目にかかれない人。

ふくさんぶつ【副産物】おからとプルトニウム。

ふくじ【服地】最初はいちじくの葉。

ふくしきこきゅう【腹式呼吸】破裂した穴で呼吸している状態。

ふくしこっか【福祉国家】日本政府が、税金の高さだけ見習おうとする国のこと。

ふくしゃ【複写】一万円札。

ふくしゅう【復讐】遂げたあとの空しい一生。

ふくじゅう【服従】仕立屋の言いなりになること。

ふくしゅうにゅう【副収入】家政婦の、興信所からの収入。

ふくしょう【副賞】正賞より賞金が欲しい。

ふくしょう【復唱】オウムや九官鳥や人間にやらせて楽しむ遊び。

ふくしょうぐん【副将軍】徘徊老人が名乗っていた肩書。

ふくしょうしき【複勝式】小心者にギャンブルをさせるための方式。

ふくしょく【復職】〽帰りてみればこは如何にもといた机も椅子もなく

ふくしん【腹心】自分ほど腹黒くないので絶対に裏切らない手下。

ふくじんづけ【福神漬】七福神のげろげろ。

ふくすい【覆水】盆に返る。雑巾で拭いて絞ればよい。

ふくすう【複数】被害者の体内から十三種類の精液が検出されました。

ふくすけ【福助】最も愛された実在の身体障害者。

ふくせい【複製】この女はわたしのクローン。食べると消化にいいのよ。

ふくせん【伏線】「このため、のちに彼女は死ぬことになるのであるが」

ふくそう【服装】ヌーディストは自分の皮。

ふぐたいてん【不倶戴天】共にフグをいただくこと。

ふくつう【腹痛】切腹開始から絶命まで。

ふくどく【服毒】服《の》んでから寂しくなり「もう服んだから、とめても無駄だ」とあちこちへ電話をかけまくる。

ふくびき【福引】お多福を両方から引っ張りあうこと。

ふくぶくろ【福袋】中に福助が入っている。

ふくへい【伏兵】「伏せ」を命じられて敵がくるまで「おあずけ」の兵士たち。

ふくみみ【福耳】巨大イヤリングをつけていればなれます。

ふくめん【覆面】①顔を見て気絶する人がいる。②自分の顔がいや。③顔がない。

ふくらしこ【膨らし粉】ベーキング・パウダーを山ほど呑んで偽装妊娠。

ふくろう【梟】夜行性肉食。鳥類の梟雄《きょうゆう》。

ふくろこうじ【袋小路】土地勘のない犯人が逮捕される場所。

ふくろのねずみ【袋の鼠】逃げ場はあの世だけ。

ふくわじゅつ【腹話術】相手役が科白を忘れた時に有効。

ふくわらい【福笑い】顔面障害者への差別では？

ぶくん【武勲】赫赫《かっかく》たるわが家の犬。人に嚙みついたこと数知れず。

ふけ【雲脂】チーズパウダーの代用品。

ぶけ【武家】転ぶけ？　転ばない。泣き叫ぶけ？　泣き叫ばない。遊ぶり？　遊ぶ。

ふけいざい【不敬罪】現在は右翼が処刑。

ふけつ【不潔】手に触れるものすべてを腐らせるやつ。

ふけやく【老け役】笠智衆は上原謙と五歳違いで親子を演じた。

ふけんこう【不健康】運動はオナニーだけの引きこもり。

ふげんじっこう【不言実行】楽な使用人。

ふけんぜん【不健全】家計簿に、収入も支出も記入されていない。

ふこう【不幸】親が死なないこと。

ふごう【富豪】名誉が欲しい人。

ふごうかく【不合格】進路を決めてしまうのはまだ早いということだ。

ふこうへい【不公平】公平君ではないこと。

ぶこくざい【誣告罪】非難中傷が適中していても、世間体のために訴えてくるから油断するな。

ブザー【buzzer】悪い子に注意しようとしただけで警報を鳴らされてはたまらぬ。

ふさい【夫妻】負債も共に。

ふざいしょうめい【不在証明】おれは別の現場にいた。殺しのな。

ぶさた【無沙汰】死んだに違いない。

ぶさほう【不作法】自覚している奴は許せないが、自覚していない奴は殺す。

ぶざま【不様】得意技ほどひどい失敗をする。

ふし【不死】最初から死んでいる。

ぶし【武士】武士の一部が勃《た》ちませぬ。

ぶじ【無事】死にかけたあとの短い時間。

ふしあな【節穴】写真機発明の源。

ふしぎ【不思議】何を見ても不思議と思わなくなったら人間おしまい。これひとつの不思議。

ふじさん【富士山】山の俗物（太宰治）。

ふしぜん【不自然】ふたりきりの孤島で父親と娘が結婚しても、それはそれなりに自然である。

ふじちゃく【不時着】家の屋根に飛行機が着陸すること。

ふしちょう【不死鳥】焼鳥になっても火の中から飛び出してくる鳥。

ぶしどう【武士道】サムライの遊歩道。

ふしまつ【不始末】自殺した自分の死体をそのままにしておくこと。

ふじみ【不死身】生き造りにすれば珍味。

ふしめ【節目】落第、退職、離婚、退職、退職、入院、死亡。

ぶしゅ【部首】おかんむり、あきまへん、よだれ、みがまえ、ひんにょう、であいがしら、などはない。

ふしゅう【腐臭】この臭いに寄ってくる奴はハイエナだけではない。

ふじゆう【不自由】差別的なことばを避けるためのことば。

ふじゅうぶん【不十分】十二分マイナス二分。つまり十分でも不十分。

ぶじゅつ【武術】生兵法《なまびょうほう》は怪我して手術。

ふじゅん【不純】いや。これは清純なナンパです。

ふじゅんぶつ【不純物】不純異性交遊が目的で近づいてくるやつ。

ふしょう【負傷】兵隊が死なずに国へ帰れること。

ふじょう【不浄】まだマネーロンダリングしていない金。

ぶしょう【無精】食器を犬や猫に舐《な》めさせるだけで、洗わないこと。

ふしょうじ【不祥事】吉祥天女を犯すこと。

ぶしょうひげ【無精髭】多忙の誇示。

ふしょうぶしょう【不承不承】しぶしぶ悪事に加担したあとは、たいてい消される。

ふしょうふずい【夫唱婦随】婦唱不随。

ふじょうり【不条理】文学的非運。

ふしょく【腐食】進行性サビの世界。俳人が喜ぶ。

ぶじょく【侮辱】すごい知識ね。まるでニュースキャスターみたい。

ふしん【不信】こんなに親切にアフターケアしてくれるのは、手抜き工事を隠すためじゃないのか。

ふじん【夫人】家名、肩書、土地などと結婚した女のこと。

ふじんか【婦人科】イケメンには向かぬ職業。

ふじんけいかん【婦人警官】家庭では逆ＤＶ。

ふしんじんもん【不審尋問】わたしが裸なのは、愛人の亭主が帰ってきたからです。

ふしんせつ【不親切】お節介でないこと。

ふしんにんあん【不信任案】早くおれたちと交代しろ。

ふしんばん【不寝番】鼠《ねず》の番。

ふしんび【不審火】夜、マンションのベランダに点点と灯る火。

ブス　美醜に関係なく短刀でブスとやりたくなる女。

ぶすい【不粋】アベックに嫉妬して石を投げるやつ。

ふずいいきん【不随意筋】処刑寸前、全身がこうなってぴょんぴょん跳ねあがる。

ぶすう【部数】少部数と引換えの「重版」の口約束は守られたことがない。

ふすま【襖】そっと剝がせば猥褻な下張りが読

めるよ。

ふせ【布施】僧侶の遊興費。

ふぜい【風情】女を泣き崩れさせて楽しむもの。

ふせいあい【父性愛】娘には迷惑。息子には害毒。

ふせいかく【不正確】いい加減な道の教えかたをする交番のお巡り。

ふせいこう【不成功】泥棒「しまった。この西洋館は警察だった」（神戸・垂水警察署での実話）

ふせいしゅつ【不世出】傑作ばかり書くので見向きもされなくなった作家。

ふせいみゃく【不整脈】心臓がモールス信号でSOSを発信すること。

ふせき【布石】おれが社長になったら課長にしてやる。

ふせじ【伏せ字】○○問題はすべて。

ふせっせい【不摂生】鯨飲馬食。荒淫絶食。

ふせん【付箋】自分の名前が出ている頁。

ぶぜん【憮然】一瞬唖然としたあと。憤然とする前。

ふせんめい【不鮮明】初恋の人のイメージ。

ぶそう【武装】女性の長い爪とハイヒール。

ふそくふり【不即不離】巨人ファン。

ふそん【不遜】労組委員長の「おい社長」。

ぶた【豚】頭に銀杏《いちよう》の葉。これ即ちブタイチョウ。

ぶたい【部隊】全滅の単位。

ぶたいうら【舞台裏】トチった役者が詰《なじ》られる場所。

ぶたいかんとく【舞台監督】二日めからは不在の演出家のスパイ。

ぶたいげいこ【舞台稽古】劇場主「少し金を取って客を入れよう」

ぶたいそうち【舞台装置】予算がなく、たいていもとの案より簡略化される。

ぶたいどきょう【舞台度胸】平然としてトチるやつ。

ふたえまぶた【二重瞼】「ふたかわ目」といって昔は嫌われた。

ふたご【双児】シンクロニシティの実験用動物。

ぶたごや【豚小屋】メタボ収容所。

ふだつき【札つき】墨がつくとでは大違い。

ふたなり【二形・双成】二人いれば歓喜は四倍。

ふたまた【二股】両面テープ。

ふたん【負担】税金とのかねあいだから、増えても減っても国民の負け。

ふだんぎ【普段着】最先端ファッションの流行遅れは、普段着にもならない。

ふちじ【府知事】タレントの「上がり」。

プチブル【petit-bourgeois】日本では最も上流の層。

ふちゅう【不忠】内部告発。

ふちゅうい【不注意】普通の状態。

ふちょう【符牒】ジャーマネがゲー百万円持ってゲルニした。

ぶちょうほう【不調法】酒や煙草をすすめられてことわる時のことば。煙草を喫わないことも「いたらない」ことなのである。

ふちょうわ【不調和】すべての人間関係。

ふちん【浮沈】昨日大臣、今日囚人。

ふつう【普通】偉くなれないと自覚した者は殊更に「普通でありたい」と言う。

ぶっか【物価】ぶっかぶっか、どーんどーん。

ふっかつ【復活】トカゲの尻尾とキリスト。

ふつかよい【二日酔】血管の中を冷えたミミズが這うこと。

ふっかん【復刊】雑誌の幽霊。

ふっき【復帰】退役した大佐は命令する快感が忘れられずに再役した。

ぶつぎ【物議】普段何も考えていないモノまでが議論しはじめること。

ブッキッシュ【bookish】本だけによるぶきっちょな知識。

ぶっきょう【仏教】勧誘に来ないのがいい。

ふっきん【腹筋】異性を上位にして鍛えよ。

ふっけん【復権】元総理の中で再選されるのは誰か。誰もなし。

ぶっけん【物件】財政難で市が建物つきの土地を売りに出しています。公衆便所ですがね。

ふっこう【復興】東京大震災のあと、最初に復興するのはティファニーである。

ふつごう【不都合】高額のパーティに招かれた時のことば。

ふっこく【復刻】編集者のノスタルジア。

フッサール【Husserl】ハイデガー（相手が）悪いと弟子に逃げられた。

ぶっさん【物産】PRするのはタレント知事。

ぶっしき【仏式】結婚式もある。神道には葬式もあるよ。

ぶっしつてき【物質的】金銭的でないこと。

ブッシュマン【Bushman】ブッシュ大統領の出身部族。

ふっしょく【払拭】初夜の翌朝、顔を洗った新婦のスッピンの顔を見て花婿仰天、即離婚。

ぶっしょく【物色】色（エロ）の眼で異性を漁《あさ》ること。

ぶつぜん【仏前】「香奠《こうでん》」という字が書けぬ場合はこう書いてもよい。

ぶっそう【物騒】昔は暗闇、今は人混み。

ぶったい【物体】えたいの知れぬけったいな固体はこう呼ばれる。

ぶつだん【仏壇】仏教界（文壇、画壇のような、僧侶の社会）。

プッチーニ【Puccini】少量のマルチーニ。

ぶっちょうづら【仏頂面】本来は仏頂尊の尊いお顔。

ふつつか【不束】不良娘を結婚させる時の父親のことば。

ふってい【払底】水源の湖底があらわになること。

ふっとう【沸騰】ラムネ（沸騰散）の原理。

ぶつぶつこうかん【物物交換】犬と鎖、馬と鞍。交換してどうする。

ふつぶん【仏文】東大仏文卒。ノーベル賞作家もいれば場末のボーイもいる。

ぶっぽう【仏法】仏罰のこと。来世は仏法僧となる。

ぶつめつ【仏滅】三隣亡と重なれば、仏教版・十三日の金曜日。

ぶつよく【物欲】家中モノだらけ。

ぶつり【物理】ノーベル賞を取りやすい学問。

ふつりあい【不釣合】「自分は完璧」と思っている者同士の結婚。

ふで【筆】ペニスの隠喩。例＝肉筆。

ふてい【不貞】ふてぇ奴らだ。

ブティック【boutique】女性の人気タレントが開店し、人気なくなれば閉店。

プディング【pudding】幼児が床へ落して泣きわめく食品。

ふでおろし【筆おろし】白い墨を膣外へぶち撒《ま》ける。

ふてきおう【不適応】不都合な動植物のみ日本に適応しやがる。

ふてぎわ【不手際】大工が手に釘を打ち込むこと。

ふでさき【筆先】クスリの「お筆先」になって原稿を書いてはならない。

ふでぶしょう【筆無精】結構なことだ。読まずにすむ。

ふでペン【筆ペン】書家から忌み嫌われている文房具。

プテラノドン【Pteranodon】手塚治虫のキャラクター、レッド公（「怪傑シラノ」を好演）の盗作。

ぶどう【葡萄】スタインベックの命日は「葡萄忌」。

ふどうさん【不動産】駅前に並ぶ不動産屋とお不動さん。

ふどうとく【不道徳】道徳的には有罪でも、無罪は無罪だ。ざま見ろ。

ふどうひょう【浮動票】泣くと寄ってくる票。

ぶとうびょう【舞踏病】ミュージカル映画が媒介する伝染病。

ふとうひょうじ【不当表示】義経公七歳の時のしゃれこうべ。

ふとうめい【不透明】何をっ。不透明だからよく見えるんじゃないか。ガラスは見えないだろうが。

ふどき【風土記】その地方の昔の自然が今いかに破壊されているかを教える本。

ふとく【不徳】罪はない、と言っている。

ふとくい【不得意】そんなことよりも自分の得意技をやらせろ。

ふとくていたすう【不特定多数】煽動不能。

ふところ【懐】窮鳥が可愛子ちゃんなら何人でも。

ふところで【懐手】転べば鼻柱を折る。

ふとざお【太棹】男の憧れ。

ふとっぱら【太っ腹】ベルトが間に合わず、サスペンダーをしている。
ふとどき【不届き】人並みの高さに手が届かぬこと。
ふともも【太股】柔らかくて美味なる部分。
ふとん【蒲団】自然主義の寝具。
ふな【鮒】塩冶《えんや》判官のこと。
ふなうた【舟唄】小唄からテノールまで。
ふなずし【鮒鮨】腐った魚を食う唯一の方法。
ふなぞこ【船底】家が流されて転覆したとき、船底天井なら助かる。
ふなたび【船旅】いずれ宇宙船の旅をさす言葉となる。
ふなのり【船乗り】もう似合う役者はいない。
ふなむし【船虫】シャコそっくりだが、食えない。
ふなよい【船酔い】ダイエットのチャンス。
ぶなん【無難】何もしないこと。それでも災難はやってくる。
ふにく【腐肉】腐った安い肉を料理して売上げをのばすことを腐肉の策という。
ブニュエル【Buñuel】「忘れられた人々」を撮ったが、忘れられなかった監督。
ふにん【不妊】すべての男性。
ふにん【赴任】局長は監獄へ赴任しております。
ふぬけ【腑抜け】おーい内臓がないぞう。
ふね【舟】サザエさんの母。
ふのう【不能】これは小便をするだけの器官です。
ふはい【腐敗】死体の発見が容易になる状態。
ふばいうんどう【不買運動】買春はやめようという運動。
ふはつだん【不発弾】遺跡同様、宅地開発業者が、出てきて欲しくないと願っているもの。
ふひつよう【不必要】高額生命保険加入後の夫。

ふひょう【不評】次回作へのバネ。
ふびん【不憫】親の顔に似ること。
ぶひん【部品】飛行機が離陸したあとに落ちているもの。
ふぶき【吹雪】若後家製造現象。
ぶぶんひん【部分品】会社の中のあなた。
ふぶんりつ【不文律】字が読めない者の法律。
ふへい【不平】口を閉じると「へ」の字になる感情。
ぶべつ【侮蔑】紅葉マークを枯葉マークと呼ぶこと。
ふべんきょう【不勉強】怠け者が真の知識人を真似て言うことば。
ふへんてき【普遍的】共同幻想。
ふぼ【父母】脛《すね》に齧《かじ》られた跡があるペア。
ふほう【訃報】吉報のこともある。
ふほうにゅうこく【不法入国】ワタシ山田太郎アル。ホントアルゾ。
ふほんい【不本意】本が売れないこと。
ふまじめ【不真面目】真面目なお笑い芸人。面白くない漫画。
ふまん【不満】初級中国語「この人は満さんではない」
ふまんぞく【不満足】他人の満足。
ふみえ【踏み絵】厚化粧のまま寝ている嫁の顔を踏んづけること。
ふみきり【踏切】勢いよく踏み切って電車に轢《ひ》かれる場所。
ふみだい【踏台】夫の背中。
ふみん【不眠】眠らねば眠らぬほど朦朧《もうろう》としていい仕事ができるのは前衛詩人。
ふめい【不明】自らの明盲を告白する言葉。
ふめいよ【不名誉】哲学的には不名誉も名誉のうち。

ふめいりょう【不明瞭】壁越しのよがり声。

ふめいろう【不明朗】明朗な会計って、歌いながらやるの？

ふめつ【不滅】撲滅の対象。

ふめんぼく【不面目】面目など持たぬ者ほどこのことばを口にする。

ふもう【不毛】土地、議論、頭髪、陰部、北朝鮮との交渉。

ふもと【麓】なんで先祖たちは活火山の麓に村を作ったのだろう。

ふもん【不問】それ以上問い詰めると我が身が危い。

ふやじょう【不夜城】都条例違反。

ふゆ【冬】心寒き人が愛する季節。

ふゆう【浮游】宇宙船外活動で命綱を切られた乗組員。

ふゆうそう【富裕層】銀行が金を貸したがる人たち。

ふゆかい【不愉快】愉快そうなやつ。

ふゆげしょう【冬化粧】冬将軍の恐ろしいメイク。

ふゆごもり【冬籠り】働けば働くほど赤字になる時の生態。

ふようい【不用意】ズボンを脱ぐ間もなく大小便をしてしまうこと。

ふようかぞく【扶養家族】「不要家族とは何ごとだ」

ぶようじん【不用心】パンティを穿《は》かずに寝ること。

ブラームス【Brahms】ビートルズ、ブルース・ブラザースと並び「三大B」と称せられている。

フライ【fry】蠅の揚げもの。

ぶらいは【無頼派】「最後の無頼派」も、長生

ふ

きし過ぎるとそうは呼ばれなくなる。

プライバシー【privacy】高学歴や受賞歴を隠そうとする美徳のこと。

フライパン【frying pan】叩きつけて相手の顔を丸い平面にする武器。

プライベート【private】こちらの身を案じてレポーターが根掘り葉掘り訊いてくれること。

フライング【flying】ビルの屋上から、ひとりだけ先に飛び降りてしまうこと。

ブラインドタッチ【blind touch】盲目の人のキーボード操作。

ブラウス【blouse】胸のボタンが飛びやすいシャツ。

プラカード【placard】「禁煙タクシーやめろ」「嫌煙権反対」「喫煙者も人間だ」「紫煙よりも排気ガスを取り締まれ」「ガソリン値上げ賛成」「タバコ値上げ反対」

ふ

ぶらく【部落】きだみのる「気違い部落周游紀行」はタイトルに差別的とされることばがふたつも入った小説。毎日出版文化賞。

ブラジャー【brassiere】はずすために男の手が必要な衣類。

ブラジル【Brazil】サンバとコーヒーとゲイの国。

フラダンス【hula dance】激しく踊れば腸捻転。

ふらち【不埒】パパラッチ。

ブラックバス【black bass】馬まで食う腹黒い魚。だがそれを移植放流してバス釣りを楽しむ者はもっと黒い。

ブラックユーモア【black humor】おっ。黒人バッターが白い唾を吐いたぞ。

ブラックリスト【blacklist】未来の社長も載っている。

フラッシュバック【flashback】早わざのキック

バック。
フラット【flat】共同住宅の同じ階に住むシャープの妹。
ブラッドベリ【Bradbury】刺青の男が道をやってくる。
プラットホーム【platform】線路への飛込み台。
プラトーン【Plato】哲学者の小隊。
プラトニックラヴ【platonic love】中年になってから「しまった！」。
プラネタリウム【planetarium】現実にない星空を見せる機械。
フラフープ【Hula-Hoop】フラダンスから着想を得た遊戯。腸捻転まで引き継いだ。
ブラボー【bravo】大声で叫んで拍手したのは自分ひとり。
フラミンゴ【flamingo】群れていなければサマにならぬ鳥。
フラメンコ【flamenco】地団駄踊り。
プラモデル【plastic model】子供のために買ってきたと言って、自分で作るのはやめてください。
ふらん【腐爛】表面は美しいまま。誰のことだ。
プランクトン【plankton】直径二メートルにもなるあのエチゼンクラゲも実はプランクトン。
フランケンシュタイン【Frankenstein】元祖SFの地位を未だにガリヴァーと争っている。
ぶらんこ【鞦韆】スカートの女性に魅惑される遊具。
フランス【France】腐爛しない。
ブランデー【brandy】セントバーナードの人命救助用品。
ブランド【brand】シャネル、ディオール、マーロンなど。
ぶり【鰤】モジャコ（平社員）。ワカナ（係長）。

ツバス（課長）。ハマチ（部長）。メジロ（重役）。ブリ（社長）。

フリーク【freak】本業への熱中ならこうは呼ばれない。

フリージャズ【free jazz】踊れないジャズ。

フリーセックス【free sex】全員下半身まる出し。町なかですれ違う異性、同性と相手かまわずセックスすること。

フリーター【free Arbeiter】バイブルは「就職情報」。

ブリキ【blik】プラスチックに座を追われた玩具素材。

プリズム【prism】色硝子破片鏡。

ふりそで【振袖】ない振袖は着られぬ。

ふりつけし【振付師】バレエ以外で有名になったのは「マツケンサンバ」のみ。

ふりょ【不慮】嬉しいのは不慮の女難。

ふりょう【不良】天に輝く星はアルチュール・ランボー。

ふりょうさいけん【不良債権】金遣いが荒く、家事ができない妻。

ふりょく【浮力】場にそぐわぬことをやってしまう力。

ふりん【不倫】名はエロール。不倫どころか少女まで犯した。

ふるい【篩】直木賞三回落選。

ふるいど【古井戸】いや。新しいど。

ブルース【blues】せっかちには向かぬ曲・ダンス。

プルースト【Proust】失われた朱鷺《とき》を求めて。

ブルーチーズ【blue cheese】乳製品版くさや。

フルート【flute】風の音を出す楽器。

ブルーマー【bloomers】昔はスカートの裾をズロースにたくし込んでブルーマーに見せかけ

ている女生徒がたくさんいた。

ふるがお【古顔】「源氏物語」五十五帖「古顔」は光源氏が死んでいなかったという話。

ふるぎつね【古狐】大部屋の隅で睨みをきかせている老女優。

フルコース【full course】「これ食べ終ったら、向かいの屋台で拉麺《ラーメン》を食べよう」

ふるさと【故郷】遠きにありて思うもの。近くば寄って眼にも見よ。

ブルジョワジー【bourgeoisie】金持ちの爺さん。

ふるす【古巣】般若の顔の古女房が待ちかまえている家。

ふるだぬき【古狸】中曽根康弘。

ふるどうぐ【古道具】売る時は二束三文。買おうとすればその三十倍。

ブルドーザー【bulldozer】ヒト煎餅圧延機。

ブルドッグ【bulldog】小沢一郎。

プルトップ【pull-top】取ったあと指輪にもなります。

ふるにょうぼう【古女房】他人の妻のこと。自分の妻だけは常に若わかしい。

ふるほん【古本】大学者が死ぬと、弟子、図書館、業者の間で奪いあいになるもの。

ふるまい【振舞】全員に奢るという身の程知らずな行為。

ぶれい【無礼】互いに相手を目下と思っている。

プレイボーイ【playboy】渡辺淳一。

ブレーキ【brake】妻。

ブレーン・ストーミング【brainstorming】馬鹿な上司。「さあ。そろそろ真面目に話そうじゃないか」

プレスリー【Presley】晩年は偽者だと思われていた。

ブレスレット【bracelet】手鎖の名残り。

ふ

プレゼント【present】幼児の脱糞は母親へのプレゼントである（フロイト）。

プレッシャー【pressure】「気楽に行こう。気楽に」

プレハブ【prefabrication】家屋の原寸大組立てモデル。

プレミアム【premium】ダフ屋による上品な表現。

フレンドシップ【friendship】呉越同舟、仲良く沈没。

ふろ【風呂】死体をコマ切れにするところ。

フロイト【Freud】父を殺し母と交わった心理学者。

ふろうしゃ【浮浪者】ホーボー、ルンペン、ホームレス。だが日本語は変らない。

ふろうふし【不老不死】iPS細胞研究の終着点。

ふろおけ【風呂桶】そのまま湯棺桶となる。

ブロードウエー【Broadway】演劇界の最終コーナー。そこからは引き返すしかない道。

ふろく【附録】妻の両親。

ふろしき【風呂敷】醜女との性交に必要。

プロダクション【production】わしのような老優でも置いてくれるのが置屋と違うところ。

プロデューサー【producer】主演女優は食事を共にし、端役は会ったこともない。

プロペラ【propeller】エンジン手動装置。回した者が機外に取り残される悲劇を生む。

プロポーション【proportion】理想的な人ほど早く死ぬ。

プロポーズ【propose】結婚してくれたら卒業させてあげる。

ブロマイド【bromide】プロの肖像写真はプロマイド。お間違いなく。

プロレス【professional wrestling】最前列の席には自分の血を見るのが好きな客。
プロレタリア【Proletarier】「蟹工船」で復活した階級。
プロローグ【prologue】まん中とばしてエピローグ。
ブロンド【blond】飛び降り自殺の途中で道に迷う。などというブロンド・ギャグは赤毛の陰謀。
プロンプター【prompter】声が届かず、ついにケータイをかけた役者がいる。
ふわ【不和】私小説のネタ。
ふわく【不惑】わくわくしなくなる年齢。
ふわけ【腑分け】①移植用臓器の形見分け。②もつ焼き屋がハツ、ミノ、レバ、センマイ、テッチャン、カルビ、ロースなどに分別すること。
ふわたり【不渡り】温暖化で渡る必要のなくなった渡り鳥。
ふん【糞】もちろん人名用漢字ではない。
ふんいき【雰囲気】男六人女一人の部屋で、輪姦されることを女が予感する原因。
ふんえん【噴煙】会社の喫煙室。
ぶんえん【分煙】一本の煙草を何人かで吸うこと。
ふんか【噴火】山の射精。
ぶんか【文化】安物の鍋、庖丁、住宅などのこと。
ふんがい【憤慨】糞害に怒ること。
ぶんかい【分解】機械の腑分け。
ぶんかいさん【文化遺産】落書き場。
ぶんがく【文学】文字を学ぶこと。
ぶんがくかい【文學界】菊池寛が罰金の肩代わりをして得た雑誌。

ぶんがくしゃ【文学者】新聞記事の文章を徹底的に嫌う連中。

ぶんがくせいねん【文学青年】小説から得た知識だけで社会を論じる連中。

ぶんがくろん【文学論】小説が書けないやつでも書けるもの。

ぶんかくんしょう【文化勲章】写真を見ると皆、なぜもっと早くくれなかったんだという顔をしている。

ぶんかさい【文化祭】焼き蕎麦が一番人気の非文化的イベント。

ぶんかざい【文化財】盗んでも金にならない。

ぶんかじん【文化人】安あがりのタレント。

ぶんかだいかくめい【文化大革命】わたしより賢い国民、みんな捕まえるよろし。

ぶんかつばらい【分割払い】長期固定客を確保する方法。

ブンガワンソロ【Bengawan Solo】ブンガ湾を一人で渡るという独唱曲。

ふんき【奮起】便意に促されて起きること。

ふんきゅう【紛糾】粉屋の争議。

ぶんぎょう【分業】「担当が休みでわかりません」と答えるため。

ぶんけ【分家】断層の上に建っていた家。

ぶんげいしゅんじゅう【文藝春秋】編集者自身をネタにしたコラムで有名な雑誌。

ふんげき【憤激】愚行の原因となる感情。

ぶんこ【文庫】小説の最後の姿。これが絶版になれば作品は消える。

ぶんご【文語】言文一致以前の気取った方。

ぶんごう【文豪】結局、酒豪にしかなれなかった。

ふんさい【粉砕】いったん凍らせてから高所より落す死体処理法。

ぶんさい【文才】字や文法を間違わぬ才能。
ぶんさつ【分冊】下巻が一冊も売れなかったりする。
ふんし【憤死】怒りで死の恐怖を忘れる死にかた。
ぶんし【文士】武士に「ん」がついて滝沢馬琴は文士となった。
ふんしつ【紛失】「わしの眼鏡知らんか」「かけてるじゃないの」
ふんしゃ【噴射】下痢。からだが宙に浮く。
ふんしゅつ【噴出】吐糞症。
ふんしょ【焚書】本の名誉ある火刑。ゴミ本は見逃される。
ぶんしょう【文章】朗読可能な文字列。中には朗読できないものも。
ふんしょく【粉飾】赤インクがなかったので。
ぶんしん【分身】刑務所へは私のクローンに行かせます。
ぶんじんが【文人画】寒山拾得《かんざんじっとく》、太公望、ほとんど自画像ではないか。
ふんすい【噴水】別れ話を持ち出された女の眼の状態。
ぶんすう【分数】母が小さいほど子は大きくなる。
ぶんせき【分析】自己分析は危険である。一番の長所と一番の欠点を必ず見落すから。
ふんせん【奮戦】大量の犬の糞の清掃。
ふんぜん【憤然】自分の推す作品に誰も賛同しないので席を立つ選考委員のさま。
ふんそう【扮装】普段から眼鏡をかけ鬚を生やしておくべし。両方とれば絶対にばれない。
ぶんたい【文体】文章の媚態。そっけないのも媚態である。
ぶんたん【分担】君作る人、ぼく食べる人。

ぶんだん【文壇】文筆業者の雛仏壇。

ぶんちん【文鎮】興奮している文士をぶん殴って鎮《しず》める武器。

ぶんつう【文通】文による密通。

ふんとう【奮闘】便所でいきむこと。

ふんどし【褌】昔のブリーフ兼水泳着。女は何も穿《は》かなかった。

ふんにょう【糞尿】野菜を育て、寄生虫を媒介する肥料。

ふんぬ【憤怒】怒った時の鼻息。

ぶんぱい【分配】腕力に応じて。

ふんぱつ【奮発】本人以外は「ケチ」と思っている。

ふんぱん【噴飯】パンを食べていた場合もこう言う。

ぶんぴつぶつ【分泌物】好ましいのはおっぱいぐらいか。

ぶんぶ【文武】両道に秀でていても別べつの才能。補完しあうものではない。

ぶんぷ【分布】愛人のいる場所。

ぶんぶくちゃがま【文福茶釜】キンタマが焼けただろうな。

ふんべつ【分別】生ゴミ、不燃ゴミ、資源ゴミをきちんと分けて出すこと。

ふんべん【糞便】おいしいよ。

ぶんべん【分娩】排便と同じ快感があればいいのに。

ぶんぽう【文法】文の掟。犯行予告などは死刑である。

ぶんぼうぐ【文房具】ＯＡ機器のため滅びゆく連中。

ふんまつ【粉末】くしゃみの素。

ふんまん【憤懣】文筆家の原動力。

ぶんみゃく【文脈】狐のテキスト。

ふんむき【噴霧器】スプレー缶になり、落書き用に落ちぶれた。
ぶんめい【文明】土屋さん。
ぶんらく【文楽】歌舞伎の義理のお父さん。
ぶんり【分離】後年、本家争いとなる。
ぶんるい【分類】文化人界、タレント門、文筆綱、小説目、役者科、ドタバタ属、便利屋種。どんなやつじゃ。
ふんれい【奮励】昔は、努力して子作りに励めという意味であった。
ぶんれつ【分裂】与党と同質の野党ができること。
ぶんれつびょう【分裂病】からだが右半分と左半分に別れる奇病。

へ

へ【屁】満員のエレベーター内での爆発音。
ヘア【hair】毛虱《けじらみ》の住まい。
へい【塀】かっこいー。
へいあん【平安】この名を冠した祭儀場から、葬式の互助会に入れと言ってくる。平安でいられるものか。
へいいはぼう【弊衣破帽】金のかからぬファッション。
へいえき【兵役】若者いじめの制度。
へいおんぶじ【平穏無事】ゆったりとして、ただ死を待つ。
へいか【陛下】不敬罪の対象。
へいがい【弊害】取り除かれる方は、自分を弊害だと思っていない。
へいかん【閉館】一日に客が一人の映画館。
へいきん【平均】七十四歳のわしと四歳の孫の平均年齢は三十九歳。この数字が何をあらわしておるのかというと、何もあらわしておりゃせんがな。
へいけい【閉経】ピルやアンネから自由になること。
へいげい【睥睨】反感買うだけ。
へいけものがたり【平家物語】続篇は「源氏物語」。
へいげん【平原】昔、西部劇の舞台。今、トウモロコシ畑。
へいこう【平行】意地の張りあい。

へ

へいこう【閉口】怒って口を閉ざしたままの妻。
へいごう【併合】される方に気を遣った言いかた。実際は占領、強奪、買収など。
へいこうかんかく【平衡感覚】犯罪すれすれの綱渡りのこと。
べいこく【米国】日本に米を押しつける国。
へいさ【閉鎖】原因はインフルエンザ。
へいさつ【併殺】ランナーが盗塁しようとしている時にバッターが三振。そして盗塁に失敗。これ最悪。
へいし【斃死】兵士の死にかた。
へいじつ【平日】月月火水木金金。わしには土日も祝日もない。
へいしゃ【兵舎】夜ごと初年兵の悲鳴と泣き声が聞えてくるところ。
べいじゅ【米寿】まだまだお米が食い足りぬ。
へいじょうしん【平常心】自分からこれを言う

時は、平常心ではない。

へいしょきょうふしょう【閉所恐怖症】独房に入れられたら発狂。

へいしんていとう【平身低頭】その次は頭を胴体の中へ引っ込める。

へいせい【平静】頭が真っ白の状態。

へいぜん【平然】腰を抜かしているだけ。

へいそう【並走】うしろ、みんな遅れてるから、ゴールの百メートル手前までゆっくり行きましょう。

へいそくかん【閉塞感】段ボールの中で寝ているから尚さらだ。

へいたい【兵隊】将校のための弾よけ。

へいてん【閉店】前の客の残りものを出していたことが発覚して。

へいねつ【平熱】恋が冷めた状態。

へいばよう【兵馬俑】等身大のフィギュア。

へいへいぼんぼん【平平凡凡】普通のぼんぼん。

へいほうこん【平方根】平面的な男根。

へいみん【平民】重力が非常に大きい星の住人。

へいめんてき【平面的】横顔がないこと。

へいもん【閉門】排便を終え、肛門を閉じること。

へいや【平野】うわあ。もろ平野だ。

へいよう【併用】昼は秘書、夜は愛人。

へいりょく【兵力】負けそうになると敵側にまわる力。

へいわ【平和】戦争の準備をする期間。

ベーコン【Bacon】卵が先かベーコンが先かを考え続けた哲学者。

ページ【page】作家が数を稼ぎたがるもの。

ページェント【pageant】ヨンさまの野外劇。

ペーソス【pathos】四畳半でサルマタケを食べること。

ベートーベン【Beethoven】セントバーナードの楽聖。

ペール・ギュント【Peer Gynt】兄虎に逃げられた人。

ペガサス【pegasus】馬の天使。

へきえき【辟易】鉄の爪を差し出された手相見。

へきが【壁画】激突した女性の顔拓。

へきち【僻地】ＮＨＫしか映らないところ。

へきれき【霹靂】正体はエレキ。

ペキン【北京】何か折れたぞ。

ベケット【Beckett】ゴドーを待っているバケット。

へこおび【兵児帯】伸びるので、首をくくろうとすると必ず失敗する。

ベジタリアン【vegetarian】青虫。

ペシミスト【pessimist】万年胃弱の人。

ペスト【pest】十人揃えばテンペスト。

ベストセラー【bestseller】編集者が作家を励ます時のことば。

へそ【臍】母親が生えていたところ。

へそくり【臍繰り】乳繰りあって臍繰りあう。悪い夫婦だ。

へた【蔕】整形が崩れた老女の顔。

へたくそ【下手糞】ゴーギャンがゴッホに、リストがショパンに言ったことば。

ペダントリー【pedantry】知識を口にくわえた鳥。

ペチカ【pechka】カンフー映画「燃えよペチカ」

へちま【糸瓜】植物界の古典的美人。

べっかく【別格】本流から敬遠されている偉い人。

べっかん【別館】折れ曲った長い廊下の先にあり、火事の時には逃げ遅れる。

べっきょ【別居】生活費はあんたの悪口を書いて稼ぐわ。

べっけん【別件】白昼、秋葉原を徘徊した罪で逮捕する。

べっこう【鼈甲】しまった。お婆ちゃんの形見の櫛笄《こうがい》、二束三文で売っちまった。

べっさつ【別冊】原稿が多すぎてしかたなく。

べっし【蔑視】刑事と犬、互いにイヌを見る眼で見る。

べっしょう【別称】たいてい蔑称。

べつじょう【別状】死にかけている者に言うことば。

ヘッセ【Hesse】車輪の下敷きとなった。

べっせい【別姓】夫の姓が真弓、妻の名が真弓。この場合はしかたあるまいね。

べっせかい【別世界】ニューハーフにとっての、女のいない世界。

べっそう【別荘】組長がたくさんの子分をスカウトして別荘からお戻りだ。

べったく【別宅】べったり入り浸りのバー。

べつだん【別段】自分の病気や失敗を隠すときのことば。

ヘッディング【heading】女子サッカーでこれをやった女子選手が一瞬ふらふらとするのが可愛い。

べってんち【別天地】観察用のケースに砂糖をぎっしり詰めたら、蟻はいったいどんな巣を作るだろうか。

ペット【pet】「何かお飼いですか?」「金食い虫」

ベッドシーン【bed scene】撮影中見学禁止。

ペットボトル【PET bottle】口飲みしながら持ち歩けばピロリ菌がうようよ。

ヘッドホン【headphone】横で「バカ」と言わ

れても聞えない器具。

べつに【別に】親の質問に対する子の答え。

べっぴん【別嬪】すっぴんではないこと。

べつめい【別名】チェリストの田中さん別名マーマー・ヨ。

べつり【別離】友あり遠方へ行く、また愉しからずや。

ペテン 天気予報の嘘。

へど【反吐】牛はこれを何度も食べる。

ベトナム【Vietnam】孵化する前のアヒルの卵がおいしいよ。

へどろ ゴケミドロのふるさと。

へなちょこ【埴猪口】出世して「へなぐい呑み」

ペナルティ【penalty】キンタマへのキック。

ペナント【pennant】亡者が頭につけている三角巾。

へ

べにしょうが【紅生姜】包皮を剝いた幼児の亀頭。

ペニシリン【penicillin】抗生物質だと言って青カビを食べる馬鹿。

ペニス【penis】借金を返さないとこれを切落す商人がいる。

べにすずめ【紅雀】頭部がペニスに似たペニスズメという亜種がいる。

ベニヤいた【ベニヤ板】火事の時によく燃える建材。

ベネチア【Venice】地球温暖化で最初に沈む大都市。

ペネロペ【Penelope】久しぶりに帰宅した夫に気づかなかった女。

へのへのもへじ　落書きの古典。今の子は知らない。

へび【蛇】戦時中の動物性蛋白質。

ベビーシッター【babysitter】赤ん坊を叱咤する人。

へべれけ【hebeerryk】イタリアの酒飲みの一家「ヘベーレ家」。

ヘミングウェイ【Hemingway】銃での自殺に到る道。

へや【部屋】怪獣トビラに護られた空間。

へら【篦】ヘラサギの嘴《くちばし》を切って作った道具。ヘラジカの角で作った道具は篦棒。

ベラドンナ【belladonna】毒のあるマドンナ。

ベランダ【veranda】新興住宅地にベランダが並んだ。

ヘリウム【helium】ドナルド・ダック効果を齎《もたら》す気体。

ペリカン【pelican】クロネコの次に早い便。

へりくつ【屁理屈】大腸菌が呟いている。

ヘリコプター【helicopter】「ワルキューレの騎行」が似合う乗物。ただし一人用は省いて。

ヘル【hell】ヘルニア、ヘルペス、ヘルスホリックはみな地獄の病気。

ベルイマン【Bergman】映画のテーマを理解して演技できたのはマックス・フォン・シドーのみ。

ペルー【Peru】コカを日常的に飲める国。

ペルシャ【Persia】ペルシャなんていらん。

ベルトコンベヤー【belt conveyor】不良品を個性とは認めない。

ヘルパー【helper】地獄の介護士。

ヘルメット【helmet】戦場に転がって兵士の死を表現する。

ベルリン【Berlin】土産は壁の破片。

ベレー【beret】私、にせ絵描き。

ヘレン・ケラー【Helen Keller】鬼籍の人。

ヘロイン【heroin】中国で、象に注射した馬鹿

へ

がいる。象は鎖をちぎって暴れまわった。

ヘロデ【Herod】「ジーザス・クライスト・スーパースター」では、この曲のみ面白い。

ペン【pen】武器より強く、狂気より弱い。

べんい【便意】けんめいに堪えている女性に一発ギャグを見せれば大洪水。

べんかい【弁解】拳銃を向けられ、泣いて弁解し続ける女ほど快感を与えてくれるものはない。

へんかん【変換】佳奈を感じに帰ること。

べんき【便器】色川武大は便座をあげたままで腰をおろし、尻が抜けなくなった。

べんぎ【便宜】便所を貸してあげること。

ペンキ【paint】ドタバタ喜劇の小道具。

へんきゃく【返却】図書館からいつまでもハガキで求めてくること。

へんきょう【辺境】住民を無視した旅行者の言いかた。

べんきょう【勉強】哀れな親が出来の悪い子に繰り返す譫言《うわごと》。

へんきょく【編曲】用途に応じて曲に施すメイクアップ。

ペンギン【penguin】自ら擬人化した鳥。

へんくつ【偏屈】誇りの高い人はこう呼ばれる。

ペンクラブ【pen club】パソコン使用者は入れない。

へんげ【変化】妖怪の必要条件。老女の十分条件。

へんけい【変形】勃起とも言う。

べんけい【弁慶】アキレスの生まれ変わりでハリネズミのフィギュア。

へんけん【偏見】人種差別主義者のドイツ人の名前が由来。

へんげん【変幻】自在鉤を武器にする仙人。

べんごし【弁護士】被告は無罪だ。オレが殺《や》った。

へんさい【返済】忘れた頃にやってくる。

へんざい【偏在・遍在】にんべんとしんにゅうの違いで意味はまったく逆。

べんざいてん【弁財天】あげまんの女王。

へんし【変死】雌鶏の死にかた。

へんじ【返事】あのう、さっきの手紙のご用件は何でしょうか。

へんしつきょう【偏執狂】だりのことだ?

へんしゅう【編集】出演場面をすべてカットされること。

べんじょ【便所】①中高生の喫煙所。②2ちゃんねるの次に汚い落書き場所。③小便と大便と郵便を出すところ。

へんしょく【偏食】コアラ、パンダ、アリクイなど。

へんしん【変身】虫になって悪の組織と戦うこと。

へんしん【変心】韓流ドラマの基本。

へんじん【変人】生涯の恋人は生涯の変人だった。

べんぜつ【弁舌】閻魔大王大喜びのタン。

へんそう【変装】「演技も必要です」「へん、そうかい」

へんたい【変態】止まれ。

ペンタゴン【Pentagon】ヘキサゴンよりもうひとつ馬鹿の建物。

ペンダント【pendant】鑑札。

ベンチ【bench】妻に追い出された夫のベッド。

ベンツ【Benz】縦にまっぷたつに割れたのはセンター・ベンツという。

べんつう【便通】最大の広告会社・便利通信社の略称。

べんとう【弁当】当たる食べもの。

へんとうせん【扁桃腺】腫れて痛いので、返答しません。

ペンネーム【pen name】パーカー、モンブラン、ペリカン、パイロットなど。

べんぴ【便秘】自分で腸詰めをつくること。

べんめい【弁明】期限切れ弁当の釈明。

べんり【便利】デパートの便所。

べんろん【弁論】べろんべろんの酔っ払いのくだ。

ほ

ボア【boa】襟巻き用の大蛇。

ほあん【保安】安価で安易な警備。

ほあんかん【保安官】いつもいざ決闘という時にあわてて助手を募集する人。

ほい【補遺】ほい書き忘れた。

ほいくえん【保育園】天使を悪魔にするところ。

ボイコット【boycott】北朝鮮のオリンピック。

ボイラー【boiler】ウイリアム・ボイラー監督、エリザベス・ボイラー主演「燃える女」

ぼいん【拇印】そのおっぱいで捺印してくれ。

ほうあん【法案】満員電車の男女別車輌法案＝可決。

ほうい【包囲】「包囲した。出てこい」「上空がガラ空きだよ」

ぼうい【暴威】男の子が暴れている。

ほうえい【放映】テレビが映画を犯してさらしものにすること。

ぼうえい【防衛】捕えた泥棒をなぶり殺しにすること。

ほうえいざん【宝永山】噴き出もの。

ぼうえき【貿易】余りものの押しつけあい。

ほうえつ【法悦】お布施が多かった時の喜び。

ぼうえんきょう【望遠鏡】冷房のない時代はどの家の窓も開け放しで、ずいぶん役に立ったものだが。

ぼうおん【防音】聞かれるのはいやだが、あっちの音声は聞きたい。

ほうか【放火】唯一、保険会社によってまず被害者が疑われる犯罪。

ほうが【邦画】低予算が売りの映画。

ぼうか【防火】野次馬は手伝ってくれない。もっと燃えろと思っている。

ほうかい【崩壊】整形美容しまくってきた老女の顔。

ぼうがい【妨害】本官の立小便の邪魔をするな。公務おしっこ妨害だ。

ほうがく【方角】今日の丸の内での会議は欠席します。方角が悪いので。

ほうかん【幇間】旦那。あっしは芸がうまくないので、尻をお貸しします。

ぼうかん【傍観】電車内で女性がやくざにからまれている時の乗客の態度。

ほうがんなげ【砲丸投】もぐらの死。

ほうき【箒】掃除機を買ったので放棄。

ぼうぎ【謀議】隣室で妻と息子と娘がわしを殺す相談をしておる。

ぼうきゃく【忘却】忘れ去ることなり。忘れ得ずして忘却を装う心の苦しさよ。

ぼうぎゃく【暴虐】驚愕の振舞い。

ほうきゅう【俸給】役人の、賄賂以外の副収入。

ほうぎょ【崩御】皇女はあの時「崩御。崩御」とのたまわれました。

ぼうきょ【暴挙】いつも理性的な人が追いつめられた時の行為。

ぼうぎょ【防御】攻撃すること。

ぼうきょう【望郷】おれ忘郷。

ぼうくうごう【防空壕】ある世代の初体験の場所。

ぼうくん【暴君】息子を殴れずに社員を殴る社長。

ほうけい【包茎】包皮内は雑菌の巣窟。

ぼうけい【傍系】系統樹では進化の行止り。

ほうげき【砲撃】砲声遠くに聞こえ、数秒後に目前で炸裂、五体ばらばら。

ほうげん【方言】標準語への批評。

ぼうけん【冒険】報酬は名声を伴った死。

ぼうげん【暴言】部下になら暴言にはならない。

ほうけんせい【封建制】古典的ロマンの培地。

ほうこ【宝庫】ポルノ・ビデオの倉庫。

ほうこう【彷徨】若年性認知症の自分さがし。

ほうごう【縫合】先生。中にメスを忘れてます。

ぼうこう【膀胱】ビールの鯨飲で破裂寸前の器官。

ほうこうざい【芳香剤】タクシーの中はトイレの香りでいっぱい。

ぼうこうざい【暴行罪】相手が片足なら押しただけでも暴行罪。

ほうこうてんかん【方向転換】行く手からやく

ざの集団が来たとき。
ほうこく【報告】事前報告は誇張。事後報告は言い訳。
ぼうさい【防災】火事の時は家の中でじっとしていろ。台風の時は外へ出なさい。
ほうさく【豊作】収穫したものが売れなくなること。
ぼうさつ【忙殺】いやな仕事を押しつけられそうな時のことばと演技。
ほうし【奉仕】なんとわたしの行為は美しいことであろうか。
ほうじ【法事】親戚と会える機会は他にない。
ぼうし【帽子】なんで男性だけ脱帽を強要されるのだ。禿を隠しているのに。
ぼうじ【房事】厨房では立ったまま。
ぼうじゃくぶじん【傍若無人】横着婦人。
ほうしゃせいぶっしつ【放射性物質】売らん。
ほうしゃのうおせん【放射能汚染】レントゲン撮影。
ほうしゅう【報酬】お車代、薄謝など。
ぼうしゅう【防臭】放屁して隣人の鼻をつまむ。
ほうしゅつ【放出】皇室のガレージセール。凄い人気になるぞ。
ほうじゅん【豊潤】老人はまだまだ豊かだ。われわれ詐欺師も、もっと稼げる。
ほうじょ【幇助】厭世哲学のショーペンハウエルは自殺幇助の雄。
ほうしょう【褒章】老人はなかなか死なない。死ねば貰えないからだ。
ほうじょう【豊饒】でき過ぎた野菜がブルドーザーでひき潰される事態。
ほうじょうき【方丈記】吾輩はカモである。
ほうしょく【飽食】空腹の快感を望むようになる食べかた。

ぼうしょく【暴食】慢性胃炎の臭い息。

ほうしん【方針】わが党の方針を決めるのは与党だ。常にその反対でよい。

ぼうず【坊主】バーのママ「今日も坊主かと思っていたら、坊主が来てくれたわ」

ほうすい【放水】必要な時に放水せず、洪水の時に放水するダム。

ぼうすい【防水】皆で「対策を」「対策を」と騒ぐこと。実際の対策は不可能である。

ほうせき【宝石】ダイヤ、ルビー、玉石、落石、胆石、腎臓結石。

ぼうせん【傍線】この部分はいつか盗用。

ぼうぜん【茫然】痔疾。

ほうせんか【鳳仙花】わいに触らんといて（タッチ・ミー・ナット）。

ほうぜんじ【法善寺】ホステスにひかれて法善寺詣り。

ほ

ほうそう【疱瘡】「本当は美人なのよ」「ほう、そうかい」

ほうそうきょく【放送局】総務部庶務課の山田女史。

ぼうそうぞく【暴走族】卒業してバイク便。

ほうそく【法則】どんなに正しい文章を書いても必ず誤解される（マーフィーの法則の応用）。

ほうたい【繃帯】透明人間の衣装。

ほうだい【邦題】映画を憎悪しているやつが決めている。

ぼうだい【膨大】短小膨大。

ぼうたかとび【棒高跳】現実には応用不可能。着地で全身打撲。

ほうだん【放談】やったあとの恐怖。

ぼうだんガラス【防弾ガラス】買う前に試射させてくれ。

ぼうちゅうざい【防虫剤】お嬢様にも持たせてください。

ほうちょう【庖丁】よくキレる板前によく切れる庖丁。ぶるぶるぶる。

ぼうちょう【膨張】〽膨張、膨張、赤字よとまれ。

ぼうちょうせき【傍聴席】被告の家族と被害者の家族。よく喧嘩にならないもんだ。

ほうてい【法廷】裁判官と裁判員、全員A型なら被告は絶対に助からない。

ほうていしき【方程式】「冷たい方程式」以後、次つぎに新しい方程式ができた。

ほうでん【放電】ペニスを光らせるホーデン侍従。睾丸は電池か。

ぼうてん【傍点】ここ以外はななめ読み可。

ぼうと【暴徒】破壊を競う暴徒レースの参加者。

ほうとう【放蕩】伝家の放蕩。

ほうどう【報道】諸外国との仲を悪くする行為。

ぼうとう【暴投】うまく頭の真ん中に当てたね。

ぼうどう【暴動】西成地区の伝統的な祭礼。

ぼうとく【冒瀆】本当のことをいうこと。

ほうねん【豊年】サラダ油のヴィンテージイヤー。

ぼうねんかい【忘年会】もう寝んかい。

ぼうはく【傍白】舞台では聞こえず、客席では聞こえる不思議な科白。

ぼうはつ【暴発】大銃撃戦の原因。

ぼうはてい【防波堤】秘書、工場長など。

ぼうはん【防犯】ＳＥＣＯＭのステッカーを貼ること。

ほうひ【包皮】陰茎をこんがり焼いた時にパリッとして旨い部分。

ほうひ【放屁】ガス抜き。

ほうび【褒美】「ほらやるよ。お前はわしの犬だ」と言っている。
ほうふ【抱負】言い放題。できなくてもいいのだ。
ぼうふう【暴風】地方局アナの晴れ舞台。
ほうふく【報復】宗教団体の仕返し＝報復の科学。
ほうふくぜっとう【抱腹絶倒】お笑いタレントが夢見る観客の状態。
ほうぶつせん【放物線】立小便が描く軌跡。
ぼうふら【孑孑】ぼうとしてふらふらしているやつ。
ほうへい【砲兵】人間弾丸。
ほうべん【方便】四角いうんこ。
ほうほうろん【方法論】実行するときは方法、実行できないときは方法論。
ほうぼく【放牧】単身赴任。
ほうまつ【泡沫】秋山祐徳太子。

ほ

ほうまん【放慢】肉体を限りなく豊満にすること。
ほうむだいじん【法務大臣】死に神。
ぼうめい【亡命】大使館の塀を乗り越える競技。
ほうめん【放免】刑務所のリストラ。
ほうもつ【宝物】いちもつに埋めた真珠。
ほうもん【訪問】ノックの音がした。こちらもノックを返した。
ほうゆう【朋友】あいチン事（教育勅語）。
ほうよう【抱擁】柔道、レスリングなどの寝技。
ぼうよう【茫洋】今殺されようという時に青空射精するやつもいる。
ぼうよみ【棒読み】役者には至難の技。
ほうらく【崩落】設計士は。〽姉歯よ〜。
ぼうらく【暴落】共産党が政権をとった時の株価。

ほうらつ【放埒】三拍子で踊るやつ。

ぼうり【暴利】女金貸ボーリャ・ムサボランカ。

ほうりつ【法律】わたしでも裁けます。

ぼうりゃく【謀略】ロシア人力士「これは謀略だ。北方四島の仕返しだ」

ほうりゅう【放流】禁じられているのはブラックバス、ピラニヤ、ワニ、カバなど。

ほうりゅうじ【法隆寺】柿を食えば鐘が鳴る寺。

ぼうりょく【暴力】自分がアホであることを力ずくで相手に教えてやる行為。

ボウリング【bowling】地面を掘る競技。

ぼうれい【亡霊】議事堂内をうろつく元総理たち。

ほうれんそう【菠薐草】ポパイは缶詰会社のCMというのは嘘。こんなもの缶詰にするかフツー。

ほうろう【放浪】荷物は両親の心配。

ほうわ【飽和】インターネットのキャパシティ。あと二年で。

ほえづら【吠え面】いずれかかしてやりたいやつが約十人。楽しみにしておれ。

ポー【Poe】推理、ホラー、SF、みなポーの一族。

ボーイソプラノ【boy soprano】変声期以後は家業を継ぐ。

ボーイフレンド【boyfriend】本命以外。

ポーカーフェイス【poker face】死に顔。

ほおかぶり【頬被り】部下が勝手にやったことです。

ほおじろざめ【頬白鮫】ジョーズが上手に坊主を食った。

ホース【horse】馬のペニス。

ポーズ【pose】はい全員、シェー。

ほおずり【頬擦り】孫の顔が荒れる原因。

ほ

ほおづえ【頬杖】つき損ねて舌を噛む。

ボート【boat】わざと転覆させて人を殺すための凶器。

ボードレール【Baudelaire】卑猥な木製の線路。

ボーナス【bonus】その分は本給から差し引かれている。

ほおべに【頬紅】色盲の人を判別できる化粧品。

ホームドラマ【home drama】家が主役なんだから、間取りくらいはきちんとしてから撮影に入れ。

ホームページ【homepage】持っていないとホームレスと呼ばれる。

ホームラン【home run】ホームランとわかっているのに、なんで一回まわらねばならんのだ。

ホームレス【homeless】ホームレス・スウィート・ホームレス。

ポーランド【Poland】波瀾万丈。

ホールインワン【hole in one】雌犬に獣姦。

ホールドアップ【holdup】「すみません。わたし両手がなくて」ズドン。

ボールペン【ballpoint pen】発案のもとは便秘。

ほおん【保温】お草履、キンタマの両側に挟んで温めておきました。

ボガート【Bogart】ボギー叩いて「おれも男だ」。

ほかく【捕獲】一獲千金？　キンタマ千個もつかんでどうする。

ぼきん【募金】偉そうな態度で他人の情に縋《すが》る行為。

ほきんしゃ【保菌者】どんな美女も大腸菌うようよ。

ぼく【僕】一人称若づくり格。

ボクサー【boxer】温和さを犬に見習え。

ぼくさつ【撲殺】ボクサーの殺しかた。
ぼくし【牧師】結婚もできるし女性の牧師もいるから、共稼ぎも可。
ぼくじゅう【墨汁】濃淡がないといって書家が目の敵にする。
ぼくじょう【牧場】牧師を飼育するところ。
ぼくしん【牧神】羊とのあいのこ。牧童が獣姦したのである。
ボクシング【boxing】映画の拳闘シーンが現実なら、確実に十回は死んでいる。
ぼくせき【墨跡】玉石混淆。
ぼくとう【木刀】昔の凶器。今は金属バット。
ぼくどう【牧童】獣姦やり放題。
ほくとしちせい【北斗七星】この柄杓《ひしゃく》の先が北極星です。
ぼくねんじん【朴念仁】武愛想の友人。
ぼくめつ【撲滅】運動の一種で、団体競技。
ほくろ【黒子】いいえこれは圧力釜が爆発して、煮ていた黒豆が顔中にめり込んで……。
ほげい【捕鯨】グリーンピースも同時に収穫できる。
ほけきょう【法華経】藪の中で春に唱えるお経。
ほけつ【補欠】誰か死んでくれと願っているやつ。
ぼけつ【墓穴】時効でもないのに自分の悪事を自慢すること。
ポケットマネー【pocket money】いずれ公金から取り戻すつもり。
ほけん【保険】「なんであの子とつきあってるの?」「妻が死んだときの保険だ」
ほけんしつ【保健室】忘年会の翌日は二日酔の教師で満員。
ほご【保護】悪いことをしないようにすること。
ぼこう【母校】孤児院、少年院の場合、母はぼいん。

ほこうしゃてんごく【歩行者天国】周辺は車地獄。

ぼこくご【母国語】外国にいることを誇る時のことば。

ほこさき【矛先】矛盾点を示している。

ほごしゃ【保護者】実はモンスター。

ほごしょく【保護色】どぶ鼠色のスーツ。

ほこり【埃】夕陽が赤い理由。

ほさき【穂先】頭を垂れている老人の亀頭。

ぼさつ【菩薩】内面は夜叉。

ボサノバ【bossa nova】聴かねばの娘。

ほし【星】何でも知っているバカ。

ほしがき【干柿】老婆の胸に実る柿。

ぼしかてい【母子家庭】夫と妻が存在しない家庭。

ほしくさ【乾草】これが服についていれば情事の証拠。

ほしくず【星屑】パンチを浴びて眼前に散るもの。

ほしのおうじさま【星の王子さま】年老いて引退。

ほしゃく【保釈】証拠を摑むために泳がせること。

ほしゅ【保守】怖いからこのままでいようよ〜。

ほしゅう【補習】豚に真珠、馬鹿に補習。

ほじゅう【補充】高級ウィスキーをこっそり飲んだあと水増ししておくこと。

ぼしゅう【募集】まず詐欺を疑うべし。

ほしょう【保証】判をついて一蓮托生になること。

ほしん【保身】秘書を差し出すこと。

ボス【boss】「殺せ、殺せ」と手下に叫んで、自分は逃げる奴。

ポスター【poster】何枚盗まれるかが人気のバロメーター。

ホステス【hostess】昼間会うと誰なのかわからない。

ホスト【host】ドンペリを一気飲みしなければならない職業。

ポスト【post】郵便局のテリトリーを示す柱。

ポストモダン【postmodern】浅田彰と共に時代遅れになっていくことば。

ぼせき【墓石】人を下敷きにしたままの落石。

ぼぜん【墓前】妻が死んでボーゼンと佇む場所。

ほぞ【臍】ほぞとも読むよ。へーそー。

ほそう【舗装】植物の悲鳴が聞こえる。

ほそうで【細腕】男より太くてもこう言う。

ほそく【補足】実は、今お話ししたのは、あくまで表向きで……。

ほぞん【保存】品薄になって値あがりするのを待ち、カビを生やす。

ぼたい【母体】気をつけろ。あの介護団体の母体は悪徳金融だ。

ぼだい【菩提】B型は菩提を弔ってやると化けて出る。

ほたてがい【帆立貝】これに似せて古墳は造られた。

ぼたもち【牡丹餅】気管に牡丹餅。

ほたる【蛍】蛍の光窓の雪。確実に眼を悪くする。

ボタン【button】幼児がヒューヒュー言って苦しんでいたら、これを飲み込んでいる。

ぼたんどうろう【牡丹灯籠】もてない独身男「幽霊でもいいから毎晩来てほしい」

ぼち【墓地】ぼちぼち満杯だな。

ホチキス【Hotchkiss】ニュースキャスターの口にパチン。

ほ

ほちょう【歩調】百足《むかで》競走には出ない方がよい。足首を痛める。

ほちょうき【補聴器】盗聴器にもなります。

ぼつ【没】自称大天才の持ち込み原稿。

ほっかいどう【北海道】本来アイヌ共和国。

ほっかいぼんうた【北海盆歌】議員総出演「国会盆唄」

ボッカッチョ【Boccaccio】巨大メロンの栽培者。

ぼっかてき【牧歌的】ヨーデル歌手の命乞い。

ぼっき【勃起】握ってしゃぶってボッキッキ。

ほっきにん【発起人】大物の名を連ねても、ほとんど欠席。

ほっきょく【北極】どっち向いても南。

ほっけ【法華】焼いておいしい日蓮魚。

ホッケー【hockey】そうけえ。

ぼつご【没後】安あがりだから次号からは著作権が切れた作家の特集を順にやっていこう。

ほ

ほっさ【発作】発作発作えっさほいさっさ。

ぼっしゅう【没収】卒業式のあと、君たちのセーラー服をすべて先生が没収する。

ほっそく【発足】この分ではいずれ、発足前の解散総選挙もあり得る。

ほったん【発端】その惨劇は、老父が三億円の宝籤に当った時から始まりました。

ぼっちゃん【坊っちゃん】山嵐と男色関係。

ぼっとう【没頭】無防備な状態。空腹で我に返る。

ホットドッグ【hot dog】犬小屋の火事。

ぼっぱつ【勃発】一兵士の屁がきっかけ。

ポップ【pop】書店員の心証次第で、立ててもらえない作家もいる。

ポップコーン【popcorn】作り方は爆発。

ほっぽうりょうど【北方領土】北方の領土還る

日、架空の日。
ぼつらく【没落】文豪が生まれるきっかけ。
ほてい【布袋】七福神中ただひとり人間。
ボディガード【bodyguard】武道家のアルバイト。
ボディチェック【body check】あーら、勃起しちゃって。
ボディビル【bodybuilding】あのビル、人間だぞ。
ボディランゲージ【body larguage】全身を使った滅茶苦茶な手話。
ポテトチップ【potato chip】メタボの餌。
ホテル【hotel】野宿が嫌いな人のための宿泊施設。
ポテンシャル【potential】バラエティ番組のさらなる喧騒の可能性。
ほどう【補導】車道と人間の道の区別を教えてやること。
ほどうきょう【歩道橋】車のための橋。
ほとけ【仏】たわけでも、死ねばなれる。
ほととぎす【時鳥】血を吐いて鳴く鳥。
ポトラッチ【potlatch】A型社会の極限。
ボトルキープ【bottle keep】酒の人質。
ポニーテール【ponytail】蠅を追い払うための髪形。
ぼにゅう【母乳】まずいので、売り物にはならない。
ほにゅうるい【哺乳類】カモノハシを除き、自分をひり出した母親を直接認識できた連中。
ほね【骨】骨粗鬆症の人を粗骨者と言う。
ほねぐみ【骨組み】痩せた子ばかりの宝塚骨組。
ほねぬき【骨抜き】武骨者「骨抜き地蔵へ行ってきます」
ほのお【炎】実際に燃えあがることがないのは

怪気炎と、脳炎、気管支炎などの炎症一般。
ほのぼの【仄仄】しみじみの明るい親戚。
ホバークラフト【Hovercraft】地上を走れば轢死者皆無。
ポパイ【Popeye】ベティの弟。
ほばく【捕縛】現今では泥棒を捕えても縄がないので、ガムテープを使う。
ほはば【歩幅】伊能忠敬「日本地図を作ったのはわしの足だ」
ホバリング【hovering】飛込台から飛込み、プールに水がないことに気づいた時の行動。
ほひつ【補筆】編集者に頼る文豪もいた。
ぼひめい【墓碑銘】参拝者誰もがにやにやして「嘘ばっかり」
ポピュラー【popular】これでやっとクラシックの原曲も人気が出る。
ぼひょう【墓標】犬はカマボコ板。猫は哀れ割り箸一本。
ほふくぜんしん【匍匐前進】眼醒めて、煙草や灰皿が遠くにある時の行動。
ホフマン【Hoffmann】元祖人形愛。
ポプリ【pot-pourri】花の死体の死臭はすばらしい。
ほへい【歩兵】水兵は愉しい歌ばかり。歩兵は悲しい歌ばかり。
ボヘミアン【bohemian】芸術家から馬鹿にされている連中。
ほぼ【保母】ほぼ母親がわり。
ポマード【pomade】老臭を消すための整髪料。
ホモぎゅうにゅう【ホモ牛乳】同性愛の牛の乳。
ぼや【小火】ええい。せっかく火をつけたのに、これじゃ火災保険がおりない。
ほよう【保養】女子高生の取っ組みあいの喧嘩。いい眼の保養じゃ。

ほら【法螺】山伏「ああ、今おれ、法螺吹いてるんだよ。それが何か」

ホラー【horror】あまりの恐怖で人が死に、以後誰もその映画を見ない。

ポラロイド【Polaroid】撮った場所ですぐ見れば、なんと心霊写真。

ボランティア【volunteer】足らんてや。

ほり【堀】渡れねば忍者失格。

ポリ【poli】警官に助けられた人がこう呼ぶことはない。

ポリープ【polyp】医者の口癖「すぐ切除しないと癌になります」

ほりごたつ【掘炬燵】屁の溜り場。

ほりょ【捕虜】最も不名誉なのは敵陣への脱走。

ポルターガイスト【poltergeist】鼠の幽霊。

ポルトガル【Portugal】ヴァスコ・ダという有名な蝦蟇《がま》がいた。

ポルノ【porno】ポラないの。

ホルマリン【formalin】こちらの標本が高橋お伝の陰部、こちらが阿部定の切り取った吉蔵のペニスです。

ホルモン【hormone】最近では味つけされたものもある。

ボレロ【bolero】藤山一郎「懐しのボレロ」はボレロではなく、パソドブレである。

ぼろ【襤褸】錦は着てても心はボロボロ。

ホロコースト【holocaust】蟻の巣に熱湯を注ぐこと。

ポロネーズ【polonaise】英雄印マヨネーズ。

ほろばしゃ【幌馬車】西部劇の観客「インディアン、早く出てこい」

ホワイトハウス【White House】トイレには歴代大統領の落書きがある。

ぼん【盆】家出娘、盆に帰らず。

ほ

ほんあん【翻案】外国作品の大っぴらな盗作。

ぼんおどり【盆踊り】米映画史上最大の愚作は「死霊の盆踊り」。

ほんかく【本格】本道は人（作品）が多く通り、草（トリック）は一本も残っていない。

ほんき【本気】殺そうとする相手の眼で本気と知れるが、もう遅い。

ほんぎょう【本業】副業や趣味で有名になった人が訊かれること。

ほんけ【本家】店は元祖と戦い、跡継ぎは分家と戦い、妻は別宅と戦う。

ほんごし【本腰】ぎっくり腰の原因。

ほんさい【本妻】主菜。

ぼんさい【盆栽】侏儒植物。

ほんしょう【本性】夜はみな淫乱。

ぼんじん【凡人】世界を動かしている連中。

ほんそう【奔走】倒産寸前。

ほ

ほんぞん【本尊】盗難除けの神様が盗まれた。

ぼんたい【凡退】「次は必ず打ちます」「馬鹿。これでシーズン終りだ」

ほんだな【本棚】洋書、全集、辞典類ばかりなら、裏は隠し部屋か抜け道。

ぼんち【盆地】いずれはダムの底。

ほんとう【本当】怒ってはいけない。「すごい」の意味だから。

ほんね【本音】この前置きがあれば、まだまだ本音ではない。

ほんのう【本能】いわゆる「歪んだ欲望」とされるもの。

ぼんのう【煩悩】追えども去らぬ百八匹の犬。

ほんば【本場】ここは難波や。ナンパの本場や。

ほんばこ【本箱】はてヘソクリはどの本の何ページだったか。

ほんばん【本番】役者の血圧をあげることば。

ぽんびき【ぽん引き】娼婦、美人局《つつもたせ》と三位一体。

ポンプ【pump】水を射精する器具。

ほんぶん【本分】分相応のことだけしろ。

ボンベ【bombe】爆弾《ボンブ》の親戚。

ほんぽう【奔放】美女にだけ許される振舞い。

ぼんぼん 船場が本場。

ポンポン【pompon】ブラジャーにふたつつけて、あとはスッポンポン。

ほんまつてんとう【本末転倒】本命転倒。

ほんみょう【本名】旅券十通を持つスパイ、本名を忘れる。

ほんめい【本命】二、三番目の美人。

ほんもう【本望】成就したあとの苦労。

ほんもの【本物】拳銃を出して「本物だ」と言う時はたいてい偽物。

ほんや【本屋】字が読める人の商売。

ほんやく【翻訳】吃っている人が言おうとしていることを先に言うこと。

ぼんよう【凡庸】正しい失敗をする人。

ほんよみ【本読み】作者が皆に読み聞かせることで、最近は「読合せ」と区別できないやつばかり。

ほんらい【本来】無一物ではない。男なら。

ほんりゅう【奔流】韓流の勢い。

ほんりょう【本領】自分の領地でしか通じない芸。

ほんろう【翻弄】泳げぬやつをボートに乗せて揺らすこと。

ま【間】お笑い番組が恐れること。

マーキング【marking】キルロイはここへ来た。

マージャン【麻雀】好きなやつは歯に入れ墨をし、にやりと笑えば大三元。

マーチ【march】三月行進曲。

マイカー【my car】通勤用がツーカー。行楽用がハイカー。

マイク【microphone】ワイヤレスに気をつけろ。あれは盗聴器だ。

マイクロバス【microbus】コビト用のバス。

まいこ【舞妓】舞妓の舞妓の仔猫ちゃん。化け猫やがな。

まいしん【邁進】転倒への道。

まいそう【埋葬】おれ、生き返るのいやだから、石でよく頭を潰してから埋めてね。

まいぞうぶつ【埋蔵物】発見者と地主の争いに、物によっては文化庁が加わる。

まいど【毎度】値切る客への皮肉をこめて言う。

マイナー【minor】上にメジャーがあり、下にアジャーがある。

まいひめ【舞姫】ギャルゲーになった森鷗外作品。

マイホーム【my home】妻は出て行くローンは残る。

まいぼつ【埋没】禿頭だけ出ていたので、石だと思って助けませんでした。

マイルド【mild】缶コーヒーは甘過ぎて参る

ど。
マウス【mouse】ふたつボタンはミッキーマウス。
マウンティング【mounting】山頂で征服を誇ること。
まえあし【前足】手と前足があるのはケンタウロスだけ。
まえうり【前売】「完売です」「しまった。料金をもっと高くするんだった」
まえおき【前置き】長い前置きが終った時、客はひとりもいなかった。
まえがしら【前頭】三役から八百長を持ちかけられる位。
まえがみ【前髪】引き倒してください。
まえがり【前借り】したあとの仕事は惰性的。
まえきん【前金】本来払うべき金で集中を強制すること。

マエストロ【maestro】指揮者へのゴマスリ用語。
まえだおし【前倒し】新総理に人気があるうちの解散総選挙。
まえば【前歯】顔面を踏んづけてやると靴の裏に刺さっているもの。
まえばり【前貼り】ベリッと剝がせば白板《パイパン》。
まえぶれ【前触れ】周囲の人間が急にやさしくなるとき。
まおう【魔王】グれた方の天使。
まおとこ【間男】飽きた妻の魅力を引き出してくれる男。
まがり【間借り】未亡人に襲われる境遇。
マカロニ【macaroni】食えるストロー。
まき【薪】お伽話における意地悪婆の持道具。
マキャベリズム【Machiavellism】イチコロ・マキャベリとニッコロ・マキャベリの兄弟に

よる主義。
まきょう【魔境】初めてテレビのクルーが入る土地。
まく【幕】自己顕示欲の強い役者をエプロンに取り残して見せしめにする道具。
まくあい【幕間】客席で寝ていた観客が眼醒めるとき。
まくぎれ【幕切れ】息切れ。
まぐさ【秣】マグソのもと。
まくした【幕下】幕内から無理難題が降りかかってくる地位。
まぐち【間口】鰻の寝床の開口部。
まくつ【魔窟】「青い部屋」
マグニチュード【magnitude】これが対数だと知らない者は平気でマグニチュード9などと言う。
マグネシウム【magnesium】ドタバタ喜劇における写真屋ギャグの小道具。
まくのうち【幕の内】客は外。
マクベス【Macbeth】「蜘蛛巣城」の盗作。
マグマ【magma】不死鳥の産湯。
まくらぎ【枕木】線路を枕にするほうが確実に死ねる。
まくらことば【枕詞】ピロートーク。
まくらのそうし【枕草子】平安時代のブログ。
マクルーハン【McLuhan】関西ではマクルーハンはん。
まぐろ【鮪】おれ別にトロくないよ。
まげ【髷】若禿でも結えなくなったら力士は引退。
まけいぬ【負け犬】マケイン候補「俺はならないぞ」
まけおしみ【負け惜しみ】おひとりさまの上野千鶴子。

まご【孫】親が苦をして子が楽をした結果、乞食をするやつ。

まこと【誠】新撰組のロゴマーク。

まごのて【孫の手】いいや。あれは骸骨の手だ。

まごびき【孫引き】誤り、偏見の拡大。

マザーグース【Mother Goose】鵞鳥の童話作家。ルイス・キャロル、アガサ・クリスティなど多くの作家の盗作で有名。

まさつ【摩擦】発火するか。射精するか。

まさゆめ【正夢】現実のこと。

まじきり【間仕切】隣りを意識して行為をエスカレートさせる仕掛け。

マジックハンド【magic hand】私が悪いのではない。この手が悪いのです。

まじめ【真面目】社会を停滞させようとする力。

ましゅ【魔手】毒牙対魔手。噛みついて毒牙の勝ち。

まじゅつ【魔術】おれだけは振込め詐欺にはひっかからないと言う者に振込ませること。

マシュマロ【marshmallow】何っ。誰のペニスのことだ。

まじょがり【魔女狩り】現代ではネット上の誹謗中傷によって自殺に追い込むこと。

まじん【魔人】廃業して非魔人（暇人）。

ます【鱒】シューベルトの歌曲によって食うのを躊躇《ためら》わせる魚。

ますいい【麻酔医】安楽死を望む人なら仲良くしておいた方がいい医者。

マスカット【muscat】オナニーの中断。

マスカラ【mascara】泣けば際立つ化けものの顔。

マスク【mask】美人は美貌を隠し、不美人は美貌を想像させる。

マスコット【mascot】カジノのマスコットは

獏《ばく》。

マスコミ【mass communication】タレコミ、追込み、ツッコミ、聞込み、思い込み、早呑み込みの媒体。

マスターベーション【masturbation】集団自慰の司会進行役。

ますめ【枡目】作家の悪夢。書けないことの象徴。

ますらお【益荒男】対語は「益荒女《ますらめ》」。その対語は「手弱男《たおやお》」

マズルカ【mazurka】マズらない。

マゼラン【Magellan】海峡、星雲、腕時計、日付変更線などを発明、発見した。

マゾヒスト【masochist】可哀想な自分に射精する人。

また【股】〽股開いて、手を入れて、その手を奥に。

またたび【木天蓼】麻薬の一種で、猫をグれさせ、マタタビ者にする。

マダム【madam】いなくなり、「ミセス」だけが残った。

まちあいしつ【待合室】患者が互いの病の重さを見極めようとする場所。

マチネー【matinée】満席だ。夜の部まで待ちねえ。

マッカーサー【MacArthur】マッサカサマ・ノー・リターン。

まつき【末期】ハゲタカが見舞いにくる病状。

マック【Mac】匕首《あいくち》でウィンドウズを殺したい。

まつげ【睫毛】ほとんどエクステだから、鉛筆が乗っても驚かない。

まつご【末期】何もかも美しい。お前まで美しい。

まっこうくじら【抹香鯨】反捕鯨の連中はモビ

イ・ディックに殺《や》られてしまえ。

まつざ【末座】上座なんてどこでもいい。お前の座ったところが末座だ（古川ロッパ）。

マッサージ【massage】このマッサージ機は電気椅子を改造したものです。

まっさつ【抹殺】「死人に口なしだ」「わたしは唖です。お助けを」

マッシュポテト【mashed potatoes】踊るじゃがいも。

まっしょう【抹消】消したつもりの女性の名前、変換機能でぞろぞろ出てくる。

まっしょうしんけい【末梢神経】顔面をひくひくさせる元凶。

まっせ【末世】みんな死にまっせ。

まつだいもの【末代物】ほう。するとこいつが壊れた時に世界も終るわけか。

まつたけ【松茸】わっ。切断されたペニスだ。

まったん【末端】身体だけではなく価格も肥大する。

マッチ【match】大人の火遊びには違う棒が使われる。

まっちゃ【抹茶】未亡人が立てたお茶はゴケミドロ。

マット【mat】敗者が汗と共に沈み、時にはそれきりとなる。

マッハ【mach】音速を超えれば自分の悲鳴が背後から聞える。

まつばづえ【松葉杖】地雷の多い地域で多量に売られている器具。

まっぴつ【末筆】あなたの健康。作家には、あなたの原稿。

まつむし【松虫】博徒にちんちろりんを思い出させる虫。

まつり【祭】軽犯罪者、怪我人続出、時には死者も出す不良行事。

まつろ【末路】死ぬ者にとってはどんな死にかたであろうと、死に変わりはない。

まてき【魔笛】作ったモーツァルト自身に毒殺という災いを齎《もたら》した笛。

まてんろう【摩天楼】屋上から飛び降りると、地上へ着くまでに空腹が襲う。

まどぎわぞく【窓際族】夕陽の射しこむ西側の窓がよく似合う。

まとはずれ【的外れ】妻を襲った男を殴ろうとして、妻をぶん殴ってしまうようなこと。

マドモアゼル【mademoiselle】後家さんが読む雑誌。

マドレーヌ【madeleine】失われた時を一瞬にして思い出す菓子。

マドロス【matroos】港町十三番地にいる水夫。

マドンナ【madonna】マリア様も堕ちたもんだ。

まないた【俎】切り刻んでやろうとマスコミが手ぐすねひく総理の椅子。

まなこ【眼】ナマコほど光っていず、鏡ほど濁っていない。

まなじり【眦】慰謝料と養育費をふんだくろうとする女が吊りあげているもの。

まなつのよのゆめ【真夏の夜の夢】夢の精が射出される。

まなでし【愛弟子】研究をすべて盗むやつ。

まなむすめ【愛娘】七、八歳くらいまで。

マニキュア【manicure】足の爪はペディキュア。牙はドラキュア。

マニフェスト【manifest】擬似餌。

マニュアル【manual】猿になるための教科書。

まにんげん【真人間】社会に都合のいい人間。

まぬけ【間抜】自分の期待通りにしない者への

罵言《ばげん》。

まね【真似】発達途上にある者の学習行為。

マネージャー【manager】おれ以外の人にはぺこぺこし、おれには偉そうにするやつ。

まねきねこ【招き猫】両手で招いているのは阿波踊り猫。

マネキン【mannequin】女には購買欲を起させるが、男には別の欲望も起させる。

まのび【間延び】強盗がイケメンだった時の悲鳴。

まのやま【魔の山】みんなオカルトかホラーだと思っている。

マノン・レスコー【Manon Lescaut】流行りましたねえ。男が女の死体をさかさまに背負っていく映画。

まひ【麻痺】収賄に慣れて、その嬉しさを感じなくなること。

まびき【間引き】成績の悪い順に社員を馘首《かくしゅ》すること。

マフィア【Mafia】親戚に一人いるだけで、一族全員ファミリーと見做《みな》されてしまう。

まぶた【瞼】裏はスクリーン。

マフラー【muffler】どうぞ首を絞めてください。

まほう【魔法】美人は、自分にも使えると思っている。

マホメット【Mahomet】メッカをメッカにした男。

まぼろし【幻】ネット通信で抱く異性のイメージ。

ママ　誤記や誤植でないことを表明するための校正記号。

ままこ【継子】誰でも一度は自分がそうだと思う。

ま

ままごと【飯事】姉が弟に食べられないものを食わせる遊び。

ままはは【継母】継父はぱぱちち。

ママレード【marmalade】オレンジの皮が混入しているとの苦情が年数回メーカーに来るジャム。

まむし【蝮】蒲焼きにし、丼にする蛇。

まめつ【摩滅】ビリケンの頭部。

まめまき【豆撒き】豆を栽培するための労働。

まもの【魔物】相場全般。

まやく【麻薬】芸能界にだけは復帰できる薬。

まゆ【繭】蚕の湯棺桶。

まゆげ【眉毛】描くために剃るもの。

まゆずみ【黛】ない時は靴墨で代用できる。

まゆつば【眉唾】狐に騙《だま》されないまじないだと言うが、眉唾。

まよけ【魔除】SECOMのシール。

まよなか【真夜中】ビルの谷間を狼になって走る時間。

マヨネーズ【mayonnaise】出口には肛門の菊座がついている。

まら【摩羅】グスタフ・マーラー作曲の鎮根歌。

マラカス【maracas】恥垢。

マラソン【marathon】集団でハイになる合法的競技。

マラリア【malaria】ペニスが媒介する感染症。

マリア【Maria】姓は安部。

マリオネット【marionette】理科室の人体骨格模型。

マリファナ【marijuana】「吸ったな」という警官の詰問に「すいません、すいません」

まりも【毬藻】夢見るのは気球大会。

まりょく【魔力】向かいの大股開きの股間に視線が吸い寄せられる力。顔を見ればすぐに解ける。

まる【丸・円】丸山、円山、丸谷、円谷。「まる」と読まないのはどれ。

まるあんき【丸暗記】試験の翌日には丸忘れ。

まるうつし【丸写し】最悪の盗作。「あっ。誤植までそのままだ」

まるがお【丸顔】わっ。乗った人より馬が丸顔。

まるがり【丸刈り】女性ならマルガリータ。

マルキ・ド・サド【Marquis de Sade】正体は丸木戸佐渡という日本の武士。

まるきぶね【丸木舟】乗ってる人はマルキスト。

マルクス【Marx】カール、エンゲルス、アウレリウスの三兄弟。カールが「ヨーロッパを徘徊している」と言った妖怪は、妖怪図鑑にも載っていない。

マルケス【Márquez】川端康成は切腹して死んだと思い込んでいる作家。

まるごし【丸腰】弱腰になり、逃げ腰となる。

マルコ・ポーロ【Marco Polo】マル秘航路。

まるた【丸太】機関銃で大量射殺する時連想するもの。

マルチしょうほう【マルチ商法】いずれ破綻して逮捕されるまでの短い人生を楽しむための商法。

まるてんじょう【丸天井】ドームの裏側であり、建設中に落下して死ぬ者多数。

まるなげ【丸投げ】小説の丸投げ。やってみたいもんだ。

まるはだか【丸裸】男の場合は無一文。女は収入を得る。

まるひ【㊙】ひとに盗み読みさせたい時に書いておく記号。

まるぼうず【丸坊主】蝿の滑り台。

まるまど【丸窓】丸髷《まるまげ》のシルエットが似合う窓。

まるやき【丸焼き】火葬？　調理？
まわた【真綿】暖かく絞め殺される道具。
まわりぶたい【回り舞台】舞台裏でうたた寝の大道具が観客の眼にさらされる機構。
まわりみち【回り道】行きたくないとき。言いわけは「急がば回れ」。
まんいん【満員】入場できなかった者に「御礼」でもあるまい。
まんえつ【満悦】自動車道。
まんえん【蔓延】「なんでやねん」というツッコミ。
まんが【漫画】描けない者は小説家になる。
まんかい【満開】飲まんかい。ええ花見じゃ。拝まんかい。ご開帳じゃ。
まんがか【漫画家】売れても地獄、売れなくても地獄。
まんがん【満願】これまでの苦労を思えば当然で、喜べない。
まんかんしょく【満艦飾】すべての装身具を身につけた上、鼻輪までつけること。
まんかんぜんせき【満漢全席】料理の忠臣蔵。
まんき【満期】積立金を払い終え、いよいよこれから受取るという時に、ばったり。
まんきつ【満喫】したくないのは入院生活、刑務所暮らし。
まんげきょう【万華鏡】女性性器の内視鏡。
まんげつ【満月】あっ、甲状腺ホルモンの不足だ。
マンゴー【mango】大声で買いにくい果物。
まんさい【満載】女性性器図鑑。
まんざい【漫才】M-1グランプリは楽屋にいた方が面白い。
まんざら【満更】妻そっくりの娼婦。
まんじ【卍】ネオナチの潜伏する寺のマーク。

まんしつ【満室】成人式の夜のホテル。予約でいっぱいだがキャンセルも多い。

まんじともえ【卍巴】ヘテロとホモとレズの乱交。

まんじゅう【饅頭】フムト・アンデル。

まんじょういっち【満場一致】酔っぱらって登壇した議長の不信任案。

マンション【mansion】一億円以下の物件。

まんしん【慢心】他人から見た自尊心や誇り。

まんしんそうい【満身創痍】新入生のラグビー部練習初日。

まんせい【慢性】加齢病。

まんせき【満席】えんえんと料理を待たされる状態。

まんぞく【満足】以後は不満が続く。

まんだら【曼陀羅】仏教双六《すごろく》。

まんだん【漫談】トリをとれぬ演芸。

まんちょう【満潮】砂浜に寝そべる人間どもの一掃。

まんてん【満点】一回取っただけで「おれ、東大狙おうかな」

マンネリズム【mannerism】物事に飽きない貴重な能力を貶《おとし》める表現。

まんねんひつ【万年筆】物書きにとっての携帯用武器。

まんびき【万引き】捕まると、その記憶がスリルを倍加させ、次の犯行へのバネになるという厄介な病気。

まんぷく【満腹】苦しい満足。

マンボ【mambo】ズボンになったリズム。

マンホール【manhole】ふたり落ちればメンホール。

まんぽけい【万歩計】伊能忠敬にあげたかった。

まんめん【満面】笑みと怒り、閻魔はさほど変らず。
マンモス【mammoth】団地に住む象。
まんゆう【漫遊】各地の実力者をいじめてまわる旅。
まんようしゅう【万葉集】和歌の万華鏡。
まんりき【万力】「巾着」の締めつける力。
まんるい【満塁】夜ごと、ピッチャーが見る悪夢。

み

みあい【見合】出会い、似合い、相思相愛。
みいら【木乃伊】人間カツオブシ。
みうち【身内】羽振りのいい知りあいはすべて。
みうり【身売】お前の尻の肉二〇〇グラム、晩飯用に売ってくれ。
みえ【見栄】破産寸前に張りたくなるもの。
みおくり【見送り】地方へとばされるやつの顔を見物に行くこと。
みおさめ【見納め】自分の首を絞めている強盗の顔がこの世の見納め。

みおぼえ【見覚え】あのう、あなたはあの時の強盗さんでは。
みおも【身重】便秘。
みかい【未開】途上不可能国。
みかいけつ【未解決】皇位継承問題。
みかく【味覚】「辛い」は除外された。痛覚だからである。
みかくにんひこうぶったい【未確認飛行物体】UFOのルビ。
みかた【味方】敵の敵。
みかづき【三日月】夜を旅するやくざの頭上にあるもの。
みがって【身勝手】過剰な期待を裏切った相手へのことば。
みがまえ【身構え】怖い顔をした上司の急接近。
みがら【身柄】他人に委ねた自分の肉体。
みがる【身軽】五つ子を産んだあと。
みがわり【身代り】犯されそうな娘を助けようとする母親。
みかん【蜜柑】シューベルトは貧乏なので蜜柑ばかり食べ、交響楽を成功させた。＝「蜜柑成功響楽」
みかんせい【未完成】未完成なので高い評価を得た小説。＝「明暗」
みぎうで【右腕】子分が死んだ時の表現。
ミキサー【mixer】固体、液体、人体などを攪拌する機械。
みきり【見切り】もう上がるまいと株を売れば、次の日に暴騰。
みくだりはん【三行半】男の本質は三こすり半。
ミケランジェロ【Michelangelo】「これがミケランジェロの像。ダ・ヴィンチの作です」
みけん【眉間】赤い穴があいたり、ぱっくり割れたりするところ。

み

みごと【見事】孫のすることならすべて。

みごろし【見殺し】気にくわぬ部下の整理。

みこん【未婚】身の程を知らず高望みした連中。

ミサイル【missile】不良品と判明するのは戦争になってから。

みさかい【見境】情欲の対象。

みさき【岬】身投げ場。

みじたく【身支度】最後の身支度は死装束。

みしまゆきお【三島由紀夫】文壇のヒーローにとどまらず、真の英雄になりたかった作家。あいにく敵がいなかった。

みじゅく【未熟】熟練した時は老けている。俳優のつらいところ。

ミシュラン【Michelin】タイヤ造りの職人が選ぶ料理店。

ミシン【machine】機械。

ミス【miss】男性の獲得をミスした女たち。

み

みず【水】沙漠の行き倒れが死に際に叫ぶことば。

みずあめ【水飴】①子育ての幽霊が乳代りに買うもの。②蟻と蠅の墓場。

みすい【未遂】手術に成功してしまうこと。

みずうみ【湖】金銀銅の斧を持った女神がスタンバイしているところ。

みずかき【蹼】ジャンケンで鋏が出せない手。

みずかけろん【水掛論】お不動様同士の討論。

みずぎ【水着】着るためのからだ作りには金がかかる。

みずぎわ【水際】検疫所。税関。

みずぐるま【水車】水死体がぐるぐる回っている車。

みずさかずき【水盃】死に水の予告篇。

みずしょうばい【水商売】水道局の職員。

ミスター【mister】始終「ミスったあ」と叫ん

でいる男。

みずでっぽう【水鉄砲】小児のペニス。

ミステリー【mystery】同好会（サークル）の女会長。

みずむし【水虫】〽頭にいる時は白雲と呼ばれたの。股間じゃ陰金と名乗ったの。足の隙間に戻ったその日から、貴方が掻いてくれるの待つわ。

みずわり【水割り】モーゼの得意技。

みせいねん【未成年】軽い犯罪をやっておくべき時期。

ミセス【Mrs.】「マダム」に勝った雑誌。

みぜに【身銭】臓器を売って手に入れた金。

みせば【見せ場】役者が勝手に決めてはならない。

みせもの【見世物】「見世物ではないぞ」と叫んだ方が、人は集まる。

みそ【味噌】ドを加えると和音。

みぞ【溝】スエズ運河。

みぞう【未曾有】二〇〇八年以降、「みぞうゆう」と読まれはじめた。

みそか【晦日】「お歳暮は？　おお味噌か」

みそぎ【禊】無信仰の政治家に求める愚行。

みそしる【味噌汁】猫飯の食材。

みそづけ【味噌漬】死体の一部、特に頭部を首桶として隠す。

みそらひばり【美空ひばり】スカイラーク。

みぞれ【霙】空から降ってくるかき氷。

みだし【見出し】メガネがないときに読むところ。

みちあんない【道案内】片足の少年「この辺は地雷原です。ぼくが案内します」

みちくさ【道草】拙者、道草四郎時隠《ときがくれ》と申す。

みちじゅん【道順】家から近い順に、小学校、中学校、高校、大学、結婚式場、葬儀場。

みちしるべ【道標】断崖、この先百米。その先、墓場。

みちすう【未知数】未知さんってかた、何人おられますか?

みちづれ【道連れ】無理心中。

みちゆき【道行】道端で交わりながら心中に向かう二人。

みっかい【密会】大震災で何組かが発覚、その内の何組かが死亡。

ミッキー・マウス【Mickey Mouse】八十歳の高齢で現役の鼠。

みつぎもの【貢ぎ物】貢ぐのは貢君《みつぐ》で、寝るのはネッシー君。

みっきょう【密教】真言立川流。髑髏《どくろ》の前でセックスする。

みつげつ【蜜月】すぐに臨月。

みつこ【光子】筒井康隆夫人。音読みで「こうし」。英語でフォトン。

みつご【三つ子】春日八郎、いかりや長介、吉本隆明。

みっこう【密航】発見されなければ、船底で餓死。

みっこく【密告】正義感と復讐心を共に満足させる行為。

みっし【密使】たいていミッシング(行方不明)。

みっしつ【密室】未発表のトリックふたつあり。委細面談。

みっしゅう【密集】大量虐殺の条件。

みっしょ【密書】密使と鳩が殺される理由。

みっせつ【密接】凍死寸前のふたり。

みっそう【密葬】大晦日に死んだ人の葬儀。

みつぞう【密造】バスタブで造った酒はおいし

いよ。
みつだん【密談】どちらかは録音機を持っている。
みっちゃく【密着】トイレまでつきまとう取材法。
みっつう【密通】道ならぬ恋の道の貫通。
みってい【密偵】マスコミ。
みつど【密度】通勤電車。
ミッドウェイ【Midway】泥沼、そして破滅への道。
みつにゅうごく【密入国】大使館への駆込みもそうなのだが、送還される心配はない。
みつばい【密売】アイスあるよ。内臓なんでもあるよ。赤ん坊あるよ。
みつばち【蜜蜂】アグネス・ラム。今はどうなっているやら。
みっぷう【密封】透視の実験と個人情報の保護には欠かせない。
みっぺい【密閉】発酵。腐敗。爆発。
みつまめ【蜜豆】孫娘手なずけ用。小中学女生徒誘惑用。
みつめ【三つ目】菅直人。千昌夫。
みつもり【見積り】これ以上安くすると、手抜き工事になります。
みつゆ【密輸】ヘロインの腸詰めを腸に詰めて税関を通過。
みつりん【密林】昔、秘境。今、保護区。
みてい【未定】公開日未定か。早く見てえ。
みとう【未踏】踏みとうもないわ。
みとめいん【認印】気をつけろ。法的には実印と同じだ。
みどり【緑】開発業者が涎《よだれ》を垂らす色。
みなげ【身投げ】①飛込台から水のないプールへ。②落下傘なしのスカイダイビング。

みなごろし【皆殺し】殺しの番号は37564。

みなしご【孤児】孤児記。

みなと【港】船員の給料を巻きあげ、家に帰らせまいとする場所。

みなみ【南】南極にはない。

みなもと【源】源の源は源経基。

みならい【見習】金槌で手を打ち、機械や庖丁で指を落とし、屋根から落ちる連中。

みなり【身形】差別待遇判断基準。

ミニスカート【mini skirt】冷え性、ホルモン異常、生理不順の因。

ミニチュア【miniature】キング・コングにとってのヒロイン。

みねうち【峰打】首筋を峰打ちしただけですが、全員死にました。

ミネラル・ウォーター【mineral water】浄水場技師の名前。

みの【蓑】笠とセットで案山子《かかし》や猿のファッション。

みのう【未納】クレーマー氏の子の給食費。

みのうえ【身の上】哀れな人の経歴。

みのけ【身の毛】おそろしい時だけ意識できる体毛。

みのしろきん【身代金】私になら会社はもっと出す筈だから、身代金を倍にして、その分私にください。

みのむし【蓑虫】「父よ父よ」(枕草子)と鳴いてるのなんて、聞いたことないぞ。

みはっぴょう【未発表】実際の原稿料よりも高値がつく。

みはらし【見晴し】突き落される前の景色。

みはり【見張】静かに殺される役。

みひつのこい【未必の故意】心臓病の女に突然蛇を見せること。

みひらき【見開き】総理「わっ。記者を怒鳴っているわしの顔だ」

みふねとしろう【三船敏郎】山本嘉次郎と黒澤明に見出されていなければ、カメラマンのおっさん。

みぶり【身振】社長の物真似をやめろ。うしろに立っている。

みぶるい【身震】恐ろしくて寒くて小便をしたいやつ。

みぶん【身分】下層の者を寄せつけぬためのバリアー。

みぼうじん【未亡人】美女の証明。彼女を愛し過ぎて夫は早死にした。

みほん【見本】偶然よくできた製品。

みまい【見舞】敵状視察。

みまわり【見回り】夜間パトロールの眼には歩いているやつすべて怪しい。

みまん【未満】一万円未満のお釣りは切り捨てます。＝銀座高級クラブ

みみ【耳】眼鏡を引っかけるための出っ張り。

みみかき【耳掻き】がつんと叩き込めば脳にまで達する凶器。

みみず【蚯蚓】ペニスを巨大化するには、ミミズに小便をかけて腫れあがらせればよい。

みみずく【木菟】ミミズを食うからミミズク。これは嘘。

みみたぶ【耳朶】重いピアスをぶら下げれば福耳となる。

みみどしま【耳年増】だって会話からはとても処女と思えなかったんだもの。

みみなり【耳鳴り】耳鳴り、たそがれ、病院の小部屋。

みもだえ【身悶え】映画がクライマックスなのに尿意。

みもと【身許】不明ですが、本人は皇居だと言っております。

みもの【見物】連込みホテルの火事。

みゃくはく【脈拍】動悸動悸。

みゃくらく【脈絡】野次が飛べばただちに見失われるもの。

みやげ【土産】何も買ってこなかったやつに限って土産話をしたがる。

みやこおち【都落ち】脱サラ農業。

みやさま【宮様】皇族に一人くらい役者がいれば面白いのに。

ミュージカル【musical】客に歌・踊りの才能のなさを思い知らせる劇・映画。

ミュージシャン【musician】アーティストを自称するようになったらおしまい。

ミュータント【mutant】福助。

みょうあん【妙案】同時にふたつも三つも出す馬鹿。

みょうが【茗荷】食べると忘れっぽくなる野菜って、なんだっけ。

みょうじ【名字・苗字】帯刀権・切腹権。

みょうじょう【明星】昔「平凡」の敵。今「日清」の敵。

みようみまね【見様見真似】マネの模写。

みょうれい【妙齢】〽娘という娘はミョウレイヒ〜。

みより【身寄り】遺産のない年寄りにはないもの。

みらい【未来】永遠にたどりつけない時間。

みりょく【魅力】菩薩。

みれん【未練】別れた妻の残した服が捨てられないこと。

ミロ【Milo】シュールレアリスム界を代表する麦芽飲料。

みわく【魅惑】見てわくわく。
みんい【民意】お民さんの意見。
みんえい【民営】NTTも郵政も、独占は続ける。
みんか【民家】燃えやすい家。
みんかん【民間】天下り先。
ミンク【mink】大金持ちはコート、小金持ちは襟巻きを買い、庶民は動物愛護を訴える。
みんげいひん【民芸品】もらって困る土産物。
みんじ【民事】暴力事件が内輪もめと判断されたとき。
みんしゅう【民衆】おれ以外の近所の人。
みんしゅく【民宿】客と従業員の区別がつかない旅館。
みんしゅしゅぎ【民主主義】現在の日本は民主政治ではなく世襲政治。封建制復活か？
みんぞく【民族】独裁者の、自国民に対する捉えかた。
みんぞくがく【民俗学】年寄りの話を聞いてやるボランティア。
みんちょう【明朝】この活字です。
みんよう【民謡】あーっ、それは歌ってはいけない。
みんわ【民話】孫を相手に磨かれた話芸。

み

むい【無為】むろん、よからぬことを考えている。

むいしき【無意識】フロイト考案の、悪事の言いわけ。

むいちもつ【無一物】「人間本来無一物」は「女本来」にした方がいいのでは。

むいちもん【無一文】それは羨ましい。こっちは借金の山だ。

むいみ【無意味】すべてに意味がある。「無意味」ということばにも。

ムーラン・ルージュ【Moulin Rouge】無謀にもロートレックが挑んだ風車。

むえき【無益】流行。

むえんぼち【無縁墓地】恨みの霊気でいっぱい。

むがい【無害】ライトノベル。静かな演劇。

むがく【無学】高僧・無学祖元は「もう学ぶものは無い」のでこう名乗った。

むかしかたぎ【昔気質】「ズレてる」と言われるだけ。

むかしばなし【昔話】「昔昔あるところに」これでもう、今の子は納得しない。

むかで【百足】一歩踏み出すなりひっくり返る競走。

むがむちゅう【無我夢中】真っ最中。

むかんけい【無関係】逮捕された友人。

むかんしん【無関心】幸福な隣家。

むきず【無傷】もともと金のないやつ。

むきちょうえき【無期懲役】死刑になり損ねたやつ。一人しか殺さなかったやつ。

むぎばたけ【麦畑】誰かさんになりたい。

むぎめし【麦飯】パン食のこと。今は米食より高くつく。

むきゅう【無休】主婦業はその上無給。

むきょうよう【無教養】それがギャグになるタレントは強い。

むきりょく【無気力】犯罪に走る若者よりはまし。

むぎわら【麦藁】母さん、ぼくのあの帽子、どこへ行ったんでしょうね。ほら、半分山羊に食われた、プラスチックじゃない本当の麦藁帽子ですよ。

むきん【無菌】一歩外へ出てすぐ死ぬ子を育てる空間。

むくち【無口】食うための口はある。

むくろ【骸】全身死にぼくろ。

むげい【無芸】わたしは芸がないので、飯を食ってみせます。

むけいぶんかざい【無形文化財】人間国宝を殺せば公共器物破損罪。

むげん【無限】宇宙。平行線。円周率。欲望。死後。8の横倒し。

むこ【婿】孫との間に立ちふさがるやつ。

むこう【無効】ちっとも怖くない無効疵。頼りにならぬ無効三軒両隣り。

むこようし【婿養子】貧乏な実家と縁を切らせる方策。

むごん【無言】腹の中で罵っている。

むざい【無罪】原罪だけの連中。

むさくい【無作為】おれ貧乏だから、一度も選ばれたことがないよ。

むさべつ【無差別】だからといって、やられた方が喜ぶと思うか。

むさん【霧散】いかなる努力も霧散階級。

むざん【無残】無残やな遊んで冬のきりぎりす。

むし【無視】〽全然無視無視かたつむり。

むしくだし【虫下し】肛門からうどん玉を出す薬。

むしけん【無試験】学習院志望の皇族。

むしず【虫酸】苦味走ったいい男。虫酸の走るやな男。苦味と酸味でえらい違いだ。

むじつ【無実】痴漢の濡れ衣で会社はクビ、妻とは離婚、示談金をせしめて女子高生は大笑い。

むしのいき【虫の息】それでも煙草は喫ってやるぞ。

むしば【虫歯】殴ってくれたお蔭で虫歯が抜けた。ありがとう。

むじひ【無慈悲】ホームレス「この寒空にわしはパンツ一枚」。同じくホームレスの追剝ぎ「そのパンツを寄越せ」。

むしピン【虫ピン】人間の場合は昆虫と逆に胸から背中へと突き刺す。

むしぶろ【蒸風呂】通勤電車。会社に着くなり冷水シャワーを浴びる。

むしぼし【虫干し】妻や娘もできたらいいのに。

むしめがね【虫眼鏡】わっ。ショッカーだ。

むしやき【蒸焼き】穴を掘り小石があれば調理器具は不要。

むじゃき【無邪気】いやがらせをする時に装うもの。

むしゃしゅぎょう【武者修行】多くの異性との他流試合。

むじゅうりょく【無重力】ほとんどの格闘技が無駄になる空間。

むしゅく【無宿】わし原宿。

むじゅん【矛盾】中国文学界の巨匠。

むじょう【無情】ジャン・ヴァルジャンの日本名。

むじょうけんこうふく【無条件降伏】むしろその方がよい。敵の哀れみを誘うから。

むしょく【無職】無意味な名誉職。

むしょくとうめい【無色透明】無職短命。

むしよけ【虫除】娘にガードマンをつけたら、そいつが虫になった。

むしょぞく【無所属】現在服役中なのでムショ族です。

むしろ【筵】ちくちくするから、むしろ、ない方がいい。

むしん【無心】無心しようという下心があるじゃないか。

むじん【無尽】世に子ネズミの数は尽きまじ。

むしんけい【無神経】勇気の一種。


むじんぞう【無尽蔵】国民の貯金が財源だ。わはは。

むすこ【息子】親の貯金で日本経済に貢献するやつ。

むすびめ【結び目】急を要する時には解《ほど》けない。

むすめ【娘】実家の物品を持って行くやつ。

むせい【夢精】姓は徳川。

むせいえいが【無声映画】コマ送りの音が聞こえる映画。

むせいげん【無制限】二階の観客席が落ちる事態を招くこと。

むせいふしゅぎ【無政府主義】フランス革命直後、アナーキストばかりの政府ができた。

むせきにん【無責任】自己破産。

むせっそう【無節操】今日は共産、明日は自民。

むせんいんしょく【無銭飲食】パーティに紛れ込んで飲み食いするやつ（柳家金語楼は知ら

ぬ家の葬式に紛れ込んだ)。

むそう【夢想】男はヒーロー、女はプリンセス、老人は安楽死。

むぞうさ【無造作】ちんぴらの殺され方。

むだあし【無駄足】蛇の足。

むだい【無題】それが正式の題。

むだぐち【無駄口】死刑寸前に、看守と今日の天気について話すこと。

むだづかい【無駄遣い】夫への腹立ちとあてつけ。

むだばなし【無駄話】死を思えば怖くて、べらべら喋らずにいられない(ハイデガー)。

むだぼね【無駄骨】会社が倒産して給料が貰えないことを知らず、まだ働いている連中。

むだん【無断】チン入。

むち【鞭・笞】〽ムチを振り振り血ぃパッパ。

むち【無知】〽全然無知無知かたつむり。

むちうちしょう【鞭打症】示談は遅らせるべし。示談になってから症状が出る。

むちつじょ【無秩序】自然の状態。

むちもうまい【無知蒙昧】自分が知っていることを知らない者すべて。

むちゃくちゃ【無茶苦茶】何かの一部がほんの少し乱れていること。

むちゃくりく【無着陸】機内に伝染病が発生し、どの空港からも着陸をことわられること。

むちゅう【夢中】怪我の原因。

むちんじょうしゃ【無賃乗車】罰は車掌や駅員の気分次第。時には死刑もあり。

むつうぶんべん【無痛分娩】一寸法師の母。

ムッソリーニ【Mussolini】戦いに敗れてゲッソリーニ。

むていこう【無抵抗】反撃のために装うもの。

むてかつりゅう【無手勝流】スカンク。

むてき【無敵】素敵！

むてっぽう【無鉄砲】社長の娘に求婚する新入社員。

むてんか【無添加】着色料を使っていないのでこんな変な色をしているのだと思って食べたら腐っていた。

むとうは【無党派】候補者たちの夢は「この層すべてがわしに投票してくれたら」。

むどく【無毒】無精子症。

むとんちゃく【無頓着】面倒見のよい女と結婚できる。

むなくそ【胸糞】黝《くろ》い正義感。

むなぐら【胸倉】柔道を心得ている相手の、つかんではならない部分。

むなげ【胸毛】掻き毟《むし》り甲斐のある体毛。

むなさわぎ【胸騒ぎ】貴女をじっと見つめる社長の眼。

むなざんよう【胸算用】収入は多いめ、支出は少ないめ。

むねやけ【胸焼け】胸毛が燃えあがること。

むねんむそう【無念無想】ヴァラエティ番組の本番中にやってはならない。

むのう【無能】いや。爪を隠しているだけです。

むはいとう【無配当】一般投資家は株を売ろうかと思い、資本家は買い占めて乗っ取ろうかと思う。

むひつ【無筆】そのくせ筆おろしはできる。

むひょう【霧氷】むっひょー冷たい冷たい。

むひょうじょう【無表情】一発で額を撃ち抜かれた時の表情。

むびょうそくさい【無病息災】息子は災難。

むふんべつ【無分別】昔の自分を若者の中に見てのことば。

むぼう【無謀】困難を困難と考えたくない者の

行為。
むぼうび【無防備】歩哨の居眠り。
むほうもの【無法者】犯罪との境界を心得ているやつ。
むほん【謀反】官房長官、お前もか！
むま【夢魔】アーティ・ショウ楽団のオープニング・テーマ。
むみかんそう【無味乾燥】同じレギュラーで十年続いた番組。
むめい【無名】有名になる必要のない人。
むめんきょ【無免許】作家はすべて。
むやみやたら【無闇矢鱈】も、こうなりゃ女なら誰でもよい。
むゆうびょう【夢遊病】またしてもマンションのエレベーターに全裸で乗る女。
むよう【無用】天地、小便、御意見、香奠《こうでん》。
むよく【無欲】自分なら欲しいものを「いらない」とことわる者すべて。
むらき【斑気】昨日はおれを無視したくせに、今日はすり寄ってきやがる。
むらさきしきぶ【紫式部】小紫という小さな娘がいる。
むらしばい【村芝居】昨日は芋掘り、今日は弁慶芋洗い。
むらはちぶ【村八分】ようし、そんなら逆に、こっちから村二分にしてやる。
むらまつり【村祭】それ凶年じゃ、ほれ凶作じゃ、そらやけくそじゃ。
むり【無理】道理が通らぬ時の活路。
むりしんじゅう【無理心中】お前の死体を犯してから死にたい。
むりなんだい【無理難題】今年のお題は「無理難題」というお題でございます。
むりょう【無料】定年後の亭主、払い下げます。

むりょく【無力】無能力、無気力、だから非協力。
むるい【無類】古今無類の人でなし。
むろん【無論】勿論べろんべろん。
ムンク【Munch】お間違えなきよう。絵の人物が叫んでいるのではない。叫び声が聞こえてきているのだ。

め

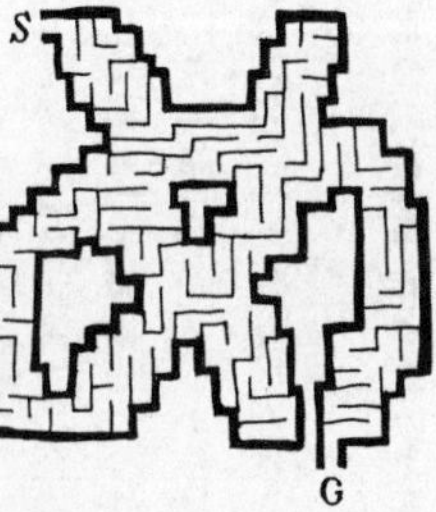

め【眼】台風に一つ、ホタテガイに約八十、夜には千あるもの。
めあかし【目明し】主人公以外はめくら。
めあき【目明き】闇夜に不自由な連中。
めあて【目当て】行列の先にあるもの。
めい【姪】女の蛭《ひる》。
めいあん【名案】特許をとったかどうかで明暗を分ける。
めいい【名医】助かる患者と死ぬ患者を見分けられる医者。

めいうん【命運】ベートーベンの臨終。
めいえんぎ【名演技】声優としての振込め詐欺師。
めいが【名画】若い頃に見た映画。
めいかい【冥界】蛆《うじ》虫に食われたつれあいが待っている場所。
めいがら【銘柄】敵は風評被害。
めいき【名器】本当かどうかみんなでためしてみよう。
めいきゅう【迷宮】サザエさんの家の間取り。
めいきょく【名曲】知っている曲はすべて。
めいげつ【名月】人によって俳句を詠んだり、狼になったり、自殺したりする。
めいさい【迷彩】町なかでは目立つ服。
めいさく【名作】粗筋だけは知れ渡っているので、あまり誰も読もうとしない作品。
めいし【名刺】個人情報にうるさい時代なのに、平気でばら撒《ま》いている。

めいじ【明治】森永の次、大正の前の年号。
めいしゅ【銘酒】売る者が勝手にそう称している。
めいしん【迷信】名神高速に出る幽霊。
めいじん【名人】自分よりうまい人。
めいせい【名声】落ちぶれてから詐欺に使う。
めいそう【瞑想】名僧の行い。
めいちゅう【命中】たとえまぐれでも、何かに当たること。
めいてい【酩酊】苦沙弥《くしゃみ》の友人。
めいてんがい【名店街】現在はシャッター街。
めいど【冥土】土産物でいっぱい。
めいにち【命日】向こうから見れば誕生日。
めいば【名馬】危険な坂道は人間が背負っておりる。
めいぶつ【名物】他によい土産がない時はしか

たなく。

めいぶん【名文】地方記者が名勝の紹介で書こうとするもの。

めいぼ【名簿】載りたくないのは犠牲者名簿。

めいめつ【明滅】バットで殴られている時の命の灯。

めいもく【名目】少子化解消費、実は隠し子の養育費。

めいもん【名門】羅生門。

めいゆう【名優】その三代後まで比較されて迷惑する。

めいよ【名誉】文豪に盗作された三文文士。

めいよきそん【名誉毀損】タレントにはやりたい放題。

めいよきょうじゅ【名誉教授】教え子にセクハラさえしなければ、なれていたのに。

めいよばんかい【名誉挽回】本人がそう思っているだけで、皆、以前のことなど忘れている。

めいれい【命令】されると、反対のことをしたくなるのが人間。

めいろ【迷路】青春時代の真ん中。

めいろう【明朗】内心やけくそ。

めいわく【迷惑】やくざには、他人に存在を意識してもらえる唯一の手段。

めうえ【目上】天皇陛下にはいない。

メーキャップ【makeup】素顔だと誰だかわからなくする手段。

メーデー【May Day】労働者がSOSと言っている。

メートル【mètre】飲み過ぎて歩けなくなる距離の単位。

メール【mail】歴史が浅いので、まだ作法のない手紙。

メーンディッシュ【main dish】もうこれ以上

食えないという時に出てくる。

めおとぢゃわん【夫婦茶碗】いつの間にか大きい方を妻が使っている。

メカ【mecha】目力の強さ。

めがお【眼顔】皆のいないところで、ひどい目にあわせてやるからね。

めかくし【目隠し】くくる時に強く眼を閉じれば、下から見えます。

めかけ【妾】宇野総理により、月三十万が相場と知れた。

めがしら【目頭】赤のポイントで可愛子ちゃんの出来あがり。

めがたき【女敵】返り討ちに遭えば恥の上塗り。

めがね【眼鏡】レンズを見ているのではなく、レンズの彼方を見ているのだ（ハイデガー）。

めがみ【女神】一家に一人、うちのかみさん。

めきき【目利き】鼻をきかせたり口をきいたりするより難しい。

メキシコ【Mexico】警官に助けを求めてはならない。金品を強奪される。

めぎつね【女狐】時代劇の悪役。ヒロインより色気あり。最後、無残に斬り殺されるのが哀れ。

めぐすり【目薬】めくらも使う。

めくそ【目屎】力士たちがめ組の連中を罵ることば。

めくら【盲】眼精疲労とは無縁。

めくらうなぎ【盲鰻】八つ目鰻に眼を奪われた連中。

めくらじま【盲縞】産地は盲島。

めくらばん【盲判】捺印するのは目明き。

めくらへび【盲蛇】藪蛇の近縁。

めぐろ【目黒】さんまを食う鳥。

めざし【目刺】人間のミイラもこんなに旨いの

かな。

めざましどけい【目覚し時計】心臓麻痺の原因。

めざめ【目醒め】起きろ。騒ぐな。金を出せ。

めざわり【目障り】「爺い、目障りだ。早く死ね」「親に向って何を言うか」

めし【飯】居候が四杯食った夢を見るもの。

めした【目下】自分より背が高い目下のものには辛く当たる。

めしつかい【召使】客には威張る連中。

めしつぶ【飯粒】イイダコの頭に詰まっているもの。

メジャー【major】長調、長調、菜の葉にとまれ、マイナーが飽きたらメジャーにおいで。

めじり【目尻】下がるのは若い娘の裸。上がるのはわが娘の裸。

めじるし【目印】「落したのはこの辺か、この辺か」と船べりに印をつける。

めじろ【目白】鶯と間違えられて困るよ。鶯餅だっておれの色だ。

メス【mes】患者の腹の中に置き忘れられる刃物。

めせん【目線】女子アナの方ではなく、カメラ目線でお願いします。

めだか【目高】あっ。合コンやってる!

めだま【目玉】ちょっと値が高いとただちに飛び出す器官。

メダル【medal】「銀三つと、その金を交換してください」「いやだ」

めっき【鍍金】整形美容。

メッセージ【message】読まれることが確実なのは遺書。

めったやたら【滅多矢鱈】吹くのは大法螺、亭主はみだら。

めつぼう【滅亡】十年後の日本。

メディア【media】王女さま。子殺しのニュースが媒体に流れております。

メドレー【medley】過去の自作品群を誇って音楽家が演奏するもの。

メニュー【menu】食材たちの墓碑銘。

めぼし【目星】容疑者に殴られた刑事の目から飛び出るもの。

めまい【目眩】キム・ノヴァクを見たヒッチコックの症状。

めやすばこ【目安箱】社長が楽しむ垂れ込み箱。

めりはり【乙張】「もっと芝居にめりはりをきかせて」と言われた女優が、どぎつい目ばりを入れてきた。

メリメ【Mérimée】彼の小説の思想、作風をメリメリズムと言う。

めりやす【莫大小】劇にあわせて伸び縮みする曲と衣裳。

め

メルヴィル【Melville】モビイ・ディックはわたしだ。

メロドラマ【melodrama】老人は感情移入できないドラマ。

メロン【melon】日本人はリンゴの気持ちがわかり、スペイン人はメロンの気持ちがわかる。

めんえき【免疫】おれは免疫不全症候群に免疫だ。

めんかい【面会】会長、五十年前に温泉宿で愛を交したというお婆さんが来ました。

めんきょ【免許】怪伝。

めんくい【面食い】顔だけ食べていく恐ろしい怪物。

めんしき【面識】テレビで見た人。

めんじゅうふくはい【面従腹背】裏切り間近。

めんじょ【免除】刑務所に入りたいが為の老人の万引はいずれ懲役免除。

めんじょう【免状】振込め詐欺技能初段。

めんしょく【免職】テレビの人気者になってしまった秘密捜査官。

メンス【menstruation】子宮のメンテナンス。

めんぜいてん【免税店】飛行機の乗り遅れを生む店。

めんせき【面積】つらのでかさ。

めんせつ【面接】だからといって、顔をくっつけないでください。

めんたいこ【明太子】スケトウダラ数百万匹を食べたことになる。

めんだん【面談】ひょっとこの面をかぶって会話すること。

メンツ【面子】突然グシャ、と潰れる顔。

めんてい【免停】運転に迫力を生む状態。

メンデル【Mendel】いや、おれがおん出る。

メンデルスゾーン【Mendelssohn】メンデルス地帯で生まれた音楽家。

めんどう【面倒】コンドームの装着。

めんどり【雌鳥】危ない危ない。ヒラリーがちょっと啼《な》いただけでアメリカは滅びかけた。

めんば【面罵】殺される直前の行為。

めんぼく【面目】取り戻すのを生き甲斐とするために、いったん潰れるもの。

めんみつ【綿密】恨まれずに友人を裏切る計画。

めんるい【麵類】世界の主食の座をパン、米飯と争っている連中。

め

も【喪】死者から自由になれたことが実感できるまでの期間。

モア【moa】別名猛鳥。どれほど猛鳥であったか誰も知らない。

モアイ【moai】海に背を向け、何もない島内を護っている連中。

もうい【猛威】颱風はいいなあ。いくら暴れてもこう言われるだけで、犯罪にはならない。

もうきん【猛禽】わしじゃ。わしじゃ。

もうけん【猛犬】聯隊名。聯隊長はブル。師団長はセントバーナード。

もうさいかん【毛細管】涙が皺を伝って老人の顔全体に拡がる現象。

もうじゃ【亡者】生前も我利我利亡者。

もうじゅう【猛獣】人食い虎、送り狼、暴れ馬、闘牛、狂犬、化け猫、窮鼠。

もうしん【妄信】周囲に「信じるな」とうるさく言う者がいるため。

もうそう【妄想】突然話しかけると飛びあがるやつ。

もうちょうえん【盲腸炎】メタボの命取り。

もうてん【盲点】地味で目立たぬ人、実は大金持ち。

もうどうけん【盲導犬】こいつは軽挙妄動犬です。

もうねん【妄念】もう年配の癖に。

もうひつ【毛筆】小さなペニス。大は毛槍。

もうふ【毛布】家を追い出された時に丸めて持ち出す寝具。

もうまく【網膜】自分の首を絞めている殺人犯の顔を焼きつける部位。

もうもう【朦朦】メリケン粉工場の爆発。

もうもく【盲目】失明した時には目の前が真っ暗になりました。

もうら【網羅】文芸誌新年号。

もうれつ【猛烈】曾ての企業戦士も、今はリストラの嵐の中。

もうろく【耄碌】日記を書けば日碌。

モーゼ【Moses】最初に「通りゃんせ」をやった人。

モーターボート【motorboat】痔疾の人には向かない舟。

モーツァルト【Mozart】妊婦のための曲を作った人。

モーパッサン【Maupassant】もー破産《パッサン》だ。

もぎしけん【模擬試験】業者大喜び。本番の入試問題がすべて適中!

もぎてん【模擬店】女子高の学園祭で大人気、キャバクラ模擬店。

もくぎょ【木魚】位牌を並べ、これを転がして倒すボウリングが小僧の遊び。

もくげき【目撃】わしはアダムとイヴを見た。妻のベッドにいるのを。

もくざい【木材】死体が何十年も役に立つ植物。

もくさつ【黙殺】とんでもない駄作を発表してしまった時に作家が望むこと。

もくじ【目次】これだけ読めば内容がわかってしまう書物もある。

もくず【藻屑】死体を魚に食わせること。

もくせい【木星】人間ぺしゃんこ。

もくぜん【目前】石油の涸渇。

も

もくぞう【木造】全壊した時、金のかからぬ家屋。

もくてき【目的】なくても、無目的的合目的性というものがある。

もくどく【黙読】エロ本を読むのに適した読書法。

もくにん【黙認】わしと同じ悪事をしておる。

もくば【木馬】〽ぐるぐるまわる、三角木馬。

もくひ【黙秘】間違われて啞がとっちめられる。

もくひょう【目標】近づくにつれ、自分で低くしていくもの。

もくめ【木目】天井板の中に怪物が隠れている。

もぐら【土竜】いやな上司の代用品。

もくれい【目礼】実は通じあっている与党と野党の議員。

もけい【模型】父親が、子供のために買ってきて自分で組み立てるもの。

もさ【猛者】やっさもっさ。

モザイク【mosaic】顔や陰部のモザイク病。

もさく【模索】あっ。白板《バイパン》だ。

もじ【文字】化けることもある。

もしゃ【模写】模写修業 うまく出来れば売りたくもなり

モジリアニ【Modigliani】もじってはいかんがに。

もず【百舌】鳥仲間の串刺し処刑人。

もぞう【模造】本物よりいいのだから、わしの名前だけで値打ちが下がるのは我慢できん。

モダニズム【modernism】ぼけ老人の日記。

モダンジャズ【modern jazz】まだどうにか踊れたジャズ。

もち【餅】対老人用凶器。

もちあじ【持ち味】あまり上手でない人への褒めことば。

もちつき【餅搗き】中手骨関節複雑骨折。
もちはだ【餅肌】ひゃー焼き肌だ。
もちゅう【喪中】亭主が死んで、わたし今ひとり寝です。
もちろん【勿論】無論勿論には異論あり。
もっこう【默考】話しかけてやると泣き出すこともある。
モットー【motto】いやな目に遭うたび増えるもの。
モデル【model】麻生太郎「ひょっとこのモデルはおれだ」
モナコ【Monaco】博奕立国。国民のほとんどが億万長者。ただし国民になるのが大変。
モナリザ【Mona Lisa】モデルは誰だ。ジョコンダ。
モニター【monitor】謝礼金は貰えず、金を取られることもある。
モネ【Monet】名は蔵人《クロード》。
ものおき【物置】古い家財道具が妖怪になる部屋。
ものかき【物書き】文豪が言うといやみ。
ものかげ【物陰】ひそむ君としのぶちゃんがいます。
ものがたり【物語】初体験はママの愚痴。
ものぐさ【物臭】各種ロボットの着想。
ものさし【物差】姑の折檻道具。
ものほし【物干】下女と丁稚の夕涼み。
ものほしざお【物干竿】星を取ろうとして振りまわす竿の柄にくりつけるもの。
ものまね【物真似】本物を怒らせて稼ぐ芸。
モハメッド【Mohammed】キリストのライバル。
もはん【模範】よく稼ぐ同業者。
モヒカンがり【モヒカン刈り】ヒッピー映画

も

「モヒカン刈りの最期」

もふく【喪服】まだ色気があることを誇示できる着物。

もほう【模倣】誰かおれの作品を真似てくれ。評判になるから。

もみじ【紅葉】枯葉と言うな。

もめん【木綿】一反だけ断つと化ける。

もも【桃】桃栗三年、桃尻十三年。

ももいろ【桃色】左翼寄りの人。

ももたろう【桃太郎】川上から妊娠した桃尻が流れてきました。そして桃太郎が生まれました。

ももんが【鼯鼠】おれ可愛いのに、この名前のため化けもの扱いだ。

もや【靄】はい、ここが喫煙室です。

もよう【模様】背で泣いているもの。

もり【森】林より木が一本多い。

モリエール【Moière】モリアオガエール。

もりおうがい【森鷗外】木を見て森鷗外。

モルグ【morgue】オランウータンが人殺しをする街。

モルモット【marmot】宇宙飛行士。

モロッコ【Morocco】これより前の映画は日本語字幕がない。

もんがいかん【門外漢】いちばん口を出す人。

もんきりがた【紋切型】ドラマ「水戸黄門」における葵の御紋の見せ場。

もんく【文句】枕詞は「せろにあす」。

もんげん【門限】だって、うちに門なんかないじゃないの。

モンゴル【Mongol】相撲取りの産地。

もんし【悶死】猿の死にかた。

もんじゅぼさつ【文殊菩薩】事故を起した原子炉に祀られている。

もんしょう【紋章】純文学にして大衆文学。それは誰でも書こうとしているのだが。

モンスター【monster】鏡を見よ。

もんぜつ【悶絶】みのもんたの気絶。

もんぜん【門前】塩を撒くところ。

モンタージュ【montage】主人公が二分で強くなるコマ切れカット。

もんだいさく【問題作】いったんこうなった以上は、選考委員から忌避されて文学賞は貰えない。

もんだいじ【問題児】歳とると問題爺。

もんちゃく【悶着】ヌンチャクで決着をつけよう。

モンテカルロ【Monte Carlo】鴨の集まる山。

モンテクリストはく【モンテクリスト伯】幸運な俊寛。

モンテスキュー【Montesquieu】フランスのバーベキュー。

もんどう【問答】難問には悶答。

もんもう【文盲】字を読めぬ牛が泣く声。

モンロー【Monroe】不干渉主義の女優。実は不感症。

や【矢】胸を射抜かれてこう叫ぶ。

やいば【刃】抜き身は鞘またはコンドームに収めるべし。

やいん【夜陰】夜盗が身に纏うもの。

やえい【野営】全滅前夜。

やえば【八重歯】人によっては鬼歯。

やおちょう【八百長】弱いやつについ勝ってしまって消される。

やおもて【矢面】ふだんの大言壮語の結果、立たされる場。

や

やおや【八百屋】「お薬屋さん」「お魚屋さん」のように「お」をつけてはもらえない商売。

やおよろず【八百万】神は幾万ありとても（星新一＝出雲大社にて）。

やかい【夜会】ジャズメンならジャムセッション。

やがいげき【野外劇】「すごいロケだな」「あれはほんとの戦争だ」

やがく【夜学】夜行性の者の学校。

やかたぶね【屋形船】洪水用の家。

やかん【薬缶】茶瓶が小坊主なら、これは大坊主。

やぎ【山羊】辞書全部食べても愚鈍のまま。

やきいも【焼芋】名乗りながら夜道を来るやつ。

やきにく【焼肉】ご飯も食べなきゃ便秘だよ。

やぎひげ【山羊鬚】昔は偉人、今は貧乏人。

やきぶた【焼豚】チャーシュー麵にあらざれば

拉麺にあらず。

やきめし【焼飯】たむけんの好きな「チャー飯」。

やきもち【焼餅】わたしは餅を焼いて売っているだけで、焼餅焼きじゃないですよ。

やきゅう【野球】野蛮な球技。

やぎゅう【野牛】闘牛はバッファローやバイソンと戦うべし。

やきん【夜勤】夜這い勤務。

やぐ【夜具】寝酒《ナイトキャップ》。

やくがい【薬害】頭が禿げ、目玉が飛び出し、げらげら笑い続ける。

やくがら【役柄】これで分類されるのは下っ端。名優にはない。

やくざ 役座という姓の人、常にやくざから袋叩き。

やくしゃ【役者】俳優が自らを卑下してこう言い、他人が言うとむっとする。

やくしょ【役所】たらい回し場。

やくすぎ【屋久杉】根もとから作った巨大座机は高価。上へ行くほど安くなる。

やくそう【薬草】毒草と紙一重。

やくそく【約束】後悔の原因。

やくちゅう【訳注】自明のことのみ。不明のことは書かれていない。

やくどし【厄年】厄除八幡へ出かけて財布を落す。

やくにん【役人】木っ端公務員。

やくぶそく【役不足】傍役が家族にこぼす愚痴。

やくみ【薬味】屁と共に出る少量の大便。

やぐらごたつ【櫓炬燵】人間たちの足の臭気に辟易し、猫、逃げ出す。

やくわり【役割】おれ仕込む人、お前産む人。

やけあと【焼跡】闇市の発生土壌。

やけい【夜景】汚い部分を見せない景色。

やけい【夜警】泥棒の変装。

やけくそ【自棄糞】追いつめられた小人の状態。

やけざけ【自棄酒】つまみは癇癪玉。

やけど【火傷】幸運にも、人相書とは似ても似つかぬ顔一面の大火傷。

やけのはら【焼野原】やけどの雉子《きぎす》。

やけぼっくい【焼け木杭】三度目は消し炭。四度目は火がつかない。

やけん【野犬】犬のホームレス。

やごう【屋号】三河屋が一時店を閉めた。三河屋とは銀座の有名レストラン。

やごう【野合】羨望による汚らしい表現。

やこうどうぶつ【夜行動物】朝帰りするやつ。

やさい【野菜】ベトナムコリアンダー、サンゴ礁、チコリF1ポルシェ、プルピエ、とても野菜の名とは思えぬ。

やさおとこ【優男】勝気な女に好かれて、たちまち刃傷沙汰。

やさがし【家捜し】自分の臍繰《へそく》りをどこに隠したか忘れて。

やし【香具師】今では文化財。

やし【椰子】常夏のココナッツ。

やじ【野次】これに反応すれば弁論の筋道を見失う。

やじうま【野次馬】尻馬に乗ってくる馬。

やしき【屋敷】化物の住みつきやすい家屋。

やじきた【弥次喜多】両方ともボケツッコミ。漫才の元祖。

やしゃ【夜叉】わたし、子供には夜叉しいのに。

やしゅう【夜襲】おお腕が鳴る。今夜は壇ノ浦だぞ。

やじゅう【野獣】マチス、ルオー、ヴラマンク、デュフィ、ドラン。

やしょく【夜食】拉麵がよくないと言われ出してから客がこなくなり、夜泣きソバが泣いている。
やじるし【矢印】上を見よ↓右を見よ↓下を見よ↓きょろきょろしてないで早く小便をしろ馬鹿。
やじろべえ【弥次郎兵衛】助兵衛、甚兵衛、飲兵衛たちの仲間。
やしん【野心】他人に話せば笑われる願望。
やすうり【安売】客に銭失いをさせる商品。
やすやど【安宿】マイナス五つ星のホテル。
やすり【鑢】差し入れの中に入っている工具。
やせい【野生】人間には無理。
やせがまん【痩我慢】無茶なダイエット。
やせん【夜戦】記者の夜討ちとの攻防。
やせんびょういん【野戦病院】どんな手術ミスも許される場。

やそ【耶蘇】枕詞は「はらいそる」。
やそう【野草】夜想曲を歌う草たち。
やたい【屋台】簡単に引っくり返せる移動式店舗。
やちょう【野鳥】駝鳥もそうです。
やちん【家賃】夜逃げの原因の一。
やっかい【厄介】編集者にとっての人気作家。
やっき【躍起】セレブのイケメンがわが恋人に接近してきた時。
やっきょう【薬莢】散乱している数によって争いの規模が想像できるもの。
やっきょく【薬局】君の弱点を知っている店。
やっこう【薬効】ないことは死によって証明される。
やっこさん【奴さん】総理大臣も蔭ではこう呼ばれる。
やつめうなぎ【八目鰻】実は六つは目に非ず。

さらにはこの者鰻に非ず。

やとう【野党】できっこない政策案で人気を得ている党。

やどや【宿屋】連れ込み宿にひとりで泊れば、翌朝ふらふら。

やながわ【柳川】名は春葉。尾崎紅葉門下唯一、泥鰌の小説家。

やなぎたくにお【柳田國男】その民俗学の原点は自分の家であった。

やに【脂】喫煙歴六十年の作家の肺にぎっしり詰まっているもの。

やにょうしょう【夜尿症】昼間、尿意を我慢していれば治るが、からだには悪い。

やぬし【家主】入居者には顔を見せず、管理会社に丸投げしているやつ。

ヤヌス【Janus】肛門《アヌス》にも顔あり。

やね【屋根】屋根裏の外側。

やねうら【屋根裏】出歯亀がいるところ。

やばん【野蛮】情熱に駆られた男の行動を女が牽制しようとすることば。

やひ【野卑】粗にして野だが卑でもある。

やぶ【藪】真実が隠れているところ。

ヤフー【Yahoo】ガリバーに発見され、日本で家畜にされた。

やぶへび【藪蛇】突っついて現れる真相。

やぼ【野暮】おれにはもっと粋に計らえ。

やぼう【野望】国盗りゲーム。

やまあらし【山荒】交尾は痛い。

やまうば【山姥】山姥だった母を恥じて、金時は出世しても彼女を都に呼びませんでした。

やまおく【山奥】居酒屋があっても入ってはいけない。狐に化かされているのだ。

やまおとこ【山男】遭難候補者。

やまかじ【山火事】松の実がはじけるチャンス。

やまかん【山勘】山本勘助の勝利の理由。

やまけ【山気】人を破滅に導く原因。

やまごや【山小屋】「別荘だ」というのは持ち主のみ。

やまざる【山猿】都会へ出てきて人間になりすましている。

やまし【山師】張りぼての豪邸を建てるやつ。

やまたいこく【邪馬台国】自分が住んでいる所にあった国。

やまとだましい【大和魂】絶滅危惧語。

やまねこ【山猫】ヴィスコンティは飼い馴らした。

やまば【山場】ここを過ぎたあと、まだだらだら書き続ける馬鹿な作家がいる。

やまびこ【山彦】「社長のバカー」「お前はクビじゃー」

やまぶし【山伏】大法螺《おおぼら》を吹ける者ほど偉い。

やまみち【山道】すれ違う女性みな美人。

やみ【闇】目明きが立ち往生する状況。

やみいち【闇市】戦災孤児の今はなき故郷。

やみうち【闇討】「卑怯だぞ。何者だ。名を名乗れ」「名乗らぬ。名乗れば声でばれてしまうではないか」

やみじる【闇汁】なんのアレルギーなのか全員がわからない。

やみよ【闇夜】黒い紙の画題。

やもうしょう【夜盲症】味噌汁の蜆《しじみ》を食べないで捨てていると鳥目になります。

やもめ【寡婦】かもめの後家さん。

やもり【守宮】家守《やも》らねば。

やゆ【揶揄】貶《けな》しようのない人物や仕事を笑い者にすること。

やらせ　テレビに出られるんですよ。これくらいのこと、やってくださいよ。

やり【槍】やられ。

やりだま【槍玉】次はおれかと待つ恐怖と恍惚。

やりてばば【遣手婆】細木数子。

やりなげ【槍投げ】飛距離測定員串刺し。

やろう【野郎】部下が蔭でこう言っていると思っていた方がいい。

やわはだ【柔肌】道を説いている場合か。

ヤンキー【Yankee】アメリカの暴走族。

ゆ

ゆ【湯】ひらがな一文字が看板になるのはこの職種のみ。

ゆいがどくそん【唯我独尊】釈迦「お山の大将おれひとりという意味ではないぞ」

ゆいごん【遺言】聞いていたのは猫だけ。

ゆいしょ【由緒】長続きしたものへのよいしょ。

ゆいのう【結納】親が何をしてやっても、離婚するやつは離婚する。

ゆいぶつろん【唯物論】反対は唯金論。

ゆうい【優位】おれの妻の方が美しいと、どちらも思っている。

ゆううつ【憂鬱】困苦とは無縁の、贅沢な感情。

ゆうえい【游泳】溺死するまでの快楽。

ゆうえつかん【優越感】コンプレックス（複合観念）の一種。

ゆうえんち【遊園地】知らないおじさんが話しかけてくるところ。

ゆうが【優雅】「別れの曲」を歌ってやりながら絞め殺すこと。

ゆうかい【誘拐】おたくの犬を誘拐しました。身代金、一万円でいいです。

ゆうがい【有害】図書、物質、その他。すべて魅力的なものばかり。

ゆうかく【遊廓】「傾いた城がくるわ〜」

ゆうがく【遊学】遊びを学ぶこと。

ゆうかしょうけん【有価証券】なくすといけないから、コピーをとっておこう。

ゆうかん【勇敢】失敗すれば無謀。

ゆうかん【夕刊】夕方起きるやつの朝刊。

ゆうかんかいきゅう【有閑階級】最上位と最下位。

ゆうき【勇気】自分でとった茸や河豚《ふぐ》を自分で調理して食べること。

ゆうぎ【遊戯】ヌンチャクでおのれの頭を強打して死亡する子供の遊び。

ゆうきゅうきゅうか【有給休暇】来世まで持って行くやつもいる。

ゆうぐう【優遇】裕福な家庭に美人として生まれたことによる効果。

ゆうぐれ【夕暮】「五時から男」が仲間を募りはじめる時間。

ゆうげき【遊撃】敵に知られることなく、敵に遭遇せずに終戦を迎えることが可能な部隊。

ゆうこうきかん【有効期間】寿命。

ゆうこうじょうやく【友好条約】世界中にパンダがいる理由。

ゆうこく【憂国】三島由紀夫にかぶれて切腹すること。

ゆうざい【有罪】食らう寝るところ住むところにありつけること。

ゆうし【融資】有志一同より。

ゆうしきしゃ【有識者】常識が知識に駆逐された人。

ゆうしゃ【勇者】平時には厄介者。

ゆうじゅうふだん【優柔不断】熟考すること。

ゆうしゅん【優駿】◎

ゆうしょう【優勝】敗者は無償。

ゆうじょう【友情】悪事を共にして深めるもの。

ゆうしょく【夕食】豪勢な時に限って客が来る。

ゆうしょくじんしゅ【有色人種】透明人間以外。

ゆうじん【友人】スミスとオニール。

ゆうずう【融通】公務員の辞書にはない。

ユースホステル【youth hostel】ドイツ渡来の同性愛、ネオナチ養成所。

ゆうせい【郵政】小泉首相優勢。

ゆうぜい【遊説】ふん。よくゆうぜい。

ゆうせいがく【優生学】前提は差別。

ゆうせいせいしょく【有性生殖】反対は夢精生殖。どんな子供じゃ。

ゆうせんけん【優先権】トイレの行列の先頭に割り込める権利。「コレラです」と言えばよい。

ゆうせんほうそう【有線放送】命乞い（男声・女声）のチャンネルもある。

ユーターン【Uターン】とんで逃げるのはVターン。

ゆうたい【勇退】得意先すべてを罵倒してきた。あとのことは頼んだぞ。

ゆうたいるい【有袋類】サンタクロース、大黒天、ホームレス。
ゆうだち【夕立】突然の雨の腹立ちと苛立ち。雨宿りで棒立ち。
ゆうち【誘致】都知事様、当村にカジノを作ってください。
ゆうちょう【悠長】バケツ・リレー。
ゆうづる【夕鶴】文化祭の演《だ》しものといえばこれでしたな。
ゆうと【雄途】餞別が少なけりゃ、すぐ帰ってきてやる。
ゆうとう【遊蕩】敵の目を欺いているのだ。
ゆうどう【誘導】ファックオーライ、ファックオーライ。
ゆうどく【有毒】この辞典。
ユートピア【utopia】君と「ぴあ」を読む。
ゆうなぎ【夕凪】溺死体は沖に浮かんだまま。

ゆうのう【有能】「ユーノー?」「オー、ノー」
ゆうばえ【夕映え】赤く照り映えて飛ぶ夕蠅。
ゆうはつ【誘発】工場のピストンを見ていて射精すること。
ゆうばり【夕張】これ以上、夕張れません。
ゆうひ【夕日】窓際族を灼顔にする太陽。
ゆうび【優美】優美? オア・ナット優美?
ゆうびん【郵便】八割、九割の高確率で届けばよしとする国が多い。
ゆうびんばんごう【郵便番号】しばしば電話番号と間違える数字。
ユーフォー【UFO】イエス。アラフォー。
ゆうふく【裕福】反対語は空腹。
ゆうへい【幽閉】引きこもり「おれ、自分を幽閉してるんだ」
ゆうべん【雄弁】今、なぜ自分を殺してはならないかという説明。

ゆうほどう【遊歩道】スケボーがぶつかってくる道。

ゆうめい【有名】表札が盗まれる理由。

ユーモア【humour】幸福な人だけが笑うもの。

ゆうやけ【夕焼け】ヤケクソの太陽。

ゆうゆう【悠悠】パンダの名前。

ゆうよ【猶予】おれにお前を殺させるな。執行猶予中だ。

ゆうらんバス【遊覧バス】左手をご覧ください。土砂崩れが、今しもこのバスに襲いかかってまいります。

ゆうりょ【憂慮】手の打ちようがないことの遠まわしな言い方。

ゆうりょう【有料】今日からわが家のトイレを有料にする。

ゆうりょく【有力】対立候補が死亡して。

ゆうれい【幽霊】「裏飯屋～」「おっ。なんだか旨そうだな」

ゆうれつ【優劣】殴り合え。負けた方に娘をやる。

ユーロ【euro】助けあい通貨。死なばもろとも通貨。

ゆうわく【誘惑】どちらから持ちかけたにせよ、コルシカでは外来者の方が殺される。

ゆえん【由縁】一夫一婦制が少子化の由縁。

ゆおけ【湯桶】ペニスで持ち運びを競う風呂場の遊具。

ゆか【床】浸水被害の目安。

ゆかい【愉快】話題について行けないやつは不愉快。

ゆかいはん【愉快犯】嬉嬉として消火を手伝っているやつが放火魔。

ゆかうえしんすい【床上浸水】畳屋大繁盛。

ゆかうんどう【床運動】「とこうんどう」では

ない。

ゆかげん【湯加減】まず赤ん坊を抱いて浴槽に浸ける。泣き叫んだらうめる。

ゆかした【床下】「うるさい」と怒鳴り込んでくる階下の住人。

ゆかた【浴衣】最高級品は十万円以上する。

ゆかだんぼう【床暖房】酔って寝ころび、そのまま寝てしまって干涸《ひから》びる装置。

ゆき【雪】夏降れば、かき氷として食えるのにと、皆思っている。

ゆきおとこ【雪男】探検隊を呼ぶためのシェルパの変装。

ゆきおんな【雪女】雪男の妻。

ゆきかき【雪掻き】わっ。凍死者だ。

ゆきがっせん【雪合戦】革手袋をしている方が勝ち。

ゆきぐに【雪国】トンネルを抜けるとトンネルだった。そのトンネルを抜けるとまた……。

ゆきげしき【雪景色】油絵向きではない。

ゆきだるま【雪達磨】負債を増やし続けているやつ。

ゆきどけ【雪解け】国土まで減っちまった。

ゆくえ【行方】誰にも捜してもらえない奴もいる。

ゆげ【湯気】道鏡の怒り。

ゆけつ【輸血】バンパイア「輸血しなくてもいいから、それを吸わせてくれ」

ゆしゅつ【輸出】悔しいかな買ってほしいものは外国でもだぶついている。

ゆすり【強請】ゆすって金を取れば、取った方の立場が弱くなる。

ゆそう【輸送】不況になっていいことは、道路からトラックの数が減ることだ。

ユダ【Judas】通常、子供につけることのない名前。
ユダヤ【Jew】優れた喜劇役者を輩出する民族。
ゆだん【油断】フツーの時間。
ゆたんぽ【湯湯婆】低温ヤケド器。
ゆちゃく【癒着】手術後にも、官民にも、好ましくない現象。
ゆでだこ【茹蛸】温泉の浴槽で宴会。茹蛸大会。
ゆでたまご【茹卵】茹でた孫。
ゆでん【油田】枯渇以後、アラブ産油国はおでんを売る。
ゆどうふ【湯豆腐】外国人に箸で食べさせてはならない。
ユニホーム【uniform】相撲のユニホームは褌《ふんどし》。
ゆにゅう【輸入】ビニール袋ごと飲み込んで飛行機に乗ること。
ゆび【指】何本残っているかが任侠の世界の階級。
ゆびわ【指輪】強盗「抜けないぞ」「面倒だ。切り落とせ」「ぎゃーっ」
ゆみ【弓】武器にも楽器にもなるもの。
ゆめ【夢】日常のB面。
ゆめまくら【夢枕】亡き母の定位置。
ゆらい【由来】がらくたを国宝にする力。
ユリイカ【eureka】百合科の烏賊《いか》。
ユング【Jung】ユング派の療法で役に立っているのは箱庭だけ。

よ【余】「余は社会の余りもの」と言って、よ、よ、よと泣き崩れる人。
よあけ【夜明】狼が人に戻るとき。
よあそび【夜遊び】夏の北欧では夜遊びの気分にならない。
よいざめ【酔醒め】とんでもないことをしてしまった。
よいとまけ　美輪明宏の歌は職業差別である。
よいのくち【宵の口】泥酔への入口。
よいまちぐさ【宵待草】夜行性の草。
よいやみ【宵闇】悪い闇ではない。
よいよい　よくない。
よいん【余韻】残尿感。
ようい【用意】チャックを下げる。
よういく【養育】しない人が金を出す。
ようえき【溶液】海。
ようえん【妖艶】夫を何人も亡くした未亡人。
ようかい【妖怪】用はない。
ようがし【洋菓子】フルコース全部食べて、まだ食うの？
ようかん【羊羹】賞の選考が迫ると乱れ飛ぶ札束入りの和菓子。
ようがん【溶岩】指で突っついてはいかんよ。アツいアツいからね。
ようき【妖気】楊貴妃の周辺。
ようき【陽気】悪事がばれそうなやつ。
ようぎ【容疑】避妊しなかったたな？

ようきゅう【要求】「ベースアップを要求する」「ではその金でわが社の製品を買ってくれるかね?」

ようきょう【佯狂】まともな人がタレントに混ってバラエティ番組に出ること。

ようきょく【謡曲】能の活弁。

ようけい【養鶏】鳥インフルエンザはもうケッコー。

ようけん【用件】泥棒、喧嘩、買春、浮気など、言いにくいことを言わずにすむ言葉。

ようご【養護】これ以外に農業という選択肢もある。

ようこうろ【溶鉱炉】骨まで溶かしてくれるありがたい風呂。

ようさい【要塞】「あの要塞、いくら攻撃しても陥《お》ちません」「あれはただの断崖だ」

ようし【養子】妻が産んだ黒人との混血。

ようじ【幼児】泣けば損だということもわからぬ馬鹿。

ようしき【洋式】和式って、どんなの?

ようしゃ【容赦】した方が負け。

ようしゅ【洋酒】わが愛するは七面鳥と薔薇。

ようじゅつ【妖術】化粧落せば豚姫。

ようしょ【洋書】応接室の書棚用。

ようじょう【養生】病気だらけのわが身を顧みて「養生訓」を書く。

ようしょく【養殖】牡蠣《かき》と阿古屋貝のキメラの養殖。食えるし真珠も採れる。

ようじんぼう【用心棒】いざ修羅場となれば逃げるやつ。

ようす【様子】わが身にまで害が及ぶかどうかの目安。

ようすい【羊水】胎児が魚類だったことの証明。

ようせい【妖精】悪魔になるまでの女性の一時

期。

ようせき【容積】君の胃袋は君の体積以上の容積があるね。

ようせつ【夭折】童貞または処女のままで死ぬこと。

ようそう【洋装】自分で着付できる装い。

ようたい【容態】嬉しそうに大声で訊ねる馬鹿もいる。

ようだん【用談】前後は雑談。時には猥談。

ようち【夜討】不眠症の兵士で編成した襲撃。

ようちえん【幼稚園】世の中気違いばかりということを最初に学ぶところ。

ようつう【腰痛】相撲取りに踏んづけてもらえば治る。

ようてん【要点】5W1Hプラス自分たちへの影響。

ようと【用途】ねえ。このゴム風船みたいなものの何？

ようとん【養豚】育てた豚を自分じゃ食えまいね。

ようにん【容認】夫の趣味と妻の贅沢。互いにどこまで許すか。

ようねん【幼年】賢くなるために痛い目に遭う時代。

ようひん【洋品】裏原宿で安く仕入れ、地方で高く売る商品。

ようふ【妖婦】死ねば妖怪。

ようふく【洋服】タキシード、モーニング以外は用服。

ようへい【傭兵】一匹狼の群れ。

ようぼう【容貌】大女優と言われる頃は衰えている。

ようむいん【用務員】校長の一人二役。

ようもうざい【養毛剤】わっ。赤毛が生えてきた。

ようやく【要約】犯罪行為。

ようりょう【要領】粗雑さ。

ようろう【養老】老人の死体を解剖する人。

ヨーガ【yoga】ヨーガちんちん、ヨガちんちん。

ヨーグルト【yogurt】大人が横取りした幼児食。

ヨーデル【yodel】失禁と共に、命乞いの定番。

ヨーヨー【yo-yo】紐つきブーメラン。一撃したあと手に戻る武器。

よか【余暇】退職後のすべての時間。

よかん【予感】もう遅い。

よき【予期】せぬ事は起り、していた事は起らない。

よぎ【余技】失業後を支える。

よぎしゃ【夜汽車】列車の幽霊。

よきょう【余興】社長の芸を、皆見飽きている。

よぎり【夜霧】こそ泥「夜霧よ今夜もありがとう」

よきん【預金】減っていくだけの金。

よく【欲】周囲がいちばん困るのは無欲。

よくあつ【抑圧】狂気方面へ噴出。

よくじょう【欲情】尻だけのマネキンを見て勃起すること。

よくせい【抑制】自慰を一日三回にとどめること。

よくそう【浴槽】安楽な死に場所の第一位。

よくばり【欲張】援助交際、あと二、三人は大丈夫よ。

よくぼう【欲望】ホリエモンが乗る電車。

よくめ【欲目】ピカソもこうは描けまい。

よくよう【抑揚】女の嘆き節。

よくりゅう【抑留】えっ。お爺ちゃんって、朝青龍の故郷に抑留されてたの。

よけい【余計】五十過ぎての親不知《おやしらず》。

よげん【予言】的中しなければ妄言。
よこ【横】立つ前。
よこうえんしゅう【予行演習】本番のエネルギーまで使い切る行為。
よこがお【横顔】痣《あざ》や吹出物のない側。
よこがき【横書】横に喋る人の書き方。
よこく【予告】実行を自らに強制する方法。
よこぐるま【横車】スケートボード。
よこしま【邪】複数はジャズ。
よこずき【横好き】横臥した体位を好むこと。
よこちょう【横町】小言幸兵衛が住み、煙草屋のあるところ。
よこっつら【横っ面】破裂音を出す楽器。
よこづな【横綱】外国人力士の定位置。
よこどり【横取り】赤シャツがうらなりからマドンナを奪う行為。
よこながし【横流し】援助物資の大半。
よこめ【横目】鰈《かれい》は右、鮃《ひらめ》は左。
よこやり【横槍】野党の得意技。
よこれんぼ【横恋慕】あなたの奥さんをひと晩百万円でお貸し願えませんか。
よざい【余罪】時効と騙《だま》せば自慢げにぼろぼろ出てくるもの。
よざくら【夜桜】化け猫とセット。
よさのあきこ【与謝野晶子】ことなかれ主義の歌人。
よさん【予算】奪いあうくせに、使い切るのに苦労している。
よじげん【四次元】縦、横、高さ、低さ。
よしつね【義経】苦労判官。
よしゅう【予習】未来対応カンニング。
よじょうはん【四畳半】真ん中を掘炬燵にするための部屋。
よしわら【吉原】平均寿命二十二歳の町。

よせ【寄席】よせよせあんなところ。

ヨゼフ【Joseph】妻を神様に寝取られた大工。

よそう【予想】相手の気に入る結末を言って金を得る。

よそく【予測】正反対の未来となっても、言い逃れがつけ加えられている。

よそもの【他所者】観光地では禁句。

よぞら【夜空】黒のホリゾント。

よたか【夜鷹】茣蓙《ござ》を背負ってチュウチュウと鳴く鳥。

よたもの【与太者】アマチュアのやくざ。

よだれ【涎】おあずけの産物。

よたろう【与太郎】ただちに莫迦とわかる差別的名詞。

よだん【余談】これは余談だが、金を貸してくれ。

よち【予知】東大地震研では鯰《なまず》が飼われている。

よちょう【予兆】出社すると皆が知らん顔をする。

よつかど【四つ角】赤信号による忍耐力が試される場所。

よつぎ【世継ぎ】何故か妾の子の方が賢くて可愛い。

よっきゅうふまん【欲求不満】昔ヒステリー今過食症。

ヨット【yacht】太陽族がいっぱい。

よっぱらい【酔払い】明るいアル中。

よつやかいだん【四谷怪談】お岩は大明神になり、伊右衛門は茶になった。

よつゆ【夜露】バルトリン腺液。

よていのうぜい【予定納税】前払いする金に延滞金取るかフツー。

よとう【与党】口を濁し、おどおどしている連中。

よとぎ【夜伽】シェヘラザードに代るものはテレビの深夜番組。

ヨナ【Jonah】ジュゼッペ爺さんの先祖。

よなか【夜中】「白昼堂堂」の反対語は「夜中にこそこそ」。

よなが【夜長】さて、金庫破りにとりかかるか。

よにげ【夜逃げ】ねえあなた。逃げ出したけど、これからどこへ行くの。

よねつ【余熱】平手打ちを食らったあと。

よのすけ【世之介】渡辺淳一（またか）。

よは【余波】やれやれ。大事件のおかげでわしの汚職は記事にならずにすんだ。

よばい【夜這】忍んでくるのを待っている女でない限り、騒がれて未遂。

よはく【余白】パラパラ漫画を描く場所。

ヨハネ【Johannes】そうだね。

よび【予備】この子、からだ弱そうだから、もうひとり産んどかない？

よびえき【予備役】米陸軍少佐「わっ。北朝鮮に狩り出された」

よびこ【呼子】おれ一人では負ける。誰か来てくれ。

よびこう【予備校】当予備校には入試がありま す。尚、その為の予備校もあります。

よびこみ【呼込み】さあいらっしゃい。自衛官の大募集だよ。アフガンへ行くよ。戦争面白いよ。自動小銃撃てるよ。ペルシャ湾へも行けるよ。海賊退治できるよ。

よびだし【呼出し】妊婦の腹に向かって、早く出ておいでと胎児に呼びかけること。

よびちしき【予備知識】初夜の心得（いかにして処女と思わせるか、など）。

よびな【呼名】出身地で呼ばれることが多いが、越中の人はいやがる。

よ

よびみず【呼水】でかい広告をうつと、同業他社の広告がもっとでかくなる。

よふかし【夜更し】ルナティック。朝がた狼から人間に戻る。

よふけ【夜更け】六本木族にはない感覚。

よぶん【余分】主要人物たちのその後。

よほう【予報】気象庁には猫が飼われ、下駄が置いてある。

よぼうちゅうしゃ【予防注射】三種混合。激痛を伴うことによって効きそうに思う。

よまつり【夜祭】クリスマス・イヴ。

よまわり【夜回り】おまわり。

よみ【黄泉】腐った女神のいる所。

よみあわせ【読合せ】間違えて「本読み」と言うやつがいる。

よみうりしんぶん【読売新聞】中央公論新社の親会社。ナベツネ新聞。

よ

よみかた【読方】その次は書き方。

よみきり【読切】連載ではないこと。では長篇の一挙掲載は読切か?

よみせ【夜店】さあいらっしゃい。露店のキャバクラだよ。

よみもの【讀物】小説から裏辞典まで。

よめ【嫁】息子の妻。対語は養子。

よめ【夜目】白昼デイトして仰天。

よめい【余命】猛烈な早口の命乞いに疲れて、ことばが途切れるまで。

よめいり【嫁入り】嫁いびりへ出発。

よもやまばなし【四方山話】借金の話を切り出すマクラ。

よやく【予約】「おたく完全予約制なのに、なんで行列ができるの」「解約待ちの行列です」

よゆう【余裕】流行作家になった時のため、十年は困らぬほどの書き溜めをしました。

よりみち【寄道】目的地へ行くのがいや。

よりめ【寄り目】前方を見ている魚。

よりょく【余力】浮気から戻って妻を抱く。

よる【夜】血を吸ったり吸われたりする時。

よろい【鎧】理論武装。

よろく【余禄】マネージャーのピンはね。

よろずや【万屋】げろげろ。

よろん【世論】マスコミが誘導して味方につけるもの。

よわき【弱気】マゾの常態。

よわごし【弱腰】セールスマン失格。

よわたり【世渡り】犯罪すれすれ。

よわね【弱音】吐く方がよい。過労死よりは。

よわむし【弱虫】いじめに加わらないやつ。

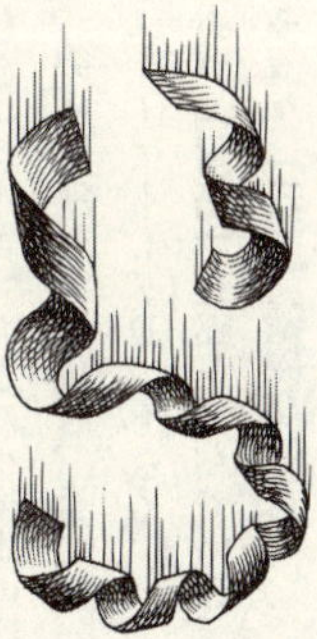

ラーメン【拉麵】別腹に入らず、結局は吐瀉物となる。

ラーゆ【辣油】血染めの拉麵。

らいう【雷雨】ライシャワー。

らいうん【雷雲】鬼課長が宿しているもの。

らいえん【来演】外国から来れば東京でも地方公演。

ライオン【lion】クラブがあり、球団を持っている。

らいが【来駕】車で来ても来駕。運転手は駕籠《かご》

ら

昇《か》きか。

らいきゃく【来客】夕飯時に来るやつ。

らいげつ【来月】またたく間に来る支払日。

らいごう【来迎】観音さまと天使が一緒に来た。

らいさん【礼賛】腋臭、黄色い歯など、他人が嫌うようなものを褒め称えること。

らいしゅう【来襲】浮気相手があなたの家を訪れること。

らいしん【来診】セレブの特権。

らいじん【雷神】ゴルフ場が好きなようである。

ライス【rice】産地は米国。

ライスカレー【rice curry】米国のカレー。

らいせ【来世】末世にはない。

ライセンス【license】雷神の免許。

ライター【lighter】火を点けるとゴースト・ライターがあらわれる。

らいたく【来宅】宅配便が来ること。

ライト【light】右翼側のナイター照明。

ライバル【rival】サバイバルを賭けた敵。

らいひん【来賓】会費を払わぬ、招待状の客。

ライブ【live】「心配するな、口パクでいいから」「でもこれ、ラジオですよ」

ライフスタイル【lifestyle】貧乏。

ライフル【rifle】消費者金融のライフとアイフルが合併した会社。CMソングは〽ライフル。

らいほう【来訪】①友あり遠方より来る。また無心ならずや。②七人の小人たちが〽ライホー、ライホーと歌いながら家に来ること。

ライむぎ【ライ麦】もとは小麦畑の雑草だったが、麦に擬態して出世し、今ではパンにもウイスキーにもＬＳＤにもなる。

らいめい【雷鳴】五郎を呼んでいる。

ライラック【lilac】豪放なこと。

らいれき【来歴】何回来たかを覚えていること。

ラインダンス【line dance】右足骨折患者が並んだ外科病棟。
ラオチュー【老酒】老いたネズミが甕に落ちてチュー。
らかん【羅漢】そろったら輪姦《まわ》そじゃないか、よいやさのよいやさ。
らくいん【烙印】非行少年や与太者の勲章。
らくいんきょ【楽隠居】脱税に成功した老人。
らくえん【楽園】北朝鮮。
らくがき【落書】「落ちないじゃん！」
らくご【落語】陽性の多重人格シットダウン・コメディ。
らくさつ【落札】札束を落とすこと。
らくじつ【落日】ほんとに落ちたらえらいことだ。やけどをする。
らくしょう【楽勝】カニやドラえもんとジャンケンをすること。
らくじょう【落城】崖の上から城が落ちてくること。
らくせき【落石】見上げれば妻と情夫の顔。
らくせん【落選】次期選挙の話を始めること。
らくだ【駱駝】登場した時にはすでに死んでいる。
らくだい【落第】周回遅れ。
ラグタイム【ragtime】アドリブのないジャズ。
らくたん【落胆】胆石の治療に失敗。
らくちゃく【落着】胴体着陸。
らくちょう【落丁】豆腐を落すこと。
らくてんか【楽天家】楽天市場で事足れりとしているやつ。
らくば【落馬】ヒン死の重傷。
らくばん【落盤】骨盤が落ちる（腰を抜かす）こと。
らくび【楽日】役者が好き勝手な演技をする日。

ラグビー【rugby】フットボールから分化した、サッカーの片割れ。

らくよう【洛陽】ははあ。それで中国に古新聞紙がよく売れるのか。

らくらい【落雷】金歯をはめた者が天に向って笑ってはならない。

らくるい【落涙】金正日将軍様のお痩せになった姿に。

ラケット【racket】餅や魚を焼いてはいけない。

ラジウム【radium】大阪・新世界のラジウム温泉で被爆。放射能ではなく、B29の爆撃。

ラジオ【radio】視覚障害メディア。

らしょうもん【羅生門】作・芥川鬼之介。

らしんばん【羅針盤】こっちへ行けば海賊。こっちへ行けば魔のトライアングル。こっちへ行けば暴風雨で難破。

ラスヴェガス【Las Vegas】梶野さんの館がある。

ラスプーチン【Rasputin】プーチンの先祖、ではない。

らせつ【羅刹】芭蕉扇を持っていたら、そいつは女羅刹だ。

らせん【螺旋】DNA研究所の螺旋階段は二重になっている。上りと下りなのだそうだ。

らたい【裸体】オウムガイから見たタコ。

らち【拉致】また金正男が日本へ来れば、と、皆思っている。

らっかさん【落下傘】「おっ母さーん」と叫びながら飛び降りる。

らっかせい【落花生】一殻性双生児。

らっかん【落款】権威を誇示するマーキング。

らっかんてき【楽観的】ツッコミを入れやすい言動。

ラッキー【lucky】福引の二等に当ること。一等なら「大当り」。

らっきょう【辣韮】カレーライスのお供の座を福神漬と争っている食品。

らっこ【海獺】水イタチ。

ラッシュ【rush】痴漢と間違われぬよう、男はみな両手を上にあげて電車に乗る。

ラッパ【喇叭】肺結核や喘息の者はやらぬ方がよい楽器。

ラップ【wrap】手足を縛ってから、顔全体に巻きつけるもの。

らつわん【辣腕】血も涙もなく人員整理をする腕前のこと。

ラディゲ【Radiguet】ジャン・コクトオのお小姓になるため生まれてきた作家。

ラテン【Latin】日本で言えば大阪。

ラドン【radon】原子番号86の怪鳥。

らば【騾馬】すべては神が造ったが、このラバだけはロバが造ったので生殖不能。

らふ【裸婦】おお。ラフな格好だ。

ラフマニノフ【Rachmaninov】「七年目の浮気」などの映画音楽を担当して有名になった。

ラプラス【Laplace】物理学の魔王。

ラベンダー【lavender】時をかける小道具。

ラマ【llama】アンデス地方に住むラクダ科の僧侶。

ラム【rum】シェークスピアを論じたくなる酒。

ラムネ【lemonade】人力ガス抜き飲料。

られつ【羅列】名刺に自分の肩書をいくつも書き並べること。

らん【蘭】病室を見舞の鉢植えでいっぱいにすれば、病人は酸欠で早く死ぬ。

らんがい【欄外】反論を書き込む場所。

らんかく【乱獲】絶滅幇助罪。

らんかん【欄干】乗り越えようとしているのが

美女であれば抱き留める。

らんきりゅう【乱気流】機内アナウンスがこれを告げると、乗客全員わくわくと胸躍らせる。

ランキング【ranking】何かを一位にするための意図的な順位づけ。

らんぐいば【乱杭歯】端正な顔に似つかわしい。

らんこう【乱交】おい。死体がまぎれ込んでるぞ。

らんさく【濫作】人気に甘えた行為。たちまち売れなくなり、後悔する。

らんざつ【乱雑】言い訳は「おれなりに整理してあるのだ。さわるな」。

らんし【乱視】ＬＳＤの世界ほど面白くはない。

らんじゅく【爛熟】腐る寸前の女は美味である。

らんしん【乱心】暴れているゴジラの心情。

らんせん【乱戦】目印がないので敵味方の区別がつかない状態。

らんそう【卵巣】なぜ陰嚢みたいに体外にぶら下がっていないんだろう。

らんぞう【濫造】粗悪品と言われても知らんぞう。

らんだ【乱打】半狂乱だ。

ランダム【random】地球人を無作為にサンプリングしたら、お笑い芸人ばかりでした。

ランチ【lunch】いえ。ブランチです。

らんちきさわぎ【乱痴気騒ぎ】気がつけば全員留置場。

らんちょう【乱丁】夢中で読み続け、発狂に到る。

ランデブー【rendez-vous】そしてドッキング。

らんとう【乱闘】味方から殴られる方が多い闘争。

らんどく【濫読】書物との荒淫。

ランドセル【ransel】ルイ・ヴィトン製は六十

万円。

ランナーズ・ハイ【runner's high】あれえっ。虹を駈け上って行ったぞ。

らんにゅう【乱入】弦楽四重奏にラッパで飛び入りすること。

ランニング【running】乱れ続けること。

ランニングマシン【running machine】運動のエネルギーと電力を無駄に消費させる機械。

らんばつ【乱伐】ヴィリア（森の精）が悶え苦しんでいる。

らんぱつ【濫発】お小遣いが欲しい子の「肩叩き券」。

らんぴつ【乱筆】「乱筆ご免ください」と書いたその字が読めない。

らんぶ【乱舞】マスクラット乱舞る。

ランプ【lamp】明るくないのはスランプ。

らんぶん【乱文】乱筆とのお笑いコンビ。

らんぼう【乱暴】なぜ「強姦」と書かないんだ。

ランボー【Rimbaud】高い戦闘能力を持つ詩人。

らんま【欄間】姑が覗きをするところ。

らんまん【爛漫】無邪気でちょい太めの女子中学生の頭の中。

らんみゃく【乱脈】タレントが人まかせにした店の経理。

らんよう【濫用】サプリメント三十錠を一日三回食事がわり。

らんりつ【乱立】都知事候補者。

リアおう【リア王】マクベス、ヘンリー六世と並び三大馬鹿王の一。

リアリズム【realism】ポルノ、スカトロに欠かせぬ技法。

リーダー【leader】なりたがるやつに必ず問題あり。

リーチ【立直】今度浮気したら離婚よ。

りえき【利益】原価と経理の使い込みを引いた僅かの金。

りえん【離縁】定年退職した日に妻から宣告されるもの。

りか【理科】文科も学んでSF作家。

りかい【理解】政治家の「我慢してくれ」「許してくれ」。

りがい【利害】食うか食われるか。

りきえい【力泳】サメに追われている。

りきえん【力演】①演出無視。②劇評家が来ている。

りきがく【力学】力を込めて学ぶ物理学の古典的勉強法。

りきさく【力作】兄は傑作、弟は愚作。

りきし【力士】士《さむらい》の品格を持った昔の相撲取り。

りきせつ【力説】わたしを殺せばあなたがいかに損をするか。

りきそう【力走】警官に追われている。

りきとう【力投】①砲丸投げのこと。②ダブルヘッダーをひとりで投げること。

りきどうざん【力道山】痛恨事。
りきゅう【利休】茶を飲む鼠。
リキュール【liqueur】千利休発明の抹茶入り果実酒。
りきりょう【力量】試されていない時に限って発揮できるもの。
リクエスト【request】どうだ。凄い曲を知ってるだろう。
りくぐん【陸軍】陸生バンザイ目トッカン科。
りくじょう【陸上】水上、屋上ではできない競技。
りくじょうじえいたい【陸上自衛隊】災害時土木・救助要員。
りくち【陸地】漂流者が水平線上に見る幻覚。
りくつ【理屈】自分の犯罪行為をすべて正しいことのように言う技術。
リクライニングシート【reclining seat】ひっくり返りングシート。
リクルート【recruit】贈賄法を教える会社。
りけい【理系】心理学は蝙蝠《こうもり》扱い。
りけん【利権】人間を蟻に変えるもの。
りこう【利口】褒められたと思って喜ぶ馬鹿。
りこしゅぎ【利己主義】おれの辞書に「分配」や「公平」の文字はない。
リサイクル【recycle】よそで役に立っているのを見ると取り返したくなる。
リサイタル【recital】過去の曲のリサイクル。
りさん【離散】ペットまで野良犬、野良猫。
りし【利子】貸した金が産んだ子供。大きくなり過ぎると返ってこない。
りじ【理事】たいてい名誉職で、ほとんど無報酬。
りしょく【利殖】詐欺の餌。
りじんしょう【離人症】これが女だということ

り

はわかるが、おれとの関係がわからない。

りす【栗鼠】ロリスは猿でポリスは人間でアリスは女の子。ハリスだけはリスだ。

リスク【risk】シンドラーのリスク＝エレベーター。

リスト【Liszt】自分にしか弾けない曲を作った。

リズミカル【rhythmical】ベッドが軋む音。

リズム【rhythm】生活のリズムが同じなのはマンネリズム。

りせい【理性】殴られた途端に吹っ飛ぶもの。

リセット【reset】離婚した相手とまた結婚すること。

りそう【理想】人に話せば笑われるもの。

リゾート【resort】景気が悪くなると廃墟になる場所。

りそく【利息】借金にあって預金にはないもの。

リタイア【retire】外れたタイヤ。

りだつ【離脱】幽体が戻ってこなければ「死」。

りちぎ【律儀】レイプ時のコンドーム。

りちゃくりく【離着陸】着陸する前に離陸すること。

りつあん【立案】利っつあんのアイディア。

りっきゃくてん【立脚点】コンパスの針の先。

りっきょう【陸橋】川にかかった橋より確実に死ねるのに誰も飛び降りない。

りっけんくんしゅせい【立憲君主制】たつのりくんが王様。

りっこうほ【立候補】タレントをやめること。

りっしでん【立志伝】立川談志の伝記。

りっしょう【立証】決めてある結論を証明すること。

りっしょく【立食】グラスを持つと何も食えず、皿を持つと何も飲めない。

りっしんしゅっせ【立身出世】木下藤吉郎がブリになること。

りったいこうさ【立体交差】道路のツイスターゲーム。

リッチ【rich】ホテルはリッツ。

りっぱ【立派】かなり出っ歯。

りっぷく【立腹】立って切腹すること。

りていひょう【里程標】マイルス・デイヴィスのトランペットのトーン。

りとう【離党】離れ小島になること。

りにゅう【離乳】乳癌の除去手術。

リハーサル【rehearsal】と、思っていたら本番だった。

リバーシブル【reversible】用途は二倍で寿命は半分。

リバイバル【revival】昔の作品でイバルこと。

りはつし【理髪師】せびり屋だそうだ。

リハビリテーション【rehabilitation】あたり前のことをやって誉められること。

リビドー【libido】リビドー山 vs. リビドー鈴之助。

リフォーム【reform】整形美容のやり直し。

りふじん【理不尽】李さんの奥さんの仕打ち。

リフト【lift】乗ってからシンドラーのリフトと知り、十字を切る。

リフレッシュ【refresh】大出血→大輸血。

リベート【rebate】「こういうことをしてはいけない」とさんざ説教して、金は受け取る。

りべつ【離別】手足切断。

リボルバー【revolver】決闘用ロシアン・ルーレット拳銃。

リメーク【remake】名監督に挑戦して惨敗。

りめん【裏面】大便を出す側。

リモコン【remote control】わたしが裸になれ

ば、男たちのペニスが勃起します。

りゃく【略】

りゃくじ【略字】斉藤さん、偉くなったら齋藤さん。

りゃくしき【略式】前戯抜き。

りゃくだつ【略奪】反政府デモが市民から支持されぬ理由。

りゃくれき【略歴】入学したことは書き、退学させられたことは省く。

りゅう【龍】土にもぐればモグラ。

りゆう【理由】「ものわかりが悪い」と言われる理由がどうしてもわからない。

りゅういき【流域】川がなければその両側も存在しない。

りゅういん【溜飲】他人の不幸によっておりる胸のつかえ。

りゅうがく【留学】海外で遊びほうけ、学問は留守。

りゅうかん【流感】流行性感覚。「ウザい」「キモい」など。

りゅうぎ【流儀】貧乏無念流。局面卒倒流。

りゅうきゅう【琉球】ドミファソシの国。

りゅうぐう【龍宮】二流中華料理店。ラヴホテル。

りゅうけつ【流血】初潮大騒動。

りゅうげん【流言】出魔語偽《デマゴギー》。

りゅうこう【流行】自然の流行は常に正しく、作られた流行は誰かの儲けである。

りゅうこうか【流行歌】モーツァルトだって当時は。

りゅうこうご【流行語】くそ。おれが言い出したのに、あいつ大賞取りやがった。

りゅうさん【硫酸】硫酸かどうかは、舐めてみればわかります。

りゅうざん【流産】川の中でお産してしまうこと。
りゅうしつ【流失】しまった。褌《ふんどし》を流してしまった。
りゅうしゅつ【流出】「お前がアメリカへ行ったって頭脳流出にはならないんだよ」
りゅうせい【流星】「バカ」と言われてずっとけたお星さま。
りゅうちじょう【留置場】三食昼寝つき無料。
りゅうちょう【流暢】激怒の表情を目の前にしての必死の弁解。
りゅうつう【流通】ダンプ、トラックが驀走すること。
りゅうどうしょく【流動食】顎がない人の食物。
りゅうとうだび【竜頭蛇尾】どんな大喧嘩になるかとみな期待するが、たいてい捨てぜりふの応酬に終る。
りゅうにん【留任】得意先に「あんた以外とは取引しない」と言わせる。
りゅうねん【留年】落第しといてでかい顔。
りゅうび【柳眉】怒った時は美しいが笑った時はだらしない。
りゅうひょう【流氷】トドが乗ってくれれば嬉しいのだが。
リューマチ【rheumatism】痛めつけ甲斐のある病人。
リュックサック【rucksack】リュック・サック男爵の発明。
りよう【理容】利用する客、原宿には少なし。
りょうえん【良縁】待ち続けて五十歳。
りょうかい【領海】中国は船を並べて線を引く。
りょうきょく【両極】南北東西、四極じゃないの？
りょうきん【料金】値切られやすく、ちょろまかされやすい金。例＝原稿料。
りょうくうしんぱん【領空侵犯】機長が侵したたけで乗客全員が撃墜される。

りょうけん【猟犬】狩り立てられる獣の気持を味わえるしあわせな人間もいる。

りょうさい【良妻】夫を浮気に走らせやすい女。

りょうさん【量産】売れる筈のない量を作ってやっと売れる価格になる。

りょうし【漁師】台風で漁師多数遭難。死神「大漁じゃあ」

りょうしき【良識】この辞典にないもの。

りょうじゅう【猟銃】暴発事故の命中率高し。

りょうしゅうしょ【領収書】セレブの顔。

りょうしょ【良書】電話帳のみ。

りょうしょう【諒承】若くて美しい妻の浮気。

りょうじょく【陵辱】性病まで感染《うつ》される。

りょうしん【両親】共謀するやつ。

り

りょうしんてき【良心的】罪悪感によるもの。

りょうせいぐゆう【両性具有】ファック・ユー。

りょうせいるい【両生類】昼は警官、夜はコンビニ強盗。

りょうて【両手】ホールド・アップ用。ないと撃たれる。

りょうてい【料亭】若いサラリーマンが五日通えば破産するところ。

りょうどもんだい【領土問題】「次世代の叡知が解決する」次世代もそう言う。

りょうば【両刃】日本刀なら邪剣。

りょうぶん【領分】テリトリーを拡げようとしたが、もう小便が続かぬ。

りょうほう【療法】食餌、心理、薬物、手術、作業、箱庭、音楽、あらゆる療法もアルツハイマーにはお手あげ。

りょうめん【両面】前も表、うしろも表なら大便はどこから。

りょうやく【良薬】糖衣錠を除くすべての薬。

りょうよう【療養】病人同士の交情の場。

りょうらん【繚乱】四十歳だし、なりふりかまっていられないわ。

りょうり【料理】ぼく作る人。君、食べない人。

りょうりつ【両立】小説家兼俳優。両足で立つのは普通の状態。

りょうりん【両輪】片方はずれたら片輪。

りょうわき【両脇】手を近づけるだけで笑い転げるやつもいる。

りょかん【旅館】「二度と来るな」「二度と来るもんか」と思っていても言わない。

りょきゃく【旅客】掏摸《すり》、かっぱらい、置引きのカモ。

りょくち【緑地】気をつけろ。一面アオミドロの沼だ。

りょくちゃ【緑茶】胃によくないことコーヒー以上。

りょけん【旅券】本人と確認できません。鬚を剃ってください。

りょこう【旅行】一週間のフランス旅行。帰ってくれば会社はクビ。

りょしゅう【旅愁】〽恋しやふるさと　懐かしざるそば

りょじゅん【旅順】二百三高地というヘア・スタイル発祥の地。

りょじょう【旅情】ひとり旅でなければ味わえないもの。

りょっかうんどう【緑化運動】茶化してはいけない。

りょひ【旅費】交通費、宿泊費、食費、買春費。

リライト【rewrite】ドストエフスキイをライトノベルにすること。

リラックス【relax】スラックスを脱いだ時。

リリーフ【relief】九回裏。ノーアウト満塁。二点入れば負け。バッターはホームラン王。よくのこのこ出ていけるもんだ。

りりく【離陸】そのまま天国への旅立ち。

リリシズム【lyricism】凜凜しいこと。

リレー【relay】責任というプレッシャーで走る競技。

りれき【履歴】文壇で幅をきかせたのは東大卒業組と早稲田中退組。

りろせいぜん【理路整然】帰路悄然。

りろん【理論】金のかからない学問。

りん【燐】あっ人魂《ひとだま》だ。ライターがないからもっとこっちへ来てくれ。

りんか【輪禍】オリンピックの中継で、出演した番組が放送中止になること。

リンカーン【Lincoln】愛称エイブ。エイプ（無尾猿）の子。

りんかい【臨界】アドレナリンの上昇で激怒に達すること。

りんかく【輪郭】力をこめて銅鑼《どら》を叩けば、銅鑼を持った男の輪郭がブレる。

りんかん【輪姦】林間学校で行うこと。

りんきおうへん【臨機応変】恪気大変。

リンク【link】ネットのサーフボード。

リング【ring】ダイヤvs.ルビー。

りんげつ【臨月】裸のお前の腹を眺めて月見酒といこう。

りんけん【臨検】射精するまで待ってやる。

りんご【林檎】秋田美人の頬の色、盛者必衰の理《ことわり》をあらわす。

りんごく【隣国】文学者にとってはロシア。映画ファンにとってはアメリカ。

りんじ【臨時】店長も臨時、そのうち社長も臨時、ついには総理も臨時。

りんしたいけん【臨死体験】必ずお花畑を見るのは、病室がお花の香りでいっぱいだからである。

りんじゅう【臨終】カーテンコールがあったりする。

りんしょうい【臨床医】病床にある医師。

りんじょうかん【臨場感】大画面、大音響に慣れて、現実が物足りない。

りんしょく【吝嗇】倹約家と言ってくれ。

りんじん【隣人】貧乏人は嫌いだが、羽振りがよくても腹が立つ。

りんせつ【隣接】測量士がトラブルに巻き込まれる境界。

りんせんたいせい【臨戦態勢】下半身丸出しでペニスを勃起させ、出歩くこと。

リンチ【lynch】わっ、ピンチだ！

りんてんき【輪転機】敵はバケツ一杯の砂。

リンドバーグ【Lindbergh】翼よあれがビヤホールの灯だ。

りんね【輪廻】「来世はお前の子として転生する」「わっ。それは御勘弁くださいお父さん」

リンパせん【淋巴腺】鼠《そ》蹊《けい》部が腫れるのはナンパ腺。

りんびょう【淋病】〽りんりん淋病は膿が出る。鼻水みたいな膿が出る。

りんぶ【輪舞】各時代でシュニッツラーをバージョン・アップできる。

りんぷん【鱗粉】蝶や蛾のファンデーション。

リンボー【limbo】ヤン坊、マー坊の隣の坊や。

りんり【倫理】不祥事発覚のたびに聞かれる鈴虫の鳴き声。

りんりつ【林立】観客全員勃起。

りんりん【凜凜】冬のパンダ。

ルイ・ヴィトン【Louis Vuitton】馬具職人の名前。

るいけい【類型】よくあるタイプのステレオ。

るいじ【類似】マリオの弟。

るいじんえん【類人猿】あと一歩で類猿人ターザン。

るいせん【涙腺】歳をとった自覚を促す器官。

ルーヴル【Louvre】国家的泥棒の倉庫。

ルーム・サーヴィス【room service】ビーフカレー五千円。コーヒー二千五百円。

ルーレット【roulette】ロシアでは命がけ。

るけい【流刑】雨で死刑執行が流れること。

るす【留守】こそ泥「しめた」

るつぼ【坩堝】真夏のどつぼ。

るてん【流転】何度生まれかわっても微生物。

ルネサンス【Renaissance】寝るざんす。

ルパン【Lupin】三世の方が有名。二世の噂は聞かない。

ルビ【ruby】総理大臣の原稿に必須。

ルビー【ruby】曇りガラスの向こうにあって見えない指環。

ルポライター【reportage writer】没原稿を燃やすためのライター。

るり【瑠璃】らぴすらずる石。

ルンバ【rumba】ルンルンしている婆。

ルンペン【lumpen】古典的ホームレス。

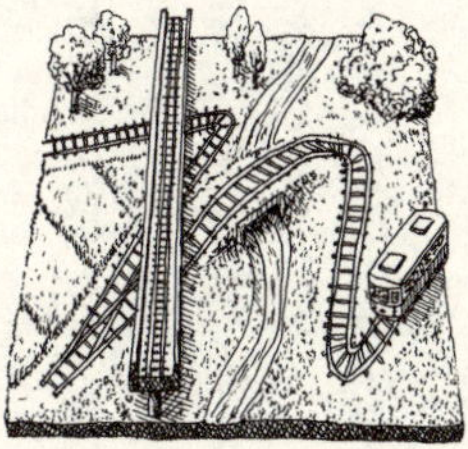

レア【rare】「今殺したばかりです」

レイ【lei】美女のキスと一緒でなければただの花輪。

れいあんしつ【霊安室】医者と看護婦の密会場所。

れいえん【霊園】「死」のテーマパーク。

れいかい【霊界】コナン・ドイルと丹波哲郎が逢っているところ。

れいがい【例外】自分の子供。

れいかん【霊感】死んだ奥さんがいつもうしろに立っていることを君は知っているのかね。

れいかんしょう【冷感症】「おれが治してやる」という男性が続出。

れいき【冷気】雪女の抱擁。

れいぎ【礼儀】「ご免遊ばせ」と言いながら足で襖《ふすま》をあける。

れいきゃく【冷却】怒りを忘却するまでの期間。

れいきゅうしゃ【霊柩車】夏場は冷柩車。

れいきん【礼金】気になるのは政治家のテレビ出演料。

れいぐう【冷遇】冷凍庫へ閉じ込められること。

れいけつ【冷血】冷たい尻。

れいげん【霊験】壺阪観音に参詣すると谷に落ちる。

れいこく【冷酷】子供を冷蔵庫に入れる親。

れいこん【霊魂】死後、突然尊ばれるもの。

れいさいきぎょう【零細企業】大きな注文が怖

くて受けられない会社。
れいしょう【冷笑】自分よりよく働くやつに向ける笑い。
れいじょう【令状】婦人警官「現行犯で逮捕します」。痴漢「ひゃー。逮捕令嬢だ」
れいじん【麗人】男装の麗人。女装の猿人。
れいせい【冷静】「まあ冷静に、冷静に」と言ってさらに相手を怒らせる。
れいせつ【礼節】これを尊ぶ人物ばかりが登場する小説なんて、およそ面白くないに違いないぞ。世の中だってそうだ。
れいせん【冷戦】あの雪解けが温暖化の始まりか？
れいぜん【霊前】君の好きだった大麻とコカインを供えます。
れいそう【礼装】〽尊いお方とする時にゃ、ほい。
れいぞうこ【冷蔵庫】象を冷やす容器。
れいそく【令息】蔭では「あの餓鬼」。
れいぞく【隷属】ＮＯと言えない日本。
れいだい【例題】やさしい問題で安心させる陰謀。
れいたん【冷淡】破産した友人、定年退職した上司、貧乏な親戚への態度。
れいちょうるい【霊長類】反省できる連中。
れいてん【零点】それ以上悪くなる心配のない成績。
れいとう【冷凍】死体を叩き割って粉ごなにするための処理。
れいのうしゃ【霊能者】能楽師の幽霊。
れいはい【礼拝】アラブのパイロットは航空中に操縦室の床で礼拝する。
れいばい【霊媒】美人幽霊との婚姻の媒酌をします。

レイプ【rape】猿《エイプ》の強姦。

れいほう【礼砲】攻撃と勘違いされ、爆撃される。

れいぼう【冷房】目覚めれば氷室《ひむろ》。よく生きていたもんだ。

れいめん【冷麺】チャーシューガ、チョトウスメダ。

れいらく【零落】気の毒だから声をかけると、家までついて来られる。

レーダー【radar】ミサイルを発見しましたが、到着まであと五秒です。

レール【rail】上に横たわれば鉄路の赤薔薇。

れきし【轢死】剥製にできない死に方。

れきししょうせつ【歴史小説】歴史上の脇役をアイドルにする小説。

れきせん【歴戦】逃げまわっていただけ。

れきぜん【歴然】全員が君に投票した。君は自分の名前を書いたな。

れきだい【歴代】歴代大臣の写真が見守る中、彼もまた同じ悪事をはたらく。

レギュラー【regular】彼をおろすために、いったん番組を終えよう。

レクリエーション【recreation】次の仕事が見つからず、他にやることがない。

レコーディング【recording】録音中に腹を鳴らさないでください。

レジ【register】「金を出せ」「金を出せ」「どっちに渡せばいいんだ」

レシート【receipt】捨てるな。全部くれ。税金対策だ。

レジスタンス【resistance】①開かない箪笥。②レジ係のサボタージュ。

レシピ【recipe】書いてある通りにやった？ではすべての食材が悪いのだ。

レジャー【leisure】父親「苦じゃー」

レストラン【restaurant】客が逃げ出すゲストラン。

レスリング【wrestling】寝技のさなかに恍惚としてはいけない。

レセプション【reception】ちっとも歓迎してくれないで、皆コンパニオンを口説いておる。

れつあく【劣悪】家族親戚みな精神病。それでもバイロンは生まれた。

れつか【烈火】火の高血圧。

れっきょ【列挙】受賞歴を述べ立てるやつ、ほとんどゴルフの賞。

れっきょう【列強】日本以外ほとんど全部。

れっしゃ【列車】ある種の虫に最も類似した文明の利器。

れつじょう【劣情】われわれが生まれた原因。

レッスン【lesson】「いつまで経っても上達しない人はレッスン料を倍にします」と言ったら、皆うまくなった。

れっせき【列席】親分衆の席順は前科の数で決めました。

レッテル【letter】「不良少年」のレッテルは「不良青年」になれば剝がされる。

れっとう【列島】日本は劣等ではないっ。

れっとうかん【劣等感】インテリに必要な複合観念（インテリオリティ・コンプレックス）。

れっぱく【裂帛】この気合とともに脱糞すれば脱腸となる。

レディファースト【ladies first】美女だけに向けられる礼儀。

レトロ【retro】①昔食べた大トロ。②木綿のズロース。

レバー【liver】ビタミンAの把手。

レビュー【review】金曜日の「ブックレビュ

ー」では女子アナがズロースを落す。

レフェリー【referee】横たわっているものを見るとカウントをとりはじめるやつ。

レポーター【reporter】視聴者から憎まれているとは夢にも思わぬ連中。

レポート【report】つい主観を混えて値打ちを落す報告。

レミング【lemming】人類の未来を予見させる動物。

レモン【lemon】切り口観賞用果物。

れんあい【恋愛】昔、セックスの前提とされた感情。

れんが【煉瓦】瓦解用建材。

れんきゅう【連休】「ばっちり十連休とった人は、もう会社に来なくていい」

れんげ【蓮華】蓮の花の上には釈迦。蕗《ふき》の葉の下にはコロポックル。

れんけつ【連結】尻の連なり。

れんこ【連呼】抵抗している時の連呼が、いつしか恍惚の連呼となる。

れんこう【連行】誤解されるのは、友人の警官と並んで歩いている時。

れんこん【蓮根】穴だけ残して食べなさい。

れんさ【連鎖】戯曲→舞台化→テレビドラマ化→映画化→小説化（ノベライゼーション）。

れんさい【連載】作者は死ぬことができなくなる。

れんしゅう【練習】なぜこれが本番ではできないんだろう。

レンズ【lens】レンズ豆はレンズが発明された後に生まれた。

れんせんれんしょう【連戦連勝】いつ敗けるかが期待される。

れんそう【連想】お前、何にやにや笑ってるんだ。
れんぞく【連続】たいていは悪いこと。
れんだ【連打】もう顔はもとに戻らない。
れんたい【連帯】たいてい悪い連中。
レンタル【rental】昔のように、図書館で借りた本を片っ端から売り飛ばすようなやつはもういない。
れんたん【練炭】蓮根からの連想で作られた炭。
れんだん【連弾】ひとりは右手がなく、もうひとりは左手がない。
れんちゅう【連中】だいたいにおいて、よい人たちのことではない。
れんとう【連投】四十肩でこれをやったあとは廃人。
れんどう【連動】回転寿司と一緒に椅子までまわっているぞ。
レントゲン【Röntgen】ひやー鋏《はさみ》だ。
れんばい【廉売】豚の餌に限りなく近い弁当。
れんぱつ【連発】この裏辞典、一万二千連発！
れんぱんじょう【連判状】抜けた者に恥を掻かせるための連署。
れんびん【憐憫】優越感の対外的表現。
れんぼ【恋慕】縦と横がある。
れんめい【連名】罪は半減しない。
れんめん【連綿】文面。
れんらく【連絡】着信アリ。こいつ死んだのに。
れんりつ【連立】呉越同舟。

ろ【絽】セミの羽根。

ろあく【露悪】自悪自賛。

ロイド【Lloyd】髭はコールマン。眼鏡はロイド。ウォークはモンロー。

ろう【牢】小伝馬町の名主さんはなぜか牢の中。

ろうあ【聾唖】本来は耳が聞こえないだけなのだが。

ろうえい【漏洩】有名人一万人の戸籍謄本いりませんか？

ろうえき【労役】もっと悪いことをすれば独房だから働かずにすんだのに。

ろうおく【陋屋】そう言や、あそこに住んでたお婆さん、最近見ないなあ。

ろうか【老化】疲老化？　過老化？

ろうか【廊下】すべての道は廊下へ。

ろうかい【老獪】うまく立ち回ってや老獪。ひひひひひ。

ろうかく【楼閣】将来自分が社長となって建てる巨大ビル。

ろうがん【老眼】眼鏡を捜しまわった未読書から遠ざかる理由。

ろうきゅうか【老朽化】倒壊するまで住む。

ろうきょう【老境】孫に痛めつけられて喜ぶ日日。

ろうきょく【浪曲】「浪曲子守唄」として名のみ残る。

ろうこう【老巧】中風になるまでの技。

ろ

ろ

ろうごく【牢獄】格子なき牢獄に自分から引きこもるやつもいる。

ろうこつ【老骨】鞭打って、ではなく、編集者に鞭打たれて書いております。

ろうさい【労災】「わたしと仕事とどっちが大事なの」という愛人に殺されるのは労災か？

ろうざん【老残】身にこたえるのは、何もなかった一生より、過去の栄光。

ろうし【老子】白髪になってから生まれてきたのなら、母親はとうに死んでいる筈。

ろうしゅう【老臭】死臭の予告。

ろうじょ【老女】嫁いびりの復讐をされる年齢。

ろうじょう【籠城】まず馬を食う。

ろうじん【老人】寿老人《じゅろうじん》の頭を見て女は顔を赤くする。あれは猥褻《わいせつ》物ではないのか。

ろうすい【老衰】万人が望む死にかた。

ろうぜき【狼藉】①戸籍はオオカミ。②墜落する機内で落下狼藉。

ろうそく【蠟燭】溶けるペニスの形容詞。

ろうたいか【老大家】喜ばせると色紙を書きはじめる人。

ろうでん【漏電】鼠のたたり。

ろうどう【労働】妻との熟年性交。

ろうどく【朗読】台本を持ったままの演芸。

ろうにん【浪人】悪い商人に先生と呼ばれて卑屈な笑いで答える人。

ろうにんぎょう【蠟人形】頭の天辺に火をつければ蠟燭にもなります。

ろうねん【老年】知人が減ること。

ろうば【老婆】老婆の休日は毎日。

ろうばい【狼狽】「あなたっ。なに考えてるの」「いや。その。あの。えへへ」

ろうひ【浪費】受精しない排卵と射精。

ろうやぶり【牢破り】蛸なら悠悠。

ろうらく【籠絡】高官鳥を籠でからめ取ること。
ろうれい【老齢】肉が食いたくなくなる年齢。
ろうれん【老練】①名はソフィア。②姓はバコール。
ロータリー・クラブ【Rotary Club】仕事では何も貰えないので、ボランティアで緑綬褒章を貰おうというカントリー・ジェントルマンの集まり。
ロートレック【Lautrec】小人ばかりが出演する「スタートレック」。
ローマ【羅馬】すべての道は通行止めもある。
ロールシャッハ・テスト【Rorschach test】君は気狂いかと訊いている。
ロールス・ロイス【Rolls-Royce】座を自家用ジェット機に奪われた成金アイテム。
ローレライ【Lorelei】西欧版おいてけ堀。
ローン【loan】その昔ドラゴンズにローンという選手がいた。彼の活躍で勝ち数と負け数が同じになった。その時の新聞の見出し。「ドラゴンズ、ローンで借金返済」
ろかた【路肩】土方を呼べ。崩れておる。
ロカビリー【rockabilly】老化した歌手のリハビリ。
ろくおん【録音】便所（おトイレ）の記録。
ろくが【録画】たいてい、まだ見ていない番組を残して死ぬ。
ろくまく【肋膜】人間バグパイプの蛇腹。
ろくめいかん【鹿鳴館】鹿せんべいが食べられる喫茶店。
ロケーション【location】日本はロケ弁。ハリウッドはシェフが同行。
ロケット【rocket】二度と戻らぬ飛行物。
ろけん【露見】ロシア人を見つけること。
ろこつ【露骨】骨が浮き出ていること。

ロゴマーク【logo mark】原価の十倍から百倍で売っているという印。

ロザリオ【rosario】キリスト教が唯一、仏教の数珠《じゅず》から盗んだ小道具。

ろじ【露地】酔っぱらいの便所。

ろしゅつ【露出】加減がむずかしい。

ろじょう【路上】現行犯逮捕の場。

ろせんかかく【路線価格】買い手が望むこと。

ロッカー【locker】気をつけろ。無断で所持品検査されているぞ。

ろっこつ【肋骨】じゃばらぼね。

ろっぽうぜんしょ【六法全書】六法とは、忍法、滅法、妙法、無法、不法、悪法。

ろてい【露呈】風で鬘《かつら》が吹き飛ぶこと。

ろてんぶろ【露天風呂】猿との混浴。

ろどん【魯鈍】愚鈍と白痴の間。

ろば【驢馬】ドン・キホーテの馬はロシナンテだが、サンチョ・パンサの驢馬は驢馬である。

ろばた【炉端】ロバータ伯母さんの定位置。

ロビンソン【Robinson】男色の相手はフライデー。

ロボット【robot】ロボトミーを施された人。

ロマン【roman】楼蘭。

ロミオとジュリエット【Romeo and Juliet】ウエストサイド物語の盗作。

ろめんでんしゃ【路面電車】轢《ひ》きそうになった人を拾いあげる網がついていた。

ロリコン【Lolita complex】小児科の医師、小学校の教師になりたがる男。

ろんきゃく【論客】妻には負ける。

ロングラン【long run】大入り満員なのに、長くやればやるほど赤字になる芝居もある。

ろんご【論語】三十にしてやっと立つこと。

ろんせついいん【論説委員】新聞記者の終着点。

ろんそう【論争】事前に血圧を測っておくこと。

ろんぱ【論破】論争をエスカレートさせ、相手の脳の血管を破裂させること。

ロンパリ 今やロンドンとパリはつながっている。故につながった眼のこと。

ろんぶん【論文】いちばん多く引用した資料は参考資料の欄に書かない。

わ【和】敵味方が「わ」と驚いて抱きあう一瞬のみ。

ワーカホリック【workaholic】定年退職してすぐ死ぬやつ。

ワースト【worst】意図せぬ限り、なるのは困難。

ワープロ【word processor】難しい漢字は書けるが、書取能力は低下する。

わいきょく【歪曲】「(彼は)病気だ」「重病です」「死にかけているそうだ」「死にました」

ワイシャツ【white shirt】洗っているところを見れば、クリーニングに出す気にならない。

わいしょう【矮小】男がもっとも恐れている女のことば。

わいせつ【猥褻】美や愛との境界が限りなく曖昧な観念。

わいだん【猥談】女にもてそうにない男がなぜか得意とする。

ワイド【wide】おいど。

ワイパー【wiper】はねた奴らの血を拭く部品。

わいほん【猥本】ビデオのせいで最近は売れないし、検挙もされない。

ワイヤレス【wireless】マイクつけてること忘れて便所へ行くな。

わいろ【賄賂】金や物でないものが欲しいね。例えば愛とか。にひひひひ。

ワイン【wine】飲むサラダ、なんて言ってガブ飲みしてるが、実は肝臓にいちばん悪い。

わおん【和音】声では出せない音。

わか【和歌】温暖化や自然破壊で季語は崩れはじめた。

わかい【和解】仲直りができたと一方的に思い込むこと。

わかくさやま【若草山】吉永小百合の歌「鹿のふん」で有名。

わかげ【若気】中老年の過ちに比べ、軽くてすむ。

わかごけ【若後家】敗戦後は、生き残った男たちにとって天国であった。

わがし【和菓子】おれにとっては井村屋の小豆キャンデー。

わかしゅ【若衆】中年のおっさんになってから、わしの前に顔を見せるな。

わかぞう【若造】大人気なく発する罵言。

わかだいしょう【若大将】敵は青大将。
わかだんな【若旦那】その下は豆旦さん。
わかづくり【若作り】年齢相応は金がかかるからね。
わかば【若葉】うしろに来た時が怖い。
わがまま【我儘】結婚後にあらわれる本性。
わかむしゃ【若武者】歌舞伎役者は六十を過ぎても演じている。
わかめ【若布】磯野フネが四十三歳で産んだ娘。
わかもの【若者】戻りたいが苦労や貧乏がいや。
わがや【我家】段ボールから豪邸まで。
わかればなし【別れ話】喧嘩の時に持ち出すべからず。殺人事件の原因の一なり。
わかん【和姦】ハンカチは敷いたか。
わきあいあい【和気藹藹】全員金持ち。
わきが【腋臭】首を抱え込まれたら、悶死。
わきげ【腋毛】女優ヒルデガード・クネフのトレードマーク。
わきざし【脇差】木工用、とどめ用、切腹用の二本目の刀。二刀流なら三本目。
わきばら【脇腹】ベルトを締めて両側にはみ出す部分。
わきみ【脇見】風景が突如地獄に変る行為。
わきみち【脇道】話がそれると本筋に戻ってこられない人がいる。
わきやく【傍役】助演賞が貰えるのは主役クラス。ほんとの傍役は貰えない。
わぎり【輪切】脳のCTスキャン。
わくせい【惑星】いつの日か地球は、鼠の惑星、ゴキブリの惑星、そして沈黙の惑星。
わくでき【惑溺】起きてる必要のないアホが覚醒剤。
わくらん【惑乱】ガクランを着て錯乱した鬼の霍乱《かくらん》。

わげい【話芸】怖いのは喉頭癌。

わけまえ【分け前】5パーセントを五割と思って大損。

わごう【和合】夫婦を限りなく猥褻な存在に近づけることば。

わゴム【輪ゴム】眼に当てられた時のみ、凶器。

ワゴン【wagon】上客に他と差をつけるための料理以外のサービス。

わざ【技】その凄みで金を取れる技術。

わさび【山葵】握ったものを鶯餅と称して客に出せば泣いて喜ぶ。

わざわい【災い】特定の者に集中して降りかかるもの。

わし【鷲】鷹の兄貴分。鳶《とび》の親分。

わしつ【和室】酔えばその場で横になれる部屋。

わしづかみ【鷲摑み】乳房に爪痕を残す触れかた。

わしばな【鷲鼻】猛禽との類似を本人がどう認識しているか確かめたくなる人物。

わじゅつ【話術】熟達には大勢の姉妹が必須の条件。

わしょく【和食】平和な食事。反対語は暴食。

ワシントン【Washington】理由もなく桜の木を伐り倒し、父親は理由も訊かずに息子を褒める。親子とも気ちがい。

わすれがたみ【忘れ形見】早く大きくおなり。パパと結婚しよう。

わすれもの【忘れ物】ええと。何か忘れて、取りに戻ったんだが。

わすれんぼう【忘れん坊】隠れん坊の鬼であることを忘れ、家に帰る。

わせだ【早稲田】ニセだ。

わだい【話題】困った時の血液型。

わたがし【綿菓子】入道雲を見て昔の子供が連

想したもの。

わたくし【私】全宇宙が存在する理由。

わたくしりつ【私立】出来の悪い孫を入れるために設立した学校。

わたしぶね【渡し舟】「渡りに舟」という諺から思いついた商売。

わだち【轍】わだしは裸足で轍の上でぺしゃんこ。

わたりどり【渡鳥】駝鳥が渡鳥でないことは確かである。

わたりろうか【渡廊下】旅館の火事で客が逃げ道を見失う場所。

わな【罠】囮《おとり》は美女。

わなげ【輪投げ】聖者は頭上の光輪を投げて遊ぶ。

わに【鰐】死してハンドバッグを残す。小型は財布を残す。

わふく【和服】褌《ふんどし》一枚でも和服。

わほう【話法】相手をさんざ罵倒した上で、「と、彼は言っておりました」。

わぼく【和睦】とりあえず喧嘩することから始める。

わら【藁】死者がつかんでいるもの。

わらいばなし【笑い話】自分の身に降りかからない不幸。

わらじ【草鞋】〽わらじバカよね〜と歌いながら作る履物。

わらにんぎょう【藁人形】自分の髪の毛が入っていた。

わらべ【童】遊ぶのを見ているだけで犯罪者扱いされる。

わりかん【割勘】大物がいない。

わりざん【割算】ほとんど割勘に使うだけの計算。

わ

わりばし【割箸】シャム双生児。

わりびき【割引】定価のこと。

わるぎ【悪気】あったらこの程度で済むか。

わるくち【悪口】うしろに本人が立っている。

わるだっしゃ【悪達者】ケチのつけようがない芸を罵って言う。

わるぢえ【悪知恵】不良の知恵子さん。

ワルツ【waltz】三本足の人の踊り。

わるのり【悪乗り】他人の奥さんに乗ること。

わるもの【悪者】現実には最後まで生き残るやつ。

わるよい【悪酔】悪いのかよいのかどっちだ。

われがね【破鐘】自称オペラ歌手。

われなべ【破鍋】亭主の頭を叩き割った鍋。

われめ【割目】ペニスの先端にもある。

わん【椀】犬の食器。

わんがん【湾岸】フジテレビの近所のこと。

わんきょく【湾曲】ベイ・ブルース。

わんこそば【椀子蕎麦】元祖大食い王選手権。

ワンタン【雲呑】「うどん」と読むのは誤読。

わんぱく【腕白】外で遊ばず、腕が真っ白な少年。

ワンマン【one man】中国の犬饅頭。

わんりょく【腕力】「ふん」と叫んで瓶詰の蓋をあける力。

ワンルームマンション【one room mansion】部屋の中に風呂も便所もある。

謝辞

本辞典では朝日ネットにおける小生の会議室に集う諸兄姉から着想を募り、著作に貢献していただいた。筆頭の藤本裕之氏などは約三百項目に及ぶアイディアの提供者である（二番目の北野勇作氏が約二百三十項目）。一項目のみの協力者四人も含めて総勢四十二人の方がたには次にお名前を敬称略で記し（括弧内はハンドルネーム）、厚くお礼を申し上げる次第である。因に、提供していただいたアイディアの総数は約二千二百項目である。

藤本裕之（べ）・北野勇作（西瓜頭）・吉川邦夫（ふねを）・一森裕（嶋村）・朱敏永（錯乱坊）・馬場紘二（轟亭）・玉井和宏（たま＠無精庵）・西野直樹（柳葉魚）・矢嶋祐子（穂高）・安田五郎（時をかけるゴロー）・吉田武司・玉山文子（☆Ｌｕｎａ）・中里昌樹（でん）・岡田信子（岡田信子）・冨樫晃悦（ほんまに晃悦）・吉井紀子（のりこり）・上田―三橋昌恵（のら☆）・菅原晃之（つばめどん）・春原正信（しゅん）・

今富みのり（MIN）・小国恒博（ロヒネツ）・半田哲也（味鋺屋）・窪聡（kubokky）・川添博一（勘八）・アルブレヒト建（呂不キ）・井上宏之（虫酸・北壁）・堀晃（半魚人）・吉井誠一郎（ぶる）・関一典（おたく七変化）・戸田豊志（への6番）・岩田吉広（岩吉）・飯塚弘起（J・Paul）・矢野啓介（やの）・牧野睦美（まくのうち）・山下洋輔（ヤノピ）・秋山一郎（鯖雄）・相馬修一（オージン）・中村正三郎（Show）・黒木信登（ろく）・進藤奈央子（まりりこ）・相田久美子（ひょうたんつぎ）・林正広（Mike！）

またこの辞典は「あ」から「ねは」までを有限会社文源庫発行の月刊誌「遊歩人」に連載し、そのあと「ねひ」から「わん」までを文藝春秋「オール讀物」に連載した。文源庫の石井紀男氏、「オール讀物」の吉安章氏・山田憲和氏、さらにはこの辞典の編集・出版を担当してくれた丹羽健介氏、これらの諸氏にも深くお礼を申し上げる次第だ。

筒井　康隆

初出誌
「遊歩人」……………二〇〇二年五月号〜二〇〇七年九月号
「オール讀物」……二〇〇八年五月号〜二〇〇九年十一月号
単行本　二〇一〇年七月　文藝春秋刊
飾り文字・イラスト　阿部伸二
装幀・本文デザイン　関口信介

文春文庫

現《げん》代《だい》語《ご》裏《うら》辞《じ》典《てん》

定価はカバーに表示してあります

2016年5月10日　第1刷
2022年9月30日　第3刷

著　者　筒《つつ》井《い》康《やす》隆《たか》
発行者　大沼貴之
発行所　株式会社 文藝春秋

東京都千代田区紀尾井町3-23　〒102-8008
TEL　03・3265・1211㈹
文藝春秋ホームページ　http://www.bunshun.co.jp

落丁、乱丁本は、お手数ですが小社製作部宛お送り下さい。送料小社負担でお取替致します。

印刷・凸版印刷　製本・加藤製本

Printed in Japan
ISBN978-4-16-790617-7